Nathaniel Hawthorne, geboren am 4. Juli 1804 in Salem/Massachusetts, ist am 19. Mai 1864 in Plymouth/New Hampshire gestorben.

Die arkadische Landschaft der Toskana und die Stadt Rom mit ihrer Last der Jahrtausende bilden den Hintergrund des Geschehens, dessen Grundthema symbolhaft die Vertreibung des Menschen aus dem Paradies der Unschuld aufgreift. Unter dem gleißenden Licht des Südens und den steinernen Zeugen der Ewigen Stadt finden sich die handelnden Personen: die leidenschaftliche, von allem Unheimlichen angezogene Malerin Miriam, die, von einem geheimnisumwitterten Fremden verfolgt, den sie liebenden Donatello, einen jungen italienischen Grafen, zum Verbrechen verführt. Er, Donatello, der selige Faun, Sinnbild des Menschen vor dem Sündenfall, verliert so durch sie seine naturhafte Unschuld und wird zum erstenmal dem Bewußtsein der Schuld ausgesetzt.

Der Roman ist das letzte Werk Nathaniel Hawthornes, neben Melville und Henry James der bedeutendste amerikanische Autor des 19. Jahrhunderts.

Hawthorne gilt als der Begründer des psychologischen Romans, vor allem aber entdeckt man in ihm den Meister einer reichen Allegorik, dessen Werke, allem Detailrealismus zum Trotz, zeitlos sind.

insel taschenbuch 1043
Hawthorne
Der Marmorfaun

NATHANIEL HAWTHORNE
DER MARMORFAUN

Roman

Aus dem Englischen von Gisela Günther
Mit einem Nachwort von
Günter Blöcker und Zeichnungen von
Michael Schroeder

Insel Verlag

insel taschenbuch 1043
Erste Auflage 1988
© Insel Verlag Frankfurt am Main 1961
Alle Rechte vorbehalten
Vertrieb durch den Suhrkamp Taschenbuch Verlag
Umschlag nach Entwürfen von Willy Fleckhaus
Satz: Typobauer Filmsatz GmbH, Ostfildern
Druck: Nomos Verlagsgesellschaft, Baden-Baden
Printed in Germany

1 2 3 4 5 6 – 93 92 91 90 89 88

DER MARMORFAUN

Aus dem Vorwort des Autors

Dieser Roman wurde während eines ziemlich ausgedehnten Aufenthaltes in Italien entworfen und ist in England überarbeitet und zum Druck vorbereitet worden. Der Autor hatte eigentlich nur im Sinn, eine erfundene Geschichte zu schreiben, die eine wohlüberlegte Moral entwickeln sollte, und hatte keineswegs die Absicht, eine Schilderung italienischer Lebens- und Wesensart zu versuchen. Er hat viel zu lange im Ausland gelebt, um sich nicht klar darüber zu sein, daß ein Fremder selten jenes zugleich flexible und gründliche Wissen über ein anderes Land erwirbt, das ihn zu dem Bestreben berechtigt, dessen Charakterzüge herauszustellen.

Italien war als der Schauplatz seines Romans hauptsächlich deshalb für ihn wichtig, weil es ihm eine Art von poetischem oder märchenhaftem Hintergrund bot, wo man nicht so schrecklich hartnäckig auf der Beschreibung tatsächlicher Zustände bestehen wird, wie man es für Amerika verlangen könnte. Ein Autor, der den Versuch noch nie gemacht hat, kann sich nicht vorstellen, wie schwierig es ist, einen Roman über ein Land zu schreiben, in dem es keinerlei Schatten gibt, keine lange Vergangenheit, nichts Geheimnisvolles, keine romantischen und finsteren Missetaten noch irgend etwas anderes als prosaischen Wohlstand im normalen hellen Tageslicht, wie das in meiner Heimat glücklicherweise der Fall ist. Ich bin sicher, daß es noch sehr lange dauern wird, bis Romanschriftsteller in den Annalen unserer handfesten Republik oder in irgendwelchen charakteristischen Begebenheiten im Dasein der einzelnen Individuen bei uns geeignete Themen finden können. Prosa und Poesie, Efeu, Flechten und Kletterpflanzen bedürfen der Ruinen, um zu gedeihen.

Beim Überarbeiten des Buches war der Autor ein wenig überrascht, als er entdeckte, wie ausführlich er verschiedene italienische Objekte, die Antike, die Malerei und die Plastik, beschrieben hat. Doch diese Dinge beschäftigen einen in Italien und insbesondere in Rom überall, und wenn man frei und zum eigenen Vergnügen schreibt, so ist es nicht leicht, sie daran zu hindern, sich über die Seiten zu ergießen. Und dann ließ auch der Szenenwechsel der Landschaft, der breite, öde Strand von Redcar, wo ich das Buch überarbeitete, ließen die Wellen des grauen germanischen Ozeans, die mich gleichsam fortwährend überrollten, der stürmische Nordwind, der mir unablässig in den Ohren heulte, diese italienischen Erinnerungen so lebendig aufleuchten, daß ich nicht das Herz hatte, sie zu streichen.

Jetzt muß der Autor noch zwei genialen Menschen Gerechtigkeit widerfahren lassen, mit deren Werken er sich unbefugte Freiheiten erlaubt hat. Als er sich für den Roman einen Bildhauer ausdachte, war es notwendig, ihm Werke aus Marmor zuzuschreiben, wie sie den hohen künstlerischen Fähigkeiten entsprechen, die die Romanfigur besitzt. Deswegen bemächtigte sich der Autor hinterlistig einer gewissen Büste Miltons und der Statue eines Perlentauchers, die er im Atelier von Mr. Paul Akers entdeckt hatte, und transportierte sie heimlich zu seinem erfundenen Freund in die Via Frezza. Mit diesen Beutestücken noch nicht zufrieden, beging er einen weiteren Raub, und zwar an der herrlichen Statue der Kleopatra, dem Werk von Mr. William W. Story, einem Künstler, dem sein Vaterland und die übrige Welt ihre Anerkennung nicht lange mehr vorenthalten werden. Auch spielte er mit dem Gedanken, sich auf ähnliche Weise eine gewisse Bronzetür von Mr. Randolph Rogers anzueignen, die die Geschichte des Kolumbus in einer Reihe bewundernswerter Basreliefs darstellt, wurde daran aber durch sein Widerstreben verhindert, sich mit öffentlichem Besitz einzulassen. Und wenn er fähig gewesen wäre, eine Dame zu bestehlen, so hätte er sich das bestimmt mit der bewundernswerten Statue der Zenobia von Miß Hosmer erlaubt.

Jetzt möchte er die genannten schönen Werke der Plastik ihren eigentlichen Besitzern zurückerstatten, mit vielem Dank und mit der Versicherung seiner aufrichtigen Bewunderung. Was er im Roman über sie sagte, gehört keineswegs zum Erdichteten, sondern drückt seine wirkliche Meinung aus, die zweifellos mit der des Publikums übereinstimmt. Es ist wohl überflüssig zu sagen, daß der Autor, der ihnen ihre Werke gestohlen hat, sich nicht die gleiche Freiheit mit den persönlichen Charakteren dieser talentierten Bildhauer gestattet hat: seine eigenen Figuren sind durchaus erfunden.

Leamington, 15. Dezember 1859

Miriam, Hilda, Kenyon und Donatello

Vier Personen, für deren Schicksale wir den Leser gern interessieren möchten, standen in einem der Säle des Skulpturenmuseums auf dem Kapitol in Rom. Es war derjenige Saal — der erste, wenn man die Treppe heraufgekommen ist —, in dessen Mitte die edle und so ergreifende Gestalt des Sterbenden Kriegers liegt, der gerade in seinen Todesschlaf sinkt. Rings an den Wänden sind der Antinous, die Amazone, der Lykische Apoll, die Juno aufgestellt, lauter berühmte Werke der Antike, immer noch leuchtend in der unverminderten Majestät und Schönheit ihres idealischen Lebens, wenn auch der Marmor, der ihnen Gestalt gab, mit der Zeit vergilbt und von der Feuchtigkeit des Erdbodens, in dem sie jahrhundertelang begraben lagen, brüchig geworden ist. Hier sieht man auch ein Symbol der Menschenseele und ihrer freien Wahl zwischen Unschuld und Bösem — es ist noch heute genauso gültig wie vor zweitausend Jahren — in der reizenden Figur eines Mädchens, das eine Taube an die Brust preßt, während es von einer Schlange bedroht wird.

Aus einem der Fenster dieses Saales kann man auf eine breite Steintreppe schauen, die seitwärts an dem antiken und massiven Fundament des Kapitols zu dem unmittelbar darunterliegenden abgebröckelten Triumphbogen des Septimius Severus führt. Weiterhin schweift der Blick über ein Stück des verwüsteten Forums, wo die römischen Waschfrauen ihre Wäschestücke an die Sonne hängen, und wandert dann über ein formloses Gewirr moderner Bauten, die rücksichtslos aus antiken Ziegeln und Steinen aufgetürmt wurden, und weiter über die Kuppeln der christlichen Kirchen, erbaut über den alten Steinen heidnischer Tempel und auf denselben Säulen ruhend, die einst diese getragen haben. Weiter weg — aber eigentlich in einem recht geringen Abstand, wenn man bedenkt, wieviel Geschichte in diesem dazwischenliegenden Raum zusammengedrängt ist — erhebt sich das grandiose Rund des Kolosseums, durch dessen oberste Bogenreihe der blaue Himmel leuchtet. In weiter Ferne ist die Aussicht von den Albanerbergen begrenzt, die mitten in allen Verwüstungen und allem Wechsel noch heute aussehen wie damals, als Romulus über seine halbvollendete Mauer dorthin spähte.

Wir werfen nur rasch einen Blick über diese Dinge — den lichten Himmel, die fernen blauen Berge, auf die verehrungswürdigen Ruinen eines dreifachen Altertums: etruskische, römische, christliche, und auf die weltberühmten Kunstwerke dieses Saales — in der Hoffnung, den Leser in einen Gefühlszustand zu versetzen, in den man am häufigsten gerade in Rom gerät. Es ist ein vages Empfinden aus zusammengeballten Erinnerungen, ein Erleben von solcher Gewichtigkeit und Dichte des vergangenen Lebens, dessen Mittelpunkt gerade dieser Fleck hier war, daß die augenblickliche Gegenwart darunter zusammensinkt oder davon verdrängt wird und unsere persönlichen Angelegenheiten und Interessen hier nur noch halb soviel Realität besitzen wie anderswo. Durch dieses Medium betrachtet, wird sich unsere Erzählung — in die ein paar zarte und unwirkliche Fäden eingewebt sind, gemischt auch mit anderen, aus dem alltäglichsten Stoff menschlicher Existenz — scheinbar nicht allzusehr von dem Stoff unterscheiden, aus dem unser aller Dasein gewebt ist.

Neben der Wucht römischer Vergangenheit wirken sämtliche Angelegenheiten, mit denen wir uns heutzutage befassen oder von denen wir träumen, ebenso geringfügig wie unwirklich.

Vielleicht waren sich die vier Personen, die wir jetzt vorstellen möchten, des traumhaften Charakters der Gegenwart im Vergleich mit den Granitquadern, aus denen die Römer ihr Dasein aufbauten, bewußt. Vielleicht trug dieses Bewußtsein sogar zu der phantasievoll hochgestimmten Laune bei, in der sie sich befanden. Wenn man entdeckt, daß man selber zu etwas Schattenhaftem und Unwirklichem verblaßt, scheint es nicht mehr der Mühe wert, bedrückt zu sein, sondern besser, so vergnügt wie möglich, und zwar ohne erst nach einem Anlaß dafür zu suchen.

Drei unserer Freunde waren Künstler oder standen jedenfalls in Beziehung zur Kunst, und in diesem Augenblick waren sie alle verblüfft durch die Ähnlichkeit einer der antiken Statuen, einem berühmten Meisterwerk griechischer Plastik, mit einem jungen Italiener, der in der kleinen Gesellschaft der vierte war.

»Sie werden zugeben müssen, Kenyon,« sagte die dunkeläugige junge Frau, die von ihren Freunden Miriam genannt wurde, »daß Sie, als der geschickte Porträtist, für den Sie sich doch halten, noch niemals eine lebendigere Ähnlichkeit aus dem Marmor herausgemeißelt oder in Ton modelliert haben. Es ist ein vollkommenes Porträt, im Charakter, im Empfinden und im Äußeren. Bei einem Gemälde wäre die Ähnlichkeit vielleicht halb imaginär, aber hier, in diesem Marmor vom Pentelikon, ist sie eine absolute Tatsache und kann durch genaue Untersuchungen und Messungen nachgeprüft werden. Unser Freund Donatello ist der leibhaftige Faun des Praxiteles. Stimmt es, Hilda?«

»Nicht so ganz – beinah – doch, ich glaube wirklich«, erwiderte Hilda, ein schlankes blondes Mädchen aus Neu-England, deren Blick für Form und Ausdruck wundervoll klar und feinfühlig war. »Wenn es irgendeinen Unterschied zwischen den beiden Gesichtern gibt, so könnte der Grund, meine ich, der sein, daß der Faun in Wald und Feld lebte und mit seinesgleichen, während Donatello doch ein bißchen was von Großstädten weiß und Leute kennt, wie wir es sind. Aber die Ähnlichkeit ist wirklich sehr stark und sehr merkwürdig.«

»Gar nicht so merkwürdig,« flüsterte Miriam übermütig, »denn kein Faun in Arkadien kann ein größerer Einfaltspinsel gewesen sein als Donatello. Er hat doch kaum einen durchschnittlichen Menschenverstand, so wenig das ohnehin schon sein mag. Es ist doch wirklich ein Jammer, daß es gar keine von diesen rustikalen Kreaturen mehr gibt, denen er sich zugesellen könnte!«

»Schweig, du ungezogene Person du«, sagte Hilda. »Du bist wirklich undankbar, du weißt doch ganz gut, daß er immerhin Verstand genug hat, dich anzubeten.«

»Dann ist er nur um so blödsinniger«, sagte Miriam so schroff, daß Hildas ruhige Augen ein wenig erschreckt dreinschauten.

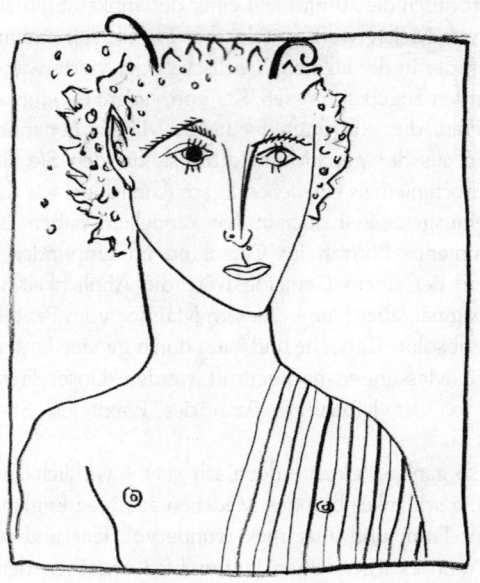

»Donatello, mein lieber Freund,« sagte Kenyon auf italienisch, »bitte, machen Sie uns doch die Freude, die genaue Haltung dieser Statue hier anzunehmen.«

Der junge Mann lachte und nahm dieselbe Stellung ein, in der die Statue seit zwei oder drei Jahrtausenden verharrt. Und wahrhaftig: abgesehen vom Unterschied der Bekleidung, und wenn man seinen modernen Mantel und den Spazierstock mit einem Löwenfell und einer Hirtenflöte hätte austauschen können, so hätte Donatello vollkommen den marmornen Faun, durch ein Wunder in Fleisch und Blut verwandelt, darstellen können.

»Ja, die Ähnlichkeit ist unglaublich«, bemerkte Kenyon, nachdem er Mensch und Marmor mit den scharfen Blicken des Bildhauers geprüft hatte. »Aber trotzdem gibt es einen oder vielmehr zwei Punkte, bei denen die dichten Locken unseres Freundes Donatello uns nicht erlauben festzustellen, ob die Ähnlichkeit bis in die kleinste Einzelheit geht.«

Und der Bildhauer lenkte die Aufmerksamkeit der Gesellschaft auf die Ohren der schönen Statue, die sie betrachteten. Wir müssen aber mehr tun, als dies kostbare Kunstwerk nur zu erwähnen. Es muß beschrieben werden, so wenig auch der Versuch, seine magische Eigenart in Worten auszudrücken, ihm gerecht werden mag.

Der Faun ist das marmorne Abbild eines jungen Mannes, der seinen rechten Arm auf den Stamm oder Stumpf eines Baumes stützt. Eine Hand läßt er achtlos seitlich hängen, in der anderen hält er das Fragment einer Flöte oder irgendeines derartigen, den Wäldern entstammenden Musikinstrumentes. Seine einzige Bekleidung – ein Löwenfell, die Tatzen über der Schulter – fällt ihm halb über den Rücken und läßt die Gliedmaßen und die gesamte übrige Figur nackt. Die Statue ist von unfaßbarer Anmut, hat aber vollere und rundere Konturen, mehr Fleisch und weniger Heldenmuskulatur, als die antiken Bildhauer ihren typisch männlichen Schönheiten gewöhnlich verliehen. Der Charakter des Gesichtes stimmt mit dem Körper überein. Es ist angenehm in Form und Ausdruck, aber rund und ein wenig wollüstig, besonders um den Hals und das Kinn. Die Nase ist beinahe gerade, nur ganz leicht gebogen, und gewinnt dadurch einen unbeschreiblichen Reiz von humorvoller Wärme. Die vollen und doch sensiblen Lippen scheinen dem Lächeln so nahe, daß sie ein erwiderndes Lächeln hervorrufen: Die ganze Plastik – im Gegensatz zu allem, was je in Marmor, diesem strengen Material, hervorgebracht wurde – vermittelt den Eindruck von einem liebenswürdigen und sinnlichen Geschöpf, gutmütig, heiter, geschaffen zum Fröhlichsein, aber keineswegs unfähig, von Leidenschaft ergriffen zu werden. Es ist unmöglich, diese Plastik lange anzusehen, ohne daß sich eine liebevolles

Gefühl für sie regt, ganz als ob sie bei einer Berührung sich lebendig anfühlen, von wirklichem Leben erfüllt sein müßte. Dieses Empfinden kommt einem unserer besten Gefühle sehr nahe.

Vielleicht ist es der völlige Mangel an moralischem Ernst, an jeder hohen und heroischen Eigenschaft im Charakter des Fauns, was ihn zu einem so hinreißenden Gegenstand für das Auge und für die Nachgiebigkeit des menschlichen Herzens macht. Dieses Wesen hier besitzt keinerlei moralische Grundsätze und wäre auch gar nicht imstande, solche auch nur zu begreifen, aber kraft seiner Einfalt wäre es trotzdem ehrlich und aufrichtig. Für abstrakte Angelegenheiten könnte man kein Opfer und keinerlei Anstrengungen von ihm erwarten. In diesem rührenden Marmor steckt keine Spur von dem Stoff, aus dem die Märtyrer gemacht werden. Aber dieses Geschöpf besitzt die Fähigkeit warmer und starker Hingabe und wäre imstande, aus eigenem Impuls aufopferungsvolle Handlungen zu begehen und wenn nötig sogar für sie zu sterben. Auch wäre es wohl möglich, den Faun durch das Medium seiner Gefühle geistig zu bilden, so daß die gröbere, animalische Seite seiner Natur in den Hintergrund gedrängt, wenn auch niemals ganz ausgelöscht werden könnte.

Diese animalische Natur ist aber tatsächlich eine der wesentlichsten Eigenschaften des Fauns, denn die Charakterzüge der rohen Schöpfung verschmelzen in diesem seltsamen und doch so wahrhaftigen und natürlichen Kunstwerk, das aus den Vorstellungen antiker Mythen hervorgegangen ist, mit denen des Humanen. Behutsam hat Praxiteles über dieses ganze Werk jenes verschwiegene Mysterium ausgebreitet, das uns hoffnungslos verwirrt, sobald wir versuchen, intellektuelles oder gefühlsmäßiges Wissen über die niedrigeren Ordnungen der Schöpfung zu erlangen. Jedenfalls aber ist das Rätselhafte lediglich durch zwei entscheidende Merkmale angedeutet: die beiden Ohren des Fauns, die blattförmig sind und in kleinen Spitzen enden wie bei manchen Tieren. Und obwohl der Marmor das nicht zeigt, muß man sie sich wohl bedeckt denken von einem zarten, flaumigen Pelz. In den gröberen Darstellungen dieser Art mythologischer Lebewesen gibt es noch ein anderes Merkmal der tierischen Abstammung – einen gewissen geschwänzten Rückenfortsatz, der, falls man ihn auch beim Faun des Praxiteles annehmen sollte, durch das Löwenfell verborgen wäre. So sind also die spitz zulaufenden bepelzten Ohren die einzige Andeutung seiner ungezähmten Waldnatur.

Nur ein Bildhauer von subtilster Phantasie, erlesenem Geschmack, zartestem Gefühl und höchstem künstlerischem Können – mit einem Wort: ein Bildhauer und Poet zugleich – konnte zum ersten Mal an einen Faun in dieser Verkleidung denken und es dann zustande bringen, ihn in ein so humorvolles und übermütiges Geschöpf aus Marmor zu bannen. Weder Mensch noch Tier und trotzdem kein Monstrum, sondern ein Wesen, in dem beide Rassen sich liebenswürdig vereinen. Die Idee wird grob und verhärtet sich unter dem Zugriff, sobald man versucht sie zu erforschen. Wenn der Schauende aber lange genug vor der Plastik verweilt, dann wird ihr Zauber ihm bewußt. Alle Heiterkeit des Walddaseins, all die lebensvollen und glücklichen Eigenschaften der Geschöpfe in Wäldern und Feldern scheinen sich zu einer einzigen Substanz zu verschmelzen, zugleich mit den entsprechenden Eigenschaften der menschlichen Seele. Bäume, Gras, Blumen, Waldbäche, zahmes und wildes Getier und der unverfälschte Mensch: die Essenz von alledem, zusammengefaßt vor langer Zeit, lebt heute noch in den verwischten Marmorkonturen des Fauns von Praxiteles.

Am Ende war aber die Idee vielleicht gar kein Traum, sondern die Erinnerung eines Dichters an die Zeiten, da die Wesensverwandtschaft des Menschen mit der Natur ausgeprägter war und seine Gemeinschaft mit jedem Lebewesen vertrauter und inniger.

»Donatello,« rief Miriam übermütig, »lassen Sie uns doch nicht in dieser Ungewißheit! Schütteln Sie Ihre braunen Locken zur Seite, damit wir sehen können, ob diese wunderbare Ähnlichkeit sich bis in die Spitzen der Ohren erstreckt. Und wenn es so sein sollte, dann werden wir alle Sie nur noch lieber haben!«

»Nein, nein, beste Signorina,« antwortete Donatello lachend, aber mit einer gewissen Ernsthaftigkeit, »ich bitte Sie, die Spitzen meiner Ohren ganz einfach als vorhanden anzunehmen.« Während er sprach, vollführte der junge Italiener einen kleinen Hüpfer, so leichtfüßig wie ein veritabler Faun und als wollte er sich ganz dem Bereich der schönen Hand entziehen, die sich nach ihm ausgestreckt hatte. »Wenn Sie meine Ohren anfassen, und wäre es auch noch so leicht,« fügte er hinzu und stellte sich hinter den Sterbenden Krieger, »dann werde ich zum Wolf der Apenninen. Keiner von meiner Rasse könnte das dulden — es ist schon immer ein heikler Punkt gewesen, bei meinen Vorfahren und auch bei mir.« Er sprach italienisch, mit dem ländlichen Akzent der Toskana und mit einer etwas ungelenken Ausdrucksweise, die verriet, daß er bisher wohl hauptsächlich mit Landbewohnern Umgang gehabt hatte.

»Gut, gut,« sagte Miriam, »Ihr heikler Punkt, Ihre zwei heiklen Punkte, falls Sie sie besitzen, sollen von mir respektiert werden. Aber wie eigenartig diese Ähnlichkeit doch ist! Und wie zauberhaft, wenn sie tatsächlich auch noch die zugespitzten Ohren beträfe. Aber das ist ja natürlich ausgeschlossen bei einem wirklichen und normalen jungen Mann wie Donatello«, fuhr sie auf englisch fort. »Ihr seht aber, wie bezeichnend diese Eigentümlichkeit für den Faun ist. Und während wir ihm einen Platz zuweisen, wo er keinen wirklichen Anspruch auf seine Bruderschaft erheben kann, weist er uns immer noch sanftmütig auf die Verwandtschaft hin. Übernatürlich ist er nicht, aber gerade an der Grenze des Natürlichen und doch auch noch mitten drin. Worin besteht eigentlich der große Reiz dieses Gedankens, Hilda? Du kannst so etwas viel zarter herausfühlen als ich.«

»Es verwirrt mich,« sagte Hilda gedankenvoll und ein wenig zögernd, »und ich hab auch etwas dagegen, darüber nachzudenken.«

»Aber Sie stimmen doch sicher mit Miriam und mir darin überein,« sagte Kenyon, »daß in dieser Statue eines Fauns etwas ist, was einen berührt und beeindruckt? In einem längst vergangenen Zeitalter muß er wirklich existiert haben. Die Natur brauchte dieses schöne Geschöpf und braucht es immer noch. Es steht zwischen Mensch und Tier, sympathisiert mit beiden, versteht die Sprache beider und macht das gesamte Dasein des einen dem anderen begreiflich. Wie schade, daß er für immer von den harten, staubbedeckten Pfaden des Lebens verschwunden ist – außer«, setzte der Bildhauer mit neckendem Flüstern hinzu, »außer: Donatello wäre wirklich ein Faun!«

»Ihr könnt euch gar nicht vorstellen, wie diese Idee mich fasziniert«, antwortete Miriam halb im Scherz, halb im Ernst. »Denkt euch doch nur ein wirkliches Wesen, ähnlich diesem mythischen Faun. Wie glücklich, wie lebendig, wie erfüllt wäre sein Dasein, in dem er die warme, sinnliche, irdische Seite der Natur genießt. Und wie er im Glück von Wäldern und Strömen schwelgt, wo er ein Leben führt wie unsere vierbeinigen Verwandten, so wie die Menschheit es in ihrer unschuldigen Kinderzeit getan hat, bevor Gedanken an Sünde, Sorgen und Moral überhaupt existierten. Ach, Kenyon, wenn Hilda und Sie und ich – oder wenn nur wenigstens ich zugespitzte Ohren hätte! Denn ich nehme an, der Faun besaß kein Gewissen, keine Reue, kein schweres Herz, keine qualvollen Erinnerungen irgendwelcher Art. Und auch keine finstere Zukunft.«

»Was für ein tragischer Ton lag in diesem letzten Wort, Miriam?« fragte der Bildhauer, und als er ihr ins Gesicht sah, war er bestürzt, denn es war blaß und feucht von Tränen. »Was für eine Stimmung ist denn da plötzlich über Sie gekommen?«

»Ach, lassen Sie sie nur gehn, wie sie gekommen ist,« sagte Miriam, »das ist genau wie ein Gewitter am römischen Himmel. Sehn Sie, gleich scheint schon wieder die Sonne.«

Die Widerspenstigkeit gegen die Entblößung seiner Ohren war

Donatello offenbar nicht leichtgefallen, denn jetzt kam er nahe an Miriam heran und sah sie mit flehendem Ausdruck an, als ob er sie um Vergebung bitten wollte. Seine stumme, hilflose Gebärde hatte etwas Rührendes und konnte doch auch zum Lachen reizen, so sehr glich sie dem Ausdruck eines Hundes, der meint, etwas Falsches getan zu haben oder in Ungnade zu sein. Es war schwer, den Charakter dieses jungen Mannes zu begreifen. So voll animalischen Lebens, wie er war, so fröhlich, so hübsch, physisch so wohlgestaltet, machte er nicht etwa den Eindruck von Unfertigkeit, von lahmer oder beschränkter Natur. Und doch nahmen diese ihm vertrauten Freunde im geselligen Umgang mit ihm gewohnheitsmäßig und instinktiv Rücksicht auf ihn wie auf ein Kind oder irgendein anderes ungezähmtes Wesen, verlangten von ihm keine Unterwerfung unter gesellschaftliche Regeln und nahmen seine Exzentrizitäten kaum so weit zur Kenntnis, um sie auch nur entschuldigen zu müssen. Donatello haftete etwas Unerklärbares an, das ihn außerhalb der Normen stellte. Er erwischte Miriams Hand, küßte sie und sah ihr in die Augen, ohne ein Wort zu sprechen. Sie lächelte und schenkte ihm eine flüchtige kleine Liebkosung, in der Art, wie man sie einem Schoßhündchen angedeihen ließe, das danach begehrt und sich einem deshalb in den Weg stellt. Nicht, daß es auch nur eine deutliche Liebkosung gewesen wäre, vielmehr war es nichts als eine bloße Berührung, etwas zwischen einem Tätscheln und einem Klaps auf die Finger. Es konnte ebensogut ein Zeichen der Zuneigung wie die spielerische Andeutung einer Strafe sein. Auf alle Fälle aber schien es Donatello ausnehmendes Vergnügen zu bereiten, denn er tanzte rund um die hölzerne Einfassung herum, die den Sterbenden Krieger umgibt. »Es ist genau der Schritt des tanzenden Fauns«, sagte Miriam leise zu Hilda. »Was für ein Kind, vielmehr: was für ein Einfaltspinsel er doch ist! Ich ertappe mich fortwährend dabei, daß ich Donatello behandle, als wäre er das reinste Küken. Und dabei kann er doch unter Berufung auf sein zartes Alter auf derartige Vergünstigungen gar keinen Anspruch erheben, denn er muß ja mindestens — für wie alt hältst du ihn, Hilda?«

»Ungefähr zwanzig«, antwortete Hilda, Donatello ansehend. »Aber eigentlich — nein, ich kanns nicht sagen. Kaum zwanzig, wenn man genauer hinsieht, aber womöglich doch älter. Er hat mit der Zeit nichts zu schaffen, sondern hat in seinem Gesicht etwas von ewiger Jugend.«

»Alle geistesschwachen Leute sehen so aus«, sagte Miriam spöttisch.

»Sicher hat Donatello die Gabe ewiger Jugend, wie Hilda meint,« sagte Kenyon lachend, »wenn man nämlich vom Alter dieser Statue ausgeht, die Praxiteles, wie ich mehr und mehr überzeugt bin, gemeißelt hat, weil er ihn dazu anregte, so muß er mindestens fünfundzwanzig Jahrhunderte alt sein und sieht doch so jung aus wie eh und je.«

»Wie alt sind Sie, Donatello?« fragte Miriam.

»Signorina, ich weiß nicht,« antwortete er, »jedenfalls noch nicht sehr alt, denn ich lebe ja erst, seit ich Sie getroffen habe.«

»Welcher erwachsene Mann der besten Gesellschaft hätte ein albernes Kompliment hübscher vorbringen können?« rief Miriam. »Manchmal sind Natur und Kunst wirklich ein und dasselbe. Und was für eine glückliche Ignoranz bei unserem Freund Donatello, sein eigenes Alter nicht zu wissen! Das ist gleichbedeutend mit irdischer Unsterblichkeit. Könnte ich doch auch meines vergessen!«

»Es ist viel zu früh, das zu wünschen,« bemerkte der Bildhauer, »Sie sind sicher kaum älter, als Donatello aussieht.«

»Ich wäre schon zufrieden, wenn ich nur einen Tag in meinem Leben vergessen könnte«, entgegnete Miriam, schien aber diese Andeutung sogleich zu bereuen und fügte hastig hinzu: »Für eine Frau sind die Tage nämlich alle so langweilig, daß es schon ein Segen wäre, wenn man wenigstens einen aus der ganzen Zahl auslassen könnte.«

Diese Unterhaltung war in einer Stimmung geführt worden, in der sich alle phantasievollen Menschen, ob Dichter oder bildende Künstler, gern ergehen. Mitunter finden sie in dieser Gemütsverfassung die ihnen wesentlichsten Wahrheiten mitten unter den müßigsten Scherzen und geben dem einen wie dem anderen Ausdruck, offenbar ohne zu unterscheiden, welches das Wertvollere ist, und ohne einem davon irgendeine beachtenswerte Bedeutung zuzumessen. Die Ähnlichkeit zwischen dem Marmorfaun und ihrem lebenden Begleiter hatte einen tiefen, halb ernsten, halb belustigenden Eindruck auf die drei Freunde gemacht und hatte sie in eine gewisse muntere Region entführt, in der die schweren, erdgebundenen Füße gleichsam über den Boden der Wirklichkeit schweben. Ihre Welt war gewissermaßen einen Augenblick vom Anker gelöst, und ebensolange waren sie von aller herkömmlichen Verantwortung für das, was sie sprachen und dachten, befreit. Vielleicht unter diesem Einfluß – oder vielleicht, weil Bildhauer die Werke eines anderen immer heruntermachen – kritisierte jetzt Kenyon den Sterbenden Krieger.

»Ich habe diese Statue wirklich immer über die Maßen bewundert,« sagte er, »aber in letzter Zeit merke ich, daß ich dessen müde und überdrüssig werde, wie dieser Mensch da so unausgesetzt auf seinem Arm lehnen und fortwährend sterben muß. Wenn er so schrecklich verwundet ist – warum fällt er dann nicht nieder und stirbt, ohne lange zu fackeln? Flüchtige Momente, bedrohliche Unfälle, unmerkliche Intervalle zwischen zwei Atemzügen sollten nicht in die unvergängliche Ruhe des Marmors gemeißelt werden. In jedem bildhauerischen Gegenstand sollte es ein moralisches Innehalten geben, das ja notwendigerweise auch schon ein physisches ist. Sonst ist es genauso, als ob jemand einen Marmorblock in die Luft wirft und durch irgendeinen Zaubertrick bewirkt, daß er dort oben bleibt. Man meint, daß er eigentlich wieder herunterfallen müßte, und ist beunruhigt, weil er dem Naturgesetz nicht folgt.«

»Ich verstehe,« sagte Miriam neckend, »Sie finden, daß Skulpturen eine Art Versteinerungsprozeß sein sollten. Aber Ihre eingefrorene Kunst besitzt tatsächlich nichts von den Möglichkeiten und der Freiheit von Hildas und meiner Kunst. In der Malerei gibt es keine derartigen Einwände gegen die Darstellung von zeitlich kurzen Begebenheiten. Vielleicht, weil eine Geschichte bildlich so viel voller erzählt und rundherum gestützt werden kann mit Dingen, die auch ihren zeitlichen Platz andeuten. Zum Beispiel würde ein Maler niemals diesen Faun dort aus seiner fernen Antike hinausgeschickt haben, einsam und verlassen und ohne einen Gefährten, der ihm sein simples Herz erwärmen könnte.«

»Ach, dieser Faun,« rief Hilda mit einer kleinen Geste der Ungeduld, »ich hab ihn schon zu lange angeschaut. Und jetzt sehe ich statt einer schönen, unsterblich jungen Statue nur noch einen beschädigten farblosen Stein. Dieser Veränderung sind Statuen ganz besonders unterworfen.«

»Und Bilder bestimmt einer ähnlichen«, gab der Bildhauer zurück. »Es ist die Stimmung des Betrachtenden, die diese Transfiguration selber vollzieht. Ich fordere jeden Maler zu dem Versuch heraus, mein Gemüt zu bewegen oder zu erheben ohne meine ausdrückliche Einwilligung und Unterstützung.«

»Dann fehlt Ihnen irgendein Sinn«, sagte Miriam.

Sie schlenderten jetzt von einem Raum dieses reichen Museums zum anderen und blieben hier und da stehen, um die Fülle von edlen und lieblichen Gestalten zu betrachten, die aus dem tiefen Grab, in dem das antike Rom beerdigt ist, ans Licht gebracht worden sind. Und doch verlieh die Realisation des antiken Fauns in der Person Donatellos all diesen marmornen Auferstandenen einen lebendigeren Charakter. Warum sollte nicht jede Statue sich beleben? Antinous sollte die Braue heben und verraten, weshalb er für alle Zeit trauert, der Lykische Apoll seine Leier schlagen, und beim ersten Lebenszeichen sollte jener andere Faun aus rotem Marmor, der in reglosem Tanz verharrt, fröhlich davonspringen und die Satyrn dort drüben anführen, daß sie mit ihren kleinen Hufen an den zottigen Ziegenbeinen über den Boden trappeln, und sie sollten Donatello an den Händen fassen. Auch Bacchus könnte von seinem Piedestal herunterkommen, und rosiges Erröten sollte sich über seine von der Zeit fleckig gewordene Oberfläche ergießen, und er könnte Donatellos Lippen eine purpurne Weintraube anbieten, weil der Gott ihn gleich erkennt als den Waldelf, der so oft seine Lustbarkeiten geteilt hat. Und die wunderbar gemeißelten Figuren auf dem Sarkophag hier sollten Leben annehmen und um ihn herum Fangen spielen, mit der ganzen Ausgelassenheit, die auf diesen alten Särgen so wunderlich dargestellt ist, wenn auch mit einer gewissen subtilen Andeutung des Todes, sorgsam verschleiert, aber doch allezeit verstohlen mitten unter den Sinnbildern von Freude und Schwelgerei hervorlugend.

Als die vier Freunde die Treppe hinunterstiegen, flaute ihre phantasievolle Spielerei ab und ging in eine schwermütigere Stimmung über, eine häufig Folge dieser Art Heiterkeit, die sie soeben noch beherrscht hatte.

»Weißt du,« sagte Miriam vertraulich zu Hilda, »ich bezweifle die wirkliche Ähnlichkeit Donatellos mit dem Faun, von der wir so viel geredet haben. Um die Wahrheit zu sagen: ich war nie so stark von ihr überzeugt wie du und Kenyon; ich gab nur bei allem nach, was ihr euch gerne einbilden wolltet, um euer Vergnügen und Staunen nicht zu stören.«

»Ich meinte es aber wirklich ganz ernst, und du schienst es auch zu tun«, antwortete Hilda und sah sich nach Donatello um, als wollte sie sich der Ähnlichkeit vergewissern. »Aber Gesichter wechseln so rasch, von einer Stunde zur anderen, daß dieselben Gesichtszüge oft nicht mehr im Einklang miteinander sind – wenigstens für den Blick von jemandem, der mehr auf den Ausdruck als auf die Form achtet. Wie traurig und düster er plötzlich geworden ist!«

»Und auch ärgerlich, scheint mir, oder vielmehr: es ist wohl eher Ärger als Traurigkeit«, sagte Miriam. »Ich habe Donatello schon ein- oder zweimal in dieser Verfassung gesehn. Wenn du ihn genau beobachtest, entdeckst du eine eigenartige Mischung im Wesen unseres Freundes, etwas von einer Bulldogge oder einem entsprechend zornmütigen Tier, einen Anflug von Roheit, die man bei einer so sanften Kreatur, die er sonst doch ist, kaum erwartet. Donatello ist ein recht seltsamer junger Mann. Ich wünschte, er folgte mir nicht auf Schritt und Tritt.«

»Sie haben den armen Burschen verhext«, sagte der Bildhauer lachend. »Sie haben Talent, die Leute zu verhexen, und das verschafft Ihnen ein einzigartiges Gefolge. Gerade sehe ich einen davon hinter der Säule da drüben. *Seine* Gegenwart ist es, die Donatellos Zorn erweckt hat.« Sie waren jetzt aus dem Palazzo getreten, und halb verdeckt von einer der Säulen des Portikus stand eine von den Gestalten, denen man oft auf den Straßen und Plätzen Roms, aber sonst nirgends begegnet. Der Mann sah aus, als wäre er soeben aus einem Gemälde herausgetreten und als könnte er leicht seinen Weg in ein Dutzend anderer Gemälde finden, denn er wirkte wie eines jener Modelle, dunkel, mit buschigem Bart, wild von Aussehen und Gehaben, die von den Malern in Heilige oder Verbrecher verwandelt werden, je nachdem ihre künstlerischen Absichten es verlangen. »Miriam,« flüsterte Hilda, »das ist ja dein Modell!«

Unterirdische Erinnerungen

Miriams Modell steht zu unserer Erzählung in so wichtiger Verbindung, daß es notwendig ist, die einzigartige Weise seines ersten Auftretens zu beschreiben und wie es in der Folge dazu gelangte, sich unaufgefordert zum Gefolgsmann der jungen Malerin zu machen. Wie dem aber auch sei – wir müssen zunächst ein paar Seiten den besonderen Verhältnissen Miriams widmen.

Es herrschte ein gewisses Zwielicht um die junge Malerin, das nicht unbedingt etwas Schlimmes bedeuten mußte, sich aber doch ungünstig auf ihre Aufnahme in der guten Gesellschaft auswirkte – überall, außer in Rom. In Wirklichkeit wußte niemand irgend etwas über Miriam, weder Gutes noch Schlechtes. Sie war ohne Empfehlungen erschienen, hatte ein Atelier gemietet, ihre Visitenkarte an die Tür geheftet und zeigte ein sehr beachtliches Talent als Ölmalerin. Es stimmt, daß ihre Kollegen von der Pinselgilde reichlich viel Kritik über ihre Bilder hagelnließen, indem sie ihnen höchstens zugestanden, als halbernste Bemühungen einer Dilettantin recht gut zu sein, daß ihnen aber erlerntes Können und die Fertigkeit fehlten, die den wahren Künstler auszeichnen.

Aber ungeachtet der Fehler, die sie vielleicht hatten, erfuhren Miriams Bilder trotzdem eine gute Aufnahme bei den Förderern moderner Kunst. Und welcher technischen Vorzüge sie auch entbehren mochten — ihr Mangel war mehr als ausgeglichen durch Miriams Talent, Wärme und Temperament in ihre Werke zu legen, die jedermann zu fühlen imstande war. Miriams Wesen hatte viel Farbigkeit, und infolgedessen hatten auch ihre Bilder sie.

Miriam trat auch sehr sicher auf, und ihre Haltung war so wenig schüchtern, daß es leicht schien, ihre Bekanntschaft zu machen, und nicht weiter schwierig, eine solche gelegentliche Bekanntschaft zu einer Freundschaft zu entwickeln. Wenigstens war dies der Eindruck, den sie nach kurzem Kontakt machte, aber die endgültige Ansicht derer, die sie wirklich kennenzulernen suchten, war es nicht. Miriams Verhalten allen gegenüber, die in ihre Sphäre traten, war so unbefangen, frei und umgänglich, daß sich möglicherweise niemand der Tatsache bewußt wurde; doch kamen sie nie weiter, und nur ganz selten erlangten sie in Miriams Gunst heute mehr, als sie schon gestern besessen hatten. Durch irgendeine subtile Eigenschaft hielt sie die Leute in einem gewissen Abstand, ohne sie direkt merken zu lassen, daß sie aus ihrem inneren Kreis ausgeschlossen blieben. Sie erinnerte an eine jener Lichterscheinungen, die von Taschenspielern vorgegaukelt werden, in scheinbarer Greifbarkeit, eine Armeslänge nur von uns entfernt: wir tun einen Schritt vorwärts, erwarten, die Illusion einfangen zu können, und müssen entdecken, daß sie noch genauso weit von uns entfernt ist wie zuvor. Schließlich begann die Gesellschaft einzusehen, daß es unmöglich war, Miriam näherzukommen, und fügte sich widerwillig darein.

Dennoch gab es zwei Menschen, die sie anscheinend als Freunde im engeren und wahren Sinn des Wortes anerkannte, und Miriams Wahl dieser beiden von ihr bevorzugten Menschen sprach für sie und legte ein gutes Zeugnis für sie ab. Der eine war ein junger amerikanischer Bildhauer, in den man große Erwartungen setzte und dessen Berühmtheit rapide zunahm, das andere war ein aus dem gleichen Land stammendes Mädchen, Malerin wie Miriam selbst, aber auf einem ganz anderen Gebiet der Kunst. Diesen beiden brachte sie ihr ganzes Herz entgegen, und das Zusammensein mit ihnen und ihre Freundschaft — besonders die Hildas — entschädigte sie für all die Einsamkeit, mit der sich zu umgeben sie der übrigen Welt gegenüber entschlossen war. Ihre beiden Freunde waren sich bewußt, wie stark und anspruchsvoll Miriam von ihnen Besitz ergriff, und schenkten ihr in vollem Maße ihre Zuneigung. Hilda brachte ihr den ganzen Eifer einer ersten Mädchenfreundschaft entgegen, und Kenyon entsprach ihr mit einer männlichen Aufmerksamkeit, in der nichts enthalten war, was mit ›Liebe‹ bezeichnet wird.

Allmählich entstand eine Art Intimität zwischen diesen drei Freunden und einem vierten Menschen. Das war ein junger Italiener, der bei einem gelegentlichen Aufenthalt in Rom von der bemerkenswerten Schönheit Miriams gefesselt wurde. Er hatte ihr aufgelauert, war ihr gefolgt und bestand in simpler Beharrlichkeit darauf, in ihren Bekanntenkreis aufgenommen zu werden — ein Vorzug, der ihm gewährt wurde und den eine kompliziertere Persönlichkeit, die auf subtilere Weise danach getrachtet hätte, kaum erreicht haben würde. Dieser junge Mann, durchaus nicht von glänzendem Intellekt, hatte doch viele anziehende Eigenschaften, die ihm die freundlich nachlässige Beachtung Miriams und ihrer beiden Freunde eintrugen. Es war der, den sie Donatello genannt hatten und dessen wunderbare Ähnlichkeit mit dem Faun des Praxiteles den Grundton unserer Erzählung bildet.

Dies also war die Situation, in der wir Miriam ein paar Monate nach ihrer Etablierung in Rom finden. Gleichwohl muß hinzugefügt werden, daß die Welt ihr nicht gestattete, ihr Vorleben zu verbergen, ohne sie gleichzeitig zum Gegenstand von allerlei Vermutungen zu machen, was in Anbetracht der Fülle von persönlichem Charme und dem Grad der Aufmerksamkeit, den sie als Malerin erregte, nur allzu natürlich war. Es waren viele Geschichten über Miriams Herkunft und früheres Leben im Umlauf, von denen einige den Anschein des Möglichen hatten, während andere ganz offenbar wilde und romantische Erfindungen waren. Wir wählen ein paar davon aus und überlassen es dem Leser, sie unter die möglichen oder die erfundenen einzureihen.

Zum Beispiel wurde behauptet, Miriam sei die Tochter eines großen jüdischen Bankiers — ein Gedanke, der vielleicht durch eine gewisse orientalische Üppigkeit ihrer Figur hervorgerufen wurde — und daß sie aus ihrem Elternhaus entflohen sei, um der Heirat mit einem Vetter zu entgehen, dem Erben eines anderen Angehörigen dieser goldesschweren Sippe; der geplanten Heirat lag die Absicht zugrunde, das Anwachsen des ungeheuren Reichtums innerhalb der Familie zu erhalten. Eine andere Geschichte gab zu verstehen, daß sie eine deutsche Prinzessin sei, die aus Staatsraison entweder mit einem altersschwachen Souverän oder mit einem Prinzen, der noch in den Kinderschuhen steckte, verheiratet werden sollte. Und nach einer dritten Behauptung war sie das illegitime Kind eines südamerikanischen Plantagenbesitzers, der ihr eine erlesene Erziehung hatte angedeihen lassen und sie mit seinem ganzen Reichtum ausstattete; aber der eine brennende Tropfen afrikanischen Blutes in ihren Adern erfüllte sie dermaßen mit einem Gefühl der Schande, daß sie alles im Stich gelassen hatte und ihrer Heimat entflohen war. Einem weiteren Beitrag zufolge war sie die Gattin eines englischen Adligen, hatte aus reiner Liebe und Verehrung für die Kunst allen Glanz ihrer hohen Stellung verschmäht und mußte ihren Unterhalt nun mit Hilfe ihrer Malerei in einem römischen Atelier zu verdienen suchen.

Der Ursprung aller dieser Darstellungen schien in dem großzügigen und freimütigen Eindruck zu liegen, den Miriam unterschiedslos hervorrief, als könnte die Not nie etwas mit ihr zu schaffen haben. Welchen Entbehrungen sie auch unterworfen war — es mußten unbedingt freiwillige sein. Aber es gab noch andere Mutmaßungen, aus so gewöhnlichen Gesichtspunkten wie dem, daß Miriam die Tochter eines Kaufmanns oder Finanzmanns sei, der sich während einer großen Krise ruiniert habe, und da sie künstlerische Neigungen besaß, sich mit Malerei ihren Lebensunterhalt zu verdienen suche, was sie der Alternative, Gouvernante zu werden, vorgezogen habe.

Mochten diese Dinge sich verhalten, wie sie wollten, jedenfalls hatte Miriam, die im Grunde so lauter war, wie sie aussah, ein Geheimnis, dem sie entkommen war, das ihr aber noch anhing. Sie war eine schöne und auffallende Frau, stand aber gleichsam auf nebelhaftem Boden und war von Undurchsichtigem umgeben, so daß selbst ihren normalsten Äußerungen noch etwas Mysteriöses unterschoben wurde. Dies war sogar bei Kenyon und Hilda der Fall, bei ihren besten Freunden also. Aber die Wirkung von Miriams natürlicher Sprache, ihrer Großmut, Güte und angeborenen Aufrichtigkeit war so, daß die beiden sie als nahe Freundin ins Herz schlossen, ihre guten Eigenschaften als gegeben und echt hinnahmen und niemals meinten, daß das, was verborgen war, deshalb schlimm sein müßte.

Wir setzen unsere Erzählung nun fort.

Dieselben Freunde, die wir im Museum des Kapitols trafen, waren ein paar Monate vorher zufällig in die Katakombe des heiligen Kalixtus gegangen. Vergnügt stiegen sie in dieses ungeheure Grab hinunter und durchwanderten bei Fackellicht eine Art Traum, in welchem allerlei, das an Kirchenschiffe und greuliche Keller erinnerte – hauptsächlich an letztere –, in Stücke zerschlagen und hoffnungslos durcheinandergeworfen zu sein schien. Die verschlungenen Gänge, durch die sie dem Fremdenführer gefolgt waren, waren in einem längst versunkenen Zeitalter aus dunkelrotem, zerbröckeltem Gestein ausgehauen worden. Zu beiden Seiten waren horizontale Nischen, in denen sie, wenn die Fackeln dicht davorgehalten wurden, die Umrisse menschlicher Körper in weißer Asche erkennen konnten, in die das Sterbliche eines Mannes oder einer Frau sich verwandelt hatte. Zwischen all diesem erloschenen Staub lag hier und da ein Schenkelknochen, der bei der leisesten Berührung zerfiel, oder wohl auch ein Schädel, der über seinen eigenen erbarmungswürdigen Zustand grinste, wie es der abscheuliche und leere Habitus dieser Dinger ist.

Manchmal führte ihr dunkler Pfad aufwärts, so daß durch einen

Felsspalt ein bißchen Tageslicht auf sie heruntersickerte oder sogar ein Strahl Sonnenlicht in eine Grabnische drang; dann wieder ging es in allmählichem oder auch jähem Abfallen des Pfades wieder hinunter oder auf roh behauenen Stufen immer tiefer und tiefer ins Erdinnere. Hin und wieder erweiterten sich die engen und beklemmenden Gänge ein wenig und bildeten kleine Kapellen, die früher zweifellos mit Marmorbildern geschmückt und von Ewigen Lampen und Wachslichtern erhellt waren. Aber alle derartigen Illuminationen und Verzierungen waren jedenfalls längst beseitigt und geraubt worden; nur an der niedrigen Decke einiger dieser uralten Kultstätten waren schäbige Stukkaturen und Fresken zu sehen, die Szenen aus der Heiligen Schrift darstellten und im Zustand trostlosesten Verfalls waren.

In einer dieser Kapellen zeigte ihnen der Fremdenführer einen niedrigen Rundbogen, unter dem die heilige Cäcilie nach ihrem Martyrium begraben worden war und wo sie gelegen hatte, bis ein Bildhauer sie entdeckte und aufs schönste in Marmor verewigte.

An einem ähnlichen Platz fanden sie zwei Sarkophage, von denen einer ein Skelett, der andere einen eingeschrumpften Körper enthielt, der noch die Kleidung seines vergangenen Lebens trug.

»Wie gräßlich das alles ist!« sagte Hilda schaudernd. »Ich weiß wirklich nicht, wozu wir hierhergekommen sind und wozu wir auch nur einen Augenblick länger dableiben müssen.«

»Ich hasse das Ganze!« rief Donatello mit größtem Nachdruck. »Bitte, laßt uns doch so rasch wie möglich ins gute Tageslicht zurückgehn!«

Von Anfang an hatte Donatello nur wenig Begeisterung für diesen Ausflug gezeigt, da er, wie die meisten Italiener und besonders seiner eigenen einfachen und physisch glücklichen Natur nach, einen unendlichen Widerwillen gegen Gräber und Skelette und diese ganze Gespensterhaftigkeit hatte, die der nordische Geist mit dem Todesgedanken zu verbinden liebt. Donatello schauderte und sah sich angsterfüllt um, während er näher zu Miriam trat, deren Anziehungskraft allein ihn in diese düstere Region gelockt hatte.

»Was sind Sie doch für ein Kindskopf, armer Donatello«, sagte sie so ungeniert, wie sie ihm gegenüber immer war. »Sie haben wohl Furcht vor Gespenstern?«

»Jawohl, Signorina, schreckliche Furcht«, antwortete der ehrliche Donatello.

»Ich glaube auch an Gespenster und würde an einem geeigneten Ort sogar vor ihnen zittern. Aber diese Grüfte sind so alt und die Skelette und weißen Aschenhäufchen dermaßen ausgetrocknet, daß ich meine, sie müssen wohl aufgehört haben, herumzuspuken. Das Gräßlichste an den Katakomben ist ihre grenzenlose Ausdehnung und der Gedanke an die Möglichkeit, sich in diesem Labyrinth zu verirren, in dem Finsternis rings um das schwache Glimmen unserer Lichter brütet.«

»Ist hier schon einmal irgend jemand verlorengegangen?« fragte Kenyon den Fremdenführer.

»Gewiß, Signore. Einer, und das ist noch nicht länger her als zu Lebzeiten meines Vaters«, sagte der Führer und fügte mit dem Ausdruck eines Menschen, der an das, was er sagt, auch glaubt, hinzu: »aber der erste Mensch, der sich verirrte, war ein Heide im alten Rom, der sich hier versteckte, um die lieben Heiligen auszuspionieren und zu verraten, die damals an diesen schrecklichen Orten lebten und Gottesdienste abhielten. Haben Sie von der Geschichte gehört, Signore? Ein Wunder ereignete sich an diesem fluchwürdigen Mann, denn seither, also mindestens seit fünfzehnhundert Jahren, tappt er ewig in der Finsternis hier herum und sucht nach dem Ausgang der Katakombe.«

»Ist er je gesehen worden?« fragte Hilda, die einen mächtigen und furchterfüllten Glauben an Wunderdinge dieser Art hatte.

»Diese meine Augen haben ihn nie erblickt, Signorina, das verhindern die Heiligen«, antwortete der Fremdenführer. »Es ist aber ganz bekannt, daß er aus nächster Nähe Gruppen von Leuten beobachtet, die in die Katakombe kommen, ganz besonders, wenn es Ketzer sind, weil er hofft, irgendeinen, der sich abgesondert hat, in die Irre zu locken. Wonach der Schuft beinahe ebenso wie nach dem gesegneten Tageslicht begehrt, ist nämlich ein Gefährte, der sein Elend teilen soll.«

»Ein so heftiges Verlangen nach Sympathie hat jedenfalls etwas Versöhnliches bei dem armen Teufel«, bemerkte Kenyon.

Sie hatten jetzt eine Kapelle erreicht, die größer war als die bisherigen. Sie hatte einen kreisförmigen Grundriß und besaß, obwohl sie aus dem harten roten Sandsteinfels gehauen war, Säulen und eine gemeißelte Decke sowie andere Anzeichen eines regulären architektonischen Entwurfs. Trotzdem war sie für einen Kirchenraum überaus winzig, kaum zwei Manneslängen hoch und nur zwei, drei Schritte im Durchmesser. Und während ihre Fackeln alle zusammen diesen kleinen geweihten Ort beleuchteten, umschloß ihn die große Finsternis, gleich jenem gewaltigeren Mysterium, das unser kleines Dasein umgibt und in das unsere Freunde, einer nach dem anderen, von uns fortgehen.

»Aber wo ist denn Miriam?« rief Hilda erschrocken.

Hastig schauten sie von Gesicht zu Gesicht und gewahrten, daß einer aus ihrer Gesellschaft in die Finsternis entwichen war, gerade als sie bei dem abwegigen Gedanken an ein derartiges Unglück geschaudert hatten.

Das Phantom der Katakombe

»Selbstverständlich kann sie sich nicht verirrt haben,« rief Kenyon, »noch vor ein paar Sekunden hat sie ja etwas gesagt.«

»Nein, nein,« sagte Hilda in größter Bestürzung, »sie war zurückgeblieben, und es ist schon eine ganze Weile her, seit wir ihre Stimme gehört haben.«

»Fackeln, Fackeln,« schrie Donatello außer sich, »ich suche sie, und wenn die Finsternis auch noch so schrecklich ist!«

Aber der Fremdenführer hielt ihn fest und versicherte allen, daß es keine Möglichkeit gebe, ihrer verirrten Gefährtin durch etwas anderes zu helfen als durch Rufen, und zwar so laut, wie sie nur könnten. Da der Ton durch diese engen Gänge sehr weit halle, werde Miriam höchstwahrscheinlich die Rufe hören und den Weg, den sie in die Irre gegangen war, wieder zurückfinden. So begannen sie also alle – Kenyon mit seinem Baß, Donatello mit seinem Tenor, der Fremdenführer mit der hohen und harten italienischen Stimme, die die Straßen Roms so lärmend macht, und Hilda mit ihrem dünnen Schreien, das durchdringender war als der vereinte Lärm von allen übrigen –, begannen sie also mit der äußersten Kraft, die ihre Lungen hergaben, zu schreien, zu rufen, zu brüllen. Und – um die Spannung des Lesers nicht unnötig zu verlängern, denn wir möchten ihn keineswegs so besonders für den Vorfall interessieren, erzählen ihn vielmehr nur wegen der Unannehmlichkeiten und Komplikationen, die ihm folgten – so hörten sie alsbald den antwortenden Ruf einer weiblichen Stimme.

»Das war die Signorina!« rief Donatello voll Freude.

»Ja, es war Miriams liebe Stimme,« sagte Hilda, »da kommt sie schon! Gott sei Dank! Gott sei Dank!«

Die Gestalt ihrer Freundin wurde jetzt im Licht ihrer eigenen Fackel sichtbar, wie sie aus einem der höhlenreichen Gänge herankam. Aber Miriam kam nicht mit dem Eifer und der nachzitternden Freude eines Menschen, der soeben dem Labyrinth finsterer Geheimnisse entgangen ist. Sie antwortete auch nicht gleich auf die Fragen, mit denen sie überschüttet wurde, und auf die lärmenden Glückwünsche und hatte, wie sich die anderen später entsannen, in ihrem Benehmen etwas Geistesabwesendes, Nachdenkliches und Verschlossenes. Sie sah bleich aus, was ja nur natürlich war, und hielt ihre Fackel mit nervösem Griff umklammert, dessen Zittern sich in dem auffallenden Flackern der Flamme verriet. Dies war das hauptsächliche, wahrnehmbare Anzeichen von irgendeiner Erregung oder einem soeben ausgestandenen Schrecken.

»Liebe, liebe Miriam,« rief Hilda und schlang die Arme um ihre Freundin, »warum bist du uns denn davongelaufen? Gelobt sei die himmlische Vorsehung, die dich aus dieser gräßlichen Finsternis gerettet hat!«

»Still, liebste Hilda!« raunte Miriam mit einem kleinen Auflachen. »Weißt du denn so genau, daß es der Himmel war, der
mich wieder zurückgebracht hat? Und wenn, dann hat er es
durch einen seltsamen Boten getan, wie du zugeben wirst.
Schau, dort steht er.«

Erschreckt durch Miriams Worte und Verhalten, starrte Hilda in
die Dämmerung, in die Miriam deutete, und gewahrte eine
Gestalt, die just an der verschwimmenden Grenze der Dunkelheit, an der Schwelle der kleinen, erleuchteten Kapelle stand.
Kenyon entdeckte sie im gleichen Augenblick und näherte sich
dem Mann mit seiner Fackel, obwohl der Fremdenführer versuchte, ihn davor zu warnen, indem er beteuerte, daß die Erscheinung, sowie Kenyon aus dem geweihten Bereich der Kapelle heraustrete, die Macht haben würde, ihn zu vernichten.
Als der Bildhauer später an den Vorfall zurückdachte, fiel ihm
auf, daß der Fremdenführer jedenfalls für sich selber keine derartigen Befürchtungen zu hegen schien, denn er hielt mit Kenyon
Schritt, als dieser auf die Gestalt zutrat, obgleich er immer noch
versuchte, ihn zurückzuhalten. Schließlich waren sie beide nahe
genug, um die Gestalt so gut wahrzunehmen, wie das gegen
die Finsternis ankämpfende Licht ihrer Fackeln es eben erlaubte.

Der Fremde bot einen äußerst malerischen, ja geradezu melo-
dramatischen Anblick. Er war in einen umfangreichen, anscheinend aus einer Tierhaut gefertigten Umhang gekleidet und trug
ziegenlederne Hosen, mit dem Fell nach außen, wie die Bauern
der römischen Campagna sie immer noch benutzen. In diesem
Gewand sehen sie aus wie antike Satyrn, und tatsächlich hätte
das Phantom der Katakombe den letzten Überlebenden dieser
entschwundenen Rasse darstellen können, der sich im Grabes-
dämmer verbarg und seinem verlorenen Dasein in Wäldern und
an Strömen nachtrauerte.

Außerdem trug er einen breitrandigen, kegelförmigen Hut,
unter dessen Schatten undeutlich ein wildes Gesicht zu erkennen war, das gleichsam im düsteren Gestrüpp des Bartes verschwand. Seine Augen blinzelten und blickten unsicher von den

Fackeln fort, wie die einer Kreatur, der die Mitternacht besser entspricht als der Mittag.

Alles in allem hätte die Erscheinung wohl eine beachtliche Wirkung auf die Nerven des Bildhauers gehabt, wäre er nicht daran gewöhnt gewesen, beinahe täglich ähnliche Gestalten zu beobachten, die sich auf der Spanischen Treppe herumtrieben und auf Künstler lauerten, die sie ins magische Reich des gemalten Ebenbildes versetzen sollten. Aber selbst die Vertrautheit mit dem Sonderlichen an der Aufmachung des Fremden half Kenyon nicht über die Verwunderung hinweg, eine solche Gestalt gerade hier zu treffen und sich so plötzlich aus der verbergenden Dunkelheit der Katakombe lösen zu sehen.

»Wer sind Sie?« fragte er, indem er seine Fackel näher hinhielt. »Und wie lange wandern sie hier schon herum?«

»Eintausendundfünfhundert Jahre«, murmelte der Fremdenführer laut genug, um von allen gehört zu werden. »Es ist das alte Gespenst der Heiden, von dem ich Ihnen erzählt habe, der die Heiligen verraten wollte.«

»Ja, es ist ein Gespenst!« rief Donatello bebend. »Ach, liebste Signorina, was für ein fürchterliches Wesen hat Sie da in den finsteren Gängen angefallen!«

»Unsinn, Donatello,« sagte der Bildhauer, »der Mann ist nicht gespenstischer als Sie selbst! Verwunderlich ist nur, wie er dazu kommt, sich in der Katakombe zu verstecken. Vielleicht kann der Fremdenführer das Rätsel beantworten.«

Hier löste das Phantom selber die Frage nach seiner Wirklichkeit und physischen Substanz, indem es einen Schritt machte und die Hand auf Kenyons Arm legte.

»Forschen Sie nicht, wer ich bin, noch weshalb ich mich in der Dunkelheit verberge«, sprach er mit heiserer, brüchiger Stimme, als steckte ihm ein beträchtlicher Teil der herrschenden Feuchtigkeit in der Kehle. »Fortan bin ich nichts als ein ihren Schritten folgender Schatten. Sie ist zu mir gekommen, ohne daß ich sie suchte. Sie hat mich aufgestört und muß sich mit den Folgen meines Wiederauftauchens in der Welt abfinden.«

»Heilige Madonna! Ich wünsche der Signorina viel Freude an

ihrer Eroberung«, murmelte der Fremdenführer vor sich hin. »Auf jeden Fall ist die Katakombe ihn nun los.«

Wir brauchen die Szene nicht weiter zu schildern. Nur so viel ist für die künftige Erzählung wichtig, daß Miriam in der kurzen Zeit, während der sie sich in den schrecklichen Gängen verirrt hatte, einem unbekannten Mann begegnet war und ihn mitgenommen hatte oder von ihm zurückbegleitet wurde, zunächst ins Fackellicht und danach in den Sonnenschein.

Weiterhin war an diesem Begebnis sonderbar, daß die so kurze und beiläufige Bekanntschaft mit dem Vorfall, der sie verusacht hatte, nicht zu Ende war. Als hätte der Dienst, den sie ihm oder den er ihr erwiesen – welches von beidem es nun sein mochte –, ihm ein unverbrüchliches Anrecht auf Miriams Beachtung und Schutz gegeben, erlaubte das Phantom der Katakombe ihr von diesem Tage an nie wieder, seinen Anblick für längere Zeit loszuwerden. Er verfolgte ihre Schritte mit mehr als nur der üblichen Beharrlichkeit italienischer Bettler, die einen Wohltäter entdeckt haben. Wohl ist es wahr, daß er gelegentlich für eine ganze Reihe von Tagen verschwand, aber immer tauchte er von neuem auf, glitt durch die engen Gassen hinter ihr her oder erklomm die hundert Stufen ihres Treppenhauses und setzte sich vor ihre Tür.

Da er häufig in ihr Atelier kommen durfte, hinterließ er seine Gestalt oder doch Spuren und Erinnerungen davon auf vielen ihrer Skizzen und Bilder. Die geistige Atmosphäre dieser Arbeiten war davon so beeinflußt, daß rivalisierende Maler von einem Fall hoffnungsloser Manieriertheit sprachen, die Miriams gesamte Aussichten auf wirkliche künstlerische Leistungen zerstören würde.

Die Geschichte von diesem Abenteuer verbreitete sich und machte ihren Weg weit über den gewöhnlichen Klatsch der Forestieri hinaus selbst bis in italienische Kreise, wo sie, verstärkt durch einen immer noch lebendigen Sinn für Aberglauben, noch viel wunderbarer wurde, als wir sie geschildert haben. Hierauf gelangte sie wieder zu den Angelsachsen und wurde den deutschen Künstlern mitgeteilt, die sie, ihrer Eigenart entsprechend, reich mit romantischen Verzierungen und Auswüchsen schmückten, so daß sie zu etwas Phantastischem wurde, eines Tieck oder E.T.A. Hoffmann würdig. Denn niemand macht sich je ein Gewissen daraus, den Unwahrscheinlichkeiten einer erstaunlichen Geschichte noch etwas hinzuzufügen.

Die vernünftigste Version des Vorfalls, die den Zuhörern einigermaßen glaubwürdig dargestellt werden konnte, war noch die des Fremdenführers der Katakombe mit seinen Anspielungen auf die Legende des Memmius. Dieser Mensch oder Dämon oder menschliche Dämon war zur Zeit der frühen Christenverfolgungen, wahrscheinlich unter Kaiser Diokletian, ein Spion, der in die Katakombe des heiligen Kalixtus eindrang in der bösen Absicht, die Verstecke der Geflüchteten aufzuspüren. Während er sich listig durch die dunklen Gänge schlich, geriet er zufällig zu einer kleinen Kapelle, wo vor einem Altar und einem Kruzifix Öllämpchen brannten und ein Priester gerade sein heiliges Amt ausübte. Durch göttliche Huld war Memmius die Gnade dieses Augenblicks gewährt worden, durch die er, wäre er fähig gewesen, Glauben und Liebe des Christentums zu begreifen, vielleicht vor dem Kreuz niedergekniet und das göttliche Licht in seiner Seele empfangen hätte und auf diese Weise für immer gerettet gewesen wäre. Aber er widerstand diesem heiligen Drang. Sobald daher dieser eine kurze Augenblick vorüber war, schlug das Licht der geweihten Lampen, die alle Wahrheit symbolisieren, den Unseligen mit immerwährendem Irrtum, und das heilige Kreuz selbst wurde ihm als Siegel aufs Herz gedrückt, so daß es sich nie mehr öffnen sollte, um Glauben zu empfangen.

Seitdem durchschweift der Heide Memmius die weiten, düsteren Bezirke der Katakombe und versucht, wie manche Leute behaupten, neue Opfer in sein eigenes Elend hineinzuziehen. Laut anderen strebt er danach, irgendeinen unvorbereiteten Besucher bei der Hand zu ergreifen und in seiner Begleitung ans Tageslicht hinauszugelangen. Sollten seine Listen aber auch Erfolg haben, so würde der Dämon dennoch nur kurze Zeit über der Erde bleiben. Er würde seine unmenschliche Bosheit damit befriedigen, daß er besonderes Unheil über seinen Wohltäter brächte, und würde womöglich irgendeine Pestilenz oder sonst eine längst vergessene Unbill über alle Leute heraufbeschwören, vielleicht auch die moderne Welt irgendwelche üble, schmutzige Art von Verbrechen lehren, wie die Römer der Antike sie kannten. Dann aber würde er wieder in die Katakombe zurückkehren, welche, weil er sie so lange schon durchschweift hat, die ihm angemessenste Wohnstatt ist.

Miriam lachte oft gemeinsam mit ihren selbsterwählten Freunden, dem Bildhauer und der sanften Hilda, über die monströsen Erfindungen, die über ihr Abenteuer verbreitet wurden. Ihre zwei Vertrauten — denn das waren sie im Vergleich zu allen anderen Leuten — hatten nicht unterlassen, sie nach einer Erklärung des Geheimnisses zu fragen, denn unleugbar war an der Sache etwas Mysteriöses, etwas an sich und ohne Nachhilfe durch die Phantasie schon Bestürzendes. Und während Miriam manchmal mit einer Art melancholischer Scherzhaftigkeit auf die Fragen ihrer Freunde einging, führte sie deren Einbildungskraft zu viel wilderen Fabeln hin, als selbst deutsche Erfindungsgabe oder italienischer Aberglaube hervorgebracht hatten.

Zum Beispiel behauptete sie mit einem merkwürdigen Anflug von Ernst, der nur durch ein lachendes Auffunkeln ihrer dunklen Augen gemildert wurde, das Phantom, das in seinem irdischen Dasein Künstler gewesen sei, habe versprochen, sie ein längst verlorengegangenes unschätzbares Geheimnis der antiken römischen Freskomalerei zu lehren. Die Beherrschung dieses Handwerks werde Miriam an die Spitze der modernen Kunst stellen; die einzige Bedingung dafür sei, daß sie mit ihm in seine undurchdringliche Finsternis zurückkehren müsse, nachdem sie zuvor eine Stuckwand mit den herrlichsten und schönsten Malereien bedeckt habe. Und welcher aufrichtige Kunstjünger würde nicht eine solche unüberbietbare Meisterschaft erkaufen wollen, selbst mit einem so gräßlichen Opfer?

Oder wenn ihre Freunde um eine etwas nüchternere Erklärung bettelten, entgegnete Miriam, sie habe, als sie dem alten Ungläubigen in einem der greulichen Gänge der Katakombe begegnet sei, ein Gespräch mit ihm begonnen, weil sie gehofft habe, den Ruhm und die Befriedigung zu erwerben, ihn dem christlichen Glauben zuzuführen. Um den Preis eines so außerordentlichen Resultates habe sie sogar ihr eigenes Seelenheil für das seinige auf Spiel gesetzt, indem sie sich verpflichtet habe, ihn an den Ort seiner finsteren Strafe zurückzubegleiten, falls sie ihn im Lauf von zwölf Monaten nicht von den Irrtümern überzeugt hätte, derentwegen er so lange im Dunkel habe umherschweifen müssen. Aber leider stehe diese Auseinandersetzung bis jetzt gefährlich zugunsten des Dämons, und Miriam hatte, wie sie Hilda ins Ohr flüsterte, fürchterliche Vorahnungen – daß sie nämlich in ein paar Monaten dem Sonnenlicht auf ewig Lebewohl sagen müsse.

Es war auffallend, daß alle ihre romantischen Phantasien stets zu dem gleichen düsteren Ende gelangten. Es schien ihr unmöglich, sich irgendein anderes, nicht katastrophales Ergebnis der Begegnung mit ihrem unter einem bösen Omen stehenden Begleiter auch nur vorzustellen.

Diese Sonderbarkeit hätte gleichwohl nichts zu bedeuten brauchen, wäre sie nicht ein Zeichen für einen verzagten Gemütszustand gewesen, der sich ebenso in vielen anderen Dingen verriet. Miriams Freunde fanden ohne große Schwierigkeit auf die eine oder andere Weise heraus, daß ihre Heiterkeit ernstlich beeinträchtigt war. Ihre Lebensgeister waren oft niedergedrückt bis zu tiefer Melancholie. War sie je noch vergnügt, so war sie es doch selten mit einer gesunden Fröhlichkeit. Sie wurde sogar launisch und erlag Anfällen von leidenschaftlichem Zorn, den sie meistens an denen ausließ, die sie am innigsten liebten. Nicht etwa, daß Miriams gleichgültigere Bekannten vor ähnlichen Ausbrüchen ihres Mißfallens sicher waren, insbesondere dann nicht, wenn sie irgendeine Anspielung auf das Modell wagten. In solchen Fällen hatten sie hinterher wenig Lust, jemals auf dieses Thema zurückzukommen, sie neigten vielmehr dazu, die ganze Sache so weit zu Miriams Ungunsten auszulegen, wie die Umstände es nur immer zuließen.

Es könnte dem Leser scheinen, daß es so vieler Gerüchte und

Mutmaßungen nicht bedurft hätte bei einem Vorfall, der ebensogut hätte aufgeklärt werden können, ohne daß man dabei so weit über die Grenzen des Wahrscheinlichen hinausging. Das Phantom konnte einfach ein römischer Bettler sein, dessen Gilde ja oft an viel befremdlicheren Zufluchtsorten als in den Katakomben Obdach sucht; oder einer jener Pilger, die auch heutzutage noch aus entlegenen Ländern kommen, um an den heiligen Stätten zu beten, und bei denen diese Schlupfwinkel der ersten Christen als besonders weihevoll gelten. Oder er mochte, was wohl eine einleuchtendere Hypothese war, ein Dieb aus der Stadt sein, ein Räuber der Campagna, ein politischer Missetäter oder ein Mörder mit blutigen Händen, dem die Nachlässigkeit oder die stillschweigende Duldung der Polizei die Zuflucht in solchen unterirdischen Festungen gestattete, wo die Gesetzlosen sich schon seit dem fernen Altertum zu verbergen pflegten. Ebensogut mochte er auch ein Irrer sein, der die Menschen instinktiv floh und es sich zum finsteren Vergnügen machte, zwischen Gräbern zu weilen wie jener, dessen entsetzlicher Schrei noch aus den Zeiten der Heiligen Schrift bis zu uns widerhallt.

Und was des Fremden so ergebungsvolle Anhänglichkeit an Miriam betrifft, so mag zur Erklärung hierfür einiges ihrer persönlichen Anziehungskraft zugeschrieben werden. Im übrigen braucht seine Beharrlichkeit nicht so außergewöhnlich zu erscheinen, wenn man bedenkt, daß ein geringfügiger Wink schon genügt, um diese Vagabunden des müßigen Italien jedem an die Fersen zu heften, der das Ungeschick hat, Almosen zu geben oder in anderer Art nützlich für sie zu sein oder auch nur das mindeste Interesse für ihr Geschick zu verraten. So wenig bliebe in Betracht zu ziehen, wäre nicht Miriams eigenes Betragen gewesen, ihre Schweigsamkeit, ihre brütende Schwermut, ihre Gereiztheit und ihre launenhafte Leidenschaftlichkeit. Nachsichtig betrachtet, mochten sogar diese krankhaften Symptome zureichend begründet sein durch die erregenden und anstrengenden Auswirkungen einer phantasievollen Kunst, ausgeübt von einer zarten jungen Frau in der nervösen und ungesunden Atmosphäre Roms. Dies wenigstens war die Meinung, wie Hilda und Kenyon sie sich selbst einzureden und denen mitzuteilen suchten, auf die sie einigen Einfluß hatten.

Einer von Miriams Freunden aber nahm sich die Sache schwer zu Herzen. Es war der junge Italiener. Donatello war, wie wir wissen, beim ersten Auftauchen des Fremden Augenzeuge gewesen und hatte seither eine heftige Abneigung gegen die mysteriöse, finstere, dem Grab entstiegene Erscheinung in sich genährt. Es schien weniger eine menschliche Abneigung oder Haß zu sein als eine jener instinktiven, unbegründbaren Antipathien, die mitunter bei Tieren auftreten und die sich gewöhnlich als zuverlässiger herausstellen als selbst die scharfsinnigste Erforschung des Charakters. Der Schatten des Modells, der ständig in das Licht fiel, welches Miriam um sich verbreitete, machte Donatello nicht wenig Kummer. Aber er hatte eine so warme und freudige Natur, er war so einfältig glücklich, daß er es sich ganz gut leisten konnte, ein wenig von seinem Wohlbefinden herzugeben und doch noch recht erträglich von dem zu leben, was ihm übrigblieb.

Miriams Atelier

Der Hof und das Treppenhaus eines vor dreihundert Jahren erbauten Palazzos sind eine besondere Attraktion des modernen Rom und interessieren den Fremden mehr als viele andere Dinge, von denen er eine hochtrabendere Beschreibung erhalten hat. Man durchschreitet einen schmutzigen Torweg von grandioser Höhe und Breite und erblickt vielleicht eine Reihe dunkler Säulen, die rund um den Innenhof eine Art Kreuzgang bilden, während in den Zwischenräumen, von Säule zu Säule, verstreute Fragmente antiker Statuen stehen, Torsi ohne Köpfe und Beine und Büsten, die ausnahmslos dasjenige eingebüßt haben, was ablegen zu können wirklichen Menschen in dieser nicht gerade wohlriechenden Umgebung ganz angenehm wäre: die Nasen. Basreliefs, die Reste von noch weit älteren Palazzi, sind in die Mauern eingelassen, von denen jeder Stein dem Kolosseum oder einer anderen kaiserlichen Ruine geraubt worden ist, soweit nicht ein noch früheres Barbarentum diese schon dem Erdboden gleichgemacht hatte. Zwischen zwei Säulen, weiter entfernt, steht ein alter Sarkophag ohne Deckel, und alle seine stärker vorspringenden Skulpturen sind abgebrochen. Vielleicht enthielt er einst berühmten Staub und das beinerne Gerüst einer historischen Größe, wenn er auch jetzt nur noch Behälter für den Abfall des Palasthofes und für einen abgenutzten Besen ist.

In der Mitte des Innenhofes, unter dem blauen italienischen Himmel und den hundert Fenstern des riesigen Palazzos, die von allen vier Seiten auf ihn herunterschauen, steht ein Brunnen. Er läuft über, aus einem Steinbassin ins nächste, oder rauscht aus der Urne eine Najade hervor oder sprüht seine vielen kleinen Strahlen aus den Mäulern von namenlosen Ungeheuern, die nur grotesk und kunstvoll waren zu der Zeit, als Bernini, oder wer sonst ihr unnatürlicher Vater war, sie erzeugte. Jetzt aber verraten uns die Moospolster, die Grasbüschel, das wehende Liebfrauenhaar und alle möglichen Arten frisch grünenden Unkrauts, die in den Sprüngen und Spalten des nassen Marmors gedeihen, daß die Natur den Brunnen an ihr großes Herz zurücknimmt und ihn so gütig hegt, als wäre er eine Waldquelle. Hört nur das muntere Murmeln, das Gurgeln und Plätschern! Diese silbernen Töne könnte man ebensogut von jedem kleinen Wasserfall im Walde hören, doch hier gewinnen sie durch das ständige Echo, das ihre natürliche Sprache zurückwirft, ein köstliches Pathos. Aber der Brunnen ist nicht recht glücklich, hat er doch schon seit dreihundert Jahren zu tun!

An der einen Seite des Innenhofes führt ein von Säulen eingefaßtes Portal zum Treppenhaus mit seinen mächtig ausladenden flachen Marmorstufen, über welche in vergangenen Zeiten die Prinzen und Kardinäle aus der mächtigen römischen Familie, die diesen Palazzo erbaute, hinaufgeschritten sind. Oder sie kamen mit noch eleganteren, noch leichteren Schritten herab, auf dem

Weg zum Vatikan oder zum Quirinal, um dort ihre scharlachroten Hüte gegen die dreifache Krone zu tauschen. Aber am Ende sind doch alle diese illustren Persönlichkeiten ihre ererbte Treppe zum allerletzten Mal herabgekommen, um sie als einen Aufgang für Botschafter, englische Aristokraten, amerikanische Millionäre, für Künstler, Kaufleute, Waschfrauen und Menschen jeglicher Klasse zu hinterlassen, die vergoldete und marmorpaneelierte Salons brauchen, welche ihrem Bedarf nach Glanz und Luxus entsprechen, oder auch gemütliche Dachstuben, die ihrer Armut erschwinglich sind, und all das in diesem einen vielgestaltigen Hause. Nur daß in keinem einzigen Winkel des ganzen Palazzos — der zum Prunk erbaut und für ein großes Gefolge berechnet worden war, aber ohne jeden Sinn für ein trauliches Kaminfeuer oder irgendeine andere Art häuslicher Behaglichkeit — weder der bescheidenste noch der anspruchsvollste Bewohner den geringsten Komfort findet. Eine solche Treppe sprang der leichtfüßige Donatello am Morgen nach der Szene im Skulpturenmuseum hinauf. Er ließ ein Stockwerk ums andere zurück, durchschritt hohe Türen mit schweren Rahmen aus gemeißeltem Marmor und klomm unermüdlich aufwärts, bis die Herrlichkeiten und die Eleganz des mittleren Stockwerks einer Art alpinen Region von kaltem und nacktem Aussehen Platz machten. Stufen aus rauhem Gestein, rohe Holzgeländer, die Gänge mit Ziegeln gepflastert, an den Wänden schäbige weiße Tünche — so sah der Palazzo hier oben aus. Endlich blieb Donatello vor einer Eichentür stehen, an der mit einer Stecknadel eine Karte mit der Aufschrift ›Miriam Schaefer, Kunstmalerin‹ befestigt war. Hier klopfte Donatello, und schon sprang die Tür ein wenig auf, indem durch eine Schnur von innen her an ihrer Klinke gezogen wurde. Nachdem er noch einen kleinen Vorraum durchquert hatte, war er bei Miriam angelangt.

»Kommen Sie herein, wilder Faun,« sagte sie, »und erzählen Sie mir die letzten Neuigkeiten aus Arkadien.«

Die Künstlerin stand im Augenblick nicht vor ihrer Staffelei, sondern war von der weiblichen Tätigkeit beansprucht, ein Paar Handschuhe zu stopfen.

In diesen Handarbeiten liegt etwas besonders Erfreuliches, ja sogar Rührendes – zumindest geht eine süße, sanfte und anziehende Wirkung davon aus. Unser eigenes Geschlecht ist außerhalb des hauptsächlichen Lebensberufes zu solchen Nebenbeschäftigungen nicht befähigt. Frauen aber, welcher gesellschaftlichen Herkunft sie sein mögen – seien sie mit Verstand oder Genialität begabt oder mit höchster Schönheit ausgestattet –, immer haben sie irgendeine kleine Handarbeit, um selbst den allerkleinsten freien Augenblick damit auszufüllen. Eine Nadel ist den Händen einer jeden vertraut, gelegentlich handhabt eine Königin sie, und die Dichterin kann sie so geschickt benutzen wie ihre Feder. Das Auge einer Frau, das einen neuen Stern entdeckt hat, wendet sich ab von seinem Glanz, um das blitzende kleine Instrument den Saum ihres Tüchleins entlangfunkeln zu lassen oder um eine durchgescheuerte Stelle an ihrem Kleid auszubessern. In dieser Hinsicht sind sie uns gegenüber sehr im Vorteil. Der dünne Faden aus Seide oder Baumwolle verbindet sie mit den kleinen, bekannten, freundlichen Lebensinteressen, den ununterbrochen wirkenden Einflüssen, die so viel für die Gesundheit des Charakters tun und dasjenige beseitigen, was sonst zu gefährlicher Verdichtung morbider Empfindsamkeit würde. Ein großer Teil menschlicher Sympathie läuft auf diesen elektrischen Linien entlang, reicht vom Thron bis zum strohgeflochtenen Stuhl der ärmsten Näherin und hält Hoch und Niedrig in einer besonderen Verbindung mit den Wesen ihresgleichen. Mich dünkt, es ist ein Zeichen von gesunden und guten Eigenschaften, wenn hochgeistige und Großes leistende Frauen gerne nähen, besonders, weil sie bei keiner anderen Beschäftigung mit dem eigenen Herzen einen so vertrauten Umgang haben.

Und wenn die Handarbeit ganz von selbst in einen Frauenschoß sinkt und die Nadel aufhört dahinzueilen, dann ist es ein Zeichen von Sorge, so zuverlässig wie das Klopfen des Herzens. So erging es Miriam. Selbst Donatellos Anwesenheit, der dastand und sie ansah, schien sie vergessen zu haben, und sie ließ ihn aus ihren Gedanken fallen wie den Handschuh aus ihren Händen. So einfältig er war – der junge Mann spürte kraft seiner mitfühlenden Zuneigung, daß irgend etwas nicht in Ordnung war.

»Liebe Signorina, Sie sind betrübt«, sagte er und trat nahe an sie heran.

»Es ist nichts, Donatello«, erwiderte sie und griff wieder nach ihrer Arbeit. »Ja, doch – ein wenig betrübt vielleicht. Aber bei uns, die wir aus einer alltäglichen Welt stammen, bedeutet das nicht viel, besonders nicht bei Frauen. Sie gehören einer froheren Rasse an, mein Freund, und wissen nichts von dieser krankhaften Schwermut. Aber weshalb kommen Sie in meine verdunkelte Behausung?«

»Warum machen Sie sie denn so dunkel?« fragte er zurück.

»Wir Maler verbannen absichtlich den Sonnenschein und jedes Licht außer dem indirekten«, sagte Miriam. »Denn wir halten es für nötig, uns erst in Uneinigkeit mit der Natur zu bringen, bevor wir versuchen, sie wiederzugeben. Das kommt Ihnen merkwürdig vor, nicht wahr? Aber manchmal bringen wir mit unseren künstlich hergestellten Schatten und Beleuchtungen sehr schöne Bilder zustande. Amüsieren Sie sich mit den meinigen, Donatello, dann komme ich allmählich in Stimmung, das Porträt anzufangen, von dem wir gesprochen haben.«

Der Raum hatte das übliche Aussehen eines Malerateliers. Es war einer jener reizvollen Räume, die kaum in die wirkliche Welt zu gehören scheinen, sondern eher wie die sichtbar gewordene Phantasie eines Poeten anmuten, in der im flüchtigen Aufriß, in halb entfalteten Andeutungen Wesen und Gegenstände aufschimmern, großartiger und schöner, als sie irgendwo in der Wirklichkeit zu finden wären. Die Fenster waren mit Läden verschlossen oder dicht verhängt, außer einem, das nach einer sonnenlosen Himmelsrichtung geöffnet war und nur von hoch oben ein indirektes Licht einließ, das mit seinem scharf markierten Schattenkontrast die erste Vorbedingung ist für eine malerische Sicht der Gegenstände. Bleistiftzeichnungen waren mit Nadeln an der Wand befestigt oder auf den Tischen verstreut. Ungerahmte Bilder auf Leinwand kehrten dem Besucher den Rücken zu, boten dem Auge nur eine leere Fläche und verbargen geizig die Reichtümer an Landschaften und menschlicher Schönheit, die Miriams Talent auf der anderen Seite festgehalten hatte. Im finstersten Teil des Raumes sah Donatello halb erschrocken, wie im Dämmerschatten, eine Frau mit langem dunklem Haar, die ihre Arme in einer heftigen Gebärde tragischer Verzweiflung emporgeworfen hatte und die ihn zu sich in die Dunkelheit zu locken schien.

»Fürchten sie sich nicht, Donatello,« sagte Miriam lächelnd, als sie ihn zaghaft in das geheimnisvolle Dämmerlicht spähen sah, »sie hat nichts Böses gegen Sie im Sinn, und selbst wenn sie es wollte, könnte sie es nicht ausführen. Sie ist eine Person von vielfacher Verwandlungsfähigkeit. Einmal ist sie eine romantische Heldin, dann wieder ein Bauernmädchen. Aber nur ganz äußerlich; erschaffen wurde sie, um kostbare Umhänge und elegante Gewänder zu tragen. Das ist die einzige Seite ihres Daseins, die wahr ist, wenn sie auch so tut, als ob sie die wichtigsten Pflichten hätte, während die arme Puppe in Wirklichkeit nicht das geringste zu tun hat. Aber auf mein Ehrenwort, ich bin ganz unbewußt satirisch und scheine neun von zehn Frauen nach dem Muster dieser Puppe zu beschreiben. Ich wünschte, ich wäre wie sie!«

»Wie das ihr Aussehen gleich verändert,« rief Donatello, »wenn man weiß, daß sie nur eine leblose Stoffpuppe ist! Beim ersten Blick dachte ich, daß ihre Arme sich bewegten und sie mich dazu verführen wollte, ihr in irgendeiner grauenhaften Gefahr beizustehen.«

»Werden Sie oft von so unheimlichen Auswüchsen Ihrer Phantasie gequält?« fragte Miriam. »Das hätte ich nicht gedacht.«

»Um Ihnen die Wahrheit zu gestehen, Signorina,« antwortete der junge Italiener, »ich fürchte mich sehr leicht in alten, düsteren Häusern und auch im Dunkeln. Dunkle oder dämmerige Winkel habe ich gar nicht gern, außer in Grotten oder zwischen den dichten grünen Zweigen eines Baumes oder an einem verborgenen Fleck im Wald, wie es bei mir zu Hause viele gibt. Aber sogar dort ist es mir lieber, wenn sich ein verirrter Sonnenstrahl hereinstiehlt, weil durch sein fröhliches Glänzen der Schatten noch weit angenehmer ist.«

»Ja, sehn Sie, Sie sind eben ein Faun«, sagte die Malerin heiter und lachte bei der Erinnerung an gestern. »Aber die Welt hat sich heutzutage so traurig verändert, geradezu jammervoll, armer Donatello, seit den glücklichen Zeiten, da Ihre Rasse noch in den Wäldern Arkadiens mit den Nymphen in Höhlen und Büschen Verstecken spielte. Sie sind ein paar Jahrhunderte zu spät auf die Erde zurückgekommen.«

»Ich verstehe Sie nicht,« antwortete Donatello und sah sie erstaunt an, »ich bin doch so froh, Signorina, zur selben Zeit zu leben wie Sie. Und wo Sie sind, ob in der Stadt oder auf dem Lande, möchte auch ich gern sein.«

»Ich frage mich, ob ich Ihnen eigentlich erlauben sollte, in dieser Art zu reden«, sagte Miriam und sah ihn nachdenklich an. »Viele Frauen würden es schicklicher finden, sich beleidigt zu fühlen. Hilda jedenfalls würde es Ihnen nie gestatten, das weiß ich bestimmt.« – ›Aber er ist ja nur ein großes Kind‹, dachte sie dann, ›ein einfältiger Knabe, der sein kindisches Herz an der ersten Frau erprobt, der er zufällig begegnet. Hätte diese Stoffpuppe dort das Glück gehabt, ihm zuerst vor die Augen zu kommen, so hätte er sich genauso in sie verliebt wie jetzt in mich.‹

»Sind Sie mir böse?« fragte Donatello traurig.

»Nicht im geringsten«, antwortete Miriam und streckte ihm freimütig die Hand hin. »Bitte schaun Sie sich ein paar Skizzen an, bis ich Zeit habe, ein bißchen mit Ihnen zu plaudern. Ich glaube kaum, daß ich in der richtigen Verfassung bin, heute Ihr Porträt anzufangen.«

Donatello war sanft und fügsam wie ein Spaniel und im allgemeinen auch ebenso verspielt, er konnte aber auch über die wechselnden Launen seiner Herrin traurig werden wie irgend so ein gutes Tier, das die Fähigkeit besitzt, sein Herz vorbehaltloser zu verschenken, als Männer oder Frauen das jemals fertigbringen. Daher versuchte er auch folgsam, als Miriam ihn darum bat, seine Aufmerksamkeit auf einen großen Stapel von

Feder- und Bleistiftskizzen zu lenken, die kunterbunt auf einem der Tische lagen. Doch es zeigte sich, daß sie dem armen jungen Mann nur wenig Freude bereiteten.

Die erste, die er aufgriff, war eine sehr eindrucksvolle Zeichnung; die Künstlerin hatte darauf ihre Grundideen für ein Bild festgehalten, das Jael darstellen sollte, wie sie den Nagel durch die Schläfen Siseras treibt. Es war mit beachtlicher Kühnheit hingeworfen und hatte ein paar Stellen, die wahrhaft lebens- und todesnah waren, als hätte Miriam danebengestanden, als Jael den ersten mörderischen Hammerschlag tat oder als ob sie selber Jael wäre und sich unwiderstehlich versucht fühlte, in dieser Verkleidung ihr blutiges Bekenntnis abzulegen.

Ihre erste Vorstellung von der unerbittlichen Jüdin war offenbar die vollkommener Weiblichkeit gewesen: ein lieblicher Körper und ein hochgemutes, heroisches Gesicht voll stolzer Schönheit. Aber unzufrieden mit ihrer eigenen Arbeit oder mit der schrecklichen Geschichte selbst, hatte Miriam einen gewissen eigenmächtigen Einfall ihres Stiftes hinzugefügt, der mit einem einzigen Strich die Heldin in eine gemeine Mörderin verwandelte. Es war klar, daß eine solche Jael ganz sicher Siseras Taschen durchsuchen würde, sowie er tot war.

Auf einer anderen Skizze hatte sie die Geschichte Judiths versucht, die wir so oft von alten Meistern und in den verschiedensten Stilen dargestellt sehen. Auch hier hatte sie, nachdem sie mit einer leidenschaftlichen und feurigen Konzeption begonnen hatte, die letzten, vervollständigenden Striche in regelrechtem Hohn geführt, der gleichsam den Gefühlen galt, die anfänglich machtvoll von ihr Besitz ergriffen hatten. Der Kopf des Holofernes — der, nebenbei, ein Paar aufgezwirbelter Schnurrbartenden hatte wie die eines gewissen heutigen Herrschers — war säuberlich abgeschnitten, verdrehte seine Augen nach oben und verzerrte seine Züge zum diabolischen Grinsen triumphierender Bosheit, just in Judiths Gesicht hinein. Sie ihrerseits hatte das perplexe Aussehen einer Köchin, die von einem Kalbskopf, den sie gerade zum Diner anrichtet, spöttisch angelächelt wird.

Immer und immer wieder war da die Vorstellung von einer

Frau, die dem Mann gegenüber die Rolle rächenden Unglücks spielt. Es war tatsächlich auffallend, wie die Phantasie der Künstlerin sich mit diesen bluttriefenden Geschichten zu beschäftigen schien, bei denen die Hand der Frau rot besudelt war, und wie sie außerdem nicht versäumte – in dieser oder jener Form, grotesk oder einfach nur traurig –, die Moral auszudrücken, daß die Frau sich das eigene Herz durchbohren muß, um ein menschliches Dasein zu erlangen, gleichviel aus welchem Anlaß sie dazu getrieben wurde.

Eine der Skizzen zeigte die Tochter des Herodes, die das Haupt Johannes des Täufers in einer Schale empfängt. Der grundlegende Entwurf schien von Bernardo Luinis Bild in den Uffizien übernommen zu sein, aber Miriam hatte dem Gesicht des Heiligen den Ausdruck sanften, himmlischen Vorwurfs gegeben, die traurigen, begnadeten Augen waren zu dem Mädchen emporgerichtet. Durch die Macht dieses übernatürlichen Blickes war ihre ganze Weiblichkeit mit einem Mal zu Liebe und nie mehr endender Reue erweckt.

Auf Donatellos eigentümliches Temperament hatten diese Skizzen eine höchst unangenehme Wirkung. Er schauderte, und sein Gesicht zeigte Kummer, Angst und Abscheu, dann nahm er hastig eine Zeichnung nach der anderen auf, als wollte er sie in Stücke reißen, schließlich schob er den Stapel weg, trat vom Tisch zurück und preßte sich die Hände auf die Augen.

»Was ist denn, Donatello?« fragte Miriam, von einem Brief aufschauend, den sie zu schreiben angefangen hatte. »Ach, ich hatte ja nicht gemeint, daß Sie *diese* Zeichnungen ansehen sollten. Das sind garstige Hirngespinste, die sich aus meinen Gedanken herausgestohlen haben, keine Dinge, die ich erschaffen habe, sondern die mich verfolgen. Schaun Sie, hier sind ein paar kleine Sachen, die Ihnen vielleicht mehr Spaß machen.«

Sie gab ihm eine Mappe mit Skizzen, die eine glücklichere Gemütsverfassung verrieten und, wie wir hoffen, die Künstlerin wahrheitsgetreuer charakterisierten. Vorausgesetzt, daß keines dieser Geschöpfe etwas von ihrer eigenen Persönlichkeit ausdrückte, besaß Miriam offensichtlich eine weitreichende Phantasie und die ausgeprägte Fähigkeit, etwas in ihre Produktionen zu legen, was wie Herz aussah. Diese Skizzen stellten häusliche und alltägliche Dinge dar, aber so subtil idealisiert, daß sie zwar wie etwas schienen, was man jeden Augenblick und überall sehen kann, aber es war doch das undefinierbare Etwas hinzugefügt oder fortgelassen, das den gesamten Unterschied zwischen dem gewöhnlichen Dasein und einem irdischen Paradies ausmacht. Auf allen Blättern war die liebevolle Einfühlung tief und wahrhaftig. Da war die Szene mit dem Liebenden, die in jedem Leben nur einmal vorkommt, wie er das sanfte, reine Geständnis schüchterner Zuneigung von einem Mädchen entgegennimmt, dessen schlanke Gestalt sich halb seinem Arm entgegenneigt, halb zurückweicht, ohne daß man so recht weiß: tut sie das eine oder das andere? Da gab es die eheliche Zuneigung in ihren fortschreitenden Stadien, dargestellt in einer Folge zarter Entwürfe, mit der Andeutung eines heiligen Feuers, das in den beiden Herzen von der Jugend bis ins Alter brannte und den beiden Gesichtern eine gleichbleibende Schönheit bei aller Veränderung gab.

Da war eine Zeichnung von einem abgetragenen Kinderschuh, mit dem leichten Abdruck des kleinen Fußes, ein Ding, das eine Mutter aus den Tiefen des Herzens heraus zum Lächeln oder zum Weinen bringen mußte. Und doch hätte eine Mutter vielleicht das Rührende des kleinen Schuhs nicht wahrgenommen, bevor Miriam es ihr nicht offenbarte. Die Tiefe und Kraft, mit denen diese und ähnliche Gegenstände dargestellt waren, und der Blick für das Charakteristische waren großartig. Die Malerin, noch in der Frische der Jugend, konnte keine dieser zärtlichen Erfahrungen aus eigenem Erleben geschöpft haben, es sei denn, daß jene erste Skizze, die das Bekenntnis mädchenhafter Gefühle darstellte, eine Erinnerung und keine Zukunftsvorstellung war. Doch ist es reizvoller anzunehmen, daß sämtliche Blätter die Erzeugnisse einer schönen Vorstellungskraft waren, vereint mit den warmen, reinen Empfindungen eines Frauenherzens, und so ein wahreres und lieblicheres Bild weiblichen Lebens wiedergaben, als eine reale Berührung mit seinen harten

Tatsachen es inspiriert haben könnte. Und so verrieten die Skizzen Kraft und Vielfalt phantasievoller Anteilnahme, wie sie Miriam wohl befähigen konnte, ihr Dasein mit Leiden und Freuden des Frauentums auszufüllen, wie schwer es, im einzelnen betrachtet, auch sein mochte.

Gleichwohl gab es einen wahrnehmbaren Beweis dafür, daß die Malerin das Glück, das sie für andere so tief zu würdigen vermochte, für ihr persönliches Ich verneinte: auf allen diesen Skizzen aus dem täglichen Leben war eine abseits stehende Figur dargestellt. Einmal lugte sie durch die Zweige eines Strauches, unter dem zwei Liebende saßen, dann schaute sie von draußen durch ein frostbeschlagenes Fenster ins Innere eines Hauses, wo ein junges Paar am Kaminfeuer saß, und einmal lehnte sie sich aus einem Gefährt, das von sechs Pferden in Pracht und Prunk gezogen wurde, und spähte auf eine Szene bescheidener Fröhlichkeit vor der Tür eines Landhauses. Es war stets dieselbe Figur, immer dargestellt mit einem Ausdruck großer Traurigkeit, und in Gestalt und Gesicht war trotz der Skizzenhaftigkeit doch überall Miriam selbst erkennbar.

»Gefallen Ihnen diese Zeichnungen besser, Donatello?« fragte Miriam. »Ja,« sagte Donatello ein wenig zögernd.

»Aber nicht gerade sehr viel besser, fürchte ich«, erwiderte sie lachend. »Aber was kann denn auch ein Knabe wie Sie, und ein Faun noch obendrein, von dem miteinander verwobenen Licht und Schatten des Menschenlebens wissen? Ich hatte ganz vergessen, daß Sie ein Faun sind. Sie können nicht wirklich tief leiden, und deswegen können Sie auch nur halbe Freuden erfahren. Hier ist etwas, was Sie besser würdigen können.«

Die Zeichnung stellte weiter nichts dar als eine ländliche Tanzerei, aber mit soviel Freude an der Sache, daß es hinreißend anzusehen war. Und hier gab es auch keine Beeinträchtigung, außer der merkwürdigen Beklommenheit und Trauer, die sich immer dann einstellen, wenn wir am fröhlichsten sind.

»Das will ich in Öl malen,« sagte sie, »und dazu brauche ich Sie als den ausgelassensten aller Tanzenden. Wollen Sie mir eines Tages dazu Modell stehen oder vielmehr tanzen?«

»Mit größter Freude, Signorina!« rief Donatello. »Sehen Sie, so – so muß es sein!« Und damit fing er an zu tanzen und flog durch das Atelier wie der verkörperte Geist des Frohsinns. Schließlich blieb er auf einer seiner Zehenspitzen stehen, als wäre das die einzige Körperstelle, durch die sein bewegliches Naturell allenfalls Kontakt mit der Erde haben könnte. Die Wirkung in dem dämmerigen Raum, aus dem Miriam sorgsam das Sonnenlicht verbannt hatte, war so belebend, als hätte ein heller Strahl diese Ausgelassenheit ringsum auf die Wände übertragen, um nun in der Mitte des Fußbodens zu verharren.

»Das war bewundernswert«, sagte Miriam mit einem anerkennenden Lächeln. »Wenn ich Sie auf meiner Leinwand festhalten kann, wird es ein großartiges Bild werden. Nur habe ich Angst, daß Sie aus ihm heraustanzen, gerade in dem Augenblick, in dem ich ihm den letzten Schliff gegeben habe. An einem der nächsten Tage wollen wir es versuchen. Und jetzt sollen Sie als Belohnung für diese hübsche Vorstellung etwas zu sehen bekommen, was ich noch niemandem gezeigt habe.«

Sie ging zu ihrer Staffelei, auf der ein Bild mit der Rückseite zum Beschauer stand. Als es umgedreht war, zeigte es das Porträt einer Frau von solcher Schönheit, wie man sie allerhöchstens zwei-, dreimal während eines ganzen Lebens sieht. So schön, daß sie dir im Gedächtnis und Bewußtsein bleibt und dich bis in deine Träume verfolgt, zu Qual und Freude, das Reich deines Innern beherrschend, wenn sie sich auch nicht dazu herbeiläßt, sich dort gemütlich niederzulassen.

Sie war sehr jugendlich und hatte ein Aussehen, das meistens für jüdisch gehalten wird, eine Haut, auf der es nichts Rosiges gab, ohne daß sie deshalb bleich war; dunkle Augen, in die du so tief hineinschauen kannst, wie dein Blick überhaupt dringen könnte, und doch bliebe dir eine Tiefe bewußt, die du nie ergründest, obgleich sie ganz offen zutage liegt. Sie hatte schweres schwarzes Haar ohne das glatte Glänzen der dunklen Locken anderer Frauen. Wenn sie wirklich von jüdischem Blut war, so war dies jüdisches Haar und eine dunkle Glorie, wie sie den Kopf keines Christenmädchens krönt. Auf diesem Porträt

erblickte man das, was vielleicht einst Rahel war, als Jakob sie
für wert hielt, sieben Jahre um sie zu dienen und noch einmal
sieben Jahre. Oder sie mochte auch dereinst heranreifen zu einer
Judith, die Holofernes mit ihrer Schönheit überwand und ihn
tötete, weil er diese allzusehr anbetete.

Miriam beobachtete, wie Donatello das Bild aufnahm, und als sie seine schlichte Ergriffenheit sah, erhellte ein Lächeln der Freude, gemischt mit ein wenig Spott, ihr Gesicht, dann verzogen sich ihre Lippen, und ihre Augen blitzten, als ob sie seine Bewunderung oder ihre Freude darüber verschmähte.

»Das Bild gefällt Ihnen also, Donatello?« fragte sie.

»Mehr, als ich je sagen könnte«, antwortete er. »Wie schön! Wie schön!«

»Und erkennen Sie eine Ähnlichkeit?«

»Signorina!« rief Donatello und drehte sich von dem Bild um zu ihr, voll Erstaunen, daß sie das fragen konnte. »Die Ähnlichkeit ist doch so unverkennbar, als ob Sie sich über einen Brunnen beugten und die Zauberkraft hätten, das Bild von da unten heraufzubeschwören. Das sind doch Sie selbst!«

Donatello sprach die Wahrheit, und wir versagten uns, Miriams Schönheit an einer früheren Stelle unserer Erzählung zu beschreiben, weil wir die Gelegenheit, sie dem Leser vielleicht eindringlicher vorzustellen, schon voraussahen.

Ob das Porträt eine schmeichelhafte Wiedergabe war, wissen wir nicht; wohl kaum, obgleich Miriam wie alle Maler, die sich selbst porträtieren, sich mit gewissen Gaben ausgestattet haben mochte, die andere Menschen vielleicht nicht entdeckten. Künstler lieben es ja, ihre eigenen Porträts zu malen, und in Florenz gibt es eine Galerie mit Hunderten davon, darunter den allerberühmtesten, die alle autobiographische Charakteristika zeigen: irgendeinen Ausdruck, einen Zug, einen Anflug von Stolz und Vorzüge, die unsichtbar geblieben wären, wären sie nicht von innen heraus gemalt worden. Trotzdem ist ihre Realität und ihre Wahrheit deshalb nicht etwa geringer. In ähnlicher Weise hatte Miriam zweifellos etwas von den Ergebnissen der Kenntnis ihres eigenen Wesens auf ihr Porträt übertragen und wollte vielleicht erproben, ob sie für einen so einfachen und natürlichen Betrachter wie Donatello erkennbar waren.

»Gefällt Ihnen der Ausdruck?« fragte sie.

»Doch,« sagte Donatello unsicher, »wenn es nur lächeln wollte wie der Sonnenschein, so wie Sie es manchmal tun. Nein — es ist doch trauriger, als ich zuerst gemeint habe. Könnten Sie sich nicht ein bißchen lächeln lassen, Signorina?«

»Ein erzwungenes Lächeln ist häßlicher als eine gerunzelte Stirn«, sagte Miriam, während ein helles natürliches Lächeln sich über ihr Gesicht breitete, noch bevor sie zu Ende gesprochen hatte.

»Oh, halten Sie es fest!« rief Donatello. »Lassen Sie es über das Bild hin leuchten! Da — schon ist es weg! Und Sie sind wieder traurig, ganz traurig, und das Bild schaut mich noch viel trauriger an, als ob es seit vorhin von etwas Bösem überfallen worden wäre.«

»Wie erschreckt Sie aussehen, Donatello!« erwiderte Miriam. »Beinahe glaube ich wirklich daran, daß Sie ein Faun sind, weil für Sie etwas so Rätselhaftes und Erschreckendes in diesen düsteren Stimmungen liegt, die für uns gewöhnliche Leute doch ebenso natürlich sind wie das Tageslicht. Auf alle Fälle rate ich Ihnen, mit Ihren unschuldsvollen, glücklichen Augen lieber in andere Gesichter zu schauen als in meins.«

»Sie reden umsonst«, sagte der junge Mann mit tieferem Nachdruck, als sie es je bei ihm gehört hatte. »Verbergen Sie sich in soviel Dunkelheit, wie Sie wollen — ich muß Ihnen folgen.«

»Gut, gut, gut«, sagte Miriam ungeduldig. »Aber gehen Sie jetzt. Um ehrlich zu sein, lieber Freund, Sie wirken allmählich ein bißchen ermüdend. Aber heute nachmittag gehe ich im Park der Villa Borghese spazieren; wir können uns dort treffen, wenn Ihnen das Vergnügen macht.«

Die Lampe der Madonna

Als Donatello das Atelier verlassen hatte, ging auch Miriam fort, und nachdem sie ein paar der verwinkelten Gassen durchquert hatte, kam sie zu etwas, was eine Straßenverbreiterung oder eine kleine Piazza genannt werden könnte. Hier war der Ofen einer Bäckerei, der den üblichen Geruch von saurem Brot verbreitete, eine Schusterwerkstatt, ein Weißwarenladen, eine

Tabak- und Zigarrenhandlung, eine Lotteriebude und eine Wachstube der französischen Soldaten, vor der eine Schildwache auf und ab schritt, sowie ein Obststand, an dem eine römische Matrone trockene Walnußkerne, kleine verdorbene Feigen und ein paar verwelkte Blumen verkaufte. Selbstverständlich war auch eine Kirche in der Nähe, deren Fassade zu edlen Türmen aufstrebte, auf welchen zwei, drei geflügelte Gestalten aus Stein, Engel oder irgend etwas Allegorisches darstellend, aus steinernen Posaunen zu den ganz nahe liegenden obersten Fenstern eines schäbigen alten Palazzos hinüberbliesen. Dieser Palazzo zeichnete sich durch etwas aus, das in der römischen Architektur nicht sehr häufig vorkommt, nämlich durch einen mittelalterlichen Turm, quadratisch, massiv, trutzig und mit Zinnen und Schießscharten versehen.

An der einen Ecke der Zinnen war eine Nische der Heiligen Jungfrau, wie man sie überall an den Straßenecken in Rom sieht, selten aber oder niemals wie hier, so hoch über der normalen Höhe menschlicher Blicke, wo man sie nicht mehr vermuten würde. Mit diesem alten Turm und seiner geweihten Madonnennische verbindet sich eine Legende, die hier berichtet werden muß. Seit Jahrhunderten nämlich brennt vor dem Standbild der Jungfrau, mittags, mitternachts und die ganzen vierundzwanzig Stunden hindurch eine Ewige Lampe, und ihr Licht muß erhalten werden, solange der Turm selber stehen soll, oder aber der Turm, der ganze Palazzo und der gesamte Grund und Boden, der dazugehört, sollen ihrem erblichen Besitzer verlorengehen und Eigentum der Kirche werden, einem uralten Gelübde gemäß.

Als Miriam näher kam, schaute sie hinauf und sah nicht etwa die vom starken Sonnenlicht verschluckte Flamme der Ewigen Lampe, sondern einen Schwarm weißer Tauben, deren silbrige Flügel um die höchste Höhe des Turmes flatterten, schwebten, segelten und in der durchsichtigen Luft aufblinkten. Ein paar Tauben saßen auf dem obersten Fenstersims, während sie sich gegenseitig von diesem Lieblingsplatz wegzudrängen suchten, und alle stießen mit den Schnäbeln und flatterten ungestüm

gegen die Fensterscheiben. Einige hatten sich auch ganz unten auf der Straße niedergelassen, flogen aber schleunigst hinauf beim Geräusch des Fensters, das jetzt aufgestoßen wurde und das sich wie alle römischen Fenster in der Mitte öffnete und in rostigen Angeln hing.

Ein hellblondes, weißgekleidetes junges Mädchen zeigte sich für einen Augenblick in der Öffnung und warf so viel von dem Futter, wie ihre kleinen Hände greifen konnten, für die Tauben hinaus. Es schien dem Geschmack der Gefiederten zu entsprechen, denn sie versuchten ihr die Körner aus der Hand zu picken, fingen sie in der Luft und stürzten sich ihnen nach auf das Straßenpflaster hinunter.

›Was für ein hübsches Bild,‹ dachte Miriam, ›und sie selber gleicht einer Taube, dies helle, reine Geschöpf. Bestimmt halten die Tauben sie für ihre Schwester.‹

Miriam durchschritt den mächtigen Torbogen des Palazzos, wandte sich nach links und begann Stockwerk um Stockwerk des Treppenhauses zu erklimmen, das mit seiner ungemeinen Höhe würdig war, Jakobs Leiter oder doch zumindest das Treppenhaus im Turm zu Babel darzustellen. Der Stadtlärm, den es auch in Rom gibt, das Rumpeln der Räder über die holperigen Pflastersteinen, die harten, schrillen Schreie, die in den engen Gassen widerhallten, wurden immer schwächer und starben dahin, wie der Aufruhr der Welt erstirbt, wenn unsere Gesichter sich himmelwärts wenden. Immer höher stieg Miriam, und wenn sie nun durch die Fenster sah, die die Treppe begleiteten und ihr trübes Licht über die Stufen warfen, so ging ihr Blick weithin über die Dächer der Stadt, unbehindert sogar von den stattlichsten Palästen. Nur die Kuppeln der Kirchen erheben sich in diese luftige Region und halten ihre goldenen Kreuze in Höhe der Augen; und dann noch die Säule des Antonius, die sich aus dem Herzen Roms emporreckt und Sankt Paulus auf ihrer Spitze trägt – die einzige menschliche Gestalt, die Miriam auf die Dauer nicht im Stich gelassen zu haben schien.

Endlich hörte das Treppenhaus auf, nur daß an dem kleinen Absatz, mit dem es endete, eine Stiege mit einem Dutzend Stufen noch Zugang zur Plattform des Turmes und zu der legendären Nische gewährte. Auf der anderen Seite war eine Tür, an der Miriam klopfte, aber mehr als freundschaftliches Zeichen ihres Kommens als aus irgendeinem Zweifel an gastlichem Willkomm, denn sie drückte, ohne Antwort zu erwarten, auf die Klinke und trat ein.

»Was für eine Einsiedelei du da gefunden hast, liebste Hilda!« sagte sie.»Du atmest frische Luft hoch über all den schlimmen Dünsten, und in deiner jungfräulichen Höhe haust du erhaben über unseren Nichtigkeiten, unseren Leidenschaften, unserem irdischen Staub und Morast, mit Tauben und Engeln als deinen nächsten Nachbarn. Ich würde mich gar nicht wundern, wenn die Katholiken eine Heilige aus dir machten, wie deine Namenspatronin eine war, besonders da du dich ja eigentlich beinahe schon ihrer Religion angelobt hast, indem du die Lampe vor dem Bild der Jungfrau in Brand hältst.«

»Nein, nein, Miriam,« sagte Hilda, die ihre Freundin voll Freude begrüßt hatte, »du darfst mich nicht eine Katholikin nennen! Ein christliches Mädchen, Tochter von Puritanern, darf gewiß der Idee göttlichen Frauentums Ehrfurcht erweisen, ohne den Glauben ihrer Väter zu verraten. Aber wie lieb von dir, daß du in meinen Taubenschlag heraufkletterst!«

»Ja, das ist wahrhaftig kein geringer Freundschaftsbeweis,« antwortete Miriam, »ich schätze, es sind mindestens dreihundert Stufen.«

»Aber es wird dir guttun,« fuhr Hilda fort, »denn diese Höhe von fünfzig Fuß über den Dächern von Rom gewährt mir die gleichen Vorteile, die ich bei fünfzig Meilen Entfernung hätte. Die Luft regt meine Lebensgeister so an, daß ich fast Lust hätte, einen Flug von der Plattform meines Turmes zu versuchen, in der Überzeugung, daß ich aufwärts getrieben würde.«

»Ach bitte, versuche es nicht!« sagte Miriam lachend. »Wenn sich herausstellte, daß du weniger bis als ein Engel, würdest du die römischen Pflastersteine sehr hart finden. Und falls du tatsächlich ein Engel bist, kämst du, fürchte ich, nie wieder zu uns herunter.«

Diese junge Amerikanerin war ein Beispiel für die Freiheit, deren sich weibliche Künstler in Rom erfreuen. Sie hauste in ihrem Turm und durfte in die verderbte Atmosphäre der Stadt drunten niedersteigen, so frei, wie es ihren Tauben freistand, auf die Straße hinunterzufliegen – ganz allein, völlig unabhängig, einzig ihrer eigenen Aufsicht unterstellt –, nur von der Madonna behütet, deren Schrein sie pflegte. Sie konnte tun, was ihr beliebte, ohne Verdächtigungen oder dem kleinsten Schatten auf ihrem makellosen Ruf ausgesetzt zu sein. Die Lebensweise der Künstler gewährt ja auf dem sexuellen Gebiet große Freiheit, dem anderswo so viel engere Schranken gesetzt sind. Vielleicht ist das eine Mahnung, daß wir, wenn wir den Frauen schon einen weiteren Spielraum für Studien und Berufe gewähren, auch die Fesseln der anderen konventionellen Vorschriften lockern müssen, da sie den Frauen sonst zum unleidlichen Hindernis werden könnten. In Rom scheint dieses System einwandfrei zu funkionieren, und die Reinheit des Herzens und des Lebenswandels hat die Möglichkeit, sich in vielen Fällen, wie in dem Hildas, durchzusetzen, für sich selbst Zeugnis abzulegen und in einem der Gesellschaft anderer Städte unbekannten Ausmaß für Sicherheit zu bürgen.

In ihrem Heimatland hatte Hilda schon in früher Jugend gezeigt, was von Kennern als ein entschiedenes Talent für bildende Kunst bezeichnet wurde. Sogar in ihrer Schulzeit – die noch nicht sehr weit zurücklag – waren ihr schon Zeichnungen gelungen, die von Menschen mit künstlerischem Verständnis begehrt waren und von ihnen so sorgfältig aufbewahrt wurden, als gehörten sie zu den erlesensten Schätzen ihrer Kunstmappen. Es waren zart ersonnene Blätter, vielleicht noch ohne die Wirklichkeitsnähe, die nur aus der unmittelbaren Berührung mit dem Leben kommt, doch von so sanfter Empfindung und Phantasie, daß man meinte, hier sei Menschliches mit Engelsaugen gesehen. Im Lauf der Jahre und bei zunehmender Erfahrung war zu erwarten, daß ihr Strich wohl etwas kräftiger und entschiedener werden und ihren Zeichnungen die Plastik geben würde, an der es ihnen noch fehlte. Wäre Hilda in ihrer Heimat geblieben, so hätte sie wahrscheinlich originale Werke geschaffen, die es verdient hätten, in jener Galerie für einheimische Kunst zu hängen, der, wie wir hoffen, eine Lebensdauer noch durch viele kommende Jahrhunderte beschieden ist. Jedenfalls aber hatte sie, als Waise, ohne nähere Verwandtschaft und im Besitz eines bescheidenen Vermögens, die Möglichkeit gesehen, nach Italien zu kommen, diesem Zentrum, auf das Auge und Herz jedes Künstlers gerichtet sind, als könnten in keiner anderen Atmosphäre Bilder leuchtendes Leben und Statuen Anmut und

Ausdruck gewinnen als in diesem Land des weißesten Marmors.

Hildas sanftmütige Beherztheit hatte sie sicher über Land und Meer geführt, mit unaufdringlicher Beharrlichkeit hatte sie einen Platz in der berühmten Stadt gefunden, wie eine Blume eine Felsritze, und ein wenig Erdreich erkundet, wo sie sich mit ihren zarten Wurzeln festklammern und wo sie wachsen kann. Hier in ihrem Turm trieb sie nun ihr Wesen, hatte ein oder zwei Freunde in Rom, aber keinen häuslichen Gefährten, außer den Tauben, deren Behausung sich in einem verfallenen Raum neben dem ihren befand. Sie waren bald so vertraut mit dem hellhaarigen angelsächsischen Mädchen, als ob sie ihre Schwester wäre, und die meist weiße Kleidung war ihrem weißen Gefieder so ähnlich, daß die anderen Künstler Hilda ›die Taube‹ nannten und ihre luftige Behausung den ›Taubenschlag‹. Und während die übrigen Tauben nach dem, was ihnen begehrenswert schien, in die Ferne und Weite flogen, spannte Hilda ihre geistigen Schwingen aus und suchte nach ätherischer und seelischer Nahrung, wie Gott sie für Geschöpfe ihresgleichen bestimmt hat.

Wir wissen nicht, ob die Ergebnisse ihrer italienischen Studien, soweit sie jetzt schon sichtbar waren, späterhin als gut und wünschenswert gelten werden. Sicher aber ist, daß Hilda seit ihrer Ankunft in dem malerischen Land den Antrieb zu eigenen Arbeiten vollständig eingebüßt hatte. Ohne Zweifel war es früher der Traum des Mädchens gewesen, Formen und Farben, die gänzlich ihrem eigenen Geist entstammten, in die Welt zu stellen, bezwingende Darstellungen aus Dichtung und Geschichte, die kraft ihrer eigenen individuellen Vorstellungen und Methoden Leben gewinnen sollten. Aber Hilda hatte, während sie mit den Wundern der Kunst immer vertrauter wurde, mehr und mehr aufgehört, sich selbst für eine geborene Künstlerin zu halten. Kein Wunder, daß dieser Sinneswechsel sie befallen hatte, denn sie besaß eine tiefe und sensitive Fähigkeit zur Würdigung hoher Qualität, hatte in höchst ungewöhnlichem Ausmaß die Gabe, das Außerordentliche zu erkennen und zu verehren. Wahrscheinlich begriff kein anderer so verständnisvoll und mit so tiefem Glücksgefühl die Wunder, die hier zu sehen waren. Sie sah – nein, sah nicht, sondern erfühlte ein Bild durch und durch. Sie schenkte ihm alle Wärme und allen Reichtum weiblicher Einfühlung – nicht durch irgendeine intellektuelle Anstrengung, sondern durch Intuition, und durch diese Fähigkeit drang sie unmittelbar zum zentralen Gesichtspunkt vor, aus dem der Meister sein Werk konzipiert hatte. So sah sie es gleichsam mit seinen Augen, und daher war ihr Verständnis für jedes Kunstwerk, welches sie interessierte, vollkommen.

Diese Erkenntniskraft hing teilweise mit Hildas physischer Natur zusammen, die gesund und zugleich ausgesprochen zart war, und damit verbunden war eine Sicherheit der Hand, eine peinliche Genauigkeit, die ein vom bildnerischen Genius ganz unabhängiges, wenn auch für ihn unentbehrliches Talent ist.

Hilda hörte auf, nach eigenen Zielen zu trachten, gerade weil ihre Gaben sie dazu befähigten, von ihrer Vertrautheit mit den machtvollen alten Meistern zu profitieren. In ihrer Verehrung für diese großen Maler war sie viel zu dankbar für alles, was sie ihr gaben, in ihrer ehrfurchtgebietenden Nähe zu bescheiden, um daran zu denken, sich selbst zu ihrer Gemeinschaft zählen zu wollen. Da die Welt die Wunder sehen konnte, die sie hervorgebracht hatten, schien sie ihr schon reich genug, und es blieb weiter nichts zu wünschen übrig, als daß diese Wunderwerke weitere Verbreitung fänden. All die jugendlichen Hoffnungen, die sie von zu Hause mitgebracht hatte, wurden beiseite geschoben und, soweit es diejenigen, die am vertrautesten mit ihr standen, beurteilen konnten, ohne Bedauern aufgegeben. Alles, was sie von da an in demütiger, um nicht zu sagen: religiöser Hingabe versuchte, war, etwas von der Glorie festzuhalten und wiederzugeben, die von den Händen der alten Meister auf die Leinwand geworfen war.

So wurde Hilda also eine Kopistin: in der Pinakothek des Vatikan, in den Gemäldesammlungen der Pamphili-Doria, der Borghese, Corsini und Sciarra war ihr Pinsel tätig vor so manchem berühmten Bild von Guido Reni, Domenichino, Raffael und den frommen Malern früherer Schulen. Künstler und Besucher aus fremden Ländern behielten die schlanke Mädchengestalt in Erinnerung, vor einem dieser weltbekannten Werke, geistesabwesend, nichts bemerkend von ihrer Umgebung und nur in dem lebend, was sie zu tun versuchte. Vielleicht lächelten sie angesichts der Kühnheit, mit der Hilda davon träumte, diese gewaltigen Leistungen zu kopieren. Hielten sie aber inne, um ihr über die Schulter zu sehen, und besaßen sie genug Verständnis für das, was sie vor Augen hatten, so waren sie rasch zu glauben geneigt, daß der Geist der alten Meister über Hilda schwebte und ihr die Hand führte. Und aus welchen Bereichen voll Schönheit und Begnadung dieser Geist auch herabsteigen mochte, es wäre gewiß keine unwürdige Bemühung für ihn gewesen, einer so treuen und reinen Anbeterin behilflich zu sein und ihrer Hand einen letzten göttlichen Pinselstrich zu leihen.

Hildas Kopien waren tatsächlich wunderbar. Akkuratesse war nicht ganz das richtige Wort für sie. Eine chinesische Kopie ist akkurat, Hildas Kopien aber hatten jenes schwebend Ätherische, jenen unfaßbaren Hauch der Originale, den einzufangen und festzuhalten ebenso schwer ist wie für einen Bildhauer, die Bewegungen und verschiedenen Farben eines lebenden Menschen in Marmor wiederzugeben. Nur wenn man die Bemühungen der allerbesten Kopisten beobachtet – von Menschen, die mitunter ein Leben daran wenden, Kopie um Kopie eines einzigen Bildes herzustellen – und wenn man wahrnimmt, wie beständig sie gerade den undefinierbaren Zauber fortlassen, der den letzten unabschätzbaren Wert ausmacht, kann man die Schwierigkeiten der Aufgabe ermessen, die sie auf sich genommen haben.

Im allgemeinen war es Hildas Gewohnheit, nicht die gesamte Wiedergabe eines großen Gemäldes zu versuchen, sondern einen bestimmten Ausschnitt zu wählen, in welchem der Geist des Werkes gipfelte: den himmlischen Schmerz der Madonna zum Beispiel, einen schwebenden Engel, erleuchtet von unsterblichem Glanz, oder einen Heiligen mit der Glut des Himmels auf dem sterbenden Antlitz – und das gab sie dann aus ganzer

Seele wieder. Wenn ein Bild durch die Zeit oder durch Vernachlässigung nachgedunkelt, durch Restaurierung verdorben oder von profaner Hand retuschiert war, so schien sie die Fähigkeit zu haben, es trotzdem in seiner ursprünglichen Pracht zu sehen. Die Kopie kam aus ihren Händen mit einem Fluidum, von dem der Betrachter fühlte, daß es das Leuchten sein mußte, das der alte Meister auf dem Original hinterlassen hatte, als er mit dem letzten und zartesten Pinselstrich darüber ging. In einigen Fällen — so glaubten wenigstens diejenigen, die Hildas Fähigkeiten am meisten schätzten — war es ihr sogar gelungen, das auszuführen, was der Meister in seiner Vorstellung gehegt, aber nicht so vollendet auf die Leinwand gebracht hatte. In solchen Fällen war das Mädchen bloß ein feineres, wirksameres Instrument, mit dessen Hilfe der Geist eines großen Malers nun zum ersten Mal sein Ideal erreichte, Jahrhunderte nachdem seine eigene irdische Hand, jenes andere Werkzeug, sich in Staub verwandelt hatte.

Um sie nun nicht allzu sehr als eine Art Wunder zu beschreiben — immerhin wurde Hilda oder ›die Taube‹, wie man sie halb scherzhaft nannte, von Sachverständigen als der unvergleichlich beste Kopist von Rom bezeichnet. Nach Prüfung ihrer Arbeiten erklärten die fähigsten Künstler, daß sie dadurch zu ihren Ergebnissen gelangt sei, daß sie Schritt für Schritt demselben Prozeß folgte, den der Maler des Originals gegangen war. Andere Kopisten — falls sie wert sind, so genannt zu werden — versuchen nur eine oberflächliche Nachahmung, und in diesem Sinne werden Kopien der alten Meister zu Tausenden produziert; solche Darstellungen sind oft für ein unachtsames Auge wunderbar täuschend, aber indem solche Kopisten nur die Oberfläche wiederzugeben versuchen, lassen sie jenes undefinierbare und unschätzbare Etwas fort, das Leben und Seele des Bildes ausmacht und wodurch es unsterblich wurde. Hilda war nicht eine solche Kopiermaschine, sie arbeitete aus andächtiger Frömmigkeit, und daher schuf sie Wunderwerke.

Sie wählte den besseren, edleren und selbstloseren Teil, indem sie ihre persönlichen Aussichten und Hoffnungen, der Nachwelt im Gedächtnis zu bleiben, denen opferte, die sie liebte und verehrte. – Hildas Fähigkeit zu echter Bewunderung ist eine der seltensten der menschlichen Natur, und wir wollen versuchen, ihr das dadurch zu vergelten, daß wir ihre großmütige Selbstaufgabe bewundern, ihre tapfere Bescheidenheit, mit der sie sich dazu entschlossen hatte, die Handlangerin dieser alten Magier zu sein, statt eine unbedeutende Zauberin in ihrem eigenen Zirkel.

So war sie auch die Dienerin Raffaels, den sie liebte und bewunderte, und es wäre ihrer nicht würdig gewesen, dieses Amt mit dem Ziel zu vertauschen, der Welt ein paar Bilder zu geben, die diese originell hätte nennen können – hübsche Phantasien über Schnee und Mondschein, gemalte Gegenstände zu so vielen weiblichen Errungenschaften auf literarischem Gebiet.

Beatrice

Miriam war froh, ›die Taube‹ in ihrem zinnenbewehrten Heim zu finden, denn bei der unerschöpflichen Aktivität und der Freude, mit der die geliebte Arbeit ihr Leben erfüllte, war es Hildas Gewohnheit, schon frühmorgens auszugehen, um die noch dämmerigen Galerien zu durchstreifen. Da waren diejenigen, die sie zu ihrer Begleitung wählte – und das waren nur sehr wenige –, glücklich zu preisen. Unter Hildas Führung bekamen sie die Kunstschätze Roms so zu sehen, wie sie sie sonst nie gesehen hätten. Nicht, daß Hilda hochgelehrt über Kunst reden konnte – wahrscheinlich wäre sie bei Fachausdrücken auf ihrem eigenen Gebiet sogar ratlos gewesen; nicht, daß sie über das, was sie zutiefst bewunderte, viele Worte zu sagen wußte; aber schon ihre schweigende Einfühlung war so stark, daß sie die des anderen mitriß und ihm ein zweites Gesicht verlieh, das ihn befähigte, das Außerordentliche fast mit derselben Intensität wie Hilda zu erkennen.

Zu dieser Zeit kannten schon beinahe alle angelsächsischen Bewohner von Rom Hilda zumindest vom Sehen. Ahnungslos war das arme Ding zu einer der Sehenswürdigkeiten der Ewigen Stadt geworden, und sie wurde fremden Durchreisenden gezeigt, wie sie zwischen wildbebarteten jungen und weißhaarigen alten Männern und den garstig gekleideten langweiligen Frauen, die das Volk der Kopisten bilden, vor ihrer Staffelei saß. Die alten Aufseher kannten sie gut und gaben auf sie acht, als ob sie ein Kind wäre. Mitunter bedeckte irgendein junger Maler seine Leinwand mit einem Porträt Hildas anstelle der Kopie des Bildes, vor dem er seine Staffelei aufgebaut hatte. Einen lieblicheren Gegenstand konnte man sich nicht aussuchen und auch keinen, der liebevollere Gewandtheit und Kunstfertigkeit erforderte, wenn man ihm Gerechtigkeit widerfahren lassen wollte. Sie war immer hübsch anzusehen, im Stil Neu-Englands, mit den hellen Locken, den zart getönten gesunden Wangen, ihrem sensiblen, intelligenten, dabei aber weichen Gesicht. Dieses hübsche, kindliche Gesicht wurde alle paar Sekunden auffallend schön, nämlich wenn Gefühl und Gedanken es von innen her aufleuchten ließen, um dann gleichsam wieder unsichtbar zu werden, als ob Hilda nur durch den Sonnenschein ihrer Seele erkennbar wäre.

Auch in anderer Hinsicht war sie ein gutes Modell für ein Porträt, da sie etwas lieblich Malerisches hatte, das sich vielleicht unbewußt in irgendeiner Einzelheit ihrer Kleidung zeigte. Der Effekt war, daß sie wie die Bewohnerin eines Märchenlandes wirkte, ein halb unwirkliches Geschöpf, das man nicht antasten, an das man nicht einmal allzu nahe herankommen durfte. Als weibliches Wesen war Hilda ganz natürlich und von reizendem Benehmen, einem fröhlich-sanften Temperament, nicht überquellend von instinktiver Ausgelassenheit, aber auch niemals für längere Zeit niedergeschlagen. Sie hatte etwas Einfaches, was ihr jeden zum Freund machte, doch war dies verbunden mit einer subtilen Reserviertheit, die ihr diejenigen, die nicht zu ihr paßten, in Distanz hielt.

Miriam war die beste Freundin, die sie je gehabt hatte. Sie war ein oder zwei Jahre älter, und da sie Italien länger kannte, verstand sie es besser, mit seinen geriebenen selbstsüchtigen

Bewohnern umzugehen, und hatte Hilda dabei geholfen, sich nach ihrem eigenen Lebensstil einzurichten, und sie während der ersten Wochen ermutigt, in denen Rom auf jeden Neuankömmling eine so triste Wirkung hat.

»Was für ein Glück, daß du heute noch daheim bist«, sagte Miriam und setzte damit das Gespräch fort, das wir auf einer der zurückliegenden Buchseiten unterbrochen haben. »Ich hatte kaum gehofft, dich zu finden, obwohl ich mit einer Bitte komme. – Aber was ist denn das für ein Bild?«

»Ja, siehst du,« sagte Hilda, indem sie die Hand ihrer Freundin ergriff und sie vor die Staffelei zog, »darüber möchte ich deine Meinung hören.«

»Wenn du es erst wirklich fertig hast,« sagte Miriam, die das Bild auf den ersten Blick erkannte, »wird es das größte Wunder sein, das du bisher überhaupt vollbracht hast.«

Das Bild stellte nur einen weiblichen Kopf dar, ein sehr junges mädchenhaftes, vollkommen schönes Gesicht, umrahmt von einem weißen Schleier, unter dem ein paar Locken hervorschauten, die offenbar zu einem Überfluß rötlich-braunen Haars gehörten. Die Augen waren groß und braun und blickten in die des Beschauers, aber deutlich mit einem seltsamen vergeblichen Verlangen fortzusehen. Es war da eine kleine Rötung um diese Augen, nur ganz leicht angedeutet, so daß man nicht sicher war, ob das Mädchen geweint hatte. Das ganze Gesicht war ruhig und hatte keinen verzerrten oder verwirrten Zug, so daß es nicht leicht war einzusehen, weshalb der Maler nicht mit einem kleinen Pinselstrich den Ausdruck in reine Freudigkeit verwandelt hatte. Tatsächlich war es das traurigste Bild, das je gemalt wurde. Es war darin eine unergründliche Tiefe von Schmerz, der sich durch eine Art Intuition auf den Betrachter übertrug. Es war ein Schmerz, der dieses schöne Mädchen aus der Sphäre des Menschlichen hinaushob und es in eine weit entfernte Region verwies, deren Entlegenheit – während das Gesicht doch so nahe war – einen wie vor etwas Gespenstischem schaudern machte.

»Ja, Hilda,« sagte ihre Freundin nach genauer Prüfung des Bil-

des, »du hast nichts gemalt, was so wunderbar wäre wie dies.
Aber durch welche unerhörten Belästigungen oder geheimen
Beziehungen hast du eigentlich die Erlaubnis bekommen, die
Beatrice Cenci von Guido Reni zu kopieren? Das ist ja eine ganz
beispiellose Vergünstigung, und die Unmöglichkeit, eine wirkliche Kopie zu bekommen, hat die römischen Kunsthandlungen
schon mit Beatricen überfüllt, vergnügten, kummervollen, ko-
ketten, aber nie ist eine richtige darunter.«

»Ich habe gehört, daß es eine ausgezeichnete Kopie gegeben
haben soll«, sagte Hilda, »von einem Künstler, der imstande war,
den Geist des Gemäldes zu würdigen. Es war Thompson, der es
stückweise zustande gebracht hat, da es ihm, wie uns allen,
verboten war, seine Staffelei davor aufzustellen. Auch ich wußte
ja, daß der Fürst Barberini gegen alle Bitten taub sein würde,
und so hatte ich eben keine andere Möglichkeit, als mich Tag
für Tag vor das Bild zu setzen und es in mich aufzunehmen. Ich
glaube, es ist jetzt dort abphotographiert. Um es so fest im
Herzen zu bewahren, ist es freilich ein recht trauriges Gesicht,
aber was so wunderschön ist, kann einem nicht ganz schmerzlich sein. Also, nachdem ich es auf diese Weise studiert hatte –
wie viele Male, weiß ich nicht –, kam ich nach Hause und tat
mein Bestes, um die innere Vorstellung auf die Leinwand zu
bringen.« »Und da ist es also nun«, sagte Miriam, Hildas Arbeit
mit großem Interesse betrachtend, das sich mit dem qualvollen
Mitgefühl mischte, welches das Bild erregte. »Überall bekommt
man Ölbilder zu sehen, Pastellzeichnungen, Kameen, Stiche,
Lithographien, die sich für Beatrice ausgeben und das arme
Mädchen mit verheulten Augen darstellen, mit kokettem, lusti-
gem Blick, als ob sie gerade tanzt, einem mitleiderregenden
Blick, als ob sie mißhandelt würde, und mit noch hundert anderen Arten phantastischer Irrtümer. Hier aber ist Guido Renis
wahre Beatrice, die im Kerker schlief und am Morgen erwachte,
um das Schafott zu besteigen. Und kannst du mir jetzt, nachdem du es gemacht hast, erklären, was diesem Bild eine so
mysteriöse Kraft gibt? Ich für mein Teil, so sehr ich auch für
seine Wirkung empfänglich bin, kann es nicht sagen.«

»Ich auch nicht – nicht mit Worten«, erwiderte ihre Freundin. »Aber während ich sie malte, kam es mir die ganze Zeit so vor, als ob sie versuchte, meinem Anstarren zu entkommen. Sie weiß, daß ihr Leid so übermächtig und schrecklich ist, daß sie eigentlich für immer einsam bleiben müßte – um der anderen und auch um ihrer selbst willen. Und das ist der Grund, warum wir eine solche Distanz zwischen ihr und uns spüren, sogar während unsere Augen den ihren begegnen. Es ist herzbrechend, ihrem Blick zu begegnen und zu wissen, daß man nichts tun kann, um ihr zu helfen. Aber sie erbittet weder Hilfe noch Trost, weil sie die Hoffnungslosigkeit ihres Falles besser kennt als wir. Sie ist ein gefallener Engel – gefallen und doch schuldlos. Und nur dieser tiefe Gram mit seiner Schwere und Dunkelheit – das ist es, was sie auf der Erde festhält, so daß wir sie sehen, während es sie zugleich unerreichbar für uns macht.«

»Du hältst sie also für schuldlos?« fragte Miriam. »Mir ist das keineswegs so klar. Wenn ich überhaupt vorgeben kann, in diese trübe Region Einblick zu haben, während sie so befremdlich und traurig auf uns herschaut, so spricht Beatrices eigenes Gewissen sie nicht ganz frei von irgend etwas Bösem und Unverzeihlichem.«

»Ein Schmerz, der so schwer ist wie der ihre, bedrückte sie eben genauso schwer, wie Sünde es tun würde.«

»So meinst du also,« forschte Miriam, »daß in dem, wofür sie büßte, keine Sünde war?«

»Ach, ich hatte ihre Geschichte wirklich ganz vergessen,« sagte Hilda, und ein Schauer durchrann sie, »und ich dachte an sie nur insoweit, als das Gemälde ihr Wesen zu enthüllen scheint. Doch, doch, es war eine grauenvolle Schuld, ein entsetzliches Verbrechen, und sie empfindet es auch als das. Daher kommt es, daß das unselige Geschöpf unseren Augen so gerne ausweichen und für immer ins Nichts entschwinden möchte. Ihre Strafe ist gerecht!«

»Ach, Hilda, deine Unschuld ist wie ein scharfes stählernes Schwert!« rief ihre Freundin. »Deine Urteile sind oft furchtbar streng, obgleich du doch ganz zu Sanftmut und Mitleid geschaffen scheinst. Beatrices Sünde mag gar nicht so riesig gewesen sein, vielleicht war es überhaupt keine Sünde, sondern unter diesen Umständen die größte Tugend. Wenn sie selbst es für eine Sünde hielt, so tat sie das vielleicht deswegen, weil ihre Natur für das ihr zuteil gewordene Schicksal zu schwach war. Wenn ich doch nur in ihr Inneres eindringen könnte,« fuhr Miriam leidenschaftlich fort, »wenn ich doch nur ihren Geist ergreifen und in mein Ich aufnehmen könnte! Ich gäbe mein Leben dafür, zu erfahren, ob sie sich für unschuldig hielt oder für die schlimmste Verbrecherin aller Zeiten.«

Während Miriam diese Worte sprach, erschrak Hilda, weil der Gesichtsausdruck ihrer Freundin fast genau der gleiche wie der des Bildes geworden war, als wäre ihr leidenschaftlicher Wunsch, das Geheimnis der armen Beatrice zu durchdringen, in Erfüllung gegangen.

»Um Himmels willen, schau nicht so drein!« rief sie. »Was bist du doch für eine Schauspielerin! Und noch nie habe ich das bemerkt. Ah – jetzt bist du wieder du selbst«, fügte sie dann hinzu und umarmte Miriam. »Überlasse bitte in Zukunft Beatrice mir.«

»Dann verhänge also dein magisches Bild,« sagte ihre Freundin, »denn sonst kann ich nicht von ihm fortschauen. Es ist seltsam, Hilda, daß eine zarte, unschuldige, reine Seele wie die deine fähig ist, das subtile Mysterium dieses Porträts einzufangen. Schön, jetzt wollen wir nicht mehr davon sprechen. Weißt du, ich bin heute morgen zu dir gekommen wegen einer wichtigen Angelegenheit. Willst du sie für mich erledigen?«

»Aber selbstverständlich,« sagte Hilda lachend, »wenn du dich entschlossen hast, mir wichtige Angelegenheiten anzuvertrauen?«

»Es ist gar keine schwierige Sache,« antwortete Miriam, »du sollst nur dies Paket in deine Obhut nehmen und es einstweilen für mich aufheben.«

»Aber warum hebst du es nicht selber auf?« fragte Hilda.

»Zum Teil, weil es bei dir sicherer ist«, sagte ihre Freundin. »Gewöhnlich bin ich eine recht unordentliche Person, während du, wenn du auch so hoch über der Welt wohnst, doch gewisse hausfrauliche Tugenden wie Genauigkeit und Ordnung hast. Das Paket ist von ziemlicher Wichtigkeit. Trotzdem könnte es sein, daß ich dich nicht bitten werde, es mir zurückzugeben. Du weißt ja, daß ich in ein oder zwei Wochen Rom verlasse, während du der Malaria Trotz bieten und hierbleiben und deine geliebten Galerien durchstöbern willst. Wenn du bis dahin nichts von mir hörst, möchte ich dich bitten, heute in vier Monaten das Paket bei dem Adressaten abzuliefern, der darauf geschrieben steht.«

Hilda las. Es war an Signore Luca Barboni, Palazzo Cenci, dritter Stock adressiert. »Ich werde es selber abgeben,« sagte sie, »genau heute in vier Monaten, wenn du mir nicht Gegenorder gibst. Vielleicht werde ich dem Geist von Beatrice in diesem grimmen alten Palazzo ihrer Ahnen begegnen.«

»In diesem Fall«, entgegnete Miriam, »darfst du nicht versäumen, sie anzusprechen, und versuche ihr Vertrauen zu gewinnen. Armes Ding! Es wäre besser für sie, wenn sie ihr Herz ausschütten könnte, und sie täte es gerne, wenn sie des Mitgefühls sicher wäre. Es betrübt mir Herz und Sinn, daran zu denken, wie einsam sie ist.« Sie zog das Tuch fort, das Hilda über das Gemälde gehängt hatte, und warf von neuem einen langen Blick darauf. »Arme Schwester Beatrice! Denn sie war schließlich eine Frau, Hilda, trotz allem immer noch eine Schwester, welches ihre Sünde oder Sorge auch gewesen sein mag. — Wie gut du das gemacht hast, Hilda! Ich weiß nicht, ob Guido Reni dankbar oder eifersüchtig wäre.«

»Eifersüchtig? Nein, unmöglich!« rief Hilda. »Wenn er nicht durch mich gewirkt hätte, so hätte man meine Arbeit doch einfach wegwerfen können.«

»Wer weiß,« sagte Miriam, »wenn das Bild von einer Frau gemalt worden wäre, so hätte es vielleicht irgend etwas, was wir jetzt an ihm vermissen. Ich hätte größte Lust, selber eine Kopie zu versuchen und ihm zu geben, was ihm fehlt. Aber jetzt leb wohl! Nein, halt — ich gehe heute nachmittag in den Park der Villa Borghese, ein bißchen Luft zu schnappen. Du wirst es wohl recht verrückt finden, aber in deiner Begleitung fühle ich mich immer viel sicherer, Hilda – zartes kleines Ding, das du bist. Kommst du mit?«

»Heute nicht, liebste Miriam,« antwortete sie, »ich hab mein Herz daran gehängt, ein bißchen weiter an diesem Bild zu arbeiten, und möchte vor dem Dunkelwerden nicht ausgehn.«

»Also dann leb wohl,« sagte ihre Besucherin, »ich lasse dich jetzt in deinem Taubenschlag allein. Was für ein bezauberndes, wunderliches Leben du doch hier oben führst! Verkehrst mit den Seelen der alten Meister, fütterst deine Tauben und hütest die Lampe der Madonna. Hilda – betest du eigentlich manchmal zur Jungfrau, während du für ihr Bild sorgst?«

»Manchmal habe ich mich schon dazu hinreißen lassen«, antwortete Hilda errötend und senkte die Augen. »Sie war einst eine Frau. Findest du es schlimm?«

»Nein. Vielmehr, das kannst nur du selber beurteilen. Aber wenn du wieder einmal betest, liebe Hilda, so tu es auch für mich.«

Sie stieg die endlose Treppe hinunter, und gerade als sie die Straße erreichte, schwirrte der Taubenschwarm mit hurtigem Flug vom Pflaster zum höchsten Fenster hinauf. Sie blickte empor und gewahrte Hilda. Denn nach dem Fortgehen ihrer Freundin hatte das Mädchen mehr als je den Eindruck von etwas Traurigem und Leidvollem in Miriams Benehmen gehabt, und deshalb lehnte sie sich aus dem Fenster, sandte eine mädchenhafte Kußhand hinunter und winkte Lebewohl, in der Hoffnung, daß das Miriam in ihrem ihr unbekannten Kummer ein wenig trösten würde. Kenyon, der Bildhauer, der die Straße gerade zufällig am anderen Ende kreuzte, bemerkte diesen luftigen Kuß und wünschte, daß er ihn hätte einfangen und Hildas Erlaubnis bekommen können, ihn zu behalten.

Als es nicht mehr Vormittag, aber auch noch nicht Nachmittag war, ging Donatello schon fort, um die Verabredung im Park der Villa Borghese einzuhalten, die Miriam ihm so achtlos angeboten hatte.

Der Eingang zu diesen Gärten liegt — wie alle meine Leser wissen, da heutzutage jedermann schon in Rom gewesen ist — gerade vor der Porta del Popolo. Wenn man unter diesem nicht besonders eindrucksvollen Bau Michelangelos hindurchgegangen ist, so gelangt man nach einer Minute von dem holperigen altrömischen Pflaster aus Lavagestein auf breite kiesbestreute Fahrwege, die, nachdem man ein wenig weitergeschlendert ist, auf den weichen Rasen eines wunderbar entlegenen Parks führen. Entlegen, aber nur selten einsam. Denn Priester und Aristokratie, einfaches Volk, Fremde und Einheimische, alles, was römische Luft atmet, hat freien Zutritt und kommt hierher, um bei offenen Augen das schlaffe Vergnügen des Träumens zu genießen, das sie Leben nennen.

Aber Donatellos Vergnügen war von lebhafterer Art. Sofort fing er an, auf den schattigen Wegen lange und entzückte Atemzüge zu tun. Nach dem Glück zu urteilen, das der waldige Charakter dieser Anlagen ihm bereitete, mag es keine allzu phantastische Hypothese sein, ihn als einen nicht sehr entfernten Verwandten jener wilden, reizvollen, verspielten ländlichen Kreatur zu betrachten, mit deren marmornem Abbild er eine so auffallende Ähnlichkeit hatte. Und wie erheiternd wäre die Entdeckung — wiewohl sie auch etwas Rührendes hätte —, wenn die Brise, die zärtlich in seinen Locken spielte, sie plötzlich zur Seite wehen und ein Paar blattförmige, pelzbedeckte Ohren enthüllen würde! Welche ehrenvolle Abstammung würde es verraten und bis in welche geheimnisvollen Regionen würde sich die Anteilnahme für ihn erstrecken, wäre er auf diese Weise — und damit keineswegs durch etwas Abstoßendes — mit dem, was wir die niedrigeren Stammesarten nennen, verbunden, deren Einfalt zusammen mit seiner menschlichen Intelligenz vielleicht teilweise das wiederherstellen könnte, was der Mensch an Göttlichem eingebüßt hat! Das Gefilde, in dem der junge Mann jetzt umherstreifte, war ganz so, wie unsere Phantasie es ausschmückt, wenn wir die schönen alten Mythen lesen und uns einen leuchtenderen Himmel, weicheren Rasen, malerischere Gruppen uralter Bäume vorstellen, als wir sie in den unkultivierten Landschaften der westlichen Welt haben. Die Steineichen waren so alt und ehrwürdig, daß sie schon ganze Zeitalter überdauert, keine Axt sie berührt und sie keine andere Entweihung erfahren zu haben schienen als durch Blitzschläge. Es war ihrem uralt träumenden Gedächtnis bereits entschwunden, daß sie erst vor wenigen Jahren in ernstlicher Gefahr waren durch den letzten Angriff der Gallier auf die Mauern Roms. Als vertrauten sie dem langen Frieden ihrer Lebenszeit, hatten sie allmählich die Haltung gleichmütiger Gelassenheit angenommen. Sie neigten sich in schwerfälliger Grazie über den grünen Rasen, indem sie ihre mächtigen Äste ausbreiteten, ohne Gefahr, mit anderen Bäumen in Berührung zu kommen, obgleich majestätische Bäume nahe genug standen, um eine würdevolle Gemeinschaft mit ihnen zu bilden, entfernt genug jedoch, um einander nicht zu belästigen. Nie gab es eine ehrwürdigere Stille als unter ihren schützenden Zweigen, nie lieblicheren Sonnenschein als den, der jetzt die weiche Dämmerung auf dem schwellenden Rasen unter dem Blattwerk dieser Patriarchen erwärmte.

In anderen Teilen der Gärten hoben die Pinien ihre dichten Kronen über die schlanke Länge ihrer Stämme, so hoch, daß sie aussahen wie grüne Inseln in der Luft, während sie von solcher Höhe Schatten auf den Rasen warfen, daß man nicht wußte, woher er eigentlich kam. Dann wieder gab es Alleen und Zypressen, die an die dunklen Flammen riesiger Grabkandelaber gemahnten und statt froher Helligkeit Dämmer und Zwielicht um sich verbreiteten. An den offener liegenden Stellen stand selbst so früh im Jahr schon alles in Blüte, weiße und rosenfarbene Anemonen von erstaunlicher Größe und Veilchen, die sich durch ihren starken Duft verrieten, auch dort, wo ihre violetten Augen den deinigen nicht begegneten. Auch Gänseblümchen gab es in Fülle, aber größer als die bescheidene englische Blume, die so wenig Beachtung findet.

Diese waldigen und blumigen Rasenflächen sind schöner als die schönsten englischen Parkanlagen, sie berühren tiefer und sind eindrucksvoller durch die Vernachlässigung, die der Natur so viel mehr von ihrer Eigenart und ihrem selbständigen Willen läßt. Da der Mensch ihr hier wenig dreinredet, richtet sie sich häuslich ein und macht sich in ihrer stillen Weise an die Arbeit. Freilich ist genug menschliche Fürsorge daran gewendet worden, vor langer Zeit und heute noch, um die Wildnis daran zu hindern, in gestaltloses Wuchern auszubrechen; und das Ergebnis ist eine ideale Landschaft, eine Waldszenerie, als sei sie von einem Dichter erdacht. Wäre der antike Faun etwas anderes als die bloße Schöpfung alter Dichtung und könnte er an jedem beliebigen Ort wieder erscheinen, so müßte es gerade hier geschehen.

Auf den waldigen Lichtungen plätschern Wasser in Marmorbecken, deren Boden zottig ist von Moosen, oder sie fallen wie natürliche Kaskaden von Stein zu Stein, und ihr Murmeln macht die Ruhe und das Schweigen ringsum noch stiller. Hier und da stehen, scheinbar nachlässig verstreut, alte Altäre mit antiken Inschriften. Statuen, grau und verwittert, erheben sich halb versteckt auf hohen Sockeln oder liegen zerbrochen im Gras. Figuren von Grabdeckeln, Säulen aus Marmor oder Granit und Arkaden, teils antike Überreste, teils künstliche Ruinen, sind von den Aussichtspunkten der Waldpfade aus zu sehen, immer aber grünt das Gras auf den brüchigen Säulen, wurzeln Unkraut und Blumen in den Rissen der massiven Gewölbe und Tempelfassaden und erklimmen die Giebel in solcher Fülle, als wäre es tausend Sommer her, seit ihre gefiederten Samen sich hier niedergelassen haben.

Welche seltsame Idee, welche überflüssige Mühe, künstliche Ruinen in Rom herzustellen, diesem Heimatboden allen Verfalls! Aber selbst diese drolligen Imitationen sind wohl Jahrhunderte alt und, begonnen als Täuschungen, sind sie gealtert, um in vollem Ernst ehrwürdig zu werden. Das Ergebnis ist eine Szenerie, schwermütig, lieblich, traumhaft, erheiternd und traurig zugleich, wie sie nirgendwo zu finden ist, außer in diesen fürstlichen Landsitzen dicht bei Rom. Eine Szenerie, die Generationen und Zeitalter beansprucht haben muß, in denen Wachstum, Verfall und menschliche Klugheit einträchtig zusammenwirkten, um sie so sanftmütig wild zu gestalten, wie wir sie heute vor Augen haben.

Donatello spürte nichts von der träumerischen Melancholie, die hier herrscht. Während er unter den sonnenerwärmten Schatten dahinwanderte, schien sein Inneres neue Elastizität zu gewinnen. Die tanzenden Sonnenflecken am Boden, das Wispern der Blätter, der Waldesduft, die grüne Frische, der uralte Frieden und die Freiheit der Natur – all das war in den tiefen Atemzügen, die er einsog. Der Moder, die Zivilisation, die tote Atmosphäre Roms, in der er schon so viele Monate vertan hatte, der Geruch nach Verfall und Verkommenheit, das harte Pflaster, die frostigen Paläste, die Klosterglocken, der schwere Weihrauchduft der Altäre, das Dasein, das er zwischen diesen finsteren, engen Gassen geführt hatte, zwischen Priestern, Aristokraten, Soldaten, Künstlern und Frauen – die Erinnerung an all dies entschwand seinem Gemüt wie eine Wolke, die über ihm gedunkelt hatte, ohne daß die Schwere ihres Schattens ihm bewußt gewesen war.

Er trank die Einwirkung dieser natürlichen Landschaft in sich hinein, und sie berauschte ihn wie belebender Wein. Er lief auf den Waldpfaden mit sich selber um die Wette, sprang in die Höhe, um einen Ast der Steineiche zu erwischen und schwang sich an ihm ein ganzes Stück weiter, als käme er durch die Lüfte einher. In einem plötzlichen Anfall von Zärtlichkeit umarmte er einen mächtigen Baumstamm und schien ihn als ein Geschöpf anzusehen, das zur Erwiderung dieses Gefühls fähig war. Er hielt ihn mit den Armen umfangen, wie ein Faun eine Nymphe umfangen haben mag, die der antiken Sage nach in der rauhen Rinde haust. Dann warf er sich, um dem fruchtbaren Erdboden näher zu sein, mit dem ihn seine ursprünglichen Instinkte so stark verbanden, in seiner ganzen Länge ins Gras und drückte seine Lippen auf Veilchen und Gänseblumen, die ihn wiederküßten, schüchtern und mädchenhaft.

Während er so dalag, war es lustig zu sehen, wie die grünen und blauen Eidechsen, die sich auf einem Stein oder einer gestürzten Säule wärmten, ohne Scheu über ihn hinweghuschten und wie die Vögel sich auf ganz nahe Zweige schwangen und ihre kleinen Strophen schmetterten. Wahrscheinlich erkannten sie ihn als ihresgleichen oder meinten womöglich, daß er da unten eingewurzelt sei. Denn diese ungezähmten Lieblinge der Natur fürchteten seine lebensvolle Gegenwart so wenig, als bedeckte schon längst ein Hügel aus Erde, Gras und Blumen seinen toten Leib, ihn den heimatlichen Bereichen wiederschenkend, denen seine menschliche Existenz ihn entfremdet hatte.

Wir alle haben ja nach langen Aufenthalten in Großstädten schon gespürt, wie das Blut nach dem ersten Atemzug in ländlicher Luft freudiger durch unsere Adern strömt, aber nur wenige können es so stark empfinden wie Donatello, dies Kind natürlicher Elemente, aufgewachsen in der schönen, waldigen Toskana und nun monatelang schon festgehalten in dem städtischen Zwang und der düsteren Pracht von Rom. Seit vielen Jahrhunderten ist die Natur aus diesen Straßen mit den steinernen Herzen verbannt, an die er sich nur langsam gewöhnt hatte, und keine Spur ist von ihr übriggeblieben, außer den Grashalmen in den Pflasterritzen einer seltener begangenen Piazza oder dem Unkraut, das sich in den Winkeln der Ruinen in Büscheln zusammendrängt. Daher war Donatellos Freude wie die eines Kindes, das sich von daheim verirrt hat und plötzlich wieder in den Armen seiner Mutter ist.

Als er schließlich fand, daß es für Miriams Erscheinen höchste Zeit war, kletterte er in den Wipfel eines Baumes und spähte von dorther aus, während er in der sanften Brise, die wie die Atemzüge dieses belaubten Wesens waren, hin und her schaukelte. Donatello konnte über das ganze Gebiet der Gärten hinwegsehen, mit den aufragenden Statuen und Säulen, den im Sonnenschein blitzenden Fontänen und den Wegen, die sich hierhin und dorthin wanden und immer zu Stellen voll neuer und uralter Schönheit führten. Er sah auch die Villa mit ihrer reliefbedeckten Marmorfassade und den Statuen in den vielen Mauernischen. Sie war schön wie ein Märchenschloß und schien ein Heim zu sein, dessen Herr und Herrin in gebührender Art leben und jeden Morgen heraustreten mochten, um sich eines Daseins zu erfreuen, so glückselig wie ihre Träume in der vergangenen Nacht. Das alles sah er, doch waren seine Augen zu weit geschweift, und so gewahrte er erst, als seine Blicke wieder zurückkehrten, daß Miriam bereits den Pfad daherkam, der zu seinem Baum hier führte.

Er glitt zwischen den Zweigen herunter und wartete, bis sie dicht herangekommen war, um sich dann plötzlich vom niedrigsten Ast herunterfallen zu lassen und vor ihr zu stehen. Es war, als ob die schwingenden Äste einen Strahl Sonnenlicht durchgelassen hätten, und dieser Strahl fiel mitten hinein in die düstere Grübelei, in der Miriam befangen war, und leuchtete auf der dunklen, blassen Schönheit ihres Gesichts, das Donatellos Lächeln froh erwiderte.

»Ich weiß wirklich nicht, ob Sie aus der Erde gewachsen oder aus den Wolken heruntergefallen sind,« sagte sie, »aber auf jeden Fall sind Sie willkommen.«

Und so gingen sie zusammen weiter.

Faun und Nymphe

Miriams trübe Stimmung dämpfte vielleicht zunächst Donatellos Lebensgeister, die sonst wohl übergesprudelt wären vor Freude darüber, daß er mit Miriam zusammen war, und diesmal nicht, wie bisher immer, in der Düsternis Roms, sondern in diesen arkadischen Gärten. Eine Zeitlang schwieg er; ohnehin drückten sich seine Gefühle ja nur selten in vielen Worten aus; gewöhnlich äußerten sie sich in der natürlichen Sprache der Gesten, in den instinktiven Bewegungen seiner lebhaften Gliedmaßen und im unbewußten Spiel seiner Gesichtszüge, die innerhalb einer einzigen Sekunde Bände sprechen konnten.

Nach und nach aber schien seine Lebenslust Miriams Stimmung aufzuhellen, sie strahlte wieder auf ihn selbst zurück. Unaufhörlich begann er die Waldpfade gleichsam entlang zu tanzen, indem er mit seltsam drolliger Grazie dahinhüpfte. Oft lief er auch ein Stück voraus und beobachtete dann, wie seine Gefährtin auf dem sonnenbesprenkelten Weg herankam. Bei jedem ihrer Schritte drückte er seine Freude aus, wenn sie näher und näher kam; man hätte das für extravagant halten können, aber es war zweifellos einfach die Sprache des natürlichen Menschen, die von den anderen Menschen vernachlässigt und vergessen ist, jetzt, da an die Stelle von Zeichen und Symbolen das matte Ersatzmittel der Worte getreten ist. Miriam hatte den Eindruck, daß er eigentlich kein Mann, auch kein Kind, sondern vielmehr in einem hohen und schönen Sinn ein Tier sei – eine Kreatur im Stadium einer Entwicklung, noch nicht in dem, das die Menschheit schon erreicht hat, dafür aber um so vollkommener in sich selbst. Dieser Gedanke erfüllte Miriams Phantasie mit heiteren Einfällen, die sie, nachdem sie sie selbst belächelt hatte, dem jungen Mann mitzuteilen versuchte.

»Ich möchte wissen, was Sie eigentlich sind«, sagte sie, während sie an seine einzigartige Ähnlichkeit mit dem Faun im Museum dachte. »Wenn Sie wahr und wahrhaftig dies ungezähmte, vergnügte Geschöpf sind, bitte ich mich Ihren Verwandten vorzustellen. Wenn überhaupt irgendwo, dann müßten sie hier zu finden sein. Bitte, pochen Sie an die Rinde der Bäume und rufen Sie die Dryade herbei, bitten Sie die Wassernymphe aus der Brunnentiefe aufzusteigen und einen nassen Händedruck mit mir zu tauschen! Und fürchten Sie nicht, daß ich zurückschrecke, wenn einer von Ihren rauhen Gevattern, ein behaarter Satyr auf Bocksbeinen aus ferner Antike, herausgesprungen kommt und mir vorschlägt, mit ihm über die Wiesen zu tanzen. Und kann nicht auch Bacchus, mit dem Sie doch früher so vertraut waren und der Sie so innig liebte, herkommen und saftige Trauben für uns in seinen Becher ausdrücken?«

Donatello lächelte, dann lachte er herzlich aus Freude an dem Übermut, den er aus Miriams dunklen Augen blitzen sah. Ihre heiteren Reden aber schien er nicht ganz zu begreifen, noch vermochte er zu erklären, welche Art Geschöpf er eigentlich sei, oder sich auch nur danach zu erkundigen, mit welcher Verwandtschaft seine Begleiterin ihn in Zusammenhang brachte. Er schien lediglich zu wissen, daß Miriam schön war und daß sie ihm gnädig zulächelte, daß der gegenwärtige Augenblick süß war und er selber überglücklich mit dem Sonnenlicht, der ländlichen Gegend und Miriams weiblichem Charme. Sein Vertrauen zu ihr und seine reine Freude über ihre Gegenwart waren hinreißend. Er fragte nach nichts, wünschte nichts, als dem geliebten Wesen nahe zu sein, und war vor Seligkeit über dieses simple Geschenk ganz außer sich. Eine Kreatur der unter uns stehenden Lebewesen zeigt mitunter die Fähigkeit zu einer derartigen Freude, ein wirklicher Mensch nur selten oder nie.

»Donatello,« sagte Miriam und sah ihn nachdenklich, zugleich aber amüsiert an, »Sie scheinen so glücklich – warum eigentlich?«

»Weil ich Sie liebe«, antwortete Donatello.

Er machte dieses bedeutungsschwere Geständnis, als ob es die selbstverständlichste Sache der Welt wäre. Sie nahm es – so ansteckend war seine Einfalt – ohne Ärger oder Verwirrung auf, wenn auch ohne jedes erwidernde Empfinden. Es war, als hätten sie die Grenzen Arkadiens überschritten und wären unter Gesetze gekommen, unter denen ein junger Mann seine Leidenschaft mit so wenig Zurückhaltung bekennen darf wie ein Vogel, der seine Balzlieder flötet.

»Warum sollten Sie mich denn lieben, Sie närrischer Junge?« sagte sie. »Wir haben doch überhaupt nichts Gemeinsames. Auf der ganzen weiten Welt gibt es keine zwei unähnlicheren Geschöpfe als Sie und mich!«

»Sie sind eben Sie, und ich bin Donatello,« entgegnete er, »und deshalb liebe ich Sie. Ein anderer Grund ist nicht nötig.«

Gewiß gab es keinen besseren oder erklärlicheren Grund. Man hätte sich wohl vorstellen können, daß Donatellos treuherziges Wesen sich eher zu einer weiblichen Natur von ebenso klarer Schlichtheit wie der seinigen hingezogen gefühlt hätte als zu einer, die schon getrübt war durch Leid oder Sünde. Andererseits aber brauchte seine Wesensart vielleicht gerade das dunkle Element, das er in Miriam fand. Die Kraft und Energie, die manchmal aus ihren Augen blitzten, mochten ihn gefesselt haben, oder möglicherweise hatten auch die wechselnden Lichter und Schatten ihres Temperaments – einmal heiter, ein andermal so schwermütig in geheimnisvoller Glut – seine Jugend bezaubert. Man mag die Sache analysieren, wie man will – die Begründung, die Donatello selbst gab, war so befriedigend wie jede andere.

Miriam vermochte die Liebeserklärung nicht ernst zu nehmen. Er zeigte seine Liebe so freimütig, daß sie meinte, es könnte nichts weiter sein als ein Spielzeug, mit dem auch sie einen Augenblick spielen durfte, um es dann wieder zurückzugeben. Und doch war Donatellos Herz ein so frischer Quell, daß Miriam, wäre sie der Welt müder gewesen, als sie es war, es herrlich gefunden hätte, ihren Durst mit den Gefühlen zu löschen, von denen es überquoll. Miriam war aber noch sehr, sehr weit von jenem Alter entfernt, in dem Frauen nach solcher Erfrischung Verlangen haben. Doch selbst für sie lag ein namenloser Zauber in der Einfalt, die Donatellos Worte und Wünsche zeigten. Trotzdem, und da sie sie nicht in ihrem wahren Licht sah, erschienen sie ihr nur närrisch, nur als Erzeugnisse eines unvollkommen entwickelten Geistes. Abwechselnd bewunderte und verachtete sie ihn und wußte nicht, was von beidem das richtigere war. Aber – so entschied sie bei sich selbst – es war nichts als ein unschuldiger Zeitvertreib, wenn sie beide, deren Lebenspfade sich ja morgen schon voneinander trennen würden, ein paar von den harmlosen Freuden pflückten, die zu ihren Füßen blühten wie heute die Veilchen und die Waldanemonen. Trotzdem trieb ihre Ehrlichkeit sie dazu, ihm eine ihr eigentlich überflüssig erscheinende Warnung zu erteilen.

»Wenn Sie klüger wären, Donatello, dann würden Sie mich für eine gefährliche Person halten«, sagte sie. »Wenn Sie meinen Schritten folgen, werden sie Sie zu nichts Gutem führen. Sie sollten sich lieber vor mir fürchten.«

»Genausogut könnte ich mir vornehmen, die Luft zu fürchten, die ich atme«, antwortete er.

»Das könnten Sie ruhig tun, denn sie ist voller Malaria.« Und sie fuhr fort, indem sie nicht zu verstehende Andeutungen machte, wie Menschen, die ein schweres Herz haben, es oft Kindern oder Tieren gegenüber tun, wobei sie meinen, ihre Geheimnisse könnten zugleich offenbart und begraben sein. »Diejenigen, die mir nahe kommen, sind in der Gefahr großen Unglücks, das können Sie mir glauben. Ein böses Schicksal hat Sie hierherge-führt aus Ihrer Heimat in den Apenninen – aus irgendeiner verfallenen Burg, nehme ich an, mit einem Dorf zu ihren Füßen und einer arkadischen Umgebung von Weinbergen, Feigenbäu-men und Olivenhainen – ein trauriges Mißgeschick, sage ich, das Sie an meine Seite versetzt hat. Bisher führten Sie ein glückliches Leben, nicht wahr, Donatello?«

»O ja«, antwortete der junge Mann, und nicht, um aus der Gegenwart zu flüchten, sondern ihr zu Gefallen gab er sich Mühe, seinen Sinn in die Vergangenheit zu richten. »Ich erin-nere mich, daß es mir herrlich vorkam, auf einem Dorffest mit den Bauernmädchen zu tanzen, den neuen süßen Wein bei der Lese zu probieren und an kalten Winterabenden den alten aus-gereiften zu trinken, für den unsere Weinberge berühmt sind, und große überreife Feigen zu verschlingen und Aprikosen, Pfirsiche, Kirschen und Melonen. Oft war ich glücklich in den Wäldern mit Hunden und Pferden und mehr noch, wenn ich alle möglichen Vögel beobachtete, die im Laub wohnen. Aber nie auch nur halb so glücklich wie jetzt!«

»In diesen wunderbaren Gefilden?« fragte sie.

»Hier und mit Ihnen«, antwortete Donatello. »Genau da, wo wir jetzt sind.« ›Wieviel doch in ihm steckt,‹ dachte Miriam, ›wie albern und wie bezaubernd!‹ Dann wandte sie sich ihm wieder zu: »Aber, Donatello, wie lang wird dieses Glück denn dauern?«

»Wie lang?« rief er, denn es verwirrte ihn sogar mehr noch, an die Zukunft zu denken als an die Vergangenheit. »Warum muß es denn überhaupt aufhören? Wie lang? Für immer, für immer, für immer!«

›Dies Kind,‹ dachte Miriam, ›dieser Dummkopf!‹ Sie lachte auf, um dann plötzlich zu denken: ›Ist er denn wirklich so ein Dummkopf? Eben, in diesen paar einfachen Worten, hat er das tiefe Gefühl, diese profunde Überzeugung von der Unvergänglichkeit ausgedrückt, mit der jede echte Liebe an sich selber glaubt. Er verwirrt und bezaubert mich, dieses ungezügelte, sanftmütige, schöne Geschöpf. Es ist genau, als ob man mit einem jungen Windhund spielte.‹

Zur gleichen Zeit, in der ein Lächeln aus ihren Augen schimmerte, füllten sie sich mit Tränen. Sie wurde sich eines Schmerzes und zugleich eines Entzückens bewußt, da sie ein ganz neues Gefühl in all seiner makellosen Frische empfand, welches über ihr schweres, erstarrtes Herz hinwehte, das kein Recht besaß, sich von diesem neuen Gefühl wiederbeleben zu lassen. Daß die Freude so groß war, gab ihr zu verstehen, daß es eine verbotene sein mußte.

»Donatello,« sagte sie plötzlich, »um Ihretwillen bitte ich Sie, gehen Sie fort! Es ist nicht so beglückend, wie Sie glauben, mit mir hier herumzuwandern, mit einer Frau aus einem fremden Land, die an einem schweren Schicksal trägt, von dem sie niemandem etwas erzählen kann. Es könnte Sie dazu bringen, mich zu verachten, vielleicht mich zu hassen, wenn ich es täte. Und das muß ich, wenn ich glaube, daß Sie mich zu sehr lieben.«

»Ich fürchte gar nichts«, sagte Donatello und blickte mit völliger Aufrichtigkeit in ihre unergründlichen Augen. »Ich liebe Sie für immer.«

›Ich rede ganz vergeblich‹, dachte Miriam. ›Also gut, für diese eine Stunde will ich so sein, wie er meint, daß ich bin. Morgen ist noch genug Zeit, in die Wirklichkeit zurückzukehren. Meine Wirklichkeit! Was ist das? Ist die Vergangenheit so untilgbar, die Zukunft so beunruhigend? Ist der böse Traum, in dem ich lebe, von so dichter, eherner Substanz, daß es kein Entrinnen aus ihm gibt? Und wenn auch! Wenigstens hat mein Wesen diesen leichten Sinn, der mich ebenso fröhlich machen kann wie Donatello – für diese eine Stunde.‹

Und sofort hellte sie sich auf, als ob sie einer inneren, bisher unterdrückt gewesenen Flamme erlaubte, sie nun mit ihrem Leuchten zu erfüllen, durch ihre Wangen zu scheinen und in ihren Augen zu funkeln. Donatello, lebhaft und voller Freude, wie schon zuvor, war empfänglich dafür, indem er in noch lebhaftere und immer wieder neue Aktivität ausbrach. Er sprang ausgelassen um sie herum, übersprudelnd vor Vergnügen, das sich in Worten äußerte, die nur wenig individuellen Sinn hatten, und in kleinen Läufen von Gesang, die so natürlich klangen wie die eines Vogels. Dann lachten sie beide und hörten ihr Gelächter im Echo zurückkommen und lachten über die Wiederholung, so daß der alte, würdige Hain voller Frohsinn für die beiden heiteren Seelen war. Donatello lockte mit einem besonderen Ruf einen Vogel, der gerade munter sang, und das gefiederte Geschöpf kam und umflatterte seinen Kopf, als ob es ihn seit langem kannte.

›Wie nah er der Natur steht‹, dachte Miriam, während sie die schöne Vertrautheit zwischen ihm und dem Vogel beobachtete. ›Er soll mich für diese eine Stunde ebenso natürlich machen, wie er es ist.‹

Als sie durch die süße Wildnis zogen, spürte sie mehr und mehr den Einfluß seines lebhaften Temperaments. Miriam war leicht zu beeindrucken und sehr impulsiv und so ungleich in ihren verschiedenen Stimmungen, als ob ein schwermütiger und ein frohsinniger Mensch in ein und derselben Person steckten. Von Natur neigte sie freilich mehr zur Schwermut, wenn sie auch zu äußerstem Übermut fähig war, der für viele düstere Stunden entschädigt. Außer der animalischen Heiterkeit eines Wesens wie Donatello gibt es keine unbändigere Fröhlichkeit als die von melancholischen Menschen, wenn sie dem dunklen Kerker ihres Innern entkommen.

So übertraf die umschattete Miriam beinahe Donatello auf seinem eigensten Gebiet. Sie rannten Seite an Seite um die Wette, unter Rufen und Gelächter, bewarfen einander mit Blumen, sammelten sie wieder auf und banden sie mit grünen Blättern zu Kränzen für ihre Köpfe. Sie spielten wie Kinder oder Geschöpfe von unvergänglicher Jugend. So sehr hatten sie den Ernst des täglichen Daseins beiseite geschoben, daß sie dazu geboren schienen, ein Leben stetiger Lustigkeit zu leben anstelle von tieferer Freude. Es war wie ein flüchtiger Blick weit in arkadisches Dasein zurück oder noch weiter, ins Goldene Zeitalter, bevor noch die Menschheit mit Sünde und Leid beladen und die Freude von Schatten verdunkelt war, die sie um so deutlicher sichtbar machen und sie in Glück verwandeln.

»Horch!« rief Donatello plötzlich innehaltend und zog Miriam dann frohlockend weiter, »irgendwo ist Musik!«

»Höchstwahrscheinlich ist es Ihr Vetter Pan, der auf seiner Flöte spielt«, sagte Miriam. »Wir wollen ihn suchen gehn, damit er uns zum Tanz aufspielt. Rasch! Die Töne werden uns hinführen wie ein bunter Seidenfaden.«

»Oder wie eine Kette aus Blumen«, erwiderte Donatello, indem er sie an der Girlande fortzog, die er gewunden hatte.

Der Tanz im Walde

Als sie die Musik deutlicher hören konnten, tanzten sie zu ihren Kadenzen, indem sie neue Schritte und Posen erfanden. Jede einzelne Bewegung hatte eine Grazie, die es wert war, in Marmor verewigt zu werden, wurde aber durch die nächste schon wieder ausgelöscht. In den Bewegungen Miriams, gelöst, wie sie sich dem Augenblick überlassen hatte, lag immer noch beherrschte Schönheit, in denen Donatellos aber war etwas unbeschreiblich Groteskes, verbunden mit Grazie, hinreißend, bezaubernd, zum Lachen reizend und doch tief ergreifend, so sehr rührte es ans Herz. Hierin unterschied er sich von seiner schönen Begleiterin, sonst aber glich Miriam genauso einer Nymphe wie Donatello einem Faun.

Es gab wirklich Augenblicke, in denen sie die Rolle eines waldgeborenen Wesens so vollendet spielte wie er. Man hätte meinen können, eine Eiche habe ihre rauhe Rinde aufgetan, um Miriam zu freiem Tanz zu entlassen, in menschlicher Gestalt vom gleichen Geist beseelt, wie er im Laubwerk raschelt; oder

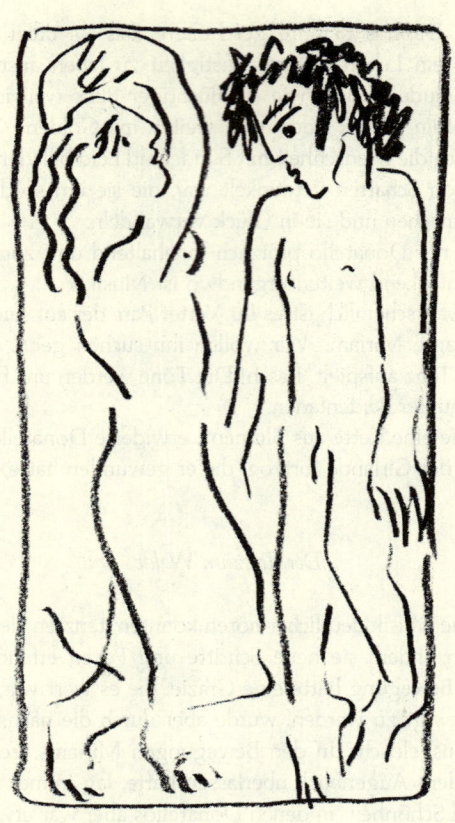

daß sie, eine Wassernymphe, dem steinigen Grund eines Brunnens entstiegen wäre, funkelndes Licht versprühend, um jählings im Tropfenschauer eines Regenbogens wieder zu verschwinden.

Wie mitunter die Fontäne über ihrem Bassin zusammensinkt, so gab es bei Miriam Anzeichen, daß ihre fröhliche Stimmung sich allmählich erschöpfen würde.

»Ach, Donatello,« rief sie lachend, während sie innehielt, um Atem zu schöpfen, »Sie haben einen unbilligen Vorteil vor mir voraus! Ich bin ja keine wirkliche Kreatur der Wildnis, während Sie doch wohl ein richtiger Faun sind, wie ich jetzt glaube. Gerade eben, als Sie Ihre Locken ein bißchen schüttelten, kam es mir vor, als hätte ich so etwas wie spitze Ohren gesehen!«

Donatello schnippte über seinem Kopf mit den Fingern, wie Faune und Satyrn es uns ursprünglich gelehrt haben, und strahlte in seinem ganzen behenden Dasein Fröhlichkeit aus. Trotz alledem lag auf seinem Gesicht eine leise Spur von Besorgnis, als fürchte er, das kleinste Innehalten könnte den Zauber brechen und ihm seine fröhliche Gefährtin plötzlich rauben.

»Tanzen, tanzen!« rief er, »wir dürfen nicht aufhören! Hier, hinter der Baumgruppe ist ja schon die Musik! Tanzen, Miriam, tanzen!«

Jetzt hatten sie eine der grünen Lichtungen erreicht, deren es in dieser kunstvoll hergerichteten Wildnis viele gibt. Sie war von Steinbänken umgeben, auf denen anstelle von Kissen uraltes Moos freundlich versuchte sich auszubreiten, und auf einer davon saßen die Musikanten, die unser übermütiges Paar herbeigelockt hatten. Es war eine der umherziehenden Truppen, von denen ganz Italien voll ist, und sie hatten Talent genug, mit einer Harfe, einer Geige und einer Flöte leidliche Harmonien hervorzubringen, so zerlumpt sie auch aussahen. Heute war zufällig ein Feiertag, und deshalb probierten sie das Echo dieser Gärten aus, statt auf den hitzebrütenden Plätzen der Stadt oder unter den Fenstern eines taub bleibenden Palastes zu spielen, denn an kirchlichen Feiertagen schickt Rom alle Vergnügungssüchtigen ins Freie hinaus, die bereit sind zu Tanz und jedwedem anderen Zeitvertreib.

Als Miriam und Donatello unter den Bäumen auftauchten, fiedelten, zupften und flöteten die Musikanten noch lebhafter auf ihren verschiedenen Instrumenten; ein dunkelhäutiges kleines Mädchen mit großen schwarzen Augen half ihnen, indem es ein Tamburin, das rundum mit klingelnden Glöckchen behängt war, schüttelte und im Takt auf die Pergamentbespannung schlug. Ohne seine lebhaften, rhythmischen Bewegungen zu unterbrechen, nahm Donatello mit schnellem Griff dem Kind das unmelodische Instrument aus der Hand, und erzeugte damit, während er es über seinem Kopf schwenkte, Töne von beschwörender Macht, wobei er weitertanzte und dazu die Glöckchen läuten ließ.

Möglich, daß etwas Magisches in den Rhythmen lag oder wenigstens etwas Ansteckendes in seiner und Miriams Stimmung, denn sehr bald war eine ganze Menge Leute herbeigelockt, die einzeln oder in Paaren in den Tanz einfielen, als wären sie vor lauter Vergnügen außer Rand und Band. Unter ihnen waren auch einfache Mädchen, wie man sie in den Straßen Roms sieht, barhäuptig, silberne Pfeile im glänzenden Haar. Auch Bauernmädchen waren da, aus der Campagna und den Dörfern, in prächtigen, malerischen Trachten, in Scharlachrot und anderen leuchtenden Farben, wie sie hellhaarige Mädchen zu tragen nie wagen könnten. Dann erschien aber auch der Römer aus Trastevere, etwa in einem alten Umhang, den er wie eine Toga trug und beiseite warf, sobald er vom lebhaften Tanz erhitzt war. Drei französische Soldaten hüpften ungeniert im Gedränge mit, in weiten roten Hosen, die kurzen Säbel an den Hüften baumelnd; auch drei deutsche Künstler mit grauen Schlapphüten und enormen Bärten; ein Mann aus der päpstlichen Schweizergarde, in der buntscheckigen Tracht, die Michelangelo für sie entworfen hat; zwei junge englische Touristen, von denen einer ein Lord war, griffen sich zwei Bauernmädchen und tanzten schleunigst mit, wie auch ein zottiger Mann in Hosen aus Ziegenfell, der wie der bäuerliche Pan höchstselbst aussah und auch genauso vergnügt die Beine in die Luft warf. Außerdem waren noch ein oder zwei Hirten aus der Campagna da und ein paar Bauern in himmelblauen Jacken, die Hosen unter den Knien mit Bändern verschnürt – hager und bleich sahen sie aus, arme Gutsknechte, die wenig zu essen und außer Malariadünsten nichts zu atmen hatten. Trotzdem faßten sie sich ein Herz und machten bei Donatellos Tanz mit.

Auf dieser sonnigen Lichtung schien das paradiesische Zeitalter wiedergekehrt zu sein, es taute die eisigen Formalitäten der

Menschen auf und befreite sie von lästigem Zwang, so daß sie sich in kindlicher Freude zusammenfanden wie die Frühlingsblumen unter ihren Füßen. Die einzige Ausnahme in der Ausgelassenheit dieser Stunde bildete einer von unseren Landsleuten, der das Schauspiel überlegen belächelte und sich weigerte, seine Würde dadurch zu verletzen, daß er etwa mittanzte.

Der Harfner zupfte hurtig die Saiten, der Geiger strich seinen Bogen, der Flötist blies laut, während Donatello das Tamburin über seinem Kopf schwenkte und die fröhliche Menge mit unermüdlichen Schritten anführte. Wie sie da einer dem anderen in weithin schallender Heiterkeit folgten, war es, als wäre eines der Reliefs zum Leben erwacht, mit dem ein Reigen von Nymphen und Satyrn oder irgendeines Bacchanals das Rund einer antiken Vase umwindet. Oder es glich den gemeißelten Darstellungen an Sarkophagen, wo ein Festzug der Asche und des verblichenen Gebeins spottet, die im Innern ruhen. Man könnte solche Darstellungen für einen Hochzeitszug halten, folgt man den Figuren aber von einem Ende des Sarges bis zum andern, so zweifelt man, ob ihr festlicher Zug sie zu einem glücklichen Ausgang führt. Inmitten des Tanzes ist wohl irgendein Jugendlicher plötzlich niedergefallen, ein Gefährt hat sich überschlagen und hat den Lenker zu Boden geschleudert, ein Mädchen scheint ohnmächtig oder müde geworden zu sein und sinkt in die Arme einer Freundin. Immer wirft irgendein tragisches Ereignis seine Schatten auf das Schauspiel voraus oder begleitet es, und sowie dein Auge einmal darauf gelenkt ist, kannst du auf den festlichen Teil des Vorgangs nur noch in dem Gedanken an das so leichthin angedeutete Leid und Unglück schauen.

Wie in der Heiterkeit, so bestand auch in den dunkleren Bezügen Ähnlichkeit zwischen diesen Darstellungen auf Sarkophagen und dem ungestümen Tanz auf der Lichtung. Mitten in der Ausgelassenheit und auf dem Höhepunkt der Tollheit fand Miriam sich plötzlich einer seltsamen Gestalt gegenüber, die vor ihr auf den Zehenspitzen tänzelte und phantastische Gewänder schwang und beinahe mit Donatellos Behendigkeit wetteifern konnte. Es war Miriams Modell.

Einen Augenblick später gewahrte Donatello, daß sie aufgehört hatte zu tanzen. Er eilte hastig zu der Steinbank, auf die sie sich gesetzt hatte, und warf sich neben ihr ins Gras. Aber Miriam war auf einmal von merkwürdiger Fremdheit umgeben, und obwohl er sie so nahe vor sich hatte, schien doch das Licht ihrer Augen so weit entfernt wie das der Sterne, und keine Spur von Wärme lag in dem traurigen Lächeln, mit dem sie ihn ansah.

»Kommen Sie zurück,« bat er, »weshalb muß diese glückliche Stunde so rasch zu Ende sein?«

»Gerade jetzt muß sie enden, Donatello,« erwiderte sie seinen Worten und seinen ausgestreckten Händen, »und ich glaube, solche Stunden wiederholen sich nicht oft in einem Menschenleben. Lassen Sie mich jetzt gehen, lassen Sie mich still zwischen diesen Bäumen aus Ihren Augen verschwinden. Sehen Sie, auch die Gefährten unseres Spiels gehen schon fort.«

Ob nun die Harfensaiten gerissen, die Geige den Takt oder der Flötist den Atem verloren hatte — jedenfalls hatte die Musik aufgehört, und die Tänzer hielten inne. All das buntgemischte Gedränge löste sich so plötzlich auf, wie es herbeigekommen war. In Miriams Erinnerung behielt die Szene die Besonderheit von etwas Phantastischem, als ob eine Gesellschaft von Satyrn, Faunen und Nymphen, in ihrer Mitte Pan, sich auf diesen Gefilden vor einer Sekunde noch belustigt hätte, dann aber ein profanes Auge ihnen zu nahe gekommen oder der Schatten eines fremden Eindringlings auf die Stätte ihrer Kurzweil gefallen sei und das zauberische Schauspiel mit einem Schlag versunken wäre. Und wenn noch ein paar Gaukler unter den Bäumen zurückblieben, so trugen sie jedenfalls die Merkmale ihrer Herkunft sorgfältig unter dem Aussehen gewöhnlicher Leute verborgen. Arkadien war verschwunden, und übrig waren nur diese alten Gärten vor dem römischen Stadttor, diese Gegend, in der die Verbrechen vieler Epochen, die zahllosen Schlachten, das rücksichtslos vergossene Blut und der Tod von Tausenden den Erdboden geschändet haben, so daß seine Ausdünstung für menschliche Lungen tödlich ist.

»Sie sollen mich verlassen, Donatello«, sagte Miriam befehlender als zuvor. »Ich habe es Ihnen doch vorhin schon gesagt! Gehn Sie und drehen Sie sich nicht nach mir um!«

»Miriam,« flüsterte Donatello und griff hastig nach ihrer Hand, »wer ist das, der dort drüben im Schatten steht und Ihnen winkt, ihm zu folgen?«

»Scht! Gehn Sie!« wiederholte Miriam. »Ihre Stunde ist vorüber, seine ist gekommen.«

Donatello spähte weiter in die Richtung, in die er gedeutet hatte, und sein Gesichtsausdruck hatte sich erschreckend verändert, er war verstört, vielleicht vor Schreck, vor allem aber zeigte er Zorn und Abscheu, so daß Miriam ihn kaum wiedererkannte. Seine Lippen waren verzerrt, als wollte er die Zähne fletschen, was ihm einen Ausdruck von animalischer Wut gab, wie man ihn nur bei primitiven und rohen Menschen sehen kann. Ein Zittern überlief seinen ganzen Körper.

»Ich hasse ihn!« murmelte er.

»Seien Sie beruhigt, ich hasse ihn auch«, sagte Miriam.

Dieses Bekenntnis war ihr unfreiwillig entschlüpft, weil das dunkle Gefühl in ihrer eigenen Brust mit dem von Donatello so heftig hervorgestoßenen übereinstimmte. Wie zwei Wasser- oder Blutstropfen ineinanderfließen, so vereinte ihr Haß sich mit dem seinen.

»Soll ich ihn bei der Kehle packen?« fragte Donatello mit einem düsteren, grausamen Blick. »Befehlen Sie es mir, und wir sind ihn für immer los.«

»Um Himmels willen keine Gewalt!« rief Miriam, aus der Beherrschung, die sie bisher über ihren Begleiter ausgeübt hatte, aufgeschreckt durch die Wut, die so plötzlich aus ihm hervorbrach. »Haben Sie Mitleid mit mir, Donatello, und sei es auch nur um der vergangenen Stunde willen, in der ich Ihnen mitten in all meinem Elend nachgab. Folgen Sie mir nicht weiter, überlassen Sie mich von jetzt an meinem Schicksal. Lieber, guter Donatello, machen Sie mich nicht noch unglücklicher mit dem Gedanken, daß ich Ihr glückliches Dasein verdorben und Ihnen zu großen Haß oder zu große Liebe eingeflößt habe!«

»Ich soll Ihnen nicht folgen?« wiederholte Donatello, während sein Zorn sich in Trauer verwandelte — weniger durch ihre Worte, als durch die schwermütige Süße ihrer Stimme. »Ihnen nicht folgen! Welchen anderen Weg habe ich denn?«

»Wir werden noch einmal darüber reden«, sagte Miriam immer noch in besänftigendem Ton. »Bald — morgen, wenn Sie wollen. Nur, gehn Sie jetzt!«

Unzusammenhängende Gespräche

In den Gärten der Villa Borghese, die vor kurzem noch von Heiterkeit und Musik so lärmend erfüllt waren, blieben jetzt nur Miriam und der Fremde zurück.

Einsamkeit hatte sich ganz plötzlich um sie verbreitet. Vielleicht symbolisierte sie etwas Besonderes in der Beziehung dieser beiden zueinander und baute eine unüberwindbare Schranke auf zwischen ihrem und dem Dasein anderer Menschen, die mit ihresgleichen in enger Nachbarschaft leben mochten. Denn gewisse Arten von Unglück oder ein großes Verbrechen machen den, der das eine erlitt oder das andere beging, zum Fremdling in der Welt, weil es zwischen ihm und den Menschen, nach deren innerer Nähe er sich sehnt, wie ein den Kontakt unterbrechendes Medium wirkt.

Es mag sein, daß infolge dieser moralischen Entfremdung — dieser frostigen Distanziertheit ihrer Haltung — zu uns nicht mehr gedrungen ist als ein vages Geraune über die Gespräche dieses Nachmittags, an dem Miriam die Zusammenkunft mit dem unheimlichen Menschen hatte, der sie seit dem Tag in der Katakombe ununterbrochen verfolgte. Diese geheimnisvollen Äußerungen in eine zusammenhängende Schilderung zu bringen, ist wie der Versuch, die Fetzen eines Briefes zusammenzufügen, der zerrissen und in alle vier Winde gestreut wurde. Viele Worte von Bedeutung, viele vollständige Sätze, vermutlich die wichtigsten, sind zu weit davongeflogen. Wenn wir unsere eigenen Vermutungen ergänzend einfügen, geben wir der Sache vielleicht einen ganz falschen Sinn, wenn wir aber nichts dergleichen versuchen, so gäbe es eine häßliche Lücke in unserer Erzählung und einen Mangel an Zusammenhang und Folgerichtigkeit, so daß sie bei gewissen unvermeidlichen Katastrophen anlangen würde ohne pflichtgemäße Warnung vor deren drohender Nähe.

Mit Sicherheit wissen wir jedenfalls so viel, daß eine mysteriöse Faszination von jener Persönlichkeit auf Miriam ausging, ganz ähnlich, wie böse Raubtiere und Reptilien sie mitunter auf ihre Opfer ausüben. Wunderlich war die Hoffnungslosigkeit, mit der sich die sonst so beherzte Miriam in diese Sklaverei fügte. Die eiserne Fessel, welche beide zusammenhielt und vielleicht sogar für beide gleichermaßen qualvoll war, mußte wohl über einem jener gottlosen Feuer geschmiedet worden sein, wie sie nur von schlimmen Leidenschaften entflammt und nur durch schlimme Taten genährt werden.

Dennoch vertrauen wir darauf, daß in Miriam nie etwas Verbrecherisches gewesen war, sondern daß nur eines jener rätselhaften Verhängnisse, die die menschliche Fassungskraft übersteigen, über ihr waltete, der schicksalhafte Zwang, durch den ein Verbrechen nicht nur zum Verderben dessen wird, der es begangen hat, sondern auch zum Verderben von Schuldlosen.

Auf jeden Fall war es nur ein schwacher und verzweifelter Widerstand, den sie seiner Verfolgung heute entgegenzusetzen die Kraft fand.

»Du bist mir zu hart auf den Fersen,« sagte sie mit leiser, schwankender Stimme, »du läßt mir zu wenig Raum zum Atmen. Weißt du, was das Ende von alledem sein wird?«

»Ich weiß genau, was das Ende sein muß«, erwiderte er.

»Dann verrate es mir, damit ich weiß, ob deine Vorahnungen die gleichen sind wie meine. Meine sind jedenfalls furchtbar.«

»Es kann nur eine einzige Folge geben, und die muß bald eintreten«, antwortete das Modell. »Du wirst deine gegenwärtige Maske ablegen und eine andere annehmen müssen. Du mußt hier von der Bildfläche verschwinden, mußt Rom mit mir verlassen und jede Spur auslöschen, auf der man dir folgen könnte. Du weißt, daß ich dich zwingen kann, meinen Befehlen zu gehorchen, und du kennst die Strafe für einen Ungehorsam.«

»Keine, mit der du mich schrecken kannst«, sagte Miriam. »Eine andere vielleicht, aber keine so entsetzliche.«

»Und welche wäre das?« forschte er.

»Der Tod. Ganz einfach der Tod«, antwortete sie.

»Der Tod –« sagte ihr Verfolger, »der Tod ist keine so einfache und leichte Angelegenheit, wie du denkst. Du bist gesund und voll Leben. Nach all den vergangenen entsetzlichen Monaten und der Sklaverei jetzt, in der ich dich halte, und trotz aller Empfindsamkeit deines Wesens siehst du ja fast noch genauso blühend aus wie damals als halberwachsenes Mädchen! Miriam – so nenne ich dich, um keinen Namen auszusprechen, bei dem sogar das Laub über unseren Köpfen hier zittern würde – Miriam, du kannst nicht sterben.«

»Gibt es kein Gift?« fragte sie und sah ihm zum ersten Mal fest in die Augen. »Könnte ich nicht in den Tiber springen?«

»Möglich,« antwortete er, »denn ich gebe zu, daß du sterblich bist. Aber, Miriam, glaube mir, es ist nicht deine Bestimmung zu sterben, da noch so viel zu sündigen und noch so viel zu leiden übrig ist in der Welt. Wir haben ein Schicksal, das wir gemeinsam zu erfüllen gezwungen sind. Auch ich habe gekämpft, um ihm zu entkommen. Ich habe genauso darum gerungen wie du, die Bande zwischen uns zu zerreißen, die Vergangenheit für immer zu begraben, jede Möglichkeit eines Wiedersehens mit dir auszuschließen bis zum Tag des Jüngsten Gerichts. Du weißt ja nicht, was ich alles unternommen habe! Und mit welchem Resultat? Unsere seltsame Begegnung im Innern der Erde hat mich von der Vergeblichkeit meiner Wünsche überzeugt.«

»Ach, dieser verhängnisvolle Zufall!« rief Miriam und bedeckte ihr Gesicht mit den Händen.

Er stimmte ihr zu. »Ja, dein Herz stockte, als du mich erkanntest,« sagte er, »aber du ahntest nicht, daß dasselbe Entsetzen auch in meinem Herzen war.«

»Warum ist die Erde nicht über uns eingestürzt und hat uns begraben,« rief Miriam voll leidenschaftlicher Verzweiflung,

»warum konnten wir uns nicht in entgegengesetzten Richtungen in diesen gräßlichen Gängen da unten verirren und beide umkommen, ohne uns je wieder zu begegnen!«

»Es ist vergeblich, so etwas zu wünschen. In dem riesigen Labyrinth hätten wir unfehlbar zueinander gefunden, um gemeinsam leben oder gemeinsam sterben zu müssen. Unser beider Schicksale sind zu einem gemeinsamen Band verflochten, und keiner von uns beiden kann es zerreißen – wir müssen uns fügen.«

»Bete um Rettung,« rief Miriam, »bete, wie ich es getan habe, bete um Befreiung von mir, weil ich dein böser Geist bin wie du der meine! So böse dein Leben auch war – ich habe dich doch in vergangenen Zeiten schon beten sehen!«

Unter diesen Worten erschauerte Miriams Verfolger und wurde aschfahl. Es gab in der Erinnerung dieses Mannes etwas, was ihm den Gedanken an Gebet, an göttlichen Trost und Beistand, die frommen Menschen ohne weiteres zuteil werden, zu einer unerträglichen Folterqual machte. Und gerade diese Qual war wohl der Beweis für eine angeborene, tiefe Religiosität, die aber verdorben, mißbraucht und entwürdigt worden war, bis sie nur noch dazu taugte, Furcht aus den Quellen von alledem zu schöpfen, was zu reinster und höchster Labung geschaffen ist. Er sah Miriam so entsetzt und mit einem so tiefen Schmerz in die Augen, daß sie Mitleid empfand. Und jetzt kam ihr der jähe Gedanke, daß er womöglich irrsinnig wäre. Das war ihr bislang nie ernstlich in den Sinn gekommen, jetzt aber konnte das in überraschender Weise viele Geschehnisse erklären, die ihr bekannt waren. Doch war es ihr fürchterliches Geschick, daß seine Macht über sie, gleichviel ob er wahnsinnig war oder nicht, unverändert die gleiche blieb und wohl nur um so tyrannischer ausgeübt wurde, wenn es durch einen Irrsinnigen geschah.

»Ich würde dir ja kein Leid zufügen,« sagte sie beschwichtigend, »dein Glaube gewährt dir die Tröstungen von Buße und Absolution. Geh und versuche Hilfe darin zu finden, und kümmere dich nicht um mich.«

»Davon kann gar keine Rede sein, Miriam. Wir sind aneinander gefesselt und können uns nie mehr trennen.«

»Warum soll denn das so unmöglich sein?« erwiderte sie. »Bedenke doch, wie ich der Vergangenheit schon entflohen war! Ich hatte mir eine ganz neue Sphäre geschaffen, neue Freunde gefunden, eine neue Beschäftigung, neue Hoffnungen und Freuden. Es kommt mir so vor, als wäre mein Herz schon fast so unbeschwert gewesen, als ob gar kein Unglück hinter mir läge. Die menschliche Seele stirbt weder an einer einzigen Wunde, noch erschöpft sie sich bei einem einzigen Versuch, das Leben zu gestalten. Laß uns getrennt bleiben voneinander, vielleicht wird dann alles für uns beide noch einmal gut.«

»Wir haben ja schon geglaubt, für immer voneinander getrennt zu sein,« antwortete er, »und doch sind wir uns im Innern der Erde wiederbegegnet. Und wenn wir uns jetzt trennten, so würde unser Schicksal uns sogar in einer Wüste oder auf einem Berggipfel wieder zusammenführen, an jedem Fleck der Erde, und schiene er uns auch noch so sicher! Und daher redest du vergebens.«

»Du verwechselst deinen eigenen Willen mit einer eisernen Notwendigkeit«, sagte Miriam. »Du könntest mir ja selbst jetzt noch den Weg freigeben!«

»Niemals!« sagte er unbeugsam. »Dein Wiedererscheinen hat das Werk von Jahren zerstört. Du kennst die Macht, die ich über dich habe. Gehorche mir freiwillig, sonst wirst du bald auf andere Art gezwungen werden! Und bis dieser Augenblick kommt, werde ich auch nicht aufhören, dich zu verfolgen.«

»Dann sehe ich das Ende bereits kommen,« sagte Miriam ruhig, »und ich habe dich vor ihm gewarnt. Es wird der Tod sein.«

»Dein Tod, Miriam, oder meiner?« fragte er und sah sie gebannt an.

»Hältst du mich denn für eine Mörderin?« fragte sie schaudernd. »Du jedenfalls hast kein Recht dazu!«

»Und trotzdem«, rief er mit einem Blick voll rätselhafter Bedeutung, »ist schon einmal behauptet worden, deine Hand wäre blutbefleckt.« Während er sprach, ergriff er ihre Hand und hielt sie fest, obgleich ihr Widerstand, mit dem sie sich zu befreien versuchte, beinahe einem tödlichen Kampf gleichkam, und indem er ihre Hand in das sinkende Tageslicht hielt, schien er sie genau zu betrachten, als wollte er einen Blutfleck darauf entdecken, um sie zu quälen. Als er sie losließ, lächelte er. »Sie sieht ganz weiß aus,« sagte er, »aber ich habe schon ebenso weiße Hände gesehen, die trotzdem mit allen Wassern der Ozeane nicht hätten reingewaschen werden können.«

»Meine Hand war rein,« gab Miriam bitter zurück, »bis du sie in der deinen hieltest.«

Was sie sonst noch gesprochen haben mögen, hat der Wind davongetragen. Sie gingen nebeneinander auf die Stadt zu, und zweifellos machten sie unterwegs noch weitere Andeutungen über irgendwelche seltsamen und schrecklichen Geschehnisse ihrer Vergangenheit, die sich ebenso auf den finsteren Mann wie auf die schöne jugendliche Frau bezogen, die er verfolgte. In allen ihren Worten und in dem Atem, mit dem sie sie ausstießen, war ein Hauch von Schuld und etwas wie Blutgeruch. Wie aber soll man sich vorstellen können, daß die Befleckung blutigen Verbrechens an Miriam haften könnte! Wie aber sollte fleckenlose Unschuld andererseits einer Versklavung unterworfen sein, wie sie sie von diesem Unhold erduldete, den sie selbst aus der Finsternis heraufbeschworen hatte? Aber wie dem auch sein mochte – wir haben Grund zu glauben, daß Miriam fortfuhr, ihn einmal demütig und dann wieder wild und leidenschaftlich anzuflehen, seiner Wege zu gehen und sie selbst ihrem eigenen traurigen Pfad zu überlassen.

So wanderten sie durch die grünenden Gärten der Villa Borghese und gelangten bald in die Nähe der Stadtmauer, wo Miriam, wenn sie aufgeblickt hätte, Hilda und den Bildhauer, die an der Brüstung lehnten, bemerkt haben würde. Aber sie nahm nur wenig wahr von allem, was außerhalb der Wolke von Leid lag, in die sie gehüllt war. Als sie in den Straßenverkehr kamen, blieb ihr Verfolger ein wenig zurück und gab die gebieterische Haltung auf, die er während ihres einsamen Gesprächs gezeigt hatte. An der Porta del Popolo herrschte dichtes Leben, die Vergnügungssüchtigen, die den Festtag außerhalb der Stadtmauern verbracht hatten, strömten zurück, eine Gesellschaft von Reitern kam soeben durch das Tor, eine Reisekutsche näherte sich der garstigen Prozedur vor dem päpstlichen Zollgebäude, und auf der großen Piazza war ein buntes Gedränge.

Aber Miriams Leid nahm seinen Weg durch diese Menschenflut und wurde nicht berührt davon. In einer Art verzweifelter weiblicher Unbefangenheit fand sie eine Möglichkeit, sich vor aller Augen, wenn auch unbemerkt, vor ihrem Tyrannen hinzuknien und ihn immer noch um ihre Freiheit anzuflehen – aber vergebens.

Spaziergang auf dem Monte Pincio

Am späten Nachmittag war Hilda, nachdem sie an dem Bild Beatrices die letzten Pinselstriche gemacht hatte, ausgeflogen und auf den Monte Pincio gegangen, weil sie hoffte, ein paar aufheiternde Musikstücke zu hören, und hier begegnete sie dem Bildhauer, denn – um die Wahrheit zu sagen – Kenyon hatte sich die Lebensgewohnheiten der blonden Malerin gut gemerkt und seine eigenen so eingerichtet, daß sie ihn oft in ihre Nähe führten.

Der Monte Pincio ist die Lieblingspromenade der römischen Aristokratie. Aber heutzutage haben ihn weniger die eingeborenen Bewohner als die Barbaren aus Gallien, Großbritannien und von jenseits des Meeres in Besitz genommen, wie sie alles, was es an Schönem und Sehenswertem in der Ewigen Stadt gibt, kampflos erobert haben. Diese Ausländer wären wirklich undankbar, wenn sie kein Gebet für Papst Clemens verrichteten oder welcher Heilige Vater es nun war, der den Gipfel des Hügels so geschickt planieren und mit der Brüstung der Stadtmauer einfassen ließ; der die breiten Fußwege und Fahrbahnen anlegte, die im Schatten mannigfacher Bäume liegen; der so verschwenderisch die Blumen aller Jahreszeiten und jeglichen Klimas über die grünenden Rasenflächen streute; der geeignete Stellen für Grotten fand, um Marmorbassins hineinzusetzen, die von immer sprühenden Fontänen gefüllt sind; der den unvorstellbar alten Obelisken wieder über dem Erdboden errichtete, der ihn so lange verborgen hielt; der die Sockel am Saum der Alleen aufstellte und sie mit Büsten verdienstvoller Männer krönte, Helden, Künstler, Staatsmänner, Denker und Dichter, die die ganze Welt als ihre höchste Zier erklärt, wenn sie auch alle einzig und allein von Italien hervorgebracht wurden. Mit einem Wort: der Monte Pincio ist eines der Dinge, die den Fremden — da er vollauf das Vergnügen genießt und von den Kosten nichts spürt — mit der Herrschaft einer verantwortungslosen Dynastie Heiliger Väter aussöhnen, die offenbar das Ziel verfolgten, das Leben zu einer so angenehmen Angelegenheit wie nur möglich zu machen. Immer sind an diesem vergnüglichen Fleck rotbehoste französische Soldaten zu sehen und bärtige, ergraute Veteranen, auf der Brust womöglich Medaillen von Algerien oder der Krim, denen das friedliche Amt übertragen ist aufzupassen, daß die Blumenbeete nicht von Kindern zertreten werden und daß nicht etwa ein Verliebter sie ihrer duftenden Blüten beraubt, um sie seiner Liebsten ins Haar zu stecken. Hier sitzt matt im köstlichen Sonnenschein auf einer Marmorbank das lungenkranke Mädchen, das seine Freunde hergebracht haben, damit es genese in einem Klima, das noch in seinen reinsten Hauch Gift mengt; hierher kommen täglich die Kindermädchen, schleppen rosige englische Babies oder bewachen die Schritte kleiner Touristen aus der fernen westlichen Welt. An sonnigen Nachmittagen rollen Equipagen aller Arten daher, vom altmodischen prunkvollen Purpurwagen der Kardinäle bis zum hübschen modernen Landauer, und hier galoppieren Reiter auf Rassepferden, kurzum: hier reitet, fährt und promeniert die ganze vergängliche Bevölkerung Roms, dieser großen Weltschwemme. Hier gibt es herrliche Sonnenuntergänge und, wo immer man das Auge hinwendet, Ansichten, ebenso lohnend um ihrer selbst willen wie ihres historischen Interesses wegen. An bestimmten Nachmittagen läßt auch eine französische Militärkapelle ihre Weisen über die arme alte Stadt hinklingen und mit einer Lautstärke, wie sie die unnachahmlichen Triumphe dieser Stadt selbst einst hatten.

Dank der Findigkeit Kenyons, der am liebsten mit seiner jungen Landsmännin allein war, hatten Hilda und er den Schwarm der Leute, die die Musikkapelle umdrängten, gemieden und schlenderten bis zum äußersten Punkt des Hügels. Dort lehnten sie sich an den Muro Torto, einen massiven Rest der ältesten römischen Mauer, der so weit überhängt, daß man meint, er werde sofort abstürzen, während er doch das unzerstörbarste Werk zu sein scheint, das je erbaut wurde, und blickten hinab. In blauer Ferne erhoben sich der Soracte und andere Höhen, die zwar in unserer Phantasie seit jeher schon von weitem winkten, unseren physischen Augen aber unwirklich vorkommen, weil sie etwas von einem schon zu oft geträumten Traum an sich haben. Trotzdem bilden sie den ganzen festen Rahmen der Hügel, welche Rom und seine weite Campagna umschließen – kein Traumland, sondern das größte Blatt aus dem Buch der Geschichte, so angefüllt mit denkwürdigen Geschehnissen, daß eines das andere auslöscht, als ob die Zeit ihre eigenen Aufzeichnungen wieder und wieder ausgestrichen hätte, bis sie unleserlich wurden.

Um uns aber nicht unberufenerweise mit Geschichte abzugeben – mit der unsere Erzählung ja nur insoweit zu schaffen hat, als freilich schon der bloße Staub von Rom historisch ist und sich unvermeidlich auf unseren Blättern niederläßt und sich in unsere Tinte mischt –, wollen wir nun zu unseren beiden Freunden zurückkehren, die sich also immer noch über die Mauerbrüstung lehnten. Unter ihnen lag das weite Gelände der Villa Borghese, bedeckt mit Bäumen, dazwischen die weißschimmernden Säulen und Statuen und das Funkeln einer springenden Fontäne, all dies zu späterer Jahreszeit überschattet von dichterem Blätterwuchs.

In diesem milderen Klima entfaltet sich die Vegetation weniger plötzlich, als es der Bewohner des kalten Nordens gewöhnt ist. Im Februar schon beginnend, ist der Frühling nicht dazu gezwungen, mit so ungestümer Hast in Sommer auszubrechen. Es ist reichlich Zeit, über jeder aufbrechenden Schönheit zu verweilen, sich an dem knospenden Blatt, dem zarten Grün, der süßen

Jugend und Frische des Jahres zu erfreuen. Er schenkt uns seinen mädchenhaften Liebreiz, bevor er zum verheirateten Sommer wird, der sich ebenfalls nicht so rasch zum matronenhaften Herbst ernüchtert. In unserer Heimat hastet die jungfräuliche Frühlingszeit allzu eilig in den Brautstand. Hier aber waren die Blätter der jungen Bäume, die jenen Teil der Borghese-Gärten bedecken, welcher der Stadtmauer am nächsten liegt, noch nach ein oder zwei Monaten im zarten Stadium des ersten Grüns.

Aus den entfernteren Gründen, den alten Hainen der Stein-eichen, hörten Hilda und Kenyon die schwachen Töne von Musik, Lachen und verworrenen Stimmen. Es war wahrschein-lich der Lärm — der sogar bis zu den Mauern Roms drang, langsam abebbend, schwermütig in seinem Verklingen — jener wilden mythenhaften Ausgelassenheit, die wir schon zu be-schreiben versuchten. Nach und nach hörte er auf, obgleich die beiden Lauschenden noch versuchten, die Töne von dem Ge-töse der näheren Militärmusik zu unterscheiden. Aber von der fernen Lustbarkeit war nichts mehr zu vernehmen. Bald darauf sahen sie eine einsame Gestalt einen der Pfade entlangkommen, der vom entlegeneren Teil der Anlagen zum Torweg hinführt.

»Schaun Sie — ist das nicht Donatello?« fragte Hilda.

»Wahrhaftig, das ist er,« antwortete der Bildhauer, »aber wie gedankenschwer geht er, und weshalb sieht er sich denn so lange und so oft um? Er sieht aus, als ob er sehr müde oder sehr traurig wäre. Ich würde nicht zögern, es Traurigkeit zu nennen, wenn Donatello ein Geschöpf wäre, das der Sünde und der Narrheit des Bedrücktseins fähig ist. Zwischen all den Schritten, bei denen wir ihn jetzt schon beobachteten, hat er noch keinen einzigen von den kleinen Luftsprüngen gemacht, die so charak-teristisch für seinen natürlichen Gang sind. Ich fange an zu zweifeln, ob er ein richtiger Faun ist.«

»Dann haben Sie ihn also wirklich für einen aus der seltsamen, wilden, glücklichen Rasse gehalten oder halten ihn immer noch dafür?« sagte Hilda ganz naiv. »Dasselbe denke ich auch. Nur habe ich bis jetzt nie ganz daran geglaubt, daß Faune irgendwo anders als in der Dichtung existierten.«

Zuerst lächelte der Bildhauer nur. Dann aber, als der Gedanke weiter Besitz von ihm ergriff, lachte er laut heraus und wünschte sich von ganzem Herzen — da er in Hilda verliebt war, ohne es ihr je gestanden zu haben —, daß er sie für diese reizende Naivität mit einem Kuß belohnen könnte. »O Hilda, was für einen Schatz an süßem Glauben und reiner Phantasie verstecken Sie denn unter diesem kleinen Strohhut?« rief er. »Ein Faun, ein Faun! Der große Pan ist also keineswegs tot. Die ganze Rotte mythischer Kreaturen lebt also noch in der monderhellten Verborgenheit von Mädchenphantastereien und sieht in ihnen bestimmt einen lieblicheren Tummelplatz als in ihren arkadischen Gefilden von einst. Welche Seligkeit, wenn ein Mann des Marmors, wie ich einer bin, auch dort herumstreifen dürfte!«

»Warum lachen sie denn so?« fragte Hilda und errötete, denn sie war ein wenig verwirrt über Kenyons wenn auch noch so freundlich geäußerten Spott. »Was habe ich denn eigentlich gesagt, daß Sie es so lächerlich finden?«

»Gut, also nicht lächerlich,« erwiderte der Bildhauer, »sondern vielleicht weiser, als ich ergründen kann. Wirklich — die Idee berührt einen ganz lebendig, wenn man Donatellos Position und äußere Umgebung bedenkt. Und warum auch nicht — er ist gebürtiger Toskaner, aus altem, edlem Geschlecht, und er besitzt eine moosüberwachsene Burg inmitten der Apenninen, wo er und seine Vorfahren gehaust haben, zwischen eigenen Weinbergen und Feigenbäumen, seit ur-, uralten Zeiten. Seine knabenhafte Leidenschaft für Miriam hat ihn unserem kleinen Kreis so vertraut gemacht, und unsere republikanische und künstlerische Natürlichkeit hat diesen jungen Italiener in der gleichen Art aufgenommen wie jemanden unseresgleichen. Aber wenn wir Rang und Titeln gebührenden Respekt zollten, müßten wir uns ehrerbietig vor Donatello verneigen und ihn Seine Exzellenz den Conte di Monte Beni nennen.«

»Das ist ein drolliger Gedanke, noch viel drolliger, als daß er ein Faun wäre«, sagte Hilda und lachte jetzt ihrerseits. »Es leuchtet mir jedenfalls nicht ganz ein, besonders da Sie ja selbst seine sonderbare Ähnlichkeit mit der Statue erkannten und uns darauf aufmerksam gemacht haben.«

»Bis auf die spitzen Ohren«, sagte Kenyon.

»Die Ohren Seiner Exzellenz des Conte di Monte Beni«, erwiderte Hilda und lächelte wiederum über die Würde, die dieser Titel ihrem verspielten Freund verlieh, »konnten wir ja wegen seiner dichten Locken nie sehen. Vielmehr erinnere ich mich, daß er einmal, als Miriam einen Versuch machte, sie zu prüfen, wie ein scheues Reh zurückwich. Wie erklären Sie das?«

»Oh, ich werde bestimmt nichts gegen einen derart gewichtigen Beweis einwenden, da im übrigen die Tatsache seines Fauntums doch so wahrscheinlich ist«, antwortete der Bildhauer, der immer noch Mühe hatte, eine ernste Miene zu machen. »Faun oder nicht – Donatello oder der Conte di Monte Beni ist eine einmalig ungezähmte Kreatur und, wie ich auch schon bei anderen Gelegenheiten bemerkt habe, liebt er es gar nicht, so sanft er auch ist, berührt zu werden. Ohne daß ich das in irgendeinem tadelnden Sinn meine, hat er ein gut Teil animalischer Natur in sich, als ob er in der Wildnis geboren und während seiner ganzen Kindheit frei in ihr gelebt hätte und auch jetzt noch nicht viel mehr als nur oberflächlich gezähmt wäre. Selbst heutzutage ist das Leben in solchen rauhen Winkeln der Apenninen etwas sehr Einfaches und Unkompliziertes.«

»Es ärgert mich wirklich,« sagte Hilda, »diese Neigung, die die meisten Leute haben, aus allem und jedem das Wunderbare und Geheimnisvolle wegzuerklären. Warum konnten Sie denn nicht mir und sich selber die Freude lassen, ihn für einen Faun zu halten?« »Ich beschwöre Sie, Ihren Glauben daran zu bewahren, liebe Hilda, wenn es Sie im geringsten glücklicher macht,« sagte der Bildhauer, »und ich werde mein Bestes tun, mich dazu bekehren zu lassen. Donatello hat mich gebeten, den Sommer mit ihm zu verbringen, in seiner Ahnenburg, wo ich die Absicht habe, den Stammbaum dieser Waldgrafen zu untersuchen. Und wenn ihre Schatten mich ins Traumland locken, so will ich ihnen gerne folgen. Übrigens, da wir von Donatello reden – da ist ein Punkt, über den ich sehr gern aufgeklärt würde.«

»Bitte – wenn ich es kann«, erwiderte Hilda auf seinen fragenden Blick.

»Hat er auch nur die leiseste Chance, Miriams Zuneigung zu gewinnen?« fragte Kenyon.

»Miriam! Sie ist doch so vollkommen und so begabt!« rief Hilda. »Und er ist so ungebildet und unkultiviert. Nein, nein!«

»Es kommt einem wirklich unmöglich vor,« sagte der Bildhauer, »andererseits verschenken begabte Frauen ihre Zuneigungen doch manchmal ganz unberechenbar. Miriam war in letzter Zeit oft so morbide und elend. Obwohl sie noch so jung ist, scheint doch der Morgenglanz aus ihrem Leben schon verblaßt zu sein. Und da kommt nun Donatello und hat genug natürliches Sonnenlicht für sich selber und für sie und bietet ihr Gelegenheit, ihr Herz und ihr Dasein wieder ganz neu und froh zu gestalten. Menschen von hohen intellektuellen Gaben suchen nicht die gleichen Gaben bei denen, die sie lieben. Gerade sie können das ungebrochene Hervorströmen natürlichen Gefühls würdigen, die ehrliche Zuneigung, die einfache Freude, die wunschlose Zufriedenheit mit dem Besitz dessen, den einer liebt. Gut, mag sie ihn einen Einfaltspinsel nennen. Aber es ist eine notwendige Folge: ein Mann verliert die Fähigkeit für diese Art Gefühl im gleichen Maß, in dem er sich verfeinert und kultiviert.«

»Du liebe Güte,« sagte Hilda, unmerklich von ihrem Gefährten zurückweichend, »ist das die Strafe für Kultur? Verzeihn Sie, aber das glaube ich nicht. Weil Sie Bildhauer sind, denken Sie, daß nichts Feines zustande kommen kann, wenn es nicht kalt und hart ist wie der Marmor, in dem Ihre Vorstellungen Gestalt annehmen. Ich bin Malerin und weiß, daß die zarteste Schönheit durch und durch weich und warm sein kann.«

»Ich habe wirklich etwas Törichtes gesagt«, antwortete der Bildhauer. »Es wundert mich, denn ich hätte aus eigener Erfahrung klüger sein können. Es ist das untrüglichste Merkmal echter Liebe, daß sie sogar in den Weltgewandtesten die kindlichste Einfalt wiedererweckt.«

Während sie so plauderten, schlenderten sie langsam an der Mauer entlang, die die abgeflachte Höhe des Pincio mit ihren

106

unregelmäßigen Ausbuchtungen umschließt, und von Zeit zu Zeit schauten sie durch das Gitterwerk ihrer Gedanken auf die verschiedenartigen Aussichten, die vor ihnen und unter ihnen lagen.

Von der Terrasse, auf der sie jetzt standen, gibt es einen steilen Abstieg nach der Piazza del Popolo, und während sie auf die weite Fläche hinunterblickten, sahen sie die hohen palastartigen Gebäude, die Kuppeln der Kirchen und das geschmückte Portal, das aus dem Gedanken Michelangelos entstanden und gefügt ist. Sie sahen auch den Granitobelisken, das älteste aller Dinge sogar in Rom, der sich in der Mitte des Platzes erhebt, mit dem vierfachen Löwenbrunnen unter seiner Basis. Alle Werke und Ruinen Roms – die des Kaiserreichs, der fernen Republik und der noch ferneren Könige – nehmen einen vergänglichen, unwirklichen und unscheinbaren Charakter an, sobald man bedenkt, daß dieses unzerstörbare Monument eine der Erinnerungen darstellt, die Moses und die Israeliten nach Ägypten in die Wüste mitnahmen. Vielleicht haben sie, ergriffen von ehrfürchtiger Scheu, einander beim Anblick der unbegreiflichen Feuersäule zugeflüstert: »In ihrer Gestalt ist sie wie jener alte Obelisk, den wir und unsere Väter so oft an den Ufern des Nils gesehen haben.« Und nun ist dieser selbe Obelisk, fast ohne eine Spur von Zerstörung, der erste Gegenstand, den der moderne Reisende erblickt, sobald er Rom durch das Flaminische Tor betreten hat.

Hilda und ihr Begleiter hoben die Augen, schauten westwärts und sahen jenseits des unsichtbaren Tibers die Engelsburg, dieses ungeheure Grabmal eines heidnischen Imperators, mit dem Erzengel hoch droben.

Noch weiter entfernt zeigte sich eine mächtige Gebäudegruppe, überragt von der gewaltigen Kuppel, die wir alle schon unter äußerster Anstrengung unseres Vorstellungsvermögens hervorgedacht haben wie eine überdimensionale Schaumperle, bevor wir sie in Wirklichkeit über der anbetenden Stadt sahen. Vielleicht wirkt sie am besten von dem Punkt aus, an dem unsere beiden Freunde jetzt standen. Aus größerer Nähe gesehen, verbirgt sich die Unermeßlichkeit Sankt Peters hinter der Gewalt seiner einzelnen Teile, so daß man nur die Front wahrnehmen kann, nur die Seiten, nur die Ausdehnung und Leichtigkeit der Kolonnaden und nicht das überwältigende Ganze. Aber aus dieser Distanz ist der gesamte Umriß des Domes der Welt sowie der Palast des höchsten Priesters der Welt mit einem einzigen Blick zu umfassen. Auch ist bei solchem Abstand die Phantasie nicht behindert, Beistand zu leisten, obgleich man die Wirklichkeit vor Augen hat, und kann der Schwäche menschlicher Aufnahmefähigkeit helfen, einem so grandiosen Werk Gerechtigkeit widerfahren zu lassen. Es bedarf sowohl des Glaubens wie auch der Einbildungskraft, um zu fühlen, daß dies, was dort drüben vor der purpurnen Bergkette liegt, das grandioseste Werk ist, das Menschenhände je bauten, hingemalt vor Gottes lieblichste Himmel, obgleich es doch als Wirklichkeit dasteht.

Nachdem sie ein Weilchen die Aussicht betrachtet hatten, mit der sie durch ihren langen Aufenthalt in Rom längst vertraut waren, ließen Hilda und Kenyon ihre Blicke wieder auf die Piazza hinuntergehen, und dort gewahrten sie Miriam, die gerade die Porta del Popolo durchschritten hatte und am Obelisken stand. Mit einer Gebärde, die Kenyon zugleich flehend und gebieterisch vorkam, schien sie einer Person, die sie bis hierhin begleitet hatte, zu verstehen zu geben, daß sie jetzt allein zu bleiben wünsche. Ihr hartnäckiges Modell aber verharrte unbeweglich.

Und jetzt beobachtete der Bildhauer den Vorgang, der je nach der Auslegung, die man ihm gab, entweder zu alltäglich war, um auch nur erwähnt zu werden, oder aber von so geheimnisvoller Bedeutung, daß Kenyon seinen eigenen Augen nicht traute. Miriam kniete auf den Stufen des Brunnens – insoweit gab es keinen Zweifel. Für andere Beobachter mochte es scheinen, daß sie es nur tat, um ihre Hände ins Wasser zu tauchen, das aus dem Maul eines der steinernen Löwen sprudelte. Als sie aber die Hände, nachdem sie sie gekühlt hatte, faltete und zu dem Mann hinaufsah, wurde Kenyon ganz stark von dem Gedanken befallen, daß Miriam dort angesichts aller Welt vor ihrem finsteren Verfolger kniete.

»Sehen sie das?« fragte er Hilda.

»Sehen? Was denn?« fragte sie, erstaunt über seinen heftigen Ton. »Ich sehe Miriam, die gerade ihre Hände in das herrlich kühle Wasser gehalten hat. Ich tauche meine Finger sehr oft in einen römischen Brunnen und denke dabei an einen kleinen Bach, der daheim in Neu-England einer von meinen Spielgefährten war.«

»Ich bildete mir ein, daß ich etwas ganz anderes gesehen hätte,« sagte Kenyon, »aber das war sicher ein Irrtum.«

Nahm er aber an, daß er Miriams Geste richtig gedeutet hatte — welch eine furchtbare Versklavung zeigte sich dann darin! Frei, wie sie schien, und er der Bettler, dem er glich — schleifte dieser hergelaufene Landstreicher offenbar trotzdem die schöne Miriam durch die Straßen Roms hinter sich her. Und war es vorstellbar, daß sie so versklavt sein konnte, wenn nicht irgendein großes Vergehen — ein wie großes, das wagte Kenyon nicht auszudenken — oder irgendeine verhängnisvolle Schwäche diesem finsteren Feind seine Überlegenheit verschafft hatte?

»Hilda,« sagte er hastig, »wer und was ist eigentlich Miriam? Verzeihn Sie mir — aber sind Sie ihrer auch ganz sicher?«

»Ihrer ganz sicher?« wiederholte Hilda mit einem ärgerlichen Erröten. »Ich bin sicher, daß sie Herz hat, gut ist und vornehm denkt. Sie ist eine treue und aufrichtige Freundin, die ich innig liebe und die mich genauso liebt. Habe ich etwa nötig, noch mehr über sie zu wissen?«

»Und Ihr feiner Instinkt spricht nur zu Miriams Gunsten? Nie gegen sie?« fuhr der Bildhauer fort, ohne auf den Ärger in Hildas Ton zu achten. »Meine eigenen Eindrücke sind genauso. Aber sie hat doch etwas Mysteriöses — wir wissen ja nicht einmal, ob sie unsere Landsmännin ist oder Engländerin oder eine Deutsche. Man sollte meinen, daß sie angelsächsisches Blut hat und mit wirklich englischem Akzent spricht, aber sie hat ebenso vieles, was weder englischer noch amerikanischer Herkunft ist. Nirgends außer in Rom und als Künstlerin könnte sie einen Platz in der Gesellschaft behaupten, ohne einen Schlüssel zu ihrer Vergangenheit zu liefern.«

»Ich liebe sie«, sagte Hilda, und ihre Stimme klang immer noch verstimmt, »und vertraue ihr voll und ganz.«

»Und ich vertraue ihr zum mindesten mit dem Herzen,« erwiderte Kenyon, »was mein Kopf dazu auch sagen mag. Und Rom ist ja auch nicht wie unsere Kleinstädte in Neu-England, wo man immer erst die Erlaubnis aller Nachbarn braucht für alles, was man tut, für jedes Wort, das man äußert, und für jeden Freund, den man findet und behalten will. In diesen Dingen gestattet der päpstliche Despotismus hier freier zu atmen als bei uns daheim, und wenn wir unseren Freunden gegenüber einen weitherzigen Standpunkt einnehmen möchten, so können wir es in vernünftigen Grenzen tun, ohne uns damit selbst zu ruinieren.«

»Die Musik hat aufgehört,« sagte Hilda, »ich gehe jetzt.«

Von der Piazza del Popolo gehen drei an ihrem Beginn dicht nebeneinander liegende Straßen aus, die fächerförmig auseinanderlaufen und zum Herzen Roms führen: zur Linken die Via del Babuino, rechts die Via della Ripetta und zwischen ihnen die weltberühmte Avenue, der Corso. Miriam und ihr Begleiter waren die erste der drei Straßen hinaufgegangen und für Hilda und den Bildhauer bald unsichtbar geworden.

Die beiden verließen nun den Monte Pincio auf dem stattlichen Fußweg, der an seiner Stirnseite schräg abwärts führt. Unter ihnen lag weit hingebreitet die Stadt im gedrängten Nebeneinander roter Ziegeldächer, über denen sich machtvoll die Kuppeln Hunderter von Kirchen erhoben, dazwischen hier und da ein Turm oder die oberen Stockwerke von ein paar höheren oder höher gelegenen Palazzi, die auf eine Unmenge palastartiger anderer Wohnbauten hinabblickten. In einiger Entfernung konnten sie die Spitze der Antoninussäule sehen und dicht daneben die flache Kuppel des Pantheons mit seinem immerwährend offenen Auge.

Außer diesen beiden Dingen war fast alles, was sie sahen, mittelalterlicher Herkunft, wenn auch durchweg erbaut aus den massiven alten Steinen und den unverwüstlichen Ziegeln des antiken Rom. Denn die Ruine des Kolosseums, die Domus Aurea und unzählige Tempel römischer Götter, die Paläste der Cäsaren und Senatoren hatten das Baumaterial für jene gigantischen Steinkästen hergegeben, deren Mauerwerk mit Mörtel von unschätzbarem Wert gebunden wurde: er ist aus kostbaren antiken Statuen hergestellt, die vor langer Zeit schon zu so beschämender Verwendung zermahlen wurden.

Rom hat sich unter den Päpsten entwickelt und scheint nichts weiter als eine Anhäufung von zerbröckeltem Abfall zu sein, der in den klaffenden Abgrund zwischen der heutigen Zeit und dem römischen Weltreich geworfen wurde, um ihn aufzufüllen, und für beinahe volle zweitausend Jahre sind auch seine Annalen und obskuren Machenschaften, seine Kriege und Mißgeschicke nichts weiter als zerbröckelter Abfall, verglichen mit seiner klassischen Geschichte.

Wenn wir die heutige Stadt überhaupt in irgendeine Verbindung mit der berühmten einstigen bringen können, dann nur, insofern sie über deren Grab erbaut ist. Dreißig Fuß Erde bedecken das Rom der Antike, so daß es daliegt wie die Leiche eines Giganten, seit Jahrhunderten in Verwesung, ohne einen Überlebenden, der wenigstens die Kraft gehabt hätte, es zu bestatten, bis nun der Staub der Jahrhunderte sich allmählich über seinem hingestreckten Leib angesammelt hat, um sein zufälliges Grabmal zu bilden.

Wir wissen nicht, wie das heutige Rom angemessen zu charakterisieren wäre. Seine sonnenlosen Gäßchen und engen Straßen mit Palästen, seine Kirchen, ausgestattet mit dem prachtvollen Marmor, der ursprünglich zum Schmuck heidnischer Tempel geschliffen wurde; seinem tausendfältigen Gestank, gemischt mit dem Duft dichter Weihrauchwolken, der aus ebenso vielen Weihrauchfässern aufsteigt; sein bißchen Leben, das seine minderwertige Nahrung von längst Gestorbenem bezieht. Allenthalben erinnert irgendein Fragment des Verfalls an die Herrlichkeit; allenthalben steht obendrein ein Kreuz – Unflat zu seinen Füßen. Als Summe von alldem sind da auch noch Erinnerungen, die die Seele begeistern, und ein Schimmer und eine Sehnsucht, die sie tief niederdrücken durch das Gefühl einer Schwermut, wie man es an keinem anderen Ort der Welt kennenlernen kann.

Und trotz alledem – wie sollte man auch nur ein einziges unfreundliches oder unehrerbietiges Wort über Rom äußern? Die Stadt der Welt und aller Zeiten, der Ort, für den Leben und Taten großer Menschen so viel und für den der Verfall alles getan hat, was keine Glorie und keine Macht je zu tun vermocht hätten. In diesem Augenblick wirft der Abendsonnenschein seinen goldenen Mantel über Rom und verwandelt alles, was man für gemein hielt, in lauter Herrlichkeit. Plötzlich fangen die Glocken aller Kirchen zu läuten an, als wäre es ein Triumphgesang, weil Rom immer noch die Herrscherin ist.

»Manchmal bilde ich mir ein,« sagte Hilda, auf deren Empfänglichkeit die Szenerie jedesmal starken Eindruck machte, »daß Rom, und Rom allein, alles andere aus meinem Herzen verdrängen wird.«

»Gott behüte!« stieß der Bildhauer hervor.

Sie hatten jetzt die wunderbare Treppe erreicht, die von der Piazza di Spagna zu dieser Stirnseite des Monte Pincio aufsteigt. Der alte Beppo, der Millionär in der zerfetzten Bettlergilde – und es ist recht sonderbar, daß kein Künstler ihn als den Krüppel malt, der von Petrus am großen Tempeltor geheilt wird –, bestieg soeben seinen Esel, um wegzureiten, beladen mit der reichlichen Tagesausbeute seiner Bettelei. Die Treppe herauf kam Miriams Modell, auf das Beppo scheel blickte, eifersüchtig auf den Eindringling in seine rechtmäßige Domäne. Aber die Gestalt entschwand über die Via Sistina. Auf der Piazza unten, am Fuß der herrlichen Treppe, stand Miriam, die Augen auf den Boden geheftet, als wollte sie die kleinen unebenen Pflastersteine zählen, die das Gehen in Rom zu einer Bußpilgerschaft machen. Miriam verharrte in dieser Haltung mehrere Minuten, und als sie schließlich durch die Zudringlichkeiten eines Bettlers aufgestört wurde, schien sie verwirrt und preßte ihre Hand gegen die Stirn.

»Sie war in irgendeine traurige Träumerei versunken, die Arme«, sagte Kenyon mitleidig. »Und sogar jetzt noch steht sie da, als wäre sie in einen Käfig eingesperrt, dessen Eisenstangen aus ihren eigenen Gedanken gemacht sind.«

»Ich fürchte, es fehlt ihr etwas,« sagte Hilda, »ich gehe hinunter und werde bei ihr bleiben.«

»Dann also auf Wiedersehen«, antwortete der Bildhauer. »Liebe Hilda, wir leben in einer rätselvollen und kummererfüllten Welt. Es tröstet mich unsagbar, an Sie denken zu können, in Ihrem Turm da oben, mit Ihren weißen Tauben und Ihren hellen Gedanken an Ihre Freunde, so hoch über uns anderen und mit der Madonna als Gefährtin. Sie wissen gar nicht, wie weit die Lampe, die Sie vor dem Schrein unterhalten, ihr Licht hinauswirft. Gestern nacht kam ich an Ihrem Turm vorüber, und der Lichtstrahl machte mich froh – weil Sie ihn entzündet hatten.«

»Es hat eine fromme Bedeutung für mich,« sagte Hilda, »und doch bin ich keine Katholikin.«

Sie trennten sich, und Kenyon eilte die Via Sistina entlang, in der Hoffnung, das Modell noch einzuholen, dessen Schlupfwinkel und Lebensweise er Miriams wegen gern herausgefunden hätte. Er meinte auch, es weit voraus noch erkannt zu haben, aber als er den Tritonenbrunnen erreichte, war die dunkle Gestalt verschwunden.

Das Atelier eines Bildhauers

In letzter Zeit schien Miriam von einer müden Rastlosigkeit befallen, die sie zu jeglichem unnützen Gang oder auch ganz ziellos hinaustrieb. Eines Morgens ging sie, um Kenyon in seinem Atelier aufzusuchen, wohin er sie eingeladen hatte, um eine neue Plastik anzusehen, auf die er große Hoffnungen setzte und die in Ton jetzt beinahe beendet war. Der Mensch, zu dem Miriam nächst Hilda die größte Zuneigung und das meiste Vertrauen hatte, war Kenyon. In allen Schwierigkeiten, die ihr

Leben erfüllten, hatte sie immer den Wunsch, Hilda nahe zu sein wegen ihres weiblichen Mitgefühls und dem Bildhauer um seines brüderlichen Rates willen.

Doch sobald sie an den Rand des stummen Abgrundes, der zwischen ihr und diesen beiden lag, herantrat, besaß sie zu wenig Entschlußkraft. Sie meinte, daß sie am äußersten Saum dieser Leere stehend die Hände ausstrecken und die der Freunde doch nicht erreichen könnte, daß sie nach ihnen rufen und ihre Stimme wie in Träumen unhörbar verhallen würde innerhalb ihrer Abgeschiedenheit, die doch in so geringer Entfernung von den Freunden war. Diese Vorstellung von endgültiger, eisiger Einsamkeit, in der wir menschlichen Wesen nicht nahe genug kommen können, um ihre Wärme zu spüren, und in der sie sich zu kalten, frostigen Nebelgestalten verwandeln, ist eines der hoffnungslosesten Ergebnisse aller Unfälle, Mißgeschicke, Verbrechen oder Besonderheiten des Charakters, die ein Individuum in Zwiespalt mit der Welt setzen können. Sehr oft, wie im Fall Miriams, ist da ein unersättlicher Trieb nach Freundschaft, ein Verlangen nach Liebe und enger Verbundenheit dazu verurteilt, in leeren Formalitäten zu verschmachten, ein Hunger des Herzens, der nur Scheinnahrung findet.

Kenyons Atelier lag in einer Seitenstraße oder vielmehr in einem garstigen, schmutzigen Gäßchen zwischen dem Corso und der Via della Ripetta, und obgleich es eng und düster war und von hohen, schäbigen Häusern eingefaßt, war es doch nicht etwa schlimmer als neun Zehntel aller römischen Straßen. Über dem Eingang des Hauses war eine Tafel angebracht, die besagte, daß die Räume des Bildhauers früher dem erlauchten Künstler Canova gehört hätten. In dieser Umgebung, der Canovas Genie doch nicht ganz die rechte Weihe zu geben vermochte, wenn es sie auch interessant machte, hatte sich der junge amerikanische Bildhauer installiert.

Ein Bildhaueratelier ist gewöhnlich nichts als ein unordentlicher, wüst und größtenteils wirklich nur wie die Werkstatt eines Steinmetzen aussehender Raum, unbedeckte Fußböden aus Holzplanken oder Ziegeln und getünchte Wände, ein oder zwei alte Stühle oder vielleicht auch nur ein Marmorblock, um darauf zu sitzen, der aber immerhin die Möglichkeit künftiger Formschönheit in sich birgt; ein paar flüchtig hingeworfene Skizzen nackter Gestalten auf dem weißen Kalkbewurf der Wand. Diese Skizzen sind vermutlich das erste Aufdämmern von Ideen des Bildhauers, die später in unzerstörbarem Stein materialisiert werden, vielleicht aber auch ungreifbar bleiben wie ein Traum. Dann gibt es ein paar nur ganz skizzenhaft modellierte Figürchen in Ton oder Gips, die das zweite Stadium darstellen, und dann ist das sorgfältig ausgeführte Modell in Ton zu sehen, interessanter noch als der endgültige Marmor, da es das ureigenste Werk des Bildhauers ist, ganz und gar mit seinen liebevollen Händen geformt, seiner Vorstellung und seinem Herzen am nächsten. Im Gipsabguß des Tonmodells verschwindet merkwürdigerweise die Schönheit der Plastik, um dann erst wieder im reinen, weißen Strahlen des Marmors von Carrara zu leuchten. Werke in all diesen Stufen der Entwicklung, und so manches im endgültigen Stadium der Vollendung, waren in Kenyons Atelier zu finde.

Hier konnte man beobachten, wie Marmor gemeißelt wird, womit sich übrigens ein moderner Bildhauer wenig befaßt – ein nicht recht befriedigender Gedanke. Aber in Italien gibt es Leute, deren rein handwerkliche Fähigkeiten wohl ausgeprägter sind als die der antiken Künstler, welche die Entwürfe des Praxiteles ausführten, ja möglicherweise sogar ausgeprägter als bei diesem selbst. Was überhaupt in Marmor erreicht werden kann, sind sie zu erreichen fähig, sobald sie das Modell vor Augen haben. Der Bildhauer braucht ihnen nur einen Gipsabguß seines Entwurfs und einen entsprechenden Marmorblock zu geben, und ohne daß er das Werk mit seinen eigenen Händen berührt zu haben braucht, wird ihm die Statue geliefert, die ihn berühmt machen wird. Seine schöpferische Kraft hat sie dennoch hervorgebracht.

Gewiß findet das Genie in keiner anderen Kunst so wirksame Instrumente und sieht sich so glücklich von der Plackerei der Ausführung befreit, indem es Wunderdinge durch die Hand anderer hervorbringt. Und wieviel von der Bewunderung würde übrigbleiben, die unsere Bildhauer für Knöpfe und Knopflöcher einheimsen, für Schnürsenkel und Halstücher – und all das macht beim heutigen Kunstgeschmack ja einen großen Teil des Ruhmes aus –, wieviel von dieser Illusion würde zerstört werden, wenn man sich grundsätzlich klarmachte, daß der Bildhauer für solche niedlichen Dinge gar keine Anerkennung zu beanspruchen hat. Sie sind nicht sein Werk, sondern das irgendeiner Maschine in Menschengestalt.

Miriam hielt einen Augenblick im Vorzimmer inne, um eine halbfertige Büste zu betrachten, deren Züge sich aus dem Stein herauszukämpfen, seine harte Substanz gleichsam aufzulösen schienen durch die Glut von Gefühl und Intelligenz. Wenn der talentierte Bildhauer einen Hammerschlag nach dem andern auf seinen Meißel tat, in scheinbarer Sorglosigkeit, aber mit sicherem Ergebnis, konnte man sich nichts anderes vorstellen, als daß die Marmoroberfläche nur eine leicht zu entfernende Umschalung sei – die menschliche Gesichtsbildung mußte darin schon enthalten sein, schon in den Kalksteinfelsen von Carrara. – Eine andere Büste war fast vollendet, obgleich einer von Kenyons besten Gehilfen noch an der Arbeit war, um die letzte Hand anzulegen, ein unnennbares Etwas herauszuschälen, während kleine Häufchen von Marmorstaub entstanden, um sein Tun zu bestätigen.

Wie diese Büsten im Marmor, so ist unser individuelles Schicksal im Steinbruch der Zeit schon enthalten, dachte Miriam. Wir bilden uns ein, daß wir es herausformen, aber seine Gestalt liegt längst vor unseren Handlungen fest.

Kenyon war im Atelier, und als er im Vorraum Schritte hörte, warf er ein Tuch über seine Arbeit und ging hinaus, um seinen Besuch zu begrüßen. Er trug einen grauen Kittel und eine Kappe, was ihm besser stand als die konventionellen Kleidungsstücke, die er anzog, sobald er seinen eigensten Bereich verließ. Sein Gesicht würde, nachdem die Zeit noch ein wenig mehr daran gearbeitet hätte, ein gutes Modell für einen ebenso guten Bildhauer abgegeben haben, wie er selbst einer war: klar geschnittene Züge, als wären sie schon aus Marmor, eine vollendete Stirn, tiefliegende Augen und ein Mund, der zwar größtenteils von einem hellbraunen Bart verborgen, aber offensichtlich sensibel und eindrucksvoll war.

»Ich gebe Ihnen nicht die Hand,« sagte er, »denn sie ist voll von Kleopatras Ton.« »Nein, ich berühre Ton auch nicht gern,« antwortete Miriam, »er ist so irdisch und allzu menschlich. Ich bin hergekommen, um zu sehen, ob man bei Ihrem Marmor ein bißchen Ruhe und Kühle finden kann. Meine eigene Kunst ist mir zu nervös, zu leidenschaftlich, zu voll von Bewegung, um ganze Tage lang ohne Erholungspause daran zu arbeiten. Also, was haben Sie mir zu zeigen?«

»Bitte sehen Sie sich alles an,« sagte Kenyon, »ich habe es gern, wenn Maler meine Arbeiten betrachten. Ihr Urteil ist unvoreingenommen und wertvoller als das der Welt im allgemeinen, und zwar durch das Licht, das ihre eigene Kunst auf die meine wirft. Und auch wertvoller als das meiner Bildhauerkollegen, die mich nie gerecht beurteilen – wie vielleicht auch umgekehrt.«

Um ihm eine Freude zu machen, betrachtete Miriam die Arbeiten in Marmor und Gips, von denen verschiedene in dem Raum standen, teils Originale, teils Abgüsse der meisten Werke, die Kenyon bisher geschaffen hatte, aber er war noch zu jung, um schon eine große Galerie solcher Dinge besitzen zu können. Was er vorzuzeigen hatte, waren hauptsächlich Entwürfe und Experimente in verschiedenen Richtungen, Arbeiten eines Anfängers, der aber sich selbst gegenüber unnachgiebig war und der aus seinen Fehlern mehr lernte als aus jedem Erfolg, zu dem er bereits befähigt war. Einige Arbeiten waren jedenfalls hervorragend und im reinen, zarten Schimmer des frischen Marmors wohl geeignet, den Betrachter zu blenden, so daß er ihnen höheres Lob erteilen mochte, als sie verdienten. Miriam bewunderte die Statue eines schönen Jünglings, einen Perlenfischer, der sich am Meeresgrund in die Wasserpflanzen verstrickt hatte und nun tot zwischen den Perlmuscheln lag, den schönen Gehäusen und den Schlingpflanzen, die jetzt für ihn alle den gleichen Wert besaßen.

»Der arme junge Mensch ist umgekommen zwischen den Reichtümern, nach denen er gesucht hat«, sagte Miriam. »Aber was für eine seltsame Erfüllung doch im Tod liegt. Finden wir auch keine Perlen, so bewirkt er doch, daß eine leere Muschel uns dasselbe bedeutet. Diese Figur gefällt mir, wenn ihre moralische Lektion auch zu kalt und streng ist; auch scheint mir, rein physisch, der Todesruhe der Gestalt noch die letzte Gelöstheit zu fehlen.«

In einem anderen Stil war ein bedeutender, ruhiger Kopf Miltons, keine Kopie einer Büste oder eines Bildes, vielmehr authentischer als alles Derartige, da Kenyon sämtliche bekannten Werke des Dichters gründlich studiert und ihre wesentliche Aussage verarbeitet hatte. Die Büste auf dem Grab in der Kirche Grey Friars, die Originalminiaturen und Bilder hatten ihre besondere Liebestreue zu dieser Marmorbüste beigesteuert, die der Bildhauer, stärker, als er selber wußte, durch seine lange, sorgsame Lektüre und seine große Liebe für den Genius des Dichters beseelt hatte. Und dies erreicht zu haben, war etwas Großes, da ja die Gebeine und der Staub Miltons nach so langer Zeit längst denen anderer Toter glichen.

Es gab noch verschiedene andere Porträtbüsten, darunter auch die von ein paar berühmten Amerikanern, die Kenyon, bevor er seine Heimat verließ, gebeten hatte, ihm Modell zu sitzen. Das hatte er getan, weil er ehrlich glaubte, daß die Büsten, gleichviel ob in Marmor oder Bronze, zu Staub zerfallen oder vom Rost zerfressen sein würden, wenn die Unsterblichkeit dieser großen Männer immer noch andauern werde. Immerhin mag der junge Künstler zumindest die Dauerhaftigkeit seines Materials unterschätzt haben. Auch andere Gesichter gab es, von Leuten — wenn man die Kürze ihres Andenkens nach dem Tode aus ihrem geringen Wert im Leben ableiten kann — besser in Schnee als in Marmor hätten dargestellt werden sollen. Die Nachwelt wird nicht recht wissen, was sie mit derartigen Büsten, diesen Versteinerungen trügerischer Selbstüberschätzung, machen soll, wird aber wohl herausfinden, daß sie sich gut zur Verwendung als Mauersteine oder zum Kalkbrennen eignen.

Diese schier endlose Dauerhaftigkeit einer Marmorbüste ist wahrhaftig etwas Entsetzliches. Ob nun in unserem eigenen Fall oder in dem anderer Menschen – sie zwingt uns, betrübt die kleine, kleine Zeitspanne zu ermessen, während der unsere Gesichtszüge mit einiger Wahrscheinlichkeit für irgendein menschliches Wesen von Interesse sein werden. Besonders merkwürdig ist es, daß Amerikaner darum besorgt sind, in dieser Weise fortzudauern. Die kurze Daseinsfrist unserer Familien gibt nahezu die Gewißheit, daß die Urenkel nichts mehr vom Großvater ihres Vaters wissen werden und daß nach spätestens einem halben Jahrhundert der Hammer des Auktionators neben dem gemeißelten Haupt niederfallen wird, das zum Preis von soundso viel pro Steinpfund zur Versteigerung gelangt. Der Gedanke sollte uns schaudern machen, daß wir unsere Gesichtszüge hinterlassen, damit sie als ein staubbedecktes Gespenst unter Fremden einer späteren Generation auftreten, die unsere Nase zwischen Daumen und Zeigefinger nehmen, um sie abzubrechen, falls sie das ungestraft dürfen, ganz so, wie wir die Leute das mit den Büsten von Cäsaren tun sahen.

»Jawohl,« sagte Miriam, die ein paar derartige Gedanken erwogen hatte, »es ist ganz vernünftig, wenn ein Sterblicher sich damit zufrieden gibt, an begrenztem Andenken nicht mehr zu hinterlassen als das Gras, das freundlich und flink über seinem Grab sprießen wird, wenn man den Platz nicht mit Marmor blockiert. Ich glaube außerdem, die Welt wird freier und besser sein, wenn sie die schwere Last steinernen Angedenkens abschüttelt, die ganze Zeitalter ihr im Glauben an die Pflicht der Pietät aufgeladen haben.«

»Was Sie da sagen,« bemerkte Kenyon, »richtet sich gegen meine gesamte Kunst. Die Bildhauerei und die Freude, die Menschen an ihr finden, scheint mir doch ein Beweis dafür zu sein, daß es gut ist, den Blick auf weite Zeiträume zu richten, während man arbeitet.«

»Gut, gut,« antwortete Miriam, »ich will Sie nicht auszanken, weil Sie Ihre schweren Steine auf die arme Nachwelt schleudern, und um die Wahrheit zu sagen: ich glaube, Sie treffen das

Kennzeichnende mit ebensoviel Wahrscheinlichkeit wie nur irgendwer. Vor diesen Büsten hier, und wenn ich sie auch noch so schlecht mache, habe ich das Gefühl, daß Sie ein Magier sind. Sie verwandeln lebende Menschen in kühlen, stillen Marmor. Was für eine segensreiche Metamorphose! Könnten Sie doch mit mir dasselbe tun!«

»Ach, mit Freuden!« rief Kenyon, der sich längst gewünscht hatte, dieses schöne, ausdrucksvolle Gesicht zu modellieren. »Wann wollen sie anfangen, mir zu sitzen?«

»Nein, ach nein, so war das nicht gemeint«, sagte Miriam. »Kommen Sie, zeigen Sie mir noch mehr.«

»Erkennen Sie dies?« fragte der Bildhauer.

Er nahm aus seinem Schreibtisch ein Elfenbeinkästchen, vergilbt von Alter und reich bedeckt mit geschnitzten Figuren und Laubwerk, und wenn Kenyon behauptet hätte, daß Benvenuto Cellini es gemacht habe, so hätte weder die kunstvolle, erlesene Arbeit noch der Ruhm dieses Meisters seinem Wort widersprochen. Zumindest war es sicher, daß es sich um ein Werk seiner Schule und seiner Zeit handelte, und es mochte wohl einst die Schmuckkassette einer großen Dame am Hof der Medici gewesen sein.

Beim Öffnen des Deckels aber zeigten sich keine Blitze von Diamanten, sondern nur, in Baumwolle gewickelt, eine kleine, wunderbar geformte Hand, mit höchster Kunst aus Marmor gemeißelt. So viel liebevolle Sorgfalt war darangewendet worden, daß das Handinnere tatsächlich etwas zärtlich Weiches zu haben schien. Beim Berühren dieser lieblichen Finger – hätte der eifersüchtige Bildhauer das gestattet – dachte man gewiß, daß mädchenhafte Wärme sich einem ins Herz stehle.

»Ach, wie schön!« rief Miriam beglückt. »Das ist in seiner Art genauso gut wie Harriet Hosmers Hände von Browning und seiner Frau, die die Individualität und die heroische Vereinigung zweier hochstehender poetischer Leben symbolisieren. Oder nein – ich stelle vielmehr gar nicht in Frage, daß es noch besser ist als diese, denn sie müssen wohl passioniert daran gearbeitet haben, ungeachtet der mädchenhaften Zartheit der Hand.«

»Sie erkennen die Hand also?« fragte Kenyon.

»Es gibt nur eine einzige rechte Hand auf der Welt, die das Modell gewesen sein kann«, antwortete Miriam. »Ich habe sie hundertmal bei der Arbeit beobachtet, aber ich hätte mir nie träumen lasen, daß Sie Hilda dazu bringen könnten. Wie haben Sie dies scheue Mädchen nur dazu überreden können, Sie ihre Hand modellieren zu lassen?«

»Keineswegs! Sie ahnt gar nichts davon«, beteuerte Kenyon hastig, ängstlich bedacht, die mädchenhafte Reserviertheit seiner Herzensdame in Schutz zu nehmen. »Ich habe es ihr abgestohlen, die Hand ist nur aus der Erinnerung gemacht. Nachdem ich sie so oft angesehen und einmal sogar festgehalten habe, als Hilda gerade an etwas anderes dachte, müßte ich ein Stümper sein, wenn ich sie nicht einigermaßen lebenswahr wiedergeben könnte.«

»Mögen sie eines Tages das Original gewinnen!« sagte Miriam freundschaftlich.

»Ich habe wenig Grund, das zu hoffen«, antwortete der Bildhauer verzagt. »Hilda lebt nicht in unserer sterblichen Atmosphäre, und lieb und sanft, wie sie scheint, wird es doch ebenso schwierig sein, ihr Herz zu erobern, wie einen unberührten Vogel aus der Freiheit des Himmels herunterzulocken. Es ist eigenartig, wie sie bei all ihrer Empfindlichkeit und Zartheit doch den Eindruck macht, sich vollkommen selbst zu genügen. Nein, ich werde sie nie erobern. Sie ist zu größter Freundschaft fähig und ebenso bereit, sie ihrerseits zu empfangen, aber nach Liebe hat sie kein Bedürfnis.«

»Ich gebe Ihnen teilweise recht«, sagte Miriam. »Es ist eine falsche Vorstellung, die die Männer im allgemeinen hegen, daß Frauen ganz besonders dazu neigen, ihr gesamtes Wesen in das zu werfen, was fachmännisch mit Liebe bezeichnet wird. Milde ausgedrückt, haben wir sie nicht nötiger als ihr, außer wenn wir mit unserem Herzen sonst nichts Rechtes anzufangen wissen. Wenn Frauen andere Interessen im Leben haben, sind sie nicht in Gefahr, sich zu verlieben. Ich kann mir viele Frauen vorstellen, die vollauf mit Kunst, Literatur und Wissenschaften beschäftigt sind, und Unmengen, deren Herzen und Gedanken auf anspruchslosere Art beschäftigt sind – die ein hochstehendes einsames Leben führen und in Hinsicht auf euren Sexus von keinerlei Opfer wissen.«

»Und Hilda wird eine von diesen sein«, sagte Kenyon betrübt. »Der Gedanke daran macht mich bang, für mich selbst und auch für sie.«

»Nun«, sagte Miriam lächelnd, »vielleicht verstaucht sie sich das zarte Gelenk, das Sie mit solcher Vollendung modelliert haben. In diesem Fall hätten Sie Hoffnungen. Diese alten Meister, denen sie sich verschrieben hat und denen ihre schlanke Hand und ihr weibliches Herz so gläubig dienen, sind ja Ihre einzigen Rivalen.«

Der Bildhauer seufzte, während er den Schatz wieder in dem Elfenbeinkästchen barg, und er dachte daran, wie geringe Aussichten er hatte, jemals den sanften Druck des Originals als Erwiderung des seinigen zu spüren. Er wagte nicht einmal, das Ebenbild, das er selber geschaffen hatte, zu küssen: es hatte etwas von Hildas abwehrender und spröder Göttlichkeit.

»Und jetzt«, sagte Miriam, »zeigen Sie mir die Statue, derentwegen Sie mich hergebeten haben.«

Kleopatra

»Ach, meine neue Statue!« sagte Kenyon, der sie bei seinen Gedanken an Hilda tatsächlich ganz vergessen hatte. »Hier ist sie, unter diesem Tuch.«

»Ich hoffe, es ist keine nackte Figur«, bemerkte Miriam. »Jeder junge Bildhauer scheint zu denken, daß er der Welt irgendeine unschickliche Weiblichkeit liefern und sie Eva, Venus, Nymphe oder sonstwie benennen muß, um das Fehlen dezenter Bedekkung zu motivieren. Ich bin dessen viel eher müde, als daß ich mich etwa geniere, solche Dinge zu sehen. Heutzutage sind die Menschen doch so gut wie in Kleidern geboren, und praktisch existiert gar kein nacktes menschliches Wesen. Daher kann ein

Künstler, wie Sie ehrlicherweise zugeben müssen, auch keine Nudität mit reinem Herzen modellieren, schon deshalb nicht, weil er versucht ist, verstohlene Blicke auf bezahlte Modelle zu werfen. Der Marmor verliert unter solchen umständen unvermeidlich seine Reinheit. Ein alter griechischer Bildhauer wählte zweifellos seine Modelle im offenen Sonnenlicht und unter reinen, anständigen Mädchen, und deshalb sind die nackten Statuen der Antike so wenig herausfordernd und durch ihre Schönheit ganz ausreichend bekleidet. Aber was die bunten Venus-Statuen des Mr. Gibson betrifft, gefärbt, glaube ich, mit Tabakbeize, und alle anderen Nuditäten von heutzutage, so begreife ich wirklich nicht, was sie dieser Generation eigentlich sagen, und wäre froh, an ihrer Stelle einfach Haufen von rohem Gips zu sehen.« »Sie sind recht streng gegen die Meister meiner Kunst«, sagte Kenyon halb lächelnd, halb ernst. »Nicht, daß Sie gänzlich unrecht hätten. Wir müssen Verhüllung irgendeiner Art akzeptieren und das Beste daraus machen. Was aber sollen wir tun? Müssen wir die moderne Kleidung übernehmen und beispielsweise eine Venus in Krinoline darstellen?«

»Das gäbe freilich einen Felsblock«, erwiderte Miriam lachend. »Aber es ist eben schwer, mich in meiner Ansicht zu bestätigen, daß mit Ausnahme von Porträtbüsten die Bildhauerei nicht länger das Recht hat, einen Platz unter den lebenden Künsten zu beanspruchen. Sie hat sich erschöpft und ist so ziemlich am Ende angelangt. Nirgends gibt es heutzutage eine neue Richtung, nicht einmal so etwas wie eine neue Attitüde. Greenough – ich suche meine Beispiele unter angesehenen Bildhauern – hat sich nichts Neues ausgedacht, ebensowenig Crawford, außer für moderne Kleidung. Es gibt, wie Sie zugeben werden, nicht mehr als ein halbes Dutzend wirklich origineller Statuen oder Gruppen in der Welt, und diese paar sind hoffnungslos antiquiert. Jemand, der mit dem Vatikan vertraut ist oder den Uffizien, dem Museum in Neapel oder dem Louvre, wird sofort für jedes moderne Werk das antike Vorbild nennen können, das obendrein angefangen hatte unmodern zu werden, sogar schon in den Tagen des alten Rom.«

»Bitte, hören Sie auf, Miriam,« rief Kenyon, »sonst werde ich den Meißel für immer fortwerfen!«

»Dann geben Sie mir anständigerweise zu,« erwiderte Miriam, deren verdüstertes Gemüt in dieser schwungvollen Rede eine gewisse Erleichterung gefunden hatte, »daß ihr Bildhauer aus lauter Not die größten Plagiatoren der Welt seid.«

»Das gebe ich nicht zu,« sagte Kenyon, »wenn ich Ihnen auch nicht gänzlich widersprechen kann in dem, was Sie über die heutige Plastik sagen. Aber solange die Felsen von Carrara noch reine Blöcke liefern und solange mein eigenes Land Marmorberge besitzt, so lange werde ich standhaft daran glauben, daß künftige Bildhauer die edelste der schönen Künste wiederbeleben und die Welt mit neuen Formen von edler Anmut und erhabener Größe bereichern werden. Vielleicht«, fügte er lächelnd hinzu, »wird die Menschheit sich bereit erklären, eine leichter zu handhabende Kleidung zu tragen, oder schlimmstenfalls werden die Bildhauer die Fähigkeit erwerben, Kleiderstoffe transparent zu machen und edle menschliche Gestalten zu liefern, die durch die modernen Mäntel und Hosenbeine hindurch sichtbar sind.«

»Hoffen wir es,« sagte Miriam, »Sie sind ja über meinen Rat erhaben. Zeigen Sie mir also die verschleierte Figur, die ich fürchte ich, im voraus kritisiert habe. Um Schadenersatz zu leisten, bin ich jetzt in der Stimmung, sie zu loben.« Als aber Kenyon gerade das Tuch von dem Tonmodell abnehmen wollte, legte sie ihm die Hand auf den Arm. »Sagen Sie mir erst, was es darstellt,« bat sie, »denn ich habe bei Mitgliedern Ihrer Gilde schon heftiges Mißfallen erregt, weil ich zu stumpfsinnig war, den Sinn ihrer Produktionen herauszubekommen. Es ist so schwer, ein Individuum oder eine Geschichte auf den ersten Blick innerhalb des engen, der Plastik erreichbaren Gebietes zu erkennen. Und tatsächlich glaube ich, daß es immer noch die übliche Gepflogenheit der Bildhauer ist, eine Sache zuerst zu vollenden und dann erst darüber nachzudenken, was sie darstellen soll, wie es Giovanni da Bologna mit seinem ›Raub der Sabinerinnen‹ machte. Sind Sie seinem guten Beispiel gefolgt?«

»Nein. Meine Statue ist von Anfang an als Kleopatra gedacht«, erwiderte Kenyon, ein wenig irritiert durch Miriams Spötteleien. »Den besonderen Zeitpunkt müssen Sie selber herausfinden.« Er zog das Tuch beiseite, das dazu gedient hatte, die Feuchtigkeit des Tons vor dem Austrocknen zu bewahren. Die sitzende Figur einer Frau wurde sichtbar. Sie war von Kopf bis Fuß in ein Gewand gehüllt, das genau dem der alten Ägypter glich, wie es die seltsamen Skulpturen dieses Landes zeigen, seine Münzen, Zeichnungen, bemalten Mumienschreine und andere Dinge, die aus seinen Pyramiden, Grüften und Katakomben ausgegraben wurden. Sogar das steife ägyptische Kopftuch war übernommen, aber schmiegsam gemacht zu einem schönen weiblichen Schmuck, ohne eine Spur seiner Wahrheitstreue einzubüßen. Schwierigkeiten, die unüberwindlich hätten scheinen können, waren mutig in Angriff genommen und fügsam gemacht worden, Grazie und Würde zu erhöhen, so daß Kleopatra in einem ihrer Geschichte und ihrem königlichen Stand entsprechenden Gewand dasaß, als eine Tochter der Ptolemäer, und doch so, wie die wunderschöne Frau es getan haben würde, um allen Glanz ihres persönlichen Zaubers zu höchster Geltung zu bringen und in den kalten Augen des Oktavius ein loderndes Feuer zu entflammen.

Eine herrliche Ruhe — seltene Eigenschaften von Statuen — lag über der ganzen Gestalt. Der Betrachter spürte, daß Kleopatra dem Fieber und Aufruhr ihres Daseins für einen Augenblick entgangen, gleichsam für die Zeitpause zwischen zwei Pulsschlägen auf alle Aktivität verzichtet hatte und mit jeder Faser ihres Körpers ausruhte. Es war die Ruhe der Verzweiflung, denn Oktavius hatte sie erblickt und war für ihre Reize unempfindlich geblieben, aber im geheimsten Herzen dieser Frau schwelte immer noch ein Feuer. Ihre Ruhe war offensichtlich so tief, als wollte sie nie wieder eine Hand oder einen Fuß rühren, und doch war die verborgene Kraft und Wildheit dieser Kreatur so, daß sie dich wohl wie eine Tigerin hätte anfallen können.

Das Gesicht war auf ganz unfaßbare Weise geglückt. Der Bildhauer hatte sich nicht gescheut, die vollen Lippen einer Nubierin und andere charakteristische Eigenheiten der ägyptischen Physiognomie wiederzugeben, und sein Mut war belohnt worden, denn Kleopatras Schönheit triumphierte weit über jeden Vergleich etwa mit dem zahmen griechischen Typ, den er hätte wählen können. Der Ausdruck war der einer tiefen, düsteren, grübelnden Gedankenschwere, sie warf einen Blick auf ihre Vergangenheit und ihr gegenwärtiges Dasein, während ihr Geist sich schon zu neuem Kampf rüstete oder sich ernstlich mit dem drohenden Verderben abzufinden suchte. Aber zugleich hatte sie auch eine gewisse Weichheit und Zärtlichkeit, und es war unmöglich zu sagen, wie sie der Statue bei so vielen kraftvollen und leidenschaftlichen Elementen eingehaucht worden war. Auf den zweiten Blick erkannte man sie als so unerbittlich wie Stein und so grausam wie Feuer. Mit einem Wort: diese Kleopatra — wollüstig, leidenschaftlich, zärtlich, verderbt, schreckenerregend und voll von vergiftendem und hinreißendem Zauber —, gestaltet aus etwas, was noch zwei Wochen zuvor ein Klumpen Lehm aus dem Tiber war, würde bald in unzerstörbarem Material eines der Bildwerke sein, welche die Menschen für immer aufbewahren, da sie eine Wärme in ihnen finden, die durch die Jahrhunderte nicht abnimmt.

»Welch eine Frau ist das!« rief Miriam nach langem Schweigen. »Sagen Sie — hat sie nie versucht, während Sie sie erschufen, Sie mit ihrer Wut oder ihrer Liebe zu überfallen? Haben Sie sich nicht gefürchtet, sie zu berühren, als sie unter Ihren Händen mehr und mehr zu lebendigem Wesen erwachte? Mein lieber Freund, das ist ein großes Werk. Wo haben Sie das nur gelernt?«

»Es ist das Ergebnis einer ganzen Menge von Nachdenken, Gefühlen und mühsamer Arbeit mit Kopf und Händen«, sagte Kenyon, nicht ohne sich des Wertes seiner Leistung bewußt zu sein. »Aber ich weiß nicht, wie es schließlich zustande gekommen ist. Ich habe in meinem Innern einen großen Brand entfacht und ihm alles anheimgegeben, so wie Aaron das Gold der Israeliten ins Feuer warf — und mitten aus den Flammen erhob sich Kleopatra, so wie Sie sie hier sehen.«

»Was ich am meisten bestaune,« sagte Miriam, »ist das Weibliche, das Sie mit all den ihm scheinbar widersprechenden Elementen vereinigt haben. Wo haben Sie dieses Geheimnis her? Sie können es unmöglich bei Ihrer sanften Hilda gefunden haben, und doch erkenne ich seine Echtheit.«

»Nein, gewiß war es nicht in Hilda,« sagte Kenyon, »ihre Weiblichkeit ist vom ätherischen Typ und unvereinbar mit den Schatten der Düsternis und des Bösen.«

»Sie haben recht,« entgegnete Miriam, »es gibt Frauen von diesem ätherischen Typ, wie Sie das nennen, und Hilda gehört zu ihnen. Sie würde an ihrer ersten Untat sterben – wenn wir einen Moment lang annehmen wollen, daß sie überhaupt imstande wäre, etwas Unrechtes zu begehen. Scheinbar schwach, könnte Hilda doch eine schwere Bürde von Kummer tragen – von Sünde aber nicht einmal das Gewicht einer Flaumfeder. Nun glaube ich, daß ich, wenn es mein Schicksal wäre, beides tragen könnte und sogar beides zugleich. Und trotzdem ist mein Gewissen noch ebenso rein wie das von Hilda – oder bezweifeln Sie das?«

»Gott bewahre, Miriam!« rief der Bildhauer.

Er war bestürzt über die befremdende Wendung, die sie dem Gespräch plötzlich gegeben hatte. Auch ihre Stimme klang unnatürlich, wie von einer Erregung, die eher erstickt als zum Ausdruck gebracht wurde.

»Ach, Kenyon,« rief sie in jähem Ausbruch, »sind Sie wirklich mein Freund? Ich bin so allein, allein, allein! In meinem Herzen steckt ein Geheimnis, das mich verzehrt, das mich martert. Manchmal fürchte ich wahnsinnig zu werden davon, manchmal hoffe ich daran zu sterben. Aber es geschieht keins von beidem. Ach, könnte ich es doch nur einer einzigen Menschenseele anvertrauen! Und Sie – Sie haben so tiefen Einblick in weibliches Wesen, Sie umfassen es mit Ihrem weiten Blick. Vielleicht – aber der Himmel allein kann das wissen – vielleicht würden Sie mich verstehen? Ach, lassen Sie mich sprechen!«

»Miriam, liebe Freundin,« erwiderte der Bildhauer, »wenn ich Ihnen helfen kann, so sprechen Sie offen wie zu einem Bruder!«

»Mir helfen? Ach nein«, sagte Miriam.

Kenyons Antwort war ganz ehrlich und liebevoll gewesen, und doch entdeckte die Überempfindlichkeit von Miriams Gemüt einen gewissen Vorbehalt und Schreck in seiner so warm zum Ausdruck gebrachten Bereitschaft, ihre Geschichte anzuhören.

In seinem geheimsten Herzen zweifelte der Bildhauer tatsächlich daran, ob es für dieses gequälte Geschöpf gut wäre, das auszusprechen, was sie so gerne aussprechen wollte, und ob es gut für ihn wäre, es anzuhören. Hätte es gegolten, aus Freundespflicht irgendeine Handlung zu verrichten, so hätte er selbstverständlich mit größter Freude sein Bestes dazu getan. Wenn es aber nur ein bedrücktes Herz war, das nach Erleichterung suchte, dann war es keineswegs so sicher, daß ein Bekenntnis etwas Gutes brachte. Denn je mehr ihr Geheimnis auch darum kämpfte, mitgeteilt zu werden, um so sicherer würde das nur geschehen, um alle früheren Beziehungen zu verändern, die zwischen ihr und dem Freund jetzt noch bestanden. Und war er nicht fähig, ihr genau die Art von Mitgefühl zu geben, die die Gelegenheit erforderte, so würde Miriam ihn allmählich zu hassen beginnen und sich selbst noch mehr, wenn er ihr erlaubte, sich auszusprechen.

Das war es, was Kenyon sich sagte. Aber sein Widerstreben entstammte eigentlich – ob es ihm nun bewußt war oder nicht – einem Verdacht, der sich in sein Herz geschlichen hatte und dort in einem verborgenen Winkel steckte. Und war dieser Verdacht auch noch so versteckt – Miriam sah Kenyon in die Augen und entdeckte ihn sofort.

»Oh, ich hasse Sie!« schrie sie, dem Gedanken, den er nicht ausgesprochen hatte, ein Echo verleihend. Sie war halb besinnungslos von der Leidenschaftlichkeit, die jetzt auf sie selbst zurückprallte. »Sie sind so kalt wie Ihr Marmor!«

»Nein, sondern voller Mitgefühl, weiß Gott«, antwortete er. In Wirklichkeit hatte er seinen Verdacht, wie sehr Miriam ihn auch bestätigte, über der Ernsthaftigkeit seines besorgten Gefühls vergessen. Er wäre jetzt bereit gewesen, ihr Vertrauen entgegenzunehmen.

»So heben Sie sich Ihr Mitgefühl auf für Kümmernisse, die derartige Erleichterungen gestatten«, sagte sie, während sie einen starken Versuch machte, sich zusammenzunehmen. »Wie ich mit meinen Nöten umgehen muß, das weiß ich selbst. Es war nur ein Irrtum: Sie können nichts für mich tun, es sei denn,

Sie versteinern mich zu einer Gefährtin für Ihre Kleopatra dort. Aber ich versichere Ihnen, ich bin nicht von ihrer Art. Vergessen Sie diesen albernen Auftritt, mein Freund, und lassen Sie mich nie eine Erinnerung daran bemerken, wenn unsere Blicke sich wieder begegnen.«

»Wenn Sie es wünschen, soll es vergessen sein«, antwortete der Bildhauer und drückte ihr die Hand, da sie aufbrach. »Aber wenn ich Ihnen jemals helfen kann, dann erinnern Sie sich meiner Bereitschaft dazu. Inzwischen, liebe Miriam, lassen Sie uns einander im gleichen klaren, freundschaftlichen Licht begegnen wie bisher.«

»Sie sind weniger aufrichtig, als ich dachte,« sagte Miriam, »wenn Sie versuchen, mich glauben zu machen, daß sich nichts zwischen uns geändert haben wird.«

Als er sie durch das Vorzimmer begleitete, deutete sie auf die Figur des Perlenfischers.

»Mein Geheimnis ist keine Perle,« sagte sie, »aber doch könnte ein Mensch ertrinken, wenn er danach taucht.«

Nachdem Kenyon die Tür hinter ihr geschlossen hatte, stieg sie müde die Treppe hinunter, hielt aber inne, als ob sie mit sich selber kämpfte, um nicht wieder umzukehren.

›Das Unglück war nun einmal geschehen,‹ dachte sie, ›und so hätte ich doch wenigstens die Erleichterung genießen können, die es mit sich bringen sollte. Ich habe die echte Freundschaft dieses Menschen verloren – nur weil ich in der Blindheit meiner Verzweiflung ein klein wenig über die Grenze hinausgeraten bin –, die Freundschaft dieses klargesinnten, ehrenhaften, warmherzigen Menschen habe ich verloren, wie sich noch zeigen wird, und für nichts. Wenn ich nun zurückginge und ihn zwingen würde, mir zuzuhören?‹ Sie stieg ein oder zwei Stufen hinauf, hielt aber wieder inne, murmelte etwas und schüttelte den Kopf.

›Nein, nein,‹ dachte sie, ›ich möchte nur wissen, was mir da überhaupt eingefallen ist. Nur wenn ich wirklich sein ganzes Herz besäße – aber das gehört Hilda, und niemals würde ich es ihr stehlen –, nur dann könnte es mein Geheimnis bergen. Es ist zwar keine Perle, wie ich ihm vorhin gesagt habe. Aber mein dunkelroter Rubin — rot wie Blut — ist ein viel zu kostbarer Edelstein, um von einem Fremden bewahrt zu werden.‹

Sie ging die Treppe hinunter und fand auf der Straße ihren Schatten, der dort auf sie gewartet hatte.

Ästheten

Am Abend nach Miriams Besuch bei Kenyon gab es eine gesellige Zusammenkunft, die fast ausschließlich aus Angelsachsen bestand, und zwar hauptsächlich aus amerikanischen Künstlern, dazwischen waren ein paar Engländer und auch einige Touristen, die sich in Rom noch herumtrieben, nachdem die Osterwoche vorüber war. Miriam, Hilda und Kenyon waren anwesend und mit ihnen auch Donatello, dessen Dasein sich so weit von seinem natürlichen Weg entfernt hatte, daß er wie ein zahmer Jagdhund seiner Angebeteten überallhin folgte, wo man ihn einließ.

Der Treffpunkt war die palastartige, aber ein wenig verblaßte und düstere Behausung eines hervorragenden Mitglieds des ästhetischen Bundes. Es war einer der allwöchentlichen zwanglosen Empfänge, wie sie die ausländischen Bewohner Roms gewohnt sind und bei denen die vergnügten Leute einander ohne große Formalitäten begegnen.

Jemand, der sich auf irgendeine Weise für Kunst interessiert, müßte einen sehr schwierigen Charakter haben, wenn er keine passende Gesellschaft unter so vielen Leuten fände, deren Gedanken und Beschäftigungen allesamt auf das gemeinsame Ziel gerichtet sind, den Vorrat der Welt an schönen Dingen zu vergrößern.

Einer der Hauptgründe, der Rom zum Lieblingsort von Künstlern macht, zu ihrer idealen Heimat, nach der sie im voraus schon seufzen und aus der sie nie mehr weichen wollen, sobald sie ihre verzauberte Luft geatmet haben, ist gewiß der, daß sie so viele ihresgleichen finden und genug, um sich eine gemeinsame Atmosphäre zu schaffen. In jedem anderen Klima sind sie isolierte Fremdlinge, in diesem Land der Kunst aber sind sie freie Bürger.

Nicht daß es im einzelnen oder im großen ganzen viel gegenseitige Zuneigung unter den Ordensbrüdern vom Meißel und vom Pinsel gäbe. Im Gegenteil muß es den scharfen Beobachter beeindrucken, daß die Eifersüchteleien und Empfindlichkeiten, die die Dichter unserer Zeit abgetan haben, die Herzen jener phantasievollen Gilde immer noch beunruhigen und an ihnen nagen. Es ist nicht schwer, die Gründe, warum das so ist, herauszufinden. Das Publikum, von dessen Gnade die Erfolgsaussichten des Bildhauers und des Malers abhängig sind, ist viel kleiner als das Publikum, an das die Schriftsteller sich wenden; es besteht aus einem kleinen Kreis reicher Gönner. Und diese sind, wie der Künstler genau weiß, recht blinde Richter in Angelegenheiten, die äußerste Feinheit des Kunstverständnisses erfordern. Deshalb wird der Erfolg teilweise zu einer Affäre von Intrigen, und es ist beinahe unvermeidlich, daß selbst ein begabter Künstler scheel auf den Ruhm seines begabten Kollegen blickt und sparsam mit einem guten Wort umgeht, das ihm vielleicht helfen könnte, eine weitere Plastik oder ein Bild mehr zu verkaufen. Selten hört man einen Maler das Bild eines anderen mit Lob überhäufen, und nie hat ein Bildhauer freundliche Blicke für einen Marmor, der nicht von ihm selber stammt.

Nichtsdestoweniger wissen Künstler von der geselligen Wärme, die ungeachtet aller beruflichen Mißgunst aus der Gegenwart und Nähe des anderen kommt, sie schaudern bei der Erinnerung an ihre einsamen Ateliers in den teilnahmslosen Städten ihrer Heimat. Um solcher Brüderlichkeit willen mehr noch als wegen irgendwelchen Gewinns, den sie von den Museen haben, vertun sie Jahr um Jahr in Italien, während ihre Originalität hinstirbt oder wegpoliert wird als etwas Barbarisches.

Die Gesellschaft des heutigen Abends bestand aus Männern und Frauen, die der Welt nicht unbekannt waren, und aus vielen anderen, die sie eigentlich hätte kennen müssen. Es wäre uns ein

Vergnügen, sie auf unseren bescheidenen Buchseiten vorzustellen, die Gelegenheit ist sehr verführerisch, aber nicht leicht zu handhaben und viel zu gefährlich im Hinblick auf jene Individualitäten, die wir vielleicht fördern würden, wie auch auf die weit größere Zahl derer, die notwendigerweise im Schatten blieben. Obendrein hat Tinte leicht etwas Ätzendes und könnte womöglich auf der so empfindlichen Haut von Künstlern eine Rötung verursachen. Daher müssen wir uns die Freude versagen, dieses Kapitel mit Hinweisen auf Männer zu illuminieren, deren Bedeutung von der Leinwand strahlt und im weißen Mondlicht des Marmors schimmert.

Andernfalls hätten wir auf einen Künstler hingewiesen, der die Natur mit so aufmerksamer Liebe beobachtet, daß sie ihn in ihre Geheimnisse einweiht und ihn befähigt, sie in Landschaftsbildern wiederzugeben, welche die Wirklichkeit einer besseren Erde zu sein scheinen und dennoch nichts zeigen als die wirklichen Szenerien rings um uns her, aber gesehen mit der Einsicht eines Malers und interpretiert durch sein Talent. Dank seiner Magie breitet Luna ihr Licht über das Bild, und das Karmesin der Sommernacht schimmert wider auf dem Gesicht des Betrachters. Oder wir könnten auf einen Maler-Poeten hinweisen, dessen Gesänge die Farbigkeit von Bildern haben und dessen Leinwand bevölkert ist von Engeln, Feen und Wassergeistern, die höchste Realität besitzen, weil er sie als Poet von Angesicht zu Angesicht gesehen hat. Oder wir würden uns vor einem Künstler verneigen, der zu aufrichtig, zu fromm, mit zu ernsthaftem Gefühl und zu liebevoller Hand gearbeitet hat, als daß die Welt sofort bemerken könnte, wieviel Sorgfalt auf die Stirn Prosperos verwandt wurde, auf Mirandas mädchenhaften Liebreiz, oder aus welcher Herzenstiefe des Malers heraus Sankt Peter vom Engel geleitet wird.

In dieser Art fortzufahren wäre leicht, indem wir den Eindruck von kleinen epigrammatischen Andeutungen wie den obigen hinterließen, alle freundlich gemeint, aber keine, die den Nagel wirklich auf den Kopf trifft und die immerhin manchmal zuschlagen würden, ohne recht gezielt zu sein. Es mag aber statthaft sein zu sagen, daß amerikanische Malerei in Rom viel besser vertreten ist als Plastik. Trotzdem scheinen die Männer des Marmors beim Publikum mehr Gewicht zu haben als die der Leinwand. Vielleicht geht das auf Rechnung der größeren Dauerhaftigkeit und solideren Substanz des Materials. Ein Bildhauer zu sein, ist ja schon an und für sich etwas Vornehmes, während der Maler gar nichts ist, es sei denn, er hätte individuelle Bedeutung. Es gab da einen Bildhauer, einen Engländer, begabt, schöne Dinge zu erschaffen. Es war ein ruhiger, einfacher älterer Mann, mit klaren braunen Augen unter leicht vorgewölbten Brauen und mit einem griechischen Profil von der Art, wie er es mit seinem eigenen Meißel schon dargestellt haben mochte. Dieser Mann wendete seit vierzig Jahren sein Leben daran, Statuen von Venus, Kupido, Bacchus und einer Menge anderer aus dem Geschlecht solcher Traumblüten zu machen oder vielmehr solcher Eisblumen: es waren lauter Niederschläge, die die griechische Mythologie ausgeatmet hat und die sich auf dem langweiligen Fensterglas der heutigen Zeit kristallisiert haben. Begabt mit viel mehr empfindsamer Kraft als irgendein anderer, hatte er doch darauf verzichtet, etwas christlich Gegenwärtiges zu sein, und hatte sich zum heidnischen Idealisten gemacht, dessen Anliegen in unserer heutigen Welt überaus schwierig zu definieren wäre. Bei aller Liebe und Ergebenheit dem sauberen Material gegenüber, mit dem dieser bewundernswerte Bildhauer arbeitete, hatte er doch den Marmor seiner Keuschheit beraubt, indem er ihm durch Kolorierung eine künstliche Wärme gab. So wurde es zu Sünde und Schande, seine nackten Göttinnen zu betrachten. Gewiß hatte er sie sich in all ihrer Göttlichkeit vorgestellt, aber, fleischfarben beschmiert, waren sie für profane Augen nichts als nackte Frauen. Jedoch − wieviel Kritik man an seinem Stil auch üben mochte − es war doch schön, einem Mann zu begegnen, der so viel bedachte und von der Richtigkeit seines Tuns so schlicht überzeugt war.

Die Autorität, die dieser hervorragende Mann bei seinen Kollegen besaß, war außerordentlich. Indem er zunächst unaufdringlich seine Meinung über künstlerische Fragen äußerte, war er bald der Mittelpunkt einer kleinen Gruppe jüngerer Bildhauer. Sie tranken seine Weisheit förmlich in sich hinein, als ob das jede persönliche Inspiration ersetzen könnte, während er unterdessen in freundlicher Gelassenheit predigte, als wäre eine andere Ansicht überhaupt undenkbar, und indem er seine eigenen Schlußfolgerungen öfters durch ein mild nachdrückliches ›Ja‹ bestätigte.

Des Bildhauers von ihm übrigens keineswegs herbeizitierte Hörerschaft bestand größtenteils aus Amerikanern, und es ist nicht mehr als billig zu sagen, daß sie eine Gesellschaft von sehr geschickten und begabten Künstlern waren, von denen vermutlich jeder dem entzückten Publikum schon einmal eine nackte Statue geliefert und sich sogar den Glauben der Leute an noch weit höhere Talente errungen hatte dadurch, daß er auf gefällige Art Knopflöcher, Schuhbänder, Mantelsäume, Hemdbrüste und ähnliche wunderbare Einzelheiten der modernen Kleidung zu meißeln verstand. Gescheite, geübte Leute waren sie, und einige von ihnen weit mehr noch als das, aber doch nicht so ganz das, was ein unbefangener Mensch sich unter einem Bildhauer vorstellt. Um den Ansprüchen, die unsere vorgefaßten Meinungen an ihn stellen, genügen zu können, sollte ein Bildhauer noch entschiedener ein Poet sein als diejenigen, die sich mit Reim- und Versmaß abgeben. Das Material, das ihm anstelle der beweglichen und transitorischen Sprache dient, ist eine reine, weiße, unverderbliche Substanz, es sichert allem, zu was es auch verarbeitet wird, Unsterblichkeit und macht es aus diesem Grunde zu frommer Pflicht, seinem mächtigen Schutz keine Idee zu unterstellen, die den Marmor nicht, zum Dank für seine Treue, mit geistigem Leben durchwärmen kann. Unter solchem Aspekt nimmt er sakralen Charakter an. Kein Mensch sollte es wagen, ihn anzurühren, wenn er nicht eine bestimmte Weihe und Priesterschaft in sich spürt, deren einziger Beweis in den Augen der Öffentlichkeit die würdige Behandlung heroischer Gegenstände sein wird oder die zarte Entfaltung des Geistigen durch körperliche Schönheit.

Keine Ideen wie die soeben geäußerten, noch Befürchtungen,

die durch diese hervorgerufen werden könnten, beunruhigten die Selbstgefälligkeit der meisten dieser geschickten Bildhauer. Nach ihrer Meinung hatte Marmor gar nichts so besonders Heiliges, sondern war mehr eine Art weißer Kalkstein aus Carrara, in handliche Stücke geschnitten und in diesem Zustand ungefähr zwei oder drei Dollar pro Pfund wert. Und da er es erlaubte, durch ihre Erfindungskraft oder durch die Handwerker in ihren Diensten zu gewissen Formen verarbeitet zu werden, so war es möglich, ihn dann zu einem weit höheren Preis weiterzuverkaufen. Solche Leute sind also, dank der Begabung, ein paar kleine Kniffe in der Behandlung des Tons zu beherrschen, die für die Herstellung von Wachsarbeiten ausgereicht hätte, so kühn, sich Bildhauer zu nennen. Wie schauderhaft ist der Gedanke, daß die Statue, die der moderne Bildhauer da zusammenkleistert, ebenso lange dauern soll wie die Kapitolinische Venus und daß seine Gruppe — gleichviel welche, da sie ja keinerlei moralische oder intellektuelle Wirklichkeit besitzt — nicht früher vergehen wird als die unsterbliche Agonie der Laokoongruppe.

Und trotzdem lieben wir die Künstler jedweder Art, sogar diese, deren Verdienste wir nicht recht zu würdigen imstande sind. Bildhauer, Maler, Zeichner — so wie wir sie an jenem Abend sahen — waren sicherlich erfreulichere Leute als der Durchschnitt, den man in der alltäglichen Gesellschaft antrifft. Sie waren nicht gänzlich an den niederen Bezirk des praktischen Daseins gefesselt, sie besaßen ein Streben, das sie zum Schönen hingeführt hätte, wären sie ihm gefolgt, und immer behielten sie die Richtung dorthin bei, auch noch, wenn sie sich am Wegrand verweilten, um goldenen Unrat aufzulesen. Die Ausübung ihres Berufes — obwohl sie genauso über ihn sprachen wie andere Leute über Baumwolle, Politik, Mehltonnen und Zucker — durchleuchtete unvermeidlich ihre Konversation mit etwas, was dem Idealen nahekam. Wenn also die Gäste sich hier und dort in Gruppen in dem großen Salon sammelten, begannen fröhliche und erfrischende Plaudereien und die Atmosphäre war nicht länger die des Alltags; eine leichte, vergeistigte Schattierung mischte sich ins Lampenlicht, wie man sie manchmal auf Bildern sieht.

Diese vorteilhafte Wirkung wurde noch unterstützt von vielen kuriosen kleinen Kunstgegenständen, die der Gastgeber mit Bedacht über seine Tische verteilt hatte. Hauptsächlich waren es antike Bruchstücke, an denen der Boden Roms und seiner Umgebung noch so reich ist. Siegel, Gemmen, kleine Bronzefiguren, mittelalterliche Schnitzereien aus Elfenbein, Dinge, die mit geringen Kosten erworben und doch von nicht unbeträchtlichem Wert waren.

Sehr interessant war eine große Mappe alter Zeichnungen, von denen einige nach Ansicht ihres Besitzers die Merkmale von Meisterhänden zeigten. Vielfach waren sie in schlechtem Zustand, vergilbt und eingerissen. Aber auch im besten Zustand noch waren sie flüchtig mit Feder und Tinte hingewofen auf rauhes Papier, und die mit Kohle oder Bleistift gezeichneten waren halb verlöscht. Man hätte sich keine flüchtigeren und einfacheren Dinge vorstellen können, aber gerade das machte die Blätter nur um so wertvoller, da der Künstler das erste Stück Papier, das gerade zur Hand war, ergriffen zu haben schien, als wollte er rasch eine Idee festhalten, die in der nächsten Sekunde wieder entschwinden konnte. So war man imstande, sich mit Hilfe eines zerknitterten, schmutzigen Papierfetzens ganz nahe an einen alten Meister heranzustehlen und die allererste Regung seines Genius zu beobachten.

Nach dem Urteil verschiedener Sachverständiger hatte die Hand Raffaels einer dieser Skizzen ihre magnetische Kraft mitgeteilt, und falls sie echt war, so handelte es sich offenbar um seinen ersten Entwurf zu einer der berühmtesten Madonnen, die jetzt im Besitz des Granduca in Florenz hing. Eine andere Zeichnung wurde Leonardo da Vinci zugeschrieben und schien ein etwas abgewandelter Entwurf zu dem Bild ›Bescheidenheit und Eitelkeit‹ im Palazzo Sciarra zu sein. Es gab mindestens noch ein halbes Dutzend, denen ihr Besitzer eine ebenso hohe Herkunft zuschrieb. Auf jeden Fall war es schön, an ihre Echtheit zu glauben, denn derartige Dinge erwecken im Betrachter einen lebendigeren Sinn für die Macht eines großen Malers als der Glanz eines vollendeten Bildes. Dem ersten Entwurf entströmt etwas Göttliches. Hier ist es, wo man das reine Licht der Inspiration findet, das in noch stärkerem Leuchten erstrahlen zu lassen allerdings die weitere Bemühung des Künstlers bildet, das er aber durch die Arbeit, die einer untergeordneteren Geistesverfassung zugehört, auch entsprechend vermindert. Der Duft des frischen Einfalls war in diesen Entwürfen noch nach dreihundert Jahren der Abnutzung und Mißhandlung spürbar; der Reiz lag teilweise gerade in ihrer Unvollkommenheit, denn diese ist suggestiv und setzt die Phantasie in Tätigkeit, während das fertige Bild dem Betrachter nichts mehr zu tun übrig läßt und ihn, falls es schlecht ist, verwirrt, ernüchtert und entmutigt.

Hilda interessierte sich besonders für diese kostbare Mappe. Sie verweilte so lange über einer der Skizzen, daß Miriam sie fragte, welche Entdeckung sie da gemacht habe.

»Sieh es dir genau an«, antwortete Hilda und reichte ihr das Blatt. »Wenn du dir Mühe gibst, den Entwurf unter den Bleistiftspuren zu erkennen, die anscheinend darüber gekritzelt sind, wirst du, glaube ich, etwas sehr Merkwürdiges sehen.«

»Ich fürchte, es ist hoffnungslos«, sagte Miriam. »Ich habe weder deinen Glauben noch deinen scharfen Blick. Pfui, was für eine Schmiererei!«

Die Zeichnung war ursprünglich sehr fein gewesen und hatte unter Alter und schlechter Behandlung mehr gelitten als fast alle anderen in der Mappe, auch schien es, daß der Versuch gemacht worden war – und vielleicht von derselben Hand, die sie gezeichnet hatte –, die Zeichnung wieder zu tilgen. Aber mit Hildas Hilfe erkannte Miriam trotzdem ganz gut eine geflügelte Gestalt mit gezücktem Schwert und einen Drachen oder einen Dämon, niedergezwungen zu ihren Füßen.

»Ich bin überzeugt,« sagte Hilda in leisem, ehrfürchtigem Ton, »daß auf diesem alten Papierfetzen Spuren einer Zeichnung von Guido Reni sind. Wenn das stimmt, so muß es sein Originalentwurf zu dem Bild in der Kapuzinerkirche sein – der Erzengel

Michael, der seinen Fuß auf den Dämon setzt. Die Komposition und die ganze Zusammenstellung sind die gleichen wie auf dem Gemälde. Der einzige Unterschied wäre der, daß der Dämon sein Gesicht emporwendet und den Erzengel rachsüchtig ansieht, der seine Augen mit Ekel abwendet.«

»Kein Wunder,« entgegnete Miriam, »der Ausdruck entspricht der Überempfindlichkeit von Michaels Charakter, so wie Guido Reni ihn auffaßt. Nie und nimmer hätte er dem Dämon ins Gesicht sehen können.«

»Miriam!« sagte ihre Freundin vorwurfsvoll, »du machst mich ganz traurig, und du weißt es auch, wenn du so tust, als wolltest du geringschätzig von der schönsten und göttlichsten Gestalt reden, die ein Maler je gemalt hat.«

»Verzeih mir, Hilda«, sagte Miriam. »Du betrachtest diese Dinge religiöser, als ich es je könnte. Guido Renis Erzengel ist ein gutes Bild, selbstverständlich, aber es hat mich nie so stark beeindruckt wie dich.«

»Gut, darüber wollen wir nicht reden,« sagte Hilda, »aber was ich dir an dieser Skizze zeigen wollte, ist das Gesicht des Dämons. Es ist ein völlig anderes als auf dem Gemälde. Du weißt, daß Guido Reni immer versicherte, die Ähnlichkeit mit Kardinal Pamphili wäre entweder nur zufällig oder nur scheinbar. Und hier ist nun das Gesicht, wie er es sich zuerst gedacht hat.«

»Und im ganzen ein wirkungsvollerer Dämon als der auf dem Gemälde«, sagte Kenyon, während er die Skizze in die Hand nahm. »Wieviel Geist liegt in der Häßlichkeit dieses starken, sich wehrenden und windenden Drachen unter dem Fuß des Erzengels. Und doch ist es kein undenkbares Gesicht – ja, auf mein Wort, ich habe es sogar schon irgendwo gesehen, bei einem lebenden Menschen!«

»Ich auch,« sagte Hilda, »und das war es, was mich zuallererst so stark berührte.«

»Donatello, schaun Sie sich doch mal dies Gesicht an!« rief Kenyon.

Der junge Italiener hatte, wie vorauszusetzen war, an Kunstdingen wenig Interesse. Nachdem er das Blatt eine Sekunde in der

Hand gehalten hatte, schleuderte er es mit Abscheu und mit einem Blick voll Haß fort. »Ich kenne das Gesicht gut,« flüsterte er, »es ist Miriams Modell!«

Kenyon und Hilda gaben zu, daß auch sie diese Ähnlichkeit entdeckt hatten, und es trug nicht wenig zu der grotesken Unheimlichkeit bei, die sie halb im Scherz und halb im Ernst dem Charakter von Miriams Begleiter zuschrieben, wenn sie sich nun vorstellten, daß er vor mehr als zweihundert Jahren die Rolle des Dämons auf einem Bild spielte. Hatte der Maler in seiner Bemühung, das Äußerste an Sünde und Not zu gestalten, unwillkürlich diese Züge gefunden, oder war es ein wirkliches Porträt von jemandem, der den alten Meister verfolgte, wie jetzt Miriam verfolgt wurde? Begleitete der unheildrohende Schatten ihn durch all das Licht seiner anfänglichen Laufbahn, bis in die Finsternisse, die sie an ihrem Ende umschlossen? Und als der Maler starb — begab sich der Dämon da zu jenen alten Begräbnisstätten, um dort auf ein neues Opfer zu warten, bis Miriam das Unglück hatte, ihm zu begegnen?

»Ich kann überhaupt keine Ähnlichkeit finden«, sagte Miriam, indem sie das Blatt genau betrachtete. »Und da ich das Gesicht zwanzigmal gezeichnet habe, werdet ihr zugeben, daß ich das am besten beurteilen kann.«

Nun begann eine Diskussion über Guido Renis Erzengel, und es wurde beschlossen, daß die vier Freunde am nächsten Morgen in die Kapuzinerkirche gehen und das Gemälde genau untersuchen wollten, da die Übereinstimmung mit der Skizze auf alle Fälle sehr merkwürdig war. Kurz nach zehn Uhr erklärten ein paar Mitglieder der Gesellschaft, die auf einem Balkon gewesen waren, daß das Mondlicht ganz herrlich sei und sie daher einen Bummel durch die Straßen vorschlügen, und man sollte auch ein paar Ruinen aufsuchen, die unter der Pracht des italienischen Mondes am allerschönsten seien.

Der Vorschlag zu einem Mondscheinbummel wurde von allen jüngeren Anwesenden mit Beifall aufgenommen. Sie brachen sofort auf und stiegen die Treppe hinunter, indem sie ihren Weg mit Wachslichtern beleuchteten, die eine notwendige Ausrüstung für diejenigen sind, deren Pfade sie bei Nacht über eine römische Treppe führen. Als sie aus dem Hof des Gebäudes hinaustraten, sahen sie den Himmel von einem Licht erhellt, das einen zart purpurnen oder rötlichblauen Schimmer hatte oder doch wenigstens einen stärkeren Farbton als das kalte, weiße Mondlicht anderer Himmelsstriche. Es glomm auf der Front des gegenüberliegenden Palazzos und beleuchtete den architektonischen Schmuck seiner Gesimse und seines säulengeschmückten Portals, die mit Eisenstäben versehenen Parterrefenster, die dem Bau ein gefängnishaftes Aussehen gaben, und es zeigte auch den Schmutz zu seinen Füßen. Ein Schuster schloß soeben seine Werkstatt im Kellergeschoß des Palazzos; die Laterne eines Zigarrenhändlers schaukelte im Luftzug, der durch den Torweg blies; eine französische Schildwache schritt vor dem Portal auf und ab, und ein heimatloser Hund, der hier herumstrich, bellte die Gesellschaft so heftig an, als wäre er der bestallte Hüter des ganzen Stadtbezirks.

Die Luft war vom leisen Geräusch fallenden Wassers erfüllt, dessen Herkunft nirgends sichtbar, das aber offenbar in größter Nähe war. Diesen erfreulichen, natürlichen Ton, nicht unähnlich dem eines entfernten Wasserfalls im Walde, kann man in Rom oft hören, sobald der Tumult der Stadt sich gelegt hat. Konsuln, Imperatoren und Päpste, die großen Männer aller Zeiten konnten gar keine bessere Art finden, ihr Andenken unvergeßlich zu machen, als durch das wechselvolle, immer neue und doch unveränderliche Steigen und Fallen des Wassers. Sie haben ihre Namen in das unstete Element geschrieben, und es hat sich als dauerhafter erwiesen als eine Inschrift auf Metall oder Marmor.

»Donatello, sie sollten sich lieber einen von diesen lustigen jungen Künstlern zur Gesellschaft aussuchen«, sagte Miriam, als sie den jungen Italiener neben sich entdeckte. »Ich bin nicht in so heiterer Stimmung wie gestern nachmittag, als wir die ganze Welt zum Tanzen brachten.«

»Ich werde nie mehr tanzen«, erwiderte Donatello.

»Was für ein Ton!« rief Miriam. »Sie werden in diesem tristen Rom noch ganz verdorben und genauso ernst und trübsinnig wie die ganze übrige Welt, wenn Sie nicht bald in Ihre toskanischen Weinberge zurückkehren. Also gut, geben Sie mir Ihren Arm, aber passen Sie auf, daß keinerlei Übermut Sie befällt. Heute nacht müssen wir mit ruhigen und stetigen Schritten gehn.«

Die Gesellschaft gruppierte sich nach ihren Neigungen oder augenblicklichen Interessen, ein Bildhauer wählte wohl einen Maler und ein Maler einen Bildhauer als Partner, die sie ihren eigenen Berufskollegen vorzogen.

Kenyon hätte sich gar zu gern Hilda ausgesucht und sie von den anderen ein wenig ferngehalten, aber sie blieb in Miriams Nähe und schien in ihrer freundlichen und ruhigen Art einem separaten Zusammensein mit ihm oder auch irgendeinem anderen Bekannten abgeneigt. So wanderten sie dahin und hatten erst ein kleines Stück zurückgelegt, als die enge Straße in einen Platz mündete, an dessen einer Seite glitzernd und funkelnd im Mondlicht der berühmteste Brunnen Roms lag. Sein Murmeln – um nicht zu sagen: sein Brausen – hatte der Gesellschaft schon, seit sie ins Freie getreten war, ins Ohr getönt. Die Fontana Trevi bezieht ihr Wasser aus einer Quelle weit vor den Mauern Roms, von wo es auf alten, meist unterirdischen Aquädukten herbeigeflossen kommt, so rein wie die Jungfrau, die einst Agrippa zu dieser Quelle an ihres Vaters Tür leitete.

»Ich will soviel von diesem Wasser schlürfen, wie ich in meiner hohlen Hand halten kann«, sagte Miriam. »Ich werde Rom in ein paar Tagen verlassen, und die Sage lautet, daß ein Abschiedstrunk aus der Fontana Trevi die Wiederkehr gewährt, welche Hindernisse einen auch umlauern werden. Wollen Sie auch trinken, Donatello?«

»Signorina, was Sie trinken, trinke ich«, sagte der junge Mann.

Sie stiegen mit den anderen bis zum Rand des Beckens hinunter, und nachdem sie ein paar Schluck getrunken hatten, standen sie und schauten auf die absurde Gestaltung des Brunnens, bei der irgendein Bildhauer aus der Schule Berninis sich in Marmor ausgetobt hat. Es war eine große Palastfassade mit Nischen, Statuen und Reliefs, aus der Agrippas legendäre Jungfrau hervorlugte samt verschiedenen ihrer allegorischen Schwestern, während an der Basis Neptun mit seinem Dreizack zu sehen war, umgeben von Tritonen, die in ihre Muscheln bliesen, sowie zahllose andere Ausgeburten der Phantasie, die das Mondlicht zu besserem Geschmack besänftigte, als ihnen angeboren war.

Und schließlich war es dennoch ein so erlesenes Werk, wie menschliche Fähigkeit es nur immer zustande bringen mag. Am Fuß der prächtigen Fassade lag, kunstvoll ungleichmäßig verstreut, eine Masse kleiner Felsbrocken, und sie wirkten, als hätten sie seit der Sintflut schon dort gelegen. In der Mitte fiel das Wasser in halbkreisförmigen Kaskaden herab, und aus hundert Felsspalten und von allen Seiten sprangen schäumende Strahlen, und die Mäuler und Nasenlöcher steinerner Monstren spieen gleißende Ströme, während andere Bächlein, die ungezügelt dahergekommen waren, von einer Stufe zur nächsten hüpften, über Steine, die moosig, schlammig, glitschig und grün waren von Wasserflechten, weil die Natur sich in einem Jahrhundert ungezähmten Spieles die Fontana Trevi mitsamt ihren ausgeklügelten Vorrichtungen angeeignet hatte. Endlich stürzte sich das Wasser, blindlings, funkelnd und eilend in munterer Hast und nie verstummendem Murmeln in ein großes marmorgefaßtes Becken und füllte es mit seiner Flut, auf deren bebendem Spiegel ein weißer Halbkreis aus dem sich stetig erneuernden Schaum der Hauptkaskade und eine Unmenge weißer Punkte von den kleineren Wasserstrahlen zu sehen waren. Das Bassin nahm die ganze Breite der Piazza ein, wo Treppenstufen sich zu seinem Rund hinunterschwangen, auf dem ein Boot ganze Reisen von Ufer zu Ufer des künstlichen Sees hätte machen können.

Bei Tage gibt es kaum einen belebteren Platz als die Umgebung der Fontana Trevi, denn dann ist alles voll von Gemüseständen, Obsthändlern, Maroniröstern, Zigarrenverkäufern und anderen Leuten, deren minderwertiger und vagierender Handelsverkehr sich im Freien abspielt. Auch ist die Piazza überfüllt von Müßiggängern, die sich über das eiserne Geländer lehnen, und von Forestieri, die herkommen, um den berühmten Brunnen zu sehen. Hier kann man auch Männer mit Schöpfeimern beobachten, Knirpse mit Blechbüchsen und Mägde – ein Bild wie aus patriarchalischen Zeiten –, die ihre Krüge auf dem Kopf tragen. Denn das Wasser der Fontana Trevi ist begehrt in weitem Umkreis als erfrischender Trunk für fiebrige Lippen, als wohlschmeckend, um es mit Wein zu mischen, und in seiner natürlichen Reinheit als das gesündeste Trinkwasser, als allenthalben zu finden ist. Aber jetzt, kurz vor Mitternacht, war die Piazza eine Einöde, und es war ein reines Entzücken, dies unbezähmbare Wasser anzuschauen, wie es im Mondschein vor sich hinspielte und all die ausgeklügelten Trivialitäten dazu zwang, im Einklang mit seiner eigenen machtvollen Einfachheit einen natürlichen Aspekt anzunehmen.

»Was würde wohl mit dieser Wasserkraft geschehen, wenn sie in einer von unseren amerikanischen Städten wäre?« fragte einer der Künstler. »Ob sie es wohl dazu verwenden würden, die Maschinen einer Baumwollspinnerei anzutreiben?«

»Die braven Leute würden diese Auswüchse von Marmorgottheiten herunterholen,« sagte Kenyon, »und vielleicht würden sie mir einen Auftrag geben, die einunddreißig Bundesstaaten – ist das die richtige Anzahl? – zu meißeln, wie jeder einen Silberstrom aus einer separaten Konservenbüchse in ein einziges Riesenbassin laufen läßt, das den überwältigenden nationalen Wohlstand darstellt.«

»Oder, falls sie etwas Satirisches wünschten,« bemerkte ein englischer Künstler, »so könnten Sie auch die Staaten darstellen, wie sie die Nationalflagge von jeglichem Fleck reinigen, den sie sich vielleicht zugezogen hat. Die römischen Wäscherinnen, die ihr Gewerbe im Freien ausüben, würden bewundernswerte Modelle abgeben.«

»Ich wollte schon oft diesen Brunnen bei Mondlicht sehen,« sagte Miriam, »denn hier begegneten sich Corinne und Lord Neville nach ihrer Trennung und zeitweiligen Entfremdung. Ich bitte, daß einer von euch sich hinter mich stellt, um zu sehen, ob das Gesicht im Wasser erkennbar ist.«

Indem sie sich über den Steinrand des Bassins beugte, hörte sie Schritte, die sich hinter ihr heranschlichen, und wußte, daß jemand ihr über die Schulter schaute. Der Mondschein war in ihrem Rücken und beleuchtete die Palastfassade und alle Statuen und Felsen und füllte das Bassin mit zitterndem und fast greifbarem Licht. Corinne, wie man sich wohl erinnert, erkannte Lord Neville durch das Spiegelbild seines Gesichts im Wasser. In Miriams Fall erschien aber, infolge der Bewegtheit des Wassers, seiner Durchsichtigkeit und auch des Winkels, in dem sie sich vorneigte, kein reflektiertes Bild, und unter diesen Umständen wäre es auch nicht gut möglich gewesen, daß die Erkennungsszene zwischen Corinne und ihrem Liebsten sich so abgespielt hätte. Vielmehr warf der Mond Miriams Schatten auf den Grund des Bassins und ebenso die Schatten von zwei anderen Menschen, die ihr gefolgt waren.

»Drei Schatten!« rief Miriam. »Drei Schatten, so schwarz und schwer, daß sie ins Wasser sinken! Da liegen sie auf dem Grund, als ob sie alle drei zusammen ertrunken wären. Der Schatten zu meiner Rechten ist Donatello, ich erkenne ihn an seinen Locken. Aber der Schatten links ist mir rätselhaft. So undeutlich wie das Vorgefühl von etwas Schlimmem. Wer von euch kann denn das sein? Ach –!«

Sie hatte sich umgedreht und sah neben sich das seltsame Wesen, mit dessen Gewohnheit, ihr beständig zu folgen, die ganze Künstlergesellschaft längst vertraut war und der es eine wundervolle Zielscheibe für Scherze bot. Ein Ausbruch stürmischen Gelächters folgte dem Erkennen, während der Mann sich zu Miriam beugte, die vor ihm zurückschreckte, und ihr etwas zuflüsterte, was die anderen nicht verstanden. Aus seinen Gebärden aber schlossen sie, daß er Miriam jedenfalls aufforderte, ihre Hände im Wasser zu baden.

»Er kann kein Italiener sein,« bemerkte jemand, »zumindest kein Römer, ich habe noch nie einen gesehn, der sich aus Waschen etwas gemacht hätte. Schaut doch nur! Er versucht wohl die Flecken von tausend Jahren irdischer Besudelung abzuwaschen?«

Während er seine Hände in das riesige Waschbecken tauchte, rieb der Mann sie mit größter Kraftanstrengung aneinander, und dazwischen spähte er gespannt auf das Wasser, als ob er erwartete, die ganze Fontana Trevi von seiner Tätigkeit getrübt zu sehen. Miriam sah ihm ein Weilchen mit dem Ausdruck gebannten Entsetzens zu und machte es ihm sogar nach, indem auch sie in das Bassin spähte. Wieder zu sich kommend, schöpfte sie ein wenig Wasser mit der hohlen Hand und führte eine alte Form der Teufelsbannung aus, indem sie es ihrem Verfolger ins Gesicht sprengte.

»In aller Heiligen Namen,« rief sie, »verschwinde und befreie mich von dir, jetzt und für immer!«

»Das wird nicht genügen,« sagte jemand aus der lustigen Gesellschaft, »solange die Fontana Trevi kein Weihwasser speit!«

Tatsächlich blieb die Beschwörung bei dem hartnäckigen Dämon, oder was die Erscheinung sein mochte, völlig erfolglos. Immer noch wusch er seine braunen knochigen Finger, immer noch spähte er in das Bassin, und immer noch machte er Miriam Zeichen, seinem Beispiel zu folgen. Die Zuschauer lachten laut, aber doch etwas beklommen, denn das Aussehen dieses Menschen war seltsam abstoßend und scheußlich.

Miriam fühlte, wie Donatello sie heftig am Arm packte. Sie sah ihn an und bemerkte, daß ein raubtierartiger Zorn in seinen Augen glühte.

»Befehlen Sie mir, ihn zu ertränken,« raunte er, von Wut und Ekel geschüttelt, »und Sie sind in der nächsten Sekunde von ihm befreit!«

»Ruhig, Donatello, ruhig«, sagte Miriam besänftigend, da dieses normalerweise so sanfte und heitere Geschöpf von animalischer Wut ganz entflammt war. »Sie dürfen ihm nichts zuleide tun, denn er ist geistesgestört, und wenn wir uns durch ihn beunruhigen lassen, sind wir genauso verrückt wie er. Lassen Sie ihn doch seine Hände waschen, bis der Brunnen austrocknet, wenn ihm das ein Trost und Zeitvertreib ist. Was geht es Sie und mich an, Donatello? So – nun seien Sie brav, Sie närrischer Junge!«

Sie redete in einem Ton, als wollte sie einen treuen Hund besänftigen, der eine vermeintliche Beschimpfung seines Herrn rächen wollte. Sie strich dem jungen Mann über die Locken, denn sein blinder Jähzorn schien förmlich in seinem Haar zu knistern, und sie streichelte auch seine Wange, bis seine Wut sich ein wenig legte.

Während sie nun weitergingen, ein Stückchen von den übrigen getrennt, fragte er mit einem schweren, zitternden Seufzer: »Signorina, sehe ich eigentlich noch so aus wie damals, als Sie mich zum ersten Mal sahen? Mir kommt es nämlich so vor, als ob ich mich in den letzten paar Tagen verändert hätte. Die Freude ist ganz aus meinem Leben fortgegangen. Ganz fort! Fühlen Sie meine Hand, wie heiß sie ist. Und mein Herz brennt noch viel schlimmer!«

»Mein armer Donatello, Sie sind krank«, sagte Miriam in tiefem Mitgefühl. »Dies melancholische, ungesunde Rom stiehlt Ihnen das volle, freudige Leben weg, das doch zu Ihnen gehört. Gehn sie doch zurück, lieber Donatello, in Ihre Heimat in den Bergen, wo Ihre Tage voll einfacher, unschuldiger Freuden waren, nach allem, was Sie mir davon erzählt haben. Und haben Sie denn etwa in der Welt draußen irgend etwas gefunden, das ebensoviel wert ist? Sagen Sie es doch ehrlich, Donatello!«

»O ja«, erwiderte der junge Mann.

»Was denn, um Himmels willen?«

»Diesen brennenden Schmerz in meinem Herzen,« sagte Donatello, »denn Sie sind in seiner Mitte.«

Sie waren jetzt schon ziemlich weit von der Fontana Trevi entfernt. Es fielen nur noch wenige Bemerkungen über die Szene am Bassin, denn die Gesellschaft betrachtete Miriams

Verfolger als geistesgestört und wäre kaum von irgendeiner Überspanntheit in seinem Betragen zu überraschen gewesen.

Nachdem sie durch verschiedene enge Gäßchen gezogen waren, kamen sie über die Piazza dei Santi Apostoli und gelangten bald zum Trajans-Forum. Es scheint die Bemühung der Zeit zu sein, über der ganzen Fläche dessen, was Rom einst war, einen Grabhügel zu errichten, als wäre die antike Stadt ein Leichnam und die Zeit ein Totengräber, und im Lauf von achtzehnhundert Jahren ist dieser Grabhügel sehr groß geworden.

Dies war auch das Geschick des Trajanischen Forums, bis irgendein altertumsforschender Papst vor ein paar hundert Jahren anfing, es wieder auszugraben, und die ganze Höhe der gigantischen Säule bloßlegte, die von Reliefs umgürtet ist, welche die kriegerischen Heldentaten des Imperators darstellen. Auf dem Platz steht ein steinerner Wald: abgebrochene Säulenschäfte verschiedener Höhe von einem zerstörten Tempel, die immer noch eine majestätische Ordnung innehalten und weiteren Demolierungen offenbar unzugänglich sind. Die modernen Gebäude der Piazza, die ohne jeden Zweifel mit Hilfe der Zerstörung alter Herrlichkeiten errichtet wurden, schauen auf den verwüsteten Fleck herab, wo jene Säulen aufstreben.

Einer der riesigen grauen Granitschäfte lag am Rand der Piazza. Es war ein mächtiger, solider Zeuge grandioser Vergangenheit und machte das antike Rom für Auge und Sinn fühlbar, und weder Geschichtsstudium noch Gedankenbemühungen oder die Magie der Dichtung könnte uns so lebendig vor Augen führen, daß Rom wirklich einmal existiert hat. »Seht nur,« sagte Kenyon, indem er die Hand auf den Schaft legte, »da ist noch ein polierter Rest. Und sogar jetzt noch, mitten in der Nacht, kann ich ganz genau die Wärme der Mittagssonne in dem Stein fühlen. Dieser Säulenschaft wird ewig dauern. Im Verhältnis zu ihm scheinen sich die achtzehn Jahrhunderte alte Politur, die noch immer nicht ganz verschwunden ist, und die Hitze des heutigen Sonnenscheins, die bis in die Nacht anhält, in ihrer Kurzlebigkeit beinahe zu gleichen.«

»In dieser Säule kann man Trost finden,« sagte Miriam, »hart und schwer wie sie ist. Indem sie hier auf ewig liegt, läßt sie allen menschlichen Jammer wie eine Art vorübergehenden Unfugs erscheinen.«

»Und menschliches Glück ebenso nichtig,« sagte Hilda seufzend, »und die schönen Künste kaum wichtiger. Ich denke gar nicht gern daran, daß dieser stumpfe Stein so unendlich viel länger dauern soll als jegliches Gemälde, dem doch der Geist schon Unsterblichkeit verleihen sollte.«

»Meine arme kleine Hilda,« sagte Miriam und umarmte sie mitleidig, »würdest du denn diesen gewaltigen Trost, den wir aus der Vergänglichkeit schöpfen, würdest du diese unsägliche Wohltat, sagen zu dürfen: ›Auch dies wird vergehn‹, dafür hingeben, nur damit ein Bild unsterblich würde?«

Ihre moralisierende Unterhaltung wurde durch die übrige Gesellschaft unterbrochen, die, nachdem sie geredet und gelacht hatte, plötzlich laut im Chor schrie:

»Trajan, Trajan!«

»Warum macht ihr denn einen so ohrenbetäubenden Lärm?« erkundigte sich Miriam.

Tatsächlich hallte die ganze Piazza von ihrem törichten Geschrei, das Echo aus den umliegenden Häusern gab den Ruf ›Trajan!‹ von allen Seiten zurück, als fände eine allgemeine Suche nach dieser kaiserlichen Persönlichkeit statt und als könnte auch nur eine Handvoll Staub von ihm gefunden werden.

»Wieso denn, es war doch eine gute Gelegenheit, mit unseren Stimmen vor diesem guten Echo hier großzutun«, antwortete einer der Künstler. »Und nebenbei hofften wir auch ein bißchen, Trajan auffordern zu können, sich endlich einmal seine Säule anzuschaun, die er ja bei seinen Lebzeiten nie gesehen hat. Hier ist doch auch Ihr Modell, von dem behauptet wird, daß es schon vor Trajans Tod gelebt und gesündigt hat und Rom immer noch durchwandert. Warum also nicht der Imperator Trajan?«

»Ich fürchte, tote Imperatoren haben sehr wenig Spaß an ihren

Gedenksäulen,« sagte Kenyon. »All diese prächtigen Abbildungen von Trajans Feldzügen, die die Säule von oben bis unten bedecken, sind womöglich etwas Häßliches für seine Gespensteraugen, wenn er bedenkt, daß dieser bebilderte Schaft einmal vor den Richterstuhl gelegt werden wird als Beweismaterial für das, was er zu seinen Lebzeiten angestellt hat. Wenn man mir je den Auftrag geben sollte, ein Heldenmonument zu schaffen, so werde ich an dieses hier denken, wenn ich die Reliefs in den Sockel meißle.«

»Es gibt Moralpredigten in Stein,« sagte Hilda nachdenklich, während sie über Kenyons Worte lächelte, »und besonders in den Steinen von Rom.«

Die Gesellschaft schlenderte weiter, wich aber ein wenig vom geraden Weg ab, um einen Blick auf die wuchtigen Überreste des Marstempels zu werfen, in dem jetzt ein Nonnenkloster untergebracht ist – ein Taubenschlag im Hause des Kriegsgottes. Kurz danach kamen sie durch die Säulenhalle eines Minervatempels, einen wunderschönen Bau, aber bejammernswert zerstört von Alter und Gewalttätigkeiten und obendrein halb begraben unter dem sich ansammelnden Schutt, der Rom überflutet wie die steigenden Meeresgezeiten. In diesem der Antike geheiligten Gebäude war jetzt ein Bäckerladen installiert, denn überall sind die Reste alter Größe und Göttlichkeit für die armseligsten Tagesbedürfnisse nutzbar gemacht.

»Gerade zieht der Bäcker seine Brote aus dem Ofen,« sagte Kenyon, »riecht ihr, wie sauer sie sind? Ich könnte mir vorstellen, daß Minerva aus Rache für die Entweihung ihres Tempels heimlich Essig in den Teig gießt, wenn ich nicht wüßte, daß die Leute ohnehin essigsaure Hefe in ihrem Brot bevorzugen.«

Sie bogen in die Via Alessandria ein und gelangten zum Friedenstempel, durchschritten seine hohen Torbögen und setzten ihren Weg auf einem mit Hecken gesäumten Gäßchen fort. Aller Wahrscheinlichkeit nach lag eine stattliche römische Straße unter dem ländlich aussehenden Pfad begraben. Sie hatten jetzt die engen Straßen der modernen Stadt verlassen und schritten auf einem Boden dahin, wo die Samen antiker Größe

noch nicht die erbärmliche Ernte hervorgebracht hatten, die
sonst allenthalben hervorsprießt. Der grasbewachsene Pfad
führte im Bogen an gestaltlosen Trümmerhaufen von Ruinen
entlang und an dem freigelegten Platz des ungeheuren, von
Hadrian erbauten Tempels und endet an einem etwas jähen
Abstieg, an dessen Fuß sich hinter einem schlammigen Tümpel
das mächtige Mauerrund und die tausend Bogen des Kolosseums erhoben.

Miriams Mißgeschick

Wie in Mondscheinnächten üblich, standen viele Fahrzeuge vor
dem Eingang der berühmten Ruine, und ihre Umgebung und
ihr Inneres waren nichts weniger als verlassen. Die diensttuende
französische Wache unter dem Bogen des Hauptportals beäugte
unsere Gesellschaft neugierig, bereitete ihrem Eintritt aber keinerlei Hindernis. Drinnen füllte und überflutete das Mondlicht
den riesigen leeren Raum, es schimmerte über Reihen um Reihen riesiger Steinbögen und ließ sie nur allzu deutlich sichtbar
werden. Die Helligkeit dieser Enthüllung machte die unvergleichliche Wirkung von Dämmer und Geheimnis zunichte, die
der Phantasie hilft, eine grandiosere Struktur zu erbauen als das
Kolosseum, um sie sodann mit malerischem Verfall zu zerstören.
Byrons berühmte Beschreibung ist stärker als die Wirklichkeit.
Er behielt während der Verzauberung vieler dazwischenliegen-
der Jahre den Anblick vor seinem geistigen Auge und illumi-
nierte ihn zart wie mit Sternenlicht anstelle der starken Helligkeit des Mondscheins.
Unsere Freunde setzten sich nieder, ein paar auf eine umge-
stürzte Säule, ein anderer auf einen ungestalten Marmorbrok-
ken, der einst ein römischer Altar war, andere auf die Stufen
christlicher Altäre. Obgleich sie doch Nordländer und Barbaren
waren, schwatzten sie so vergnügt durcheinander, als gehörten
sie der erfreulichen und frohen Rasse an, die Italien heutzutage
bewohnt. Gerade jetzt herrschte viel Munterkeit im Bereich des

Kolosseums, in dem so viele Gladiatoren und wilde Tiere gekämpft haben und umgekommen sind und wo durch die grausamsten der Raubtiere, die Römer der Antike, so viel christliches Märtyrerblut vergossen wurde. Ein paar junge Männer und Mädchen liefen über den offenen Platz fröhlich um die Wette und belustigten sich dann ein wenig weiter weg mit Versteckspielen in der Finsternis der ebenerdigen Bogenreihen, wobei man hin und wieder das unterdrückte Schreien und Lachen irgendeines fröhlichen Mädchens hören konnte, das der Schatten in die Arme eines jungen Mannes getrieben hatte. Ältere Leute saßen auf den Fragmenten von Säulen und Marmorblöcken, die rings im Innern der Arena herumlagen, und unterhielten sich in dem behende plätschernden Tonfall der italienischen Sprache. Auf den Stufen des großen schwarzen Kreuzes im Zentrum des Kolosseums saß eine Gruppe von Leuten, die einzelne Strophen von Liedern sangen, unterbrochen von Gelächter und Scherzen.

Es war ein seltsamer Ort für Gesang und Possen. Das schwarze Kreuz kennzeichnet eine der ganz besonderen Schändungen der Erde mit Blut, einen Platz, an dem Tausende von Malen ein sterbender Gladiator fiel und wo sich mehr menschliche Todesqualen zur bloßen Unterhaltung der Massen abgespielt haben als auf vielen Schlachtfeldern zusammengenommen. Durch all diese Verbrechen und Leiden besitzt dieser Fleck mehr als nur gewöhnliche Weihe. Eine Inschrift verheißt sieben Jahre Ablaß, sieben Jahre Erlassung des Fegefeuers, einen früheren Genuß himmlischer Gnade für jeden einzelnen Kuß auf das schwarze Kreuz. Welch ein besserer Gebrauch könnte nach der Lebensmitte vom Dasein gemacht werden, wenn der angehäuften Sünden viele sind und der noch übrigen Versuchungen wenige, als dies Dasein ganz damit zu, verbringen, daß man das schwarze Kreuz des Kolosseums küßt?

Außer seinem geweihten Mittelpunkt ist der ganze Bereich geheiligt worden durch eine Reihe von Altären, die man rund um seinen Zirkel errichtet hat und von denen jeder an eines der Begebnisse der Passion des Heilands erinnert. Einer allgemein verbreiteten Sitte folgend, nahm gerade ein Pilger von Altar zu Altar seinen Weg auf den Knien und sprach an jedem ein Bußgebet. Leichtfüßige Mädchen kreuzten den Pfad, auf dem er sich dahinmühte, und lachten mit ihren Freundinnen nahe bei den Altären, vor denen er kniete. Der Pilger nahm keine Notiz davon, und die Mädchen meinten es nicht böse, denn in Italien bewegt sich die Religion, Seite an Seite mit Geschäft und Unterhaltung, nach ihrer eigenen Fasson dahin, und die Leute sind ganz daran gewöhnt, niederzuknien und zu beten oder andere beten zu sehen zwischen zwei Freudenausbrüchen oder zwischen zwei Sünden.

Um unserer Beschreibung nun ein Ende zu machen: Es war das Blinken eines roten Lichts mitten in dem weiten Schattenbereich zu gewahren, das querhin über dem oberen Teil des Kolosseums lag. Bald flimmerte es durch eine Bogenreihe oder verbreitete stärkere Helligkeit, indem es sich über irgendeinem Ruinenabsturz erhob, dann wieder verschwand es hinter einem Schutthaufen, der abenteuerlich bis zu dieser schwindelerregenden Höhe hinaufgeklettert war, und so stieg das rote Licht beständig zu immer höheren und höheren Rängen des Baues empor, bis es wie ein Stern stillstand, wo der blaue Himmel sich gegen die höchste Mauer des Kolosseums lehnte. Es war eine Gesellschaft von Engländern oder Amerikanern, die den unvermeidlichen Mondscheinbesuch hier abstatteten und sich in Entzückungsräuschen ergingen, die zu Byron paßten, aber nicht zu ihnen.

Unsere Gesellschaft saß auf der umgestürzten Säule, dem heidnischen Altar und auf den Stufen des christlichen Kreuzes und genoß das Mondlicht und die Schatten, die gegenwärtige Fröhlichkeit und die düsteren Erinnerungen der Szenerie zu beinahe gleichen Teilen. Künstler wandeln tatsächlich immer ein wenig in den Wolken und sind daher fähig, den flüchtigen Duft wahrzunehmen, der in Sphären weht, die hoch über den Köpfen der durchschnittlichen Menge sind. Selbst wenn der eine oder andere nur mit wenig Phantasie ausgestattet ist, so besitzen sie doch etwas Eigenes — eine Gabe, einen Talisman, für ihresgleichen ganz selbstverständlich –, was sie dazu berechtigt, ein wenig freizügiger als andere Menschen teilzuhaben an den kleinen Vergnügungen wie Mondschein und Romantik.

»Wie schön ist das!« sagte Hilda und seufzte vor lauter Begeisterung.

»Ja,« sagte Kenyon, der auf der Säule neben ihr saß, »das Kolosseum ist viel schöner jetzt, als wenn tausend Leute zusammengepfercht dasitzen und zusehen, wie ihre Mitmenschen von Löwen und Tigern zerfetzt werden. Was für ein seltsamer Gedanke, daß das Kolosseum eigentlich für uns erbaut wurde und erst nach zweitausend Jahren zu seinem rechten Gebrauch gelangt ist.«

»Kaiser Vespasian dürfte kaum an uns gedacht haben,« sagte Hilda lächelnd, »aber ich bin ihm trotzdem dankbar, daß er es gebaut hat.«

»Von den Leuten, deren blutige Instinkte er genährt hat, erntet er sicherlich wenig Dank, fürchte ich«, erwiderte Kenyon. »Man male sich nur eine Versammlung von Tausenden reueerfüllter Gespenster aus, die von diesen zerbröckelten Bogenreihen da oben herunterschauen und sich abmühen, die barbarischen Belustigungen zu repetieren, die sie damals genossen haben und nach denen sie sich noch zurücksehnen.«

»Sie bringen ein mittelalterliches Grauen in unsere friedliche Mondscheinszene«, sagte Hilda.

»Nein, nein, wirklich – ich habe Zeugen, um das Kolosseum mit Phantomen bevölkern zu können«, entgegnete der Bildhauer. »Entsinnen Sie sich an die Geschichte in Benvenuto Cellinis Autobiographie, in der ein Geisterbeschwörer aus seiner Bekanntschaft – ich glaube, genau dort, wo jetzt das schwarze Kreuz steht – einen magischen Kreis zieht und Unmengen von Dämonen heraufbeschwört? Cellini sah sie mit eigenen Augen – Zwerge, Riesen und andere Kreaturen von gräßlichem Aussehen, die auf den Mauern dort drüben herumhüpften. Diese Gespenster müssen zu ihren Lebzeiten Römer gewesen sein und Besucher dieses blutigen Amphitheaters.«

»Ich sehe sogar jetzt ein Gespenst«, sagte Hilda mit einem

kleinen Unterton von Schreck. »Haben Sie diesen Pilger bemerkt, der sich auf den Knien durch das ganze Rund von Altären bewegt und vor jedem einzelnen mit solcher Hingabe betet? Jetzt, da er seinen Kreis beendet hat und der Mond ihm ins Gesicht scheint, kommt es mir so vor, als ob ich ihn erkenne!«

»Mir auch«, sagte Kenyon. »Arme Miriam! Glauben Sie, daß sie ihn bemerkt?«

Sie sahen sich um und gewahrten, daß Miriam von den Stufen am Kreuz aufgestanden und verschwunden war. Sie war in den Hintergrund, in die tiefe Dunkelheit eines Torbogens gegangen, der sich gerade hinter ihnen befand.

Donatello, dessen treuer Wachsamkeit nichts entging, hatte sich ihr nachgestohlen und wurde zum unschuldigen Zeugen eines in seiner Art grausigen Vorgangs. Donatellos Nähe nicht gewärtig und sich für unbeobachtet haltend, begann die schöne Miriam auf sonderbare Weise zu gestikulieren, mit den Zähnen zu knirschen, wie wahnsinnig die Arme zu schwingen und mit den Füßen aufzustampfen. Es war, als wäre sie für einen Augenblick beiseite gegangen, um sich die Erleichterung eines kurzen Ausbruchs von Irrsinn zu gönnen. Menschen, die unter dem Druck einer akuten Bedrängnis oder unter dem einer tiefen Erschöpfung eine schwere Leistung vollbringen müssen, zugleich aber gezwungen sind, das zu verbergen, sind in Versuchung, ihre Nerven in solcher Art zu erleichtern, obgleich sie, wenn es irgend angeht, noch wirkungsvolleren Trost in lautem Schreien finden.

So können wir also Miriam für geistesgestört ansehen, sowie sie unter den dunklen Bögen des Kolosseums ihre Selbstbeherrschung von sich geworfen und die Elemente einer langen Gemütskrankheit auf diesen einen kurzen Augenblick konzentriert hatte.

»Signorina, Signorina! So haben Sie doch Mitleid mit mir!« schrie Donatello, auf sie zustürzend, »das ist ja grauenvoll!«

»Wie können Sie es wagen, mir nachzuspionieren«, rief Miriam, um dann außer Atem leise hinzuzufügen: »Es gibt Männer, die schon für geringere Beleidigungen getötet worden sind!«

»Wenn Sie es wünschen oder wenn es nötig ist,« erwiderte Donatello schlicht, »dann werde ich mich nicht weigern, für Sie zu sterben.«

»Donatello,« sagte Miriam, indem sie dicht an ihn herantrat und mit leiser Stimme sprach, in der aber noch nachzitterte, was beinahe Geistesgestörtheit war, »Donatello, wenn Sie Ihr Leben lieben und seine irdischen Segnungen, für die Sie mehr als irgend jemand anders geschaffen sind, wenn Sie zwischen Ihren toskanischen Olivenhainen und Weinbergen so alt werden möchten wie Ihre Vorfahren und wenn Sie Kinder hinterlassen wollen, die sich desselben glücklichen, unschuldigen Lebens freuen – dann gehen Sie fort von mir. Drehen Sie sich nicht um und machen Sie, daß Sie wegkommen, ohne noch ein weiteres Wort zu verlieren!« Er sah sie voll Trauer an, aber er rührte sich nicht. »Ich sage Ihnen, Donatello, daß ein schweres Verhängnis über mir schwebt. Ich weiß es, ich erkenne es, ich spüre es schon in der Luft. Es wird mich so vollständig vernichten, wie wenn dieser steinerne Bogen hier über unseren Köpfen zusammenbräche. Und es wird auch Sie zerschmettern, wenn Sie an meiner Seite bleiben. Gehen Sie also. Und bekreuzigen Sie sich, wie es Ihnen Ihr Glaube gebietet, wenn etwas Böses nahe ist. Geben Sie mich auf, Donatello, oder Sie sind verloren!«

Donatellos Gesicht erhellte sich von einem höheren Gefühl, als es bisher scheinbar seinem einfältigen Ausdruck und seiner sinnlichen Schönheit entsprochen hatte.

»Ich werde Sie niemals verlassen,« sagte er, »Sie können mich nicht vertreiben.«

›Armer Donatello!‹ dachte Miriam. ›Gibt es wirklich keinen anderen, der mir nachläuft und darauf besteht, mein Verderben mit mir zu teilen? Man sagt, daß ich schön bin, und immer habe ich mir eingebildet, daß ich, wenn ich einmal in Not geriete, die ganze Welt dazu bringen könnte, mir zu helfen. Aber jetzt bin ich in höchster Not, und all meine Schönheit und meine Begabung haben mir nichts eingebracht als diesen törichten Knaben. Einfältig nennen sie ihn, und ganz bestimmt ist er auch zu nichts geeignet als zum Glücklichsein. Und ich – ich akzeptiere seine

Hilfe! Nein, morgen werde ich ihm alles, alles erzählen. Es wäre eine Sünde, seine unbelastete Natur mit einem Fluch wie dem meinigen zu beschweren.‹ Miriam streckte die Hand nach ihm aus und lächelte trübe, als Donatello sie an die Lippen drückte. Sie waren im Begriff, aus dem Schatten des Torbogens herauszutreten, als der kniende Pilger auf seiner Runde gerade den Altar erreichte, auf dessen Stufen Miriam gesessen hatte. Wie vor den anderen Altären betete er auch vor diesem oder schien es zu tun. Jedenfalls kam es Kenyon, der dicht daneben saß, so vor, als ob der Betende lediglich eine auferlegte Buße mechanisch vollzog, ohne die Reue, die ihr echte Wirkung hätte geben sollen. Selbst während er dort kniete, wanderten seine Augen umher, und Miriam fühlte bald, daß er sie entdeckt hatte, obwohl sie im Dämmer halb verborgen war.

»Wie man sieht, ist er jedenfalls ein guter Katholik,« flüsterte jemand von der Gesellschaft, »ich fürchte, wir werden ihn wohl doch nicht mit dem alten Heiden aus den Katakomben identifizieren können.«

»Vielleicht haben ihn die Missionare von der ›Propaganda Fide‹ bekehrt,« sagte ein anderer, »sie hatten ja fünfzehnhundert Jahre Zeit dazu.«

Die Gesellschaft fand es jetzt an der Zeit, ihren Bummel fortzusetzen. Als sie aus einem Seitenportal des Kolosseums hinaustraten, hatten sie zur Linken den Triumphbogen des Konstantin und über diesem die gestaltlosen Ruinen des Imperatorenpalastes, der in mittelalterlichen Klöstern und modernen Villen teilweise neue Form erhalten hat. Sie wandten sich stadtwärts, und während sie über die großen Steinquader des antiken Pflasters wanderten, kamen sie durch den Triumphbogen des Titus. Im Innern schien der Mond hell genug, um den siebenarmigen jüdischen Leuchter zu zeigen, der in den Marmor gemeißelt ist. Diese furchtbare Trophäe liegt jetzt im gelben Schlamm des Tiber begraben, und wenn ihr Gold von Ophir wieder ans Licht gebracht werden könnte, so wäre es das kostbarste Überbleibsel vergangener Zeitalter, für die Juden ebenso wie für die Heiden.

Inmitten von so viel uraltem Staub ist es schwer, dem Leser die Gemeinplätze des Enthusiasmus zu ersparen, die Tausende von Touristen schon abgedroschen haben. Über das ausgetretene Pflaster unter dem Titusbogen sind die römischen Armeen hinausgezogen zu ihren fernen Schlachtfeldern. Hunderte von Malen strömte dies prunkvollste Schauspiel irdischen Hochmuts, siegreich heimkehrend, durch diesen gleichen, unverändert standfesten Triumphbogen und brachte unschätzbare Beute und königliche Gefangene mit. Es ist aber jedenfalls klüger, wenn wir so wenig Anspielungen wie möglich auf diese Vergangenheiten machen; und wenn wir Interesse an den Personen unserer Erzählung erwecken wollen, ist es auch nicht gut, daran zu erinnern, wie Ciceros Füße über diese Steine geschritten sein mögen oder daß Horaz gewohnt war, hier in der Nähe umherzuschlendern, während er seinen Gang dem Rhythmus der Ode anpaßte, die er gerade im Sinn trug. Die Geister dieser großen Epoche haben eine solche Intensität, daß die heutigen Menschen substanzloser wirken als sie und so gespenstisch, daß durch ihre blutleere Fadenscheinigkeit die reichen Skulpturen der Triumphbögen und Säulen noch hindurchzuschimmern scheinen.

Die Gesellschaft ging weiter, während sie vielen Pärchen und Gruppen anderer mitternächtiger Spaziergänger begegneten. In solchen Mondnächten ist Rom wach und unruhig und voller Gesang und Zeitvertreib, voll von Geräuschen, die sich in deine Träume mischen, falls du beizeiten schlafen gegangen bist. Aber es ist besser, draußen zu sein und teilzunehmen an der genußvollen Stunde, denn unter Mond und Sternen verliert sich die Schlaffheit, die tagsüber so schwer auf Rom lastet.

Jetzt waren sie in den Bereich des Forums gelangt.

»Es muß ein für allemal festgestellt werden,« sagte Kenyon, während er nachdrücklich aufstampfte, »daß diese Stelle hier genau der Punkt ist, an dem sich Curtius mitsamt seinem Schlachtroß hinuntergestürzt hat. Stellt euch die riesige finstere Schlucht vor, aus der die mißgestalte Ungeheuer und grauenhafte Fratzen drohend heraufschauen, zum maßlosen Entsetzen der biederen Bürger, die vom Rand oben hinunterspähten. Und hier ist nun also plötzlich der richtige Mann für diese grausige, gräßliche Sache und obendrein, wie mir scheint, einer mit einer Moral, die genauso tiefgründig ist wie dieser Abgrund selbst. Zweifellos gab es da unten prophetische Erscheinungen für sämtliche zukünftigen Kalamitäten Roms – die Schatten von Goten und Galliern und selbst die der französischen Soldaten von heutzutage. Es ist wirklich ein Jammer, daß der Abgrund so bald schon aufgeschüttet wurde. Ich würde etwas darum geben, einen Blick in so eine Hölle werfen zu können!«

»Ich glaube,« sagte Miriam, »daß jeder Mensch in gewissen Momenten der Verzweiflung einen Blick hineintut, denn das sind die Momente seiner abgründigsten Einsichten.«

»Wo sollte sie sein?« fragte Hilda. »Ich habe niemals hineingeschaut.«

»Hab nur Geduld, und sie wird sich auch dir auftun«, erwiderte Miriam. »Dieser Abgrund war ja nur eine von den Türen der höllischen Finsternis, die allenthalben unter unseren Füßen liegt. Selbst der festeste Boden menschlichen Glücks ist weiter nichts als eine dünne Schicht, die sich darüberbreitet und gerade so viel Realität besitzt, um die trügerische Kulissenwelt zu tragen, zwischen der wir uns bewegen. Es ist durchaus kein Erdbeben nötig, um den Abgrund aufzureißen. Ein etwas stärkeres Auftreten als gewöhnlich genügt schon, und wir müssen sehr behutsam gehen, denn jeden Augenblick können wir durchbrechen. Und nach und nach sinken wir unvermeidlich ein. Es war ein verrücktes Heldenstück von Curtius, sich schon im voraus hinunterzustürzen. Denn ganz Rom, verstehst du, ist ja trotzdem von diesem Abgrund verschlungen worden. Der Imperatorenpalast ist dort hinuntergegangen, sämtliche Tempel sind hineingestürzt, und Tausende von Bildsäulen sind ihnen nachgefolgt. Alle Armeen mitsamt ihren Triumphen sind in den großen Abgrund hineinmarschiert, ihre kriegslustige Musik spielend, während sie schon über den Rand hinaustraten. All die Helden, die Staatsmänner und die Dichter. Alle häuften sich nur so über dem armen Curtius, der sie doch alle zu retten gedachte. Ich lächle wirklich nicht gern über den Dünkel dieses edlen Ritters, aber ich kanns nicht unterdrücken.«

»Es tut mir weh, dich so reden zu hören«, sagte Hilda, deren zuversichtliches Pietätsgefühl durch die düstere Art, mit der ihre Freundin menschliches Schicksal betrachtete, schockiert war. »Mir scheint, daß es weder einen Abgrund noch eine grausige Leere unter unseren Füßen gibt, außer denen, die das Böse gräbt, das in uns ist. Sollte so ein Abgrund vorhanden sein, so wollen wir ihn mit guten Gedanken und Taten überbrücken, dann werden wir heil auf die andere Seite hinübergelangen. Es waren die Verbrechen von Rom, derentwegen dieser Schlund sich auftat, und Curtius hat ihn aufgeschüttet durch sein heldenhaftes Selbstopfer und seinen Patriotismus, der die höchste Tugend war, die die alten Römer kannten. Jedes Unrecht macht den Abgrund tiefer, und jede rechte Tat hilft ihn aufzufüllen. Da die Schlechtigkeit Roms bei weitem größer war als das Gute, versank am Ende wirklich das ganze Reich in ihm, aber das war nicht von vornherein so bestimmt.«

»Gut, Hilda, aber das läuft ja auf dasselbe hinaus«, antwortete Miriam mutlos.

»Ganz klar ist auch,« fuhr der Bildhauer fort, dessen Phantasie durch den Gedanken an diesen erstaunlichen Schlund mächtig angeregt war, »daß alles Blut, das die Römer auf den Schlachtfeldern oder im Kolosseum oder am Kreuz vergossen haben – einerlei, durch welche öffentlichen oder privaten Morde –, in diesen fatalen Abgrund geflossen ist und dort einen riesigen geronnenen See bildete – genau zu unseren Füßen hier. Das Blut aus Cäsars dreißig Wunden ist hineingeflossen und auch das reine dünne Bächlein aus Virginias Brust. Virginia ist bestimmt genau hier, wo wir stehen, von ihrem Vater erstochen worden.«

»Dann ist dieser Fleck für alle Zeiten geheiligt«, sagte Hilda.

»Kann aus Blutvergießen segensreiche Kraft entstehen?« fragte Miriam. »Nein, nein, Hilda, protestiere nicht! Ich weiß ja, wie du es gemeint hast.«

Wieder wanderten sie weiter, und immer noch klangen vom Forum, von der Via Sacra und dem Bezirk zwischen den Gewölben der Konstantinsbasilika und der steilen Anhöhe des Imperatorenpalastes die Stimmen der Leute herüber, die im Mondschein umherschlenderten. Die Luft war erfüllt von Melodien, die sich zu einer breit und vage dahinströmenden Musik vereinten, aus der keine einzelnen Töne herauszuhören waren. Diese guten Beispiele wie auch der harmonische Einfluß der Stunde spornten unsere jungen Freunde an, ihre eigenen Stimmkräfte zu erproben. Mit allem Atem und aller Kunst, über die sie verfügten, stimmten sie eine Hymne an — es war wohl ›Heil Columbia‹ —, die richtig wiederzugeben das alte römische Echo außerordentlich schwierig gefunden haben muß. Sogar Hilda stimmte in den Gesang ihrer Heimat mit ein. Miriam schwieg anfänglich, möglicherweise weil sie mit der Melodie und dem Text nicht vertraut war, dann aber brach sie in einen so schwellenden Gesang aus, daß ihre Stimme den ganzen Chor übertönte und es schien, als schwinge sie sich auf, um in einer höheren Region vernommen zu werden, in der sonst die Stille herrscht. Die Kraft dieser melodischen Stimme war ein weiteres Zeichen für ihre schwere Bedrücktheit. Sie hatte schon längst den Drang gehabt, der sich schließlich zum Zwang verdichtete, laut zu schreien. Aber sie hatte dagegen angekämpft, bis die Hymne ihr jetzt die Möglichkeit gab, ihr Herz in einem großen Aufschrei zu erleichtern.

Sie gingen weiter, an der einsamen Phokas-Säule vorüber, und schauten in den ausgehöhlten Raum hinunter, wo ein Durcheinander von Säulen, Bogen, zerbrochenen Blöcken und Pfeilern am Fuß des Kapitolinischen Hügels steht und liegt, der jetzt steil über ihnen aufstieg. Das wuchtige Mauerwerk, mit dem der Hügel bebaut ist, ist so alt wie Rom selber und sieht aus, als ob es so lange dauern wird wie die Welt. Einst trug es das Kapitol und stützt jetzt die hochaufragende Masse, die mittelalterliche Erbauer auf den antiken Grundmauern errichtet haben, und den noch höheren Turm, der ein Stück Geschichte überblickt – von größerem Interesse als irgendein anderer historischer Schauplatz. Auf diesem gleichen Piedestal römischen Mauerwerks werden sich zweifellos noch andere Bauten erheben und wie Schemen wieder untergehen.

Für einen Betrachter, der auf dieser Stelle steht, ist es bemerkenswert, daß die Ereignisse der römischen Geschichte und des römischen Lebens uns nicht so fern sind wie das Mittelalter, das ihnen folgte. Man steht auf dem Forum oder auf dem Kapitol und scheint die römische Epoche ganz nah vor sich zu haben, man vergißt, daß zwischen ihr und uns ein Abgrund gähnt, in dem all die finsteren, rohen, unaufgeklärten Jahrhunderte liegen, die die Zeit der Geburt des Christentums umgeben, wie auch das Zeitalter des romantischen Rittertums, das System der Feudalherrschaft und die Kindheit einer besseren Zivilisation als die des alten Rom. Und wenn man an das Mittelalter denkt, so wirkt es weiter entfernt als das Zeitalter des Augustus. Vielleicht deshalb, weil die römische Literatur überlebt hat und uns mit dem klassischen Altertum so vertraut gemacht hat, wie wir uns das für die Epochen, die ihm folgten, gar nicht wünschen möchten.

Außerdem nimmt das italienische Klima dem Ehrwürdigen das Aussehen hohen Alters und läßt es jünger erscheinen, als es ist. Weder das Kolosseum noch die Gräber der Via Appia, weder die älteste Säule des Forums noch irgendeine andere römische Ruine, mag sie auch noch so zerfallen sein, macht jemals den Eindruck ehrwürdigen Alters, wie etwa die grauen Mauern einer englischen Abtei oder eines englischen Schlosses. Und doch hat, lange bevor diese überhaupt gebaut wurden, jeder Ziegel, jeder Stein, den wir hier auflesen, seit unvordenklichen Zeiten schon ebenso dagelegen wie jetzt. Das rührt daher, daß die Natur die englischen Ruinen gütig an ihr Herz nimmt und sie so sanft mit Efeu bedeckt, wie Robin Redbreast die toten Kleinen mit den Blättern des Waldes zudeckte. Sie bemüht sich, sie zu einem Teil ihrer selbst zu machen, indem sie nach und nach die Werke von Menschenhand vertilgt und sie mit Moosen und Pflanzenwuchs umgibt, bis sie das Ganze zurückgewonnen hat. Wenn in Italien aber ein Mensch einen Stein behauen hat, verzichtet die Natur fürderhin auf ihre Rechte an ihm, Zeitalter um Zeitalter findet ihn nackt und bloß im baren Sonnenschein und läßt ihn so liegen. Neben diesem natürlichen Nachteil hat Rom in jedem weiteren Jahrhundert auch alles getan, um die Ruinen noch mehr zu zerstören, indem es den Marmor und die behauenen Steine wegstahl und nur gelbe Ziegel übrigließ, die niemals verehrungswürdig aussehen können. Die Gesellschaft stieg den gewundenen Weg hinauf, der vom Forum zur Piazza del Campidoglio auf dem Gipfel des Kapitols führt. Sie blieben eine Weile stehen, um das Reiterstandbild des Marc Aurel zu betrachten. Im Mondlicht glitzerten Spuren der Vergoldung, die einst Roß und Reiter bedeckte und fast ganz vergangen ist. Aber immer noch war der Aspekt von Würde vollkommen und hüllte die Gestalt gleichsam in ein königliches Ornat von Licht. Es ist die majestätische Darstellung vom Begriff des Königlichen, die die Welt je hervorgebracht hat. Ein Blick auf den heidnischen Imperator genügt schon, um ein leises Gefühl von Ergebenheit selbst in einem demokratischen Herzen zu wecken, so hoheitsvoll sieht er aus, so zum Regieren bestimmt, tiefster Ehrerbietung und Untertanentreue so würdig und so bezwingend durch seine Güte. In einer Gebärde von Großmut und Autorität streckt er die Hand aus, als ob er einen Befehl gäbe, gegen den keine Berufung denkbar war, in dem aber der Gehorsame seine eigenen höchsten Interessen berücksichtigt fand — einen Befehl, der zugleich ein Segen war.

»Der Bildhauer, der diese Statue gemacht hat, wußte genau, wie ein König zu sein hat,« bemerkte Kenyon, »und außerdem kannte er das Menschenherz und wußte, wie es einen wahren Herrscher ersehnt, welchen Titel er auch trägt.«

»Ach, wenn es nur einen einzigen solchen Menschen gäbe!« rief Miriam. »In einem ganzen Zeitalter nur einen einzigen solchen Mann – wie rasch würden wir armen Geschöpfe von Kämpfen, Gemeinheiten und Nöten befreit sein! Wir könnten mit all unseren Sorgen zu ihm kommen – sogar eine schwache Frau mit ihrem schweren Herzen – und könnten sie zu seinen Füßen niederlegen und brauchten sie nie wieder aufzuheben. Der gerechte König würde sich aller Dinge annehmen.«

»Was für eine Vorstellung von Amt und Pflichten eines Herrschers!« sagte Kenyon lächelnd. »Es ist eine weibliche Vorstellung von der ganzen Angelegenheit bis zur Perfektion. Und Hildas wohl ebenso?« »Nein,« antwortete die stille Hilda, »ich würde solche Hilfe bei einem irdischen König niemals suchen.«

»Hilda, meine fromme Hilda«, sagte Miriam und zog das Mädchen plötzlich an sich. »Ich würde alles hergeben, was ich habe und hoffe, mein ganzes Leben – und wie gerne! – für eine einzige Sekunde deines Gottvertrauens. Du hast keine Ahnung, wie nötig ich das hätte. Und du glaubst also wirklich, daß Gott auf uns herunterschaut und sich um uns kümmert?«

»Miriam, du erschreckst mich!«

»Scht! Laß das die anderen nicht hören«, flüsterte Miriam. »Du sagst, ich erschrecke dich. Aber um Himmels willen, wieso denn? Bin ich denn nicht wie sonst? Ist irgend etwas Besonderes in meinem Benehmen?«

»Nur in diesem Augenblick,« erwiderte Hilda, »weil du Gottes Vorsehung anzuzweifeln schienst.«

»Darüber wollen wir ein andermal reden«, sagte ihre Freundin, »momentan scheint sie mir sehr dunkel.«

Zur Linken der Piazza del Campidoglio, wo man zur Stadt blickt, am Kopf der hohen Treppe, die vom Kapitolinischen Hügel zum tieferliegenden Teil Roms hinunterführt, befindet sich ein schmaler Pfad oder Durchgang. Dorthin wandten sich jetzt unsere Freunde. Der Pfad stieg ein wenig an und führte an einem Palast entlang, bald darauf durch einen Torbogen und mündete dann auf einem kleinen gepflasterten Platz, der von einer niedrigen Mauerbrüstung eingefaßt war.

Aus irgendeinem Grunde machte ihnen dieser Platz einen ganz besonders verlassenen Eindruck. An der einen Seite stieg die Riesenhöhe des Palastes empor, auf dem das Mondlicht lag und die schwer verschanzten Fenster beleuchtete. Aus ihnen hätte kein menschliches Auge auf den kleinen Platz hinunterzuschauen vermocht, selbst wenn der offenbar verlassene Palast einen Bewohner gehabt hätte. Und sonst gab es nichts als die niedrige Mauer, die das kleine Rund umschloß, das unmittelbar über dem Hang eines steilen Abgrundes lag. Die Gesellschaft blickte von dem gefährlichen Vorsprung hinunter und sah ein gedrängtes Dächergewirr, das den ganzen Raum bis zur Hügelkette jenseits des Tibers ausfüllte. Ein Nebelstreifen, dicht genug, um ein wenig Mondlicht einzufangen, lag jenseits der Häuser und zeigte den Lauf des unsichtbaren Flusses an. Weit fort zur Rechten schimmerte der Mond auf der Kuppel Sankt Peters ebenso wie auf vielen kleineren und näheren Kuppeln.

»Was für ein wunderbarer Blick auf die Stadt!« rief Hilda. »Von hier aus habe ich Rom noch nie gesehn.«

»Dieser Platz darf sich ruhig anstrengen, eine gute Aussicht zu bieten«, sagte der Bildhauer. »Denn von diesem Fleck aus – wenigstens steht es uns frei, das anzunehmen – hat so mancher berühmte Römer den letzten Blick auf seine Vaterstadt und auf alle anderen irdischen Dinge getan. Dies hier ist nämlich eine Seite vom Tarpejischen Felsen. Schaut nur über die Mauer und seht euch an, was für einen Sturz ein Verräter hier immer noch machen könnte trotz der dreißig Fuß Erde, die sich seither dort unten aufgehäuft haben.«

Sie beugten sich alle hinüber und sahen, wie die Felswand senkrecht zu einer Tiefe abfiel, die etwa der Höhe entsprach, zu welcher der riesige Palast hinter ihnen aufragte, wenn es nicht sogar ein wenig tiefer war. Es war aber nicht mehr die natürliche rauhe Felswand, vielmehr schien sie mit antikem Mauerwerk bedeckt, zwischen dem sich hier und da noch der eigentliche Fels zeigte, grimmig und finster. Auf den leichten Vorsprüngen wuchs Moos, und niedriges Gesträuch sprießte aus den Rissen im Gestein, konnte aber den düsteren Anblick des Felsens nicht mildern. So hell der italienische Mondschein auch von seiner Höhe herabschien – er machte doch nicht deutlich, was Menschenwerk und was das Werk der Natur war, sondern beließ alles so ziemlich in derselben Ungewißheit, in der im allgemeinen auch Altertumsforscher die Bestimmung römischer Überreste belassen.

Die Dächer einiger armseliger Häuser, die sich unten an den Fuß des Felsens lehnten, reichten beinahe bis zur Hälfte seiner Höhe hinauf, aber unter einer Ausbuchtung der Mauerbrüstung lag ein Absturz, der bis ganz in die Tiefe hinunter auf einen steingepflasterten Hof reichte.

»Dies hier halte ich für den wirklichen historischen sogenannten Verrätersturz,« sagte Kenyon, »weil dieser Platz so nahe beim Kapitol liegt. Es war eine hervorragende Idee von diesen unbeugsamen alten Burschen, ihre politischen Verbrecher von der gleichen Höhe hinunterzuwerfen, auf der der Senatorenpalast und der Jupitertempel standen, die Wahrzeichen der Institutionen, die sie zu verraten gedachten. Es symbolisiert, wie jäh der Sturz von den höchsten Höhen des Ehrgeizes zur tiefsten Tiefe in jenen Tagen war.«

»Kommt doch endlich,« rief einer der Künstler, »es ist Mitternacht, viel zu spät, um hier zu moralisieren. Wir träumen buchstäblich am Rand eines Abgrunds. Laßt uns heimgehn.«

»Ja, es ist wirklich Zeit«, sagte Hilda.

Der Bildhauer war nicht ganz ohne Hoffnung, daß er mit dem süßen Dienst ausgezeichnet werden würde, Hilda bis an ihren Turm zu begleiten. So bot er ihr also seinen Arm, als die Gesellschaft sich zum Rückweg anschickte. Zunächst nahm Hilda es an, als sie aber halbwegs den Pfad zwischen dem kleinen Platz und der Piazza del Campidoglio zurückgelegt hatten, entdeckte sie, daß Miriam fehlte.

»Ich muß umkehren«, sagte sie, indem sie Kenyon ihren Arm entzog. »Aber bitte, kommen Sie nicht mit. Ich habe heute abend schon mehrmals den Eindruck gehabt, daß Miriam etwas auf dem Herzen hat, irgendeinen Kummer, den sie mir vielleicht erzählen und sich dadurch erleichtern möchte. Nein, nein, kehren Sie nicht um! Donatello ist genug Schutz für Miriam und mich!«

Der Bildhauer war recht gekränkt und vielleicht sogar ein wenig ärgerlich. Aber er kannte Hildas sanfte Entschiedenheit und Selbständigkeit viel zu gut, um ihr nicht zu gehorchen. So ließ er das furchtlose Mädchen allein zurückgehen.

Miriam hatte nicht bemerkt, daß die anderen fort waren. Sie verharrte am Rand des Abgrunds und neben ihr Donatello.

»Es wäre immer noch ein tödlicher Sturz«, sprach Miriam vor sich hin, während sie über die Mauer blickte und erschauerte, als sie die Tiefe wahrnahm. »Ja, ganz bestimmt. Sogar ohne das Gewicht eines zu schweren Herzens würde man auf diese Steine da unten so aufprallen, daß alle Knochen entzwei wären. Dann wäre alles überstanden!«

Donatello, dessen Anwesenheit ihr möglicherweise nicht bewußt war, kam jetzt heran und lehnte sich wie sie über die Mauer, wobei er heftig erbebte. Gleichwohl schien auch er diese gefährliche Faszination zu empfinden, die von steil abstürzenden Tiefen ausgeht und den Unbedachten in Versuchung führt, sich wegen des gebieterischen Grauens, das sie ausüben, hinunterzuwerfen, denn nachdem er zurückgeschreckt war, blickte er von neuem hinab. Dann stand er eine Weile schweigend da, vielleicht weil er sich bemühte, sich auf die historischen Zusammenhänge des Platzes zu besinnen.

»Woran denken Sie, Donatello?« fragte Miriam.

»Wer wurde«, fragte er, indem er ihr ernst ins Gesicht sah, »früher hier hinuntergeworfen?«

»Männer, die der Welt ein Hemmnis waren«, antwortete sie. »Männer, deren Leben das Verderben ihrer Mitmenschen war. Männer, die um ihrer eigenen egoistischen Ziele willen die Luft vergifteten, die das gemeinsame Gut aller ist. Im alten Rom hat man mit solchen Menschen kurzen Prozeß gemacht. Just im Augenblick ihres Triumphes griff eine Hand nach ihnen, wie die eines rächenden Giganten, und schleuderte die Verbrecher diesen Abgrund hinunter.«

»Und war das recht gehandelt?« fragte der junge Mann.

»Es war recht gehandelt«, antwortete Miriam. »Unschuldige Menschen wurden gerettet durch den Untergang eines schuldigen, der sein Schicksal verdiente.«

Während dieses kurzen Gesprächs hatte Donatello mehrmals mit einem Ausdruck von Wachsamkeit zur Seite geschaut, wie Hunde tun, die, während ihre hauptsächliche Aufmerksamkeit etwas Näherliegendem gilt, nebenbei noch andere Dinge beobachten. Miriam schien sich jetzt zum ersten Mal der Stille bewußt zu werden, welche dem fröhlichen Geschwätz und Gelächter gefolgt war, die noch vor wenigen Augenblicken hier geherrscht hatten. Sie drehte sich um und gewahrte, daß alle anderen verschwunden waren, auch Hilda, in deren freundlicher, ruhiger Nähe sie sich immer unbeschreiblich sicher fühlte. Alle waren fort, nur sie und Donatello waren zurückgeblieben, über den Rand des ominösen Abgrunds gebeugt.

Und doch nicht so ganz, nicht völlig allein. In der Mauer des Palastes befand sich zu ebener Erde, vom Mond nicht beleuchtet, eine tiefe, leere Nische, in der früher wohl eine Statue gestanden hatte; aber auch jetzt war sie nicht leer, denn nun trat eine Gestalt daraus hervor und auf Miriam zu. Sie mußte wohl irgendeinen Grund gehabt haben, etwas unaussprechlich Böses von ihrem seltsamen Verfolger zu befürchten und zu wissen, daß jetzt der Höhepunkt ihres Unglücks gekommen war. Denn als er näher kam, überkroch sie eine eiskalte, krankhafte Verzweiflung, die ihr den Atem nahm und ihre natürliche Geistesgegenwart lähmte. Wie eine Träumende fiel Miriam auf die Knie, jedoch sah sie in ihrer späteren Erinnerung an diesen wahnsinnigen Moment immer sich selbst wie in einer wirren Pantomime, wußte aber nicht, ob sie eine aktive oder passive Rolle in dieser Szene gespielt hatte.

Inzwischen hatte Hilda sich von dem Bildhauer getrennt und ging zu ihrer Freundin zurück. Von weitem hörte sie noch die Heiterkeit ihrer bisherigen Begleiter, die vom Kapitol hinunter und auf die Stadt zugingen. Sie hatten ein neues Lied zu singen begonnen, wobei sie die zarte Stimme Hildas und die starke, süße Stimme Miriams betrübt vermißten.

Die Tür zu dem kleinen Platz hatte in den Angeln geschwungen und sich von selbst halb wieder geschlossen. Hilda, deren angeborene Ruhe alle ihre Bewegungen beherrschte, war gerade im Begriff, sie leise zu öffnen, als sie innehielt, erschreckt durch die Geräusche eines Kampfes, die innerhalb eines einzigen atemlosen Augenblicks begannen und auch schon zu Ende waren. Zugleich oder sofort danach ertönte ein lauter Entsetzensschrei, der aufzitterte und erstarb. Danach war Stille. Die arme Hilda blickte auf den Platz und sah den ganzen raschen Ablauf einer Tat, die nicht mehr als dies bißchen Zeit brauchte, um sich auf den ehernen Tafeln der Zeit einzutragen.

Die Verwandlung des Fauns

Die Tür des kleinen Platzes schwang sacht in den Angeln und fiel von selbst ins Schloß. Miriam und Donatello waren nun allein. Sie faltete die Hände und sah verstört auf den jungen Mann, der gewachsen zu sein schien und aus dessen Augen die wütende Kraft loderte, die ihn überkommen hatte. Sie hatte ihn zum Menschen verwandelt. In ihm hatte sich eine Intelligenz entfaltet, die keine ursprüngliche Eigenschaft des Donatello war, den wir bisher kannten. Aber jenes einfältige und glückliche Geschöpf war für immer dahin.
»Was haben Sie getan?« sagte Miriam in vor Grauen ersticktem Flüstern. Die Flammen des Jähzorns glühten noch auf Donatellos Gesicht und funkelten aufs neue aus seinen Augen. »Ich habe getan, was man mit einem Verbrecher tun muß«, antwortete er. »Ich habe getan, was Ihre Augen mir zu tun befohlen haben, als ich sie mit den meinen befragte, während ich den Schuft über dem Abgrund hielt.«
Diese letzten Worte trafen Miriam wie ein Blitzstrahl. Konnte das sein? Hatten ihre Augen diese Tat hervorgerufen oder gebilligt? Sie hatte nichts davon gewußt. Aber wenn sie auf den Irrsinn der soeben vorübergegangenen Augenblicke zurücksah, und ob es nun so war, wie Donatello sagte, oder nicht – sie

konnte nicht leugnen, daß in ihrem Herzen eine jähe Freude aufgezuckt war, als sie ihren Peiniger in Todesgefahr gesehen hatte. War es Entsetzen oder Verzückung oder beides zugleich? Aber was es auch gewesen sein mochte, es war immer wilder und wilder über sie gekommen, als Donatello sein Opfer über den Felsen hinunterstürzte und der Aufschrei sich zitternd unten verlor. Erst bei dem dumpfen Aufprall auf den Steinen unten hatte sich ein unsägliches Grauen eingestellt.

»Und meine Augen haben Ihnen befohlen, es zu tun!« wiederholte sie.

Sie lehnten sich über die Brüstung und spähten hinab, als wäre ein unschätzbarer Wertgegenstand hinuntergefallen, der sich vielleicht noch retten ließe. Aber auf dem Pflaster unten lag eine dunkle Masse, wenig oder gar nichts Menschliches mehr in den Umrissen, außer daß die Hände ausgestreckt waren, als hätten sie noch nach den Mauersteinen greifen wollen. Miriam sah auf diese tote Masse hinunter und versuchte angestrengt bis hundert zu zählen, aber es gab keine Regung, kein Finger bewegte sich mehr.

»Sie haben ihn umgebracht, Donatello! Er ist wirklich tot!« sagte sie. »So tot wie ein Stein. Ich wünschte, ich wäre es auch.«

»Haben Sie nicht gewollt, daß er sterben sollte?« fragte Donatello, immer noch im Glühen jener Intelligenz, die die Flamme des Zorns in ihm entzündet hatte. »Es war wenig Zeit zum Nachdenken. Aber er hat sein Strafgericht während dieser zwei Atemzüge erlebt, die ich ihn über dem Rand festhielt, und sein Urteil in dem einen Blick, mit dem Ihre Augen den meinen geantwortet haben. Sagen Sie, daß ich ihn gegen Ihren Willen umgebracht habe, sagen Sie, daß er ohne Ihr vollkommenes Einverständnis gestorben ist, und eine Sekunde später werden Sie mich neben ihm liegen sehn!«

»Nein!« schrie Miriam. »Mein einziger, einziger Freund! Nein, nein, nein!«

Sie wandte sich zu ihm um – die schuldbeladene, einsame Miriam – sie wandte sich zu ihrem Mitschuldigen, dem eben noch so schuldlosen Jüngling, den sie mitgerissen hatte in ihr

Verderben. Sie zog ihn an sich, in einer Umarmung, die ihre beiden Herzen so vereinte, daß das Entsetzen und Grauen beider zu einem einzigen gemeinsamen Gefühl wurde und dieses zu einer Art Verzückung.

»Ja, Donatello,« sagte sie, »du sprichst die Wahrheit. Mein Herz war einverstanden mit dem, was du tatest. Wir beide haben diesen Schuft umgebracht. Die Tat bindet uns aneinander für Zeit und Ewigkeit wie die Umklammerung einer Schlange.«

Sie warfen noch einen Blick auf den Toten unten, um sich zu vergewissern, daß er wirklich noch vorhanden war – so sehr glich das Ganze einem Traum. Dann wandten sie sich von dem verhängnisvollen Abgrund fort und verließen den Platz, Arm in Arm, Herz in Herz. Unwillkürlich achteten sie darauf, sich kein einziges Mal auch nur einen Schritt weit voneinander zu trennen aus Angst vor dem Grauen und Todesfröstelln, das im Alleinsein ihrer wartete. Ihre Tat – das Verbrechen, das Donatello begangen und Miriam im gleichen Augenblick gutgeheißen hatte – hatte sich, wie sie sagte, einer Schlange gleich in unlösbarer Umklammerung um ihrer beider Seelen gewunden und diese durch ihre Kraft zu einer einzigen gemacht. Es war ein engeres Band als das einer Ehe. In diesen ersten Augenblicken war die Verbindung so eng, daß es schien, als löschte ihr neues Gefühl füreinander alle übrigen Beziehungen aus und als wären sie aller menschlichen Fesseln ledig; eine neue Sphäre, ein besonderes Gesetz war für sie allein geschaffen worden. Die Welt vermochte ihnen nicht nahe zu kommen, sie waren in Sicherheit.

Als sie an die Treppe gelangten, die vom Kapitol hinunterführt, hörten sie weit entferntes Singen und Lachen. Wahrhaftig, schnell war jener Höhepunkt gekommen und wieder vergangen – denn dies waren die heiteren Stimmen ihrer Begleiter, die vor ganz kurzem noch mit den ihrigen vereint die gleichen Melodien gesungen hatten. Aber es waren nun nicht mehr vertraute Stimmen. Sie klangen fremd und gleichsam wie aus den Räumen des Weltalls, so weit entrückt war alles, was zum bisherigen Dasein der beiden Schuldigen gehörte, durch die moralische Isoliertheit, von der sie plötzlich umgeben waren. Aber diese unermeßliche Einöde, die sie von allem Verwandten trennte, drängte sie um so näher aneinander.

»O mein Freund!« rief Miriam und legte so sehr ihre ganze Seele in dieses Wort, daß es unendliche Bedeutung gewann und so klang, als wäre es bisher noch niemals ausgesprochen worden. »O mein Freund, fühlst du so stark wie ich die Gemeinschaft, die unsere Herzen unlösbar verbindet?«

»Ich fühle sie, Miriam«, sagte Donatello. »Wir atmen mit dem gleichen Atem, wir leben ein einziges Leben.«

»Gestern noch,« fuhr Miriam fort, »nein — noch vor einer halben Stunde habe ich vor Einsamkeit gefroren. Keine Freundschaft, nichts war mir nah genug, um die Wärme in meinem Herzen am Leben zu erhalten. Und in einer Sekunde ist alles anders geworden. Nie wieder wird es Einsamkeit geben!«

»Nie wieder, Miriam«, sagte Donatello.

»Nie wieder, mein schöner Liebling«, sagte sie, während sie in sein Gesicht sah, das von der Kraft seiner Leidenschaft einen höheren, beinahe heroischen Ausdruck bekommen hatte. »Nie wieder, du Schuldloser, du! Was wir begangen haben, ist ganz gewiß kein Verbrechen. Ein verderbtes und wertloses Leben ist geopfert worden, um zwei andere Leben für immer zusammenzuschmieden.«

»Für immer, Miriam,« sagte Donatello, »zusammengeschmiedet durch sein Blut!«

Bei diesem Wort, das er selbst ausgesprochen hatte, erschrak der junge Mann. Vielleicht führte es ihm das zu Gemüt, was er sich nie zuvor hätte träumen lassen: die ständig wachsende Unerträglichkeit einer Gemeinschaft, die auf Schuld gegründet ist. Zusammengeschmiedet durch Blut, das zerstörerisch und immer grausiger und grausiger werden, sie beide aber um nichts weniger fest aneinander binden würde.

»Vergiß es! Schüttle es ab!« sagte Miriam, die diese Qual in seinem Herzen spürte. »Die Tat hat ihres Amtes gewaltet und besitzt jetzt keine Wirklichkeit mehr.«

Sie schüttelten das Vergangene ab oder sie entnahmen ihm ein brennendes Gift, das genügte, sie beide triumphierend über diese ersten Augenblicke ihres Fluchs hinwegzutragen. Denn auch die Schuld kennt Augenblicke der Ekstase. Die allererste Folge eines übertretenen Gesetzes ist ein Gefühl von Freiheit. Und so entströmte ihren dunklen Empfindungen füreinander, deren Anlaß einer Toter war, eine Seligkeit oder ein Wahnsinn, und sie glaubten, daß dies den Preis der sorglosen Unschuld wohl sei, die sie für immer verloren hatten.

Als ihre Herzen sich zu der weihevollen Ekstase dieser Stunde erhoben hatten, schritten sie davon — nicht heimlich und angsterfüllt, sondern in stolzer Haltung. Sie zogen durch die Straßen von Rom, als ob sie zu den majestätischen und sündebeladenen Schatten gehörten, die aus längst vergangenen Zeiten her die blutbefleckte Stadt durchschweifen, und auf Miriams Vorschlag wandten sie sich seitwärts, um erhobenen Hauptes an der Stätte des einstigen Forum Pompeianum vorbeizugehen.

»Denn hier ist eine große Tat begangen worden,« sagte sie, »eine Bluttat wie die deine. Wer weiß, vielleicht treffen wir die ewig herumirrende Gemeinde von Cäsars Mördern und tauschen einen Gruß mit ihnen?«

»Sind sie jetzt unsere Brüder?« fragte Donatello.

»Ja, alle,« antwortete Miriam, »und so manch anderer auch, von dem die Welt sich nichts träumen läßt.« Bei diesem Gedanken erschauerte sie. Wo war denn dann die erhabene Isoliertheit, das einsame Paradies, in das sie durch ihr Verbrechen entrückt worden waren? Gab es womöglich gar keine solche Zuflucht, sondern nur eine Bahn, die von der wimmelnden Schar von Verbrechern gedrängt voll war? Und stimmte es, daß jede Hand, die einen Blutfleck trug, das Recht hatte, sich kameradschaftlich auszustrecken nach ihrer beider Händen? Dieses Recht existierte nur allzu gewiß. Es ist ein furchtbarer Gedanke, daß jede individuelle Missetat mit der großen Masse menschlicher Verbrechen verschmilzt und uns, die wir nur von unserer eigenen kleinen, besonderen Sünde träumten, an allen anderen mitschuldig macht. So waren Miriam und ihr Geliebter kein abgesondertes Paar, sondern Glieder einer unabsehbaren Bruderschaft von Schuldigen, die alle voreinander zurückschaudern.

»Aber noch nicht, nicht jetzt schon,« murmelte sie vor sich hin, »wenigstens heute nacht noch soll es keine Reue geben.«

Während sie so ziellos dahinwanderten, bogen sie zufällig in eine Straße ein, an deren Ende Hildas Turm stand. In der hochgelegenen Wohnung brannte Licht. Ein Licht brannte auch vor dem Bild der Madonna, und die Lichter dieser beiden Unbefleckten waren die höchsten irdischen Lichter unter den Sternen, die jetzt noch leuchteten. Miriam zog Donatello am Arm, damit er innehielte, und wie sie beide in einiger Entfernung dastanden, sahen sie, wie Hilda erschien und ihr Fenster öffnete. Sie lehnte sich hinaus und hob ihre gefalteten Hände zum Himmel.

»Das gute, reine Kind – sie betet, Donatello«, sagte Miriam in einer Art einfacher Freude über die Frömmigkeit ihrer Freundin. Dann aber überkam sie jählings das Bewußtsein ihrer eigenen Sündhaftigkeit, und mit der ganzen Kraft ihrer Stimme rief sie: »Bete für uns, Hilda, wir brauchen es!«

Ob Hilda die Stimme hörte und erkannte, können wir nicht sagen. Das Fenster wurde aber sogleich geschlossen, und ihre Gestalt verschwand hinter dem schneeweißen Vorhang. Miriam empfand das als ein Zeichen dafür, daß der Himmel sich vor dem Aufschrei ihrer verdammten Seele verschloß.

Totenklage

Die Kapuzinerkirche, in der, wie der Leser sich erinnern wird, unsere Freunde eine Zusammenkunft verabredet hatten, liegt etwas seitwärts von der Piazza Barberini. Dorthin lenkten Miriam und Donatello am nächsten Morgen ihre Schritte. Denn niemals sind Menschen so gewissenhaft bemüht, nebensächliche Verabredungen einzuhalten und ihren gewöhnlichen Beschäftigungen nachzugehen, um dem Dasein einen alltäglichen Anstrich zu geben, als wenn sie sich eines Geheimnisses bewußt sind, das niemand argwöhnen darf.

Doch wie zahm und öde wirken alle gewohnten Dinge im Vergleich mit einer solchen Tat, wie krank und sterbenselend ist der Geist schon am nächsten Morgen, der doch am Abend zuvor noch so viel gewagt hat! Wie frosterstarrt ist das Herz, sobald die Glut der Leidenschaft ausgebrannt ist zur Asche eines Feuers, das so wild flammte und aus der echten Substanz des Herzens genährt war, wie kraftlos wankt der Sünder ohne den Antrieb dieser Besessenheit einher, die ihn in Schuld hineinhetzte und ihn mitten darin im Stich läßt!

Als Miriam und Donatello an die Kirche kamen, fanden sie nur Kenyon, der sie auf den Stufen erwartete. Auch Hilda hatte versprochen zu kommen, war aber noch nicht erschienen. Als Miriam auf den Bildhauer zutrat, strengte sie sich mit Erfolg an, eine Flut künstlicher Munterkeit zur Schau zu tragen, die nur der allerschärfsten Beobachtung unnatürlich erschienen wäre. Sie sprach bedauernd von Hildas Abwesenheit und verstimmte Kenyon ein wenig, weil sie in Hörweite von Donatello eine Anspielung auf die Zuneigung machte, die niemals offen bekannt worden war, wenn sie sich auch klar genug verraten hatte. Kenyon fand, daß Miriam die Grenzen des Taktgefühls nicht genau zu erkennen vermöchte, und ging sogar so weit, zu verallgemeinern: diese Unzulänglichkeit sei bei Frauen häufiger als bei Männern, und wirkliches Zartgefühl sei eine männliche Eigenschaft.

Aber dieser Gedanke war ungerecht gegen das weibliche Geschlecht im allgemeinen und insbesondere gegen die bedauernswerte Miriam, die kaum verantwortlich zu machen war für ihre heftigen Anstrengungen, frohgelaunt zu scheinen. Möglich auch, daß das exakte Funktionieren des Denkens durch jeden gewaltsamen Schock gelähmt wird, so daß feinere Unterscheidungen hinfort getrübt sind bis in die kleinsten Lebensäußerungen hinein.

»Haben Sie überhaupt von der Kleinen noch etwas gesehen, nachdem Sie uns verließen?« fragte Miriam, indem sie Hilda zum Hauptgegenstand ihres Gesprächs machte. »Ich habe sie auf dem Heimweg schmerzlich vermißt, denn nichts garantiert mir, wie ich oft ausprobiert habe, so schöne, unschuldige Träume wie ein abendliches Gespräch mit Hilda.«

»Das glaube ich gern«, sagte der Bildhauer ernst. »Aber das ist ein Vorzug, den ich selten oder nie zu genießen Gelegenheit habe. Ich weiß nicht, was mit Hilda geschehen ist, nachdem ich mich von Ihnen getrennt habe. Vorher war sie ja nicht in meiner speziellen Begleitung, und das letzte, was ich von ihr sah, war, daß sie zu Ihnen zurückging.«

»Ausgeschlossen!« rief Miriam erschrocken.

»Haben Sie sie denn nicht mehr gesehen?« erkundigte sich Kenyon einigermaßen besorgt.

»Nicht dort«, antwortete Miriam leise. »Ich folgte dem Rest der Gesellschaft ziemlich dicht auf den Fersen. Aber Sie brauchen Hildas wegen nicht besorgt zu sein. Die Madonna ist verpflichtet, über das gute Kind zu wachen, um der Liebe willen, mit der sie die Lampe vor ihrem Bild unterhält. Und außerdem habe ich immer das Gefühl, daß Hilda auf diesen schlimmen römischen Wegen genauso beschützt ist wie ihre weißen Tauben, wenn sie von ihrem Turm hinunterfliegen und zwischen den Hufen der Pferde hin und her trippeln. Ganz gewiß gibt es für Hilda eine eigene, besondere Vorsehung, selbst wenn es sie für kein anderes menschliches Geschöpf gäbe.«

»Im religiösen Sinn glaube ich daran,« sagte der Bildhauer, »und doch wäre ich beruhigter, wenn ich wüßte, daß sie sicher zu ihrem Turm zurückgelangt ist.«

»Dann seien Sie ganz beruhigt«, antwortete Miriam, »ich habe sie gesehen − und das ist der letzte liebe Anblick, an den ich mich erinnere −, wie sie sich zwischen Erde und Himmel aus ihrem Fenster lehnte.«

Kenyon blickte jetzt auf Donatello.

»Sie scheinen zerstreut, lieber Freund«, sagte er. »Diese schlaffe römische Atmosphäre ist nicht wie die inspirierende Luft, die Sie daheim zu atmen gewöhnt sind. Ich habe Ihre freundliche Einladung, Sie diesen Sommer auf Ihrem Schloß in den Apenninen zu besuchen, nicht vergessen. Ich versichere Ihnen, daß ich bestimmt kommen werde. Nach ein paar tiefen Atemzügen der Bergluft werden wir uns beide gleich besser fühlen.«

»Schon möglich«, sagte Donatello in unbeabsichtigter Düsterkeit. »Das alte Haus schien mir froh, als ich noch ein Kind war, aber wenn ich jetzt daran denke, so war es doch zugleich auch ein finsterer Ort.«

Der Bildhauer sah den jungen Mann aufmerksamer an und war bestürzt, als er entdeckte, wie völlig die zarte, frische Glut animalischer Beseeltheit aus seinem Gesicht entschwunden war. Bisher hatte in seinem Aussehen, auch wenn er sich gerade ganz ruhig verhielt, immer so etwas wie die Bereitschaft zu einem Freudenausbruch gelegen. Das war jetzt gänzlich verschwunden. Mit seiner jugendlichen Fröhlichkeit war auch seine unbefangene Art sich zu benehmen verfinstert, wenn nicht vollkommen erloschen.

»Sie sind bestimmt krank«, rief Kenyon aus.

»Bin ich das? Ja, vielleicht,« sagte Donatello gleichgültig, »ich bin noch nie krank gewesen und weiß nicht, wie das ist.«

»Reden Sie dem armen Jungen nicht ein, daß er krank ist«, flüsterte Miriam und zupfte den Bildhauer am Ärmel. »Seine Natur ist so, daß er sich augenblicklich hinlegt und stirbt, sobald er die Melancholie einatmet, die wir gewöhnlichen Leute unseren Lungen zumuten können. Aber wir müssen ihn aus diesem alten, müden, trübseligen Rom fortschaffen, wo niemand außer ihm je daran denkt, froh zu sein. Die Einflüsse hier sind zu lastend für ein solches Geschöpf.«

Diese Gespräche waren auf der Treppe der Kirche geführt worden, und jetzt lüftete Miriam den Ledervorhang, der vor allen Kirchentüren Italiens hängt. »Hilda hat die Verabredung vergessen,« sagte sie, »oder vielleicht ist ihr Mädchenschlaf heute morgen besonders tief. Wir wollen nicht länger auf sie warten.«

Sie betraten das Innere der Kirche, das nicht groß war, aber ein guter Bau, mit gewölbter Decke und einer Reihe dämmriger Kapellen zu beiden Seiten anstelle der üblichen Seitenschiffe. Jede Kapelle hatte ihren Heiligenschrein, rundum behängt mit Votivgaben, und ein Bild über dem Altar, aber dicht verhüllt, auch wenn es von einem bekannten Maler war, und die geweihten Kerzen brannten davor, um die Andacht der Betenden zu beleuchten. Der Fußboden war größtenteils aus Marmor, sah alt und rissig aus und war hier und da armselig mit Ziegeln geflickt, zudem eingelegt mit mittelalterlichen Grabsteinen in wunderlichen Umrahmungen, mit Figuren und Porträts in Flachrelief und mit lateinischen Inschriften, die unleserlich geworden waren durch die vielen Schritte, die darüber hingingen. Die Kirche gehört zu einem Kapuzinerkloster, und wie es gewöhnlich geschieht, wenn eine fromme Bruderschaft ein Gebäude unter ihrer Aufsicht hat, wurde der Fußboden offenbar niemals geschrubbt oder gefegt und wirkte so wenig weihevoll wie eine Hundehütte – während in allen Kirchen von Nonnenklöstern die Schwestern beständig die Reinheit ihrer eigenen Herzen durch die jungfräuliche Sauberkeit von Wänden und Fußböden offenbaren.

Als unsere Freunde die Kirche betraten, blieben ihre Augen sofort an einem auffälligen Gegenstand in der Mitte des Kirchenschiffs haften. Es war entweder der wirkliche Leichnam oder, wie es beim ersten Blick schien, das geschickt aus Wachs gebildete Gesicht und die entsprechend drapierte Figur eines toten Mönchs. Dies Bild von Wachs oder lehmkalter Wirklichkeit lag auf einer leicht erhöhten Bahre, drei hohe Kerzen zu jeder Seite, eine zu Häupten und eine am Fußende. Es ertönte auch Gesang, ganz übereinstimmend mit der düsteren, ungewöhnlichen Schaustellung. Unter dem Boden der Kirche hervor kam die tiefe, klagende Melodie eines De Profundis, was wie eine Äußerung des Grabes selber klang, so bestürzend rollte es durch die Wölbungen, drang herauf durch die flachen Grabsteine und trauervollen Inschriften und erfüllte die Kirche wie mit einem düsteren Nebel.

»Diesen toten Mönch muß ich aus der Nähe sehen, bevor wir die Kirche verlassen«, sagte der Bildhauer. »Bei meinen Studien habe ich schon mancherlei von den Toten profitiert, was Lebende mir nie offenbart hätten.«

»Das kann ich mir gut vorstellen«, antwortete Miriam. »Aber laßt uns zuerst das Gemälde von Guido Reni ansehen, das Licht ist gerade jetzt am besten.«

So wandten sie sich zur ersten Seitenkapelle rechts neben dem Eingang, und dort sahen sie nicht etwa das Bild, sondern einen dicht zugezogenen Vorhang. Der italienische Klerus hat keine Skrupel, den eigentlichen Zweck aufs Spiel zu setzen, zu dem ein kirchliches Kunstwerk geschaffen wurde – die Wegbereitung für das religiöse Empfinden durch das rasche Mittel der Anschauung, indem Engel, Heilige und Märtyrer sichtbar auf die Erde gebracht sind; keine Skrupel, diesen hohen Zweck aufzuopfern und mit ihm zugleich, wie sie gut wissen müßten, das Heil vieler Seelen. So ist jedes Werk eines Künstlers von Rang hinter einem Vorhang versteckt und wird selten enthüllt, außer für zahlende Protestanten, die es nicht als einen Gegenstand der Verehrung ansehen, sondern nur nach seinem künstlerischen Verdienst bewerten.

Der Sakristan war aber rasch gefunden und verlor keine Zeit, den jugendlichen Erzengel zu enthüllen, der seinen göttlichen Fuß auf das Haupt des gefallenen Widersachers setzt. Es war die Verkörperung jener größten aller zukünftigen Begebenheiten, auf die wir so inbrünstig hoffen – zumindest, solange wir jung sind –, die wir aber noch so schrecklich weit entfernt finden: der Triumph des Guten über das Prinzip des Bösen.

»Wo bleibt nur Hilda?« sagte Kenyon. »Es ist nicht ihre Art, zu einer Verabredung nicht zu erscheinen, und diese hier war ausschließlich ihretwegen getroffen. Wir anderen hätten uns ja mit der bloßen Erinnerung an das Bild begnügt.«

»Aber wie Sie sehen, hatten wir unrecht, und Hilda hatte recht«, sagte Miriam, indem sie seine Aufmerksamkeit auf den Punkt hinlenkte, über den sie gestern abend diskutiert hatten. »Es ist wirklich nicht leicht, ihr irgendeinen Irrtum in bezug auf ein Bild nachzuweisen, auf dem ihre klaren Augen je geruht haben.«

»Und nur wenige Bilder hat sie so eingehend studiert und bewundert wie dieses«, sagte der Bildhauer. »Kein Wunder – es gibt kaum ein anderes auf der Welt, das so schön ist. Welch ein Ausdruck himmlischer Strenge auf dem Gesicht des Erzengels! Es drückt Schmerz, Pein und Ekel über die Berührung mit der Sünde aus, und sei es auch zum Zweck ihrer Niederwerfung und

Bestrafung, und doch durchdringt eine überirdische Gelassenheit sein ganzes Wesen.«

»Ich war nie fähig,« sagte Miriam, »dies Bild auch nur annähernd so zu bewundern, wie Hilda das wegen seiner moralischen und intellektuellen Aspekte tut. Wenn es sie mehr Anstrengung kostete, gut zu sein, wenn ihre Seele weniger unbefleckt und rein wäre, so wäre sie eine kompetentere Kritikerin dieses Bildes und würde es nicht halb so hoch einschätzen. Ich sehe seine Mängel heute klarer als je zuvor.«

»Nennen Sie mir ein paar«, sagte Kenyon.

»Also nehmen wir den Erzengel«, fuhr Miriam fort. »Wie elegant er aussieht mit seinen ungezausten Schwingen, seinem Schwert ohne Scharte, und dann seine schimmernde Rüstung mit diesem wunderbar dazu passenden himmelblauen Überwurf, geschnitten nach der letzten paradiesischen Mode! Was für eine blendende Erscheinung der höchsten himmlischen Gesellschaftsklasse! Und wie verächtlich vorsichtig er seinen hübsch beschuhten Fuß auf das Haupt seines unterworfenen Gegners setzt! Aber sieht die Tugend denn wirklich so aus, unmittelbar nach ihrem tödlichen Kampf mit dem Bösen? Nein, nein, ich hätte Guido Reni eines Bessern belehren können. Mindestens ein Drittel der Federn hätten seinen Flügeln ausgerissen sein müssen, und der Rest so zerrupft, daß sie aussähen wie die von Satan selber. Sein Schwert müßte blutüberströmt und womöglich halb abgebrochen sein, seine Rüstung eingebeult, das Gewand zerfetzt, seine Brust blutig, eine blutende Wunde an seiner Braue, genau quer über dem finsteren Kämpferblick. Er müßte den Fuß hart auf den Drachen niedersetzen, als ob seine ganze Seele davon abhinge; er fühlt, wie der Drache sich darunter windet, und weiß nicht, ob der Kampf nicht erst halb vorüber ist und wie er ausgehen wird. Und bei all diesem Grimm, diesem Zorn, diesem unaussprechlichen Entsetzen sollte immer noch etwas Hohes, Sanftes und Heiliges in Michaels Augen und um seinen Mund sein. Dieser Kampf war niemals das Kinderspiel, für das Guido Renis schmucker Erzengel ihn gehalten zu haben scheint.«

»Um Himmels willen, Miriam,« rief Kenyon, betroffen von der Heftigkeit ihrer Rede, »malen Sie das Bild des menschlichen Kampfes gegen die Sünde nach Ihrer eigenen Idee – ich glaube es würde ein Meisterstück!«

»Das Bild würde sein Teil Wahrheit enthalten, das kann ich Ihnen versichern,« antwortete sie, »aber betrüblicherweise fürchte ich, der Sieg würde der falschen Seite zufallen. Stellen Sie sich nur einen rauchgeschwärzten, feueräugigen Dämon vor, der über diesem netten jungen Engel steht, seine weiße Kehle mit einer von seinen Klauen würgt und der seinem geschuppten Schweif einen triumphierenden Schwung gibt. Das ist es, was die armen Seelen riskieren, die mit Michaels Feind ringen.«

Vielleicht kam es Miriam jetzt zum Bewußtsein, daß ihre geistige Unruhe sie zu einer unangebrachten Lebhaftigkeit verführte, denn sie hielt inne und wandte sich von dem Bild ab, ohne ein weiteres Wort zu sagen. Während dieser ganzen Zeit war Donatello sehr unruhig und warf furchterfüllte, forschende Blicke auf den toten Mönch, als könnte er auf nichts als auf diesen gespenstischen Gegenstand sehen, nur weil er ihn entsetzte. Der Tod hat wahrscheinlich besonders viel Schrecken und Häßlichkeit, wenn sein Anblick einem Geschöpf von so natürlichem Frohsinn, wie Donatello es war, aufgezwungen wird, der ganz im gegenwärtigen Augenblick lebte und nicht fähig war, sich mehr als vage Vorstellungen von der Zukunft zu machen.

»Was ist denn, Donatello?« flüsterte Miriam beruhigend. »Du zitterst ja, mein armer Liebling? Weshalb denn?«

»Dieser schreckliche Gesang unter der Kirche«, antwortete er. »Es bedrückt mich, die Luft ist so schwer davon, daß ich kaum atmen kann. Und dieser tote Mönch da drüben! Es kommt mir vor, als ob er auf meinem Herzen läge.« »Nur Mut«, flüsterte sie wieder. »Komm, wir wollen dicht zu dem toten Mönch hingehn. Die einzige Möglichkeit in solchen Fällen ist, dem Schrecken direkt ins Gesicht zu sehen. Nur keine kleinen Seitenblicke, kein halbes Hinschauen, denn das zeigt einem nur etwas Erschreckendes. Stütz dich auf mich, mein Herz ist ganz stark, stark genug für uns beide. Sei tapfer, und alles ist gut!«

Donatello wich einen Augenblick zurück, aber dann preßte er sich dicht an Miriams Seite und ließ sich von ihr zu der Bahre hinführen. Der Bildhauer folgte ihnen. Eine Anzahl Leute, hauptsächlich Frauen mit ihren Kindern, standen vor dem Toten. Als unsere drei Freunde sich näherten, kniete gerade eine Mutter nieder und ließ auch ihren kleinen Sohn knien, und beide küßten die Perlen und das Kruzifix, die vom Rosenkranz am Gürtel des Mönchs herabhingen. Wahrscheinlich war er im Geruch der Heiligkeit gestorben, und seine braune Kutte und Kapuze gaben dem ehrwürdigen Vater ja auf alle Fälle etwas Geheiligtes.

Der tote Kapuziner

Der Mönch war wie zu Lebzeiten in die wollene braune Kutte der Kapuziner gekleidet, und die Kapuze war über den Kopf gezogen, aber so, daß sie die Gesichtszüge und einen Teil des Bartes unbedeckt ließ. Rosenkranz und Kreuz hingen an seiner Seite, die Hände waren auf der Brust gefaltet. Da er zu seinen Lebzeiten einem Barfüßerorden angehört hatte, tat er das auch noch im Tode, und seine Füße ragten aus seinem Gewand hervor, steif und starr und noch wachsbleicher als selbst das Gesicht. An den Knöcheln waren sie mit einem schwarzen Band zusammengebunden. Das Gesicht war, wie wir schon sagten, ganz sichtbar. Es hatte eine rötliche Färbung – nicht die Blässe eines gewöhnlichen Leichnams –, die aber ebensowenig an das Rot natürlichen Lebens erinnerte. Die Lider waren nur halb geschlossen und zeigten die Augen, als richtete der entschlafene Bruder einen verstohlenen Blick auf die Umstehenden, um auf-zupassen, ob sie pflichtschuldigst beeindruckt waren von der Feierlichkeit seines Leichenbegängnisses. Die zottigen Augen-brauen verliehen seinem Ausdruck Strenge.

Miriam ging zwischen zweien der brennenden Kerzen hindurch und stand dicht neben der Bahre.

»Mein Gott!« flüsterte sie. »Was ist das?«

Sie griff nach Donatellos Hand und fühlte, wie er im gleichen Augenblick von konvulsivischem Zittern geschüttelt wurde. Innerhalb einer einzigen Sekunde wurde seine Hand wie Eis in der ihrigen, die genauso eisig wurde. Es war kein Wunder, daß ihnen das Blut erstarrte, kein Wunder, daß ihre Herzen pochten und innehielten. Das Gesicht des toten Mönchs, der unter den halb geschlossenen Lidern auf sie hinsah, war das gleiche Antlitz, das ihre nackten Seelen angestarrt hatte, als Donatello ihn in der vergangenen Nacht in den Abgrund schleuderte.

Der Bildhauer stand am Fußende der Bahre und hatte die Züge des Mönchs noch nicht gesehen.

»Diese nackten Füße!« sagte er. »Ich weiß nicht wieso, aber sie ergreifen mich. Sie sind über das harte Pflaster von Rom gewandert und über hundert andere rauhe Wege des Lebens, wo der Mönch für seine Bruderschaft betteln ging, und auch die Kreuzgänge und tristen Hallen seines Klosters entlang, von Jugend auf. Es ist fesselnd, in Gedanken diese müden Füße über all die Pfade zurückzuverfolgen, die sie entlanggewandert sind, seit sie zarte, rosige Kinderfüße waren, die in der Hand seiner Mutter warmgehalten wurden.«

Da seine Begleiter, von denen er annahm, daß sie dicht bei ihm stünden, auf seine phantasievollen Betrachtungen nicht antworten, blickte er auf und sah sie am Kopfende der Bahre. Er ging zu ihnen hin.

»Ach!« rief er aus.

Er warf einen entsetzten und bestürzten Blick auf Miriam, schaute aber sofort weg. Er hatte nicht etwa irgendeinen bestimmten Verdacht oder vielleicht auch nur die unklare Idee, daß sie für den Tod dieses Menschen verantwortlich gemacht werden könnte. Es wäre auch wirklich ein zu phantastischer Gedanke, Miriams Verfolger vieler vergangener Monate, den Vagabunden der gestrigen Nacht, in Verbindung zu bringen mit dem toten Kapuziner von heute. Es ließ an jene unberechenbaren Verwechslungen und Verstrickungen von Identitäten denken, die sich so oft zwischen den Personen eines Traumes ereignen. Kenyon aber, wie es sich für einen bildenden Künstler ziemt, war mit einer außerordentlich raschen Sensibilität begabt, die ihm Winke über den wahren Sachverhalt von Dingen gab, die jenseits des Sichtbaren lagen. In seinem Ohr war ein Flüstern, das ihm gebot zu schweigen, und so beschloß er, ohne sich selbst nach dem Grund zu fragen, nichts über seine mysteriöse Entdeckung zu sagen und jede Bemerkung Miriams freiem Willen zu überlassen. Wenn sie nicht sprechen wollte, dann sollte das Rätsel ungelöst bleiben.

Und nun ereignete sich etwas, was zu unglaubhaft schiene, um es zu berichten, wenn es sich nicht wirklich zugetragen hätte ganz genauso, wie wir es hier niederschreiben. Als die drei Freunde an der Bahre standen, sahen sie ein kleines Rinnsal von Blut, das aus den Nasenlöchern des Mönchs drang. Es kroch langsam auf das Dickicht seines Bartes zu, wo es im Lauf von wenigen Sekunden verschwand.

»Wie seltsam!« stieß Kenyon hervor. »Ich nehme an, daß der Mönch an einem Schlaganfall gestorben ist oder an irgendeinem plötzlichen Unfall, und das Blut ist noch nicht geronnen.«

»Halten Sie das für eine genügende Erklärung?« fragte Miriam mit einem Lächeln, von welchem der Bildhauer unwillkürlich seinen Blick fortwandte. »Befriedigt es Sie?«

»Und weshalb nicht?« erkundigte er sich.

»Natürlich kennen Sie den alten Aberglauben über das Phänomen von Blut, das aus einem toten Körper fließt«, antwortete sie. »Wie können wir wissen, ob der Mörder dieses Mönchs — aber vielleicht ist es nur so ein privilegierter Mörder, sein Arzt — nicht soeben die Kirche betreten hat?«

»Ich kann darüber keine Scherze machen,« sagte Kenyon, »es ist ein häßlicher Anblick.«

»Ja, wahrhaftig — schrecklich, anzusehen oder davon zu träumen«, erwiderte sie mit einem langen, zitternden Seufzer, wie sie so oft ein wehes Herz verraten, dem sie unerwartet entschlüpfen. »Wir wollen es uns nicht länger anschaun. Komm fort, Donatello, laßt uns dieser entsetzlichen Kirche entkommen. Der Sonnenschein wird dir guttun.«

Wann hatte wohl jemals eine Frau einem solchen Strafgericht standzuhalten? Miriam fand keine Hypothese, die ihr die Identität des toten Kapuziners, der so still und geziemend in seiner Klosterkirche aufgebahrt war, mit der ihres ermordeten Verfolgers erklären konnte, der am Fuß des Felsabsturzes gelegen hatte. Es war, als ob ein fremder, unbekannter Toter geheimnisvollerweise, während sie auf ihn blickte, das Aussehen jenes Gesichts angenommen hätte, das ihrem Gedächtnis fortan entsetzensvoll war.

Vielleicht war es ein Symbol der tödlichen Wiederholung, mit der sie verdammt war, das Bild ihres Verbrechens auf tausend Arten zurückgespiegelt und das große, ruhige Angesicht der Natur im ganzen und in zahllosen Einzelheiten verwandelt zu sehen in mannigfache Mahnungen an dieses eine tote Gesicht.

Kaum hatte Miriam sich von der Bahre abgewandt und ein paar Schritte getan, als sie auch schon meinte, die Ähnlichkeit sei nur Einbildung gewesen, die bei einem näheren und gefaßteren Hinsehen verschwinden würde. Daher mußte sie noch einmal hinschauen, und zwar sofort, denn sonst würde sich das Grab über dem Gesicht schließen und die furchtbare Einbildung zurücklassen.

»Wartet einen Moment auf mich,« sagte sie zu ihren Begleitern, »nur einen Moment!«

So ging sie zurück und blickte noch einmal auf den Leichnam. Ja, dies waren die Züge, die Miriam so gut gekannt hatte; dies war das Gesicht, an das sie sich seit einer viel längeren Zeit entsann, als ihre Freunde ahnten; diese Gestalt aus Erde hatte den bösen Geist enthalten, der ihre schöne Jugend zerstört und sie dazu gezwungen hatte, ihr Frauentum mit dem Verbrechen zu beflecken. Aber ob es nun die Majestät des Todes war oder etwas ursprünglich Nobles und Edles im Wesen des Toten, das die Seele, als sie ihn verließ, seinen Zügen aufgedrückt hatte – es war so, daß Miriam jetzt nicht vor dem entsetzlichen Anblick zitterte, sondern wegen des strengen, vorwurfsvollen Blickes, der zwischen den halb geschlossenen Lidern hervorzudringen schien. Wahrhaftig – zu seinen Lebzeiten hatte es nichts Niedrigeres gegeben als diesen Menschen, das wußte sie. Aber weil ihr Verfolger sich im Tode sicher und unwiderlegbar fühlte, blickte er sein Opfer scheel an und warf die Schuld auf sie zurück.

»Bist das wirklich du?« flüsterte sie mit beklommenem Atem. »Dann hast du kein Recht, mich so anzusehn. Aber bist du denn wirklich, oder bist du nur eine Vision?«

Sie neigte sich so nah über den toten Mönch, daß eine ihrer Locken seine Stirn berührte, und sie berührte auch eine seiner gefalteten Hände mit ihrem Finger.

»Er ist es,« flüsterte Miriam, »da ist die Narbe an seiner Braue, die ich so gut kenne. Es ist keine Vision. Ich will die Tatsache nicht länger in Frage stellen, sondern mich mit ihr abfinden, so gut ich kann.«

Es war wundervoll, wie die Krisis Kraft in Miriam entwickelte und die Fähigkeit, den Anforderungen gerecht zu werden, die an ihre Seelenstärke gestellt wurden. Miriam hörte auf zu zittern. Die schöne Frau sah fest auf ihren toten Feind und suchte dem Blick der Anschuldigung, den er auf sie warf, zu begegnen und ihn zu bezwingen.

›Nein, du sollst mich mit diesem bösen Blick nicht niederwerfen!‹ dachte sie. ›Weder jetzt noch wenn wir zusammen vor dem Richterstuhl stehen werden. Ich fürchte mich nicht davor, dich dort zu treffen. Auf Wiedersehn bei dieser nächsten Begegnung!‹

Hochgemut kam Miriam zu ihren Freunden zurück, die sie an der Kirchentür erwarteten. Als sie hinausgingen, hielt der Sakristan sie zurück und erbot sich, ihnen die Grabstätten des Klosters zu zeigen, wo die verstorbenen Brüder in der Erde ruhen, die vor langer Zeit aus Jerusalem hierhergebracht worden ist.

»Soll auch dieser Mönch dort in ihr begraben werden?« fragte Miriam.

»Bruder Antonio?« rief der Sakristan. »Selbstverständlich wird unser lieber Bruder dort gebettet werden! Sein Grab ist schon bereitet, und der letzte Bewohner hat ihm Platz gemacht. Möchten Sie es ansehen, Signorina?«

»Das will ich«, antwortete Miriam.

»Dann entschuldigen Sie mich,« sagte Kenyon, »ich werde Sie verlassen. Ein toter Mönch genügt mir, und ich bin nicht mutig genug, den Anblick aller Verstorbenen des Klosters zu ertragen.«

An Donatellos Aussehen war leicht zu erkennen, daß auch er, genau wie der Bildhauer, froh gewesen wäre, einem Besuch der berühmten Begräbnisstätte der Kapuziner zu entkommen. Aber Miriams Nerven waren auf eine Kraftprobe erpicht, von der sie sich einen gewissen Trost und eine absolute Erleichterung versprach, indem sie von einem gespenstischen Schauspiel zum nächsten ging, das von lang angesammelter Abscheulichkeit war. Und dann hatte sie auch ein eigenartiges Pflichtgefühl, das sie dazu antrieb, den endgültigen Ruheplatz desjenigen zu sehen, dessen Geschick so tragisch mit dem ihrigen verflochten gewesen war. So folgte sie dem Sakristan und zog ihren Begleiter mit sich, dem sie Mut zuraunte, während sie gingen.

Die Grabstätten sind unterhalb der Kirche, aber durchaus oberhalb des Erdbodens und erhellt durch eine Reihe vergitterter Fenster ohne Glasscheiben. An diesen Öffnungen läuft ein Gang entlang und gewährt Einlaß in drei oder vier gewölbte Nischen oder Kapellen von ansehnlicher Breite und Höhe, deren Boden aus der geweihten Erde Jerusalems besteht. Er ist geziemend über den dahingegangenen Klosterbrüdern eingeebnet und gänzlich von Gras und Unkraut freigehalten, wie es sogar in diesen dunklen Nischen wachsen würde, wenn man es nicht ausrottete. Da aber der Friedhof klein und es ein großes Privileg ist, in heiliger Erde begraben zu sein, so ist die Bruderschaft seit undenklicher Zeit daran gewöhnt, das am längsten schon begrabene Skelett aus dem Grab herauszunehmen, sobald einer aus ihren Reihen stirbt, und den neuen Schläfer an diesen Platz zu legen. So genießt jeder der braven Mönche, sobald er an der Reihe ist, den Luxus einer heiligen Ruhestatt, freilich mit dem geringen Nachteil, daß er gezwungen ist, sich gleichsam lange vor der Morgendämmerung zu erheben und einem anderen Bewohner Platz zu machen.

Was diese Grabstätte besonders interessant macht, ist die Anordnung der nicht beerdigten Skelette. Die mit Torbögen geschmückten, gewölbten Wände der Grabnischen sind von massiven Pfeilern und Pilastern gestützt, die aus Schenkelknochen und Schädeln gemacht sind; das gesamte Material des Baues scheint von ähnlicher Art zu sein; die Knäufe und erhabenen Ornamente dieser befremdlichen Architektur bestehen aus Rückenwirbeln und die feineren Verzierungen aus den kleineren Knochen des menschlichen Skeletts. Die Scheitelpunkte der Gewölbe sind mit vollständigen Skeletten geschmückt, die so wirken, als wären sie höchst kunstvoll in Relief gearbeitet. Es ist unmöglich zu schildern, wie garstig und grotesk die Wirkung ist, die mit einem gewissen künstlerischen Gefühl verbunden ist, noch auch, wieviel pervertierte Erfindungsgabe sich an dieser fragwürdigen Behandlungsweise offenbart und welch eine Unmasse toter Mönche seit Jahrhunderten ihren knöchernen Beitrag geliefert haben müssen, um diese enormen Gewölbe der Sterblichkeit zu erbauen. Auf einigen Schädeln finden sich Inschriften, welche besagen, daß der und der Mönch, der einst von diesem Kopf Gebrauch machte, an dem und dem Tag gestorben sei. Aber die weit größere Zahl ist einfach in den Bau mitaufgenommen, ununterscheidbar wie die vielen Toten, die vereint die Glorie eines Sieges bilden.

In den Seitenwänden der Kapellen sind Vertiefungen, in denen Skelette sitzen oder stehen, in die braunen Gewänder gekleidet, die sie zu Lebzeiten trugen, und mit Namen und Todesdaten versehen. Ihre Schädel, von denen einige völlig nackt, andere noch mit vergilbter Haut und mit Haaren bedeckt sind, die die Feuchtigkeit des Erdbodens kennengelernt haben, grinsen fürchterlich abstoßend unter ihren Kapuzen hervor. Ein ehrwürdiger Bruder hat seinen Mund weit geöffnet, als wäre er mitten in einem Aufschrei von Schreck und Gewissensbissen gestorben, der vielleicht noch jetzt durch die Ewigkeit schrillt. Aber die meisten dieser in Kutte und Kapuze gekleideten Skelette scheinen ihrer Situation heiterer gegenüberzustehen und zu versuchen, sie mit gespenstischem Lächeln in einen Spaß zu verwandeln. Doch die Grabstätte der Kapuziner ist kein Ort, um himmlische Hoffnungen zu nähren: die Seele sinkt hilflos nieder unter all dieser Last von staubigem Tod; die heilige Erde aus Jerusalem, durchdrungen von so viel Sterblichkeit, ist für Paradiesesblumen sicher genauso steril geworden, wie sie von irdischem Unkraut und Gras frei ist. Danken wir Gott für den blauen Himmel; es bedarf eines langen, aufwärts gerichteten Blickes, um unseren Glauben wiederzuerlangen. Nicht hier können wir uns unsterblich fühlen, wo sogar die Altäre aus Haufen menschlicher Knochen bestehen.

Trotzdem wollen wir der Grabstatt das Lob zusprechen, das sie verdient. Es gibt hier keinen unangenehmen Geruch, wie man ihn schließlich von der Verwesung so vieler geweihter Persönlichkeiten erwarten könnte, gleichviel in welchem Odeur von Heiligkeit sie sich auch verabschiedet haben mögen. Die gleiche Anzahl lebendiger Mönche würde nicht halb so einwandfrei riechen.

Miriam wanderte bedrückt den Gang hinunter, vom einen gewölbten Golgatha zum andern, bis sie in der letzten Nische ein offenes Grab sah.

»Ist das für ihn, der dort oben in der Kirche liegt?« fragte sie.

»Ja, Signorina, das ist die Ruhestätte für Bruder Antonio, der in der vergangenen Nacht zu Tode kam«, antwortete der Sakristan. »Und in der Nische dort drüben, sehen Sie, da sitzt ein Bruder, der vor dreißig Jahren begraben wurde und sich erhoben hat, um ihm Platz zu machen.«

»Es ist kein schöner Gedanke,« sagte Miriam, »daß ihr armen Brüder nicht einmal eure Gräber für immer euer eigen nennen könnt. Mich dünkt, daß ihr euch mit einem nervösen Gefühl niederlegen müßt, weil ihr wißt, daß ihr wieder aufgestört werdet wie müde Menschen, die wissen, daß sie um Mitternacht wieder aus dem Bett müssen. Ist es nicht möglich – falls etwa Geld für diesen Vorzug zu zahlen wäre –, Bruder Antonio – das war doch sein Name? – im Besitz dieses engen Grabes zu lassen, bis die letzte Posaune erschallt?«

»Unter keinen Umständen, Signorina. Es ist auch weder nötig

noch wünschenswert«, antwortete der Sakristan. »Ein Viertel-
jahrhundert Schlaf in der süßen Erde Jerusalems ist besser als
tausend Jahre in irgendeiner anderen. Unser Brüder finden hier
gute Ruhe. Man hat niemals von einem Gespenst gehört, das
sich aus dieser gesegneten Begräbnisstätte herausgestohlen
hätte.«

»Das ist schön«, erwiderte Miriam. »Möge der, den Sie jetzt hier
zum Schlaf niederlegen, keine Ausnahme von dieser Regel machen!«

Als sie die Grabstätte verließen, steckte sie dem Sakristan eine
Summe Geldes zu, von solcher Höhe, daß sich seine Augen
weit öffneten und glänzten und er versicherte, daß es zur Ruhe
von Bruder Antonios Seele verwendet werden solle.

Die Medici-Gärten

»Donatello,« sagte Miriam eindringlich, als sie über die Piazza
Barberini gingen, »was kann ich für dich tun, mein Liebling? Du
zitterst wie unter einem Anfall von römischem Fieber.«
»Ja,« sagte Donatello, »mein Herz bebt.«

Sowie sie ihre Gedanken zu sammeln vermochte, führte Miriam
den jungen Mann zu den Gärten der Villa Medici, weil sie
hoffte, daß der stille Schatten und der Sonnenschein dieser
schönen Anlage seine Lebensgeister wieder ein bißchen anre-
gen würden.

Das Gelände ist in der altmodischen Art angelegt: mit schnur-
geraden Pfaden zwischen hohen, dichten Buchsbaumhecken, die
so gleichmäßig beschnitten und geschoren sind, als wären sie
Wände aus Stein. Da gibt es grüne Wege mit weiten Ausblik-
ken, überschattet von Steineichen, und an jeder Wegkreuzung
findet der Besucher Bänke aus moosbedecktem, flechtenbewach-
senem Stein, um sich darauf auszuruhen, und Marmorstatuen,
die ihn bekümmert wegen des Verlustes ihrer Nasen anschauen.
In den offenen Teilen des Parks, vor der mit Skulpturen geschmückten Front der Villa, sieht man Fontänen und Blumen-

beete und zu ihrer Jahreszeit eine Fülle von Rosen, aus denen die milde Sonne Italiens einen Duft destilliert, der von einer nicht weniger milden Brise weit fortgetragen wird.

Aber Donatello gewann diesen Dingen keine Freude ab. Er ging dahin in schweigender Teilnahmslosigkeit und sah Miriam mit merkwürdig halbwachen und verwirrten Augen an, während sie versuchte, sein Gemüt mit dem ihrigen in Einklang zu bringen, um sein Herz von der Bürde zu erleichtern, die bergeschwer auf ihm lastete.

Sie hieß ihn sich auf eine Steinbank setzen, wo zwei von Hecken eingefaßte Wege sich kreuzten, so daß sie die Annäherung jedes zufälligen Störenfrieds schon von weitem wahrnehmen konnten.

»Mein süßes Herz, was kann ich sagen, um dich zu trösten?« fragte sie und nahm seine leblosen Hände in die ihren.

»Nichts,« entgegnete Donatello mit düsterer Gleichgültigkeit, »nichts kann mich je wieder trösten.«

»Mein eigenes Elend nehme ich hin,« fuhr Miriam fort, »meine eigene Schuld, falls es Schuld ist – ich werde damit fertig zu werden wissen. Aber du, mein Liebling – das seltenste Geschöpf der ganzen Welt, dem Leid nichts anzuhaben vermochte – du, von dem ich beinahe meinte, du gehörtest einer Rasse an, die für immer ausgestorben ist, und du überlebtest sie, um der Menschheit zu zeigen, wie heiter und glücklich das Dasein früher gewesen ist, in längst vergangenen Zeiten – was hattest denn du zu schaffen mit Schmerz oder Verbrechen?«

»Sie sind zu mir gekommen wie zu anderen Menschen auch,« sagte Donatello schweren Tones, »ich war wohl ebenso dazu geboren.«

»Nein, nein, mit mir sind sie gekommen«, widersprach Miriam »Die Verantwortung ist bei mir. Ach, warum wurde ich geboren? Warum mußten wir uns begegnen? Warum habe ich dich nicht fortgejagt, da ich doch wußte, daß die finsteren Wolken die mich umgeben, auch dich einschließen würden – denn mein Herz hat es mir ja prophezeit!«

Donatello bewegte sich mit jener irritierten Ungeduld, die of mit bleierner Mutlosigkeit verbunden ist. Eine braune Eidechse mit zwei Schwänzen — ein Monstrum, das oft vom römischen Sonnenschein hervorgebracht wird — huschte quer über seinen Fuß und erschreckte ihn. Dann saß er eine Weile still da, und dasselbe tat Miriam, während sie versuchte, ihr ganzes Herz in Mitleid aufzulösen und ihn ganz damit zu überströmen, und wäre es nur für die Erleichterung einer einzigen Sekunde.

Der junge Mann hob seine Hand zur Brust, und da Miriams Hand auf der seinigen lag, so hob er sie mit.

»Ich spüre ein großes Gewicht hier drin«, sagte er.

Miriam wurde von der Vorstellung durchzuckt, die sie aber energisch von sich wies, daß Donatello, als er unwillkürlich auch ihre Hand an sein Herz drückte, beinah unmerklich schauderte.

»Laß dein Herz bei mir ausruhen, Liebster,« sagte sie, »laß mich all seine Last tragen. Ich kann sie gut tragen, weil ich eine Frau bin und weil ich dich liebe. Ich liebe dich, Donatello! Liegt darin gar kein Trost für dich? Sieh mich doch an! Bisher hast du es schön gefunden, mich anzusehn. Schau mir in die Augen, schau in meine Seele. Niemals wirst du, so tief du auch schaust, all die Zärtlichkeit und Hingabe ganz ergründen können, die ich für dich habe. Alles, worum ich dich anflehe, ist nur, daß du meine ganze Selbstaufopferung — aber für meine innige Liebe ist es gar kein Opfer — annimmst, mit der ich versuchen will, das Schlimme zu heilen, dem du dich um meinetwillen ausgesetzt hast.« All dies inbrünstige Flehen kam von seiten Miriams; von seiten Donatellos aber lastendes Schweigen.

»Ach, sprich doch zu mir!« rief sie. »Versprich mir nur, nach und nach wieder ein bißchen glücklich zu werden!«

»Glücklich?« murmelte Donatello. »Nie, nie mehr!«

»Nie mehr? Was für ein entsetzliches Wort für mich! Es fällt auf mein Herz, das dich doch liebt und weiß, daß es an deinem Unglück schuld ist. Wenn du mich liebst, Donatello, sprich es nie wieder aus. Und du liebst mich doch?«

»Das tat ich«, erwiderte Donatello düster und geistesabwesend.

Miriam ließ die Hand des jungen Mannes los, ließ aber die ihre dicht neben der seinen liegen und wartete einen Augenblick, um zu sehen, ob er irgendeine Bewegung machen würde, um sie wieder zu ergreifen. Es hing alles von diesem einfachen Versuch ab.

Mit einem tiefen Seufzer, so wie mitunter ein Schlafender sich in einem quälenden Traum auf die andere Seite dreht, wechselte Donatello seine Stellung und faltete seine beiden Hände über der Stirn. Die freundliche Wärme eines römischen April, der in den Mai übergeht, wehte in der Luft, die sie umgab. Aber als Miriam diese unwillkürliche Bewegung sah und den Seufzer hörte, den sie sich als einen Seufzer der Erleichterung auslegte, durchlief sie ein Frösteln, als ob der eisigste Wind der Apenninen über sie hinwehte.

›Er hat sich etwas Schlimmeres zugefügt,‹ dachte sie, ›als ich mir je hätte träumen lassen. Es war nichts als ein trauriger Irrtum von ihm. Er hätte aus den Folgen dieser Tat eine Art Segen gewinnen können, wenn er zu ihr durch Liebe gezwungen worden wäre, die vital genug wäre, den Wahnsinn dieses grauenhaften Augenblicks zu überdauern, stark genug, ihr eigenes Gesetz zu haben und sich der natürlichen Reue gegenüber zu rechtfertigen. Aber nur einen grausigen Mord begangen zu haben — und das war ja sein Verbrechen, solange die Liebe, die moralische Urteile aufhebt, ihn nicht zu etwas anderem macht —, einen grausigen Mord mit keiner stärkeren Berechtigung, als sie die müßigen Phantasien eines Knaben geben! Ich bemitleide ihn aus den tiefsten Tiefen meines Herzens! Ich selbst bin ja über mein eigenes und das Mitleid anderer hinaus.‹

Sie erhob sich von seiner Seite und stand mit leiderfülltem Ausdruck vor ihm.

»Donatello, wir müssen uns trennen«, sagte sie mit schwermütiger Entschiedenheit. »Ja, verlaß mich. Geh zurück auf dein altes Schloß, von dem du mir erzählt hast. Dort wirst du alles, was geschehen ist, als einen Traum erkennen. Denn in Träumen schläft das Bewußtsein, und wir nehmen eine Schuld auf uns, zu der wir in wachen Momenten nicht imstande wären. Die Tat, die du in der vergangenen Nacht zu begehen schienst, war nichts als solch ein Traum. Geh und vergiß das Ganze!«

»Oh, dies grauenvolle Gesicht!« sagte Donatello, indem er seine Hände auf die Augen preßte. »Nennst du das unwirklich?«

»Ja, denn du hast es nur im Traum gesehn«, entgegnete Miriam. »Es war unwirklich. Und damit du das merkst, ist es notwendig, daß du auch mein Gesicht nicht mehr siehst. Einst hast du es wohl schön gefunden, jetzt hat es seinen Zauber verloren. Trotzdem würde es noch die schlimme Macht behalten, die vergangene Illusion zurückzubringen, und damit auch die Todesangst, die dein ganzes Dasein verdüstern würde. Verlaß mich also und vergiß mich.«

»Dich vergessen, Miriam?« fragte Donatello, ein wenig aus der Apathie seiner Verzweiflung erwachend. »Wenn ich an dich denken und dich vor mir sehen könnte ohne diese fürchterliche Visage, die mich über deine Schulter weg anstarrt, so wäre das zumindest ein Trost, wenn nicht eine Freude.«

»Aber da diese Visage dich zugleich mit der meinigen verfolgt, so müssen wir uns unbedingt trennen. Leb also wohl. Aber wenn du jemals – aus Verzweiflung, Schande, Armut oder was immer – wenn du jemals ein Leben brauchst, das hingegeben werden muß, nur um deines ein klein wenig leichter zu machen, dann rufe mich. Wie die Dinge jetzt zwischen uns stehen, hast du mich teuer erkauft und von geringem Wert befunden. Daher sollst du mich wegwerfen. Und mögest du meiner nie bedürfen! Wenn aber doch, so wird ein Wunsch – beinah ein unausgesprochener schon – mich zu dir bringen.«

Sie verharrte einen Augenblick, eine Antwort erwartend. Aber Donatellos Augen waren wieder zu Boden gesenkt, und er fand in seinem verwirrten Gemüt und seinem überbürdeten Herzen kein Wort der Erwiderung.

»Die Stunde, von der ich sprach, möge niemals kommen«, sagte Miriam. »So leb also wohl, leb wohl für immer.«

»Leb wohl«, sagte Donatello.

Seine Stimme drang kaum durch das Dickicht seiner ihm ungewohnten Gedanken und Gemütsbewegungen, die sich wie eine dichte, finstere Wolke über ihn gesenkt hatten. Möglicherweise war dieses Medium, durch das er Miriam erblickte, so trübe, daß sie wie eine Vision erschien und daß er sie nur wie ein dünnes, ersterbendes Echo sprechen hörte.

Sie wandte sich von ihm fort, und wie sehr auch ihr Herz zu ihm hinbegehrte, wollte sie diesen schweren Abschied nicht durch eine Umarmung oder auch nur einen Händedruck profanieren.

Nachdem Miriam fortgegangen war, streckte sich Donatello in seiner ganzen Länge auf der Steinbank aus und zog sich den Hut über die Augen, wie die müßige und leichtherzige Jugend Italiens zu tun gewohnt ist, sobald sie sich im ersten besten Schatten niederlegt, um einen kleinen Mittagsschlaf zu halten. Über Donatello aber lag eine Betäubung, die er mit der Trägheit verwechselte, wie er sie in seinem vergangenen primitiven Dasein gekannt hatte. Bald aber erhob er sich langsam und verließ die Gärten. Mitunter schrak er zusammen, als hörte er einen schrillen Schrei, mitunter zuckte er zurück, als ob ein Gesicht, entsetzlich anzuschauen, sich dicht an seines drängte. In dieser verzweifelten Verfassung, verwirrt von der ihm bisher fremden Sünde und Qual, hatte er nur noch wenig Ähnlichkeit mit dem Faun des Praxiteles.

Miriam und Hilda

Nach dem Verlassen der Medici-Gärten fühlte Miriam sich ganz verloren, und da sie keinen Anlaß hatte, irgendeinen Ort einem anderen vorzuziehen, so überließ sie es dem Zufall, ihre Schritte zu lenken, und so begab es sich, daß sie im Gewirr der römischen Straßen plötzlich Hildas Turm vor sich aufragen sah und es ihr einfiel, das junge Mädchen zu fragen, warum sie die Verabredung in der Kapuzinerkirche nicht eingehalten habe. Oft treibt es die Menschen in den schwersten und bangsten Stunden ihres Lebens zu den müßigsten Handlungen, so daß es kein Wunder gewesen wäre, wenn Miriam zu dem Besuch nur durch

Neugierde angetrieben worden wäre. Aber sie entsann sich außerdem und mit bebendem Herzen, was der Bildhauer über Hildas Rückkehr zu dem kleinen Hofplatz des Palazzo Caffarelli auf der Suche nach Miriam gesagt hatte. Wäre sie gezwungen gewesen, zwischen Hildas Verachtung und der der gesamten Welt zu wählen, so hätte sie ohne Zögern die der ganzen Welt gewählt, um nur in den Augen ihrer Freundin makellos dazustehen. Deshalb war die Möglichkeit, daß Hilda das Geschehen der vergangenen Nacht mitangesehen haben könnte, zweifellos der Grund, der Miriam zu dem Turm trieb und sie doch zögern ließ, als sie ihn erreicht hatte.

Während sie näher kam, gab es Anzeichen, denen ihr beunruhigter Sinn eine unheimliche Auslegung gab. Ein paar aus der Taubenfamilie ihrer Freundin schmiegten sich, die Köpfe trostlos unter die Flügel gesteckt, in einer Ecke der Piazza dicht aneinander, andere hatten sich auf die Köpfe, Schwingen, Schultern und Posaunen der Marmorengel erhoben, die die Fassade der nachbarlichen Kirche schmückten. Zwei oder drei hatten ihre Zuflucht zur Madonna genommen, und so viele, wie dort nur Platz fanden, drängten sich auf Hildas Fenstersims. Aber sie alle hatten, wie Miriam sich einbildete, einen Ausdruck enttäuschter Erwartung – kein Fliegen, kein Geflatter, kein Gurren; etwas, was ihren Tag froh und hell hätte machen sollen, war heute offenbar ausgefallen. Und außerdem war Hildas weißer Fenstervorhang dicht zugezogen bis auf einen winzigen seitlichen Spalt, den Miriam schon in der vergangenen Nacht bemerkt zu haben glaubte.

Miriam sprach ihrem eigenen Herzen zu, ruhig zu bleiben, indem sie fest die Hand darauf drückte. ›Warum klopfst du denn so,‹ dachte sie, ›hast du denn nicht schon schlimmere Dinge durchgemacht als dies?‹

Was immer auch ihre Befürchtungen waren – sie mochte jedenfalls nicht umkehren. Es war ja möglich – und das wäre ihr eine ganze Welt wert gewesen –, daß Hilda nichts von dem Unheil wußte, ihre Freundin mit einem hellen Lächeln begrüßen und ihr auf diese Weise ein bißchen von der Wärme wiederschenken würde, die ihre eiserstarrte Seele so entbehrte. Aber konnte sie Hilda erlauben, ihre Wange zu küssen, ihr die Hand zu geben und dadurch nicht mehr so unberührt von der Welt zu sein wie bisher?

›Nein, ich will es ihr nicht mehr erlauben,‹ dachte Miriam, mühsam die Treppe erklimmend, ›wenn ich die Kraft dazu finde. Aber es wäre eine solche Wohltat in dieser eisigen Fieberhitze meines Herzens. Ein Abschiedskuß kann meiner reinen Hilda keinen Harm zufügen! Und das soll alles sein!‹ Als Miriam aber den obersten Treppenabsatz erreicht hatte, hielt sie inne und rührte sich nicht, bevor sie sich zu einem unverrückbaren Entschluß durchgerungen hatte.

›Nie wieder sollen meine Lippen und meine Hände denen Hildas begegnen‹, dachte sie.

Mittlerweile saß Hilda teilnahmslos in ihrem Atelier. Hätte man in das kleine anstoßende Zimmer geschaut, so hätte man die leichte Spur ihrer Gestalt auf dem Bett gesehen, aber man hätte auch sofort entdeckt, daß der weiße Überwurf nicht abgenommen worden war. Das Kissen war unordentlicher; das arme Kind hatte das Gesicht hineingedrückt und es mit den Tränen benetzt, die ein unschuldiges Herz vergießt, wenn es zum ersten Mal wirklich entdeckt, daß in der Welt die Sünde lebt. Die Jungen und Reinen entdecken diese schreckliche Wahrheit nicht, bis sie ihnen durch das Schuldigwerden eines Menschen, dem sie vertrauten, vor Augen geführt wird. Sie mögen noch soviel vom Bösen der Welt gehört haben und scheinbar auch davon wissen — es bleibt ihnen eine unfaßliche Theorie. Im gegebenen Augenblick aber ist irgendein Sterblicher, den sie allzusehr verehren, von der Vorsehung dazu auserkoren, ihnen die schlimme Lehre zu erteilen; er begeht eine Sünde, und schon stürzt Adam aufs neue, und das Paradies, bisher in ungebrochener Blüte, ist wiederum verloren und verschlossen für immer, und an seinen Pforten flammen die feurigen Schwerter.

Der Sessel, in dem Hilda lehnte, stand nahe beim Porträt der Beatrice Cenci, das noch nicht von der Staffelei genommen war. Es ist eine Eigenheit dieses Bildes, daß sein tiefster Ausdruck

einem scharf darauf gerichteten Blick ausweicht und nur bei
flüchtigerem Hinsehen wahrgenommen werden kann, als ob das
gemalte Gesicht Leben und Bewußtsein besäße und entschlossen wäre, sein Geheimnis von Schmerz oder Schuld nicht zu
verraten, und ihm erst dann erlaubte, zum Vorschein zu kommen, wenn es sich unbeobachtet glaubt. Keine ähnliche magische Wirkung solcher Art ist je von einem anderen Maler
hervorgebracht worden.

Gegenüber der Staffelei nun hing ein Spiegel, der Beatrices und
Hildas Gesicht zugleich widerspiegelte. In einer ihrer matten,
energielosen Bewegungen richtete Hilda zufällig die Augen auf
den Spiegel und nahm diese beiden Bilder mit einem unbeab-
sichtigten Blick wahr. Es kam ihr so vor – und mit Entsetzen
stellte sie es fest –, als hätte Beatrices Ausdruck – von der Seite
erhascht und sogleich verschwindend – sich genauso auf ihrem
eigenen Gesicht gezeigt und wäre ebenso furchtsam aus ihm
verschwunden.

›Bin denn auch ich von Schuld befleckt?‹ dachte das arme Mädchen und barg das Gesicht in den Händen.

Das war sie nicht, aber in bezug auf Beatrices Bild gibt der
Vorfall eine Theorie zu bedenken, die zur Erklärung für den
unaussprechlichen Schmerz und den geheimnisvollen Schatten
von Schuld beitragen könnte, die der Reinheit, die wir diesem
unglückseligen Mädchen zuzuschreiben lieben, gar keinen Ab-
bruch tun. Man kann den Mund mit den halbgeöffneten Lippen,
die so unschuldig sind wie die eines Kindes, das soeben geweint
hat, nicht ansehen, ohne Beatrice Cenci sündenfrei zu nennen.
Es war nur das heimliche Bewußtsein von der Sünde ihres
Vaters, das seinen Schatten über sie warf und sie in eine entle-
gene und unzugängliche Region hetzte, wohin kein Mitgefühl
gelangen konnte. Es war das Wissen um Miriams Schuld, das
Hildas Gesicht den gleichen Ausdruck verlieh.

Aber Hilda rückte nervös in ihrem Sessel, so daß die Spiegelbil-
der nicht länger sichtbar waren. Jetzt beobachtete sie einen
Sonnenfleck, der durch einen Fensterladen fiel und von Gegenstand zu Gegenstand zitterte, auf jeden mit der Berührung

seines hellen Fingers hindeutend und alle allmählich wieder im Schatten lassend. In gleicher Weise wanderte ihr Geist – in seinem angeborenen Frohsinn dem Sonnenlicht ähnlich – von Gedanken zu Gedanken, fand aber keinen, bei dem er zu seinem Trost hätte verweilen können. Niemals zuvor hatte diese junge, lebensvolle, aktive Natur erfahren, was es heißt, verzweifelt zu sein. Ihre liebste Freundin, deren Herz das zuverlässigste und beste Gut war, das sie besaß, hatte für sie keine Existenz mehr. Eine große Leere blieb zurück. Miriam war verschwunden, und die Substanz, die Wahrheit, die Integrität des Lebens, jeder Anlaß zu Bemühungen, die Freude an Erfolgen, alles war mit ihr verschwunden.

Mittag war lange vorüber, als Schritte die Treppe heraufkamen, die zu Hildas Bereich führte. So schwach sie waren, hörte und erkannte sie sie dennoch, und sie scheuchten sie jäh zum Leben auf. Ihr erster Impuls war, die Tür mit Schloß und Riegel zu versperren. Aber der nächste Gedanke sagte ihr, daß das eine unwürdige Feigheit wäre und daß Miriam, die gestern noch ihre engste Freundin war, ein Recht darauf hätte, von Angesicht zu Angesicht zu erfahren, daß sie beide von nun an Fremde füreinander sein mußten.

Sie hörte, wie Miriam draußen vor der Tür stehenblieb. Wie deren Entscheidung in bezug auf einen Kuß oder Händedruck war, wissen wir bereits, aber wir wissen nicht, was aus dieser Entscheidung wurde. Da Miriam von höchst impulsivem Charakter war, mag der erste Anblick Hildas ihren Entschluß umgestoßen haben. Jedenfalls erschien sie wie in ein Gewand von Sonnenlicht gekleidet, als die Tür sich öffnete, und stand da in all dem Glanz ihrer großen Schönheit. In Wirklichkeit klopfte ihr Herz krampfhaft der einzigen Zuflucht entgegen, die sie besaß oder die sie erhoffte. Für eine einzige Sekunde vergaß sie allen Anlaß, sich zurückzuhalten. Gewöhnlich lag in Miriams Gefühlsäußerungen, mit Rücksicht auf die Empfindlichkeit ihrer Freundin, eine gewisse Reserviertheit, jetzt aber öffnete sie die Arme, um Hilda zu umfangen.

»Liebste Hilda!« rief sie, »dich zu sehen gibt mir neues Leben!«

Hilda stand in der Mitte des Zimmers. Als ihre Freundin einen Schritt auf sie zu machte, streckte sie die Hände in einer unwillkürlich abwehrenden Gebärde aus, so ausdrucksvoll, daß Miriam sofort fühlte, welch tiefer Abgrund sich zwischen ihnen aufgetan hatte. Sie mochten einander über ihn hinweg ansehen, aber es gab keine Möglichkeit mehr, noch je zueinander zu gelangen — sie müßten denn, da der Abgrund nie zu überbrücken war, das gesamte Rund der Ewigkeit abschreiten, um sich begegnen zu können. Und in dem Gedanken, daß sie sich wiedertreffen könnten, lag sogar etwas Schreckliches. Es war, als ob Hilda oder Miriam tot wären und keine Beziehung zueinander unterhalten könnten, ohne eine höhere Ordnung zu verletzen.

Trotzdem machte Miriam in der Not ihrer Verzweiflung einen neuen Schritt auf ihre Freundin zu.

»Komm mir nicht näher, Miriam«, sagte Hilda.

Ihr Aussehen und ihr Ton hatten ein bekümmertes Flehen und drückten doch ein Art Zuversicht aus, als wäre das Mädchen sich eines Schutzes bewußt, der unverletzbar war.

»Was ist zwischen uns geschehen, Hilda?« fragte Miriam. »Sind wir nicht Freunde?«

»Nein, nein!« sagte Hilda schaudernd.

»Zumindest sind wir es gewesen«, fuhr Miriam fort. »Ich habe dich innig geliebt. Ich liebe dich noch, du warst für mich wie eine jüngere Schwester, ja mehr als eine Blutsverwandte. Denn wir beide waren so einsam, Hilda, daß die Welt uns dadurch einander näher brachte. Du willst also meine Hand nicht berühren — aber bin ich nicht dieselbe wie gestern?«

»Nein, Miriam«, sagte Hilda.

»Doch, ich bin dieselbe — für dich, Hilda. Wenn du krank wärst oder leidend, würde ich Tag und Nacht bei dir wachen. Es sind so einfache Dienste, durch die eine wirkliche Zuneigung sich zeigt, und so spreche ich von ihnen. Jetzt aber scheint dein bloßer Blick mich schon aus der menschlichen Gesellschaft zu verweisen.«

»Nicht ich bin es, Miriam, die das tut«, sagte Hilda.

»Du, und nur du allein«, erwiderte Miriam, aufgerüttelt durch den Widerstand, den ihre Freundin ihr entgegensetzte, und um sich zu verteidigen. »Ich bin eine Frau, wie ich es auch gestern war, mit genau der gleichen Wahrhaftigkeit, derselben Herzenswärme, derselben ernsten Liebe, wie du sie allezeit bei mir gekannt hast. In allem, was dich betrifft, bin ich unverändert. Und glaube mir, Hilda, wenn man sich unter allen Menschen einen Freund erwählt hat, dann kann es nur Mißtrauen gegen die Aufrichtigkeit sein, was einen der beiden Freunde dazu berechtigen würde, das Band zu zerreißen. Habe ich dich hintergangen? Habe ich dir persönlich ein Unrecht zugefügt? Dann verzeih mir, wenn du es kannst. Habe ich aber gesündigt gegen Gott und Menschen, sogar tief gesündigt? Dann sei um so mehr mein Freund, denn dann brauche ich dich mehr denn je.«

»Verwirre mich nicht, Miriam!« rief Hilda, in deren Blick und Geste sich die Seelenqual ausdrückte, die diese Unterredung ihr auferlegte. »Wenn ich einer von Gottes Engeln wäre, von unversehrbarer Natur, dann würde ich dir zu Seite bleiben und versuchen, dich emporzuleiten. Aber ich bin nur ein armes Wesen, das von Gott in eine böse Welt gesetzt wurde, und er hat mir nur ein weißes Kleid gegeben und mir befohlen, es zu tragen und es ihm ebenso weiß zurückzubringen, wie ich es erhalten habe. Deine mächtige Anziehungskraft wäre zu viel für mich. Die reine, helle Atmosphäre, in der ich zu unterscheiden versuche, welche Dinge gut und wahrhaftig sind, würde sich trüben. Und darum, Miriam, will ich der furchtbaren Angst gehorchen, die mir gebietet, dich von jetzt an zu meiden.«

»Das ist hart,« murmelte Miriam, indem sie die Stirn in ihre Hände senkte, »das ist furchtbar.« Nach ein paar Sekunden blickte sie wieder auf, bleich, aber in gefaßter Haltung: »Ich habe immer gesagt, Hilda, daß du erbarmungslos bist, denn intuitiv hatte ich es erkannt, selbst als du mich noch liebtest. Du bist ohne Sünde, und du hast auch keine Vorstellung davon, was das überhaupt ist. Deshalb bist du so fürchterlich hart. Als Engel wärst du gar nicht so übel, aber als ein Mensch unter Menschen brauchst du eine Sünde, die dich weicher macht.«

»Gott verzeihe mir,« sagte Hilda, »wenn ich ein unnötig grausames Wort gesprochen habe.«

»Laß gut sein. Ich, die es getroffen hat, verzeihe dir«, antwortete Miriam. »Aber bevor wir uns für immer trennen, sage mir, was du von mir gesehen oder erfahren hast, seit wir das letzte Mal zusammen waren?«

»Etwas Entsetzliches, Miriam«, antwortete Hilda, während sie noch blasser wurde als zuvor.

»Siehst du es in meinem Gesicht oder in meinen Augen geschrieben?« erkundigte sich Miriam, deren Bedrängnis sich in Spott Erleichterung zu verschaffen suchte. »Ich möchte wissen, wie es zugeht, daß die Vorsehung oder das Schicksal Augenzeugen schickt, um uns zu beobachten, während wir uns einbilden, in der privatesten Zurückgezogenheit zu sein. Hat also ganz Rom es mit angesehen? Oder wenigstens unser vergnügtes Künstlervölkchen? Oder ist vielleicht irgendein Blutfleck an mir? Oder riechen meine Kleider nach Tod? Man sagt ja, daß böse Unholde, die einstmals liebliche Engel waren, monströse Auswüchse bekommen. Entdeckst du schon einen an mir? Um unserer früheren Freundschaft willen, Hilda – sage mir alles, was du weißt!«

Nach dieser Beschwörung und erschreckt durch die heftige Gemütsbewegung, die Miriam nicht verbergen konnte, mühte Hilda sich zu berichten, was sie mit angesehen hatte.

»Nachdem die anderen fort waren, ging ich zurück, um mit dir zu sprechen«, sagte sie, »denn du schienst einen Kummer zu haben, und ich wollte ihn mit dir teilen, wenn du es erlaubtest. Die Tür des kleinen Platzes war halb geschlossen, ich stieß sie auf und sah dich und Donatello und einen dritten Menschen, den ich schon vorher in einer Mauervertiefung bemerkt hatte. Er ging auf dich zu, Miriam. Du knietest vor ihm. Ich sah Donatello auf ihn losspringen. Ich wollte schreien, aber meine Kehle war wie zugeschnürt. Ich wollte vorstürzen, aber meine Füße waren wie am Erdboden festgenagelt. Es war wie das Aufzucken eines Blitzes. Ein Blick kam von deinen und Donatellos Augen – ein Blick –«

»Ja, Hilda, ja?« rief Miriam in eindringlicher Gespanntheit. »Halte nicht ein jetzt! Dieser Blick also?«

»Er enthüllte dein ganzes Inneres, Miriam«, fuhr Hilda fort und hielt sich die Augen zu, als wollte sie die Erinnerung aussperren. »Ein Blick von Haß, Triumph, Rache und gleichsam von Freude über eine unverhoffte Befreiung.«

»Dann hat Donatello also recht gehabt«, murmelte Miriam, die am ganzen Leibe zitterte. »Meine Augen haben es ihm befohlen. Sprich weiter, Hilda!«

»Es ging alles so rasch – das Ganze war nur wie ein Blitzstrahl,« sagte Hilda, »und doch schien es mir, als ob Donatello einen Augenblick gezögert hätte. Aber dieser Blick! Ach, Miriam, erlasse es mir! Muß ich noch mehr sagen?«

»Nein, mehr ist nicht nötig, Hilda«, antwortete Miriam, indem sie ihren Kopf beugte, als lauschte sie dem Urteilsspruch eines allerhöchsten Tribunals. »Es ist genug. Du hast mich in bezug auf einen Punkt beruhigt, der mich zutiefst gequält hat. Danke, Hilda.«

Sie war im Begriff zu gehen, drehte sich aber auf der Schwelle wieder um. »Es ist schlimm für ein junges Mädchen, ein so fürchterliches Geheimnis bewahren zu müssen«, sagte sie. »Was wirst du damit anfangen, mein armes Kind?«

»Gott helfe mir und leite mich«, antwortete Hilda und brach in Tränen aus, »denn sein Gewicht drückt mich in den Staub. Es scheint ein Verbrechen, so etwas zu wissen und es für sich zu behalten. Es pocht fortwährend von innen her an meinem Herzen, um daraus entlassen zu werden. Wenn meine Mutter doch noch lebte! Dann würde ich über Land und Meer reisen, um es ihr anzuvertrauen. Aber ich bin ganz allein. Miriam, du warst meine liebste, einzige Freundin. Sage du mir, was ich tun soll!«

Dies war zweifellos ein sonderbarer Appell des reinen Mädchens an die schuldige Frau, die sie soeben erst für immer aus ihrem Herzen verbannt hatte, aber es bestätigte nur die Richtigkeit des Eindrucks, den Miriams Aufrichtigkeit und Großmut auf Hilda gemacht hatte, die ihre Freundin am besten kannte.

Und es tröstete Miriam, weil es ihr bewies, daß das Band zwischen ihnen noch nicht zerrissen war.

Soweit sie es konnte, beantwortete Miriam augenblicklich den Hilferuf des jungen Mädchens.

»Wenn ich es für deinen Seelenfrieden richtig fände,« sagte sie, »wegen dieser Tat Zeugnis gegen mich abzulegen, so würde keinerlei Rücksicht auf mich selbst auch nur eine Sekunde lang ausschlaggebend sein bei meinem Rat. Aber ich glaube, daß du keine Erleichterung auf einem solchen Weg finden würdest. Was die Menschen Gerechtigkeit nennen, liegt hauptsächlich in äußeren Formen und hat nichts, was für eine Seele wie die deine befriedigend sein könnte. Über mich kann ein irdisches Gericht nicht gerecht urteilen, und das würde dir vielleicht schrecklich bewußt werden, nachdem es zu spät wäre. Auch ist die römische Justiz ein Gegenstand des Spottes — was kannst du mit ihr zu schaffen haben? Laß also all solche Gedanken beseite. Trotzdem, Hilda, möchte ich nicht, daß du mein Geheimnis in deinem Herzen verborgen hältst, wenn es dich dort quält und heraus möchte wie etwas Giftiges. Hast du denn keinen anderen Freund, jetzt, wo du gezwungen warst, mich aufzugeben?«

»Niemanden«, sagte Hilda bedrückt.

»Doch,« entgegnete Miriam, »Kenyon.«

»Er kann nicht mein Freund sein,« sagte Hilda, »denn — denn — ich habe bemerkt, daß er mehr sein möchte.«

»Fürchte nichts,« sagte Miriam, indem sie mit seltsamem Lächeln den Kopf schüttelte, »diese Angelegenheit wird seiner jungen Liebe vor lauter Schreck das Lebenslicht ausblasen — wenn es das ist, was du möchtest. Verrate ihm das Geheimnis und nimm seinen weisen und ehrbaren Rat an, was als nächstes zu tun sei. Etwas anderes weiß ich nicht.«

»Ich hätte mir nie auch nur einfallen lassen, dich an die Justiz zu verraten,« sagte Hilda, »wie kannst du denn so etwas denken! Aber ich sehe es ein, Miriam, ich muß dein Geheimnis für mich behalten und daran sterben, wenn Gott mir nicht durch irgend etwas, was über meine Vorstellungskraft hinausgeht, Rettung schickt. Es ist so furchtbar! Ach, jetzt verstehe ich, wieso die

Sünden von Generationen eine Atmosphäre der Sünde für alle, die nach ihnen kommen, geschaffen haben. Wenn es auch nur einen einzigen sündhaften Menschen im ganzen Universum gäbe, müßte jeder Sündenlose doch fühlen, wie seine Unschuld durch diese eine Sünde gequält wird. Deine Untat, Miriam, hat den ganzen Himmel verdunkelt!«

Die arme Hilda wandte sich von ihrer unglücklichen Freundin ab, sank in einem Winkel des Raumes auf die Knie und war nicht mehr dazu zu bewegen, auch nur ein einziges Wort zu sprechen. Und Miriam bot von der Schwelle aus mit einem langen Blick dem Taubenschlag Lebewohl, diesem kleinen abgelegenen Nest voll reiner Gedanken und unschuldiger Begeisterungen, in das sie solchen Jammer gebracht hatte. Jedes Verbrechen zerstört mehr Paradiese als nur unser eigenes.

Das Schloß in den Apenninen

Es war im Juni, als Kenyon zu Pferde am Tor eines alten Landsitzes anlangte, der fast eine Burg genannt werden konnte und in einem Teil der Toskana lag, der sich abseits von den gewöhnlichen Touristenwegen befindet. Dorthin müssen wir den Bildhauer nun begleiten und, während wir unsere Erzählung wie einen kleinen Bach weiterfließen lassen, an einem grauen Gebäude vorübergehen, das sich an der Berglehne erhebt und ein geräumiges Tal überblickt, das in den grandiosen Rahmen der Apenninen gebettet ist.

Der Bildhauer hatte Rom mit der sich zurückziehenden Ebbe der ausländischen Besucher verlassen. Denn sobald der Sommer naht, muß die italienische Niobe aufs neue und zweifellos aufrichtig den Verlust dieses großen Teils ihrer Bevölkerung betrauern, den sie von anderen Ländern erhält und von denen die Reste des Wohlstandes abhängen, dessen sie sich immer noch erfreut. Um diese Jahreszeit ist Rom überhangen von atmosphärischen Schrecknissen und in einen tödlichen Zauberkreis eingeschlossen. Das Gewimmel umherziehender Touristen begibt sich in die Schweiz, an den Rhein oder in die Heimat, nach England und Amerika, die sie von jetzt an als provinziell zu betrachten geneigt sind, nachdem sie einmal dem Reiz der Ewigen Stadt ausgeliefert waren. Der Künstler, der noch eine unbestimmte Zahl von Wintern in dieser Heimat der Kunst vor sich hat — obgleich sein ursprünglicher Gedanke nur der war, durch einen kurzen Besuch etwas zu lernen —, geht während des Sommers fort, um Skizzen von Landschaften und Trachten in den toskanischen Bergen zu machen und, falls er das vermag, die blaue Luft Italiens auf seine Leinwand zu bannen. Er studiert die alten Schulen der Malkunst in den Bergstädten, wo sie geboren wurden und wo man sie noch immer sehen kann in den verblichenen Fresken von Giotto und Cimabue, an Kirchenwänden und in dunklen Kapellen, wo der Sakristan das Tuch von einem Bilde Peruginos wegzieht. Dann geht der glückliche Maler, um die weiten, hellen Galerien von Florenz zu durchwandern oder um den wunderbaren Werken, die er dutzendweise in einem venezianischen Palazzo finden kann, ihre glühenden Farben abzulisten. Solche Sommer, verbracht inmitten von allem, was es an Außerordentlichem in der Kunst und an Malerischem in der Natur gibt, entschädigen ihn wohl für die Entbehrungen und Enttäuschungen, unter denen er wahrscheinlich in seinem römischen Winter gelitten hat. Das sonnige und schattige, von mildem Winter durchwehte Wanderdasein, bei dem er Schönheit einsammelt als den Honig seines Winters, die für die anderen Leute nur etwas Vorübergehendes bedeutet, ist wohl wert, dafür zu leben, komme danach, was mag. Selbst wenn er stirbt, ohne sich einen Namen gemacht zu haben — der Künstler hat an Freude und Erfolg doch seinen Anteil gehabt.

Kenyon hatte schon aus der Entfernung vieler Meilen das alte Schloß gesehen, wie es von seiner Höhe aus in das weite Tal herunterschaute. Als er aber näher kam, war es wieder zwischen den Höhenzügen versteckt gewesen, bis die gewundene Straße ihn bis zu dem vergitterten Tor brachte. Der Bildhauer fand dieses Hindernis mit Schloß und Riegel verrammelt, und es gab weder eine Glocke noch irgendein anderes tönendes Instrument, und nachdem er die unsichtbare Besatzung dieser Feste statt mit einer Trompete mit seiner Stimme herausgefordert hatte, hatte er Muße, einen Blick auf die Umgebung zu werfen. Jenseits des verschlossenen Torwegs erhob sich in etwa fünfzig Metern Entfernung ein viereckiger Turm, hoch genug, um einen stattlichen Bestandteil der Landschaft zu bilden, und doch im Vergleich zu seiner Höhe von hinreichender Breite und Schwere. Er war so alt, daß in einem feuchteren Klima der Efeu ihn wohl von oben bis unten eingehüllt hätte. In der trockenen italienischen Luft aber hatte sich die Natur dieses alten Gesteins nur insoweit angenommen, als sie jede Handbreit davon mit Flechten und gelblichem Moos bedeckt hatte. Das uralte Wachstum dieser freundlichen Produkte machte die Färbung des Turmes sanft und ehrwürdig und nahm ihm den einschüchternden Aspekt, den sein Alter sonst gehabt hätte.

Über den Turm hin waren unregelmäßig drei oder vier Fenster verteilt, die unteren verschanzt mit Eisenbarren, die oberen leer, ohne Rahmen und Scheiben. Außer diesen größeren Öffnungen gab es auch ein paar Schießscharten und kleine viereckige Löcher, die dazu bestimmt sein mochten, die Treppe zu beleuchten, die sicherlich im Innern zu der mit Zinnen versehenen Plattform hinaufführte. Durch diesen kriegerischen Schmuck auf seinem ernsten alten Haupt wirkte der Turm als überzeugendes Bollwerk aus längst vergangenen Zeiten. So mancher mit Armbrust bewehrte Reisige hatte seinen Speer zwischen diesen Zinnen herabgeschleudert, so mancher Pfeilregen war auf die Schießscharten da oben und auf die Schlitze darunter gezielt worden, wo der Helm eines der Verteidiger auffunkelte. Und in festlichen Nächten hatten Hunderte von Lampen weithin über das Tal geleuchtet, gehalten von den eisernen Mauerhaken, die sich zu diesem Zweck unter Zinnen und Fenstern reihten.

Angebaut an den Turm, schien sich rückwärts ein sehr umfangreicher Wohnbau zu erstrecken, vorwiegend aus neuerer Zeit. Vielleicht verdankte er viel von seinem jüngeren Aussehen seinem Mantel aus Stukkatur und gelber Farbe, eine beliebte Art der Renovierung bei den Italienern. An dem Teil des Gebäudes, der unmittelbar an den Turm grenzte, bemerkte Kenyon über dem Eingang ein Kreuz, das nebst einer Glocke, die am Dach hing, vermuten ließ, daß dies wohl die Schloßkapelle war.

Mittlerweile belästigte die heiße Sonne den ihr schutzlos ausgesetzten Reisenden derart, daß er ein paar weitere ungeduldige Rufe ausstieß, und als er im gleichen Augenblick zufällig emporschaute, sah er jemanden, der sich aus einer der Schießscharten hinauslehnte und auf ihn hinunterblickte.

»Ho, Signore Conte!« schrie der Bildhauer und schwang seinen Strohhut, denn er erkannte das Gesicht sogleich, »das ist ja wahrhaftig ein herzlicher Empfang! Bitte ergebenst Ihrem Torwart zu gebieten, daß er mich einläßt, bevor die Sonne mich zu einem Stück Schlacke ausgeglüht hat!«

»Ich komme selber,« erwiderte Donatello, dessen Stimme gleichsam wie aus Wolkenhöhen herabtönte, »Tomaso und Stella sind sicher beide eingeschlafen, und die anderen Leute sind im Weinberg. Aber ich habe Sie erwartet, und Sie sind herzlich willkommen.«

Der junge Graf — wie wir ihn in der Burg seiner Ahnen wohl besser nennen sollten — verschwand, und Kenyon sah seine Gestalt an einem Fenster nach dem andern erscheinen, während er herunterkam. Jedesmal, wenn er sichtbar wurde, nickte und lächelte er dem Bildhauer zu, denn seine Güte trieb ihn an, dem Besuch zu zeigen, daß er willkommen war, nachdem er ihn so lange ungastlich hatte warten lassen.

Kenyon aber, der sich von Natur und Beruf her auf den Ausdruck im menschlichen Gehaben verstand, hatte die vage Empfindung, daß dies nicht der jugendliche Freund sei, mit dem er in Rom so vertraut gewesen, nicht das waldgeborene Geschöpf, das Miriam, Hilda und er so gern gemocht hatten, über das sie gelacht und mit dem sie gescherzt hatten, nicht der Donatello, dessen Identität sie spielerisch mit der des Fauns von Praxiteles vermengt hatten.

Als sein Gastgeber schließlich aus einem Seitenportal des Wohngebäudes herausgetreten war und sich dem Gattertor näherte, fühlte Kenyon immer noch, daß etwas verloren, vielleicht aber auch etwas gewonnen war – und er wußte nicht recht, welches von beidem –, was den heutigen Donatello mit dem gestrigen unvereinbar machte. Nachdrücklich offenbarte seine Haltung es durch eine gewisse Feierlichkeit, eine Schwere und Gemessenheit der Schritte, die nichts mehr gemein hatten mit der tänzelnden Elastizität, die ihn früher ausgezeichnet hatte. Sein Gesicht war blasser und schmaler, die Lippen weniger voll und weniger geöffnet.

»Ich habe schon lange nach Ihnen ausgeschaut«, sagte Donatello, und obgleich seine Stimme verändert klang und er die Worte schärfer artikulierte, so leuchtete doch noch ein Lächeln aus seinem Gesicht, das für den Augenblick den Faun ganz zurückbrachte. »Jetzt, da Sie hier sind, werde ich vielleicht froher werden. Es ist sehr einsam hier.«

»Ich bin langsam geritten, habe mich oft aufgehalten und habe Umwege gemacht«, antwortete Kenyon. »Ich habe nämlich an den Skulpturen, die in den Kirchen hier herum versteckt sind, vieles gefunden, was mich interessierte. Ein Künstler, ob Maler oder Bildhauer, muß entschuldigt werden, wenn er sich in solch einer Gegend verspätet. Aber was für ein schöner alter Turm! Seine mächtige Front sieht aus wie eine alte Seite aus dem Buch der Geschichte der italienischen Republiken.«

»Ich weiß so gut wie nichts über seine Geschichte«, sagte der Graf, indem er zu den Zinnen hinaufschaute, wo er soeben gestanden hatte. »Aber ich bin meinen Vorfahren dankbar, daß sie ihn so hoch gebaut haben. Ich liebe seine windumwehte Höhe mehr als die Welt drunten und verbringe jetzt viel Zeit da oben.«

»Es ist ein Jammer, daß Sie kein Sterngucker sind«, sagte Kenyon, ebenfalls hinaufschauend. »Er ist höher als Galileis Turm, den ich vor zwei Wochen vor den Mauern von Florenz gesehen habe.«

»Ein Sterngucker? Aber das bin ich ja«, antwortete Donatello. »Ich schlafe im Turm und bleibe oft bis spät in die Nacht auf der Plattform oben. Aber man muß über eine scheußliche alte

Treppe, bevor man hinaufkommt, und durch scheußliche Kammern. Ein paar davon waren in vergangenen Zeiten Gefängnisse, wie Ihnen der alte Tomaso erzählen kann.«

Die Abneigung, die beim Gedanken an die düstere Treppe und an die gespenstischen Räume in seinem Ton lag, erinnerte Kenyon viel mehr an den früheren Donatello als seine jetzige Gewohnheit mitternächtlicher Wachen auf dem Turm.

»Ich freue mich, an Ihren Nachtwachen teilnehmen zu dürfen,« sagte er, »ganz besonders bei Mondlicht. Die Aussicht auf dies weite Tal muß sehr schön sein. Aber ich habe nicht erwartet, lieber Freund, daß so etwas zu Ihren ländlichen Gewohnheiten gehört. Ich habe Sie mir vielmehr in einer Art arkadischen Daseins vorgestellt, wie Sie reife Feigen kosten und den Saft aus Trauben pressen und nach Tagen voll natürlicher Freuden die ganze Nacht verschlafen.«

»So habe ich gelebt, als ich jünger war«, erwiderte der Graf ernst. »Jetzt bin ich kein Knabe mehr. Die Zeit flieht über uns dahin, aber ihre Schatten läßt sie zurück.«

Der Bildhauer mußte über das Phrasenhafte dieser Bemerkung lächeln, die aber im Munde Donatellos trotzdem eine gewisse Originalität besaß. Er hatte sie aus eigener Erfahrung geschöpft und dachte vielleicht, daß er etwas Neues entdeckt habe.

Sie gingen jetzt zum Innenhof, wo man die große Ausdehnung des Schlosses sah, das sich nach rückwärts bis zu einer baumbestandenen Bodensenkung erstreckte und dessen untere Fenster mit Eisengittern, die oberen mit kleinen Balkonen versehen waren.

»Zu irgendeinem Zeitpunkt Ihrer Familiengeschichte«, sagte Kenyon, »müssen die Grafen von Monte Beni ein recht patriarchalisches Leben in diesem riesigen Haus geführt haben. Ein Ur-Urgroßvater und alle seine Nachkommen könnten hier genug Raum finden, und obendrein könnten die Kinder jeder einzelnen Familie der Sippe ihr eigenes Reich zum Spielen haben. Ist Ihr jetziger Haushalt eigentlich sehr groß?«

»Nur ich bin da«, antwortete Donatello, »und Tomaso, der schon seit den Zeiten meines Großvaters Kammerdiener ist, und dann noch die alte Stella, die ausfegt und Staub wischt, und der Koch Girolamo, der aber ein müßiges Leben führt. Er soll Ihnen gleich ein Brathuhn hinaufschicken. Vor allem aber muß ich einen der Contadini aus den Bauernhäusern da drüben rufen, damit er Ihr Pferd in den Stall führt.«

Und so rief der junge Graf denn mit aller Kraft und mit dem Effekt, daß nach ein paar Wiederholungen seines Rufens ein altes graues Weiblein seinen Kopf und einen Besenstiel aus einem der Fenster herausstreckte, der ehrwürdige Kammerdiener kam aus einem Winkel hinter dem Haus hervor, wo eine Quelle war, an der er ein kleines Weinfaß gereinigt hatte, und am Hang des Weinbergs zeigte sich ein sonnenverbrannter Contadino in Hemdsärmeln, irgendein Bauernwerkzeug in der Hand. Für alle diese Gefolgsleute hatte Donatello Verwendung, indem er sie seinem Gast und dessen Pferd dienstbar machte, und dann geleitete er den Bildhauer in die Vorhalle des Schlosses.

Es war ein viereckiger hoher Raum, der mit seiner massigen Konstruktion ein etruskisches Grab hätte sein können, da er mit schweren Steinquadern gepflastert und ummauert und beinahe ebenso massiv gewölbt war. Zu beiden Seiten waren Türen, die sich zu endlosen Fluchten von Empfangszimmern und Sälen öffneten. An der dritten Seite war eine mächtige steinerne Treppe, die mit würdevollen Stufen und mit geräumigen Absätzen zum nächsten, ebenso ausgedehnten Stockwerk hinaufführte. Durch eine der Türen gewahrte Kenyon einen fast unbegrenzten Ausblick auf Wohnräume, die ihn an die hundert Zimmer im Schloß des Ritters Blaubart erinnerten oder an die zahllosen Säle eines Palastes aus Tausendundeiner Nacht.

Es mußte wahrhaftig eine vielköpfige Familie gewesen sein, die ein so großes Heim zu bevölkern imstande gewesen war. Der Bildhauer fand, daß es für Donatello Grund genug gab, melancholisch zu weden, da er niemanden hatte als sich selber, um all dies hier zu beleben.

»Die Anwesenheit einer Frau würde alles hier freundlicher machen«, entfuhr es ihm, und er hoffte, Donatello habe es nicht gehört. Aber als er ihn ansah, bemerkte er einen ernsten bekümmerten Blick in seinen Augen, der das junge Gesicht veränderte, als hätte er dreißig Jahre voller Kummer hinter sich, und im gleichen Augenblick erschien die alte Stella als die einzige Vertreterin ihres Geschlechts auf Monte Beni.

Sonnenschein

»Kommen Sie,« sagte der Graf, »ich sehe, Sie finden das alte Haus schon bedrückend. Das finde ich auch, und doch war es in meiner Kindheit ein glücklicher Ort. Aber sehn Sie – zu meines Vaters Zeiten – und das war auch in der endlosen Reihe meiner Vorfahren so, wie ich gehört habe –, da gab es Onkel und Tanten und sämtliche Sorten von Verwandten, die alle als eine einzige Familie beisammen hausten. Zum größten Teil waren es vergnügte und gutmütige Leute, die einander das Herz wärmten.«

»Zwei Herzen würden genügen,« bemerkte der Bildhauer, »sogar in einem so großen Haus. Ein einzelnes Herz, das ist wahr, wird wohl ein bißchen frösteln. Aber ich hoffe, daß das warme Blut Ihrer Rasse noch in vielen anderen Adern fließt?«

»Ich bin der Letzte«, sagte Donatello düster. »Seit meiner Kindheit haben sie mich alle verlassen. Der alte Tomaso wird Ihnen sagen, daß die Luft von Monte Beni für eine längere Lebensdauer nicht mehr so günstig ist wie früher. Aber das ist natürlich nicht der wirkliche Grund.«

»Dann ist Ihnen also ein vernünftigerer Grund bekannt?«

»Ich habe an einen gedacht, letzte Nacht, als ich in die Sterne sah«, antwortete Donatello. »Aber verzeihen Sie mir – ich möchte ihn nicht sagen. Jedenfalls aber war einer der Gründe für das längere und gesündere Leben meiner Vorfahren, daß sie viele Gewohnheiten und Möglichkeiten hatten, sich und ihre Gäste zu erfreuen. Heutzutage haben wir nur noch eine einzige.«

»Und die ist –?« fragte der Bildhauer.

»Sie werden schon sehn«, erwiderte sein junger Gastgeber. Währenddessen hatte er Kenyon in einen der vielen Säle geleitet, und die alte Stella stellte kaltes Geflügel auf den Tisch, dem sie bald eine Kräuteromelette folgen ließ, die Girolamo bereitet hatte. Sie brachte auch Kirschen, Pflaumen und Aprikosen und eine Schüssel voll besonders delikater Feigen aus dem Wachstum des letzten Jahres. Als der Kammerdiener seinen weißen Kopf in der Tür zeigte, winkte sein Herr ihn herbei.

»Tomaso, bring etwas Sonnenschein«, sagte er.

Man hätte meinen sollen, daß die einfachste Methode, diesem Befehl zu folgen, die gewesen wäre, die grünen Fensterläden weit aufzumachen und die Glut des Sommermittags in den sorgfältig verschatteten Raum hereinzulassen. Aber auf Monte Beni war es eine ererbte Gewohnheit, in bedachter Vorsorge für die winterlichen Tage, an denen es wenig Sonnenschein, und für die regnerischen, an denen es überhaupt keinen gibt, den eigenen Sonnenschein im Keller aufzubewahren. Der alte Tomaso brachte flink etwas davon in einer kleinen strohumhüllten Flasche herbei, aus der er den Korken entfernte und auf die er ein wenig Baumwolle steckte, um das Olivenöl abzusaugen, das die kostbare Flüssigkeit vor der Luft schützte.

»Dies ist ein Wein,« sagte der Graf, »dessen Herstellungsgeheimnis von einem Jahrhundert zum andern in unserer Familie bewahrt worden ist. Es würde niemandem etwas nützen, es zu stehlen; er müßte schon den Weinberg stehlen, auf dem allein die Monte-Beni-Trauben gezogen werden können. Es ist mir nicht viel mehr als dieses Stück Weinland geblieben. Versuchen Sie etwas von seinen Säften und sagen Sie mir, ob sie es nicht verdienen, Sonnenschein genannt zu werden.«

»Ein glorreicher Name«, sagte der Bildhauer.

»Versuchen Sie«, sagte Donatello, indem er das Glas seines Freundes und sein eigenes füllte. »Aber riechen Sie erst seinen Duft. Denn der Wein geht sehr verschwenderisch damit um und will alles hergeben.«

»Ah, wie wunderbar«, sagte Kenyon, »ich kenne keinen Wein mit solch einem Bouquet. Der Geschmack muß ganz besonders sein, wenn er erfüllt, was dieser Duft verspricht, der wie die leichte Süßigkeit jugendlicher Hoffnungen ist, die sich durch keine Realität befriedigen lassen.«

Diese unschätzbare Flüssigkeit war von blaßgoldener Farbe, wie die kostbarsten der italienischen Weine, die, wenn man sie achtlos und ohne Andacht trinkt, leicht mit einer sehr erlesenen Champagnersorte verwechselt werden könnten. Es war aber kein moussierender Wein, wenn auch seine zarte Würze eine ähnliche Wirkung auf den Gaumen hatte. Nachdem er genippt hatte, verlangte es den Gast, wiederum zu nippen. Aber der Wein forderte eine sehr bedachtsame Pause, um die verborgenen Eigenheiten und subtilen Köstlichkeiten seiner Blume verfolgen zu können, so daß ihn zu trinken tatsächlich mehr eine geistige als eine physische Freude war. Er enthielt etwas Köstliches, das sich der Analyse entzog, und war wie alles, was unübertrefflich gut ist, vielleicht in der Erinnerung besser zu genießen als in der Gegenwart.

Einer von seinen lieblichsten Reizen lag in der Vergänglichkeit seiner schönsten Eigenschaften, denn während er Muße und Aufschub verlangte, verlor er dennoch, wenn man mit dem nächsten Schluck allzulange zögerte, seinen Duft und seine Blume.

Aber unter den anderen anbetungswürdigen Eigenschaften darf der Glanz des Weines von Monte Beni nicht vergessen werden, denn als er so in Kenyons Glas stand, leuchtete ein kleiner Lichtzirkel auf dem Tisch rund um ihn, als wäre es wirklich ebensoviel goldener Sonnenschein.

»Ich fühle mich durch diesen vergeistigenden Trunk als ein besserer Mensch«, sagte der Bildhauer. »Im Vergleich zu ihm ist der feinste Orvieto oder dieser berühmte Est Est Est von Montefiascone geradezu vulgär. Dies ist gewiß der Wein des Goldenen Zeitalters, den Bacchus selber die Menschheit keltern lehrte. Mein lieber Graf – warum ist er eigentlich nicht hochberühmt? Das blasse, flüssige Gold könnte sich doch geschwind in goldene Scudi verfestigen und einen Millionär aus Ihnen machen?«

Der alte Kammerdiener Tomaso, der am Tische stand und sich über das Lob des Weines so freute, als gelte es ihm, gab die Antwort.

»Wir haben eine Überlieferung, Signore, daß der Wein unseres Weinbergs alle seine wunderbaren Eigenschaften verlieren würde, wenn man ihn zu Markte brächte. Die Grafen von Monte Beni haben sich nie auch nur von einer einzigen Flasche um des Goldes willen getrennt. In alter Zeit haben sie bei ihren Gastmählern Fürsten, Kardinäle und einmal einen Imperator und einmal einen Papst mit diesem Wein bewirtet, und bis zum heutigen Tage war es ihre Gewohnheit, ihn freigebig fließen zu lassen, wenn jemand, den sie lieben und ehren, an der Tafel sitzt. Aber auch der Großherzog persönlich könnte diesen Wein nicht trinken, es sei denn unter diesem Dache hier.«

»Was Sie mir da sagen,« erwiderte Kenyon, »läßt mich den Sonnenschein von Monte Beni noch tiefer verehren. Wenn ich Sie recht verstehe, ist es eine Art geweihter Flüssigkeit und symbolisiert die heiligen Tugenden der Gastfreundlichkeit und der geselligen Güte?«

»Nun, zum Teil wohl, Signore,« sagte der alte Diener mit einem listigen Augenzwinkern, »aber um die ganze Wahrheit zu sagen, so gibt es noch einen anderen einleuchtenden Grund, warum weder Faß noch Flasche unserer Lese zu Markte gebracht werden darf. Dieser Wein, Signore, ist so vernarrt in seine Heimat, daß ein Transport von auch nur wenigen Meilen ihn sauer macht. Und doch bleibt er im Keller gut und gewinnt unter diesem Fußboden hier in seinem dunklen Kerker Duft, Blume und Licht. Diese Flasche voll Sonnenschein hat sich für Sie aufbewahrt, Herr Gast, wie ein Mädchen seine Süße bewahrt für ihren künftigen Liebsten — seit einer glücklichen Weinlese, als der Signore Conte noch ein Knabe war.«

»Sie dürfen nicht warten, bis Tomaso seinen Vortrag über den Wein beendet hat, bevor Sie Ihr Glas austrinken«, sagte Donatello. »Sobald die Flasche einmal offen ist, verlieren ihre besten Qualitäten keine Zeit, um sich davonzumachen. Ich zweifle, ob Ihr letzter Schluck ganz so gut sein wird wie der erste.«

Und tatsächlich glaubte Kenyon zu bemerken, daß der Sonnenschein sich beinahe unwahrnehmbar bewölkt hatte, als er den Grund der Flasche erreichte. Die Wirkung des Weines aber war eine milde Erheiterung, die nicht so rasch verging.

In dieser Weise erfrischt, sah sich Kenyon in dem alten Saal um, in dem sie saßen. Es war ein sehr wuchtig ausgebauter Raum, mit steinernem Fußboden, an den Wänden schwere Pilaster, welche Bögen trugen, die sich an der gewölbten Decke kreuzten. Die hohen Wände wie auch die Gewölbekappen waren mit Fresken bemalt, die anfänglich und wahrscheinlich für viele Generationen danach herrlich gewesen sein mußten. Sie waren festlich und heiter und stellten arkadische Szenen dar, in denen Nymphen, Faune und Satyrn sich zwischen sterblichen Jünglingen und Mädchen vergnügten. Pan und der Gott des Weines und der des Sonnenscheins und der Musik fanden es nicht unter ihrer Würde, eine Lustbarkeit im Wald mit der unverhüllten Glorie ihrer Gegenwart zu erhellen. Eine Girlande tanzender Figuren wand sich in bewundernswerter Mannigfaltigkeit von Form und Bewegung um das Gesims des ganzen Raumes.

In seiner ursprünglichen Großartigkeit mußte der Saal einen blendenden und belebenden Eindruck gemacht haben, denn immer noch erweckte er etwas von den erfreulichsten Gedanken und Gefühlen, denen der Mensch durch den Anblick schöner Gestalten und reicher, harmonischer Glut und Vielfalt der Farben zugänglich ist. Aber die Fresken waren nun schon sehr alt, sie waren von Stella und so mancher ihrer Vorgängerinnen abgerieben und geschrubbt worden und an einer Stelle beschädigt, an einer anderen restauriert, waren teilweise abgeblättert, und ein paar ihrer lichtesten Partien waren unter grauem Staub verborgen, bis alle Freudigkeit daraus entschwunden war. Es war oft schwierig, die Gegenstände der Darstellung zu enträtseln, und selbst da, wo sie einigermaßen erkennbar waren, sahen die Gestalten wie Gespenster aus, und je stärker sie an die glückliche Vergangenheit erinnerten, um so schwermütiger wirkten sie jetzt. Denn es ist ja so, daß schon durch eine unbedeutende Veränderung die glücklichsten Dinge zu den allertraurigsten werden, Hoffnung zu Enttäuschung verblaßt, Freude sich in Schmerz verwandelt und festliche Pracht in Grabesdunkel. Gib ihnen nur ein wenig Zeit, und die frohen und die traurigen Dinge erweisen sich als ein und dasselbe.

»In diesem Raum hat es viel Festlichkeit gegeben, nach dem Charakter der Fresken zu urteilen«, sagte Kenyon, dessen Lebensgeister durch die milde Kraft des Monte-Beni-Weines noch hochgestimmt waren. »Ihre Vorfahren, mein lieber Graf, müssen fröhliche Burschen gewesen sein, die das Fest der Weinlese über das ganze Jahr ausgedehnt haben. Es macht mir Freude, daran zu denken, wie sie alle Herzen mit ihrem Sonnenwein beglückten, sogar im Eisernen Zeitalter, wie Pan und Bacchus dort drüben im Goldenen.«

»Ja, es hat glückliche Stunden gegeben im Bankettsaal von Monte Beni, selbst ich kann mich noch an sie erinnern«, antwortete Donatello und blickte ernst auf die Fresken. »Er war für den Frohsinn geschaffen worden, wie Sie sehen, und wenn ich meine eigene Heiterkeit hierherbrachte, sahen die Fresken ebenso heiter aus. Aber es kommt mir so vor, als wären sie verblaßt, seit ich sie das letzte Mal sah.«

»Es wäre ein guter Gedanke,« sagte der Bildhauer, der in die Stimmung seines Gefährten geriet und ihm mit einer Vorstellung zu Hilfe kam, der Donatello keinen Ausdruck hätte geben können, »diesen Saal in eine Kapelle zu verwandeln, und wenn der Priester seiner Gemeinde von der Unbeständigkeit irdischer Freuden spricht und ihnen erklärt, wie traurig sie entschwinden, so könnte er auf diese Bilder weisen, die so froh waren und nun so düster sind. Er könnte gar keine bessere Art finden, sein Thema zu veranschaulichen.«

»Das ist wirklich wahr,« antwortete der Graf, indem seine frühere Einfalt sich seltsam mit einer Erfahrenheit mischte, die ihn verändert hatte, »und dort, wo früher die Spielleute standen, soll der Altar errichtet werden. Ein sündenbeladener Mensch könnte in diesem alten Festsaal um so wirkungsvoller Buße tun.«

»Aber es sollte mir leid tun, eine so unfreundliche Veränderung für Ihren gastfreundlichen Saal vorgeschlagen zu haben«, fuhr

Kenyon fort, der rechtzeitig den Wechsel in Donatellos Ausdruck bemerkte. »Sie erschrecken mich, mein Freund, durch einen so asketischen Plan. Als wir uns kennenlernten, wäre Ihnen dergleichen nie in den Sinn gekommen. Bitte, nehmen Sie es nicht auf sich — wenn ich mir als der Ältere erlauben darf, Ihnen einen Rat zu geben —, »fügte er lächelnd hinzu, »bitte, nehmen Sie es nicht auf sich — und denken Sie nicht, daß das etwas Besseres wäre —, melancholisch, sorgenvoll und bußfertig zu werden wie wir anderen alle.«

Donatello gab keine Antwort, sondern saß eine Zeitlang da und schien mit seinen Augen eine der Figuren zu verfolgen, die in den Gruppen über Wände und Decke hin viele Male wiederkehrte. Sie stellte die Hauptverbindung zwischen einer Allegorie dar, die alle Fresken miteinander verknüpfte, die zu verfolgen aber sehr mühsam gewesen wäre. Die Augen des Bildhauers nahmen die gleiche Richtung wie die Donatellos und begannen dieselbe Figur durch alle ihre Wandlungen hin zu erkennen, in denen der Maler sie, einmal heiter, dann wieder schwermütig, dargestellt hatte. Kenyon fand, daß sie Donatello ähnelte, und das brachte ihm eine der Absichten in Erinnerung, mit denen er nach Monte Beni gekommen war.

»Mein lieber Graf,« sagte er, »ich habe eine Bitte. Sie müssen mir erlauben, eine Büste von Ihnen zu modellieren. Erinnern Sie sich noch, daß wir alle eine auffallende Ähnlichkeit zwischen Ihnen und dem Faun des Praxiteles entdeckten? Damals schien es fast eine Identität, jetzt aber, da ich Ihr Gesicht genauer kenne, ist die Ähnlichkeit viel weniger stark. Ihren Kopf in Marmor zu besitzen, wäre mir viel wert — wollen Sie mir meine Bitte erfüllen?«

»Ich habe eine Schwäche —,« antwortete der Graf, indem er sein Gesicht abwandte, »es ängstigt mich, wenn man mich scharf betrachtet.«

»Das habe ich bemerkt, seit wir hier sitzen, wenn auch noch niemals zuvor«, erwiderte der Bildhauer. »Es ist eine Art Nervosität, nehme ich an, die Sie sich in Rom zugelegt haben und die sich bei Ihrem einsamen Leben hier verschlimmert. Das braucht aber kein Hindernis für meine Arbeit an der Büste zu sein, denn ich werde Ihr Äußeres und Ihren Ausdruck durch flüchtige Blicke festhalten, die immer bessere Resultate ergeben als ein ständiges Hinstarren – wenn Porträtmaler und Bildhauer das auch meist nicht wissen.«

»Wenn Sie das können, dann machen Sie ruhig mein Porträt«, sagte Donatello, aber sogar jetzt wendete er sein Gesicht ab. »Und falls Sie entdecken, was mich vor Ihnen zurückschrecken läßt, so können Sie es gern in die Büste hineinbringen. Es ist nicht meine Absicht, sondern eine Notwendigkeit für mich, die Augen der Menschen zu meiden. Nur –«, fügte er mit einem Lächeln hinzu, bei dem Kenyon überlegte, ob er nicht genauso gut den Faun des Praxiteles als Modell nehmen könnte, »nur – wissen Sie, Sie dürfen nicht von mir verlangen, daß ich meine Ohren zeige!«

»Nein, nein, ich werde mir so etwas nie erlauben«, antwortete der Bildhauer lachend, als der junge Graf seine Lockenbüschel schüttelte, »wie könnte ich hoffen, Sie dazu zu überreden, nachdem sogar Miriam damals kein Glück damit hatte!«

Nichts ist weniger vorauszusehen als die Magie, die manchmal in einem ausgesprochenen Wort lauert. Man mag einen Gedanken im Sinn haben, so klar, daß nichts ihn deutlicher machen könnte, und zwei Menschen mögen ihn zu gleicher Zeit denken – solange er aber unausgesprochen bleibt, fließt ihr Gespräch ruhig dahin wie ein Bach über irgend etwas, was versunken auf seinem Grund liegt. Aber sprich nur das Wort aus, und es ist, als würde ein ertrunkener Körper heraufgebracht aus der Tiefe des Wassers, das trotz seiner ruhigen Oberfläche die ganze Zeit von dem Geheimnis gewußt hat.

Ganz ebenso stieg eine Totenblässe aus dem Herzen des Grafen, als Kenyon unabsichtlich eine Anspielung auf Donatellos Beziehungen zu Miriam machte, obgleich der Gedanke daran ihnen beiden schon im Sinn gelegen hatte. Donatello erbebte vor Unwillen oder Schreck und starrte den Bildhauer mit weit aufgerissenen Augen an wie ein Wolf, der dir im Wald begegnet und zögert, ob er fliehen oder dich anfallen soll. Als Kenyon aber fortfuhr, ihn ganz ruhig anzusehen, bekam Donatello nach und nach einen weniger verstörten Ausdruck, wenn er auch noch weit entfernt davon war, zu seiner vorherigen Ruhe zurückzufinden.

»Sie haben ihren Namen ausgesprochen,« sagte er schließlich mit zitternder Stimme, »sagen Sie mir jetzt alles, was Sie von ihr wissen.«

»Ich glaube kaum, daß ich mehr weiß als Sie selbst«, antwortete Kenyon. »Miriam verließ Rom um die gleiche Zeit wie Sie. Ein oder zwei Tage nach unserem letzten Beisammensein in der Kapuzinerkirche ging ich zu ihrem Atelier und fand es leer. Wohin sie gegangen ist, weiß ich nicht.«

Donatello stellte keine weiteren Fragen. — Sie standen dann auf und schlenderten miteinander durch die Umgebung des Schlosses und vertrieben sich den Nachmittag mit kurzen Gesprächen und langen, von Schweigen überschatteten Pausen. Der Bildhauer nahm die Veränderung an seinem Begleiter wahr — möglicherweise war es inneres Wachstum, Entwicklung, jedenfalls aber war es eine Veränderung, und das machte Kenyon traurig, denn es nahm so viel von der einfachen Grazie, welche die schönste von Donatellos Eigenheiten gewesen war.

Kenyon begab sich diese Nacht in einem düsteren gewölbten Gemach zur Ruhe, das vermutlich fünf oder sechs Jahrhunderte lang das Geburts-, Braut- und Totengemach der Familie Monte Beni gewesen war. Bald nach Anbruch des Morgens wurde er durch das laute Lamento einer Bande von Bettlern aufgeweckt, die sich auf einem kleinen Pfad aufgestellt hatten, der sich an diesem Teil des Gebäudes entlangzog, und die Klagen zu den offenen Fenstern hinaufrichteten. Dann schienen sie ihre Almosen empfangen zu haben und machten sich davon.

Irgendein mildtätiger Christ hat den Leuten etwas gegeben, dachte Kenyon, aber wer kann denn das gewesen sein? Donatello wohnt im Turm, Stella, Tomaso und der Koch wohnen meilenweit weg von hier — ich dachte, ich wäre in diesem Teil des Hauses der einzige Bewohner?

In der verschwenderischen Weiträumigkeit, die italienische

Wohnsitze so erfreulich auszeichnet, könnte von einem Dutzend Gästen jeder seine eigene Zimmerflucht haben, ohne daß
einer dem andern ins Gehege käme. Aber soweit Kenyon
wußte, war er der einzige Gast unter Donatellos Dach.

Der Stammbaum von Monte Beni

Vor dem alten Kammerdiener, der ein sehr freundlicher und
zugänglicher Mensch war, erfuhr Kenyon bald viele kuriose
Einzelheiten aus der Familiengeschichte und auch über die besonderen Eigenheiten des Grafen von Monte Beni. Es gab einen
Stammbaum, dessen frühesten Teil — und das hieß: ein bißchen
mehr noch als tausend Jahre zurück — durch Aufzeichnungen
und Dokumente zu verfolgen das Entzücken jedes Genealogen
hätte sein müssen. Donatellos Ahnen bis zu ihrer dunklen Herkunft zurückzuverfolgen wäre aber jedenfalls genauso schwierig
gewesen, wie alle Reisenden es bisher gefunden haben, die
mysteriösen Quellen des Nils zu suchen.
Und weit über die Region beweisbarer Tatsachen hinaus hätte
ein Schriftsteller sich in der Poesie uralter Sagen verlieren können, wo der reiche Boden, so lange unkultiviert und unbeackert,
schon fast wieder in den Zustand seiner ursprünglichen Wildnis
zurückgefallen ist. Auf solchen alten Pfaden, jetzt überwuchert
von zügelloser Vegetation, muß der Wanderer seiner eigenen
Führung folgen und gelangt am Ende doch zu keinem Ziel.
Das Geschlecht der Monte Beni war ohne Zweifel eines der
ältesten in Italien, wo Familien häufiger als in Frankreich oder
England aus halb zerstörten Wurzeln überleben, wenn nicht gar
zu blühen scheinen. Auf weiten Wegen kam es aus dem Mittelalter, war aber auch in Epochen, die diesem vorausgingen, deutlich zu erkennen, auch in der, die noch vor der Blüte des Rittertums lag. Und es war — wir fürchten uns fast, das zu sagen —
wenn auch undeutlicher und schwankender, zu erkennen im
frühen Morgenlicht des Christentums, als das römische Impe-
rium noch kaum begonnen hatte, Spuren von Verfall zu zeigen

Angesichts dieser ehrwürdigen Ferne hatten die Heraldiker den Stammbaum resigniert aufgegeben.

Wo es aber Aufzeichnungen über die Genealogie der Monte Beni gab, da hatte die Tradition sie aufgenommen und unverdrossen über die kaiserlichen Zeiten bis zu denen der römischen Republik getragen und wiederum weiter bis in die Epoche der Königsherrschaft. Und nicht einmal dort hielt sie etwa zögernd inne, sondern eilte weiter ins graue Altertum zurück, von dem keine Kunde geblieben ist außer leeren Gräbern und ein paar Bronzen, ein paar wunderlichen Ornamenten aus Gold und Steinen mit mystischen Figuren und Inschriften. Hier, oder doch ungefähr hier, so nahm man an, hatte das Geschlecht seinen Ursprung gehabt, im sagenhaften Leben von Etrurien, als Italien an Roms Existenz noch keine Schuld trug.

Mit Bedauern müssen wir sagen, daß selbstverständlich der frühere und sehr viel größere Teil dieser respektablen Ahnenschaft als durchaus nur mythisch zu betrachten ist – und dasselbe gilt auch für viele kürzere Stammbäume. Immerhin machte das die zweifellos uralte Herkunft der Monte Beni auf romantische Art interessant, ebenso wie die Gebiete ihrer Weinreben und Feigenbäume, unter denen sie jedenfalls schon seit unvordenklichen Zeiten hausten. Und hier hatten sie das Fundament ihres Turmes gelegt, vor so langer Zeit, daß behauptet wurde, die Hälfte davon sei bereits unter die Erdoberfläche gesunken und dort gebe es unterirdische Kammern, die einst im fröhlichen Sonnenlicht lagen.

Eine der Erzählungen über die Familie interessierte den Bildhauer durch ihre phantastische und vielleicht groteske, aber doch faszinierende Absonderlichkeit. Er beschäftigte sich um so eifriger mit ihr, als sie einen koboldhaften Schein der Erklärung für die Ähnlichkeit zwischen Donatello und dem Faun des Praxiteles hergab.

Wie diese Legende wahrhaben wollte, führte die Familie Monte Beni ihren Ursprung auf die pelasgische Rasse zurück, welche Italien zu einer Zeit bevölkerte, die man noch prähistorisch nennen kann. Es war dieselbe edle Rasse asiatischer Herkunft,

die sich in Griechenland niederließ, dieselbe glückliche, poesie-
volle Sippschaft, die in Arkadien ihr Wesen trieb und die – ob
sie nun wirklich ein solches Leben führte oder nicht – die Welt
doch zumindest mit Träumen von einem Goldenen Zeitalter
beschenkte, lieblich, wenn auch unwirklich. In jenen köstlichen
Zeiten, in denen Götter und Halbgötter ungezwungen auf
Erden erschienen und sich mit den Menschen befreundeten, in
denen Nymphen, Satyrn und die ganze Gefolgschaft klassischer
Mythologie sich kaum die Mühe machten, sich in den Urwäl-
dern zu verbergen – in dieser glücklichen Zeit also hatte das
Geschlecht der Monte Beni seinen Ursprung. Sein Gründer war
ein nicht durchaus menschliches Wesen, aber doch im Besitz der
freundlichsten menschlichen Eigenschaften, so daß sein Anblick
weder furchteinflößend noch sonstwie erschreckend war: ein
Urwaldgeschöpf hatte ein sterbliches Mädchen geliebt und,
vielleicht durch seine Güte und Zartheit, die die Liebe seine
Einfalt gelehrt haben mochte, vielleicht aber auch durch eine
gröbere Art der Werbung, sie dazu vermocht, ihm in seine
Waldgründe zu folgen. Nach kurzer Zeit gewann sie ihn lieb, sie
bezogen ihr Brautgemach im ausgehöhlten Stamm eines mächtigen Baumstammes und führten eine sehr glückliche Ehe, und
zwar dort, wo jetzt Donatellos Turm stand.
Aus dieser Verbindung entsprang eine kräftige Nachkommenschaft, die ungehindert unter den Menschen zu wohnen begann. Doch zeigten sie noch lange Zeiten hindurch die unleug-
bare Abstammung von etwas Wildem: es waren höchst liebenswürdige und umgängliche Menschen, aber sie waren zu einem
wütenden Jähzorn fähig und in bezug auf soziale Umgangsfor-
men nie so ganz im Zaum zu halten. Sie waren kräftig, tätig,
warmherzig, froh wie der Sonnenschein und leidenschaftlich
wie ein Unwetter. Ihr Leben war durch die zwanglose Harmonie mit der Natur gesegnet.
Als die Jahrhunderte vergingen, mäßigte sich freilich das wilde
Blut des Fauns durch die fortwährende Vermischung mit
menschlichem Blut. Es verlor viel von seinen ursprünglichen
Eigenschaften und diente hauptsächlich dazu, den Stamm mit

einer unverwüstlichen Vitalität zu begaben, die ihn am Aussterben hinderte und die Familie befähigte, alle Gefahren und Verwicklungen, in die sie durch ihre angestammte Gewalttätigkeit geriet, zu überdauern. In den ständigen Kriegen, von denen Italien heimgesucht wurde, fand ihre angeborene Kühnheit viele Bewährungsmöglichkeiten.

Die späteren Generationen der Monte Beni waren jedenfalls tapfer, hatten genügend politischen Verstand, um ihre ererbten Güter vor dem Zugriff gieriger Nachbarn zu bewahren, und unterschieden sich vermutlich wenig von den anderen Feudalherren, mit denen sie kämpften und zechten. Die Anpassung an die Lebensgewohnheiten anderer war wohl erforderlich gewesen für die Erhaltung der Rasse.

Es ist aber wohlbekannt, daß jede ererbte Absonderlichkeit — wie beispielsweise die habsburgische Unterlippe — eine ganz unberechenbare Art hat, sich in einer Familie zu zeigen. Sie überspringt ein paar Generationen, und nachdem sie vielleicht ein halbes Jahrhundert latent blieb, kommt sie plötzlich bei einem Urenkel wieder zum Vorschein. Und so sagte man auch, daß es, seit grauer Vorzeit schon, immer wieder einmal einen Monte Beni gäbe, der beinahe alle Attribute des ursprünglichen Begründers der Familie zeigte. Einige der Überlieferungen verstiegen sich sogar dazu, unter den Beweisen für die Abstammung dieser bevorzugten Individuen die mit zartem Pelz bedeckten und wie spitze Blätter geformten Ohren zu nennen. Wir erkennen die Schönheit eines solchen Unterpfands für eine engere Verwandtschaft mit der Natur, als andere Sterbliche sie haben, freilich an, doch wäre es müßig, Glaubwürdigkeit für eine Behauptung zu verlangen, die so grotesk klingt.

Es war aber nicht abzustreiten, daß einmal oder sogar öfter in einem Jahrhundert ein männlicher Sproß der Monte Beni den Charakter zeigte, den man der Familie seit undenklichen Zeiten zuschrieb. Schön, stark, tapfer, gutherzig, aufrichtig, mit ehrenhaften Zielen und beseelt von einfachen Neigungen und der Liebe zu heimischen Freuden, wurden ihm Eigenschaften beigemessen, die ihn befähigten, sich den Tieren der Wälder und den

Vögeln der Luft zuzugesellen und sich sogar mit den Bäumen zu verständigen, unter denen zu weilen seine größte Freude war. Auf der anderen Seite gab es auch Unzulänglichkeiten des Intellekts wie des Herzens und angeblich besonders in der Entwicklung der höheren menschlichen Natur. Diese Defekte waren in der frühen Jugend weniger deutlich, zeigten sich aber mit zunehmendem Alter stärker, und wenn die animalischen Eigenschaften sich in der Seele festsetzten, so neigte der betreffende Monte Beni dazu, sich groben Vergnügungen hinzugeben, wollüstig und schwerfällig zu werden, teilnahmslos und beschränkt in den engen Grenzen verdrossener Selbstsucht.

Eine derartige Veränderung können wir aber auch sonst bei Menschen beobachten, die sich nicht sorgfältig bemühen, durch neue Vorzüge das zu ersetzen, was sie mit der raschen Aufnahmefähigkeit und Lebhaftigkeit der Jugend unvermeidlich einbüßen. Im schlimmsten Fall war der regierende Graf von Monte Beni, sobald seine Haare ergrauten, immer noch ein gemütlicher alter Knabe bei seiner Flasche Wein – dem Wein, von dem die Sage ging, daß der Urahne ihn von Bacchus selbst zu keltern gelernt habe, und zwar aus Trauben, die in einem von den Göttern gesegneten Teil des Weinbergs der Monte Beni reiften.

Es mag noch angemerkt werden, daß die Familie auf diese Legenden einerseits stolz, andererseits ihretwegen beschämt war. Aber wieviel davon sie auch stillschweigend gelten ließen, so wiesen sie ganz entschieden alles zurück, was sich auf die bepelzten und zugespitzten Ohren bezog. Durch viele vergangene Zeiten hin war dem mythologischen Teil der Abstammung kein Glaube geschenkt worden, aber immerhin kann eine Häufung gewisser Eigenschaften als typisch angesehen werden, wenn sie immer wieder auftauchen und das bilden, was man Familiencharakter nennt – im vorliegenden Fall hauptsächlich wegen der Einfachheit und Natürlichkeit all dieser Eigenschaften. Obendrein entdeckte der Bildhauer einige alte Porträts, die ihm bewiesen, daß die Gesichtszüge der Familie schon seit langem mit denen Donatellos Ähnlichkeit hatten. Es stimmte, daß das Gesicht der Monte Beni mit zunehmenden Jahren die Neigung zeigte, finster und primitiv auszusehen, und in einigen Fällen starrten die Familienbilder dem Betrachter wie mürrische Tiere in die Augen, die mit ihrer spielerischen Jugend auch die gute Laune verlieren.

Der junge Graf bewilligte seinem Gast von selbst alle Freiheit, die Annalen der porträtierten Personen zu untersuchen sowie auch die aller anderen Vorfahren. Es stand reichliches Material zur Verfügung, Truhen voller vom Holzwurm angenagter Papiere und vergilbter Pergamente, die sich seit dem Mittelalter zu riesigen verstaubten Haufen angesammelt hatten. Um die Wahrheit zu sagen: die Informationen, die diese muffigen Dokumente lieferten, waren so viel prosaischer als das, was Kenyon aus Tomasos Legenden entnahm, daß selbst ihre Authentizität ihn nicht mit ihrer Langweiligkeit versöhnen konnte.

Was den Bildhauer besonders entzückte, war die Analogie von Donatellos Charakter, so wie er selber ihn kannte, mit den besonderen Merkmalen, die aus den Schilderungen des alten Dieners hervorgingen und nach dessen Behauptung schon immer in der Familie erblich waren. Es machte ihm auch Vergnügen, daß nicht nur Tomaso, sondern auch die Bauern des Gutes und der Nachbardörfer einen echten Monte Beni des Urtypus in ihm sahen. Sie schienen große Zuneigung für den jungen Grafen zu hegen und steckten voller Geschichten über seine vergnügte Kindheit – wie er mit den kleinen Bauerkindern gespielt hatte und wie er zugleich der wildeste und süßeste von allen gewesen war. Wie er als kleines Kind in die tiefsten Stromschnellen der Flüsse gesprungen war und niemals in die Strudel gerissen wurde, wie er in die Kronen der höchsten Bäume kletterte, ohne sich den Hals zu brechen. Kein derartiges Mißgeschick konnte diesem Kind der Natur widerfahren, denn da es alle ihre Elemente so frei und furchtlos beherrschte, hatte keines von ihnen die Macht noch auch nur die Absicht, ihm einen Harm zu tun.

Er wuchs auf, wie diese ergebenen Freunde sagten, nicht nur als Spielgefährte der Menschen, sondern auch aller wilden Kreaturen. Aber obgleich Kenyon in sie drang, um Einzelheiten über diese letzteren zu erfahren, konnten sie sich nur auf ein paar Anekdoten besinnen über einen halbzahmen Fuchs, der jedermann anknurrte und nach allen schnappte außer nach Donatello.

Aber sie verbreiteten sich, ohne dieses Themas je müde zu werden, über den Segen, den Donatellos Gegenwart in seiner Kindheit und Jugend gespendet hatte. Ihre Hütten leuchteten immer wie von Sonnenlicht, wenn er sie betrat, so daß – wie die Bauern es ausdrückten – der junge Herr niemals einen Schatten ins Innere des Hauses warf, wenn er durch die Tür eintrat. Er war auch die Seele der Winzerfeste. Schon als er ein kleines Kind war, kaum imstande, allein zu gehen, war es zum Brauch geworden, ihn mit den zarten Füßen die Kelter treten zu lassen, und wenn es auch nur für eine einzige Traube war. Denn der wenige Saft, der unter seinem Kinderfuß hervorlief, genügte, um einem ganzen Faß Wein einen herrlichen Duft zu geben. Die bäuerlichen Chronisten versicherten dem Bildhauer, daß das Geschlecht der Monte Beni seit uralten Zeiten die Gabe besaß, guten Wein aus den gewöhnlichsten Trauben zu keltern und aus der erlesenen Zucht ihrer eigenen Weingärten einen geradezu hinreißenden Wein.

Mit einem Wort: Kenyon hätte sich bei diesen Geschichten einbilden können, daß die Täler und Hügel ringsumher ein wahres Arkadien seien und daß Donatello nicht nur ein Faun, sondern der liebenswürdige Gott des Weines in eigener Person wäre. Und wenn er auch bei den poetischen Phantasien italienischer Landbewohner viele Einschränkungen machte, so durfte er es doch als eine Tatsache ansehen, daß sein Freund in einer einfachen Art und in der bäuerlichen Umgebung ein außergewöhnlich entzückender Knabe gewesen sein mußte.

Manchmal aber fügten die Contadini, indem sie die Köpfe schüttelten und seufzten, hinzu, daß der junge Graf sich traurig verändert habe, seit er in Rom gewesen sei. Die Mädchen des Dorfes vermißten das freundliche Lächeln, mit dem er sie sonst gegrüßt hatte.

Der Bildhauer fragte seinen guten Freund Tomaso, ob auch er den Schatten wahrgenommen habe, der angeblich über Donatello lag.

»O ja, Signore,« antwortete der alte Diener, »genauso ist es, seit er aus dieser verderbten, miserablen Stadt wiedergekommen ist. Entweder ist die Welt zu schlecht oder zu traurig und gescheit geworden für Menschen, wie die alten Grafen von Monte Beni früher waren. Meinen armen jungen Herrn hat schon die erste Berührung mit ihr verändert und angekränkelt. Seit mindestens hundert Jahren hat es keinen so echten Monte Beni in der Familie gegeben wie ihn, keinen von der ganz alten Sorte mehr. Und jetzt treibt es mir die Tränen in die Augen, wenn ich ihn über einem Glas Sonnenschein seufzen höre. Ach, was ist das für eine trübselige Welt geworden!«

»Dann meinen Sie also, daß die Welt früher glücklicher war? fragte Kenyon.

»Gewiß, Signore,« sagte Tomaso, »eine glücklichere Welt und glücklicher die Grafen von Monte Beni, die sie bewohnten. Was für Geschichten habe ich nicht über sie gehört, als ich noch auf meines Großvaters Knien saß!« Der alte Mann erinnerte sich an einen Grafen von Monte Beni oder hatte doch wenigstens von einem solchen gehört, der in die Wälder zu gehen pflegte und alle hübschen Jungfräulein aus den Quellen und den Baumstämmen herbeirief. Er war dafür bekannt, daß er einen ganzen langen Sommernachmittag mit ihnen vertanzen konnte. »Wann bekommen wir denn solchen Frohsinn heutzutage noch zu sehen?«

»Nicht so leicht, fürchte ich«, stimmte der Bildhauer zu. »Sie haben wahrhaftig ganz recht, Tomaso, die Welt ist trübseliger geworden.«

Und wirklich seufzte unser Freund mit dem gleichen Atemzug, bei dem er über diese Geschichten lächelte, weil er daran dachte, daß die Erde für jede neue Generation immer weniger von den Blüten hervorbringt, die die vorangegangene noch beglückt haben. Nicht daß die Möglichkeiten zu menschlichen Freuden in unserem verfeinerten Zeitalter spärlicher geworden wären – im

Gegenteil, sie waren niemals so überreichlich vorhanden –, aber die Menschheit ist über ihr Kindheitsstadium schon so weit hinaus, daß sie es verschmäht, noch harmlos glücklich zu sein. Ein einfacher, heiterer Charakter findet unter den übergescheiten, melancholischen Figuren, die seine unkomplizierte Fröhlichkeit beschämen, keinen Platz mehr. Das gegenwärtige Gesellschaftssystem ist so aufgebaut, daß es den Leichtherzigen, die unbesorgte und zufriedene Seele, ausschließt. Sogar die Kinder schon würden dem unglücklichen Individuum Vorwürfe machen, welches das Leben und die Welt als das zu nehmen versuchen würde, als was sie nach unserer Meinung freilich gedacht waren – nämlich als einen Ort und eine Gelegenheit zur Freude.

Unerbittliches Gesetz unserer Zeit ist es, Zwecke und Ziele im Leben zu haben. Das macht aus uns allen Teile eines komplizierten Systems für den Fortschritt, das lediglich damit enden kann, daß wir in immer kältere und trübere Regionen geraten als die, in der wir geboren wurden. Dieses System besteht darauf, daß jedermann irgend etwas, und wäre es auch nur ein Scherflein, das aber durch unablässige Anstrengungen verdient werden muß, dem angehäuften Berg von Nützlichkeit hinzufügt, dessen einziger Nutzen aber sein wird, unsere Nachkommen mit noch schwereren Gedanken und noch mehr Arbeit zu belasten, als unsere eigenen schon sind. Kein Leben fließt mehr wie ein unbehinderter Strom dahin, schon das winzigste Bächlein muß ein Mühlrad drehen. Mit dem allzu eifrig verwirklichten Entschluß vorwärtszukommen gehen wir alle in die Irre.

Daher kam es – so dachte wenigstens der Bildhauer, wenn er auch teilweise Donatellos Unglück dunkel ahnte –, daß es dem jungen Grafen heutzutage unmöglich erscheinen mußte, so zu sein wie seine Vorfahren. Er konnte ihr gesundes Leben in animalischem Frohsinn, in Sympathie mit der Natur und in Brüderlichkeit mit allem, was in ihr atmete, nicht mehr führen. Natur in wilden Tieren, Vögeln, Bäumen ist auf der Erde, im Wasser und am Himmel, wie sie immer war, aber Sünde, Sorge und Bewußtsein unserer selbst haben den menschlichen Teil der

Welt verzerrt, und so geht der einfachste Charakter am leichtesten zugrunde.

»Jedenfalls, Tomaso«, sagte der Bildhauer tröstend, »wollen wir hoffen, daß Ihr junger Herr sich zur Zeit der Weinlese doch noch aufheitern wird. Wenn ich den Weinberg ansehe, schätze ich, daß es ein besonders guter Jahrgang werden wird, und solange eure Trauben diesen goldenen Saft produzieren, werden weder der Graf noch seine Gäste, mag die Welt noch so traurig sein, das Lächeln ganz verlernen.«

»Ach, Signore«, seufzte der Diener, »er trinkt ja aber kaum noch einen Schluck!«

»Und es gibt noch eine andere Hoffnung —«, sagte Kenyon, »der junge Graf könnte sich ja verlieben und eine junge, fröhliche Frau heimbringen, die die Düsterkeit aus dem alten Saal dort drüben hinausjagt. Finden Sie, daß er überhaupt etwas Besseres tun könnte, mein guter Tomaso?«

»Vielleicht nicht, Signore,« sagte der weise Diener und sah ihn ernst an, »vielleicht aber auch nichts Schlimmeres.«

Der Bildhauer sah, daß der alte Mann eigentlich noch weiter sprechen wollte, sich aber plötzlich dazu entschloß zu schweigen. Jetzt verabschiedete er sich, um in den Keller zu gehen, indem er sein weißes Haupt schüttelte und vor sich hinmurmelte, und kam vor dem Essen nicht mehr zum Vorschein, wo er Kenyon, den er sehr ins Herz geschlossen hatte, mit einer Flasche noch edleren Weines auszeichnete, als es der vorige gewesen war.

Der goldene Sonnenschein war aber auch keine überflüssige Zutat, um das Leben auf Monte Beni angenehm zu machen. Es war ein wahrer Jammer, daß Donatello nicht ein bißchen mehr davon trank und auf diese Weise nicht wenigstens etwas vergnügter schlafen ging, selbst wenn er den nächsten Morgen dann mit noch etwas mehr Melancholie hätte beginnen müssen.

Trotzdem herrschte aber kein Mangel an Möglichkeiten, ein angenehmes Leben auf dem alten Besitz zu führen. Fahrende Musikanten suchten die Gegend von Monte Beni auf, wo sie durch alten Brauch erworbene Vorrechte genossen. Sie machten Rasenplätze und Buschwerk lebendig durch die Klänge von Fiedeln, Harfen und Flöten und manchmal auch mit dem verworrenen Schrillen eines Dudelsacks. Auch gab es Stegreifdichter, die den Contadini nach der Tagesarbeit im Weinberg Märchen erzählten oder Verse rezitierten, wobei Kenyon oft unter der Zuhörerschaft war. Auch Zauberkünstler kamen und erhielten die Erlaubnis, im großen Saal ihre Vorstellungen zu geben, wo sie sogar den weisen Tomaso, auch Stella, Girolamo und die Mädchen aus den Bauernhäusern in einen Zustand zwischen Vergnügen und Erstaunen versetzten. Sie bekamen für ihre Bemühungen Nahrung und Unterkunft, etwas von dem leichten Wein der Toskana und eine tüchtige Handvoll großherzoglicher Kupfermünzen, damit der gute Ruf von Monte Beni erhalten bliebe. Sehr selten aber war der junge Graf unter dem Publikum.

Manchmal gab es Tanz auf dem Rasen im Mondschein, aber noch nie seit seiner Rückkehr aus Rom hatte Donatellos Anwesenheit die hübschen Bauernmädchen erröten lassen oder hatten seine Füße beim Tanz, wie einst, den unermüdlichsten Tänzer und Konkurrenten an Ausdauer besiegt.

Bettler, die Monte Beni schlimmer als jeden anderen Fleck in dem von Bettlern wimmelnden Italien belagerten, standen unter allen Fenstern, brachten ihre lauten Klagen vor oder etablierten sich sogar auf den Marmorstufen des Haupteingangs. Sie aßen und tranken, füllten ihre Beutel, steckten das Kleingeld ein, das ihnen gegeben wurde, und zogen weiter auf ihren Irrfahrten, indem sie unzählige Segenswünsche auf das Haus und seinen Herrn niederregnen ließen und ebenso auf die Seelen seiner dahingegangenen Vorfahren, die allezeit genauso einfältig gewesen waren und die Bettelei mitleidig unterstützt hatten. Aber trotz ihrer Fürbitten, denen italienische Menschenfreunde großen Wert beimessen, schien über diesen einst arkadischen Gefilden eine Wolke zu hängen, und am düstersten schien sie über dem Turm zu sein, wo Donatello meistens saß und vor sich hinbrütete.

Seit der Ankunft des Bildhauers aber kam der junge Graf doch wenigstens manchmal von seiner einsamen Höhe herunter und streifte mit ihm durch die nahen Wälder und über die Hügel. Er führte Kenyon zu vielen reizenden Schlupfwinkeln, die er aus seiner Kindheit kannte, aber er sagte, daß sich ihrer in letzter Zeit eine Art Fremdheit bemächtigt habe, so daß er die Plätze, die er doch so geliebt hatte, kaum noch wiedererkannte. Für die Augen des Bildhauers waren sie aber trotzdem reich an Schönheit. Sie waren malerisch auf jene eindrucksvolle Art, mit der sich die Wildnis über Gebiete ausbreitet, die früher von den Menschen sorgfältig gepflegt wurden. Sobald der Mensch nichts mehr für sie tut, kommen Zeit und Natur und arbeiten gemeinsam, um das Gebiet zu einer sanften, ehrwürdigen Vollkommenheit zu bringen. Dort wuchsen nun die Feigenbäume, die verwildert waren und sich mit den Weinranken vermählten, die ihrerseits, der menschlichen Kontrolle entzogen, zügellos wucherten, so daß die beiden Pflanzen sich in wildem Ehebund verflochten hatten und ihre verschiedene Nachkommenschaft – pralle Feigen und schwellende Trauben – vom gleichen Zweig herunterhing.

Nach Kenyons Meinung gab es keinen lieblicheren Winkel als eine kleine Bodensenkung, die er mit Donatello aufsuchte. Sie lag zwischen Hügeln eingebettet und war gerade eben noch geöffnet für einen Blick auf die weite, fruchtbare Talebene. Ein Springquell hatte hier seine Geburtsstätte und fiel in ein Marmorbassin, das ganz von Moos bedeckt und von Wasserkresse betupft war. Eine Urne in den Armen, stand über dem Sprudeln des kleinen Gewässers eine Nymphe, deren Blöße das Moos freundlich bekleidete, und die langen Strähnen und Flechten des Liebfrauenhaares hingen ihr um die Taille. In früheren Tagen, die in fernen Zeiten liegen mochten, hatte diese Herrin des Brunnens den Quell zunächst in ihrer Urne aufgefangen und ihn in das Marmorbecken fließen lassen. Jetzt aber hatte die Urne einen Sprung von oben bis unten, und die arme Nymphe mußte

mit ansehen, wie sich das Becken ohne ihr Zutun mit Wasser
füllte, das doch einst ihr geweiht worden war.

Aus diesem oder vielleicht auch aus irgendeinem anderen
Grund wirkte sie sehr verloren, und man hätte sich einbilden
können, daß der ganze Brunnen nichts anderes bedeute als das
Überfließen ihrer einsamen Tränen.

»Dieser Ort war früher meine größte Freude«, sagte Donatello
aufseufzend. »Als Knabe bin ich hier sehr, sehr glücklich gewesen.«

»Und auch als Mann könnte ich mir keinen geeigneteren Ort
denken, um glücklich zu sein«, antwortete Kenyon. »Aber Sie,
lieber Graf, sind doch eine so gesellige Natur, daß ich nicht
gedacht hätte, eine so einsame Gegend könnte Sie reizen! Es ist
eher ein Platz für einen Poeten, um zu träumen und ihn mit
Phantasiegestalten zu bevölkern.«

»Ich bin kein Poet, soviel ich weiß,« erwiderte Donatello, »aber
trotzdem bin ich in der Gesellschaft des Brunnens und der
Nymphe sehr glücklich gewesen. Es geht die Sage, daß ein
Faun, mein ältester Vorfahr, an diesen Platz hier eine Tochter
der Menschen mitbrachte, die er liebte und mit der er sich
vermählte. Diese Quelle war der Brunnen für ihren Haushalt.«

»Das ist eine sehr hübsche Fabel,« sagte Kenyon, »falls es nicht
überhaupt die Wahrheit ist.«

»Und warum nicht die Wahrheit?« meinte der einfältige Donatello. »Es gibt noch eine andere, ebenso schöne Erzählung, die
mit diesem Fleck hier zu tun hat. Aber jetzt, wo sie mir wieder
einfällt, kommt sie mir eher traurig vor als schön, obwohl mich
ihr trauriges Ende früher nicht so beeindruckt hat. Wenn ich
Talent zum Erzählen hätte, würde diese Geschichte Sie sicher
sehr interessieren.«

»Bitte erzählen Sie sie,« bat Kenyon, »gleichgültig, ob gut oder
schlecht. Diese phantastischen Sagen haben gerade dann den
größten Reiz, wenn sie ungekünstelt erzählt werden.«

So berichtete also der junge Graf von einem seiner Vorfahren –
er mochte vor hundert oder auch vor tausend Jahren gelebt

haben oder womöglich noch vor dem christlichen Zeitalter, denn jedenfalls war Donatello nichts Gegenteiliges bekannt. Dieser Vorfahr hatte mit dem lieblichen Genius der Quelle Freundschaft geschlossen. Ob es ein Weib oder eine Elfe war, blieb ein Geheimnis, ebenso wie alles andere, was sie betraf, bis auf die Tatsache, daß ihr Leben und ihre Seele durchaus mit dem sprudelnden Wasser verknüpft waren. Sie war ein frisches, kühles, taubedecktes Wesen, fröhlich und ernst, voll vergnügter kleiner Streiche, voll unbeständiger, launenhaft wechselnder Einfälle, aber bei alledem so unveränderlich treu wie der Strom ihres Ursprungs mit seinem immer gleichen Sprudeln und Fließen, während Marmor überall um ihn herum verstreut lag. Die Quellnymphe liebte den jungen Mann oder vielmehr den Ritter, wie Donatello ihn nannte, weil — wie die Sage behauptete — seine Rasse der ihrigen verwandt war. Ob verwandt oder nicht — jedenfalls hatte seit altersher zwischen der langlebigen Herrin des Quells und dem jeweiligen Ahnen, der denn auch bepelzte Ohren gehabt hatte, Freundschaft und Sympathie gewaltet. Und nach all diesen Zeiten war sie unverändert jung wie ein Maimorgen und voller Frohsinn wie ein Vogel in den Bäumen oder ein Lufthauch, der mit den Blättern seinen Mutwillen treibt.

Sie lehrte den Ritter, sie aus dem perlenden Wassergrund heraufzurufen, und sie verbrachten so manche selige Stunde miteinander, besonders an Sommertagen. Oft, wenn er wartend neben dem Quell saß, konnte sie in einem Schauer sonnenblitzender Wassertropfen über ihn herfallen und in einem Regenbogen, der sie durchschimmerte, um sodann die Gestalt eines wunderschönen Mädchens anzunehmen und übermütig zu lachen — oder war das die Melodie des aufsteigenden Wassers? —, sobald sie die Überraschung des Ritters sah.

Dann wurde dank dem zärtlichen Mädchen die heiße Sommerluft wunderbar kühl, und wenn er niederkniete, um aus dem Quell zu trinken, so war er schon sehr bald daran gewöhnt, daß sich aus der feuchten Tiefe ein rosiges Lippenpaar seinem Mund entgegenhob, um ihn mit einem süßen, kühlen, taufeuchten Kuß zu berühren.

»Das ist eine entzückende Geschichte für die heißen Mittage Ihres toskanischen Sommers,« unterbrach der Bildhauer, »aber im Winter muß das Benehmen der Wasserdame doch eine arg frostige Wirkung gehabt haben – buchstäblich ein kalter Empfang für ihren Liebhaber.«

»Ich glaube,« sagte Donatello ein wenig gekränkt, »Sie machen aus der Geschichte einen Scherz. Aber ich kann nichts Komisches entdecken, weder in der Geschichte noch in dem, was Sie da sagen.«

Er berichtete weiter, wie der Ritter lange Zeit unendliches Vergnügen an der Freundschaft der Nymphe fand. In seinen frohen Stunden beglückte sie ihn mit ihren munteren Scherzen, und war er von weltlichen Sorgen verstimmt, so legte sie ihre feuchte Hand auf seine Stirn und zauberte Verdruß und Ärger davon.

Eines schicksalschweren Tages aber kam der Ritter mit hastigen Schritten zur Quelle gelaufen. Er rief die Nymphe, aber – sicherlich, weil etwas Ungewohntes und Erschreckendes in seiner Stimme lag – sie erschien nicht, noch gab sie Antwort. Er warf sich nieder und wusch seine Hände und badete seine Stirn in dem kühlen, reinen Wasser, und dann hörte er einen wehklagenden Ton. Es konnte eine weibliche Stimme gewesen sein, aber ebensogut auch nur die Stimme des Wassers. Das Wasser verschwand aus den Händen des Ritters, und seine Stirn blieb so heiß wie zuvor.

Hier hielt Donatello bedrückt inne.

»Warum wich denn das Wasser vor dem armen Ritter zurück?« erkundigte sich der Bildhauer.

»Weil er versucht hatte, sich einen Blutfleck darin abzuwaschen«, antwortete der junge Graf leise. »Der schuldbeladene Mann hatte das reine Wasser entweiht. Die Nymphe mochte ihn wohl trösten, wenn er Kummer hatte, aber von einem Verbrechen konnte sie sein Gewissen nicht reinwaschen.«

»Und sah er sie niemals wieder?« fragte Kenyon.

»Nur noch ein einziges Mal«, antwortete Donatello. »Niemals sah er ihr geliebtes Gesicht wieder, bis auf ein einziges Mal, und da hatte die arme Nymphe einen Blutfleck auf der Stirne. Es war der Fleck, den seine Sünde im Quellwasser zurückgelassen hatte, als er versuchte, ihn abzuwaschen. Er trauerte um die Nymphe sein ganzes Leben lang und trug dem besten Bildhauer auf, ihre Statue nach der Beschreibung, die er ihm von ihr gab, zu meißeln. Aber obgleich mein Vorfahr gewollt hatte, daß ihr Abbild einen frohen Ausdruck zeige, war der Künstler im Gegensatz zu Ihnen von der Traurigkeit der Geschichte so beeindruckt, daß er trotz aller Mühe, die er sich gab, sie so schmerzerfüllt darstellte, wie Sie sie hier sehen.«

Kenyon fand diese einfache Erzählung sehr reizvoll. Gleichviel, ob sie so gemeint war oder nicht – er verstand sie als einen Hinweis auf die wohltuende und gute Wirkung eines regelmäßigen Verkehrs mit der Natur bei allen gewöhnlichen Sorgen und Kümmernissen, während ihr Einfluß bei heftigeren Leidenschaften versagt und der Sünde gegenüber ganz und gar machtlos ist.

»Meinen Sie«, fragte er, »daß sich die Nymphe seither keinem Sterblichen mehr gezeigt hat? Mich dünkt, daß Sie durch Ihre angeborenen Eigenschaften mindestens ebensoviel Recht auf ihre Gunst hätten wie Ihre Ahne. Weshalb haben Sie sie nie beschworen?«

»Ich habe es oft versucht, als ich noch ein törichtes Kind war,« antwortete Donatello, »aber Gott sei Dank ist sie nie erschienen.« »Sie haben sie also nie gesehen?«

»Nie«, sagte der Graf. »Nein, ich habe die Nymphe nicht gesehen, obgleich ich an ihrem Brunnen hier viele seltsame Bekanntschaften geschlossen habe, denn seit meiner frühesten Kindheit war ich mit sämtlichen Kreaturen vertraut, die die Wildnis durchstreifen. Sie hätten gelacht beim Anblick der Freunde, die ich unter ihnen hatte. Ja – unter den scheuen, behenden Geschöpfen ich, der listige Mensch, ihr tödlichster Feind! Wie ich es eigentlich gelernt habe, weiß ich nicht. Aber es gab einen Zauber – eine Stimme, ein Murmeln, eine Art Singen –, mit dem ich die Waldbewohner lockte, das Volk mit Fell und mit Federn, in einer Sprache, die sie zu verstehen schienen.«

»Ich habe von solchen Gaben gehört,« sagte der Bildhauer ernsthaft, »aber noch nie habe ich jemanden kennengelernt, der sie besaß. Bitte, versuchen Sie es doch! Und damit ich Ihre Freunde nicht verscheuche, will ich ins Dickicht hinübergehn und nur ganz behutsam herausschauen.«

»Ich bezweifle, daß sie sich noch an meine Stimme erinnern«, sagte Donatello. »Wissen Sie, sie verändert sich, wenn man vom Knaben zum Mann wird.«

Da der junge Graf aber gutmütig und leicht zu überreden war, so gab er Kenyons Bitten bald nach. Kenyon hatte sich im Gebüsch versteckt und hörte, wie Donatello eine Art moduliertes Gemurmel ausstieß, unartikuliert und rauh, aber doch harmonisch. Es schien dem Lauschenden, daß es der befremdlichste und zugleich auch der natürlichste Laut war, den er je gehört hatte. Jedes Kind, das beim Spielen vor sich hinsummte und keine deutlichere Melodie formte, als es etwa der Rhythmus seiner eigenen Pulsschläge war, hätte fast den gleichen Ton hervorbringen können. Und doch war es so eigenartig wie das Rauschen des leichten Windes. Donatello versuchte es wieder und wieder, zunächst mit vielen Pausen und Unterbrechungen voll Unsicherheit, dann mit mehr Zuversicht, so wie ein Wanderer, der im Dunkel nach dem Weg tastet, plötzlich ins Helle kommt und nun mit sicheren Schritten weitergeht, während es immer heller um ihn wird.

Bald darauf schien seine Stimme die Luft zu erfüllen, wenn auch keineswegs mit aufdringlich lautem Klang. Der Ton war murmelnd, sanft, anziehend, beschwörend, freundlich. Kenyon dachte, daß so die Stimme und die Äußerungen der Naturmenschen gewesen sein mußten, bevor der seiner selbst bewußt gewordene Intellekt das formte, was wir jetzt unsere Sprache nennen. In dieser allumfassenden Mundart mochte der brüderliche Mensch zu seinen sprachlosen Geschwistern gesprochen haben, denen sie so verständlich war, daß er ihr Vertrauen gewinnen konnte.

Der Ton hatte auch etwas Ergreifendes, so daß Kenyon Tränen in die Augen traten. Sie stiegen langsam aus seinem Herzen herauf, das hingerissen war von einem Gefühl, welches zu analysieren Kenyon sich untersagte, damit es sich nicht etwa unter diesem Zugriff verflüchtige.

Donatello hielt zwei-, dreimal inne und schien zu lauschen, dann begann er von neuem und schien Seele und Lebenskraft stärker mitströmen zu lassen. Und endlich hörte der Bildhauer, wenn er sich nicht täuschte, ein leises Herankommen auf dem trockenen Laub des Bodens. Im Gezweig gab es Geraschel und in den Lüften droben ein zögerndes Flattern von Flügeln. Es mochte alles nur Einbildung sein, aber doch meinte Kenyon die verstohlenen, gleitenden Bewegungen von Waldbewohnern unterscheiden zu können und glaubte sogar ihre leichten Schatten wahrzunehmen, wenn nicht gar ihre wirklichen Gestalten. Dann aber erfolgte plötzlich, was immer der Grund sein mochte, ein wildes Hasten und Galoppieren leichter Hufe, und dann hörte der Bildhauer einen lauten, schmerzerfüllten Aufschrei und sah durch die Zweige hindurch, wie Donatello sich zu Boden warf.

Als er aus seinem Versteck herauskam, sah er kein einziges Lebewesen außer einer braunen Eidechse, die sich raschelnd davonmachte. Jetzt schien es fast, als ob dieses Reptil die einzige Kreatur war, die auf die Bemühungen des jungen Grafen reagiert hatte.

»Was haben Sie?« fragte Kenyon und beugte sich über seinen Freund, erschreckt von der Seelenqual, die dieser zeigte.

»Der Tod, der Tod!« schluchzte Donatello. »Sie wissen es!«

Er wand sich neben der Quelle in einem Anfall leidenschaftlichen Schluchzens. Sein hemmungsloser Schmerz und seine kindischen Tränen brachten Kenyon zum Bewußtsein, wie wenig die Sitten und Hemmungen der Gesellschaft auf diesen jungen Menschen abgefärbt hatten, ungeachtet der Gelassenheit seines gewöhnlichen Betragens. Als Antwort auf Kenyons Bemühungen, ihn zu beruhigen, murmelte Donatello Worte, die kaum artikulierter waren als der Singsang, den er kurz zuvor ausgestoßen hatte.

»Sie wissen es!« war alles, was Kenyon vorläufig verstehen konnte. — »Wer?« fragte der Bildhauer. »Und was wissen sie?«

»Sie wissen es«, wiederholte Donatello zitternd. »Sie scheuen mich. Die ganze Natur scheut und schaudert vor mir zurück. Ich lebe in der Mitte eines Bannfluchs, der mich mit einem abschreckenden Kreis wie aus Feuer umgibt. Kein unschuldiges Wesen kann sich mir mehr nähern!«

»Seien Sie ruhig, lieber Freund,« sagte Kenyon und kniete sich neben ihn, »Sie quälen sich unter irgendeiner Einbildung, aber nicht unter einem Fluch. Und was diese merkwürdige Fähigkeit anbelangt, die Sie da ausgeübt haben, so bin ich ganz davon überzeugt, daß Sie sie noch besitzen. Es war ganz sicher meine Gegenwart und irgendeine unbeabsichtigte kleine Bewegung von mir, die Ihre Waldfreunde verscheucht hat.«

»Es sind nicht mehr meine Freunde«, antwortete Donatello.

»Wir alle«, erwiderte Kenyon, »verlieren etwas von unserer Naturverbundenheit, wenn wir älter werden. Es ist der Preis, den wir für unsere Lebenskenntnis bezahlen.«

»Also ein teurer Preis«, sagte Donatello und stand vom Boden auf. »Wir wollen nicht mehr davon sprechen. Vergessen Sie bitte diesen Vorfall. In Ihren Augen muß es absurd wirken. Ich nehme an, daß es für alle Menschen ein Schmerz ist zu merken, wie die schönen Vorrechte der Jugend sie verlassen – dieser Schmerz hat jetzt mich befallen. Gut – ich will an dergleichen keine Träne mehr verschwenden.«

Nichts hätte Kenyon die Veränderung in Donatellos Wesen deutlicher zeigen können als diese neue Kraft, sich mit seinen eigenen Gefühlen auseinanderzusetzen und sie nach einem mehr oder weniger heftigen Kampf in die Tiefe hinunterzuweisen, in der er sie für gewöhnlich versperrt hielt. Die Zurückhaltung, die er sich jetzt auferlegte, und die Maske stumpfer Gefaßtheit, die er so erfolgreich seinem schönen, einst faungleichen Gesicht aufzwang, berührte den sensitiven Bildhauer noch trauriger als selbst die unbeherrschte Leidenschaftlichkeit der vorangegangenen Szene. Es ist eine jämmerliche Zeit, wenn die bösen Notwendigkeiten in unserer unlauteren Welt so weit Oberhand gewinnen, daß wir versuchen müssen, unsere Durchschaubarkeit zu verschleiern. Einfachheit nimmt an Wert zu, je länger wir sie behalten und ins Leben hineintragen können. Der Verlust der kindlichen Einfalt im unaufhaltsamen Dahingehen der Jahre ist etwas Gewöhnliches. Wenn aber ein junger Mensch sie nicht nur durch seine Kindheit hindurch bewahrt hat, sondern sie immer noch besitzt, nicht wie einen morgendlichen Tautropfen, sondern wie einen reinen, klaren Diamanten, dann ist es ein Jammer, wenn sie verlorengeht. Darum hätte Kenyon am liebsten geweint, als er bemerkte, wieviel sein Freund jetzt zu verbergen hatte und wie ausgezeichnet ihm das gelang, aber seine Tränen wären noch sinnloser gewesen als die, die Donatello eben vergossen hatte.

Sie trennten sich auf dem Rasen vor dem Schloß, der Graf, um in seinen Turm hinaufzusteigen, und der Bildhauer, um in einer alten Danteausgabe zu lesen, die er zwischen ein paar frommen katholischen Bänden in einem selten besuchten Raum gefunden hatte. In der Eingangshalle begegnete er Tomaso, der den Wunsch zeigte, mit ihm zu sprechen. »Unser armer Signorino sieht heute schrecklich traurig aus«, sagte er.

»In der Tat«, antwortete der Bildhauer. »Wenn wir ihn doch ein bißchen aufheitern könnten!«

»Es gäbe vielleicht Möglichkeiten, Signore,« meinte der alte Diener, »könnte man sich nur darauf verlassen, daß es auch die richtigen wären! Wir Männer haben eben recht ungeschickte Hände, um einen kranken Leib, und auch, um eine kranke Seele zu pflegen.«

»Sie wollen also sagen, Frauen sind besser«, sagte der Bildhauer, durch etwas Verständnisvolles im Blick des Dieners berührt.

»Das ist schon möglich, aber es kommt darauf an...«

»Ach, wir wollen noch ein wenig warten«, sagte Tomaso mit seinem gewohnten Kopfschütteln.

Der Eulenturm

»Wollen Sie mir nicht Ihren Turm zeigen?« fragte der Bildhauer seinen Freund eines Tages.

»Er ist doch deutlich genug sichtbar«, antwortete der Graf mit einer Verdrießlichkeit, die sich oft bei ihm als eines der kleinen Anzeichen für inneren Kummer zeigte.

»Allerdings, sein Äußeres ist weit und breit sichtbar,« sagte Kenyon, »aber so ein grauer, moosbewachsener Turm, so wertvoll er als Bestandteil der Landschaft auch sein mag, ist von innen gewiß genauso interessant wie von außen. Er muß doch mindestens sechshundert Jahre alt sein, und die Grundmauern und das Untergeschoß sind noch viel älter, nehme ich an. Vermutlich haften an seinen Innenwänden ebenso viele Traditionen wie an seiner von grauen und gelben Flechten überwucherten Außenwand.«

»Wahrscheinlich,« antwortete Donatello, »aber ich weiß wenig davon und habe das Interesse nie ganz begreifen können, das ihr Forestieri an solchen Dingen habt. Vor ein oder zwei Jahren kam ein englischer Signore mit ehrwürdigem weißem Bart — man behauptet, er wäre obendrein ein Zauberkünstler — sogar von Florenz aus bis hierher, nur um meinen Turm zu sehen.«

»Ah, den habe ich in Florenz kennengelernt«, bemerkte Kenyon. »Er ist ein Geisterbeschwörer, wie Sie sagten, und haust in einem alten Gebäude der Tempelritter nahe beim Ponte Vecchio mit einer Unmenge von Geisterbüchern, Bildern und Antiquitäten, um das Haus recht düster zu machen, und mit einem helläugigen kleinen Mädchen, um es heiter zu machen.«

»Ich kenne von ihm weiter nichts als seinen weißen Bart,« sagte Donatello, »aber er hätte Ihnen eine Menge über den Turm erzählen können und von den Belagerungen, denen er standgehalten hat, und von den Gefangenen, die in ihm eingesperrt waren. Er hat auch sämtliche Überlieferungen der Familie Monte Beni gesammelt, unter anderem auch die traurige Geschichte, die ich Ihnen neulich am Brunnen erzählte. Er hat in seiner Jugend, wie er sagte, große Dichter gekannt und behauptete, der größte von ihnen würde eine derartige Sage mit Freuden in unsterblichen Reimen festgehalten haben, besonders, wenn er etwas von unserem Sonnenwein hätte bekommen können, um seine Inspirationen anzufeuern.«

»Mit einem solchen Wein und solch einem Thema könnte jeder ein Poet sein, so gut wie Byron«, entgegnete der Bildhauer. »Aber wollen wir nicht auf Ihren Turm steigen? Das Gewitter, das sich dort drüben an den Bergen zusammenzieht, wird ein lohnendes Schauspiel abgeben.«

»Also kommen Sie«, sagte der Graf und setzte mit einem Seufzer hinzu: »Der Turm hat aber eine mühsame Treppe und triste Räume, und oben auf der Plattform ist es sehr einsam.«

»Wie das Leben eines Menschen, wenn er zu Ruhm gelangt ist,« bemerkte der Bildhauer, »oder wir wollen lieber sagen: mit seinen schwierigen Stufen und den dunklen Gefängniszellen, von denen Sie sprachen, erinnert Ihr Turm an die Erfahrungen so mancher sündigen Seele, die sich zu guter Letzt trotz alledem hinaufkämpfen mag in die reine Luft und das Licht des Himmels.«

Donatello seufzte wieder und wies den Weg, der in den Turm führte.

Nachdem sie zuerst die breite Treppe von der Eingangshalle des Schlosses aus hinaufgegangen waren, durchquerten sie die riesige Einöde des Wohnbaues, kamen durch einige dunkle Gänge und gelangten zu einem niedrigen, uralten Tor, das sie zu einer engen Turmstiege führte, die im Zickzack aufwärts ging und hin und wieder durch Schießscharten und eisenvergitterte Öffnungen erhellt war. Als sie das Ende des ersten Absatzes erreicht hatten, öffnete der Graf eine Tür aus wurmstichigem Eichenholz, und es zeigte sich ein Raum, der ein ganzes Stockwerk des Turmes einnahm und einen sehr verlassenen Eindruck machte, mit ziegelgepflastertem Fußboden, nackten Löchern in den dicken Wänden, die mit Eisenstäben statt mit Fensterscheiben versehen waren, und mit einem alten Hocker als Möblierung, der die Trübseligkeit des Raumes vermehrte, weil er daran erinnerte, daß dieser einmal bewohnt gewesen war.

»Das war in alten Tagen die Zelle eines Gefangenen«, sagte Donatello; »jener weißbärtige Zauberer fand heraus, daß vor ungefähr fünfhundert Jahren ein berühmter Mönch hier eingesperrt war. Es war ein sehr frommer Mann, und er ist später auf dem großherzoglichen Platz in Florenz verbrannt worden. Tomaso sagt, es hätte da immer Geschichten von einem Mönch in einer Kapuze gegeben, der diese Treppe hinauf- und hinuntergeschlichen wäre und an der Tür zu dieser Kammer gestan-

den hätte. Das soll natürlich unbedingt der Geist dieses alten Gefangenen gewesen sein. Glauben Sie übrigens an Gespenster?« »Ich weiß nicht recht,« sagte Kenyon, »im großen ganzen wohl nicht.«

»Ich auch nicht,« erwiderte der Graf, »denn wenn Geister je zurückkämen, müßte ich in den letzten beiden Monaten ganz gewiß einen gesehen haben. Geister auferstehen nicht, das weiß ich und bin froh, es zu wissen.«

Als sie der engen Stiege noch höher hinauf folgten, gelangten sie zu einem anderen Raum, der ebenso groß und ebenso verlassen war, aber von zwei Lebewesen bewohnt wurde, die schon seit jeher von alten Türmen gern Besitz ergreifen. Es war ein Eulenpärchen, das offenbar mit Donatello bekannt war und beim Eintritt der Besucher keinerlei Alarmzeichen gab. Sie ließen nur ein paar heisere Krächzer hören und hoppelten in die dunkelste Ecke, da es noch nicht die Stunde war, um sich mit düsterem Flügelschlag hinauszubegeben.

»Sie verlassen mich nicht wie meine anderen gefiederten Freunde«, sagte der junge Graf mit traurigem Lächeln, indem er auf die Szene am Quell anspielte. »Als ich noch ein vergnügter Knabe war, liebten die Eulen mich nicht halb so sehr wie jetzt.«

Hier verweilte er nicht länger, sondern führte Kenyon einen weiteren Treppenabsatz hinauf, während die Fenster und Löcher immer ausgedehntere Ausblicke über Hügel und Tal gewährten und die kühle Reinheit der freien Luft einließen. Endlich erreichten sie den obersten Raum, der unmittelbar unter der Plattform des Turmes lag.

»Dies ist meine eigene Behausung,« sagte Donatello, »mein eigener Eulenhorst.«

Tatsächlich war der Raum als Schlafzimmer eingerichtet, wenn auch mit äußerster Kargheit. Zugleich diente er als Kapelle; in einer Ecke war ein Kruzifix, mit einer Unzahl heiliger Embleme, wie die Katholiken sie zur Unterstützung ihrer Andacht für nötig halten. Verschiedene garstige kleine Drucke, die die Leiden des Heilands und die Martyrien von Heiligen darstellten, hingen an der Wand, und über dem Kruzifix eine gute Kopie der Magdalena von Tizian aus dem Palazzo Pitti, die nur in die Flut ihrer goldenen Locken gekleidet ist. Sie hatte einen zuversichtlichen Ausdruck – aber das war Tizians Fehler und nicht der der Büßenden –, als hoffte sie, den Himmel durch die freimütige Zurschaustellung ihrer irdischen Reize zu gewinnen. In einem Glaskästchen sah man das Abbild des Heiligen Kindes in Gestalt eines kleinen Knaben aus Wachs, sehr hübsch gemacht und wie Cupido zwischen Blumen liegend und ein Herz in die Höhe haltend, das wie ein Stückchen Siegellack aussah. Ein kleiner Behälter aus kostbarem Marmor war mit Weihwasser gefüllt.

Auf einem Tisch unter dem Kruzifix lag ein menschlicher Schädel, der aussah, als stammte er aus irgendeinem alten Grab, als aber Kenyon ihn näher untersuchte, merkte er, daß er aus grauem Alabaster geschnitzt war, in allen Einzelheiten sehr geschickt nachgebildet, mit genauer Imitation der Zähne, der Schädelnaht, der leeren Augenhöhlen und dem zerbrechlichen kleinen Nasenbein. Dies gräßliche Emblem ruhte auf einem Kissen aus weißem Marmor, das so gut gearbeitet war, daß man meinte, den Eindruck des schweren Schädels auf einem Daunenkissen zu sehen.

Donatello tauchte die Finger in den Weihwasserkessel und bekreuzigte sich. Nachdem er das getan hatte, begann er zu zittern.

»Ich habe kein Recht, das heilige Symbol auf meine sündige Brust zu zeichnen«, sagte er.

»Auf welcher sterblichen Brust dürfte es denn je gemacht werden?« fragte der Bildhauer. »Gibt es denn überhaupt eine, die keine Sünde birgt?«

»Aber ich fürchte, daß sie über diese geweihten Dinge lächeln«, fuhr der Graf fort und sah seinen Freund mißtrauisch an. »Ich weiß, ihr Ketzer versucht ja sogar zu beten, ohne ein Kruzifix zu haben, vor dem man knien kann.«

»Ich wenigstens, den Sie einen Ketzer nennen, verehre dieses heilige Symbol«, erwiderte Kenyon. »Worüber ich am ehesten zu murren geneigt wäre, ist dieser Totenschädel. Ich könnte ihm sogar in sein garstiges Gesicht lachen! Es ist absurd, lieber Freund, die Todeslast unserer Sterblichkeit über unsere unsterblichen Hoffnungen zu werfen. Während wir auf Erden leben, müssen wir freilich unser Skelett mit uns herumtragen, aber um Himmels willen, wir brauchen es doch nicht unserem Geist aufzubürden bei unseren schwachen Bemühungen, uns emporzuschwingen! Glauben Sie mir, es wird den gesamten Aspekt des Todes verändern, wenn Sie ihn in Ihrer Vorstellung von dieser Verderbnis loslösen, aus der er unser höheres Wesen doch nur befreit.«

»Ich verstehe nicht ganz, was Sie meinen«, sagte Donatello, nahm den Alabasterschädel auf und schauderte, da er es offenbar als eine Art Buße empfand, ihn zu berühren. »Ich weiß nur, daß dieser Schädel seit Jahrhunderten meiner Familie gehört hat. Der alte Tomaso weiß eine Geschichte darüber, die besagt, daß es die Kopie ist, die ein berühmter Bildhauer nach dem wirklichen Schädel jenes unglücklichen Ritters machte, der die Brunnennymphe liebte und sie durch einen Blutfleck verlor. Er lebte und starb im Bewußtsein tiefer Sünde und befahl auf seinem Totenbett, daß dieses Unterpfand von ihm auf seine Nachkommen gehen sollte. Meine Vorfahren, die von Natur eine übermütige Gesellschaft waren, fanden es immer nötig, den Schädel recht oft vor Augen zu haben, denn sie liebten das Leben und seine Freuden innig und verabscheuten jeden Gedanken an den Tod.«

»Ich fürchte,« sagte Kenyon, »sie werden den Tod nicht lieber gewonnen haben, wenn sie sein Gesicht in dieser abominablen Maske betrachteten.«

Ohne weitere Diskussion ging der Graf noch einen Treppenabsatz hinauf, an dessen Ende sie auf die Plattform des Turmes hinaustraten. Der Bildhauer kam sich vor, als wäre er verzaubert, so weit war das umbrische Tal, das sich plötzlich vor ihm mit seinen grandiosen Kulissen näherer und entfernterer Hügel auftat. Es schien, als läge ganz Italien in diesem einen Bild vor seinen Augen. Denn da war das große, umfassende, sonnenhafte Lächeln Gottes, von dem wir meinen, daß es sich verschwenderischer über dieses bevorzugte Land breite als über andere Regionen, und unter ihm leuchtete die reichste und mannigfaltigste Fruchtbarkeit. Dort waren die gepflegten Weinberge und Feigenbäume, die Maulbeeren und die rauchfarbenen Reihen der Olivenhaine, da waren Getreideäcker, und dazwischen wehte der Mais und brachte Kenyon liebevoll gehegte Erinnerungen an die Felder beim Gehöft seines Vaters ins Ge-

dächtnis. Weiße Villen, graue Klöster, Kirchtürme, Dörfer, kleine
Städte, jede mit ihren bezinnten Mauern und befestigten Stadt-
toren, waren über das weite Land verstreut. Quer hindurch
glitzerte ein Flußlauf, und Seen schlugen blaue Augen auf und
spiegelten den Himmel, damit die Sterblichen nicht jenes bessere Land vergäßen, wenn sie die Erde so wunderschön vor sich
sahen.

Was das Tal noch größer wirken ließ, waren drei verschiedene
Arten von Wetter, die alle zu gleicher Zeit über ihm erkennbar
waren. Hier herrschte ruhiger Sonnenschein, dort aber lagen
große schwarze Flecke von drohenden Wolkenschatten, und
gleich dahinter kam, wie ein Riese in Siebenmeilenstiefeln, das
Gewitter herbei, das schon über die Mitte der Talebene fegte. In
der Nachhut des Unwetters aber leuchtete schon wieder der
helle Sonnenglanz, der sich mit so düsterem Stirnrunzeln verfinstert hatte.

Über diese majestätische Landschaft erhoben sich kühn die felsi-
gen oder waldbewachsenen Berge. Zu ihren Füßen, an ihren
Hängen und sogar auf ihren Gipfeln lagen Städte, manche
davon berühmt von altersher, denn sie waren die Geburts- und
Pflegestätten der frühen Künste gewesen, wo die Blüte der
Schönheit einem felsigen Boden entsproß, und zwar in rauher
Höhenluft, während die üppigsten und geschütztesten Gärten
darin versagten, sie hervorzubringen.

»Ich danke Gott, daß er mich diese Gegend wieder erblicken
läßt«, sagte der Bildhauer, der auf seine Art ein frommer Mann
war, und nahm ehrfürchtig den Hut ab. »Ich habe sie schon von
vielen Aussichtspunkten betrachtet und nie ohne ein Gefühl
von Dankbarkeit. Wie es doch den menschlichen Geist in seinem Vertrauen auf die göttliche Vorsehung bestärkt, wenn er
nur ein paar Schritte über die durchschnittliche Ebene hinaufzusteigen braucht, um einen weiteren Blick für Gottes Teilnahme
an der Menschheit zu gewinnen! Er macht alle Dinge recht, sein
Wille geschehe!«

»Sie nehmen etwas wahr, was mir verborgen ist«, sagte Donatello traurig, aber doch mit unwillkürlichem Verlangen, die Ana-

logien erfassen zu können, die seinen Freund so beglückten. An einer Stelle sehe ich Sonne, an der anderen Wolken, aber weder für eines noch das andere sehe ich einen vernünftigen Grund. Auf Ihnen die Sonne, auf mir die Wolken! Welchen Trost soll ich daraus ableiten?«

»Nein, ich kann nicht predigen,« sagte Kenyon, »wenn doch eine Seite aus dem Buch des Himmels und aus dem der Erde weit offen vor uns liegt. Fangen Sie doch einfach an, darin zu lesen, und Sie werden merken, wie sich alles von selbst erklärt, ganz ohne Hilfe von Worten. Es ist ein Fehler, wenn man versucht, die besten Gedanken in menschlicher Sprache zum Ausdruck zu bringen. Wenn wir uns in die höheren Regionen von Gefühl und geistigem Genuß erheben, dann sind sie nur noch aus so grandiosen Hieroglyphen ablesbar, wie sie uns hier umgeben.«

Sie standen eine Weile und betrachteten die Landschaft, aber, wie es unvermeidlich nach einem geistigen Höhenflug geschieht: es dauerte nicht lange, bis der Bildhauer fühlte, wie seine Schwingen in der ungewohnten Luft erlahmten. Er war froh, sich aus den Höhen des Himmels gleichsam wieder sacht erdwärts begeben und auf der soliden Plattform des wehrhaften Turmes niederlassen zu können. Er blickte umher und gewahrte, wie aus dem Steinboden hier oben ein kleiner Strauch mit blanken grünen Blättern wuchs. Es war das einzige Grün hier, und der Himmel mochte wissen, wie der Samen sich in dieser luftigen Höhe hatte festsetzen können und wie er Nahrung für sein winziges Leben in den Steinritzen gefunden hatte. Denn er fand ja als Erdreich nur zerbröckelten Mörtel, der vor langen Zeiten in die Spalten gestrichen worden war.

Dennoch schien die Pflanze ihren Geburtsort gern zu haben, und Donatello sagte, daß sie schon immer hier gestanden habe, so weit er zurückdenken könne, und daß sie niemals kleiner oder größer gewesen sei.

»Ich bin neugierig, ob der Strauch Ihnen irgendeine gute Lehre erteilt«, sagte er, als er das Interesse bemerkte, mit dem Kenyon ihn untersuchte. »Falls das weite Tal eine große Bedeutung besitzt, müßte die Pflanze zumindest eine kleine haben, und sie hat lang genug auf unserem Turm gewohnt, um gelernt zu haben, wie sie es ausdrücken soll.«

»O gewiß,« antwortete der Bildhauer, »der Strauch hat seine eigene Moral, sonst wäre er längst eingegangen. Und sicher existiert er zu Ihrem Nutz und Frommen, da Sie ihn Ihr ganzes Leben lang vor Augen hatten und sich jetzt dazu veranlaßt sehen, nach seiner Lektion zu forschen.«

»Er lehrt mich gar nichts«, sagte der einfältige Donatello, indem er sich über die Pflanze beugte und sich in eine eingehende Prüfung verlor. »Aber hier ist ein Wurm, der die Pflanze hätte umbringen können, eine garstige Kreatur — ich will ihn hinunterwerfen!«

Auf den Zinnen

Der Bildhauer lugte jetzt durch eine der Schießscharten, warf ein wenig Mörtel hinunter und beobachtete sein Fallen und wie er an einer Steinbank zu Füßen des Turmes aufprallte und in viele einzelne Teile zerstob.

»Ich bitte um Vergebung, daß ich der Zeit helfe, die Mauern Ihrer Ahnen zu zerbröckeln«, sagte er. »Aber ich gehöre zu den Leuten, die eine Neigung dazu haben, Höhen zu erklimmen, an ihrem Rand zu stehen und die Tiefe drunten zu ermessen. Wenn ich genau das täte, was mich im Moment reizt, so würde ich mich selber diesem Mörtelbrocken nachwerfen. Es ist eine merkwürdige Versuchung und recht unwiderstehlich — zum Teil, glaube ich, deswegen, weil es sich so leicht ausführen ließe, und zum Teil wohl auch, weil sich so rasche Konsequenzen daraus ergeben würden, ohne daß mein Ich gezwungen wäre, auch nur einen Augenblick auf sie zu warten. Haben Sie niemals diesen befremdlichen Antrieb eines bösen Geistes gespürt, der Sie zu einem Abgrund hindrängte?«

»Nein!« schrie Donatello und zog sich mit entsetztem Gesicht von der Brüstung zurück. »Ich hänge auf eine Art am Leben, die

Sie nicht verstehen können. Es war so reich, so warm, so hell! Und jenseits davon ist nichts als eisige Finsternis. Und in einen Abgrund zu stürzen, ist ein grauenhafter Tod!«

»O nein,« sagte Kenyon, »wenn es von großer Höhe aus geschieht, so würde ein Mensch schon in der Luft sein Leben verlieren und niemals das harte Aufschlagen am Boden zu spüren bekommen.«

»Das ist nicht wahr!« rief Donatello mit leiser, entsetzensvoller Stimme, die höher und bewegter wurde, als er weitersprach. »Stellen Sie sich einen Mitmenschen vor, wie er eben noch lebt und Ihnen ins Gesicht sieht – und nun stürzt er hinunter, immer weiter und weiter und weiter, mit einem endlosen Schrei, der hinter ihm dreingellt, die ganze Zeit! Es ist nicht wahr, daß er sein Leben unterwegs verliert, nein, es bleibt in ihm, bis er unten auf den Steinen aufschlägt, eine grauenvoll lange Zeit. Und dann liegt er da, ganz still, ein toter Haufen zermalmtes Fleisch und gebrochene Knochen. Ein Zucken läuft durch die zerstörte Masse und danach keine Regung mehr, nichts, nein, und wenn man auch sein Leben dafür hergäbe, daß er nur einen Finger rührte! Ah, grauenvoll! Am liebsten würde ich selber hinunterspringen, nur wegen dieses Grauens, damit ich es ein für allemal überstanden hätte und nicht länger davon träumen müßte!«

»Wie entsetzlich Sie das ausmalen«, sagte der Bildhauer bestürzt über die Leidenschaftlichkeit, die sich in Donatellos Worten verriet und mehr noch in seinen wilden Gesten und seinem totenblassen Aussehen. »Nein, wenn die Höhe Ihres Turmes Ihre Phantasie dermaßen aufwühlt, dann tun Sie unrecht, hier in der Einsamkeit und während der Nacht und in all den unbewachten Stunden allein zu bleiben. Sie sind in Ihrer Kammer nicht sicher, es sind ja nicht mehr als ein, zwei Schritte, und wenn nun ein lebhafter Traum Sie womöglich mitternachts einmal hier heraufführt und als Wirklichkeit Macht über Sie bekommt?«

Donatello hatte sein Gesicht in den Händen verborgen und lehnte mit dem Rücken gegen die Brüstung.

»Es besteht keine Gefahr«, sagte er. »Was ich auch träumen würde, ich bin ein viel zu echter Feigling, um meinen eigenen Tod zu vollziehen.«

Der Paroxysmus ging vorüber, und die beiden Freunde setzten ihre unzusammenhängenden Gespräche fort, ganz so, als hätte es keine derartige Unterbrechung gegeben. Trotzdem erfüllte es den Bildhauer mit großem Mitgefühl, diesen jungen, zu Glück und Freude geschaffenen Menschen zu sehen, der jetzt in eine unklare Wirrnis schmerzvoller Gedanken verstrickt war, inmitten derer er mit verbundenen Augen umherzutaumeln schien. Kenyon, der nicht ganz ohne einen, wenn auch vagen Verdacht in bezug auf das Vorgefallene war, wußte, daß Donatellos Zustand jedenfalls von der Schwere des Daseins herrührte, die durch die Einwirkung eines geheimen Kummers einem Wesen jetzt zum ersten Mal fühlbar wurde, das bisher ausschließlich in einer Atmosphäre von Heiterkeit geatmet hatte. Das Resultat dieser harten Lektion für Donatellos Geist und Seele war ganz offensichtlich. Es war klar, daß er bereits auf neue und subtile Dinge in jenen dunklen Tiefen geblickt hatte, in die alle Menschen hinuntersteigen müssen, wenn sie irgend etwas erfahren wollen, was unter der Oberfläche der illusionären Vergnügungen des Daseins liegt. Und wenn sie wieder heraufkommen, freilich verwirrt und geblendet vom Tageslicht, so haben sie von nun an und für immer eine wahrere und ernstere Lebensanschauung.

Aus irgendeinem rätselhaften Grunde war dem einfältigen jungen Grafen, wie der Bildhauer deutlich fühlte, seit ihrer letzten Begegnung in Rom eine Seele eingehaucht worden. Er zeigte ein weit tieferes Verständnis und eine Intelligenz, die angefangen hatte, sich mit höheren Gegenständen zu befassen, wenn auch in unvermögender und kindlicher Art. Er zeigte eine entschiedenere und noblere Individualität, die aus Leid und Schmerz herausentwickelt war, und er war sich angstvoll der Schrecken bewußt, die dazu geführt hatten. Jedes menschliche Leben muß sich einer ähnlichen Wandlung unterziehen, wenn es sich zur Wahrheit erhebt oder zur Wirklichkeit findet, aber vielleicht kommen die Erkenntnisse manchmal ohne Leiden, öfter aber noch lehren die Leiden nichts, was bleibenden Wert für uns hat. In Donatellos Fall war es mitleiderregend und beinahe komisch, den konfusen Kampf, den er führte, zu beobachten, und ebenso, zu sehen, wie vollständig er überrascht worden war und wie schlecht gerüstet er auf diesem uralten Kampfplatz der Menschheit stand, um mit einem so unausweichlichen Gegner zu ringen, wie das die Not unserer Sterblichkeit ist, und mit der Sünde, ihrem mächtigeren Bundesgenossen.

›Und doch‹, dachte Kenyon, ›benimmt sich der arme Kerl auch wiederum wie ein Held! Wenn er mir doch nur seinen Kummer verraten oder mir eine Gelegenheit geben wollte, freimütig danach zu fragen, so könnte ich ihm vielleicht helfen. Aber er findet, daß es zu entsetzlich ist, um ausgesprochen zu werden, und bildet sich ein, er sei der einzige Sterbliche, der jemals die Folterqual der Reue zu fühlen bekam. Jawohl, er glaubt, daß noch niemand solche Torturen durchgemacht hat, so daß sie, an sich schon schlimm genug, auch noch den quälenden Zusatz für ihn haben: annehmen zu müssen, daß sie einzig und allein ihn heimsuchen.‹

Der Bildhauer versuchte das schmerzliche Thema aus seinen Gedanken zu verbannen, und während er sich über die Brustwehr lehnte, schaute er nach Süden und Westen und über die Breite des ganzen Tales hin. Seine Gedanken flogen aber noch viel weiter und zogen eine Linie von Donatellos Turm zu einem anderen Turm, der in den Himmel des Sommernachmittags stieg, unsichtbar für ihn, über den Dächern des fernen Rom. Seine starke Liebe zu Hilda kam ihm plötzlich zum Bewußtsein, die er sonst in die tiefsten Tiefen seines Herzens zu verweisen gewohnt war, weil Hilda ihn nie ermutigte, sie zu zeigen. Jetzt aber fühlte er eine seltsame, erschütternde Gemütsbewegung. Es war wie ein Ruf, als gäbe es eine dringliche Notwendigkeit für seine Anwesenheit dort.

Aber Kenyon wußte wohl, daß Liebende aus eigener Phantasie heraus so lebensnahe Bilder der Geliebten zustandebringen, daß

sie ihnen fast so deutlich wie das Urbild ans Herz rühren können. Luftgebilden ist nicht zu trauen, auch keinen Beweisen von
erwidertem Gefühl, es sei denn wirklich geflüsterten und abge-
brochenen Worten, zartem Druck der Hand, erlaubtem und halb
erwidertem. Aber sogar all dies sollte im selben Augenblick
energisch geprüft werden, denn sonst bemächtigt sich des Liebenden die Phantasie und drängt ihm ihre eigenen despotischen
Werte auf. Hildas Reserviertheit hatte jedoch ihrem Verehrer
kein derartiges Unterpfand gegeben, das er mit seinen Hoffnungen oder Befürchtungen hätte interpretieren können.

»Da drüben, über Bergen und Tälern liegt Rom«, sagte Kenyon.
»Werden Sie im Herbst dorthin zurückgehen?«

»Nie wieder! Ich hasse Rom,« sagte Donatello, »und ich habe
Grund dafür.«

»Und doch haben wir einen schönen Winter dort verbracht, und
mit lieben Menschen«, erwiderte Kenyon. »Sie würden sie dort
wiedersehen. Alle ...«

»Alle?« fragte Donatello.

»Soviel ich weiß«, sagte der Bildhauer. »Aber Sie müssen nicht
unbedingt nach Rom gehen, um sie zu suchen. Wenn es unter
diesen Menschen einen gab, dessen Dasein mit dem Ihrigen
besonders verbunden war, so bin ich schicksalsgläubig genug,
um sicher zu sein, daß Sie ihn wiedertreffen werden, wohin Sie
auch gehen. Und ebensowenig können wir den Gefährten, die
die Vorsehung uns auserkoren hat, entgehen, indem wir etwa
einen alten Turm wie diesen hier erklimmen.«

»Aber die Stufen sind steil und finster,« entgegnete der Graf,
»keiner außer Ihnen würde mich hier suchen oder finden, falls
jemand das wollte.«

Da Donatello keinen Gebrauch von der Gelegenheit machte,
die sein Freund ihm gütig bot, damit er sein Herz ausschütte,
schob Kenyon den Gedanken daran wieder beiseite und wandte
sich erneut der Landschaft zu. Das Gewitter, das über das Tal
hinweggefegt war, war links von Monte Beni vorübergezogen
und setzte seinen Weg fort, auf die Berge zu, die den Osten
begrenzten. Der Himmel über dem ganzen Tal war schwer von

Sturmgewölk, unterbrochen von leuchtend sonnenhellem Blau, aber im Osten, wo das Gewitter noch seine zerfetzten Wolkenränder hinter sich her schleppte, lagerte eine Region von schwarzem Gewölk und Regenschleiern, zwischen denen ein paar Berge in dunklem Lila aufragten. Andere wurden so unklar, daß man nicht mehr zwischen Felsen und Wolken unterscheiden konnte. In der Ferne dieser verhangenen Region aber, gleichsam inmitten des ganzen Chaos, waren Berggipfel, die sich im Sonnenlicht erhellten. Sie sahen aus wie losgebrochene Stücke Erde, im Nichts fußend, oder wie Bestandteile einer Sphäre, die ausersehen war zu existieren, aber noch nicht endgültig verstofflicht war.

Der Bildhauer, daran gewöhnt, Vorstellungen und Gleichnisse aus der Kunst der Plastik abzuleiten, malte sich aus, daß das Schauspiel den Akt des Schöpfers darstelle, wie er die neue, noch unvollendete Erde in seiner Hand hielt und sie formte.

»Was für eine Magie liegt doch in Nebel und Dunst zwischen Bergen«, sagte er. »Mit ihrer Hilfe werden aus einer einzigen Landschaft tausend. Wolken machen eine Berglandschaft so verschiedenartig, daß es der Mühe wert wäre, sie von Stunde zu Stunde abzuzeichnen. Jedenfalls kann eine Wolke, wie ich selber erfahren habe, in dem Augenblick, wo man sich daranmacht, sie zu beschreiben, so massiv und schwer werden wie ein Stein. Aber in meiner Kunst habe ich viel Nutzen von Wolken gehabt. Solche silbrigen, wie jene dort im Norden zum Beispiel, haben schon oft zu plastischen Gruppen angeregt, zu Figuren oder Gebärden. Besonders reich sind sie an Attitüden lebendiger Ruhe, die ein Bildhauer nur in den seltensten Glücksfällen erreicht. Wenn ich in meine Heimat zurückkomme, werden die Wolken am Horizont meine einzige Kunstgalerie sein.«

»Auch ich sehe Wolkengestalten«, sagte Donatello. »Da drüben ist eine, die sich sonderbar verändert. Sie war wie jemand, den ich kenne. Und jetzt, wenn ich ein bißchen länger hinschaue, wird sie zur Figur eines liegenden Mönchs, die Kapuze über den Kopf, halb übers Gesicht gezogen, und – da! Hab ich es nicht gesagt?«

»Ich glaube,« sagte Kenyon, »wir schauen auf zwei verschiedene Wolken. Was ich sehe, ist eine liegende Figur, das ist sicher, aber eine weibliche, und sie hat eine verzagte Haltung, die sich wunderbar in den schwankenden Konturen von Kopf bis Fuß ausdrückt. Sie rührt mir durch die Andeutung von irgend etwas Undefinierbarem zutiefst ans Herz.«

»Ich sehe die Figur und beinahe sogar ihr Gesicht«, sagte der Graf und fügte mit leiser Stimme hinzu: »Es ist Miriam.«

»Nein, nicht Miriam«, antwortete der Bildhauer.

Während die beiden auf diese Weise ihre eigenen Erinnerungen und Vorahnungen zwischen den Wolken fluten sahen, näherte sich der Tag seinem Ende und zeigte ihnen nun das schöne Schauspiel eines italienischen Sonnenuntergangs. Der Himmel war sanft und licht, wenn auch nicht von solcher Pracht, wie Kenyon ihn tausendmal in Amerika gesehen hatte. Denn dort ist der westliche Himmel für gewöhnlich ein Flammenmeer von einem Ausmaß und einer Tiefe an Farbe, wie die Poeten sie vergeblich ihren Versen zu geben versuchen und die Maler sie nicht zu kopieren wagen. Vom Turm von Monte Beni aus betrachtet, war das Schauspiel von zartem Glanz, in milden Schattierungen und verschwenderisch ausgegossenem Gold, aber eher vom Gold einer Blume als von dem des Metalls. Oder, wenn doch metallisch, so sah es leicht und körperlos aus wie die Träume eines Alchimisten. Und rasch – rascher als bei uns daheim – erschien das Zwielicht und, seine graue Transparenz erhellend, erschienen die Sterne.

Ein Schwarm winziger Insekten, der den ganzen Tag über den Turmzinnen getanzt hatte, wurde jetzt durch die Frische einer aufkommenden Brise vertrieben. Die beiden Eulen in dem Raum unter Donatellos Kammer stießen jenen weichen, klagenden Ruf aus, mit dem italienische Eulen unter landesüblicher Vermeidung harter Geräusche das Gekreisch ihrer Verwandten in anderen Ländern ersetzen, und flogen in der Dämmerung zwischen dem Geäst davon. Irgendwo in der Nähe läutete eine Klosterglocke und erhielt nicht nur vom Echo in den Bergen Antwort, sondern auch von einer zweiten Glocke und dann von einer dritten, und so fort, das ganze Tal entlang. Denn genauso wie das englische Trommelschlagen um das ganze Erdenrund, gibt es eine Kette von Klosterglocken von einem Ende bis zum andern und kreuz und quer durch das ganze kirchenbeherrschte Italien.

»Kommen Sie,« sagte der Bildhauer, »die Abendluft wird kühl, es ist Zeit hinunterzusteigen.«

»Zeit für Sie, lieber Freund«, erwiderte der Graf, und er zögerte ein wenig, bevor er hinzufügte: »Ich muß noch ein paar Stunden hier Nachtwache halten. Es ist meine Gewohnheit, nächtliche Andachtsübungen zu verrichten, und manchmal kommt mir der Gedanke, ob es nicht besser wäre, es in dem Kloster da drüben zu tun. Glauben Sie nicht, daß es richtiger für mich wäre, diesen Turm mit einer Zelle zu vertauschen?«

»Was? Mönch werden? Entsetzliche Idee!« rief Kenyon.

»Sehr richtig,« sagte Donatello seufzend, »eben deshalb denke ich ja auch daran, es zu tun.«

»Dann denken Sie um Himmels willen überhaupt nicht länger daran!« rief der Bildhauer. »Es gibt Tausende von wirkungsvolleren Methoden, unglücklich zu sein, wenn es das ist, worauf es Ihnen ankommt. Nein, ich finde es fraglich, ob ein Mönch sich auf der geistigen und seelischen Höhe hält, die bei dergleichen doch stillschweigend mit einbegriffen sein muß. Ein Mönch — und dabei urteile ich nach ihren sinnlichen Gesichtern, denen ich an jeder Straßenecke begegne — hat unvermeidlich etwas Tierisches. Ihre Seelen — falls sie überhaupt welche besitzen — sind entwichen, längst bevor es mit ihrem trägen, unsauberen Dasein auch nur halb vorbei ist. Tausendmal besser, auf diesem freien Turm hier zu stehen und die Sterne zu beobachten, als daß Sie den neuen Keim zu einem höheren Leben in einer Mönchszelle ersticken!«

»Sie erschrecken mich,« sagte Donatello, »mit Ihrer kühnen Verleumdung der Männer, die sich dem Dienst Gottes geweiht haben!«

»Sie dienen weder Gott noch den Menschen und sich selber am allerwenigsten, obwohl ihre Beweggründe ausgesprochen selbstsüchtig sind«, entgegnete Kenyon. »Meiden Sie das Kloster, mein lieber Freund, wie Sie das Verderben Ihrer Seele scheuen würden! Aber wenn ich für mein Teil aus irgendeinem Grunde darauf erpicht wäre, alle irdische Hoffnung dem Himmel als Opfer für meinen Seelenfrieden darzubringen, nun – dann würde ich die weite Welt zu meiner Klosterzelle machen und gute Taten zu meinem Gebet. Das haben schon viele bußfertige Menschen getan und ihren Frieden dabei gefunden.«

»Ja, aber Sie sind ein Ketzer«, sagte der Graf. Doch trotzdem hellte sich sein Gesicht unter den Sternen auf, und während der Bildhauer es betrachtete, wanderten seine Gedanken zurück zu der Szene am Kapitol, wo Donatello in seinen Gesichtszügen wie auch im Ausdruck mit dem Faun identisch zu sein schien. Und immer noch war eine Ähnlichkeit vorhanden. Denn jetzt, da zum ersten Mal die Idee angeregt wurde, für das Wohl der Mitmenschen zu leben, kam die ursprüngliche Schönheit, die vom Leid verdrängt worden war, veredelt und vergeistigt wieder zurück. In der Tiefe des Leids hatte der Faun seine Seele gefunden, und mit ihr kämpfte er sich jetzt dem Licht entgegen.

Aber die Erleuchtung auf Donatellos Gesicht starb bald wieder dahin. Die Idee von lebenslanger und selbstloser Bemühung war zu hoch, als daß er sie mehr als nur momentweise erfassen konnte. Tatsächlich denken ja auch die Italiener nur ganz selten daran, menschenfreundlich zu sein, außer beim Verteilen von Almosen an die Bettler, die ihre Wohltätigkeit auf Schritt und Tritt anrufen, und es kommt ihnen auch nicht in den Sinn, daß es geeignetere Dinge gibt, sich den Himmel gnädiger zu stimmen, als Bußübungen, Pilgerfahrten und Opfergaben vor Altären. Vielleicht hat auch ihr System einige moralische Vorzüge, und auf alle Fälle können sie sich nicht gut damit brüsten, wie es unsere eigene, energischere Wohltätigkeit zu tun geneigt ist, indem sie an den Ratschlüssen der Vorsehung teilnimmt und ihr freundlichst beisteht, da sie sonst ihre Pläne nicht auszuführen imstande wäre.

Jetzt blinkte das weite Tal von Lichtern, die durch die Dunkelheit schimmerten wie Leuchtkäfer im Park eines florentinischen Palazzos. Wetterleuchten von dem abziehenden Gewitter zeigte den Umkreis der Berge und den großen Raum, den sie umschlossen, wie das letzte Blitzen von Kanonenfeuer einer sich zurückziehenden Armee, welches das Schlachtfeld noch einmal rötlich aufleuchten läßt, auf dem gekämpft wurde. Der Bildhauer war im Begriff, den Turm hinunterzusteigen, als irgendwo aus der Dunkelheit drunten eine Frauenstimme ertönte, die ein schwermütiges Lied sang.

»Horch!« sagte er, die Hand auf Donatellos Arm legend.

Und Donatello hatte im gleichen Augenblick »Horch!« gesagt. Der Gesang, der einen unregelmäßigen Rhythmus hatte und im wechselnden Zeitmaß einer Windharfe dahinfloß, erklang nicht in der kristallischen Schärfe der italienischen Sprache. Die Worte, soweit man sie unterscheiden konnte, waren deutsch und daher für den Grafen unverständlich und fast ebenso für den Bildhauer. Sie waren gleichsam eingeschmolzen in die melancholische Fülle der Stimme, es war wie die Klage einer im Dunkel des Irdischen verwirrten Seele, die gerade noch genug Erinnerung an einen besseren Zustand zurückbehalten hatte, um aus ihrer Melodie eine Klage zu machen, die sonst ein verzweifelter Aufschrei geworden wäre. Es konnte niemals ein erschütterndes Pathos gegeben haben, als es sich dieser mysteriösen Stimme entrang. Dem Bildhauer trieb es Tränen in die Augen und ließ Donatello aufschluchzen, als stimmte es überein mit dem Schmerz, den er für unaussprechbar gehalten hatte, und gäbe ihm den Ausdruck, nach dem er vergeblich gesucht hatte.

Als aber die Gemütserregung ihre äußerste Tiefe erreicht hatte, hob sich die Stimme aus ihr empor, doch schien etwas Schwermutvolles sie noch weit hinauf zu begleiten und nicht ganz von ihr abzufallen, während sie in eine höhere und lichtere Region aufstieg. Schließlich hätte man meinen können, daß die Melodie mit ihrer ganzen vollen Süße, und von ihrem Leid ein wenig befreit, um die höchste Höhe des Turmes flute.

»Donatello,« sagte der Bildhauer, als wieder Stille eingetreten war, »war das nicht eine Botschaft an Sie?«

»Ich wage nicht, sie entgegenzunehmen«, antwortete Donatello. »Die Qual, von der sie sprach, hält an mir fest: die Hoffnung stirbt mit dem Hauch dahin, der sie hergetragen hat. Es ist nicht gut für mich, diese Stimme zu hören.«

Der Bildhauer seufzte und überließ den armen Büßer seinen Gebetsübungen auf dem Turm.

Donatellos Büste

Wie man sich erinnern wird, hatte Kenyon Donatello um die Erlaubnis gebeten, seine Büste modellieren zu dürfen. Die Arbeit war jetzt schon beachtlich fortgeschritten und zwang den Bildhauer, sich viele Gedanken über die persönlichen Charaktereigenschaften seines Gastgebers zu machen. Denn es war eine schwierige Aufgabe für ihn, sie aus den Tiefen hervorzuholen und sie zu interpretieren, indem er den Menschen das zeigte, was sie von selbst nicht hätten wahrnehmen können und was sie doch gezwungen werden mußten, schon beim ersten Blick auf den Marmor zu erkennen.

Noch nie hatte er ein Porträt gemacht, das ihm so viel Mühe bereitete wie dieses. Nicht etwa, daß er irgendeine besondere Schwierigkeit gehabt hätte, die Ähnlichkeit zu treffen, obgleich sogar in dieser Hinsicht die Grazie und Harmonie der Züge in Widerspruch mit dem vorherrschenden individuellen Ausdruck zu stehen schienen. Vor allem war er in Verlegenheit, wie er diese heiteren und freundlichen Gesichtszüge zur äußeren Gestalt des ihr innewohnenden Wesens machen sollte. Tatsächlich waren sein Scharfsinn und seine Sympathien ein wenig auf falscher Fährte bei ihren Anstrengungen, sich über die moralische Phase klarzuwerden, die der Graf soeben durchmachte. Wenn er etwas wahrnahm, was ein ursprüngliches und beständiges Charaktermerkmal zu sein schien, so war es schon bei der nächsten Gelegenheit weniger wahrnehmbar und bei der dritten vielleicht gänzlich verschwunden. Eine dermaßen veränderliche Zurschaustellung von Charaktereigenschaften brachte den Bildhauer zur Verzweiflung; nicht Ton, nicht Marmor, sondern Wolken und Nebelschleier waren das Material, in dem Donatello hätte dargestellt werden sollen. Und selbst die tiefe Depression, die ständig auf ihm lastete, vermochte es nicht, ihn in eine Art von Ruhe zu versetzen, wie die Kunst der Plastik sie verlangt.

Ohne Hoffnung auf Erfolg gab Kenyon sämtliche vorgefaßten Meinungen über den Charakter seines Modells auf und überließ es seinen Händen, mit dem Ton zu arbeiten, als wären sie ein spirituelles Medium, das er einer anderen Führung als seinem eigenen Willen überließ. Hin und wieder bildete er sich ein, daß diese Art zum Ziele führen könnte. Fähigkeiten und Einsichten, die sich der Kontrolle seines Bewußtseins entzogen, schienen die Aufgabe gelegentlich zu übernehmen. Das Wunder, eine leblose Substanz mit Gedanken, Empfinden und allen unfaßbaren seelischen Eigenschaften zu erfüllen, schien nahezu erarbeitet zu sein. Und nun schmeichelte er sich, daß das getreue Abbild seines Freundes im Begriff war, aus dem fügsamen Material hervorzutreten und mehr von Donatellos Wesen wiederzugeben, als der schärfste Beobachter innerhalb irgendeines Momentes im Gesicht des Originals hätte entdecken können. Vergebliche Erwartung! Eine kleine Korrektur, mit der der Künstler das Resultat zu verbessern gedachte, durchkreuzte den Plan seines unsichtbaren Helfers und verdarb das Ganze. Das war freilich noch der feuchte Ton, und das waren auch Donatellos Gesichtszüge, aber ohne jeden Anschein von geistigem und teilnehmendem Leben.

»Es treibt mich noch wahr und wahrhaftig zum Wahnsinn!« schrie der Bildhauer nervös. »Schaun Sie sich die verdorbene Arbeit selber an und sagen Sie mir, ob Sie irgendeine Ähnlichkeit mit Ihrem Wesen darin entdecken können!«

»Keine«, antwortete Donatello, indem er einfach die Wahrheit sprach. »Es ist, als sähe man einem Unbekannten ins Gesicht.

Dieses freimütige Zeugnis wirkte auf den empfindlichen Künstler derart, daß er in eine wahre Leidenschaft für das eigensinnige Abbild verfiel und sich nicht mehr darum kümmerte, was späterhin damit geschehen sollte. Die wunderbare Macht ausübend, welche Bildhauer über feuchten Ton besitzen, so widerspenstig er in gewisser Hinsicht auch sein mag, veränderte er rücksichtslos immer wieder die Büste, und jedesmal bedrängte er den Grafen mit Fragen, ob der Ausdruck nun befriedigender sei.

»Hören Sie auf!« rief Donatello endlich und griff nach Kenyons Hand. »Lassen Sie es so, wie es jetzt ist!«

Durch irgendeine zufällige Handhabung des Tons, die ganz unwillkürlich geschehen war, hatte Kenyon dem Gesicht ein entstelltes und gewalttätiges Aussehen gegeben, das animalischen Zorn mit intelligentem Haß verband. Hätten Hilda oder Miriam die Büste in diesem Zustand gesehen, so hätten sie Donatellos Gesicht genau wiedererkannt, wie sie beide es in jenem Augenblick gesehen hatten, als er sein Opfer über den Rand des Abgrunds gehalten hatte.

»Was habe ich da angerichtet?« sagte der Bildhauer erschrocken über sein eigenes zufälliges Werk. »Es wäre eine Sünde, den Ton, der Ihre Züge trägt, mit einem solchen Ausdruck hart werden zu lassen – Kain hat keinen abscheulicheren gehabt!«

»Lassen Sie es so, gerade aus diesem Grunde!« sagte Donatello, der ganz blaß geworden war bei dem Anblick seines Verbrechens, das ihm hier unter einer der vielen Masken in Erinnerung gebracht wurde, mit denen die Schuld einem Sünder ins Gesicht starrt. »Ändern Sie es nicht, meißeln Sie es so, wie es jetzt ist, in Marmor! Ich will es in meiner Kapelle aufstellen und immer vor Augen behalten. Ein Gesicht wie dieses, belebt von meinem eigenen Verbrechen, ist schrecklicher als der Totenkopf, den meine Ahnen mir vererbt haben.«

Aber ohne im mindesten auf Donatellos Proteste zu achten, machte sich der Bildhauer mit kunstfertigen Händen erneut an den Ton und zwang die Büste, den Ausdruck wieder abzulegen, der sie beide so erschreckt hatte.

»Glauben Sie mir,« sagte er voll ernster und zarter Sympathie, indem er den Freund ansah, »Sie wissen nicht, was für Ihr geistiges Wachstum nötig ist, wenn Sie versuchen, Ihre Seele immerfort in der unheilvollen Region von Gewissensbissen festzuhalten. Es war notwendig für Sie, jenes dunkle Tal zu durchwandern, aber es ist unendlich gefährlich, sich zu lange dort aufzuhalten. Dort ist Gift in der Luft, sobald wir uns in ihr niederlassen und grübeln, anstatt uns zu gürten und weiterzuwandern. Nicht Mutlosigkeit, nicht träge Quälerei ist das, was Sie jetzt brauchen, sondern Anstrengung. Hat es in Ihrem jungen Leben etwas unabänderlich Schlimmes gegeben? Dann müssen Sie es mit Gutem verdrängen, oder es wird für immer dableiben und alles verderben und noch Ihre Fähigkeit zu Besserem dazu bringen, an seiner Verderbnis teilzuhaben.«

»Sie wühlen viele Gedanken auf,« sagte Donatello und preßte die Hand an seine Stirn, »aber ihre Verworrenheit macht mich schwindlig.«

Sie verließen jetzt das provisorische Atelier des Bildhauers, ohne zu bemerken, daß seine letzten fast zufälligen Korrekturen, mit denen er eiligst den Ausdruck tödlicher Wut getilgt hatte, der Büste einen edleren und schöneren Ausdruck gegeben hatte als vorher. Es ist bedauerlich, daß Kenyon es nicht sah. Nur ein Künstler kann die tiefe Depression begreifen, die nach all der Mühe und Sorgfalt, die Kenyon auf die Büste verwandt hatte, ihn wegen seines Versagens befiel. Aber im Fall des Erfolgs hätte er alle diese Mühen nicht nur für wohlangewandt gehalten, sondern hätte sie auch zu den glücklichsten Stunden seines Daseins gerechnet, während er jetzt, da er meinte versagt zu haben, diese Stunde lieber gar nicht gelebt hätte. In dieser Weise werfen die guten oder die schlechten Resultate der Arbeit eines Künstlers Licht oder Finsternis auf sein Gemüt. Daher hätte Kenyon gut daran getan, sein Werk noch einmal zu betrachten, denn hier waren noch die Züge des antiken Fauns, jetzt aber erhellt von einer höheren Intelligenz, die dem Marmor des Praxiteles fehlt.

Nachdem Donatello sich von ihm getrennt hatte, verbrachte Kenyon den Rest des Tages damit, die schöne Umgebung von

Monte Beni zu durchstreifen, wo der Sommer so weit vorgeschritten war, daß er bereits begann, am reifen Reichtum des
Herbstes teilzuhaben. Aprikosen hatte es in Hülle und Fülle
gegeben, doch sie waren dahin, und mit ihnen Pflaumen und
Kirschen. Jetzt aber kamen die großen, saftigen Birnen, die
Pfirsiche von beträchtlicher Größe und verführerischem Aussehen, freilich matt und wäßrig für den Gaumen, wenn der Bildhauer sie mit den amerikanischen verglich. Die purpurnen Feigen hatten ihre Tage schon genossen, nun waren die weißen
reif. Die Contadini, die Kenyon jetzt schon gut kannte, fanden
reife Weintrauben für ihn, und jede Beere enthielt einen Tropfen
des sonnigen Weins von Monte Beni.
In einem Winkel dicht beim Wirtschaftsgebäude stieß er unerwartet auf einen Platz, an dem das Keltern schon begonnen
hatte. Ein großer Berg früh gereifter Trauben war in einen
mächtigen Behälter geschüttet worden, und in der Mitte stand
ein munterer, kräftiger Contadino, stand aber nicht nur, sondern
stampfte und tanzte mit ganzer Kraft, während der rote Saft
seine Füße umspülte und an den braunen, behaarten Beinen
aufschäumte. Dies hier war also der Vorgang, der sich in Vers
und Prosa so malerisch widerspiegelt, das Keltern des Weins
und das Baden der Füße und Kleider im karmesinroten Saft wie
im Blut eines Schlachtfelds. Die Erinnerung daran macht den
toskanischen Wein nicht gerade appetitlicher. Die Contadin
boten Keyon gastfreundlich eine Probe der neugewonnenen
Flüssigkeit an, die schon seit zwei Tagen gärte. Er hatte in
vergangenen Jahren jedoch schon einen ähnlichen Trank probiert und daher wenig Lust, es nochmals zu tun, denn er wußte
daß es ein herber und saurer Trank war, ein Wein aus Kummer
und Trübsal, und je mehr ein Mensch von solch einer Flüssigkeit trinkt, um so trauriger wird ihm wahrscheinlich zumute.
Die Szene erinnerte den Bildhauer an die Obsternte in Neu
England, wo Berge von goldenen und rosigen Äpfeln unter den
Bäumen im milden herbstlichen Sonnenschein liegen und die
quietschende Apfelweinmühle, die von einem im Kreis gehen-
den Pferd angetrieben wird, ganz eingehüllt ist vom Sprudeln

des süßen Saftes. Offen gestanden ist das Bereiten des Apfel-
weins von beiden Bildern das malerischere und der junge süße
Apfelmost der unvergleichlich bessere Trunk als der gewöhnliche unreife toskanische Wein. Jedenfalls aber füllt dieser viele
Tausende kleiner Fässer, und während er immer dünner und
schärfer wird, verliert er das bißchen Leben, das er hatte, und
wird zur Apothese eines vergleichsweise lobenswerten Es-
sigs.

Und doch hatten alle diese Winzerszenen etwas Poesievolles.
Die Bemühungen um jene gütigen Geschenke der Natur, die
nicht die Grundlage des Daseins, sondern seinen Überfluß bilden, ist etwas ganz anderes als ander Arbeit. Wir neigen zu der
Vorstellung, daß sie den Knochen nichts schaden und die über-
anstrengten Muskeln nicht steif machen wie die Plackerei, die in
dem harten, bitteren Ernst liegt, mit dem das Korn für das
tägliche Brot gewonnen werden muß. Sicherlich hätten die son-
nengebräunten jungen Männer und die dunkelwangigen, lachenden Mädchen als Bewohner eines unverfälschten Arkadien
gelten können. Später im Jahr, wenn die Zeit der richtigen
großen Traubenlese kommt und der Sonnenwein in die Kufen
schäumt, wäre es keine allzu phantastische Vorstellung, daß
Bacchus die Täler wieder aufsucht, die er seit alters liebte. Wo
aber würde er jetzt den Faun finden, in dessen Begleitung wir
ihn auf so vielen antiken Darstellungen sehen?

Donatellos Gewissensqualen verdüsterten dieses primitive und
reizvolle Leben. Zudem hatte Kenyon seinen eigenen Kummer,
wenn es auch nicht ausschließlich Kummer war, in seinem sich
nie beruhigenden Verlangen nach Hilda. Er war dem scheuen
Mädchen gegenüber zu recht wenig Freiheiten berechtigt –
sogar in den Gedanken an sie –, so daß er es sich beinahe selbst
verwies, wenn ihm seine Träume mitunter Einzelheiten ausmal-
ten von den süßen Jahren, die sie vielleicht miteinander in einer
Zurückgezogenheit wie dieser hier verbringen würden. Hier
gab es just diese seltene Art von Abgeschiedenheit von der
Welt, in der alle Daseinsfreuden sie ungehindert besuchen
konnten, aber keine von all den Kümmernissen, hier gab es jene

Zurückgezogenheit, auf der Liebende mit Recht bestehen, wenn sie sich die idealen Begleitumstände einer glücklichen Ehe ausmalen. Es ist durchaus möglich, daß sogar Donatellos Jammer und Kenyons unbestimmte Unruhe Monte Beni einen Reiz verliehen, den es inmitten einer verschwenderischen Freudigkeit vielleicht nicht besessen hätte. Der Bildhauer schlenderte durch die Weinberge und Obstgärten, die kleinen Täler und verwilderten Gründe mit den Gefühlen eines Abenteurers, der vielleicht den Weg zum Sitz des alten Paradieses entdecken und seine Lieblichkeit durch die Verschleierung hindurch erschauen würde, die seit dem Sündenfall über diesen Gefilden der Unschuld lagert. Adam sah es in einem lichteren Sonnenschein, aber er lernte niemals den Schatten schwermütiger Schönheit kennen, die Eden nach seiner Austreibung gewann.

Es war später Nachmittag, als Kenyon von seinem langen, verträumten Streifzug zurückkam. Der alte Tomaso, mit dem er sich seit einiger Zeit in einem gewissen geheimnisvollen Einverständnis befand, erwartete ihn in der Eingangshalle und zog ihn beiseite.

»Die Signorina möchte Sie sprechen«, flüsterte er.

»In der Kapelle?« fragte Kenyon.

»Nein, im Saal darüber«, antwortete der Diener. »Der Zugang ist dicht beim Altar, verborgen hinter dem Wandteppich — Sie haben die Signorina einmal dort herauskommen sehen.«

Kenyon verlor keine Zeit, dem Ruf zu folgen.

Der Marmorsaal

Auf einem toskanischen Herrensitz ist eine der zahllosen Räumlichkeiten für gewöhnlich eine Kapelle, obgleich es oft vorkommt, daß die Tür beständig geschlossen, der Schlüssel verlorengegangen und der Raum in verstaubter Weihe sich selbst überlassen ist. So war es auch bei der Kapelle von Monte Beni. Trotzdem hatte Kenyon eines regnerischen Tages während seiner Streifzüge durch das riesige, weitverzweigte Gebäude überraschenderweise einen Eingang zu ihr gefunden und war von ihrem feierlich ernsten Anblick beeindruckt gewesen. Die Bogenfenster hoch oben in der Wand, verdunkelt von Staub und Spinnweben, warfen ein schwaches Licht herunter, das den Altar mit einem Märtyrerbild und einer Reihe hoher Wachskerzen zeigte. Sie waren einmal angezündet worden, hatten einige Stunden gebrannt und wurden vor etwa einem halben Jahrhundert ausgelöscht. Das Marmorgefäß am Eingang enthielt etwas erhärteten Moder, der von dem Staub herrührte, mit dem sich das allmählich verdunstete Weihwasser vermischt hatte, und eine Spinne – ein Insekt, das mit Vergnügen die moralischen Folgen von Vereinsamung und Vernachlässigung aufzeigt – hatte sich bemüht, ein ungeheuer dickes Netz kreuz und quer über den runden Rand zu weben. Ein altes Familienbanner, von Motten zerfressen, hing von der gewölbten Decke herab. In den Nischen standen ein paar mittelalterliche Büsten von Donatellos vergessenen Ahnen, und vielleich war darunter auch der Kopf jenes unseligen Ritters, der das zarte Liebeserlebnis mit der Brunnennymphe gehabt hatte.

Mitten in all dem frohsinnigen Gedeihen von Monte Beni hatte dieser eine Fleck hier innerhalb der häuslichen Wände sich still, ernst und streng bewahrt. Einstmals, wenn ein einzelner oder die Familie sich von Gesang und Tanz zurückgezogen hatte, suchten sie hier jene Wirklichkeit, welche die Menschen nicht zur Teilnahme an ihren festlichen Geselligkeiten einzuladen pflegen. Und hier hatte der Bildhauer bei der oben erwähnten Gelegenheit zufällig – wenigstens soweit es ihn selbst betraf, denn von der anderen Seite war es mit Absicht geschehen – entdeckt, daß es unter Donatellos Dach einen Gast gab, von dem der Graf nichts wußte. Seither hatte nochmals eine Begegnung stattgefunden, und jetzt war Kenyon zu einer weiteren gerufen worden. Er durchquerte die Kapelle, und nachdem er durch den Seiteneingang gekommen war, befand er sich in einem Saal, der nicht sehr groß, aber prächtiger war, als er es dem Schloß zugetraut hätte. Da der Saal noch leer war, hatte Kenyon Zeit, ihn einer oberflächlichen Prüfung zu unterziehen.

Der Boden des schönen Raumes war mit verschiedenen kostbaren Marmorsorten bedeckt, die kunstvoll in Figuren und Felder aufgeteilt waren. Ebenso waren die Wände fast ganz verkleidet mit verschiedenen Marmorarten, vorwiegend mit Giallo Antico, gemischt mit grüngeädertem Serpentin, und mit anderen, ebenso kostbaren. Die Pracht des Giallo Antico aber gab dem Saal sein Gepräge, und die breiten, tiefen Seitennischen, ursprünglich offenbar für lebensgroße Statuen bestimmt, waren mit dem gleichen wertvollen Material ausgelegt. Wer Italien nicht kennt, kann sich von der Schönheit keine Vorstellung machen, die durch solche Verwendung von poliertem Marmor entsteht. Ohne diese Erfahrung wissen wir tatsächlich nicht einmal, was Marmor eigentlich bedeutet, wir kennen ja nur diesen weißen Kalkstein, aus dem wir unsere Kaminmäntel schneiden. Der wunderbare Saal von Monte Beni war außerdem an einer Seite mit zwei Säulen geschmückt, die aus orientalischem Alabaster zu sein schienen. Und wo immer der kostbare Marmor Zwischenräume frei ließ, waren die Wände mit Arabesken bemalt. Darüber wölbte sich eine Decke mit leuchtender figürlicher Malerei, die auf Kenyon den vagen Eindruck von einer gewissen Großartigkeit machte, ohne daß er sich den Nacken verbog, um sie eingehend zu betrachten. Es ist einer der besonderen Vorzüge eines solchen Marmorsaales, daß kein Verderb ihn trüben kann. Solange nicht das Gebäude über ihm zusammenbricht, schimmert er unzerstörbar, und nach ein wenig Abstauben sieht er in seinem dreihundertsten Lebensjahr ebenso blendend aus wie an dem Tag, an dem die letzte Tafel des Giallo Antico in die Wand eingelassen wurde. Beim ersten Blick schien es dem Bildhauer ein Raum zu sein, in dem die Sonne auf magische Weise gefangengehalten wurde und in dem sie allezeit scheinen mußte. Er stellte sich schon im voraus vor wie Miriam eintrat, gekleidet in königliche Gewänder und strahlend in noch größerer Schönheit als selbst die einzigartige die sie seit je ausgezeichnet hatte.

Während ihm solche Gedanken durch den Kopf gingen, öffnete sich die Tür zwischen den Säulen am oberen Ende des Saales und Miriam erschien. Sie war sehr bleich und in tiefe Trauer gekleidet. Als sie auf den Bildhauer zutrat, war die Schwäche ihres Ganges so deutlich, daß er sich beeilte, ihr entgegenzugehen, weil er fürchtete, daß sie auf den Marmorboden niedersinken würde, wenn sein Arm sie nicht augenblicklich stützte. Aber mit einem Anflug ihres natürlichen Selbstvertrauens lehnte sie seine Hilfe ab, und nachdem sie ihm zur Begrüßung ihre eisige Hand gereicht hatte, ging sie zu einer der gepolsterten Bänke, die nebeneinander an der Wand standen.

»Sie sind sehr krank, Miriam«, sagte Kenyon, erschrocken von ihrem Aussehen. »Das hatte ich nicht geahnt.«

»Nein, nicht so krank, wie es Ihnen scheint«, antwortete sie und setzte verzagt hinzu: »Aber ich glaube, ich bin krank genug, um zu sterben, wenn sich nicht bald etwas ändert.«

»Was also ist Ihre Krankheit,« fragte der Bildhauer, »und wodurch kann sie geheilt werden?«

»Die Krankheit —« wiederholte Miriam, »ich habe keine außer zu viel Leben und zu viel Kraft und für keins von beiden ein Ziel. Es ist nur meine allzu große Lebenskraft, die mich langsam oder vielleicht sehr rasch aushöhlt, weil ich sie nicht anwenden kann. Die Aufgabe, die ich als meine einzige auf Erden betrachtete, läßt mich vollkommen im Stich. Das Opfer meiner selbst, meiner Hoffnungen und alles dessen, was ich habe und das zu bringen ich mich sehne, wird kalt abgewiesen. Es bleibt mir nichts übrig als zu grübeln, den ganzen Tag, die ganze Nacht — in zweckloser Sehnsucht.«

»Das ist sehr traurig, Miriam«, sagte Kenyon.

»Ja gewiß, das finde ich auch«, erwiderte sie mit einem kurzen, gezwungenen Auflachen.

»Können Sie sich bei all Ihrer geistigen Aktivität und Ihrer großen Phantasie keine Methode ausdenken, um ihre Kräfte anzuwenden?«

»Mein Geist ist nicht mehr aktiv«, antwortete Miriam in kaltem, gleichgültigem Ton. »Er beschäftigt sich nur mit einem einzigen Gedanken und mit mehr nicht. Eine Erinnerung paralysiert ihn. Es sind keine Gewissensbisse, das dürfen Sie nicht glauben! Ich selber komme nicht in Frage und fühle für mein Teil kein Bedauern und keine Reue. Aber was mich lähmt, was mir alle Kraft raubt – aber es ist eigentlich ein Geheimnis, das eine Frau einem Mann nicht anvertrauen sollte – doch ich kümmere mich nicht darum, und Sie können es ruhig wissen – was mir alle Kraft raubt, ist die Tatsache, daß ich in Donatellos Augen ein Gegenstand des Grauens bin und für immer bleiben werde.«

Der Bildhauer, der ein junger Mann war, welcher eine Liebe hegte, die ihn von den Erfahrungen abhielt, die manche Männer sammeln, war bestürzt, als er wahrnahm, wie Miriams reiche, maßlose Natur sie dazu zwang, ihr Gewissen und alles andere einer Leidenschaft unterzuordnen, deren Gegenstand geistig weit unter ihr zu stehen schien.

»Wie sind Sie zu der Gewißheit gekommen, von der Sie sprechen?« fragte er nach einer Pause.

»Oh, durch ein sicheres Zeichen«, sagte Miriam. »Eine Geste nur, ein Schauder, ein kaltes Frösteln, das ihn eines sonnigen Morgens durchrann, als seine Hand zufällig die meine berührte. Aber es genügte.«

»Ich glaube ganz bestimmt, Miriam,« sagte der Bildhauer, »daß er Sie immer noch liebt.«

Sie fuhr in die Höhe, und ihre blassen Wangen erröteten.

»Ja,« wiederholte Kenyon, »wenn mein Interesse an Donatello und an Ihnen, Miriam, mir irgendeine wirkliche Einsicht gestattet, so liebt er Sie nicht nur immer noch, sondern mit einer Kraft und Tiefe, wie sie seinen stärker gewordenen Gaben in ihrer neuen Entwicklung entsprechen.«

»Betrügen Sie mich nicht«, bat Miriam und wurde wieder blaß.

»Nicht um alles in der Welt!« erwiderte Kenyon. »Und ich will Ihnen sagen, was ich für die Wahrheit halte: zweifellos gab es eine Zeit, als das Entsetzen über irgendein Unglück, über das ich keine Mutmaßungen anzustellen brauche, Donatello in eine innere Erstarrung stieß. Mit dem ersten Schock war ein unerträglicher Schmerz verbunden und ein schauderndes Widerstreben, die sich zu all den Umständen des Vorganges gesellten, der ihn so furchtbar erschüttert hat. Wenn sein liebster Mensch in den Schrecken jenes Augenblickes mit verstrickt war, so mußte er ja vor diesem Menschen zurückweichen, da er vor sich selbst am allermeisten zurückwich. Aber als sein Geist sich wieder erhob, als er sich zu einem höheren Dasein aufschwang, als er es bis dahin gekannt hatte, da kam auch alles andere, was je an Wahrem und Beständigem in ihm gewesen war, durch den gleichen Impuls wieder zum Leben. Und so war es auch mit seiner Liebe.«

»Aber sicherlich weiß er, daß ich hier bin«, sagte Miriam. »Wenn ich ihm nicht widerwärtig bin – warum heißt er mich denn dann nicht willkommen?«

»Er weiß, glaube ich, von Ihrer Anwesenheit«, antwortete Kenyon. »Ihr Gesang vor ein oder zwei Nächten muß es ihm offenbart haben, und ich hatte mir auch eingebildet, daß schon vorher irgendeine Ahnung davon in seiner Seele steckte. Aber je leidenschaftlicher er sich nach Ihnen sehnt, um so strenger hält er sich für verpflichtet, Sie zu meiden. Die Idee von einer lebenslangen Buße hat stark Besitz von ihm ergriffen. Er tappt blind auf der Suche nach irgendeiner Selbstquälerei umher und findet keine andere, die so wirksam wäre wie diese.«

»Aber er liebt mich,« wiederholte Miriam mit leiser Stimme wie zu sich selber, »ja, er liebt mich.«

Es war seltsam, die frauliche Weichheit zu beobachten, die über sie kam, als sie diesem Trost Eingang zu ihrem Herzen gewährte. Die kalte, unnatürliche Gleichgültigkeit, eine Art gefrorener Heftigkeit, die den Bildhauer erschreckt hatte, verschwand. Sie errötete und wandte die Augen fort, da sie wußte, daß mehr Freude in ihren Blicken lag, als irgendein Mann, außer einem einzigen, darin entdecken durfte.

»Und sonst –,« erkundigte sie sich endlich, »auch sonst ist er sehr verändert?«

»Ein wunderbarer Prozeß vollzieht sich in Donatellos Innerem«, antwortete Kenyon. »Die Keime von Anlagen, die bisher geschlummert haben, entfalten sich, die Welt der Gedanken erschließt sich ihm. Er erstaunt mich manchmal durch seine Erkenntnisse tiefer Wahrheiten, und ebensooft – das muß ich zugeben – bringt er mich in Versuchung, über die Mischung seiner früheren Einfalt mit seiner neuen Intelligenz zu lächeln. Aber er ist verwirrt über die Entdeckung, die jeder Tag ihm bringt. Aus seinem bitteren – tödlichen Schmerz, möchte ich fast sagen, sind ihm eine Seele und ein Intellekt eingehaucht worden.«

»Ach, ich könnte ihm dabei helfen!« rief Miriam, die Hände faltend. »Und welch süße Mühe wäre es, meine ganze Natur daran zu wenden und darauf auszurichten, ihm Gutes zu tun! Seinen Geist zu bilden, zu erheben, zu beschenken mit dem Reichtum, der in mir überfließen würde, wenn ich einen solchen Anlaß hätte, ihn anzuwenden! Und wer sonst kann denn die Aufgabe erfüllen? Wer sonst besitzt die Liebe, die er braucht? Wer außer mir, eine Frau und die Mitwisserin des furchtbaren Geheimnisses, seine Gefährtin in ein und derselben Sünde? Wer außer mir könnte ihm denn auf solcher Grundlage vertrauter Gleichheit gerecht werden, wie dieser Fall es doch erfordert? Mit dieser Aufgabe vor Augen könnte ich noch das Recht zu leben fühlen! Ohne sie aber ist es eine Schande für mich, so lange gelebt zu haben.«

»Darin, daß Ihr Platz an seiner Seite ist, stimme ich völlig mit Ihnen überein«, sagte Kenyon.

»Gewiß ist er das«, erwiderte Miriam. »Wenn Donatello auf irgend etwas Anspruch hat, so ist es meine vollkommene Selbstaufopferung für ihn. Es verringert seinen Anspruch nicht, glaube ich, daß meine einzige Aussicht auf Glück – ein erschreckendes Wort jedenfalls – in dem Guten liegt, das ihm aus unserer Begegnung erwachsen könnte. Aber er weist mich ab! Er will nicht auf die Stimme seines Herzens hören, die ihm sagt, daß ich, die ihn zum Bösen verleitete, ihn zu einer höheren Schuldlosigkeit führen könnte, als diejenige war, aus der er gefallen ist. Und wie soll diese erste große Schwierigkeit denn beseitigt werden?«

»Es liegt jederzeit bei Ihnen, Miriam, das Hindernis aus dem Weg zu räumen«, sagte der Bildhauer. »Sie brauchen nur Donatellos Turm zu ersteigen, und Sie werden ihm unter den Augen Gottes gegenüberstehen.«

»Ich wage es nicht,« antwortete Miriam, »nein, das wage ich nicht.«

»Fürchten Sie«, sagte der Bildhauer, »den schrecklichen Augenzeugen, den ich eben nannte?«

»Nein. Denn soweit ich in das rätselhafte Ding, mein eigenes Herz, hineinschauen kann, hat es nichts als reine Absichten«, erwiderte Miriam. »Aber Sie wissen wohl kaum, wie schwach oder wie stark eine Frau sein kann. Den Himmel fürchte ich nicht, aber ich fürchte mich vor Donatello. Einmal hat er bei meiner Berührung geschaudert. Wenn er es noch einmal tut oder mich finster anblickt, so sterbe ich.«

Kenyon konnte nicht anders, als über die Unterwerfung zu staunen, der sich diese stolze, selbstbewußte Frau freiwillig ergab, indem sie ihr Leben davon abhängig machte, ob ein Mensch, der vor kurzem noch für sie das Spielzeug einer Laune gewesen war, sie zufällig böse oder freundlich ansah. Aber in Miriams Augen war Donatello fortan und für immer mit der tragischen Würde ihres gemeinsamen Verbrechens ausgestattet, und außerdem setzte die scharfsinnige und tiefe Einsicht, zu der ihre Liebe sie befähigte, sie in den Stand, Donatello weit besser zu kennen, als eine regelmäßige Beobachtung das vermocht hätte. Fraglos war in Donatello, da sie ihn liebte, eine Kraft, die ihrer Achtung und ihrer Liebe wert war.

»Sie sehen meine Schwachheit«, sagte Miriam. »Was ich jetzt brauche, ist eine Gelegenheit, meine Stärke zu beweisen.«

»Ich hatte schon daran gedacht,« sagte Kenyon, »daß es an der Zeit wäre, Donatello aus dieser Einsamkeit herauszutreiben, in der er sich vergräbt. Er hat sich lange genug mit einem einzigen Gedanken herumgeschlagen. Jetzt braucht er andere, vielseitigere Anregungen, die ihm aber nur durch eine äußere Veränderung geboten werden könnten. Sein Geist ist jetzt erwacht, und seine Seele ist, wenn auch schmerzerfüllt, nicht mehr betäubt. Wenn er noch lange hier herumlungert, fürchte ich, daß er in Lethargie zurückfallen könnte. Die extreme Reizbarkeit, die die

Umstände seinem moralischen System gegeben haben, hat ihre Gefahren und ihre Vorzüge; und eine der Gefahren ist die, daß eine verstockte Vorstellung von einem Makel verhärtet, was ihr an Zartheit innewohnt. Die Einsamkeit hat ihr Amt erfüllt, jetzt sollte er für ein Weilchen in die Außenwelt gelockt werden.«

»Was ist also Ihr Plan?« fragte Miriam.

»Donatello einfach dazu zu überreden,« antwortete Kenyon, »bei einem Streifzug durch diese Berge und Täler hier mein Begleiter zu sein. Die kleinen Abenteuer und Wechselfälle des Reisens werden ihm unendlich wohltun. Nach der vergangenen Erschütterung wird er sich die Welt durch die neuen Augen, mit denen er sie betrachten wird, neu erschaffen. Ich hoffe, er wird dem morbiden Dasein entkommen und seinen Weg zu einem gesunden finden.«

»Und welches soll meine Rolle dabei sein?« fragte Miriam traurig und nicht ohne Eifersucht. »Sie nehmen ihn von mir weg und stellen sich selber, und alle Arten von lebendigen Interessen an den Platz, den eigentlich ich ausfüllen sollte.«

»Mit Freuden, Miriam, würde ich die gesamte Verantwortung für dieses Vorhaben Ihnen überlassen,« antwortete der Bildhauer. »Ich maße mir nicht an, der Führer und Ratgeber zu sein, den Donatello braucht. Denn ich bin – um nur dies zu erwähnen – ein Mann, und zwischen Mann und Mann ist immer eine unüberwindliche Distanz, sie können niemals ganz Hand in Hand gehen. Und daher findet der Mann auch niemals eine intime Hilfe beim Mann, sondern nur bei der Frau – seiner Mutter, seiner Schwester, seiner Ehegefährtin. Seien Sie also Donatellos Freund, sobald er Sie braucht, und ich werde glücklich sein, ihn ganz Ihnen zu überlassen.«

»Es ist nicht schön, mich so zu verspotten,« sagte Miriam, »ich habe Ihnen doch gesagt, daß ich nicht tun kann, was Sie vorschlagen, weil ich es nicht wage.«

»Also gut,« sagte der Bildhauer, »dann sehen Sie, ob es eine Möglichkeit für Sie gibt, sich meinem Plan einzufügen. Die Zufälle einer Reise führen Menschen ja oft auf die unvorhersehbarste und daher ganz natürlich wirkende Art zusammen. Angenommen, Sie würden sich auf derselben Reiseroute befinden, so könnte sich vielleicht ein Wiedersehen mit Donatello ganz von selbst ergeben, und die Vorsehung würde dabei stärker ihre Hand im Spiele haben können als Sie oder ich.«

»Es ist kein sehr aussichtsreicher Plan,« sagte Miriam, den Kopf schüttelnd, »doch will ich ihn nicht zurückweisen, ohne einen Versuch gemacht zu haben. Falls er aber mißlingt, so fasse ich hiermit den Entschluß, an den ich mich unbedingt für gebunden halte – komme, was kommen mag. Sie kennen doch die Bronzestatue von Papst Julius auf dem großen Platz in Perugia? Ich erinnere mich, wie ich an einem heißen Mittag im Schatten dieser Statue stand, wie ich von ihrem väterlichen Aspekt beeindruckt war und mir einbildete, daß von seiner ausgestreckten Hand ein Segen auf mich herabkäme. Seither habe ich fortwährend die abergläubische Vorstellung gehabt – Sie werden es verrückt nennen, aber unglückliche Menschen bilden sich immer derartige Dinge ein –, daß sich, wenn ich nur lange genug auf diesem Platz ausharrte, irgend etwas Gutes ereignen würde. Also, Kenyon: genau vierzehn Tage, nachdem Sie Ihre Reise begonnen haben – es sei denn, daß wir uns früher träfen –, bringen Sie Donatello um zwölf Uhr mittags zum Sockel dieser Statue – dort werden Sie mich finden.« Kenyon stimmte dem Vorschlag zu, und nachdem sie ein wenig über die Reiseroute gesprochen hatten, war er im Begriff sich zu verabschieden. Als er beim Lebewohl in Miriams Augen sah, war er überrascht, ein neues schüchternes Glück, das aus ihnen schimmerte, und die Gesundheit und Frische zu gewahren, die sich in dieser kurzen Zeit über ihr Gesicht gebreitet hatten. »Darf ich Ihnen sagen, Miriam,« fragte er, »daß Sie noch ebenso schön sind wie immer?«

»Sie haben ein Recht, es zu bemerken,« erwiderte sie, »denn wenn es so sein sollte, so ist meine verblaßte Frische wiederbelebt worden durch die Hoffnung, die Sie mir gegeben haben. Sie finden mich also schön? Das freut mich aufrichtig. Falls ich Schönheit besitze, so soll sie eines der Werkzeuge sein, mit denen ich versuchen will, ihn zu bilden und zu erheben, ihn, dessen Wohl allein ich mich weihe.«

Der Bildhauer war schon fast an der Tür, als er sie rufen hörte und sich umdrehte. Er sah Miriam noch am gleichen Fleck stehen, an dem er sie in dem herrlichen Raum verlassen hatte, der lediglich der ihrer Schönheit angemessene Rahmen zu sein schien. Sie winkte ihm zurückzukommen.

»Sie sind ein Mensch von großem Geschmack,« sagte sie, »und mehr als das, ein Mensch von zarter Sensibilität. Sagen Sie mir jetzt offen: Habe ich Sie während dieser Unterredung nicht oft schockiert durch das Verraten meiner weiblichen Beweggründe, durch meinen Mangel an weiblicher Bescheidenheit, durch mein rücksichtsloses, leidenschaftliches, höchst unschickliches Geständnis, daß ich nur für jemanden lebe, der mich vielleicht verachtet und vor mir schaudert?«

Auf diese Weise beschworen, war der Bildhauer, so peinlich es ihm auch war, nicht der Mann, einer einfachen Wahrheit auszuweichen.

»Miriam,« antwortete er, »Sie übertreiben den Eindruck, den ich empfangen habe. Aber er ist schmerzlich gewesen und ein wenig von der Art, die Sie vermuten.«

»Ich wußte es«, sagte Miriam traurig und ohne Groll. »Was von meiner zarteren Natur noch übrig ist, hätte es mir verraten, selbst wenn es nicht durch Ihr Verhalten erkennbar gewesen wäre. Gut, lieber Freund – wenn sie nach Rom zurückkommen, so erzählen Sie Hilda, was ihre Strenge angerichtet hat. Sie verhielt sich sehr weiblich mir gegenüber, und als sie mich aufgab, hatte ich keinen Anlaß mehr, die Reserve und das Dekorum meines Geschlechts zu wahren. Hilda hat mich davon entbunden. Bitte richten sie ihr das von mir aus und daß ich ihr danken lasse.«

»Ich werde Hilda nichts sagen, was ihr Schmerz verursacht«, antwortete Kenyon. »Aber wenn ich auch nicht weiß, Miriam, was zwischen Ihnen und ihr vorgefallen ist, so fühle ich doch – und vergeben Sie mir in Ihrer vornehmen Aufrichtigkeit, daß ich es ausspreche –, so fühle ich doch, daß sie im Recht war. Sie haben tausend anbetungswürdige Eigenschaften. Welche Verstrickungen von Bösem auch immer in Ihr Leben eingedrungen

sein mögen, so sind Sie unverändert vieler hoher und heroischer Tugenden fähig. Aber die leuchtende Reinheit von Hildas
Wesen ist etwas anderes. Und vermöge des makellosen Stoffs,
aus dem Gott sie geschaffen hat, kann sie nicht anders, als der
Strenge treu zu bleiben, die ich, genau wie Sie, bei ihr schon
bemerkt habe.«
»Oh, Sie haben recht,« sagte Miriam, »ich habe es ja auch nie
beanstandet, wenn es auch, wie ich Ihnen schon sagte, die
letzten Fesseln zerrissen hat, die mich an weibliche Schicklich-
keit banden. Aber wenn es irgend etwas zu verzeihen gäbe, so
verzeihe ich ihr. Möchten Sie doch ihr jungfräuliches Herz gewinnen! Denn ich glaube, daß es in dieser bösen Welt nur
wenige Männer gibt, die ihrer so würdig wären wie Sie.«

Am Wegrand

Als der Zeitpunkt für den Bildhauer gekommen war, das ruhevolle Leben von Monte Beni zu verlassen, war er nicht frei von
Bedauern und hätte gerne eingewilligt, noch ein bißchen länger
von dem Paradies auf Erden zu träumen, zu dem es durch Hildas
Gegenwart geworden wäre. Trotzdem aber hatte er inmitten all
der Ruhe angefangen, eine rastlose Melancholie zu fühlen, der
diejenigen, die sich mit der Kunst befassen, leichter unterworfen
sind als derbere Menschen. Daher hätte er es auch für sich
selber, und ganz abgesehen von Donatello, für richtig befunden, fortzugehen. Er machte Abschiedsbesuche bei der legendären Quelle und an anderen schönen Plätzen, mit denen er
vertraut geworden war. Er stieg noch einmal auf den Turm
hinauf und sah einen Sonnenuntergang und das Aufgehen des
Mondes über dem weiten Tal. Am Vorabend der Abreise trank
er einen kleinen Fiasco Sonnenschein von Monte Beni und dann
noch einen und behielt den Duft in seinem Gedächtnis als das
Vorbild eines exquisiten Weines. – Nachdem alle diese Dinge
getan waren, war Kenyon zur Abreise bereit.
Donatello war nicht leicht aus der Trägheit aufzurütteln gewe-

sen, die schwermütige Menschen behext und versklavt. Er hatte dem Plan seines Freundes lediglich einen passiven Widerstand entgegengesetzt, keinen aktiven, und als die verabredete Stunde kam, bedurfte es nur der Energie, die Kenyon denn auch nicht versäumte anzuwenden, und so befand sich Donatello schon auf der Reise, bevor er sich noch dazu entschlossen hatte, sie anzutreten. Sie zogen frei dahin wie zwei fahrende Ritter über Hügel und Täler und durch die alten Bergstädtchen dieser lieblichen Gegend. Abgesehen von der Verabredung mit Miriam in vierzehn Tagen in Perugia, plante der Bildhauer nichts Bestimmteres, als daß sie sich hier- und dorthin treiben lassen wollten wie beschwingte Samenkörner, die sich vom Lufthauch forttragen lassen. Doch wenn man die Sache genau betrachtet, nimmt man wahr, daß Dinge, die scheinbar unstet und ziellos sind, sich am Ende als diejenigen entpuppen, die am allerentschiedensten auf eine vorher bestimmte Spur gezwungen waren. Zufall und Veränderung lieben es, sich mit den festen Plänen der Menschen einzulassen, keineswegs mit ihrem müßigen Herumzigeunern. Wenn wir uns etwas Unerwartetes und Unausdenkbares wünschen, sollten wir ein eisernes Gerüst ersinnen, eines, von dem wir uns vorstellen könnten, daß es die Zukunft geradezu zwingen würde, eine ganz bestimmte Gestalt anzunehmen – dann kommt das Unerwartete und macht unser eisernes Gerüst zunichte.

Die beiden reisten zu Pferde und hatten die Absicht, viel von ihren ziellosen Wegen bei Mondschein zu machen und in der Kühle der Morgen- oder Abenddämmerung. Da der Sommer kaum erst begonnen hatte, seine Abschiedsschleier über die Toskana zu werfen, war die Sonne tagsüber noch zu heiß, als daß man sich ihr hätte aussetzen mögen.

Eine Zeitlang zogen sie durch das Tal, das Kenyon mit solchem Entzücken vom Turm auf Monte Beni betrachtet hatte. Bald begann der Bildhauer die neue Lebensweise zu genießen, bei der das Vertrödeln von ein oder zwei Tagen zum System wurde. Es ist dem Menschen so natürlich, Nomade zu sein, daß eine kurze Probe dieser Existenzform schon genügt, um die festen Gewohnheiten vieler Jahre zu untergraben. Kenyons Sorgen schienen auf Monte Beni zurückgeblieben zu sein, und er erinnerte sich ihrer kaum noch, als der graue Turm vom braunen Berghang nicht mehr zu unterscheiden war. Sein Beobachtungsvermögen, das in letzter Zeit wenig zur Anwendung gekommen war, hielt seine Augen mit hunderterlei angenehmen Gegenständen beschäftigt.

Er entzückte sich am Pittoresken des Landlebens, von dem bei uns zu Hause so wenig zu sehen ist. Da waren zum Beispiel die alten Weiber, die am Wegrand Schafe oder Schweine hüteten. Während sie ihren Schutzbefohlenen folgten, waren die ehrwürdigen Damen ununterbrochen damit beschäftigt, mit jenem anderswo vergessenen Gerät, der Kunkel, Wolle zu spinnen. Und sie sahen dabei so verrunzelt und ernst aus, daß man sie für die Parzen hätte halten können, die die menschlichen Schicksalsfäden spinnen. Im Gegensatz zu ihren Urgroßmüttern führten Kinder Ziegen umher mit struppigen Bärten und Stricken an den Hörnern, an denen die Kinder sie hielten und an Zweigen und Büschen knabbern ließen. Für einen Beobachter aus der westlichen Welt war es ein befremdliches Schauspiel zu sehen, wie derbe, sonnenverbrannte Geschöpfe in Unterröcken sich Seite an Seite mit den Männern bei harter Feldarbeit abplackten. Diese kräftigen Frauen trugen den hohen, breitrandigen Hut aus toskanischem Stroh, die gebräuchliche weibliche Kopfbedeckung, und da jeder Windhauch den Rand zurückbog, machte der Sonnenschein die braune Glut ihrer Wangen noch tiefer. Die älteren unter ihnen aber schmückten ihre hexenhafte Häßlichkeit mit grausigem Erfolg durch schwarze Filzhüte, die ihnen vermutlich von ihren längst begrabenen Ehemännern vererbt worden waren.

Ein anderer alltäglicher Anblick, aber angenehmer als dieser, waren Mädchen, die ein riesiges Bündel grüner Zweige oder Gras, mit Mohn und blauen Blumen gemengt, auf dem Rücken schleppten. Mitunter war die grüne Bürde so groß, daß sie die Gestalt des Mädchens verbarg und sich wie von selbst zu bewegen schien. Öfter aber reichte das Bündel nur über die

Hälfte des Rückens der bäuerlichen Nymphe und ließ den Anblick ihrer wohlentwickelten Waden und des krummen Messers
frei, das an ihrer Seite hing und mit dem sie diese seltsame Ernte
gemäht hatte. Ein präraffaelitischer Maler könnte in einem dieser toskanischen Mädchen, die in freier, aufrechter, anmutiger
Haltung schreiten, ein anbetungswürdiges Modell finden. Die
verschiedenen Kräuter und verflochtenen Zweige und Blüten
überragen ihren Kopf wie Krone oder Kranz, während ihr rot-
wangiges, hübsches Gesicht zwischen den seitlichen Blumenge-
hängen wie eine größere Blume herausschaut; das würde diesen
Malern einen unbegrenzten Spielraum geben für jene minutiö-
sen Darstellungen, die sie lieben.

Wenngleich vermengt mit Grobem und Erdhaftem, gab es doch
einen traumhaften arkadischen Zauber, der in der täglichen
Mühsal anderer Länder kaum zu finden ist. Zu den erfreulichen
Erscheinungen am Wegrand gehörten auch stets die Weinreben,
die sich um Feigenbäume und andere kräftige Stämme schlangen. Sie wanden sich in riesigen, schweren Girlanden von einem
Baum zum andern und ließen in die Zwischenräume vollreife
Trauben herunterhängen. Bei dieser sorglosen Art der Kultivie-
rung ist die üppige Rebe ein lieblicherer Anblick als dort, wo sie
einen kostbaren Wein produziert und daher sorgfältiger aufge-
bunden und beschnitten wird. Nichts ist malerischer als ein alter
Rebstock, der schon beinahe einen eigenen Stamm hat und sich
fest um den ihn stützenden Baum klammert. Das verknotete
Gewächs hält in starker Umarmung den Freund gefangen, der
seine zarte Kindheit unterstützt hat, und spannt nun den kräftigen Baum für seine eigenen Zwecke ein, indem es seine Arme
nach jedem Ast ausstreckt und kaum einem anderen Blatt als
seinen eigenen erlaubt zu knospen. Es kam Kenyon in den Sinn,
daß die Feinde der Reben in seiner Heimat hier ein Symbol der
erbarmungslosen Gewalt hätten finden können, die die Freuden
des Weins über ihre Opfer ausüben, indem sie gänzlich Besitz
von ihnen ergreifen.

Als ihr Pfad die beiden Reisenden durch eine kleine alte Stadt
führte, war die Szenerie nicht weniger charakteristisch. Hier

erwuchs heutiges Leben aus einem vor langer Zeit geführten und überlebten anderen Dasein. Wohl hat die kleine Stadt noch Tor und Mauern, so massiv, daß ganze Zeitalter sie nicht zerstören konnten. Aber in der Höhe des Tores, über dem leeren Torbogen, ist ein Taubenschlag, und friedliche Tauben sind die einzigen Wächter. In den offenen Höhlen des Baues liegen Kürbisse zum Reifen. An der Außenseite der Stadtmauer erstreckt sich zu ihren Füßen ein Obstgarten und ist nicht etwa voller Apfelbäume, sondern voll von diesen alten Komikern, den Olivenbäumen mit den knorrigen Stämmen und den gewundenen Ästen. Behausungen sind entweder auf den Wällen oben erbaut oder haben sich in ihre mächtigen Grundmauern eingegraben. Sogar die grauen kriegerischen Türme, gekrönt von zerbrochenen Zinnen, sind in rustikale Wohnsitze verwandelt worden, aus deren Fenstern die Blattohren der Maiskolben herauswehen. An einer Türöffnung, die durch das massive Mauerwerk gebrochen ist, worfeln ein paar Contadini Getreide. Auch kleine Fenster sind überall in die alte Befestigungsmauer gebohrt worden, so daß sie aussieht wie eine lange Reihe von Behausungen mit einer einzigen langgezogenen Front, erbaut in merkwürdiger, unnötiger Stärke. Überbleibsel der alten Brustwehr und Pechnasenreihen sind durchsetzt von gemütlichen Kammern und Ziegeldächern. Und über alles hin hat man Weinreben und eifrig blühende Sträucher sich anklammern und munter sprießen lassen.

Auf der allerhöchsten Höhe der Befestigung endlich wellt sich das lange Gras, vermischt mit Unkraut und wilden Blumen, und es ist ausnehmend vergnüglich, im goldenen Nachmittagslicht den kriegerisch umhegten Bereich anzuschauen, wie er auf seine alten Tage so freundlich und voll ländlichem Frieden ist. Die Wachstuben und Gefängniszellen sind heutigentags Behausungen, in denen zufriedenes menschliches Leben gelebt wird. Menschliche Eltern nisten mit ihrer Brut in ihnen wie die Schwalben droben in den Spalten der zerbröckelten Mauer.

Das Tor dieser kleinen Stadt durchschreitend und bedräut nur von jenen achtsamen Schildwachen, den Tauben, befinden wir uns in einer langen, engen Straße, die mit Steinplatten in altrömischer Art belegt ist. Nichts kann die grimmige Häßlichkeit der Häuser übertreffen, von denen die meisten drei oder vier Stockwerke hoch sind, aus Stein, grau und entweder halb verfallen oder halb bedeckt von Flickwerk aus Lehm, und eines dicht am andern, die ganze Stadt entlang.

Natur, in Gestalt von Baum, Strauch oder rasengesäumten Pfaden, ist genauso aus der einzigen Straße des ländlichen Städtchens verbannt wie aus irgendeiner wimmelnden Großstadt. Die finsteren, halbzerstörten Wohnbauten mit ihren engen Fenstern, von denen viele mit Holzläden verrammelt sind, sind nichts als erweiterte Scheunen, Stockwerk auf Stockwerk gesetzt und verschmutzt im Lauf von Jahrhunderten. An einem Regentag, oder auch wenn kein menschliches Dasein das alles beleben würde, wäre es ein fürchterlicher Anblick, an einem Sommernachmittag aber hat es Leben genug, um heiter zu wirken; es quillt aus dem Innern der Häuser auf das Steinpflaster heraus, schaut aus den kleinen Fenstern oder hier und da von einem Balkon herunter. Ein Teil der Bevölkerung steht vor dem Fleischerladen, ein anderer beim Brunnen, der in ein Marmorbecken sprudelt, das an antike Sarkophage erinnert; ein nähender Schneider sitzt vor seiner Haustür neben einem jungen Priester, der ihm Gesellschaft leistet; ein beleibter Mönch geht, mit einem leeren Weinfäßchen auf dem Kopf, vorüber; Kinder spielen ringsumher, und Frauen sitzen auf den Hausstufen und flicken Kleider, sticken, flechten Hüte aus toskanischem Stroh oder drehen den Spinnrocken, und viele Müßiggänger schlendern von einer Gruppe zur anderen und lassen den Tag im Dolcefarniente verstreichen.

Alle diese Menschen vollführen ein Geschwätz, das in gar keinem Verhältnis steht zur Anzahl der Zungen, die es hervorbringen. In einem Städtchen in Neu-England wird das ganze Jahr über – außer bei einer politischen Abstimmung oder einer Ratsversammlung – nicht so viel geredet wie hier an einem einzigen Tag. Weder hört man dort so viele Worte noch so viel Lachen. Diese kleinen, von Mauern umschlossenen Städtchen mit ihrer auf engem Raum zusammengedrängten Bevölkerung sind nach so langer Lebensdauer zu einer einzigen großen Sippe geworden, alle Einwohner sind mit jedem verwandt und jeder mit allen. Sie versammeln sich auf der Straße, die sie als ihren ›salone‹ betrachten, und so leben und sterben sie so vertraut miteinander, wie es nicht dort möglich wäre, wo ein Ort offen ist und innerhalb seines Bereiches genügend Platz bietet.

Neben einer Haustür ragt ein Zweig mit verwelktem Laub, und in seinem Schatten sitzt auf einer Steinbank eine Gesellschaft fröhlicher Zecher, die den neuen Wein probiert oder den alten genießt. Hier zieht Kenyon die Zügel an, denn dieser Zweig ist heutzutage in Italien ein Zeichen für Weinausschank, wie er es vor dreihundert Jahren in England war, und Kenyon ruft nach einem Becher des dunklen, milden purpurnen Saftes, der reichlich verdünnt ist mit dem Wasser aus dem Brunnen. Der ›Sonnenschein‹ von Monte Beni wäre jetzt recht willkommen. Inzwischen ist Donatello weitergeritten, steigt aber vor einem Wirtshausstall ab, in dessen Wand ein Schrein mit einer brennenden Lampe davor eingelassen ist; er kniet nieder, bekreuzigt sich und murmelt ein kurzes Gebet, ohne die Aufmerksamkeit der Vorübergehenden zu erregen, von denen viele in ähnlicher Art unterwegs so nebenbei ihre Frömmigkeit bekunden. Nun hat der Bildhauer seinen mit Wasser gemischten Wein ausgetrunken, und unsere beiden Reisenden setzen ihren Weg fort, nachdem sie das Städtchen durch das andere Tor verlassen haben.

Wieder liegt das weite Tal vor ihnen, so zart mit Nebel bedeckt, daß er nur in der Ferne und am ehesten in den Bergklüften sichtbar ist. Jetzt, nachdem wir es Nebel genannt haben, scheint es ein Fehler, es nicht lieber Sonnenschein zu nennen, dies Licht, das mit so wenig Dunkel aus der leichten Substanz von Dunst vermengt ist. Aber ob Nebel oder Sonnenschein – jedenfalls gibt es der Landschaft eine Spur vergeistigter Schönheit, die den Betrachter beinahe davon überzeugt, daß dieses Tal und diese Berge eine Vision sind, denn ihre sichtbare Atmosphäre ist wie die eines Traumes. Dicht um sie her aber gab es recht deutliche Beweise dafür, daß das Land nicht wirklich das Paradies war, das es nach dem ersten Eindruck zu sein schien. Weder die verkommenen Hütten noch die tristen Bauernhäuser schienen teilzuhaben an dem Wohlstand, mit dem ein so gütiges Klima und ein so fruchtbares Stück Erde sie eigentlich, eines wie das andere, hätte füllen sollen. Aber möglicherweise leben die bäuerlichen Bewohner gar nicht in so schrecklicher Armut und in so unwohnlichen Häusern, wie ein Fremder mit seinen angeborenen Vorstellungen über solche Dinge es sich denkt. Die Italiener besitzen nichts von dem wetteifernden Stolz, den wir in unseren Orten in Neu-England antreffen, wo jeder Hausvater, seinem Geschmack und seinen Anschauungen entsprechend, seine Heimstätte zu einem Schmuck des rasenbedeckten und von Ulmen beschatteten Wegrandes gestaltet. In Italien gibt es keine ordentlichen Türstufen und Schwellen, keine gemütlichen, von Weinreben umrankten Veranden, keine jener Grasplätze oder kurzgeschorenen Rasenflächen, die die Phantasie gastlich in die gepflegte Häuslichkeit englischen Lebens einladen. Alles und jedes, und mag die Gegend noch so sonnig und fruchtbar sein, ist in der unmittelbaren Nähe eines italienischen Heims besonders entmutigend.

Es ist schon richtig, daß ein Künstler seinem guten Stern oft dankbar ist, wenn er ihn vor diese alten Häuser führt, die so malerisch vom Alter gezeichnet sind, mit ihren stückweise abbröckelnden Mauern aus uraltem Ziegelwerk. Die gefängnishaften, eisenvergitterten Fenster und die hochgewölbten trübseligen Eingänge, die auf der einen Seite zum Stall, auf der anderen zur Küche führen, mögen ihm zwar seines Zeichenstiftes würdiger scheinen als die frischgestrichenen Schachteln aus Tannenholz, in denen – falls er Amerikaner ist – seine Landsleute leben und gedeihen, aber der Verdacht ist begründet, daß eine Bevölkerung dem Ruin entgegenzugehen beginnt, sobald ihr Leben für die Phantasie eines Dichters oder für die Augen eines Malers faszinierend wird.

Wie es auf italienischen Wegen üblich ist, kamen die Dahinziehenden an großen schwarzen Kreuzen vorüber, die mit allen

Instrumenten der heiligen Passion behangen waren: da gab es die Dornenkrone, den Hammer und die Nägel, die Zangen, die Speere und den Schwamm, und oben über alledem war der Hahn, der dem heiligen Petrus in sein reueerfülltes Gewissen krähte. Während die fruchtbare Landschaft die nie versagende Gnade des Schöpfers dem Menschen gegenüber dartat, mahnten diese Symbole den Wanderer an die unendlich größere Liebe des Heilands zu ihm als zu einer unsterblichen Seele. Beim Anblick dieser geweihten Stationen schien Donatello der Gedanke zu kommen, diese ansonsten ziellose Reise zu einer Pilgerbußfahrt zu machen. An jeder einzelnen stieg er ab, um hinzuknien, demütig seine Stirn gegen den Fuß des Kreuzes zu pressen und es zu küssen, und er tat das so regelmäßig, daß der Bildhauer bald aus eigenem Antrieb die Zügel anzog. Es kann sogar sein, daß Kenyon, wenn er auch nur ein Ketzer war, ebenfalls ein Gebet emporsandte, mit diesen Symbolen vor seinen Augen inbrünstiger gebetet, für den Seelenfrieden seines Freundes und für die Vergebung der Sünde, die ihn so bedrückte.

Nicht nur vor den Kreuzen kniete Donatello nieder, sondern auch vor den vielen Nischen, wo die Heilige Jungfrau in Freskomalerei, verblichen von Sonnenschein und Regen, liebevoll auf ihren Anbeter schaute oder wo sie als holzgeschnitzte Figur dargestellt war oder auch als Terrakotta- oder Marmorrelief, wie es den Absichten der frommen Stifter entsprach, die diese Plätze für die Anbetung am Wegrand erbaut oder wieder errichtet hatten. Man fand sie allenthalben – in gewölbten Nischen, in kleinen Wetterhäuschen mit einem Ziegeldach, das gerade groß genug war, um sie zu schützen, oder etwa in dem Mauerstück eines alten römischen Herrensitzes, dessen Erbauer vor der Geburt Christi gestorben war, in den Außenwänden einer Dorfschenke oder eines Bauernhauses oder in der Mitte einer Brücke oder hoch über der Straße in eine Felsenhöhle eingebaut. Es schien dem Bildhauer, daß Donatello vor diesen Bildwerken um so ernsthafter und hoffnungsvoller betete, als das milde Gesicht der Madonna ihm vielleicht verhieß, daß sie als sanfte Mutter zwischen dem armen Sünder und der Furchtbarkeit des Gerichtes vermitteln werde.

Es war wirklich schön zu beobachten, wie zärtlich die Seelen von Mann und Frau der jungfräulichen Mutter zugewandt waren in Erwiderung der Zärtlichkeit, die sie, wie der Glaube die Menschen lehrt, in Ewigkeit für alle Seelen hegt. Vor jeder Nische hingen im Drahtgeflecht Gaben von Rosen, oder welche Blumen nun gerade der Jahreszeit entsprachen und am süßesten dufteten. Einige welkten schon oder waren vertrocknet, andere waren taufrisch, aber auch künstliche Blumen gab es, die niemals auf Erden geblüht hatten noch je vergehen konnten. Kenyon dachte daran, daß man Blumentöpfe mit lebenden Pflanzen in die Nischen stellen oder sogar Rosenstöcke und blühende Sträucher einpflanzen und dazu bringen könnte, sich hinaufzuranken, so daß die Jungfrau inmitten einer Laube von Grün, Blüten und duftender Frische wohnen würde, die eine lebenslänglich sich erneuernde Huldigung symbolisierte. In den religiösen Gebräuchen dieser Menschen gibt es vieles, was gut und schön wäre, wenn die Seele des Guten und der Sinn für Schönheit in Italien jetzt noch ebenso lebendig wären, wie sie es gewesen sein müssen, als diese Gebräuche erdacht und angenommen wurden. Aber anstelle von blühenden Sträuchern oder frischen Blumen, die noch Tautropfen an den Blättern haben, ist die Andacht heutzutage am besten durch die künstliche Blume symbolisiert.

Der Bildhauer fand außerdem – aber vielleicht war es sein Ketzertum, das ihm diese Idee eingab –, daß es guten Einfluß haben könnte, wenn man unter jeder geweihten Nische am Wegrand eine bequeme, schattige Sitzgelegenheit aufstellte: dann würde der müde und sonnengedörrte Wanderer, während er sich in ihrem schützenden Schatten ausruhte, vielleicht der Jungfrau für ihre Gastlichkeit danken; auch würde, falls er sich an einem so geheiligten Ort sogar mit dem Duft einer Tabakspfeife erquicken wollte, dieser nicht anstößiger zum Himmel aufsteigen als priesterlicher Weihrauch. Wir tun uns selber unrecht und schätzen die über uns waltende Heiligkeit zu gering ein, wenn wir meinen, daß jede Freude, die in sich selbst gut ist, nicht mehr gut wäre, sobald sie in religiösem Zusammenhang steht.

Welches auch immer die Fehler des päpstlichen Systems sein mögen, so war es doch ein liebevolles und weises Empfinden, das die vielen Heiligennischen und Kruzifixe an die Wegränder setzte. Jeder Vorüberkommende, an welches weltliche Vorhaben er auch gebunden sein mag, wird alle paar Meilen daran erinnert, daß dieses Vorhaben nicht das Geschäft ist, das ihn am meisten angeht, und der Vergnügungssüchtige wird still dazu ermahnt, himmelwärts nach einer Freude auszuschauen, die unendlich viel größer ist als seine jetzigen Freuden. Der Unselige, der in Versuchungen steckt, erblickt das Kreuz und ist davor gewarnt, ihnen zu erliegen, weil sonst des Erlösers Tod, geschehen zu seiner Errettung, vergeblich gewesen wäre. Der hartgesottene Verbrecher, dessen Herz längst einem Stein gleicht, fühlt, wie es in neuer Furcht und Hoffnung schlägt – und unser armer Donatello fand zweifellos, während er von Kreuz zu Bildnis und von Bildnis zu Kreuz dahinzog, um niederzuknien, in diesen Symbolen eine Wirkungskraft, die ihn auf eine bessere Art von Buße hinleitete.

Ob nun der junge Graf von Monte Beni etwas davon merkte oder nicht – es gab auf ihrer Reise doch mehr als einen Vorfall, der Kenyon vermuten ließ, daß sie bewacht oder verfolgt wurden oder daß ihnen jemand, der Interesse an ihrem Weg hatte, unmittelbar voranginge. Es war gleichsam, als ob ein Schritt, ein wehendes Gewand, ein schwacher Atemhauch neben ihnen war, während sie ihren Weg fortsetzten. Es war wie ein Traum, der sich aus ihrem Schlummer herausverirrt hatte und sie tagsüber verfolgte, wo er im allzu aufdringlichen Licht freilich weder Dichtigkeit noch Kontur gewann. Nach Sonnenuntergang aber wurde er ein wenig deutlicher.

»Links, vor dieser letzten Nische,« fragte der Bildhauer, als sie unter dem Mond dahinritten, »haben Sie da nicht die Gestalt einer knienden Frau bemerkt, die ihr Gesicht in den Händen verbarg?«

»Ich habe nicht zur Seite geschaut,« antwortete Donatello, »ich war in mein eigenes Gebet vertieft. Vielleicht war es irgendeine Büßerin. Da es eine Frau war, möge die Heilige Jungfrau der armen Seele um so gnädiger sein.«

Farbige Fenster

Nach weiten Wegen durch das Tal schlugen die beiden Reisenden die Richtung auf die Berge ein, die es umgaben. Hier nahm die Landschaft und ihre Veränderung durch die Menschen einen anderen Aspekt an als die fruchtbare, lächelnde Talebene. Am Berghang lag nicht selten ein Kloster oder auf isolierten Felsvorsprüngen die Ruine einer Burg, einstmals Unterschlupf eines Räuberhauptmannes, der von seiner beherrschenden Höhe aus Leute auf der Straße zu überfallen pflegte, die sich unter ihr dahinzog. Durch viele vergangene Zeiten hatte die alte Festung ihre zerfallenen Reste, Stein um Stein, auf das düstere Dorf zu ihren Füßen hinabgeschleudert.

Die Straße wand sich weiter zwischen den Bergen, die steil und hoch aus dem kärglichen Boden aufragten und den Reisenden beständig ihre schweren Massive in den Weg schoben, als wären sie finster gesonnen, ihnen den Durchlaß zu verwehren, oder sie schlossen sich abrupt hinter ihnen, wenn sie dennoch gewagt hatten, ihren Weg fortzusetzen. Irgendein gigantischer Berg mochte auch seinen Fuß direkt vor sie hinsetzen und ihn erst im allerletzten Augenblick widerwillig beiseite tun, gerade weit genug, daß sie sich dem nächsten Hindernis entgegenzwängen konnten. An diesen rauhen Bergabstürzen waren die trockenen Betten vieler Gießbäche zu erkennen, die ein zu wildes und leidenschaftliches Leben geführt hatten, als daß es ein langes hätte sein können. Mitunter eilte auch noch ein Wasser scheu am Grunde eines Bettes volles Geröll und Steinplatten, das viel breiter war, als nötig schien, wenn auch nicht zu breit für den geschwellten Zorn, zu dem dies schüchterne Rinnsal fähig war; eine steinerne Brücke überspannte es, deren Bogen gestützt und vor Zerstörung geschützt wurden von demselben Gestein, das sie zu zerschmettern drohte. Am Fundament dieser Brücke hatte schon das antike Rom gearbeitet, und das erste Gewicht, das sie zu tragen gehabt hatte, war das einer Armee der ersten Republik.

Nachdem sie derartige Engpässe bewältigt hatten, erreichten sie irgendeine uralte Stadt, mit vielen Kirchen und Amtsgebäuden und einer Kathedrale, die den hohen Gipfel eines Berges krönte. Die Stadt hatte nicht mehr ebenen Boden als den einer einzigen Piazza in ihrer Mitte und schickte ihre krummen, engen Straßen durch überwölbte Gänge und über steinerne Treppen den Berg hinunter. Der Anblick von allem und jedem machte den Eindruck von beängstigendem Alter; die Stadt wirkte zumindest älter als selbst Rom, wenn auch die Historie nicht ihren Finger auf solche vergessenen Bauten legt und uns nicht alles über ihren Ursprung erzählt. Etruskische Fürsten mögen in ihnen gehaust haben, und auf alle Fälle mochten tausend Jahre das Durchschnittsalter dieser Bauten sein. Sie sind aus so schweren Steinquadern errichtet, daß ihre wuchtige Dauerhaftigkeit den Betrachter durch die Vorstellung bedrückt, daß sie niemals fallen, niemals wegbröckeln können, sich niemals weniger als heute zu menschlicher Behausung eignen werden. Viele von ihnen mögen einst Paläste gewesen sein; sie bewahren immer noch eine heruntergekommene Vornehmheit, aber bei ihrer Betrachtung erkennen wir, wie wenig wünschenswert es ist, die Zelte für unsere kurze Lebenszeit aus so beständigem Material zu errichten, daß sie noch von künftigen Generationen bewohnt werden können.

Alle Städte sollten so erbaut sein, daß sie im Laufe eines halben Jahrhunderts der Läuterung durch Feuer oder Verfall zugänglich wären, denn sonst werden sie zu erblichen Schlupfwinkeln für Gewürm und Gestank, ganz abgesehen davon, daß sie sich der Möglichkeit all der Verbesserungen entziehen, wie sie fortwährend für die Bequemlichkeit der Menschen erfunden werden. Zweifellos ist es für einige unserer natürlichen Instinkte befriedigend, wenn wir uns vorstellen, daß unsere fernsten Nachkommen noch unter dem gleichen Dach hausen werden wie wir. Dennoch setzen Menschen, die darauf bestehen, unzerstörbare Häuser zu bauen, sich und ihre Kinder einem Mißgeschick aus, das dem der Sibylle gleicht, als sie die bittere Gabe der Unsterblichkeit erhielt. Freilich können auch wir beinah unsterbliche Wohnungen bauen, aber wir können sie nicht davor bewahren, alt, muffig, ungesund und trist zu werden, voll von Todesgeruch, Gespenstern und Mordbefleckung, kurzum so, wie man sie überall in Italien sieht, seien es Hütten oder Paläste.

»Sie sollten mit mir in meine Heimat kommen«, sagte der Bildhauer zu Donatello. »In diesem glücklichen Land hat jede Generation nur ihre eigenen Sünden und Sorgen zu tragen. Hier aber sieht es so aus, als ob die ganze schwere und trübe Vergangenheit auf die Schultern der Heutigen geladen wäre. Wenn ich in diesem Land hier irgendein schweres Mißgeschick erleiden und meinen Mut verlieren sollte, so wäre es, wie mir scheint, unmöglich, sich unter derart widerstrebenden Einflüssen dagegen zur Wehr zu setzen.«

»Nun, der Himmel selber ist schließlich ein altes Dach,« antwortete der Graf, »und sicher haben die Sünden der Menschheit es düsterer gemacht, als es ursprünglich war.«

›Ach, mein armer Faun,‹ dachte Kenyon, ›wie hast du dich doch verändert!‹ Eine Stadt wie die, von der wir sprechen, scheint eine Art von steinigem Auswuchs der Bergflanke oder wie etwas Fossiles, so uralt und seltsam sieht sie aus; sie hat nicht mehr genug Lebenskraft in sich, um auch nur der Verwesung noch zugänglich zu sein. Ein Erdbeben allein könnte ihr die Chance geben, über ihren jetzigen Ruin hinaus ruiniert zu werden.

Doch wenn diese Stadt auch für alle Ziele, für die wir heutzutage leben, tot ist, so hat sie doch ihre glorreichen Erinnerungen und keineswegs nur an rohe und kriegerische, sondern auch an lichtere und mildere Triumphe, deren Früchte wir noch heute genießen. Italien besitzt mehrere solcher leblosen Städte, deren jede vor vier- oder fünfhundert Jahren die Geburtsstätte einer eigenen Schule der schönen Künste gewesen ist; auch haben sie noch nicht verlernt, auf ihre dunklen alten Bilder stolz zu sein und auf die verblaßten Fresken, deren einstige Schönheit der Welt Licht und Freude bedeutete. Heute aber stimmen diese berühmten Werke, wenn man nicht zufällig Maler ist, trübsinnig – sie sind die armseligen Gespenster der Herrlichkeit, die einst an den Wänden der prachtvollen Kirchenschiffe strahlte, als Cimabue und Giotto sie schufen, und sind so weit zum Nichtsein vorgeschritten, daß kaum noch ein Hauch von Gestalt und Ausdruck durch die Düsternis schimmert. Jene frühen Künstler taten wohl daran, ihre Fresken zu malen. Wie sie an den Kirchenwänden glühten, mochten sie als Symbole des lebendigen Geistes angesehen werden, der den Katholizismus zu einer echten Religion und so lange glorreich gemacht hat, als er auf echte Art lebendig blieb; sie füllten die Querschiffe mit einem strahlenden Gedränge von Engeln und Heiligen und umgaben den Hochaltar mit einem zarten Widerschein – so viel, wie Sterbliche wahrnehmen oder ertragen konnten – von einer göttlicheren Gegenwart. Jetzt aber, da die Farben so jämmerlich getrübt, die Fresken überall von Mörtelflecken bedeckt sind – so wie die gemeine Realität, die sich durch die lichtesten Träume des Daseins hindurchdrängt –, wird der beste Nachfolger Cimabues, Ghirlandaios oder Pinturicchios derjenige sein, der ihre zerstörten Meisterwerke ehrfurchtsvoll mit weißer Tünche bedeckt.

Kenyon aber, der jedenfalls ein ernsthafter Schüler und Kritiker der schönen Künste war, hielt sich lange Zeit vor diesen ergreifenden Überbleibseln auf, und Donatello gedachte in seiner gegenwärtigen Phase der Buße keine Zeit, die er vor einem Altar kniend verbringen konnte, zu vergeuden. Daher waren die beiden Reisenden jedesmal, wenn sie eine Kirche fanden, derselben Meinung und betraten sie. In einigen dieser heiligen Gebäude sahen sie Bilder, die die Zeit nicht im mindesten getrübt oder beschädigt hatte, obschon sie vielleicht aus einer Schule stammten, die nicht jünger war als irgendeine von denen, die ringsumher zugrunde gingen. Das waren die bunten Fenster, und sooft der Bildhauer auf sie hinschaute, segnete er das Mittelalter mit seiner grandiosen Fähigkeit, solch strahlenden Glanz hervorzubringen.

Es ist der besondere Vorzug von bemaltem Glas, daß das Licht, das sonst nur auf die Oberfläche der Bilder fällt, hier die ganze Arbeit durchdringt; es illuminiert das Werk und gibt ihm ein lebendiges Leuchten, und zur Belohnung verwandeln die nie verbleichenden Farben das gewöhnliche Tageslicht in ein Wunder an Reichtum und Pracht, sobald es die gesegneten engelhaften Gestalten durchdringt, die das hochbogige Fenster erfüllen.

»Es ist bejammernswert,« sagte Kenyon, während eines dieser zerbrechlichen und doch unvergänglichen Bilder seine Farben über ihn und ringsum über den Fußboden der Kirche warf, »daß überhaupt irgendeine christliche Seele von der Erde scheiden muß, ohne wenigstens ein einziges Mal ein altes gemaltes Fenster gesehen zu haben, das vom hellen italienischen Sonnenlicht durchglüht ist. Es gibt kein anderes derartiges Symbol für die Herrlichkeit der besseren Welt, in der ein überirdisches Leuchten allen Dingen und Personen innewohnt und sie dem Blick eines jeden für immer transparent machen wird.«

»Aber wie schrecklich wäre es«, sagte Donatello bedrückt, »wenn dann unter ihnen eine Seele wäre, die das Licht nicht durchdringen könnte.«

»Ja. Und vielleicht ist das die zukünftige Strafe der Sünde«, erwiderte der Bildhauer. »Nicht, daß sie dem Universum offenbart würde, das von solcher Kenntnis ja gar nicht profitieren könnte, sondern daß sie den Sündigen isolierte von aller lieben Gemeinsamkeit, indem er dem Licht undurchdringlich wäre und infolgedessen in der Wohnung himmlischer Einfalt und Wahrhaftigkeit unerkennbar. Was bliebe ihm also außer der Trauer unendlicher Einsamkeit?«

»Das wäre wahrhaftig ein grauenvolles Geschick«, sagte Donatello. Seine Stimme hatte einen hohlen und erschreckten Tonfall, als stellte er sich etwas von dieser Einsamkeit für sich selbst vor. In der Dunkelheit einer nahen Seitenkapelle hielt sich eine Gestalt verborgen und machte eine impulsive Bewegung, zögerte aber, als Donatello von neuem zu sprechen begann.

»Aber vielleicht gibt es eine noch schlimmere Strafe, als für ewig einsam zu sein«, sagte er. »Stellen Sie sich vor, man hätte einen bestimmten Gefährten in der Ewigkeit, und statt irgendeinen Trost oder auf alle Fälle doch verschiedene Strafen zu finden, müßte man seine eigene schwere, schwere Sünde in dieser nicht abzuschüttelnden anderen Seele vor Augen haben.«

»Ich glaube, mein lieber Graf, Sie haben niemals Dante gelesen«, sagte Kenyon. »Diese Idee ist ein bißchen in seinem Stil, aber ich bedaure, daß sie Ihnen gerade hier in den Sinn kam.«

Die dunkle Gestalt hatte sich zurückgezogen und war zwischen den Schatten der Kapelle unsichtbar geworden.

»Es gab einen englischen Dichter,« fuhr Kenyon fort, indem er sich wieder den Fenstern zuwandte, »der von dem zarten, frommen Licht spricht, das durch bemaltes Glas dringt. Ich habe stets diesen anschaulichen Satz bewundert, aber, obgleich Milton in Italien war, bezweifle ich doch, daß er jemals andere als die schäbigen Malereien der verstaubten Fenster englischer Kathedralen gesehen hat, die obendrein durch das graue englische Tageslicht nur unvollkommen zu sehen sind. Denn sonst hätte er das Wort ›zart‹ durch ein Attribut illuminiert, das nicht etwa die Zartheit verjagen, sondern sie zum Glühen bringen müßte wie Rubine, Saphire, Smaragde und Topase. Ist es nicht so mit diesem Fenster da drüben? Die Bilder sind an und für sich glanzvoll, dabei aber doch zart in Sanftmut und Ehrerbietung, weil Gott selbst durch sie hindurchscheint.«

»Die Bilder bewegen mich, aber nicht in der Art, wie Sie sie zu erleben scheinen«, sagte Donatello. »Ich erbebe vor diesen furchteinflößenden Heiligen und am allermeisten vor der Gestalt über ihnen. Sie strahlt göttlichen Zorn aus.«

»Mein lieber Freund«, sagte Kenyon, »wie befremdend haben Ihre Augen den Ausdruck dieser Gestalt verwandelt – es ist göttliche Liebe, nicht Zorn!«

»In meinen Augen«, sagte Donatello eigensinnig, »ist es Zorn, nicht Liebe. Jeder muß seine eigene Interpretation finden.«

Die Freunde verließen die Kirche, und als sie von draußen zu dem Fenster aufschauten, war nichts zu sehen als die Konturen düsterer Gebilde. Weder die Gestalten von Heiligen und Engeln noch die des Erlösers und am wenigsten die Komposition und die Sinngebung waren in irgendeiner Weise auszumachen. So betrachtet, war das Wunder strahlender Kunst nichts als etwas unbegreiflich Obskures und ohne einen Funken von Schönheit, die den Betrachter etwa zu dem Versuch veranlaßt hätte, sie zu enträtseln.

›Dies alles‹, dachte der Bildhauer, ›ist ein bezwingendes Gleichnis für die verschiedenartigen Aspekte religiöser Wahrheit und biblischer Geschichte, wie sie aus der warmen Innerlichkeit des Glaubens oder von der kalten, tristen Außenseite her betrachtet werden können. Der christliche Glaube ist eine grandiose Kathedrale mit göttlichen Kirchenfenstern. Stehst du draußen, dann siehst du keine Glorie und kannst dir auch keine vorstellen, bist du aber im Innern, dann zeigt jeder Lichtstrahl dir eine Harmonie von unaussprechlicher Herrlichkeit.‹

Nachdem Kenyon und Donatello die Kirche verlassen hatten, bekamen sie zu tätiger Barmherzigkeit mehr Gelegenheit als zu religiösen Betrachtungen, da sie augenblicklich von einem Schwarm von Bettlern umringt waren, die die jetzigen Besitzer Italiens sind und sich mit ihren schrecklichen Vettern, den Fliegen und Moskitos, darin teilen, die Fremden zu peinigen. Diese Landplagen — die menschlichen nämlich — hatten die beiden Freunde auf jeder Etappe ihrer Reise belästigt. Von Dorf zu Dorf drängten sich zerlumpte Jungen und Mädchen beinah unter die Hufe der Pferde; altersgraue Greise und Greisinnen erspähten den Augenblick, in dem sie auftauchten, und humpelten eilends herbei, um ihnen von irgendeinem günstigen Angriffspunkt aus den Weg zu verstellen; blinde Männer brachten sie aus der Fassung, indem sie sie mit blicklosen Augen anstarrten; Frauen hielten ihnen ihre ungewaschenen Säuglinge hin; Krüppel entblößten ihre Holzbeine, ihre schrecklichen Narben, ihre baumelnden knochenlosen Arme, ihre gebrochenen Rükken, ihre Buckel oder welche Gebrechen auch immer die Vorsehung ihnen zugedacht hatte. Auf dem höchsten Berggipfel, in der schattigsten Schlucht — überall wartete ein Bettler auf sie. In einem kleinen Dorf war Kenyon neugierig genug, um zu zähen, wie viele Kinder zugleich nach Almosen schrien, weinten und kreischten. Es waren mehr als vierzig der zerlumpten, schmutzigen kleinen Kobolde, außer denen auch noch die verrunzelten alten Weiber, die meisten Mädchen des Dorfes und nicht wenige kräftige Männer die Hände hinhielten, drohend, mitleidheischend oder auch lächelnd, in der verzagten Hoffnung auf eine wenn auch noch so kleine Münze, die für sie vielleicht in den so grausam besteuerten Taschen bleiben mochte. Hätte man es ihnen erlaubt, so hätten sie sich gerne hingekniet und die Reisenden angebetet oder sie, ohne sich von den Knien zu erheben, verflucht, wenn ihnen die erwartete Gabe nicht zuteil wurde.

Doch waren sie nicht etwa so arm, daß sie kein Dach über dem Kopf gehabt hätten, und hinsichtlich der Nahrung hatten sie zumindest Gemüse in ihren Gärtchen, Schweine und Hühner zum Schlachten, Eier, um sie als Omelette in Öl zu braten, Wein zum Trinken und viele andere Dinge, um ihr Leben komfortabel zu machen. Was die Kinder betraf, so begannen sie, sobald keine weiteren Münzen mehr zum Vorschein kamen, zu spielen und zu lachen und sich als vergnügte kleine Bälge zu zeigen, so gut genährt, wie es notwendig ist. Die Wahrheit ist die, daß die italienische Landbevölkerung die Fremden als die Almoseniers der Vorsehung betrachtet und infolgedessen beim Erbetteln und Empfangen von Almosen nicht mehr Scham empfindet als bei irgendeiner anderen Gelegenheit, bei der sie sich der Großmut der Vorsehung bedient.

Seiner Natur entsprechend war Donatello immer außerordentlich freigebig und schien einen gewissen Trost aus den Gebeten zu schöpfen, die viele aus der zerlumpten Schar für ihn emporsandten. In Italien entscheidet eine Kupfermünze von verschwindendem Wert oft zwischen einem rachsüchtigen Fluch – wobei Tod durch Schlagfluß der beliebteste ist –, der zwischen den Kiefern einer zahnlosen alten Hexe gemummelt wird, und einem Gebet von denselben Lippen, so ernsthaft, daß es scheint, als würde die freigebige Seele zumindest mit einem Atemstoß belohnt, der stark genug wäre, ihr himmelwärts zu helfen.

Wenn gute Wünsche so wohlfeil, wenn auch möglicherweise nicht besonders wirksam, und Verwünschungen so außerordentlich hart sind, wäre es vielleicht weise, für den Erwerb der ersteren eine ordentliche Summe anzulegen. Donatello tat dies beständig, und als er unter dem gemalten Kirchenfenster seine Almosen austeilte, hoben nicht weniger als sieben uralte Weiber die Hände und flehten Segen auf sein Haupt herab.

»Kommen Sie,« sagte der Bildhauer, erfreut über den etwas froheren Ausdruck auf dem Gesicht seines Freundes, »ich glaube, Ihr Roß wird heute sicher nicht mit Ihnen straucheln. Jede dieser alten Damen sieht genauso aus wie die Atra Cura des Horaz. Aber obwohl es ihrer sieben sind, werden sie Ihre Bürde auf dem Pferderücken doch leichter anstatt schwerer machen.«

»Wollen wir noch weit reiten?« fragte der Graf.

»Eine annehmbare Strecke zwischen jetzt und morgen mittag,« antwortete Kenyon, »denn zu dieser Zeit möchte ich bei der Papststatue auf dem großen Platz in Perugia sein.«

Markttag in Perugia

Die zwei Reisenden erreichten Perugia auf seinem luftigen Berggipfel, noch bevor die Sonne ganz und gar die Taufrische des jungen Morgens fortgeküßt hatte. Von Mitternacht an war heftiger Regen gefallen, der große Erfrischung über die grüne, fruchtbare Gegend gebracht hatte, so daß Kenyon trödelte, als sie zu der grauen Steinmauer kamen, und wenig Lust hatte, der Anblick der sonnenbeschienenen Wildnis, die drunten lag, aufzugeben. Sie war so grün wie England und so leuchtend wie nur Italien allein. Da lag das ganze weite Tal, das sich auf allen Seiten von den moosbewachsenen Schutzwällen hinunterschwang und sich weithin breitete, und war fern am Horizont von Bergen begrenzt, die schlafend unter feinen Dunstschleiern im Sonnenschein lagen, und silbrige Wolken fluteten wie morgendliche Träume um ihre Häupter.

»Es fehlen noch zwei Stunden bis Mittag«, sagte der Bildhauer, als sie unter dem Bogen des Stadttors auf die Abfertigung ihrer Pässe warteten. »Wollen Sie mitkommen und ein paar anbetungswürdige Fresken von Perugino ansehen? In der alten Wechslerbörse gibt es einen Saal, nicht besonders groß, aber ausgemalt mit etwas, was zu der Zeit, als es entstand, eine Herrlichkeit und Schönheit gewesen sein muß, die ihresgleichen nicht hatte.«

»Es bedrückt mich, alte Fresken anzusehen,« sagte der Graf, »es ist eine Qual, aber nicht Qual genug, um als Buße gelten zu können.«

»Möchten Sie lieber die Bilder von Fra Angelico in der Kirche San Domenico anschaun?« fragte Kenyon. »Sie sind erfüllt von religiöser Aufrichtigkeit. Wenn man sie gläubig betrachtet, ist es, als führte man mit einem zartfühlenden, fromm gesinnten Mann ein Gespräch über himmlische Dinge.«

»Ich erinnere mich, daß Sie mir ein paar Bilder von Fra Angelico gezeigt haben«, antwortete Donatello. »Seine Engel sehen aus, als ob sie noch nie einen Flug unternommen hätten, der sie aus dem Himmel fortführte, und seine Heiligen scheinen als Heilige geboren zu sein und immer danach gelebt zu haben. Junge Mädchen und alle unschuldigen Leute, das bezweifle ich nicht, mögen große Freude und Gewinn beim Betrachten solcher frommen Bilder haben. Aber für mich taugen sie nicht.«

»Ich kann mir denken, daß Ihre Kritik für Sie eine moralische Berechtigung hat,« erwiderte Kenyon, »und ich verstehe auch, warum Hilda Fra Angelicos Bilder so sehr liebt. Nun, so wollen wir alle diese Dinge für heute aufgeben und uns bis Mittag in dieser schönen alten Stadt herumtreiben.«

So wanderten sie also dahin und dorthin und verloren sich zwischen den seltsamen steilen Passagen, die in Perugia Straßen genannt werden. Manche davon sind wie Kavernen und öffnen sich jählings in eine unbekannte Finsternis, die dich, wenn du ihre Tiefen ausgemessen hast, plötzlich wieder ans Tageslicht bringt, das wiederzusehen du kaum noch hofftest. Die beiden sahen schäbig gekleidete Männer und die vergrämten Weiber und Mütter dieser Bevölkerung, von denen einige Kinder am Gängelband durch jene dämmerigen uralten Durchgänge führten, wo vor diesen kleinen Füßen Hunderte von Generationen schon gegangen waren. Dann kletterten sie aufwärts und gelangten zu dem Plateau des Berges, wo die große Piazza und die Gebäude der Stadtverwaltung liegen.

In Perugia war gerade Markttag, und daher bot der große Platz einen lebendigeren Anblick als an irgendeinem anderen Wochentag, wenn auch nicht lebhaft genug, um den würdevollen Ernst der das Schauspiel umgebenden Architektur zu stören. Im Schatten des Doms und der anderen Bauten herrschte ein Gedränge von Leuten, die Schutz vor der Sonne suchten, die über der Piazza brannte, Käufer und Verkäufer im ärmlichen Handelsverkehr eines bäuerlichen Marktes. Händler hatten auf dem Pflaster ihre Buden und Stände aufgestellt und sie mit kümmerlichen Planen überspannt, unter denen sie standen und mit lauter Stimme ihre Ware anpriesen: Schuhe, Hüte und Mützen, Wollstrümpfe, billigen Schmuck, Messer und Bücher – hauptsächlich kleine Bände religiösen Charakters, aber auch ein paar französische Romane; Spielzeug, Blechwaren, altes Eisen, Stoffe, Rosenkränze aus Glasperlen, Kruzifixe, Kuchen, Biskuits, kandierte Pflaumen und unendlichen Krimskrams, den aufzuzählen wir keine Veranlassung sehen. Auf dem Boden standen Körbe voll Weintrauben, Feigen und Birnen. Esel, deren Satteltaschen prall von Küchengemüsen waren, begehrten Durchlaß und drängten die Menge grob zur Seite.

So überfüllt der Platz war, fand ein Taschenspieler dennoch genug Raum, um ein weißes Tuch auf die Erde zu breiten und es mit Schalen, Tellern, Bällen und Karten zu bedecken, kurzum dem gesamten Werkzeug seiner Magie, mit dessen Hilfe er unter der Mittagssonne seine Wunder vollbrachte. Ein Drehorgelmann an der einen und ein Trompeter und ein Flötist an der anderen Ecke taten alles, was sie nur konnten, um den weiten Platz mit melodischem Lärm zu erfüllen. Der dünne Schall ging aber beinahe unter in dem tausendstimmigen Lärm der handelnden, streitenden, lachenden und schwätzenden Leute, die wortreich in den Tag hineinschrien. Die frische Bergluft machte jeden so geschwätzig, daß in Perugia an diesem einen Markttag mehr Worte verschwendet wurden als auf der lautesten Piazza von Rom in einem ganzen Monat.

Es war wunderschön, über all diesen ordinären Tumult, der beständig die Augen und die äußere Bewußtseinsschicht ablenkte, gelegentliche Blicke auf die vornehme alte Architektur zu werfen, die den Platz umgab. Das Leben des vorbeihuschenden Augenblicks, das sich in der alt-ehrwürdigen Umgebung eines vergangenen Zeitalters abwickelt, hat etwas Faszinierendes, das man weder im Vergangenen noch im Gegenwärtigen allein je finden könnte. Es mag unehrerbietig scheinen, den grauen Dom und den hohen, vom Alter gezeichneten Palazzo vom Schwall des Marktgeschreis widerhallen zu lassen – doch dies geschah, und durch das von ihnen gespendete Echo nahm der Lärm eine Art poetischen Rhythmus an, und sie selber wirkten durch ihre Leutseligkeit nur um so majestätischer.

Auf der einen Seite stand ein gewaltiges Gebäude, das städtischen Angelegenheiten diente. Es war von einem alten Zinnenkranz gekrönt, und über die ganze Front hin reihten sich Bogenfenster, die durch steinernes Stabwerk gegliedert waren. Der Haupteingang hatte einen Spitzbogen, von kunstvoll ausgehauenen Halbbögen umrahmt, und ins Innere spähend, gewahrte der Betrachter eine feierliche und eindrucksvolle Düsternis. Obgleich in diesem Gebäude lediglich der Magistrat und die Wechselbörse eines halbzerstörten Landstädtchens untergebracht waren, so war es doch mächtig genug, um zur einen Hälfte das Parlament einer Nation und zur anderen die Hofhaltung ihres Regenten aufzunehmen. Gegenüber stieg die mittelalterliche Front des Domes auf, für welche die Phantasie des Erbauers zunächst eine großzügige Gestaltung erträumt, die er dann aber mit einem solchen Reichtum an schmückenden Einzelheiten bedeckt hatte, daß weniger das Ausmaß als die minutiöse Ausführung des Werkes wie ein Wunder erschien. Man hätte meinen können, daß er den Stein in Wachs verwandelt habe, bis sich seine köstlichsten Einfälle in dem geschmeidige-

ren Stoff verwirklichten, den er dann wieder zu Stein erhärtet
hatte. Das Ganze war wie eine riesige, in Fraktur gedruckte
Seite voll der reichsten und schönsten Poesie. Passend zu dieser
alten Pracht war ein großer Marmorbrunnen, an dem die mittelalterliche Phantasie wiederum ihren Überfluß an Einfällen in
mannigfaltigen Skulpturen zeigte und sie so freigebig ver-
schwendete wie das Wasser seine wechselnden Formen. Neben
diesen beiden ehrwürdigen Bauten standen hohe, wohl ebenso
alte Paläste, Stockwerk auf Stockwerk türmend und geschmückt
mit Balkonen, wo vor Hunderten von Jahren die fürstlichen
Bewohner auf das bewegte, handeltreibende Volksgedränge der
Piazza hinunterschauten. Und es steht außer Frage, daß sie auch
zusahen, als eine Bronzetatue errichtet wurde, die man vor
dreihundert Jahren auf das Piedestal stellte, auf dem sie heute
noch steht.

»Ich komme niemals nach Perugia,« sagte Kenyon, »ohne so viel
Zeit, wie ich nur erübrigen kann, damit zu verbringen, die
Statue Papst Julius des Dritten zu studieren. Diese Skulpturen
geben den Sachkundigen meiner Kunst bessere Lektionen, als
wir sie von den griechischen Meisterwerken erhalten können.
Sie gehören in unseren christlichen Kulturkreis, und wenn es
edle Werke sind, drücken sie immer etwas aus, was wir von der
Antike nicht empfangen. Wollen Sie die Statue anschauen?«
»Gerne,« antwortete der Graf, »denn ich sehe schon von weitem, daß die Statue Segen austeilt, und ich habe so ein Gefühl,
als wäre es mir vergönnt, daran teilzuhaben.«
Da der Bildhauer sich daran erinnerte, daß Miriam einem ähnlichen Gedanken Ausdruck gegeben hatte, lächelte er hoff-
nungsvoll wegen dieser Übereinstimmung. Sie drängten sich
durch das Marktgewühl und traten dicht an das eiserne Geländer, das die Statue schützte.
Es war die Figur eines Papstes, gekleidet in seine pontifikalen
Gewänder und gekrönt mit der Tiara. Er saß hoch über dem
Sockel auf einem Bronzestuhl und schien freundlich, wenn auch
mit majestätischer Würde von dem eifrigen Leben Kenntnis zu
nehmen, das sich unter seinen Augen abspielte. Seine rechte

Hand war erhoben und ausgestreckt, als wäre sie im Begriff, einen Segen zu spenden, von dem jeder Mensch hoffen durfte, daß er sich auf die Not, die er zutiefst im Herzen trug, niedersenkte – so groß, so weise und so gelassen sah der Papst aus. Ein phantasievoller Betrachter konnte gar nicht umhin zu denken, dieser gütevoll ehrfurchtgebietende Repräsentant göttlicher und menschlicher Autorität müßte sich von seinem Bronzesitz erheben, wenn irgendeine öffentliche Notlage sein Eingreifen erforderte, und die Menschen durch eine Geste entweder ermutigen oder einschüchtern, womöglich sogar durch eine prophetische Äußerung, wie sie einer so gebieterischen Erscheinung würdig wäre.

Und in den langen, ruhigen Intervallen, im stillen Versinken der Zeiten, wachte der Pontifex über dem täglichen Tumult um seinen Thron, lauschte mit majestätischer Geduld dem Marktgeschrei und dem kleinlichen Gezeter, die das Echo über der mächtigen alten Piazza weckten. Er war der ausharrende Freund dieser Menschen, ihrer Vorväter und ihrer Kinder, ein allen Generationen vertrautes Gesicht.

»Es kommt mir so vor, als ob Ihnen der Segen des Papstes zuteil geworden wäre«, sagte der Bildhauer und sah seinen Freund an.

Tatsächlich verriet Donatellos Haltung einen gesünderen Gemütszustand als während seiner Grübeleien in seinem melancholischen Turm. Der Wechsel der Umgebung, die Flut neuer Eindrücke, das Gefühl, heimatlos und dabei frei zu sein, hatte unserem armen Faun wohlgetan, zumindest hatten all diese Umstände eine Reaktion hervorgerufen, die sonst wohl langsamer erfolgt wäre. Dann hatten auch zweifellos das schöne Wetter, das lustige Schauspiel auf dem Marktplatz und die Ausstrahlung vom Frohsinn so vieler Menschen ihre entsprechende Wirkung auf ein Temperament gehabt, das von Natur zu guter Laune neigte. Vielleicht war er sich auch auf magnetische Weise einer Nähe bewußt, die früher genügt hatte, um ihn glücklich zu machen. Was nun auch die Ursache sein mochte – Donatellos Augen hatten einen heiteren, hoffnungsvollen Ausdruck, während sie zu dem bronzenen Papst hinaufschauten, dessen weithin ausgeteiltem Segen er möglicherweise diesen guten Einfluß zuschrieb.

»Ja, mein lieber Freund,« antwortete er auf des Bildhauers Bemerkung, »ich spüre den Segen in meiner Seele.«

»Es ist wunderbar,« sagte Kenyon lächelnd, »wunderbar und beglückend, wenn man bedenkt, wie lange die Wohltaten eines guten Menschen wirksam sein können, auch noch nach seinem Tode. Wie groß muß dann wohl die Wirksamkeit seines Segens erst gewesen sein, als dieser außerordentliche Papst noch lebte!«

»Ich habe gehört,« sagte der Graf, »daß es ein Standbild aus Erz gegeben hat, das in der Wüste errichtet wurde und bei dessen Anblick die Israeliten von schwärenden und tödlichen Wunden geheilt wurden. Wenn es der Heiligen Jungfrau nun beliebte — warum sollte dann nicht das gesegnete Standbild hier dasselbe an mir tun können? Eine Wunde schwärt seit langem in meiner Seele und hat sie mit tödlichem Gift gefüllt.«

»Ich tat unrecht zu lächeln,« erwiderte Kenyon, »es steht mir nicht zu, der Vorsehung bei ihrem Wirken auf die menschliche Seele Grenzen zu setzen.«

Während sie so im Gespräch dastanden, schlug die Glocke vom nahen Dom mit zwölf dröhnenden Schlägen, die sie auf den überfüllten Marktplatz niederhallen ließ, als wollte sie einen jeden ermahnen, die Gelegenheit des Segens, den der Bronzepapst oder der Himmel spendete, nicht zu versäumen.

›Mittag,‹ dachte der Bildhauer, ›Miriams Stunde!‹

Der Segen des bronzenen Papstes

Als der letzte der zwölf Schläge der Domglocke verklungen war, ließ Kenyon seine Augen über die geschäftige Szene des Marktes gleiten, weil er erwartete, irgendwo in dem Gedränge Miriam zu erblicken. Dann sah er zum Dom hinüber, da vernünftigerweise anzunehmen war, daß sie dort Zuflucht gesucht hatte, während sie auf die verabredete Stunde wartete. Da er aber nirgends eine Spur von ihr entdecken konnte, kehrten seine Blicke ein wenig enttäuscht zurück und blieben an einer Gestalt haften, die ebenso wie und Donatello an dem Geländer lehnte, das die Statue umgab. Vor einer Sekunde nach waren sie beide hier allein gewesen. Es war die Gestalt einer Frau, die den Kopf in die Hände gesenkt hielt, als fühlte sie zutiefst den milden und ehrfurchtgebietenden Einfluß, den — wie wir uns bemüht haben, in unserer bescheidenen Schilderung glaubhaft zu machen — die Statue des Papstes auf einen sensiblen Menschen ausüben muß. Gleichgültig, ob sie einen katholischen Hohenpriester darstellt — das verzweifelte Herz, welcher Religion es auch sei, erkennt in dieser Statue das Bild eines Vaters.

»Miriam,« sagte der Bildhauer mit bebender Stimme, »sind Sie es wirklich?«

»Ich bin es wirklich,« antwortete sie, »ich bin meiner Verabredung treu, wenn auch mit vielen Ängsten.«

Sie hob den Kopf und zeigte Kenyon und ebenso auch Donatello die wohlbekannten Züge Miriams. Sie waren bleich und müde, aber selbst jetzt, wenn auch weniger blendend, noch vornehm durch eine Schönheit, von der man meinen konnte, daß sie stark genug wäre, aus eigener Kraft in einer dämmerigen Kathedrale zu leuchten, aber auch die Mittagssonne nicht zu scheuen brauchte. Doch schien Miriam zu beben und kaum fähig, einer Begegnung standzuhalten, die herbeizuführen sie in der Entfernung die Kraft gehabt hatte.

»Sie sind herzlich willkommen, Miriam«, sagte der Bildhauer und versuchte ihr Mut zu machen, dessen sie, wie er merkte, so dringend bedurfte. »Ich habe Vertrauen, daß das Resultat dieser Begegnung ein gutes sein wird. Kommen Sie —«.

»Nein, Kenyon, nein«, flüsterte Miriam zurückweichend. »Wenn er nicht aus eigenem Antrieb meinen Namen nennt, wenn er mich nicht selber bleiben heißt, soll kein Wort mehr zwischen ihm und mir gewechselt werden. Nicht etwa, daß ich plötzlich stolz sein will. Mit anderen weiblichen Vorzügen habe ich auch meinen Stolz beiseite geworfen, als Hilda mich aufgab.«

»Wenn es nicht Stolz ist, was sonst hält Sie zurück?« fragte Kenyon, ein wenig gereizt wegen ihrer Skrupel zur Unzeit und auch wegen des halb anklagenden Hinweises auf Hildas Strenge. »Nachdem Sie so viel gewagt haben, ist jetzt nicht der rechte Moment, sich zu fürchten. Wenn wir ihn fortgehen lassen, ohne ein Wort von Ihnen, dann ist die Gelegenheit für Sie, ihm Gutes zu tun, für immer vorbei.«

»Das ist wahr, sie wird für immer vorbei sein,« wiederholte Miriam traurig, »aber wäre das denn mein Fehler? Meinen Stolz werfe ich ihm freiwillig vor die Füße, aber sein Herz muß ganz unbeeinflußt bleiben zu freier Entscheidung, ob es mich wieder anerkennen will. Von Donatellos freiwilliger Entscheidung hängt es ab, ob meine Ergebenheit ihm Gutes oder Schlechtes bringt. Wenn er mich nicht wirklich braucht, wäre ich eine Last für ihn und würde ihn unvermeidlich zugrunde richten.«

»Wählen Sie also den Weg, der Ihnen der richtige scheint, Miriam,« sagte Kenyon, »und wie es nun einmal ist, sind Sie besser auf Komplikationen vorbereitet als ich.«

Während sie diese Worte wechselten, hatten sie sich ein wenig aus der unmittelbaren Nähe der Statue zurückgezogen, um aus Donatellos Hörweite zu sein. Trotzdem aber waren sie noch unter der ausgestreckten Hand des Papstes, und Miriam, in ihrer Schönheit und all ihrem Kummer, schaute zu seinem milden Gesicht empor, als wäre sie um seiner Verzeihung und seiner väterlichen Zuneigung willen hierhergekommen und verzagte nun angesichts eines so großen Verlangens.

Mittlerweile hatte sie natürlich nicht so lange auf dem öffentlichen Platz von Perugia stehen können, ohne die Aufmerksamkeit vieler Augen auf sich zu ziehen. Mit ihrem lebhaften Sinn für Schönheit hatten diese Italiener ihren Liebreiz wahrgenommen und versäumten die Gelegenheit nicht, sich an ihr satt zu sehen, obgleich ihre angeborene Freundlichkeit und Höflichkeit ihre Huldigungen weit weniger aufdringlich machten, als es die von Deutschen, Franzosen oder Angelsachsen gewesen wären. Es ist nicht unwahrscheinlich, daß Miriam diese wichtige Begegnung an einem so belebten Fleck und zur Mittagsstunde geplant hatte mit dem Nebengedanken an eine Art von Schutz, der durch so viele Augenzeugen darüber walten mußte. Die besondere Art von Einsamkeit, die eine Volksmenge gewährleistet, wird unter bestimmten Herzensbedingungen dem Alleinsein in der Einsamkeit einer Wüste vorgezogen. Dies war es, so vermuten wir, was Miriam bedacht hatte, als sie auf die überfüllte Piazza kam. Teilweise dies und teilweise, wie sie sagte, ihr Aberglaube, daß die Statue gute Einflüsse in Bereitschaft hielt. Aber Donatello blieb gegen das Geländer gelehnt stehen. Sie wagte es nicht, einen Blick auf ihn zu werfen und zu sehen, ob er beunruhigt war oder starr wie Eis. Andererseits wußte sie, daß die Minuten dahinschwanden und daß sein Herz bald nach ihr rufen mußte, oder seine Stimme würde sie nicht mehr erreichen. Sie wandte sich ganz von ihm weg und sprach wieder zu dem Bildhauer.

»Ich wünschte Sie aus mehr als einem Grunde zu sehen«, sagte sie. »Ich habe Nachrichten erhalten, die eine liebe Freundin von uns betreffen – nein, nicht von mir – ich wage nicht mehr, sie meine Freundin zu nennen.«

»Reden Sie von Hilda?« rief Kenyon, sofort alarmiert. »Ist ihr irgend etwas geschehen? Als ich das letzte Mal von ihr hörte, war sie in Rom, und es ging ihr gut.«

»Hilda ist in Rom geblieben, und sie ist auch nicht krank,« antwortete Miriam, »aber sehr niedergedrückt. Sie lebt ganz allein in ihrem Taubenschlag und hat keinen Freund in der Nähe, keinen einzigen in ganz Rom, das, wie Sie ja wissen, von allen Leuten außer den eingeborenen Bewohnern verlassen ist. Wenn sie lange in solcher Einsamkeit weiterlebt, fürchte ich für ihre Gesundheit und daß sie mutlos wird. Ich sage Ihnen das, weil ich das Interesse kenne, das die seltene Schönheit ihres Wesens in Ihnen erweckt hat.«

»Ich werde nach Rom gehen«, sagte der Bildhauer in tiefer Erregung. »Hilda hat mir nie gestattet, ihr mehr als freundschaftliche Beachtung zu erweisen, aber schließlich kann sie mich nicht daran hindern, daß ich aus bescheidenem Abstand auf sie achtgebe. Ich werde mich sofort auf den Weg machen.«

»Verlasen Sie uns jetzt nicht«, flüsterte Miriam flehentlich und legte die Hand auf seinen Arm. »Nur eine Minute noch! Ach, er hat kein Wort für mich!«

»Miriam!« sagte Donatello.

Obgleich es nur ein einziges Wort war und das erste, das er gesprochen hatte, so war sein Ton doch der Beweis für die traurige und zärtliche Tiefe, aus der es kam. Es verriet Miriam Dinge von unendlicher Wichtigkeit und vor allem, daß er sie noch liebte. Das Bewußtsein ihres gemeinsamen Verbrechens hatte zwar die Vitalität seiner Liebe gedämpft, aber nicht zerstört – sie war also unzerstörbar. Dieser Ton zeugte aber auch von einem veränderten, vertieften Wesen, er verriet einen belebten Intellekt und Bildung des Geistes, aus Schmerz und Reue entsprungen, so daß hier, anstelle des wilden Knaben, des mutwilligen, animalischen Geschöpfes, des waldgeborenen Fauns, der gefühlvolle intelligente Mensch stand.

Sie wandte sich ihm zu, während seine Stimme noch im Grund ihrer Seele nachhallte.

»Du hast mich gerufen!« sagte sie.

»Weil ich dich von ganzem Herzen brauche«, antwortete er. »Miriam, verzeih mir die Kälte, die Härte, mit der ich mich von dir getrennt habe! Ich war vor Angst und Schwermut nicht bei Sinnen.«

»Ja, und daran war ich schuld«, sagte sie. »Welches Opfer könnte dieses Unrecht wiedergutmachen? Es war etwas so Gesegnetes in deinem frohen, unschuldigen Dasein! Ein glücklicher Mensch ist etwas so Seltenes in dieser trüben Welt, und meine Bestimmung war es, einem so wunderbaren Wesen zu begegnen und die Kraft zu haben, das Lichte seines Daseins begreifen zu können – meine Bestimmung, es in sündhafte Sterblichkeit hineinzuziehen! Donatello, schick mich fort! Etwas so Furchtbarem kann durch mich nichts Gutes nachfolgen!«

»Miriam,« erwiderte er, »unsere Geschicke sind aneinander geknüpft. Ist es denn nicht so? Sag es mir um Himmels willen, wenn es anders ist!«

Offenbar war Donatellos Gewissen verwirrt durch den Zweifel, ob die Gemeinsamkeit einer Sünde, von der sie beide befleckt waren, nicht besser alle instinktiven Regungen ihrer Herzen ersticken sollte, die sie zueinander hinzogen. Und Miriam ihrerseits fragte sich, von Reue gequält, ob das Unglück, das durch ihre Schuld schon entstanden war, ihr nicht gebieten müßte, Donatello zu meiden. So suchten diese zwei Seelen einander in der Finsternis von Schuld und Not und wagten es nicht, die kalten Hände zu ergreifen, die sie fanden.

Der Bildhauer stand und beobachtete diese Szene mit ernster Sympathie.

»Es ist wohl ungehörig,« sagte er endlich, »oder, wenn nicht ungehörig, so doch aufdringlich, wenn hier ein Dritter sich in einen so entscheidenden Moment einmischt. Aber als Zuschauer, und als ein zutiefst interessierter, sehe ich vielleicht ein bißchen von der Wahrheit, die euch beiden verborgen ist, oder könnte wenigstens ein paar Gedanken klären, über die ihr euch nicht so rasch verständigen könnt.«

»Sprechen Sie,« sagte Miriam, »wir vertrauen Ihnen.«

»Ich weiß wohl,« fuhr Kenyon fort, »daß es mir nicht gegeben ist, die wenigen Worte auszusprechen, die in diesem Fall die absolute Wahrheit enthalten. Aber hier ist jemand, Miriam, den ein Unglück angefangen hat zu erziehen, es hat ihn aus einem primitiven und glücklichen Zustand, der ihm innerhalb bestimmter Grenzen Freuden gebracht hatte, die er sonst nirgends auf Erden finden kann, herausgerissen, und zwar mit Ihrer Hilfe. Für ihn haben Sie nun eine Verantwortung, die Sie nicht einfach abschütteln können. Und hier, Donatello, ist jemand, den die Vorsehung zutiefst mit Ihrem Schicksal verbunden hat. Der geheimnisvolle Vorgang, durch den unser irdisches Leben uns auf einen anderen Daseinszustand vorbereitet, ist durch Miriam begonnen worden. Sie hat große Gaben des Herzens und des Geistes, eine suggestive Kraft, einen magnetischen Einfluß, ein Wissen aus Einfühlung, Gaben, die, wenn sie klug und fromm angewendet werden, gerade das sind, was Ihr Zustand erfordert. Sie besitzt, wonach Sie verlangen, und wird es mit äußerster Selbstverleugnung zu Ihrem Wohl gebrauchen. Das Band zwischen euch ist daher ein wahrhaftiges, und niemals – außer durch ein Eingreifen Gottes – sollte es zerrissen werden.«

»Ach, er hat die Wahrheit gesprochen!« rief Donatello und faßte nach Miriams Hand.

»Die reine Wahrheit«, sagte Miriam.

»Aber hütet euch,« fügte der Bildhauer hinzu, bemüht, die Reinheit seines eigenen Gewissens nicht zu verletzen, »hütet euch, denn ihr liebt einander, aber das Band, das euch verbindet, ist mit so düsteren Fäden verwoben, daß ihr es nie verwechseln dürft mit dem, was andere Liebende verbindet. Es taugt für gegenseitige Hilfe, es taugt zu Bemühungen und Opfern, aber nicht zu irdischem Glück, und wenn dies euer Beweggrund wäre, so würde kein Segen auf eurer Vereinigung ruhen, das glaubt mir!« »Nein,« sagte Donatello, »das wissen wir genau.«

»Das wissen wir«, wiederholte Miriam. »Mit mir vereint – oder vielmehr unselig an mich gebunden durch Schuld, wie Donatello es ist –, gilt unser Bund wohl für die Ewigkeit, aber durch all diese nie endende Dauer wird mir Donatellos Angst bewußt bleiben.«

»Und daher sollt ihr euch nicht um irdischer Seligkeiten willen die Hände reichen,« sagte Kenyon, »vielmehr, um euch gegenseitig für ein ernstes und schmerzvolles Leben zu stärken. Und wenn aus Bemühung, Opfer, Gebet und Buße sich auf die Dauer ein dunkles und gedankenerfülltes Glück einstellen sollte, so nehmt es hin und dankt dem Himmel. Auf daß ihr nicht dafür lebt, auf daß es nur eine Blume am Wegrand sei, die zufällig blüht an einem Pfad, der zu einem höheren Ziel hinführt – es wird der Beweis dafür sein, daß der Himmel gnädig euren Bund hier unten anerkennt.«

»Können Sie uns nicht noch mehr sagen?« fragte Miriam ernsthaft. »In Ihren Worten sind Teilnahme und Trost so seltsam miteinander vermischt.«

»Nur dies noch, liebe Miriam,« antwortete der Bildhauer, »wenn jemals in eurem Dasein die höchste Pflicht von einem von euch beiden verlangt, den andern aufzugeben, so folgt dieser Stimme. Das ist alles.«

Während Kenyon sprach, hatte sich Donatello offenbar die vorgebrachten Gedanken angeeignet und sie durch die Reinheit geadelt, mit der er sie aufnahm. Seine Haltung gewann eine unbewußte Würde, die seine frühere Schönheit erhöhte, der Veränderung entsprechend, die schon längst in seinem Innern vorgegangen war. Er war zum Mann gereift und barg ernste und tiefe Gedanken in seiner Brust. Er hielt Miriam noch bei der Hand, und da standen sie nun, der schöne Mann und die schöne Frau, für immer vereint, wie sie fühlten, in Gegenwart der vielen Augenzeugen, die neugierig auf die unerklärliche Szene schauten. Gewiß erkannte die Menge sie als zwei Liebende und hielt dies für ein Verlöbnis, dazu bestimmt, ein lebenslanges Glück hervorzubringen. Und vielleicht sollte es auch so kommen — denn wer vermag zu sagen, wo Glück sich einstellen kann oder wo es, wenn auch ein erwarteter Gast, niemals sein Gesicht zeigen wird? Vielleicht hatte es sich, ein scheues, subtiles Ding, in diesen schwermütigen Bund eingeschlichen, während noch die beiden Partner vor seiner Gegenwart, wie vor einer Sünde, zitterten.

»Lebt wohl,« sagte Kenyon, »ich gehe nach Rom.«

»Leben Sie wohl, Sie guter Freund,« sagte Miriam.

»Leben Sie wohl,« sagte auch Donatello. »Mögen Sie glücklich sein. In Ihnen ist keine Schuld, die Sie vor dem Glück zurückschrecken läßt.«

In diesem Augenblick geschah es zufällig, daß alle drei aus ein und demselben Impuls hinaufschauten zur Statue des Papstes, und da war nun die majestätische Gestalt und streckte über ihnen die segnende Hand aus, und sein Gesicht neigte sich voll Güte über das schuldbeladene, reuige Paar.

Von seiner ausgestreckten Hand senkte sich fühlbarer Segen auf sie herab, und durch Blick und Gebärde stimmte er dem Gelöbnis einer Vereinigung zu, das sich unter seinem Schutz vollzogen hatte.

Wenn wir Rom einmal kennengelernt und es verlassen haben
wie einen verwesenden Leichnam, der noch Spuren der edlen
Gestalt zeigt, die er einst besaß, jetzt aber mit Staub und einem
pilzartigen Gewächs bedeckt ist, das all seine bewundernswerten Züge überwuchert; wenn wir es verlassen haben, müde
seiner engen, krummen, verworrenen Gassen, die so beschwer-
lich mit Lava gepflastert sind, so unbeschreiblich häßlich und
obendrein so kalt, so tot, in die niemals Sonne dringt und wo
ein frostiger Wind unseren Lungen seinen tödlichen Atem auf-
zwingt; es verlassen haben, müde des Anblicks der ungeheuren,
siebenstöckigen, gelbgekalkten Scheunen, die Palazzi genannt
werden, wo all das, was an häuslichem Leben trübselig ist,
verewigt und vervielfältigt scheint; müde, diese Treppenhäuser
zu erklimmen, die aus einem Parterre von Garküchen, Flickschu-
stereien und Pferdeställen aufsteigen zu einer mittleren Region
für Prinzen, Kardinäle und Botschafter und zu einem oberen
Rang für Künstler, just unter dem unerreichbaren Himmel; es
verlassen haben, erschöpft vom Frieren vor den unfreundlichen,
rauchenden Kaminfeuern und von den Peinigungen der gieri-
gen kleinen Bewohner eines römischen Bettes; es verlassen
haben, im Herzen zutiefst angewidert von den italienischen
Betrügereien, die alles, was vom Glauben an die Integrität des
Menschen noch übrig war, ausgerottet haben, und magenkrank
von saurem Brot, saurem Wein, ranziger Butter und einer miserablen Küche, die verdorbenes Fleisch nicht besser machen kann;
es verließen, angeekelt von dem allgegenwärtigen Anspruch
der Heiligkeit und der Realität der Gemeinheit; es verlassen
haben, halbtot von der schlaffen Luft, dem lebenspendenden
Element, das vor langer Zeit durch blutige Metzeleien ver-
seucht wurde; es verließen, verstört durch die Verwüstung seines Verfalls und die Hoffnungslosigkeit seiner Zukunft – kurzum: es verließen, weil wir es aus ganzer Kraft haßten und unseren persönlichen Fluch den Verwünschungen hinzufügten, die
seine alten Verbrechen auf diese Stadt herabgezogen haben –,

wenn wir Rom in einer derartigen Stimmung verlassen haben, so sind wir erstaunt, wenn wir allmählich entdecken, daß unsere Herzfasern sich geheimnisvoll mit der Ewigen Stadt verbunden haben und uns wieder romwärts ziehen, als wäre dort unsere Heimat, vertrauter noch als der Ort, an dem wir geboren sind.

Mit einem ähnlichen Empfinden folgen wir dem Weg unserer Geschichte zurück durch das Flaminische Tor, gehen zur Via Portoghese und erklimmen dann die Treppen zum obersten Raum im Turm, wo wir Hilda zuletzt gesehen haben.

Hilda hatte von vornherein beabsichtigt, den Sommer in Rom zu verbringen, denn sie hatte sich viele schöne und reizvolle Aufgaben gestellt, die sie besser ausführen konnte, wenn ihre bevorzugten Jagdgründe von der Menge verlassen waren, die sie den ganzen Winter und den Frühling hindurch dicht bevölkerte. Auch fürchtete Hilda die Sommerluft nicht, die im allgemeinen für so schädlich gehalten wurde. Sie hatte sie schon vor zwei Jahren ausprobiert und keine schlimmere Wirkung bemerkt als eine Art träumerischer Trägkeit, die von der ersten kühlen Herbstbrise wieder weggeweht wurde. Die dichtbevölkerte Stadtmitte wird tatsächlich nie vom Fieber berührt, das in der Campagna wie ein feindlicher Eroberer auf der Lauer liegt und bei Nacht über die schönen Rasenflächen und durch die Waldungen und um die vornehmen Wohnhäuser der Vorstädte schleicht, gerade in der Jahreszeit, in der sie am meisten ans Paradies erinnern. Was das flammende Schwert dem ersten Eden war, das ist die Malaria für diese lieblichen Gärten und Haine. Wir können sie freilich nachmittags durchwandern, aber für Aufenthalt und Ruhe sind sie nicht geeignet, und in ihnen zu schlafen, bedeutet den Tod. So sind sie nichts als Illusionen, genau wie die Erscheinung von blitzendem Wasser und schattigem Laub in einer Wüste.

Innerhalb seiner Mauern aber genießt Rom in dieser gefürchteten Jahreszeit seine Festtage und vergnügt sich mit traditionellem Zeitvertreib, für den die großen Plätze so verschwenderisch Raum bieten. Jetzt, da die Künstler und ausländischen Besucher abgeschüttelt sind, führt es in einem freieren Geist sein eigenes Leben. Vielleicht zeigte sich kein rosiger Hauch auf dem Antlitz, das von belebenden Winden nicht mehr gestreift wurde, aber falls der Geist seine gesunde Energie behielt, doch der Ausdruck eines gedämpften und blassen Wohlbefindens, und so war also wenig Risiko in Hildas Absicht, die Sommertage in den Galerien römischer Palazzi zu verbringen und ihre Nächte in jenem luftigen Raum, bis zu dem der schwere Atem der Stadt nicht hinaufdrang. Mit der Hilfe und dem Segen der Madonna, auf die sogar eine Ketzerin hoffen durfte, die so fromm die Lampe vor ihrem Bild brennen ließ, mochte das Mädchen aus Neu-England ungefährdet in ihrem alten römischen Turm schlafen und sich ohne Furcht auf die Pilgerschaft zu ihren Bildern begeben. In Erwartung eines solchen Sommers hatte sich Hilda viele Monate einsamer, aber ungetrübter Freuden vorgestellt. Nicht, daß sie eine Abneigung gegen Geselligkeit gehabt hätte oder nicht wußte, daß man ein geistiges Vergnügen mit doppeltem Nutzen genießt, wenn es mit einem Freund zusammen geschieht. Da sie aber ein mädchenhaftes Herz hatte, freute sie sich an der Freiheit, die es ihr ermöglichte, ihre eigene Sphäre zu wählen und in ihr zu schwelgen, sobald es ihr gefiel.

Aber ihre Erwartung auf einen erfreulichen Sommer war furchtbar enttäuscht worden. Selbst wenn Hilda nicht schon ohnehin den Plan gehabt hätte dazubleiben, so hätte sie wahrscheinlich nicht mehr die Energie aufgebracht, sich aus Rom fortzubewegen. Eine Starre, die bis dahin ihrem munteren, wenn auch schweigsamen Temperament unbekannt gewesen war, hatte sich des armen Mädchens bemächtigt wie eine halbtote Schlange, die ihre kalte Spirale um ihre Gliedmaßen schlang. Es war jene eigentümliche Hoffnungslosigkeit, die entmutigende und bedrückende Not, die nur der Unschuldige kennt, obwohl sie in mancher Beziehung einem Schuldgefühl ähnlich ist. Es war dieser Ekel im Herzen, den einmal im Leben zu empfinden wir hoffentlich alle einst rein genug waren, zu dem die Fähigkeit aber für gewöhnlich schon früh und vielleicht durch ein einziges böses Erlebnis erschöpft wird. Es war die düstere Gewißheit

314

von der Existenz des Bösen in der Welt, die, wenn wir uns auch einbilden mögen, daß wir des traurigen Mysteriums längst völlig sicher seien, doch niemals zu einem Teil unseres praktischen Wissens wird, bevor sie nicht Realität durch die Sünde eines Menschen annimmt, dem wir zutiefst vertrauten und den wir verehrten, oder eines Freundes, den wir innig liebten.

Stellt sich diese Kenntnis ein, so ist es, als verdunkelte plötzlich eine Wolke das Morgenlicht, eine so finstere Wolke, daß es scheint, als ob es hinter oder über ihr kein Sonnenlicht mehr gäbe. Wenn der Charakter des geliebten Menschen erst einmal mit allen Attributen des Guten und Wahren ausgestattet wurde und dieser Mensch dann fällt, so ist die Wirkung beinahe so, als ob der Himmel einstürzt und mit ihm die Säulen, die unseren Glauben trugen. Freilich kämpfen wir uns wieder heraus, zerschlagen und verwirrt, starren verstört umher und entdecken – oder vielleicht entdecken wir es auch niemals –, daß es gar nicht der Himmel war, der einstürzte, sondern nur unser eigenes zerbrechliches Gebäude, das sich niemals höher erhob als die Hausgiebel, und zusammengefallen ist, weil wir es auf nichts gegründet hatten. Aber der Lärm, der Schreck und Kummer sind für den Augenblick so überwältigend, als hätte die Katastrophe die ganze moralische Welt betroffen.

Hildas Situation war unendlich verschlimmert dadurch, daß sie mit all ihrem Leid allein fertig werden mußte. Für dieses unschuldige Mädchen, das die Kenntnis von Miriams Verbrechen in ihrer zarten, empfindlichen Seele barg, war es beinahe so, als hätte sie selber Anteil an der Schuld. Tatsächlich fühlte sie, da sie das Menschsein mit denen gemeinsam hatte, die zu solchen Taten fähig waren, ihre eigene Reinheit besudelt.

Hätte es nur einen einzigen Freund gegeben – oder nein, keinen Freund, denn auf Freunde konnte man sich ja nicht mehr verlassen, seit Miriam ihr Vertrauen betrogen hatte –, hätte es aber irgendein ruhiges kluges Wesen gegeben oder wenigstens irgend jemanden, der nachlässig und halbwegs hinhörte, so daß sie seinem Ohr das Geheimnis hastig hätte zuflüstern können, wie in irgendeine Tiefe, die kein Echo hergab – welche Erleichterung wäre das gewesen! Aber dies fürchterliche Alleinsein! Es hüllte sie ein, wohin sie sich auch wandte, es war der Schatten im Sonnenschein festlicher Tage, der Nebel vor ihren Augen und vor den Bildern, die anzusehen sie sich mühte, ein kalter Kerker, der sie in seinem grauen Zwielicht festhielt und sie mit seiner heillosen Luft speiste, in der zu atmen nur für einen Verbrecher taugte. Sie konnte sich nicht daraus befreien. In der Anstrengung, dies zu tun, und indem sie sich immer tiefer in die verworrenen Wege der menschlichen Natur vorwagte, strauchelte sie fortwährend und immer von neuem über dem vernichtenden Gedanken an die Schuldigkeit der Sterblichen.

Die fremdartige Qual, die Hilda überfallen hatte, sprach deutlich aus ihrem Gesicht und mußte sich einem sensiblen Beobachter auch in ihrem Benehmen und ihrer Haltung verraten. Ein junger italienischer Maler, der dieselben Galerien besuchte wie Hilda, begann sich für ihren Ausdruck intensiv zu interessieren. Eines Tages, als sie vor Leonardo da Vincis Bild der Johanna von Aragon stand, aber ganz offenbar, ohne es wirklich zu sehen — denn obgleich es ihre Blicke angezogen hatte, waren ihre Gedanken durch eine entfernte Ähnlichkeit des Bildes mit Miriam abgelenkt —, machte der Maler eine rasche Skizze, die er später in einem Porträt ausführte. Er stellte Hilda dar, wie sie mit sichtlichem Schauder auf einen Blutfleck starrte, den sie soeben auf ihrem weißen Kleid entdeckt zu haben schien. Das Bild erregte beträchtliches Aufsehen. Stahlstiche davon findet man vielleicht noch heute in den Kunsthandlungen am Corso. Viele Kunstsachverständige nahmen an, daß die Idee zu dem Gesicht vom Porträt der Beatrice Cenci inspiriert worden sei, und tatsächlich lag ein wenig Ähnlichkeit in dem verlorenen Blick, mit dem die arme Beatrice aus ihrer traurigen Isoliertheit herausstarrt, in die ein grausames Geschick eine zarte Seele verbannt hat. Aber der moderne Künstler bestand eifrig auf der Originalität seines Bildes und auf der unbefleckten Reinheit des dargestellten Mädchens, und er entschloß sich — und wurde deswegen ausgelacht —, ihm den Titel zu geben: ›Unschuld, die an einem Blutfleck stirbt‹.

»Ihr Bild, Signore Panini, macht Ihnen Ehre,« bemerkte der Kunsthändler, der es dem jungen Mann für fünfzehn Scudi abgekauft hatte und es später zum zehnfachen Preis verkaufte, »aber es brächte mehr ein, wenn Sie ihm einen klareren Titel gegeben hätten. Wenn man das Gesicht und den Ausdruck dieser makellos schönen Signorina ansieht, ist man ohne weiteres bereit zu glauben, daß sie eine von diesen Herzenskümmernissen durchmacht, für die junge Damen ja nur allzu anfällig sind. Aber was soll dieser Blutfleck? Und was hat Unschuld mit ihm zu tun? Hat sie vielleicht ihren niederträchtigen Liebhaber mit einer Haarnadel erstochen?«

»Die — und ein Verbrechen begehen?« rief der junge Künstler. »Kann man denn die unschuldige Seelenqual auf ihrem Gesicht sehen und so eine Frage stellen? Nein, aber wie ich das Geheimnis auffasse, so hat ein Mensch in ihrer Gegenwart gemordet, und das Blut hat auf ihrem Kleid einen Fleck hinterlassen, der sich in ihr Leben einfrißt.«

»Aber im Namen ihres Schutzpatrons —«, rief der Kunsthändler aus, »warum bringt sie denn dann nicht ihr Kleid zu ihrer Wäscherin und läßt es für ein paar Baiocchi wieder sauber machen? Nein, nein, mein lieber Panini, da das Bild ja jetzt mein Eigentum ist, werde ich es ›Die Rache der Signorina‹ nennen. Sie hat nachts ihren Liebhaber erstochen, und am Morgen tut es ihr leid. Damit wird das Bild zu einer verständlichen und natürlichen Darstellung eines nicht ungewöhnlichen Sachverhalts.«

So grob erklärt die Welt alles zarte Leid, das ihr unter die Augen gerät. Es ist aber eher eine grobe Welt als eine unfreundliche.

Aber Hilda fragte weder nach der Zartheit noch nach dem Mitleid der Welt und dachte nicht einmal im Traum an ihre falschen Interpretationen. Oft kamen die Tauben durch die Turmfenster hereingeflogen, geflügelte Boten, die ihr so viel Gefühl entgegenbrachten, wie sie nur konnten, und aus tiefster Brust sanfte, zärtliche und vorwurfsvolle Laute von sich gaben, die das Mädchen mehr besänftigten, als eine artikulierte Äußerung es vermocht hätte. Manchmal klagte Hilda leise mit den Tauben, und während sie ihre Stimme den ihrigen anpaßte, fand sie zeitweilig Erleichterung von ihrem Kummer, als hätte sie ein wenig davon mitgeteilt und wäre verstanden und bemitleidet worden.

Wenn sie den Docht der Lampe vor der Nische der Madonna reinigte, starrte Hilda auf das geweihte Bild, und so kunstlos die einfache Arbeit auch war, bildete sie sich ein wahrzunehmen, daß in dem Ausdruck der wunderlichen, starken Einfalt, wie ihn Bildhauer vor fünfhundert Jahren mitunter hervorbrachten, weibliche Wärme ihrem Blick antwortete. Und wenn sie sich hinkniete, wenn sie betete, wenn ihr bedrücktes Herz nach dem Mitgefühl göttlicher Weiblichkeit suchte, die vermenschlicht ist durch das Angedenken an irdisches Leid – war Hilda dafür zu rügen? Es war kein katholisches Knien vor einem Götzenbild, sondern das eines Kindes, das sein tränenüberströmtes Gesicht hob, um bei einer Mutter Trost zu suchen.

Leere Bildergalerien

Tag für Tag stieg Hilda von ihrem Taubenschlag hinunter und ging zu dem einen oder anderen der großen alten Palazzi – Doria-Pamphili, Corsini, Sciarra, Borghese, Colonna – wo die Pförtner sie schon alle gut kannten und freundlich begrüßten. Aber sie schüttelten die Köpfe und seufzten, wenn sie die schleppenden Schritte beobachteten, mit denen sich das Mädchen die breiten Marmortreppen hinaufmühte. Es war nichts mehr übrig von der vergnügten Munterkeit, mit der sie hinaufzuhuschen pflegte, als ob ihr die Tauben ihre Flügel geliehen hätten, noch von der warmen Lebensglut, die sonst gleichsam die matt gewordene Vergoldung der Bilderrahmen und den verblichenen Glanz der Möbel neu aufschimmern ließ.

Ein alter deutscher Künstler, der sie oft in den Galerien traf, legte einmal seine väterliche Hand auf Hildas Kopf und bat sie, in ihre Heimat zurückzukehren.

»Gehen Sie bald zurück,« sagte er freundlich, freimütig und offen, »sonst werden sie nie wieder hinkommen. Und wenn Sie

nicht gehn wollen, warum verbringen Sie denn obendrein noch
den ganzen Sommer in Rom? Diese Luft ist durch die vielen
tausend Jahre zu verbraucht und ist nicht gut für eine kleine
fremdländische Blume wie Sie, mein Kind, eine zarte Waldane-
mone aus westlichen Wäldern.«

»Irgendwo anders als hier habe ich weder Pflichten noch Aufgaben«, erwiderte Hilda, »die alten Meister würden mich nicht
freigeben.«

»Ach, diese alten Meister!« rief der Künstler kopfschüttelnd.
»Das ist eine tyrannische Gesellschaft, Sie werden schon noch
herausfinden, daß mit ihrem übermächtigen Geist das empfind-
same Gemüt eines jungen Mädchens sich nicht einlassen darf.
Bedenken Sie doch, daß der Genius Raffael, diesen göttlichsten
aller Maler, erschöpft hat, noch bevor sein Leben auch nur halb
gelebt war! Da Sie seinen Einfluß machtvoll genug finden, um
seine Wunder so gut nachzubilden, wird er auch Sie ganz gewiß
verzehren wie eine Flamme.«

»Das mag früher eine Gefahr für mich gewesen sein,« antwortete Hilda, »jetzt ist das anders geworden.«

»Doch, liebes Kind, in dieser Gefahr sind Sie auch jetzt«, beharrte der gütige alte Mann und spielte lächelnd in melancholi-
schem Ton mit einer grotesken und sehr deutschen Ideen:
»Eines schönen Morgens werde ich mit meiner Palette und
meinen Pinseln in die Pinakothek des Vatikans kommen und
werde nach meiner kleinen amerikanischen Künstlerin Ausschau
halten, die den großen Bildern ins innerste Herz sieht, und was
werde ich erblicken? Ein Häufchen Asche auf dem marmornen
Fußboden, mitten vor Raffaels Madonna di Foligno! Mehr
nicht, auf mein Wort! Das Feuer, das das arme Kind so heiß
brennen fühlt, wird in sein Innerstes eingedrungen sein und es
völlig ausgebrannt haben.«

»Das wäre ein glückliches Märtyrertum«, sagte Hilda mit einem
schwachen Lächeln. »Aber ich bin weit entfernt, dessen wert zu
sein. Was mich unter anderem quält, ist gerade das Gegenteil
von dem, was Sie meinen. Es ist wahr, daß die alten Meister
mich hier festhalten, aber ihr Einfluß wärmt mich nicht mehr. Ich

werde nicht von Flammen verzehrt, sondern ich vereise vor Gefühllosigkeit.«

»So hat also«, sagte der Deutsche, sie aufmerksam ansehend, »Raffael in Ihrem Herzen einen Rivalen? Er war Ihre erste Liebe, aber junge Mädchen sind nicht immer beständig, und manchmal löscht eine Flamme die andere aus.«

Hilda schüttelte den Kopf und wandte sich ab.

Jedenfalls hatte sie die Wahrheit gesprochen, als sie sagte, daß sie jetzt eher Erstarrung als Feuer zu fürchten habe. Was sie in der düsteren Zeit, die über sie hereingebrochen war, verloren hatte, war ihr Einfühlungsvermögen, das sie früher in mehr als gewöhnlichem Maße besaß, und sie zitterte davor, daß es für immer so bleiben könnte.

Auf ihrer Selbstaufgabe und auf der Tiefe ihrer Sympathie hatte Hildas bemerkenswerte Kraft beim Kopieren der alten Meister beruht. Und nun, da ihre Gefühlskraft durch ein furchtbares Erlebnis einen Schock erlitten hatte, war die unabänderliche Folge, daß sie unter diesen so verehrten und geliebten Freunden vergebens nach den Entzückungen suchte, die sie ihr geschenkt hatten. Trotz all ihrer Ehrfurcht wurde die arme Anbeterin beinahe zur Ungetreuen und zweifelte manchmal, ob nicht die Malerei womöglich etwas Trügerisches wäre.

Zum ersten Mal in ihrem Leben lernte Hilda den Dämon des Überdrusses kennen, der in den großen Bildergalerien haust. Er ist ein rabulistischer Mephistopheles und besitzt die Zauberkraft, die die Vernichterin allen anderen Zaubers ist. Er zerstört Farbe, Wärme und insbesondere Gefühl und Passion bei der ersten Berührung. Wenn er irgend etwas verschont, dann ist es höchstens ein irdenes Töpfchen oder ein Heringsbündel von Teniers, ein Messingkessel, in dem ein Gesicht sich spiegelt, von Gerard Douw, eine pelzgefütterte Robe oder das seidige Material eines Umhangs oder ein Strohhut von van Mieris oder ein langgestieltes Weinglas, durchsichtig und voller Lichtreflexe, ein wenig Brot und Käse oder ein überreifer Pfirsich, auf dem eine Fliege sitzt, aus der Schule der holländischen Hexenmeister, realistischer als die Wirklichkeit selbst. Diese Leute und ein paar Flamen, so flüstert der boshafte Dämon, sind die einzigen Maler. Die gewaltigen italienischen Meister, wie du sie nennst, waren nicht menschlich, noch haben sie es mit ihren Werken auf die menschliche Sympathie abgesehen, sondern auf einen falschen intellektuellen Geschmack, den sie selbst erzeugt haben. Sie tun recht daran, ihre Arbeiten ›Kunst‹ zu nennen, denn sie haben Künstliches anstelle der Natur gesetzt. Ihre Art zu malen ist vorbei und hätte es verdient, zu sterben und mit ihnen begraben zu werden.

Und dann herrscht ja auch ein so schrecklicher Mangel an Abwechslung in ihren Motiven. Der Klerus, ihr großer Förderer, schrieb ihnen die meisten Themen vor und eine tote Mythologie die übrigen. Ein Viertel jeder großen Bildersammlung besteht aus Madonnen mit Kind in unendlichen Wiederholungen, und alle aus so ziemlich dem gleichen Geist heraus, und vom Göttlichen zeigen sie immer gerade soviel wie eben nötig, um sie als Darstellung menschlicher Mutterschaft, womit wenigstens jedermanns Herz etwas zu schaffen gehabt hätte, zu verderben. Die übrigen Bilder bestehen aus Magdalenen, Flucht nach Ägypten, Kreuzigungen, Kreuzabnahmen, Pietàs, Nolime-tangere oder dem Opfer Abrahams und Martyrien der Heiligen, ursprünglich für Hochaltäre oder Kapellen gemalt und nun traurig isoliert, ohne die Umgebung, für die der Künstler sie geschaffen hatte.

Der Rest der Galerie enthält mythologische Darstellungen: die nackte Venus, Leda, Grazien – kurz: eine allgemeine Apotheose der Nudität – einst vielleicht frisch und rosig, jetzt aber sind sie gelb und nachgedunkelt und haben nichts behalten als einen herkömmlichen Charme. Diese unkeuschen Bilder stammen von denselben illustren und gottlosen Händen, die es unternahmen, uns die Gestalten von Aposteln und Heiligen vor Augen zu führen, die Mutter des Erlösers und ihren Sohn in seinem Tod und in seiner Glorie, und sogar seine furchtgebietende Majestät, zu der noch nicht einmal die Märtyrer, tot seit tausend Jahren, die Augen zu erheben gewagt haben. Sie übernehmen die eine wie die andere Aufgabe – die entkleidete Frau, die sie

Venus nennen, oder die Verkörperung der höchsten zartesten Weiblichkeit in Gestalt der Mutter ihres Heilands – mit genau derselben Fertigkeit, die erstere aber offenbar mit viel befriedigenderem Erfolg. Wenn manchmal ein Maler ein Bild der Madonna zustande brachte, das genug Wärme besitzt, um fromme Gefühle hervorzurufen, so war sie wahrscheinlich der Gegenstand seiner irdischen Liebe, dem er auf diese Weise die erstaunliche und fragwürdige Huldigung erwies, ihr Porträt zu malen, auf daß sie angebetet würde – nicht etwa symbolisch als ein sterbliches Wesen, sondern von frommen Seelen in ihrem ernstesten Trachten nach dem Göttlichen. Und wer könnte dem religiösen Empfinden Raffaels trauen oder einer seiner Madonnen glauben, daß sie zum Himmel aufgefahren sei, nachdem man beispielsweise die Fornarina im Palazzo Barberini gesehen und gefühlt hat, wie sinnlich der Künstler gewesen sein muß, um eine so freche Dirne zu seinem eigenen Vergnügen zu malen und mit so viel Liebe? Würde Maria sich ihm für seine Visionen offenbaren, wenn sie ihm die Gunst erwiese, ihm abwechselnd mit diesem Urbild glühender Erdenlust, der Fornarina, Modell zu stehen?

Aber kaum haben wir dieser respektlosen Kritik Ausdruck gegeben, blickt schon eine ganze Schar vergeistigter Gesichter vorwurfsvoll auf uns hin. Wir sehen Engelkinder von Raffael, deren Unschuld einzig mit der Milch des Paradieses genährt sein kann, deren überlegene Intelligenz aber irdische und himmlische Dinge zugleich umfaßt; Madonnen, auf deren Lippen er eine geweihte und scheue Zurückhaltung gelegt hat, mit dem Ausdruck ihrer Heiligkeit schon auf Erden, und in deren sanfte Augen er ein Licht gesetzt hat, das er sich niemals hätte vorstellen können, wenn er nicht seine eigenen Augen in reinem Suchen himmelwärts gerichtet hätte.

Die arme Hilda aber war nicht einmal in ihren düstersten Momenten eines derartigen Hochverrats an ihrem geliebten und verehrten Raffael schuldig. Sie hatte die Fähigkeit, die reinen Frauen zu ihrem Glück oft besitzen, alle moralischen Mängel bei jemandem, der ihre Bewunderung gewonnen hatte, zu ignorieren. Sie machte die Gegenstände ihrer Verehrung schon allein dadurch rein, daß sie ihnen ihre unschuldigen Augen zuwandte.

Nichtsdestoweniger hatte Hildas Verzweiflung ihre Aufnahmefähigkeit zwar in gewisser Weise abgestumpft, sie in anderer Hinsicht jedoch vertieft: sie bemerkte weniger deutlich die Schönheit, fühlte aber dafür stärker die Wahrheit oder deren Fehlen. Schließlich begann sie den Verdacht zu hegen, daß in den Werken einiger der von ihr verehrten Maler Leere herrschte, denn gerade in den allerberühmtesten hatten sie versucht, der Welt etwas zu offenbaren, was sie selber nicht in ihren Seelen gehabt hatten. Sie vergöttlichten ihre leichten und unbeständigen Neigungen und bereiteten sich fortwährend den Spaß, die Züge irgendeiner betrügerischen Schönheit darzubieten, auf daß sie als Heiligtum an den geweihten Plätzen angebetet würde. Italienischen Bildern fehlt es im allgemeinen an Ernst und absoluter Wahrhaftigkeit, sobald die Kunst zur Vollendung gediehen ist. Forderst du das Tiefste, so haben diese Maler nichts, womit sie deinem Verlangen entsprechen könnten; anstelle von lebendig erwiderndem Gefühl setzen sie einen scharfen Intellekt und ein wunderbares Geschick für äußerliche Ordnung. Hilda hatte ihr ganzes Herz darangehängt und mußte entdecken – genau, als hätte sie es an ein menschliches Idol gehängt –, daß sie den größeren Teil ihres Herzens weggeworfen hatte.

Für einige der frühen Maler behielt sie viel von ihrer einstigen Verehrung. Fra Angelico, so fühlte sie, mußte ein demütiges Sehnen bei jedem Pinselstrich gehabt haben, um seine Bilder zu so sichtbaren Gebeten zu machen, wie wir sie in der Gestalt eines Erzengels oder eines Heiligen erblicken. Durch all diese düsteren Jahrhunderte hindurch mögen seine Bilder immer noch einem ringenden Herzen zum Gebet verhelfen. Perugino war sichtlich ein frommer Mann, und so offenbarte sich ihm die Madonna auch in erhabeneren und süßeren Gesichten himmlischen Frauentums – dessen menschliche Erscheinung dennoch schlicht war –, als selbst der Genius eines Raffael es sich vorstellen konnte. Fraglos betete und weinte auch Sodoma, während er in Siena sein Fresko des an einen Pfeiler gebundenen Christus malte.

In ihrem Dürsten nach einer spirituellen Offenbarung empfand Hilda heftiges Verlangen, dieses Bild einmal wiederzusehen. Es ist unsäglich bewegend: der Heiland ist so müde und ermattet von Schmerzen, daß sich seine Lippen vor Erschöpfung geöffnet haben; seine Augen scheinen erstarrt, er versucht sein Haupt gegen den Pfeiler zu lehnen, aber nur von den Stricken, die ihn binden, wird er aufrecht gehalten, sonst sänke er zu Boden. Eine der stärksten Wirkungen des Bildes ist das Gefühl von Einsamkeit. Man sieht Christus verlassen von Himmel und Erde, die Verzweiflung ist über ihn gekommen, die ihm die traurigste Äußerung entrang, die ein Mensch je tat: ›Warum hast du mich verlassen?‹ Aber selbst in dieser alleräußersten Not noch ist er göttlich. Der große ehrfürchtige Maler hat den Sohn Gottes nicht dazu benutzt, lediglich ein Objekt des Mitleids abzugeben, obgleich er ihn in einer so unendlich mitleiderregenden Verfassung darstellte, sondern hat ihn davor bewahrt – und man weiß nicht, wie – durch eine göttliche Majestät und Schönheit und irgendeine Eigenschaft, für welche jene die äußeren Merkmale sind. Durch diese Stricke, diese Ohnmacht, dies Bluten von der Geißelung ist er so sichtbarlich unser Erretter, als säße er auf seinem Thron himmlischer Glorie. Mit diesem unvergleichlichen Bild hat Sodoma mehr für den Ausgleich des Mißverhältnisses zwischen göttlicher Allmacht und gemartertem, leidendem Menschentum, vereint in einer Person, getan, als alle Theologen je fertigbrachten.

Dieses Werk eines Genies zeigt, was die Malerei, wenn sie ehrfürchtig gehandhabt wird, an religiöser Wirkung zustande bringen könnte; denn es birgt tiefere Geheimnisse der Offenbarung und bringt sie dem Herzen des Menschen näher als die beredtesten Worte von Predigern oder Propheten.

Aber von dieser Art sind die Bilder nicht, die die Galerien in Rom und andernorts füllen, vielmehr sind es ungleich niedrigerstehende Produktionen, die zur Bewunderung eine sehr andere Geistesverfassung erfordern. Nur wenige Laien sind empfänglich für den moralischen Wert eines Bildes und vom Bösen nicht zu bestechen. Deshalb unterscheidet sich die Liebe zur Kunst in ihrem Einfluß von der Liebe zur Natur, denn wenn die Kunst nicht abgeirrt wäre vom rechten Pfad, müßte sie das Leben ihrer Anbeter sogar in noch höherem Grad verschönern, als es die Betrachtung der Natur vermag. Aber aus eigener Kraft besitzt sie keine solche Macht, und sie versagt ebenso bei jener Probe auf ihren moralischen Wert, wie sie die arme Hilda jetzt unwillkürlich mit ihr anstellte. Sie kann ein betrübtes Herz nicht trösten und verblaßt, wenn Schatten über uns sind.

So zog das melancholische Mädchen durch die endlosen Galerien und über die Mosaikböden einsamer Säle und wunderte sich, was aus dem Glanz geworden war, der sonst von den Wänden auf sie herabgestrahlt hatte. Sie wurde betrüblich kritisch und verurteilte beinahe alles, was sie früher bewundert hatte. Nicht, daß sie die gesamte Kunst als wertlos aufgab – nur die Weihe hatte sie für sie verloren. Sie meinte, daß vielleicht ein Bild unter Tausenden die Zustimmung der Menschen von Generation zu Generation finden sollte, die übrigen aber mochten auf Dachböden aufgeschichtet werden, genau wie die Werke mittelmäßiger Poeten in den Regalen stehen bleiben, sobald ihr kleiner Ruhm vergangen ist. Ist ein Maler etwas Geheiligteres als ein Poet?

Und was die Galerien römischer Palazzi anging, so waren sie für Hilda – obgleich sie sie immer noch in der vergeblichen Hoffnung durchwanderte, ihre einstigen Sympathien wiederzufinden – öder als die weißgetünchten Wände eines Gefängniskorridors. Wenn einer der herrlichen Paläste, wie es meistens der Fall war, auf Schuld und versteinertem Gewissen aufgebaut war – wenn der Fürst oder der Kardinal, der den Marmor seines riesigen Wohnsitzes vom Kolosseum oder einem römischen Tempel gestohlen hatte, noch viel ärgere Verbrechen verübt hätte, als es vermutlich geschehen war, so hätte es keine passendere Strafe für ihn geben können, als unaufhörlich diese endlose Flucht von Sälen durchwandern zu müssen, über den kalten Marmor oder das Mosaik des Fußbodens hin, während ihm bei jedem Schritt immer eisiger zumute wurde. Sich den Urahnen der Doria vorzustellen, wie er die mächtigen Hallen durchstreift, in denen seine Nachkommen residieren! Und es würde sein eintöniges Elend auch keineswegs lindern, vielmehr vertausendfachen, wäre er gezwungen, jene Meisterwerke der Kunst, die er mit soviel Kosten und Mühe gesammelt hatte, genau zu prüfen und sie stumpfsinnig anstarren und bei jedem ein wenig Lebenswärme zurücklassen zu müssen.

So oder ähnlich ist die Qual derer, die Bilder zu genießen versuchen, ohne in der entsprechenden Gemütsverfassung zu sein. Man sollte meinen, daß jeder Besucher von Bildergalerien sie mehr oder weniger stark erlitten haben muß. Hilda war es bisher nie geschehen, jetzt aber erfuhr sie es um so bitterer.

Jetzt lernte sie auch das Heimweh kennen. Ihre Phantasie erlebte Szenen aus ihrer Heimat, mit den hohen, alten Ulmen, den sauberen, gemütlichen Häusern, die an den von Rasenstreifen eingefaßten breiten Straßen standen, genügend Raum um sich her, und sie sah die Tür ihres Elternhauses und den Bach mit dem goldbraunen Wasser, der stetig durch ihre Erinnerung floß. Ach, ihr traurigen Straßen, Paläste, Kirchen und kaiserlichen Gräber im heißen, staubigen Rom mit dem schlammigen Tiber, der sich durch seine Mitte windet statt des goldbraunen Bächleins. Hilda härmte sich inmitten dieser verfallenen Pracht, als wäre sie auf ihr Herz gehäuft, und es verlangte sie nach der heimatlichen Behaglichkeit, den vertrauten Bildern, den Gesichtern, die sie von je gekannt hatte, den Tagen, die niemals irgendein erschreckendes Erlebnis brachten – den nüchternen, klaren Wochentagen mit dem feierlichen Sabbat an ihrem Abschluß. Der Geruch eines Blumenbeetes, das sie gepflegt hatte, kam ihr übers Meer und über die langen Jahre herüber. Ihr Herz wurde schwach bei den Erinnerungen, die der Duft der längst vergangenen Blüten weckte. Es war, als zöge man eine Schublade auf, in der viele Gegenstände bewahrt lagen, und jeder duftete nach Lavendel und getrockneten Rosenblättern.

Wir sollten Hildas Geheimnis eigentlich nicht verraten, aber es ist wahr, daß ihre Gedanken, da sie so einsam war, mitunter zu dem Bildhauer hingingen. Wäre sie ihm jetzt begegnet, so hätte er wohl ihr Herz nicht gewonnen, aber ihr Vertrauen hätte ihm entgegengestrebt wie ein Vogel seinem Nest. Eines Sommernachmittags lehnte Hilda sich an die Brüstung ihres Turmes und schaute über Rom hinweg zu den fernen Bergen, wohin Kenyon gegangen war.

›Ach, wenn er doch hier wäre!‹ dachte sie, ›ich gehe an diesem furchtbaren Geheimnis zugrunde, und er könnte mir vielleicht helfen, es zu ertragen.‹

An ebendiesem Nachmittag, wie sich der Leser vielleicht entsinnt, fühlte Kenyon etwas an seinen Herzfasern ziehen, während er auf den Zinnen von Monte Beni stand und in die Richtung schaute, wo Rom lag.

Weihrauch und Altäre

Rom hat eine gewisse Art von Trost rascher zur Hand für die, die danach begehren, als jeder andere Ort unter dem Himmel, und Hildas verzweifelte Gemütsverfassung machte sie besonders empfänglich für die Gefahr – falls man es gerechterweise eine Gefahr nennen kann –, solchermaßen Erleichterung zu suchen, zu finden und damit einverstanden zu sein.

Hätten die Jesuiten die Situation dieses gepeinigten Herzens gekannt, so hätte der ererbte Puritanismus das arme Mädchen aus Neu-England wohl schwerlich vor der frommen Strategie dieser guten Väter bewahrt. So, wie sie jedes geeignete Mittel zu handhaben wissen, wäre es am Ende für Hilda unmöglich gewesen, der Anziehungskraft eines Glaubens zu widerstehen, der sich so wunderbar jeder menschlichen Not anpaßt. Zwar kann er nicht wirklich das Verlangen der Seele befriedigen, zumindest aber kann er sie mitunter zu einer höheren Befriedigung hinleiten, als sie der Glaube an und für sich enthält. Er liefert eine Unmenge äußerlicher Gebräuche, in die das Geistliche sich kleiden und in denen es sich manifestieren mag; er besitzt sozusagen gemalte Fenster, durch die das himmlische

Sonnenlicht, das sonst unbeachtet bliebe, sich in Visionen von Schönheit und Glanz herrlich zur Schau stellt. Es gibt keine einzige Not und Schwäche in der menschlichen Natur, welcher der Katholizismus ein Heilmittel wird schuldig bleiben müssen. Gewiß besitzt er Labsale in unerschöpflicher Auswahl, die vielleicht einst echte Arzneien waren, aber leicht verderblich sind, wenn sie zu lange lagern.

Der Katholizismus ist ein solches Wunder der Anpassung an seine eigenen Zwecke, daß es schwer ist, sich ihn als eine lediglich menschliche Erfindung vorzustellen. Seine mächtige Maschinerie ist nicht auf einer mittleren irdischen Ebene erdacht und zusammengefügt worden, sondern entweder hoch darüber oder weit darunter, und wenn er von Engeln allein gehandhabt würde, so würde das System alsbald die Heiligkeit und Würde seiner Herkunft rechtfertigen.

Hilda hatte schon viele Pilgerfahrten durch die Kirchen von Rom gemacht, um über ihre Herrlichkeiten zu staunen, und ohne einen Blick in diese Paläste der Anbetung getan zu haben, ist es unmöglich, sich die Erhabenheit der Religion, die sie errichtet hat, vorzustellen. Ihre Wände, Säulen und Bogen scheinen eine Fundgrube wertvoller Steine, so schön und kostbar ist der Marmor, mit dem sie eingelegt sind. Die Böden sind oft Mosaikarbeit von seltener Kunst. Rund um ihre hohen Gesimse schweben Wolken von Engelsgestalten, und im Deckengewölbe und in dem weiten Inneren der Kuppel gibt es Fresken von solcher Pracht und so kunstvoller Perspektive, daß der Himmel, bevölkert mit heiligen Gestalten, unmittelbar über dem Betrachter aufgetan zu sein scheint. Es gibt auch Kapellen an den Seiten- und Querschiffen, die von Fürsten geschmückt wurden als ihre eigenen Begräbnisstätten und als Schreine für ihre Schutzheiligen. In diesen Kapellen ist der Glanz des ganzen Baues intensiviert und in einem Brennpunkt gesammelt, und nur wenn Worte Edelsteine wären, um von den Buchseiten in die Augen des Lesers zu strahlen, wäre es nicht vergebens, die Beschreibung einer fürstlichen Grabkapelle zu versuchen.

Von der Rastlosigkeit ihres Kummers erfüllt, begann Hilda eine neue Pilgerfahrt zwischen diesen Altären und Schreinen. Sie erklomm die hundert Stufen der Ara Coeli; sie durchwanderte das große schweigende Kirchenschiff von San Giovanni in Laterano; sie stand im Pantheon unter der runden Öffnung der Kuppel, durch die immer noch der sonnige blaue Himmel herunterschaut wie zu den Zeiten, als noch die römischen Götter in den Nischen standen. Sie betrat jede Kirche, die sich vor ihr erhob, jetzt aber nicht, um über ihre Herrlichkeit zu staunen, von der sie so wenig Notiz nahm, als handelte es sich um das aus Tannenholz gefügte Innere eines kirchlichen Gemeindesaales in Neu-England.

Sie ging — und das war ein gefährliches Vorhaben —, um zu sehen, wie dicht und tröstlich sich der Papistenglaube sämtlichen menschlichen Anliegen anpaßte. Es war ganz unmöglich anzuzweifeln, daß unendliche Menschenmengen geistliche Hilfe bei ihm fanden, die in unserer formlosen Art des Gottesdienstes ganz und gar keine gefunden hätten, der obendrein, dem Verlangen andachtsvoller Seelen entgegen, nur zu bestimmten und viel zu seltenen Stunden stattfindet. Hier aber konnte im gleichen Augenblick, in dem der Hunger nach göttlicher Nahrung die Seele überkam, dieser auch schon gestillt werden. Vor dem einen oder anderen Altar stieg immer Weihrauch auf und wurde die Messe vollzogen; sie trug die andächtigen Bitten derer empor, die für eigene Gebete keine Worte besaßen. Und sogar wenn der Fromme ein persönliches Anliegen hatte oder ganz leise ein Herzensgeheimnis flüstern wollte, gab es göttliche Zuhörer, allezeit bereit, es von seinen Lippen zu empfangen. Und was ihn noch mehr ermutigte, war, daß diese Zuhörer nicht von jeher göttlich gewesen waren, sondern in ihrem Gedächtnis noch in liebevoller Menschlichkeit irdische Erfahrungen bewahrten — jetzt Heilige im Himmel, einst aber Menschen auf Erden.

Hilda sah Bauern, Städter, Soldaten, Aristokraten, Frauen mit Tüchern auf dem Kopf und Damen in Seidenschleiern die Kirche betreten, sich für Augenblicke oder auch für Stunden hinknien und ihre unhörbaren Gebete zum Altar irgendeines Heiligen ihrer eigenen Wahl richten. Sie fühlten, daß sie in seiner geheiligten Person einen Freund im Himmel besaßen, und sie waren zu bescheiden, um sich an die Gottheit selbst zu wenden. Ihrer Unwürdigkeit bewußt, baten sie um die Fürsprache ihrer mitfühlenden Schutzpatrone, die im Hinblick auf ihr einstiges Märtyrertum und nach so langen Zeiten himmlischen Daseins wagen mochten, zum göttlichen Herrn und Gebieter fast wie ein Freund zum Freund zu sprechen. So konnte selbst die Verzweiflung reden und ihr Herz ausschütten vor einem Fürsprecher, der weise genug war, zu begreifen, und beredt genug, den Fall vorzutragen, und machtvoll genug, Verzeihung zu erlangen, für welche Schuld auch immer. Hilda beobachtete etwas, was sie für ein Beispiel solcher besonderen Art von Vertrauen hielt, zwischen einem jungen Mann und seinem Schutzheiligen. Er stand vor einem Altar, die gefalteten Hände ringend in Gewissensbissen, und kniete schließlich nieder und weinte und betete. Wenn dieser junge Mensch ein Protestant gewesen wäre, hätte er alle seine Qualen im Herzen behalten, und sie hätten dort so lange gebrannt, bis sie ihn ausgebrannt und vollkommen apathisch gemacht haben würden.

Oft und lange verharrte Hilda vor den Bildern und Kapellen der Madonna und verließ sie mit zögernden Schritten. Hier aber kam ihr, wenn das auch seltsam klingt, ihre kritische Liebe zur Kunst zustatten und ließ den Katholizismus an ihr einen Konvertiten verlieren. Hätte der Maler die Jungfrau mit einem überirdischen Antlitz dargestellt, so wäre die arme Hilda gerade jetzt gestimmt gewesen, die Madonna anzubeten und den Glauben anzunehmen, in dem sie einen so hervorragenden Platz einnimmt. Aber Hilda erkannte, daß es immer nur das schmeichelhafte Porträt einer irdischen Schönheit war, bestenfalls die Ehefrau des Malers, vielleicht auch ein Bauernmädchen aus der Campagna oder irgendeine römische Prinzessin, der er den Hof machte. Aus Liebe oder vielleicht sogar aus einem noch weniger zu rechtfertigenden Gefühl hatte er eine solche Frau vergöttlicht; auf diese Weise erwarb er ihr nicht nur Unsterblichkeit, sondern auch das Privileg, über christlichen Altären zu thronen und mit einer viel frömmeren Inbrunst angebetet zu werden, als da sie noch auf Erden wandelte.

Nirgends fand Hilda die rechte jungfräuliche Mutter, die sie suchte. Einmal war es eine irdische Mutter, die ein irdisches Kind auf ihrem Schoß anbetete, wie alle Mütter seit Evas Zeiten es tun; auf einem anderen Bild wieder zeigte sich auf dem Gesicht der Mutter nur ein undeutliches Empfinden für irgendeine göttliche Eigenschaft ihres Kindes; beim dritten schien der Maler eine höhere Vorstellung gehabt und sich Mühe gegeben zu haben, die Freude der Jungfrau darzustellen, daß sie den Erlöser geboren hat, und ihre Ehrfurcht und Liebe, mit der sie das kleine Wesen ans Herz drückt. So weit war es in Ordnung – aber Hilda brauchte mehr: ein Antlitz von überirdischer Schönheit, ebenso menschlich wie himmlisch und mit dem Schatten von Schmerz darüber, licht von unsterblicher Jugend, dennoch ehrwürdig und mütterlich, voll königlicher Würde, aber unendlich zärtlich, als höchstes und eindringlichstes Attribut ihrer Göttlichkeit.

›Warum‹, dachte Hilda, ›sollte es denn keine Frau geben, um den Gebeten von Frauen zu lauschen? Eine Mutter im Himmel für alle mutterlosen Mädchen wie mich? Könnte Gott uns denn, bei all seiner Fürsorge für uns, diese Gabe, die wir so sehr brauchen, vorenthalten haben?‹

Häufiger als andere Kirchen besuchte sie Sankt Peter. Sie dachte, daß es in seiner ungeheuren Weite und unter dem mächtigen Gewölbe seiner Kuppel Raum für alle Formen christlicher Wahrheit geben müßte, Raum für den Gläubigen und für den Ketzer und die rechte Hilfe für die geistliche Not einer jeden Kreatur.

Hilda war nicht immer gleichermaßen von der Größe dieser Kirche beeindruckt gewesen. Als sie zum ersten Mal den schweren Ledervorhang an einem der Portale zur Seite geschoben hatte, war Sankt Peter für sie ein Bau von unbestimmter Gestalt, unklar, dämmerig, grau und riesig, der sich in eine unbegrenzte Perspektive erstreckte und von einer Kuppel überwölbt war, die dem bewölkten Firmament glich. Unter der ungeheuren Größe, die sie sich vorgestellt hatte, mochte der einzelne Mensch seine Kleinheit fühlen, die Seele aber in seinem unermeßlichen Raum triumphieren. Daher hatte sie die Kirche bei ihren früheren Besuchen, wenn der sie nun in Wirklichkeit umfangende Prunk des Inneren vor ihren Augen glänzte, etwas sehr Hübsches genannt, ein schönes Stück Kunsthandwerk in titanischen Ausmaßen, einen Schmuckkasten in unglaublicher Vergrößerung.

Die Vorstellung von einem Schmuckkasten regte ihre Phantasie am meisten an. Ein Behälter, die Innenseite ganz eingelegt mit kostbaren Steinen verschiedener Farben, so daß keine Stelle unbesetzt blieb von blendenden Edelsteinen, und sich dies winzige Wunder dann vergrößert vorzustellen zum Umfang einer Kathedrale, ohne daß es dabei den intensiven Glanz des Kleinen verliert. Die magische Transformation vom Kleinen zum Ungeheuren ist jedoch nicht so geschickt zustande gebracht, daß der reiche Schmuck dem Eindruck von Raum und Erhabenheit nicht im Wege steht. So nimmt der Beobachter eher seine Grenzen wahr als seine Ausdehnung.

Erst als sie viele Male dort gewesen war, hörte Hilda auf, dem dämmerigen unbegrenzten Inneren nachzutrauern, das sie bei geschlossenen Augen seit ihrer Kindheit vor sich gesehen hatte, das aber beim ersten Blick auf die Wirklichkeit dahingeschwunden war. Ihre kindliche Vision schien schöner gewesen zu sein als die Kirche, die Michelangelo und alle diese großen Baumeister erbaut hatten. Denn von der erträumten Kirche hatte sie gesagt: ›Wie groß sie doch ist!‹, während sie von der wirklichen Kirche nur sagen konnte: ›Schließlich ist sie gar nicht so groß.‹ Zudem kann der Dom, wie er nun einmal ist, von keiner Stelle aus auf den ersten Blick überschaut werden. Man sieht ein Seitenschiff oder ein Querschiff, man sieht das Mittelschiff oder den Chor; aber wegen der wuchtigen Pfeiler und anderer Hindernisse kann man nur stückweise einen Begriff von ihm bekommen.

Auf solche Einwände gibt es keine Entgegnung. Die große Kirche lächelt ruhig über ihre Kritiker und sagt statt aller Antwort: ›Seht mich an!‹, und wenn man immer noch über den

Verlust der dämmerigen Perspektiven murrt, so kommt nichts anderes als ›Seht mich an!‹ in endloser Wiederholung, als das einzige, was zu sagen ist. Und nachdem man viele Male geschaut hat, mit langen Zwischenpausen, dann entdeckt man, daß die Kirche sich allmählich über die ganze Ausdehnung der Vorstellungen, die man von ihr hatte, erstreckt. Sie nimmt den gesamten Platz deines Hirngespinstes von einem Gotteshaus ein, und selbst für dessen wolkenumzogenen Turm hat sie unter ihrer Kuppel noch genügend Raum.

Als Hilda eines Nachmittags Sankt Peter in schwermütiger Stimmung betrat, strahlte sein Inneres über ihr mit der ganzen Wirkung einer neuen Schöpfung. Es schien eine Verkörperung von allem, was die Phantasie sich nur ausdenken und das Herz sich nur wünschen konnte, und ein erhabenes, majestätisches Symbol religiösen Glaubens. Alle Pracht war in seinen Mauern eingeschlossen, und sie boten Raum für alle. Hilda blickte mit Entzücken sogar auf die Vielfalt des dekorativen Schmucks. Sie freute sich über die Putten, die über den Pilastern flatterten, und über die marmornen Tauben, die an unerwarteten Stellen angebracht waren und grüne Olivenzweige aus kostbaren Steinen trugen. Jetzt hätte sie nichts von der mannigfachen Pracht entbehren können, die hundertfältig verschwendet war, reich genug, um weltberühmte Schätze für jede andere Kirche abzugeben, die hier aber untergingen in der ungeheuren, strahlenden Weite und im einzelnen keine besondere Bedeutung hatten. Dennoch steuerte jedes Wenige zur Erhabenheit des Ganzen bei. Keinen dieser grimmen Päpste, die über ihren eigenen Gräbern sitzen und mit den Marmorhänden kalte Segnungen austeilen, hätte sie in Bann getan, noch eine einzige der eisigen Schwestern der allegorischen Familie, die das Amt haben – es kostet sie, wie die gemieteten Klageweiber bei einem englischen Begräbnis, keine Träne –, für die Toten zu weinen. Wenn du solche Dinge sehen willst, so zeigen sie sich dir von selbst; wenn du sie für unziemlich und unangebracht hältst, verschwinden sie als Einzelfiguren, bestimmen aber die Atmosphäre des Raumes.

Der Fußboden erstreckte sich unabsehbar, eine Ebene vielfarbigen Marmors, wo Tausende von Anbetenden knien konnten und unsichtbare Engel zwischen ihnen dahingingen, ohne daß ihre himmlischen Gewänder die irdischen auch nur zu streifen brauchten. Die Wölbung war reich, blendend, gefüllt mit Sonnenlicht, von edlem Frohsinn; und noch nach Jahrhunderten unverblichen, schienen diese erhabenen Höhen irdischem Verständnis die Himmel begreiflich zu machen und dem Geist emporzuhelfen zu einer noch höheren und weiteren Sphäre. Muß nicht der Glaube, der dieses unvergleichliche Gebäude erbaut hat, das von ihm durchwärmt, erleuchtet und überflutet ist, alles enthalten, was menschliche Sehnsucht befriedigen oder menschlicher Not, wo sie am schmerzlichsten ist, dargereicht werden kann? Wenn Religion eine sichtbare Heimstatt haben konnte — war sie dann nicht hier?

Während der Schauplatz, den wir unzulänglich schilderten, bei ihrem Eintritt still vor Hilda aufglänzte, ging dieses junge Mädchen aus Neu-England ganz instinktiv zu einer der Weihwasserschalen, die vor einer Säule von zwei mächtigen Engeln gehalten wird. Sie tauchte ihre Finger hinein und hätte beinahe das Kreuz über ihrer Brust geschlagen, unterließ es aber und erzitterte, während sie die Tropfen von den Fingerspitzen schüttelte. Es kam ihr vor, als ob der Geist ihrer Mutter irgendwo unter der Wölbung auf ihr Kind herabschaute, auf die Tochter puritanischer Vorfahren, und als ob sie Tränen vergieße, weil sie sie in solche abergläubischen Schaustellungen verstrickt sah. So irrte sie traurig weiter, das Mittelschiff hinauf und auf die hundert goldenen Lichter zu, die stufenweise vor dem Hochaltar stehen.

Der Glanz der Kirche verdunkelte sich vor Hildas Augen, als sie eine Frau, einen Priester und einen Soldaten sah, die hinknieten, um die Zehe des bronzenen Petrus zu küssen, der sie über sein Piedestal zu diesem Zweck vorstreckt und die blankpoliert war von all den früheren Berührungen. Aber wieder ging Hilda weiter, wandte sich zum rechten Querschiff und fand dann den Weg zu einem Seitenaltar in der äußersten Ecke der Kirche mit einer Mosaikkopie von Guido Renis schönem Erzengel, der auf den niedergestreckten Satan tritt.

Dies war eines der wenigen Bilder, die während dieser traurigen Tage in Hildas Wertschätzung weder verblichen noch vermindert waren. Zwar war es nicht besser als viele andere, an denen sie kein Interesse mehr hatte, aber die Zartheit dieses Malers war ihrem Wesen besonders gemäß. Während sie das Bild anblickte, spürte sie, daß der Künstler etwas Großes vollbracht hatte, nicht allein für die römische Kirche, sondern für die Sache Gottes. Die Moral des Bildes, die unsterbliche Jugend und die Schönheit der Tugend und ihre unwiderstehliche Macht über die Häßlichkeit des Bösen sprach zu Puritanern ebenso wie zu Katholiken.

Plötzlich und wie im Traum fand Hilda sich vor dem Altar kniend, unter der Ewigen Lampe, die ihre Strahlen auf das Gesicht des Erzengels wirft. Sie lehnte die Stirn auf die Marmorstufen vor dem Altar und schluchzte ein Gebet. Sie wußte kaum zu wem – ob zu Michael, zur Madonna oder zum Vater, sie wußte kaum wofür – außer, daß es ein vages Sehnen war danach, daß so ihre Bürde ein wenig erleichtert werde.

Nach einem Augenblick raffte sie sich gleichsam von den Knien wieder auf, durchbebt von der Gemütserregung und den Empfindungen, die sich ihren Weg aus dem Herzen zu erzwingen suchten, auf einem Weg, der sich ihnen beinahe geöffnet hätte. Dennoch hatte sie ein seltsames Gefühl der Erleichterung durch dieses leidenschaftliche Gebet gewonnen und eine fremde Freude – Hilda wußte nicht, ob über das, was sie getan, oder über das, was sie unterlassen hatte. Aber sie fühlte sich wie jemand, der beinahe erstickt war und einen Atemzug frischer Luft gestohlen hat.

Neben dem Altar, vor dem sie gekniet hatte, steht ein zweiter, mit einem Bild von Guercino, das den Leichnam eines Mädchens im Grabe darstellt und ihren Liebsten, der über ihm weint, während ihre zum Himmel erhobene Seele in Gesellschaft des Heilands und einer Menge von Heiligen auf die Szene hinabschaut. Hilda dachte, ob es denn nicht durch irgendein Wunder geschehen könnte, daß sie selbst auf das, was sie war, ebenso hinabschauen könnte, wie auf dem Bild Petronilla auf ihren eigenen Leichnam blickt. Eine Hoffnung, die aus nervöser Qual geboren war, pochte in ihrem Herzen, ein Vorgefühl, oder was sie dafür hielt, flüsterte ihr zu, daß sie Erlösung finden werde, noch bevor sie ihren Rundgang durch die Kirche beendet habe.

Der Dom der Welt

Weiterwandernd blickte Hilda jetzt in die Kuppel hinauf, wo das Sonnenlicht durch die westlichen Fenster fiel und lange Lichtstrahlen hereinwarf. Sie lagen auf zweien der Mosaikmedaillons über dem Gesims mit den Gestalten der Evangelisten. Diese großen Balken aus Glanz, die das, was leerer Raum schien, überbrückten, zeigten sich in nebliger Glorie durch die Wolken des Weihrauchs, der sich in die Kuppel erhoben hatte. Es war Hilda, als sähe sie die Anbetung des Priesters und des Volkes himmelwärts steigen, gereinigt von Irdischem und überiridische Substanz annehmend in der goldenen Atmosphäre, zu der sie strebte. Sie fragte sich, ob nicht vielleicht manchmal Engel unter der Kuppel schwebten und sich, in Sonnenlicht und Weihrauch kurz aufleuchtend, denen zeigten, die auf dem Boden drunten fromm beteten.

Sie war jetzt ins südliche Seitenschiff gelangt. Rund um diesen Teil der Kirche befindet sich eine Anzahl von Beichtstühlen. Es sind kleine Gehäuse aus geschnitztem Holz mit einem abgeschlossenen Sitz für den Priester in der Mitte und Platz auf jeder Seite für einen Beichtenden, um sich hinzuknien und durch ein Gitter in des guten Paters Ohr zu flüstern. Während sie diese Einrichtung, wenn sie ihr auch gut bekannt war, beobachtete, war unsere arme Hilda aufs neue von der unendlichen Erleichterung beeindruckt — wenn wir ein so armseliges Wort dafür gebrauchen dürfen —, die die katholische Religion ihren Gläubigen bietet.

Wer kann denn, wenn er es recht bedenkt, einem solchen Eindruck widerstehen? In der heißesten Fieberhitze des Lebens finden die Katholiken jederzeit einen für ihre Not bereitstehenden kühlen, ruhigen und prächtigen Raum für ihr Gebet. Zu jeder Stunde dürfen sie seinen geheiligten Bereich betreten, Sorgen und Verdruß der Welt hinter sich lassen und sich mit einem Tropfen des geweihten Wassers an der Pforte reinigen. In dem vom Duft des Weihrauchs erfüllten stillen Inneren der Kirche dürfen sie Zwiesprache halten mit einem Heiligen, ihrem gütigen Freund. Und das kostbarste Privileg von allen ist, daß sie ihre Bürde — Verwirrung, Sorge, Sünde — am Fuß des Kreuzes niederlegen und fortgehen können, um fortan nicht mehr zu sündigen, nicht länger beunruhigt zu sein, sondern aufs neue zu leben in der Frische und Spannkraft des Schuldlosen.

›Gehören nicht diese unschätzbaren Vorteile‹, dachte Hilda, ›zum Christentum? Sind sie nicht ein Teil der Segnungen, die es der Menschheit bringen wollte? Kann der Glaube, in dem ich geboren und erzogen bin, denn vollkommen sein, wenn er mich in Verzweiflung herumirren läßt mit diesem schweren Leid, das mich zugrunde richtet?‹

Eine tödliche Angst meldete sich plötzlich in ihrem Herzen und war wie etwas Lebendiges, das darum kämpfte, sich zu befreien.

›Ich kann es nicht ertragen,‹ dachte Hilda, ›ich kann, ich kann es nicht!‹ Nur durch den Widerhall, der folgte — ein Bogen gab es weiter an den nächsten, ein Papst aus Bronze an einen Papst aus Marmor, wie jeder auf seinem Grabmal thronte —, wurde es Hilda bewußt, daß sie dies mehr als nur geflüstert hatte. Aber in diesem großen Raum ist es gar nicht nötig, Herzensäußerungen so sorgsam in der Brust zu bewahren wie an anderen Orten.

Sie ging auf einen der Beichtstühle zu und sah eine Frau, die dort kniete. Gerade als Hilda näher kam, erhob sie sich, trat heraus und küßte den Ring des Priesters, der sie mit einem Blick väterlichen Wohlwollens ansah und ihr leise irgendeinen geistlichen Rat zu erteilen schien. Darauf kniete sie hin, um seinen Segen zu empfangen, der ihr sofort erteilt wurde. Hilda war von dem Frieden und der Freude im Gesicht der Frau so tief berührt, daß sie, als diese sich zum Gehen wandte, nicht widerstehen konnte und sie ansprach.

»Sie sehen so glücklich aus,« sagte sie, »es tut also wirklich so gut zu beichten?«

»Oh, sehr gut, meine liebe Signorina«, antwortete die Frau mit feuchten Augen und einem herzlichen Lächeln, denn sie war durch das, was sie getan hatte, so vollkommen besänftigt, daß sie sich zu Hilda wie zu einer jüngeren Schwester hingezogen fühlte. »Mein Herz hat jetzt Ruhe. Dank sei dem Erlöser und der benedeiten Jungfrau und den Heiligen und diesem guten Pater – es gibt keinen Kummer mehr für die arme Teresa!«

»Ich freue mich um Ihretwillen«, sagte Hilda und seufzte um ihrer selbst willen. »Ich bin eine arme Ketzerin, aber als Mensch bin ich Ihre Schwester, und ich freue mich für Sie.«

Sie ging von einem Beichtstuhl zum anderen, und während sie sie betrachtete, bemerkte sie, daß sie mit goldenen Buchstaben beschriftet waren: auf einem stand PRO ITALICA LINGUA, auf einem anderen PRO FLANDRICA LINGUA, auf den nächsten PRO POLONICA LINGUA, PRO ILLYRICA LINGUA, PRO HISPANICA LINGUA. In dieser riesigen gastfreundlichen Kirche, die würdig war, das religiöse Herz der ganzen Welt zu sein, gab es Raum für alle Nationen, hier gab es Zugang zur göttlichen Gnade für jede christliche Seele, hier war ein Ohr für alles, was das allzu schwere Herz zu flüstern hatte, in welcher Sprache es auch sein mochte.

Als Hilda beinahe den Rundgang um das Seitenschiff vollendet hatte, kam sie zu einem Beichtstuhl, dessen mittlerer Teil verhängt war, aber eine geheimnisvolle Rute ragte daraus hervor, die die Gegenwart eines Priesters im Innern anzeigte. Der Beichtstuhl trug die Inschrift PRO ANGLICA LINGUA.

Es war das fällige Wort! Hätte sie die Stimme ihrer Mutter aus dem Heiligtum vernommen, die ihr zurief, herbeizukommen und ihr armes Haupt in ihren Schoß zu legen, so hätte Hilda darauf nicht mit selbstverständlicherem Gehorsam reagieren können. Sie dachte nicht nach, sie fühlte nur. In ihrem Herzen war ein großes Verlangen, und hier, im Innern des Beichtstuhls, war die Erlösung. Sie warf sich nieder auf den Platz der Bußfertigen, und zitternd, leidenschaftlich, unter Schluchzen und Tränen brachte sie die finstere Geschichte vor, die ihr unschuldiges Dasein mit Gift durchdrungen hatte.

Hilda hatte das Gesicht des Priesters nicht gesehen, noch konnte sie es jetzt sehen, aber hin und wieder, in den Pausen dieser seltsamen Beichte, die sie, halb erstickt vom Aufruhr ihrer Gefühle, ablegte, hörte sie eine milde, ruhige, ein wenig altersschwache Stimme. Sie redete beschwichtigend, sie ermutigte sie, sie kam ihr durch entsprechende Fragen zu Hilfe, die aus einem tiefen und zarten Interesse zu kommen schienen und wie etwas Magisches das Vertrauen Hildas zu dem unsichtbaren Freund anzogen. Das Vorgehen des Priesters in dem Gespräch ähnelte tatsächlich dem von jemandem, der Steine, Äste oder sonstige Hindernisse dem Lauf eines angeschwellten Stromes aus dem Wege räumt. Hilda hätte sich vorstellen können – so zielsicher waren die Fragen –, daß er mit dem, was zu berichten sie sich abmühte, schon bekannt war.

Dergestalt unterstützt, offenbarte sie ihr ganzes entsetzliches Geheimnis, das ganze – nur daß kein Name ihren Lippen entschlüpfte. Und als das Ringen zwischen Worten und Schluchzen abgeflaut war, da war eine Tortur von ihrer Seele genommen, war völlig verschwunden. Ihr Herz war wieder so rein wie in der Kindheit, sie war wieder ein junges Mädchen, die Hilda vom Taubenschlag und nicht mehr dies zweifelnde Geschöpf, das ihre eigenen Tauben kaum noch wiedererkannt hatten.

Nachdem sie geendet hatte, hörte Hilda den Priester sich in der schwerfälligen Art alter Menschen bewegen. Er trat aus dem Beichtstuhl heraus, und da das Mädchen noch auf dem Schemel kniete, winkte er sie herbei.

»Steh auf, meine Tochter,« sagte die milde Stimme des Beichtigers, »was noch zu sagen ist, muß Auge in Auge gesprochen werden.«

Hilda folgte seinem Gebot und stand mit gesenktem Kopf vor ihm, während sie errötete und dann wieder blaß wurde. Und sie hatte die wunderbare Schönheit, die man oft bei denjenigen gewahrt, die einen schweren Kampf durchgemacht und den Frieden errungen haben. Man gewahrt sie im Gesicht einer jungen Mutter und auf den Gesichtern der Toten. Hilda machte dieser Sieg des Friedens so lieblich wie einen Engel.

Sie ihrerseits erblickte eine ehrwürdige Gestalt mit schneeweißen Haaren und einem Gesicht, das ganz deutlich Wohlwollen ausstrahlte. Dennoch trug es die Merkmale von Nachdenklichkeit und durchdringendem Scharfblick, wenngleich die Augen jetzt ein wenig getrübt waren von Tränen, die das Alter vergießt oder doch beinahe vergießt, weil bei ihm Gefühle leichter Rührung auslösen als bei jungen Menschen.

»Es ist mir nicht entgangen, meine Tochter,« sagte der Priester, »daß dies Ihre erste Bekanntschaft mit dem Beichstuhl ist. Wie kommt das?«

»Vater,« antwortete Hilda, indem sie die Augen hob und wieder senkte, »ich stamme aus Neu-England und bin erzogen als das, was Sie einen Ketzer nennen.«

»Aus Neu-England!« rief der Priester. »Dort bin auch ich geboren, und fünfzig Jahre Abwesenheit haben nicht zustande gebracht, daß ich aufgehört hätte, es zu lieben. Aber eine Ketzerin! Und Sie haben sich also mit der Kirche wieder ausgesöhnt?«

»Niemals, Vater!« sagte Hilda.

»Aber wenn dem so ist,« fragte der alte Mann, »aus welchem Grunde, meine Tochter, haben Sie sich denn dann dieses Vorrechtes zu bedienen gesucht, das doch ausschließlich den Angehörigen der einen und wahren Kirche vorbehalten ist, des Vorrechtes auf Beichte und Absolution?«

»Absolution, Vater?« rief Hilda und machte einen Schritt rückwärts. »Ach nein, daran habe ich nie gedacht! Nur unser Vater im Himmel kann mir meine Sünden vergeben! Und nur durch aufrichtige Reue über alles Unrecht und durch meine eigenen aufrichtigen Bemühungen um Besserung kann ich auf seine Verzeihung hoffen. Gott verbietet, daß ich einen sterblichen Menschen um Absolution bitte!«

»Also, weshalb dann,« wiederholte der Priester in etwas weniger mildem Ton, »weshalb, frage ich nochmals, haben Sie sich dieses geheiligten Brauches bemächtigt, wie ich es ausdrücken muß, da Sie doch eine Ketzerin sind und weder versuchen, an den Segnungen teilzuhaben, die die Kirche ihren Bußfertigen anbietet, noch überhaupt an sie glauben?«

»Vater,« antwortete Hilda und versuchte dem alten Mann die einfache Wahrheit zu sagen, »ich bin ein mutterloses Mädchen und hier in Italien eine Fremde. Ich hatte nur Gott, um auf mich achtzugeben und mein nächster Freund zu sein. Und das schreckliche, schreckliche Verbrechen, von dem ich Ihnen gesagt habe, hat sich zwischen ihn und mich gedrängt, so daß ich gleichsam im Dunkel nach ihm tastete und ihn nicht fand – ich fand nichts als eine grauenhafte Einsamkeit und mitten drin dies Verbrechen! Ich konnte es nicht aushalten, es schien mir, als ob ich die furchtbare Schuld zu meiner eigenen machte, wenn ich es verborgen im Herzen behielte. Ich wurde mir selber zu etwas Furchtbarem. Ich war im Begriff, wahnsinnig zu werden.«

»Es war eine schmerzhafte Prüfung, mein armes Kind«, bemerkte der Beichtiger. »Ihre Erleichterung, nehme ich an, wird noch größer werden, als Sie jetzt schon wissen können.«

»Ich fühle schon, wie groß sie ist«, sagte Hilda und blickte dankbar in sein Gesicht. »Sicherlich, Vater, war es die Hand der Vorsehung, die mich hierhergeführt hat und mich fühlen ließ, daß dieser riesige Tempel der Christenheit unbedingt irgend etwas enthalten müßte, das Heilung bringt oder wenigstens eine Erleichterung für meine unaussprechliche Seelennot. Und es hat sich als wahr erwiesen. Ich habe das grauenvolle Geheimnis ausgesprochen. Ausgesprochen unter dem heiligen Siegel der Beichte. Nun kann es mir das Herz nicht mehr versengen.«

»Aber, meine Tochter,« erwiderte der ehrwürdige Priester, nicht unberührt von Hildas Worten, »Sie vergessen, Sie irren sich! Sie beanspruchen ein Privileg, zu dem Sie sich kein Recht erworben haben. Das Siegel der Beichte, sagen Sie? Gott verhüte, daß es je gebrochen würde, wo es ernstlich aufgedrückt wurde. Aber es gilt nur für Dinge, die in bestimmter, vorgeschriebener Weise gebeichtet werden, und außerdem nur für Menschen, die an die Heiligkeit des Brauches glauben. Ich halte mich, und jeder Kir-

chengelehrte würde mich ebenfalls dafür halten, für so frei, alle
Einzelheiten zu enthüllen, die Sie Ihre Beiche nennen, als ob sie
mir auf weltlichem Wege zur Kenntnis gekommen wären.«

»Das ist nicht recht, Vater«, sagte Hilda und sah dem alten
Mann fest in die Augen.

»Sehen Sie denn nicht ein, mein Kind,« entgegnete er ein klein
wenig ungeduldig, »können Sie es denn bei all der Empfindlichkeit Ihres Gewissens nicht erkennen, daß es meine Pflicht ist, die
Sache den zuständigen Stellen zu berichten, da es sich um ein
schweres Vergehen gegen das allgemeine Recht handelt und
weitere schlimme Folgen nach sich ziehen wird?«

»Nein, Vater!« erwiderte Hilda mutig, während sich ihre Wangen röteten und ihre Augen beim Sprechen heller wurden.
»Vertrauen Sie doch mehr dem einfachen Herzen eines Mädchens als irgendeinem Kirchengelehrten, wie gelehrt er auch
sein mag! Vertrauen sie auch Ihrem eigenen Herzen! Ich bin, wie
ich frommerweise glaube, zu Ihrem Beichtstuhl gekommen
durch eine direkte Eingebung des Himmels, der in seiner Gnade
und Liebe auch Sie heute hierhergeführt hat, um mich von einer
Qual zu befreien, die ich nicht länger ertragen konnte. Ich
vertraute dem Gelöbnis zwischen dem Priester und der menschlichen Seele, die sich durch dies Medium ihrem Vater droben
entgegenkämpft und das Ihre Kirche allezeit heilig gehalten hat.
Was ich Ihnen anvertraut habe, liegt geheiligt zwischen Gott
und Ihnen. Lassen Sie es dort ruhen, Vater, denn das ist recht,
und wenn Sie anders handeln, so begehen Sie ein großes Unrecht, als Priester und als Mensch. Und glauben Sie mir — keine
Befragung, keine Tortur würde meine Lippen je dazu zwingen
können, das auszusprechen, was nötig wäre, damit mein Bekenntnis zur Bestrafung der Schuldigen führen könnte. Überlassen Sie es Gott, sich mit ihnen zu beschäftigen.«

»Meine schüchterne kleine Landsmännin,« sagte der Priester mit
halbem Lächeln, »ich sehe, Sie haben Courage, sobald Sie finden,
daß das nötig ist.« »Ich habe Courage nur, um zu tun, was ich für
recht halte«, erwiderte Hilda einfach. »In anderer Hinsicht bin
ich sehr furchtsam.«

»Aber Sie bringen sich selber in Verwirrung, indem Sie nicht unterscheiden zwischen rechten Gefühlen und sehr unrechten Folgen,« fuhr der Priester fort, »wie das bei Frauen so der Brauch ist – so viel habe ich durch lange Erfahrungen im Beichtstuhl gelernt –, seien sie nun jung oder alt. Um Ihrem Herzen aber Frieden zu verschaffen: es ist wahrscheinlich nicht nötig, daß ich den Fall aufdecke. Was Sie vorgebracht haben und, wenn ich nicht irre, sogar mehr noch als das, ist an derjenigen Stelle bereits bekannt, die es am meisten angeht.«

»Bekannt!« rief Hilda, »bekannt der Obrigkeit von Rom! Und was werden die Folgen sein?«

»Ruhig!« antwortete der Beichtvater und legte den Finger an die Lippen. »Ich spreche eine Vermutung aus, verstehen Sie, aber keine Tatsache. Ich sage es Ihnen, damit Sie erleichtert Ihres Weges ziehen können und nicht zu glauben brauchen, daß Sie mit Verantwortung beladen sind. Und nun, meine Tochter – was haben Sie als Gegengabe für die Freundschaft und Sympathie eines alten Mannes?«

»Mein dankbares Gedenken,« sagte Hilda, »solang ich lebe!«

»Mehr nicht?« forschte der Priester mit einem suggestiven Lächeln, »wollen Sie ihn nicht mit einer großen Freude belohnen, einer der letzten, die er auf Erden vielleicht haben wird, und einer, die geeignet wäre, ihn in die bessere Welt zu begleiten? Mit einem Wort: wollen Sie mir nicht erlauben, Sie als verirrtes Lamm der wahren Kirche zuzuführen? Sie haben ein klein wenig von der Erleichterung und dem Trost gekostet, die die Kirche so reichlich für alle ihre Gläubigen vorrätig hat. Kommen Sie heim, liebes Kind, armer Wanderer, der einen kleinen Blick auf das himmlische Licht geworfen hat – kommen Sie heim und finden Sie Frieden.«

»Vater,« sagte Hilda, zutiefst bewegt von seinem gütigen Ernst, in dem bei aller Echtheit vielleicht doch eine Spur von professionellem Handwerk lag, »ich wage nicht, auch nur einen Schritt weiter zu gehen, als Gott mich führt. Daher darf es Sie nicht schmerzen, wenn ich nie mehr zur Beichte komme, nie meine Finger ins Weihwasser tauche, niemals meine Brust bekreuze.

Ich bin eine Tochter der Puritaner. Aber trotz meines Ketzertums«, setzte sie mit einem süßen, tränenvollen Lächeln hinzu, »werden Sie vielleicht doch eines Tages das arme Ding, dem sie diese große christliche Güte erwiesen haben, sehen, wie es auf Sie zukommt und Sie daran erinnert und Ihnen dafür dankt – im besseren Land.«

Der alte Priester schüttelte den Kopf. Aber als er im gleichen Augenblick die Hand ausstreckte, um das Zeichen des Kreuzes über ihr zu machen, kniete Hilda nieder und empfing seinen Segen mit einer so einfachen Frömmigkeit, als wäre sie die beste Katholikin.

Hilda und ein Freund

Als Hilda kniete, um den Segen des Priesters zu empfangen, war sie von jemandem beobachtet worden, der gegen die marmorne Balustrade lehnte, welche die vielen goldenen Lichter vor dem Hochaltar umschließt. Er hatte bereits dagestanden, seit das Mädchen den Beichtstuhl betreten hatte. Seine erschreckte Verwunderung, als er sie zum ersten Mal dort gesehen hatte, und die finstere Spannung, die sich dann über sein Gesicht breitete, verrieten zur Genüge, daß er an dem Vorgang ein tiefes und bekümmertes Interesse nahm.

Nachdem Hilda dem Priester Lebewohl gesagt hatte, kam sie langsam auf den Hochaltar zu. Der Mann an der Balustrade schien unentschlossen, ob er auf sie zutreten oder sich zurückziehen sollte. Sein Zögern dauerte so lange, daß das Mädchen, das glücklich und traumbefangen umherging, den weiten Raum zwischen den Beichtstühlen und dem Hochaltar überquert hatte, bevor er noch zu einem Entschluß gekommen war. Als sie aber schließlich bis auf ein paar Schritte herangekommen war, hob sie die Augen und erkannte ihn.

»Kenyon!« rief sie in freudiger Überraschung. »Ich bin so glücklich!«

Tatsächlich hatte der Bildhauer auch noch niemals eine Erscheinung von so harmonischer Beseligung gesehen, wie Hilda es jetzt war. Während sie in den feierlichen Strahlen, die zu dieser Tageszeit über dem Querschiff lagen und von der Kuppel niederströmten, auf ihn zutrat, schien sie von der gleichen Substanz zu sein wie die Atmosphäre, von der sie umgeben war. Er wußte nicht recht, ob es Sonnenlicht oder der Abglanz von Glück war, was aus ihr hervorleuchtete.

Jedenfalls war die Veränderung erstaunlich, die mit dem bedrückten Mädchen vorgegangen war, das halb von Sinnen vor innerer Qual den Beichtstuhl betreten und ihn verlassen hatte als eine religiös Getröstete, froh und befriedet. Es war, als hätte sich einer der Engel aus den himmlischen Heerscharen, die unter der Wölbung oben schweben mochten, hier unten niedergelassen.

Hilda streckte die Hand aus, und Kenyon war froh, sie ergreifen zu können, wenn auch nur, um sich zu vergewissern, daß sie aus irdischem Stoff gemacht war.

»Ja, Hilda, ich sehe, daß Sie sehr glücklich sind«, sagte er düster und entzog ihr seine Hand wieder. »Ich freilich bin es noch niemals weniger gewesen als in diesem Moment.«

»Ist Ihnen irgend etwas Schlimmes passiert?« fragte Hilda ernsthaft. »Bitte, sagen Sie es mir, Sie werden all mein Mitgefühl haben, auch wenn ich weiter so glücklich bleiben werde. Nun weiß ich ja, wie das ist und daß die Heiligen droben vom Kummer auf Erden wissen, ohne daß ihnen das etwas anhaben kann. Freilich behaupte ich nicht etwa, eine Heilige zu sein, verstehn Sie,« fügte sie mit strahlendem Lächeln hinzu, »aber das Herz wird einem so weit und ist so reich und beschenkt, wenn es sich gesegnet fühlt, so daß es dem einen ein Lächeln und dem anderen Tränen schenken kann, beides mit der gleichen Aufrichtigkeit, und sich bei alledem doch an seinem eigenen Frieden erfreut.«

»Sagen Sie nicht, Sie seien keine Heilige,« antwortete Kenyon mit einem Lächeln, obgleich er fühlte, daß ihm die Tränen in den Augen standen, »Sie werden immer Sankt Hilda bleiben, welche Kirche Sie nun auch kanonisieren mag.«

»Ach, das würden Sie nicht behaupten, wenn Sie mich noch vor einer Stunde gesehen hätten«, murmelte sie. »Ich war so elend, daß es wie eine richtige Sünde war.«

»Und was hat Sie plötzlich so glücklich gemacht?« forschte der Bildhauer. »Aber wollen Sie mir nicht lieber erst sagen, Hilda, warum Sie so elend waren?«

»Hätten wir uns gestern getroffen, dann hätte ich es Ihnen wohl gesagt«, antwortete sie. »Heute ist es nicht mehr nötig.«

»Also dann — Ihr Glücklichsein?« fragte der Bildhauer ebenso betrübt wie zuvor. »Woher kommt es?«

»Eine schwere Last ist mir vom Herzen genommen — vom Gewissen, hätte ich fast gesagt«, antwortete Hilda, ohne den Blick zu bemerken, den er auf sie gerichtet hielt. »Seit heute bin ich ein neuer Mensch, dem Himmel sei Dank! Es war eine gesegnete Stunde, die mich in diese herrliche Kirche geführt hat. Solang ich lebe, werde ich sie in liebender Erinnerung behalten als den Ort, an dem ich unendlichen Frieden nach unendlichem Leid gefunden habe.«

Ihr Herz schien so voll, daß es gleichsam seinen neuen Überfluß an Freude aussprudelte, als wäre es ein überschäumender Pokal voll süßem Wein. Kenyon fühlte, daß es taktlos, wenn nicht sogar rücksichtslos von ihm wäre, sich in ihr Inneres zu stehlen, solange sie so unbeherrscht und ohne jede Selbstkontrolle war, und ihr Geheimnisse zu entreißen, deren Preisgabe sie später womöglich bitter bereuen würde. So versagte er sich weitere Fragen, wenn er auch heftig begehrte zu erfahren, was geschehen war. Aufrichtige und ernsthafte Menschen, die daran gewöhnt sind, freimütig aus echtem Impuls heraus zu sprechen, können nicht so leicht von den Dingen schweigen, die ihnen am Herzen liegen, wie schlauere Menschen es können. Sooft der Bildhauer die Lippen öffnete, wollten ihm jedesmal Worte wie etwa die folgenden entschlüpfen:

›Hilda, haben Sie Ihre engelhafte Reinheit an die Verderbtheit der römischen Kirche weggeworfen?‹

»Was sagen Sie da?« fragte sie, während Kenyon murmelnd diese Frage hinunterschluckte.

»Ich dachte nur an das, was Sie soeben über diese Kirche sagten«, antwortete er, während er in die mächtige Kuppel hinaufschaute. »Es ist wirklich ein herrlicher Bau und ein adäquater Ausdruck des Glaubens, der ihn errichtet hat. Wenn ich sie in guter Stimmung ansehe — das heißt, wenn ich den Absichten der Erbauer gerecht zu werden versuche, habe ich höchstens ein oder zwei Dinge auszusetzen. Eins davon wäre, daß die Kirche bunte Fenster braucht.«

»Ach nein,« sagte Hilda, »das wäre gar nicht vereinbar mit all dem Farbenreichtum im Innern der Kirche. Außerdem sind sie ein gotisches Element und eignen sich nur für einen architektonischen Stil von grandioser Düsternis.«

»Wenn auch,« fuhr der Bildhauer fort, »aber diese eckigen Öffnungen dort, die mit gewöhnlichem Glas gefüllt sind, entsprechen ganz und gar nicht dem überreichen Glanz von alledem, womit sie umgeben sind. Sie erinnern mich an den Teil von Aladins Palast, den er unvollendet ließ, damit sein königlicher Schwiegervater ihn vollenden sollte. Tageslicht in seinem natürlichen Zustand sollte hier nicht eingelassen werden. Es müßte durch eine prächtige Diaphanie von Heiligen und himmlischen Hierarchien hereingeströmt kommen und von alten biblischen Bildern und symbolisierten Dogmen, purpurn, blau, golden und einer riesigen Flamme von Scharlachrot. Dann wäre es genau so eine Illumination, wie der katholische Glaube sie seinen Kindern gestattet. Aber ich — ich möchte, um darin zu leben und darin zu sterben, das reine weiße Licht des Himmels.«

»Warum sehn Sie mich denn so bekümmert an?« fragte Hilda, seinen verstörten Blick ruhig erwidernd. »Was wollen Sie denn damit sagen? Ich liebe ja auch das reine Licht.«

»Das bildete ich mir auch ein«, antwortete Kenyon. »Verzeihn Sie, Hilda, aber ich muß es aussprechen. Sie schienen mir eine so seltene Mischung von Eindrucksfähigkeit, Mitgefühl, Offenheit für viele Einflüsse zu besitzen, zusammen mit gesundem Menschenverstand — nein, eigentlich nicht dies, sondern eine höhere und feinere Eigenschaft, für die ich nur kein besseres Wort finde. Ich nahm an, daß Sie, wie sehr Sie auch unter aufgenommenen

Eindrücken stehen mochten, durch diese Eigenschaft stets wieder ins Gleichgewicht kommen würden. Sie waren ein Geschöpf mit Phantasie und doch ein so echtes Mädchen aus Neu-England. Wenn es einen Menschen auf Erden gab, dessen angeborene Redlichkeit des Denkens und etwas noch Tieferes, Verantwortlicheres als Denken ich gegen sämtliche Künste der Priesterschaft gesetzt hätte, auf dessen Geschmack schon allein, so erlesen und echt, daß er zu moralischer Tugend wurde, ich mich verlassen hätte — so waren das Sie!«

»Ich bin mir keiner Qualitäten bewußt, so hoch und wundervoll, wie Sie sie mir zuschreiben,« sagte Hilda, »aber was habe ich denn getan, was ein Mädchen aus Neu-England und mit dem rechten Sinn, den ihre Mutter sie gelehrt hat, und mit dem Gewissen, das sie in ihr entwickelt hat, nicht tun dürfte?«

»Hilda, ich habe Sie im Beichtstuhl gesehen«, sagte Kenyon.

»Nun ja, mein lieber Freund,« erwiderte Hilda, indem sie die Augen senkte und ein wenig verwirrt aussah, wenn auch keineswegs beschämt, »Sie müssen versuchen, mir das zu verzeihen, falls Sie es für ein Unrecht halten, denn es hat mir den Verstand gerettet und mich sehr glücklich gemacht. Wären Sie gestern gekommen, so hätte ich *Ihnen* gebeichtet.«

»Wollte der Himmel, ich wäre dagewesen!« sagte Kenyon.

»Ich glaube, daß ich nie wieder zur Beichte gehen werde,« fuhr Hilda fort, »denn es wird wohl kaum ein zweites Mal im Leben eine so furchtbare Prüfung für mich kommen. Wäre ich weiser gewesen und stärker und vernünftiger, so wäre ich vielleicht überhaupt nicht zur Beichte gegangen. Es war die Sünde von anderen, die mich hingetrieben hat, nicht meine eigene, obwohl es beinahe so schien. Da ich aber so bin, wie ich nun einmal bin, wäre ich wahnsinnig geworden, wenn ich nicht getan hätte, was Sie mich tun sahen. Wäre das denn besser gewesen?«

»Dann sind Sie also keine Katholikin?« fragte der Bildhauer ernsten Tones.

»Wirklich, ich weiß nicht so recht, was ich eigentlich bin«, erwiderte Hilda, indem sie seinen Augen mit einem offenen Blick begegnete. »Ich habe eine Menge Glauben, und der Katholizis-

348

mus hat eine Menge Gutes. Warum sollte ich keine Katholikin sein, wenn ich dort finde, was ich brauche und es nirgends anders finden kann? Je mehr ich von dieser Religion sehe, um so mehr staune ich über die Fülle, mit der sie sich den Bedürfnissen der menschlichen Unzulänglichkeiten anpaßt. Wenn die Geistlichen mehr wären als bloß menschlich, über alle Fehler erhaben, rein von aller Sünde – was wäre das für eine Religion!«

»Wenn Sie sich des bitteren Sarkasmus in Ihrer letzten Bemerkung bewußt sind,« sagte Kenyon, »so brauche ich Ihren Übertritt zum katholischen Glauben nicht zu befürchten. Ihr Sarkasmus ist sehr berechtigt. Allein der außerordentliche Scharfsinn des Systems zeigt schon, daß es die Erfindung des Menschen oder irgendeines schlimmeren Urhebers und nicht eine Emanation der großen und einfachen Weisheit von droben ist.«

»Das mag sein,« sagte Hilda, »aber ich hatte es nicht sarkastisch gemeint.«

Während dieses Gesprächs gingen die beiden den langen Weg des Mittelschiffs hinunter. Bevor sie die Kirche verließen, wandten sie sich noch einmal um, um die mächtige Ausdehnung zu bewundern, die Entrücktheit der Glorie über dem Hochaltar und die Wirkung von Glanz und Erhabenheit, die die langen Lichtbalken der Sonne hervorbrachten, die einen so weiten Weg hatten, bevor sie sich niederließen.

»Ich danke dem Himmel, daß er mich hierhergeführt hat«, sagte Hilda inbrünstig.

Kenyons Gemüt war zutiefst beunruhigt von seinen Gedanken an ihre katholischen Neigungen, und was er jetzt für ihre unverhältnismäßige und unangebrachte Verehrung für den edlen Bau hielt, erbitterte ihn bis zur Respektwidrigkeit. »Das Beste an Sankt Peter«, bemerkte er, »ist seine gleichmäßige Temperatur. Man genießt hier jetzt die Kühle des vergangenen Winters und in ein paar Monaten die Wärme des gegenwärtigen Sommers. Zwar vermute ich, daß die Kirche in all ihrer Länge und Breite keine Heilung für kranke Seelen enthält, aber für kranke Körper würde sie ein bewundernswert temperiertes Hospital abgeben. Was für ein angenehmer Schutzraum wäre sie für die Invaliden, die sich nach Rom drängen, wo ihnen der Scirocco die Kräfte raubt und die Tramontana ihnen wie ein kalter Speer durch und durch geht! Aber innerhalb dieser Wände hier bleibt das Thermometer immer unverändert. Winter und Sommer verheiraten sich am Hochaltar und hausen hier zusammen in perfekter Harmonie.«

»Ja,« sagte Hilda, »ich habe auch immer diese sanfte, gleichmäßige Temperatur von Sankt Peter für eine von den Manifestationen seiner Heiligkeit gehalten.«

»Das war nicht ganz, was ich meinte«, entgegnete Kenyon. »Aber was für ein schönes Leben wäre es, wenn eine Kolonie von Leuten mit empfindlichen Lungen — oder auch nur mit empfindlicher Phantasie — ihre Zelte in dieser immer milden, ruhigen Luft aufschlagen könnte. Die ausgebauten Grabkammern der Päpste könnten als Behausungen dienen, und jedes erzene Grufttor könnte eine Wohnungstür sein. Dann könnte der Liebende zu seiner Geliebten sagen: ›Willst du mein Grab mit mir teilen?‹, und wenn er ihre sanfte Zustimmung gewinnt, könnte er sie zum Altar führen und dann zur Gruft von Papst Gregor, die ihr eheliches Heim sein könnte. Welch ein Leben würden sie führen, Hilda, in ihrem marmornen Paradies!«

»Es ist nicht gut, und es sieht Ihnen gar nicht ähnlich,« sagte Hilda sanft, »echte Gefühle ins Lächerliche zu ziehen. Ich verehre diese schöne Kirche um ihrer selbst und um ihres Zweckes willen. Und zudem liebe ich sie, weil ich hier in einer großen Not Frieden gefunden habe.«

»Wenn Sie mir verzeihen,« sagte der Bildhauer, »will ich es nicht wiedertun. Mein Herz ist nicht so respektlos wie meine Worte.«

Sie gingen über die Piazza von Sankt Peter und durch die angrenzenden Straßen, und zunächst schwiegen sie. Aber bevor sie zur Engelsbrücke kamen, begannen Hildas Lebensgeister sich aufs neue zu regen wie das Sprudeln eines befreiten Bächleins, das vom Frost oder von einem schweren, im Wege liegenden Stein gehemmt gewesen war. Kenyon hatte sie noch nie so bezaubernd gefunden, so ohne die Kühle ihrer jungfräulichen

Sprödigkeit, so voll frischer Einfälle, über die er öfter lächeln mußte, obwohl er mitunter entdeckte, daß sie nur deshalb phantastisch klangen, weil sie so absolut zutreffend waren.

Aber sie war tatsächlich nicht ganz im normalen Zustand. Aus der Düsterkeit in jähe Freude geraten, war Hilda wie neu geboren. Sie machte auf Kenyon den Eindruck eines Kindes, das aus jedem Gegenstand ein Spielzeug macht, aber in gutem Glauben und in einer gewissen Ernsthaftigkeit. Indem sie zum Beispiel zur Statue von Sankt Michael hinaufschaute, die zuoberst auf Hadrians Grabmalsfestung steht, malte sich Hilda eine Begegnung zwischen dem Erzengel und dem Geist des alten Imperators aus, der natürlich unzufrieden darüber war, sein Mausoleum, das er zur feierlichen Ruhestätte für seine Asche bestimmt hatte, so gänzlich verwandelt und seinem Zweck entfremdet zu sehen.

»Sicher würde Sankt Michael«, bemerkte sie gedankenvoll, »Hadrian schließlich davon überzeugen, daß dort, wo ein kriegerischer Despot als Samen gesät ist, ein Gefängnis und eine Festung die einzig mögliche Ernte sind.«

Sie blieben auf der Brücke stehen, um auf den rasch dahinwallenden Tiber hinunterzuschauen, eine schlammige Flut in rastloser Bewegung. Hilda wollte wissen, ob der siebenarmige goldene Leuchter der Juden, den sie zur Zeit Konstantins am Ponte Molle verloren, vom Fluß schon bis hierher getragen worden sei.

»Vielleicht ist er dort liegengeblieben, wo er hinunterfiel,« sagte der Bildhauer, »und liegt jetzt dreißig Fuß tief im Schlamm des Tiber begraben. Nichts wird ihn je wieder ans Licht bringen.«

»Ich glaube, Sie irren sich«, erwiderte Hilda lächelnd. »Es lag eine Bedeutung in jedem seiner sieben Arme, und solch ein Leuchter kann nicht für immer verloren sein. Wenn er wiedergefunden wird und wenn sieben Kerzen auf ihm entzündet worden sind, dann wird er die ganze Welt mit dem Licht erhellen, das sie braucht. Wäre das nicht eine herrliche Idee für eine mystische Geschichte oder Parabel, oder auch für eine siebenteilige Allegorie, voll Poesie, Kunst und Philosophie und voller Religiosität? Sie müßte heißen ›Die Wiederkehr des Heiligen Leuchters‹. Jeder Arm muß eine Kerze mit einem andersfarbigen Licht haben als die übrigen sechs, und wenn alle sieben angezündet sind, dann soll ihr Strahlen sich vereinen zum starken weißen Licht der Wahrheit.«

»Wirklich, Hilda, das ist eine wunderbare Idee!« rief Kenyon. »Je mehr ich sie mir vorstelle, um so heller leuchtet sie.«

»Das finde ich auch«, sagte Hilda, die ihre eigene Idee mit kindlichem Vergnügen genoß. »Das Thema eignet sich besser für Verse als für Prosa, und wenn ich nach Amerika heimkomme, werde ich sie einem von unseren Dichtern vorschlagen. Oder es könnten auch sieben Dichter diese Dichtung schreiben, von denen jeder einen Arm des Heiligen Leuchters anzündet.«

»Sie denken also daran heimzufahren?« fragte Kenyon.

»Gestern noch«, antwortete sie, »hatte ich Sehnsucht, von hier zu entfliehen. Aber jetzt hat sich alles geändert, und da ich wieder glücklich bin, wäre ich sehr traurig, wenn ich dies Malerland verlassen müßte. Aber ich weiß nicht – es ist irgend etwas Dunkles und Furchterregendes in Rom, dem man nie so ganz entkommen kann. Wenigstens dachte ich noch gestern so.«

Als sie die Via Portoghese erreichten und zu Hildas Turm kamen, warfen sich die Tauben, die oben gewartet hatten, herunter, um ihr um den Kopf zu schweben. Das Mädchen liebkoste sie und erwiderte ihr Gurren mit ähnlichen Tönen und mit zärtlichen Worten. Und ihr frohes Geflatter und ihre kleinen Gleitflüge, offenbar aus reinweg übermütiger Laune, schienen auszudrücken, daß die Tauben ein wirkliches Verständnis für die Gemütsverfassung ihrer Herrin hatten.

Nachdem sie dem Bildhauer Lebewohl gesagt hatte, erklomm Hilda ihren Turm und trat auf die Plattform hinaus, um die Lampe der Madonna nachzufüllen. Die Tauben, die diesen Brauch gut kannten, waren bereits heraufgeflogen, um sie hier wiederzutreffen, und schwirrten ihr um den Kopf, und ihr Anblick war besonders lieblich in den abendlichen Sonnenstrahlen, die für heute nichts mehr mit der Welt zu schaffen hatten, als noch eine goldene Glorie um Hildas Haar zu werfen und dann zu versinken.

Als sie auf die dunkle Straße hinuntersah, die sie soeben verlassen hatte, erblickte Hilda den Bildhauer, der noch dort stand, und winkte ihm zu.

›Wie traurig er aussieht, da unten in der traurigen Straße,‹ dachte sie, ›irgend etwas lastet auf seiner Seele. Wenn ich ihn doch trösten könnte!‹

›Wie verklärt sie aussieht, in der Höhe da oben, mit dem Abendlicht um ihren Kopf, und diese beschwingten Geschöpfe rechnen sie ja auch zu den ihren!‹ dachte Kenyon seinerseits. ›Wie hoch über mir, wie unerreichbar! Ach, könnte ich mich zu ihrer Region erheben! Oder — wenn es nicht eine Sünde wäre, das zu wünschen — wenn ich sie doch herunterholen könnte an ein irdisches Kaminfeuer!‹

Ein unbedeutender Zufall — aber Liebenden kann er viel bedeuten — gab ihm Hoffnung: eine der Tauben, die auf Hildas Schulter gesessen hatte, kam plötzlich heruntergeflogen, als ob sie ihn als den lieben Freund ihrer Herrin anerkennte, und, vielleicht mit einer Grußbotschaft betraut, streifte sie sein emporgewandtes Gesicht mit den Flügeln und schwang sich wieder hinauf.

Der Bildhauer beobachtete, wie der Vogel zurückkehrte, und sah, daß Hilda ihn mit einem Lächeln begrüßte.

Schneeglöckchen und Mädchenfreuden

Da es noch beträchtlich vor der Zeit war, in der Künstler und Touristen sich gewöhnlich in Rom zu versammeln pflegen, waren Hilda und der Bildhauer verhältnismäßig allein in der Stadt. Die dichte Masse des Lebens der Einheimischen, in deren Mitte sie waren, diente nur dazu, sie einander näherzubringen. Es war so, als wären sie zusammen auf einem verlassenen Eiland gestrandet oder durch irgendeinen sonderbaren Zufall aus der gewöhnlichen Welt hinausgeraten und hätten sich in einer entvölkerten Stadt getroffen, in der es viele verlassene Paläste gab und unzählbare Schätze von schönen, bewundernswerten Dingen, deren einzige Erben sie waren.

Unter solchen Umständen hätte Hildas freundliche Zurückhaltung stärker sein müssen, als ihr gütiger Charakter es erlaubte, wenn die Freundschaft zwischen ihr und Kenyon nicht so warm werden sollte, wie die Freundschaft eines Mädchens überhaupt sein kann, ohne zu eigentlicher Liebe zu erblühen. Bei dem Bildhauer war diese Pflanze bereits in voller Blüte. Aber es ist sehr schön — wenn auch das Herz des Liebenden manchmal dabei erschrickt —, zu beobachten, wie in einem jungfräulichen Herzen der Schnee noch zurückbleibt, nachdem der Frühling schon recht weit vorgeschritten ist. Auf solch alpinem Boden wird dem Sommer nicht vorgegriffen; vergebens suchen wir nach Blumen von inbrünstigen Farben und starkem Duft und finden nur Schneeglöckchen und blasse Veilchen, wenn es beinahe schon die Zeit für hochrote Rosen ist.

Bei all der Zärtlichkeit in Hildas Natur war es eigenartig, daß sie dem Gedanken an Liebe so widerstrebend Einlaß gewährte, besonders da sie in dem Bildhauer beides fand: Geistesverwandtschaft und Verschiedenheit des Geschmacks, Ähnlichkeiten und Unterschiede im Charakter — beides Voraussetzung für das Aufflammen einer gegenseitigen Liebe.

Aber Hilda liebte ihn noch nicht derart, soweit Kenyon es zu beurteilen vermochte, wenn sie ihn auch in den ruhigen Kreis ihrer Neigungen aufnahm als lieben Freund und zuverlässigen Ratgeber. Wüßten wir, was für uns das Beste ist, oder könnten wir uns begnügen mit dem, was vernünftigerweise gut wäre, so hätte der Bildhauer für ein Weilchen ganz zufrieden sein können mit dieser stillen Vertrautheit, in der sie ihn so reizend als Gast ihres Herzens behandelte und ihm doch erlaubte, sich dieses Herzens frei zu erfreuen, mit Ausnahme der geheimsten Winkel. Sie zauderte, nach einem reicheren Glück zu greifen, da sie bereits das volle Maß dessen, was ihr Herz zu fassen vermochte, besaß und in einer Art, die ihrem jungfräulichen Geschmack zusagte.

Gewiß, sie waren beide sehr glücklich. Hildas Einfluß wirkte unbewußt auf Kenyons künstlerische Schaffensweise, die einen zarteren Charakter annahm. Unter anderem modellierte er die kleine Statue eines schönen Mädchens, das ein Schneeglöckchen pflückt. Sie wurde jedoch nie in Marmor gemeißelt, weil der Bildhauer bald erkannte, daß sie zu jenen fragilen Dingen gehörte, die nur in dem Augenblick wahr sind, der sie hervorgebracht hat, und denen Unrecht geschieht, wenn man versucht, ihre ätherische Schönheit in ein dauerhaftes Material zu zwingen.

Hilda ihrerseits kehrte zu ihren gewohnten Beschäftigungen zurück, aber nun mit einem tieferen Blick in das Herz der Dinge. Es ist fraglich, ob sie jemals zuvor so gute Kopien gemacht hatte. Sie vermochte sich den Malern nicht mehr so vorbehaltlos auszuliefern wie in vergangenen Zeiten, ihr Charakter war unnachgiebiger geworden. Sie sah dem betreffenden Bild so tief auf den Grund wie nur je und vielleicht sogar tiefer, aber nicht mit der einfühlenden Hingabe, mit der sie früher die gesamte Idee des alten Meisters erfaßt hatte. Sie hatte eine Wirklichkeit durchgemacht, die sie gelehrt hatte, unbestechlich zu erkennen, was bei jedem Kunstwerk unrealisierbar bleibt, und niemals vergaß sie jene traurigen Wanderungen von Galerie zu Galerie und Kirche zu Kirche, bei denen sie vergeblich ein Bildnis der jungfräulichen Mutter, des Erlösers, eines Heiligen oder eines Märtyrers gesucht hatte, das einer Seele in ihrer tiefsten Not helfen konnte.

Wie hätte sie dergleichen auch finden sollen? Wie soll Heiligkeit sich einem Künstler offenbaren in einem Zeitalter, in dem die größten von ihnen Genius und Phantasie an die Stelle geistlicher Einsicht setzten und in dem, beim Papst angefangen bis hinunter, die ganze Christenheit korrupt war?

Mittlerweile vergingen die Monate, und Rom bekam den größten Teil seines Lebensblutes wieder, das in den Adern seiner ausländischen und temporären Bevölkerung fließt. Englische Besucher ließen sich in den Hotels nieder und in sämtlichen sonnigen Mietwohnungen, die in den Straßen nahe der Piazza di

Spagna liegen; den ganzen Corso entlang wurde die englische Sprache zu etwas Gewohntem, und englische Kinder spielten in den Gärten des Pincio.

Die eingeborenen Römer hingegen bereiteten sich wie Schmetterlinge und Heuschrecken auf das kurze, böse Elend vor, das der Winter einer Bevölkerung bringt, deren Dasein fast ausschließlich im Hinblick auf den Sommer eingerichtet ist. Da sie außer ein paar winzigen Fünkchen in der Küche keine Feuerstelle in ihren Behausungen besaßen, krochen sie aus ihren freudlosen Häusern in die engen, sonnenlosen, gruftartigen Straßen hinaus, wohin sie ihre Kamine in Gestalt von kleinen irdenen Behältern mitnahmen, Schalen oder Töpfen, die mit brennender Holzkohle oder heißer Asche gefüllt waren und über die sie ihre von Kälte prickelnden Fingerspitzen hielten. Sogar in dieser halb betäubten Jämmerlichkeit noch schienen sie im Sonnenschein eine Pestilenz zu befürchten und blieben auf der schattigen Seite der Piazza, so ängstlich wie im Hochsommer. Durch die offenen Haustüren – denn es ist ja nicht nötig, sie zu schließen, wenn es drinnen noch eisiger ist als draußen – zeigte ein Blick in ihre Wohnstätten die nackten Ziegelböden, trostlos wie in einer Gruft.

Sie hüllten sich in ihre alten Umhänge, warfen sich aber trotz alledem die Zipfel mit einer Würde in Haltung und Bewegung über die Schulter, wie sie auf diese modernen Stadtbewohner als einzige Erbschaft der Nation, die sich mit der Toga bekleidete, gekommen ist. Auf die eine oder andere Art brachten sie es zustande, ihre armen, von der Kälte bedrohten Herzen aufrechtzuerhalten gegenüber der erbarmungslosen Luft mit einer ruhigen, sich nie beklagenden Ausdauer, die tatsächlich die am meisten zu respektierende Eigenschaft im heutigen Charakter des Römers zu sein scheint. Denn weder in Neu-England noch in Rußland und wohl nicht einmal in einer Eskimohütte muß man solches Ungemach ertragen wie die Römer im Winter, wenn die Orangenbäume Eisfrüchte tragen, die Brunnenränder mit Eiszapfen behängt sind und die Fontana Trevi beinahe gänzlich von einer gläsernen Oberfläche bedeckt ist, wenn es auf der

Piazza von Sankt Peter eine Eisbahn gibt und am Ostufer des Tiber entlang einen Saum von braunem, gefrorenem Schaum und mitunter dicke Schneeflocken, die auf die trostlosen Wege und Straßen der elend daliegenden Stadt fallen. Kalte Windstöße, die den Tod mit sich führen, bliesen jetzt über die zitternden Heilungsuchenden, die in der Hoffnung gekommen waren, linde Lüfte zu atmen.

Wo immer wir unsere Sommer verbringen — wenn wir nur alle rauhen Monate, von November bis April, in einem Land verbringen, das den Winter als eine Jahreszeit betrachtet, mit der man rechnen muß!

Und die stattlichen Bildergalerien waren jetzt ganz besonders ungemütlich, da wirklich niemand — weder ihre fürstlichen noch ihre kirchlichen Gründer noch die, die all die freudlose Pracht geerbt haben — seit Erbauung dieser riesigen Paläste je auch nur von einer solchen Möglichkeit geträumt hat, wie es die Wärme eines Kaminfeuers wäre. Daher war Hilda überredet worden, ihre Staffelei vor dem betreffenden Bild stehenzulassen, sobald ihre Finger so erstarrt waren, daß sie geistigem Einfluß unzugänglich blieben, und an einem dieser Wintertage Kenyons Atelier einen Besuch abzustatten. Aber auch dieses Atelier war nicht besser als eine trostlose Scheune, in der die marmornen Gestalten an den Wänden froren, so eisig wie die Schneemänner, die der Bildhauer in seiner Knabenzeit zu modellieren pflegte, um dann betrübt zu sehen, wie sie sich beim ersten Tauwetter in ihre eigenen Tränen auflösten.

Kenyons künstlerische Arbeit in Rom hatte die ganze Zeit über der Kleopatra gegolten. Die feurige ägyptische Königin hatte sich jetzt beinahe ganz aus dem Stein befreit, der sie gefangenhielt, oder vielmehr hatten die Gehilfen sie in der Marmormasse aufgefunden, in der sie gefangen war und der Berührung mit feurigem Leben entgegenglühte, diese versteinerte Frau eines Zeitalters, das majestätischere, kraftvollere und leidenschaftlichere Geschöpfe hervorbrachte als das unsere. Man spürte bereits das unterdrückte Feuer und wurde des tigerhaften Charakters selbst in ihrer ruhenden Stellung gewahr. Wenn Oktavius jetzt in Erscheinung getreten wäre, so war es klar ersichtlich, daß sie, obgleich der Marmor sie noch festhielt, sich stracks losreißen würde, um ihm zornerfüllt an die Kehle zu springen oder einen neuen Beweis ihrer reichhaltigen Künste zu liefern, indem sie ihm in die Arme sinken oder ihm zu Füßen fallen würde, um die Wirkung weiblicher Tränen auszuprobieren.

»Es widerstrebt mir, Ihnen zu gestehen, wie sehr ich diese Statue bewundere«, sagte Hilda. »Kein anderer Bildhauer hätte sie machen können.«

»Das zu hören, ist sehr schön für mich,« erwiderte Kenyon, »und da Ihre Zurückhaltung Ihnen also verbietet, mehr darüber zu sagen, so darf ich mir vorstellen, daß Sie damit alles ausgedrückt haben, was ein Künstler sich wünschen kann, über seine Arbeit zu hören.«

»Sie werden dabei meine wirkliche Meinung schwerlich übertreffen können«, sagte Hilda lächelnd.

»Ihre Worte machen mich sehr glücklich,« sagte der Bildhauer, »und gerade jetzt brauche ich das für meine Kleopatra so nötig. Denn der unvermeidliche Moment ist gekommen — wenigstens habe ich ihn bei meinen sämtlichen Arbeiten immer unvermeidlich gefunden —, in dem ich mir das betrachte, was ich mir unter einer Statue vorgestellt hatte, der nur der Atem fehlte, um lebendig zu sein, und nun nichts sehe als einen gefühllosen Stein, dem ich überhaupt nichts von meiner geistigen Vorstellung habe geben können. Ich hätte wirklich Lust, der armen Kleopatra mit diesem Hammer einen Schlag auf ihre ägyptische Nase zu versetzen — nur wäre das eine schandbare Behandlung einer entthronten Königin und auch meines eigenen Produktes.«

»Es wäre ein Schlag, zu dem alle Statuen früher oder später verurteilt zu sein scheinen, wenn auch selten durch die Hand, die sie gemeißelt hat«, sagte Hilda lachend. »Aber Sie dürfen sich nicht entmutigen lassen und nicht den Glauben verlieren an das, was Sie schaffen. Ich fürchte, daß diese Hoffnungslosigkeit und das Gefühl des Versagens immer der Lohn und die Strafe für diejenigen sind, die mit einer großen und schönen Idee ringen. Es beweist ja nur, daß Sie fähig waren, sich Dinge vorzustellen, die zu hoch sind, um ausgeführt werden zu können. Die Idee hinterläßt Ihnen ein unvollkommenes Abbild, das Sie zunächst irrtümlich für vergeistigte Realität halten, um bald herauszufinden, daß diese sich Ihrer innigsten Umarmung entzogen hat.«

»Und der einzige Trost dabei ist,« bemerkte Kenyon, »daß das unklare und unvollkommene Bildnis immer noch eine recht respektable Erscheinung in den Augen derer ist, die das Original nie gesehen haben.«

»Mehr als das,« erwiderte Hilda, »denn es gibt eine Klasse von Betrachtern, deren Einfühlung ihnen dazu verhilft, das Vollkommene durch den Nebel des Unvollkommenen hindurch zu erkennen. Ich finde, daß niemand Dichtungen lesen oder Bilder und Statuen anschauen sollte, der nicht imstande ist, mehr darin zu entdecken, als der Künstler tatsächlich ausgedrückt hat.«

»Sie selber, Hilda, Sie sind der einzige Kritiker, zu dem ich großes Vertrauen habe«, sagte Kenyon. »Hätten Sie die Kleopatra verurteilt, so hätte nichts sie retten können.«

»Sie schieben mir eine so furchtbare Verantwortung zu,« entgegnete sie, »daß ich nicht wagen werde, ein einziges Wort über Ihre anderen Arbeiten zu sagen.«

»Verraten Sie mir wenigstens, ob Sie diese Büste erkennen?« fragte der Bildhauer. Er deutete auf die Büste Donatellos. Es war nicht die, welche Kenyon auf Monte Beni begonnen hatte, sondern nur eine Erinnerung an das Gesicht des Grafen, entstanden unter dem Einfluß aller Kenntnisse von seiner Vergangenheit und seinen persönlichen und ererbten Charaktereigenschaften. Die Büste stand auf einem hölzernen Sockel, bei weitem noch nicht fertig, aber von feinem weißem Staub und kleinen Marmorsplittern umgeben und selbst noch ganz umhüllt von der gestaltlosen Substanz des Steins. In der Mitte nur zeigten sich die Gesichtszüge, die noch der Schärfe entbehrten und an ein versteinertes Gesicht denken ließen – aber diesen Vergleich haben wir bereits im Hinblick auf die Kleopatra benutzt –, mit der Anhäufung lang vergangener Zeiten, die ihm anhingen.

Und doch, so seltsam es auch klingt, hatte das Gesicht einen Ausdruck, und zwar einen leichter zu erkennenden, als Kenyon ihm dem Tonmodell auf Monte Beni zu geben vermochte. Vermutlich ist dem Leser Thorwaldsens dreifache Analogie bekannt – das Tonmodell: das Lebendige; der Gipsabguß: das Tote; der fertige Marmor: die Auferstehung. Und das Fehlende schien ausgeglichen durch den Geist, der diese unvollendeten Gesichtszüge wie eine Flamme durchglühte.

»Auf den ersten Blick war ich nicht ganz sicher, das Gesicht zu kennen«, sagte Hilda. »Die Ähnlichkeit springt gewiß nicht in die Augen. Äußerlich erinnert es ziemlich stark an den Faun des Praxiteles, von dem wir ja einmal behauptet haben, daß er ein Zwillingsbruder Donatellos sein müßte. Aber jetzt ist der Ausdruck ein so ganz anderer!«

»Inwiefern?« fragte der Bildhauer.

»Ich weiß nicht recht, wie ich es definieren soll,« antwortete sie, »aber es ist, als ob ich beim Hinschauen beobachten könnte, wie sich seine Miene allmählich erhellt. Ich habe den Eindruck von einer zunehmenden intellektuellen Kraft und moralischem Gefühl. Donatellos Gesicht pflegte doch nicht mehr zu zeigen als eine liebenswürdige Lebhaftigkeit und die Fähigkeit zur Freude. Hier aber scheint ihm eine Seele eingehaucht zu sein. Es ist der Faun, der aber einem Zustand höherer Entwicklung zustrebt.«

»Das alles sehen Sie, Hilda?« rief der Bildhauer in größter Überraschung. »Ich habe wohl so etwas im Sinn gehabt, hätte aber ganz und gar nicht erwartet, daß es mir gelingen könnte, es auf den Marmor zu übertragen.«

»Verzeihn Sie mir,« sagte Hilda, »aber ich stelle in Frage, ob diese starke Wirkung dem Talent und der Absicht des Bildhauers zu verdanken ist. Vielleicht ist es weniger das Resultat der Arbeit, die gerade eben weit genug in Marmor herausgemeißelt ist, als der Vorgang moralischen Wachstums, der beim Original vorgeschritten ist? Ein paar weitere Hammerschläge könnten den ganzen Ausdruck wieder ändern und auf diese Art zerstören, was jetzt seinen Wert darstellt.«

»Ich glaube, Sie haben recht,« antwortete Kenyon und betrachtete gedankenvoll sein Werk, »und, seltsam genug, es war genau dieser Ausdruck, den ich vergeblich versucht habe, an der Tonbüste herauszuarbeiten. Schön — kein Stückchen soll mehr von dem Marmor herausgehauen werden.«

Und so kam es, daß Donatellos Büste, wie der rauhe Stein des Brutuskopfes von Michelangelo in Florenz, für immer unvollendet geblieben ist. Die meisten halten sie irrtümlicherweise für einen erfolglosen Versuch, den Faun des Praxiteles zu kopieren. Unter tausend Betrachtern bemerkt wohl einer etwas, was mehr ist, und verweilt lange vor diesem geheimnisvollen Gesicht, von dem er sich nur zögernd trennt und auf das er so manchen Blick beim Abschied zurückwirft. Was ihn so verwirrt, ist das Rätsel, das er hier hineingeheimnist fühlt, das Rätsel vom Wachsen der Seele, die ihren ersten Impuls aus Reue und Leid schöpft und sich aus der Gefangenschaft der Sinne befreit. Dieses unvollendete Porträt von Donatello war es auch, das uns zuerst für seine Geschichte interessierte und das uns dazu veranlaßte, Kenyon das zu entlocken, was er über die Abenteuer seines Freundes wußte.

Erinnerungen an Miriam

Als Kenyon und Hilda sich von der Büste wieder abwandten, weilten die Gedanken des Bildhauers noch bei den Erinnerungen, die sie hervorrief.

»Sie haben Donatello kürzlich nicht mehr gesehen«, sagte er, »und können sich daher nicht vorstellen, wie traurig verändert er ist.«

»Kein Wunder!« rief Hilda erblassend.

Die schaurige Szene, die sie mitangesehen und bei der Donatellos Gesicht einen so flammenden Zorn ausgestrahlt hatte, kam ihr fast zum ersten Mal wieder in den Sinn, seitdem sie im Beichtstuhl gekniet hatte. Wie das mitunter bei Menschen vorkommt, deren zartes Wesen besonderen Schutz erfordert, hatte

Hilda eine elastische Fähigkeit, Erinnerungen zu verdrängen, die zu schmerzlich waren, um ertragen zu werden. Der erste Schock von Miriams und Donatellos Verbrechen hatte ja tatsächlich die zerbrechliche Verteidigung dieser spontanen Vergeßlichkeit durchstoßen, aber nachdem sie einmal in den Stand gesetzt war, sich von der schweren Qual zu befreien, über der sie so lange gebrütet hatte, hatte sie eine subtile Vorsicht ausgeübt, um ihre Wiederkehr zu verhindern. »Kein Wunder, sagen Sie?« wiederholte der Bildhauer und sah sie aufmerksam an, doch nicht gerade mit Erstaunen, denn er hatte seit langem vermutet, daß Hilda eine schmerzliche Kenntnis von Vorgängen besaß, die er selbst nur sehr vage vermuten konnte. »Dann wissen Sie also. Sie haben davon gehört. Aber was können Sie denn gehört haben, und auf welchem Wege überhaupt?«

»Nichts«, entgegnete Hilda mit schwacher Stimme. »Kein Wort hat je mein Ohr von den Lippen irgendeines menschlichen Wesens erreicht. Lassen Sie uns nie wieder davon sprechen. Nie, nie wieder!«

»Und Miriam?« fragte Kenyon. Er konnte sein Interesse nicht unterdrücken. »Ist es auch verboten, von ihr zu sprechen?«

»Scht! Sprechen Sie nicht einmal auch nur ihren Namen aus! Versuchen Sie nicht, ihn auch nur zu denken!« flüsterte Hilda. »Es könnte schreckliche Folgen haben.«

»Aber, liebste Hilda!« rief Kenyon und betrachtete sie mit Erstaunen und tiefem Mitgefühl. »Meine liebe, liebe Freundin, haben Sie dieses Geheimnis in Ihrem zarten Mädchenherzen all diese vielen Monate hindurch verborgen? Kein Wunder, daß Ihnen das Lebensblut ausrann!«

»So war es wirklich«, sagte Hilda schaudernd. »Selbst jetzt noch macht mich die Erinnerung ganz krank.«

»Aber wie kann es Ihnen denn zur Kenntnis gekommen sein?« fuhr der Bildhauer fort. »Aber ganz gleich – quälen Sie sich jetzt nicht weiter damit. Nur, falls es irgendwann einmal eine Erleichterung für Sie sein sollte, dann denken Sie daran, daß wir offen miteinander sprechen können, weil Miriam selbst das vorgeschlagen hat.«

»Miriam hat das vorgeschlagen?« rief Hilda. »Ja, jetzt entsinne ich mich, daß sie sagte, das Geheimnis sollte Ihnen mitgeteilt werden. Aber ich habe den tödlichen Kampf überstanden, den es mich gekostet hat, und brauche keine weiteren Bekenntnisse mehr abzulegen. Und Miriam hat zu Ihnen gesprochen! Was für eine Frau muß sie sein, daß sie, nachdem sie an einer solchen Tat teilgenommen hat, sie zum Gesprächsthema mit ihren Freunden macht!«

»O Hilda,« entgegnete Kenyon, »Sie wissen ja nicht, weil Sie es aus Ihrem eigenen Herzen nie erfahren werden, das ganz aus Reinheit und Redlichkeit besteht, daß bösen Dingen auch Gutes beigemischt sein kann und daß der schlimmste Verbrecher, wenn man sein Verhalten von seinem eigenen Standpunkt oder auch von allen Seiten her betrachtet, vielleicht nicht so unbedingt schuldig zu erscheinen braucht. So ist es mit Miriam, und so ist es auch mit Donatello. Vielleicht sind sie Gefährten in etwas, was wir eine furchtbare Schuld nennen müssen. Und doch — ich muß Ihnen das gestehen —, wenn ich an den ursprünglichen Anlaß denke, die Motive, die Gefühle, das plötzliche Zusammentreffen von Umständen, die sie vorwärtstrieben, die Dringlichkeit des Augenblicks und die edle Selbstlosigkeit auf beiden Seiten — so weiß ich nicht recht, wie ich es von vielem, was die Welt Heroismus nennt, unterscheiden soll. Könnten wir nicht eine Formel finden, wie etwa dies: ›Würdig des Todes, aber nicht unwürdig der Liebe?‹«

»Niemals«, antwortete Hilda, die den Fall durch das kristallklare Medium ihrer eigenen Integrität betrachtete. »Diese Sache ist mir im Hinblick auf ihre Gründe durchaus ein Rätsel und soll das auch bleiben. Aber ich glaube, daß es nur eine einzige Art Recht und nur eine einzige Art Unrecht gibt. Und ich kann nicht begreifen, und Gott möge mich auch davor bewahren, daß ich es je begreife, wie zwei Dinge, die so absolut verschieden voneinander sind, verwechselt werden können, noch kann ich begreifen, wie zwei Todfeinde, wie es Recht und Unrecht doch sind, dieselbe Tat bewirken können. Das ist meine feste Überzeugung, und ich wäre vom rechten Weg abgeirrt, wenn man mich je dazu überreden könnte, diese Überzeugung aufzugeben.«

»Dann also wehe der armen Menschennatur!« sagte Kenyon bekümmert und doch auch ein wenig lächelnd über Hildas weltfremde und unanwendbare Theorie. »Ich habe immer gefunden, daß Sie ein schrecklich strenger Richter sind, und war oft verblüfft, daß so viel zartes Mitgefühl sich mit der Unbarmherzigkeit einer Stahlklinge vereinen läßt. Sie bedürfen keiner Gnade und sind daher außerstande, sie zu üben.«

»Das klingt wie bitterer Hohn,« sagte Hilda, und Tränen schossen ihr in die Augen, »aber ich kann nichts tun, es ändert meine Vorstellung von der Wahrheit nicht. Wenn es eine so grausige Mischung von Gut und Böse gäbe, wie Sie behaupten, und die mir beinahe noch schlimmer scheint als das pure Böse, dann wäre das Gute zu Gift verwandelt, nicht das Böse zum Heilsamen.«

Der Bildhauer schien noch mehr sagen zu wollen, gab aber der sanften Standhaftigkeit nach, mit der Hilda sich weigerte zuzuhören. Sie wurde sehr traurig, weil die Erwähnung des schrecklichen Themas sozusagen eine Tür aufgestoßen hatte und einem Gewimmel marternder Erinnerungen ermöglichte, aus ihrer Gruft in die reine Sphäre und den Glanz von Hildas Seele aufzusteigen. Sie bot Kenyon ein kürzeres Lebewohl als sonst und ging heim auf ihren Turm.

Ihre Gedanken verweilten trotz aller Anstrengungen, sie auf andere Gegenstände zu richten, bei Miriam und brachten zum ersten Mal schmerzhafte Zweifel, ob Hilda nicht gegen die einst so geliebte Freundin ein Unrecht begangen hätte. Etwas, was Miriam bei ihrem letzten Gespräch gesagt hatte, fiel ihr ein und schien jetzt mehr Beachtung zu verdienen, als Hilda ihm in ihrem damaligen Grauen gewährt hatte. Zwar sah die Tat im Rückblick nicht weniger verrucht aus, aber Hilda fragte sich, ob es nicht vielleicht Dinge gebe, die man beachten müsse, wie zum Beispiel die Frage, ob eine Freundschaft, die man freiwillig geschlossen hat, gelöst werden darf, wenn man entdeckt, daß der Freund sie nicht verdient hat. Denn bei solchen Herzensbündnissen — sei es Heirat oder etwas anderes — wählt man einander auf Gedeih und Verderb. Indem man die Zuneigung des Freundes annimmt, verpfändet man die eigene als etwas, worauf er sich in jeder Not verlassen kann. Und welche schlimmere Not konnte es denn geben als die, die über Miriam gekommen war? Wer konnte dringender des Beistandes eines Unschuldigen bedürfen? Und durfte die egoistische Sorge um die eigene Makellosigkeit einen davon abhalten, die Schuldige fest ans Herz zu drücken, das doch, gerade weil man schuldlos ist, ihr die sicherste Zuflucht vor weiterem Übel bieten konnte?

Es war schlimm für Hilda, daß ihr Gewissen vor dieser moralischen Frage stand und daß es ihr so oder so zuschreien mußte, sie tue Unrecht. Und beharrlich kam der Gedanke zurück, daß das Band zwischen Miriam und ihr ein wirkliches gewesen war und daß deshalb der Pakt nicht einfach abgeschüttelt werden konnte.

›Miriam hat mich ernstlich geliebt,‹ dachte sie reuevoll, ›und ich habe sie in ihrer bittersten Not im Stich gelassen.‹

Miriam hatte sie ernstlich geliebt, und nicht weniger innig war das Gefühl gewesen, das Miriams warme, zärtliche und noble Eigenschaften in Hilda, die zurückhaltender und ruhiger war, hervorgerufen hatten. Und es war niemals erloschen, denn die Bedrängnis, die Hilda seither erlitten hatte, kam zum Teil von dem Ringen ihrer Gefühle, die nach der Freundin verlangten. Und nun, bei der ersten Ermutigung, wachten sie wieder auf und beklagten sich erbarmungslos über die Gewalt, die Hilda ihnen angetan hatte.

Während sie wieder auf die Missetaten zurückkam, von denen sie sich einbildete — wir sagen ›einbildete‹, weil wir Hildas gegenwärtigen Standpunkt nicht ganz ohne Zögern teilen und eher meinen, daß sie durch ihre Empfindungen irregeleitet wurde —, von denen sie sich also einbildete, sie gegen die Freundin begangen zu haben, fiel ihr plötzlich das versiegelte Paket ein, das Miriam ihr anvertraut hatte. Es war ihr übergeben worden mit der ausdrücklichen Verpflichtung zu Verschwiegenheit und Sorgfalt und dem Geheiß, es an seinem Bestimmungsort abzuliefern, falls es innerhalb einer bestimmten Frist nicht abgeholt worden sei. Hilda hatte es vergessen, oder sie hatte vielmehr den Gedanken an diesen Auftrag aus dem Bewußtsein verdrängt, zugleich mit allen anderen Gedanken, die mit Miriam zu tun hatten.

Jetzt aber veranlaßte der Gedanke an dieses Paket und an den Nachdruck, mit dem Miriam von der pünktlichen Ablieferung gesprochen hatte, Hilda dazu, die Treppe zu ihrem Turm hinaufzuhasten, aus Furcht, der Zeitpunkt könnte schon überschritten sein.

Nein, er war noch nicht vorüber, aber beinahe. Hilda las die kurze Instruktion auf der Umhüllung und entdeckte, daß das Paket heute an seinem Bestimmungsort hätte abgegeben werden sollen.

›Beinahe‹, dachte Hilda, ›hätte ich mein Versprechen nicht eingehalten, und da wir doch für immer voneinander getrennt sind, ist es wie das Vermächtnis eines toten Freundes. Ich darf keine Zeit verlieren!‹

So ging Hilda am Spätnachmittag fort und nahm ihren Weg zu dem Stadtteil, in welchem der Palazzo Cenci liegt. Ihr Selbstvertrauen war so stark, so einfach und natürlich und durch lange Gewohnheit so befestigt, daß Hilda der Gedanke an Gefahren nie oder doch nur selten in ihrem selbständigen Dasein kam. In dieser Hinsicht unterschied sie sich von der Mehrzahl ihrer Geschlechtsgenossinnen, wenn auch die Bräuche ihrer Heimat viele Frauen dazu bringen, der Welt mit höflicher Furchtlosigkeit entgegenzutreten und die Entdeckung zu machen, daß die Tradition deren Schrecken übertrieben hat. In neunundneunzig von hundert Fällen ist die weibliche Furchtsamkeit ganz unberechtigt. Selbst wie die Dinge heutzutage stehen, sind Frauen in gefährlichen Situationen sicherer als Männer und wären es vielleicht noch mehr, wenn sie der Ritterlichkeit der Männer mehr vertrauten. Während all ihrer Streifzüge durch Rom war Hilda so unbelästigt geblieben, wie sie es in ihrem Heimatort in Neu-England gewohnt war, wo jedes Gesicht ihr bekannt vorkam.

Was auch in dieser dichtbevölkerten und verderbten Stadt hier übel, anrüchig und gefährlich sein mochte — sie ging in ihr umher, als wäre sie selber nicht nur unsichtbar, sondern auch blind. Sie wußte durchaus nichts von Verruchtem, das den gleichen Weg nahm, sie aber so wenig hinderte, wie die grobe Materie die Bewegungen des Geistes hindert. So kommt es, daß, so schlecht die Welt auch angeblich geworden ist, die Unschuld trotzdem fortfährt, um sich her ein Paradies zu schaffen, und es vor dem Fall bewahrt.

Hildas Unternehmung führte sie in den Teil von Rom, der zumindest physisch der anrüchigste und gefährlichste war. In dieser Gegend liegt das Ghetto, wo Tausende von Juden eng zusammengepfercht sind und ein bedrängtes, unsauberes Dasein führen.

Hilda ging am Rande dieses Stadtteils entlang, ohne ihn betreten zu müssen, doch seine Nachbarschaft hatte selbstverständlich etwas von seinen Eigenschaften angenommen. Da war ein Gewirr von schwarzen, abscheulichen Häusern, massiv aus den Ruinen vergangener Zeit zusammengewürfelt, roh und ohne jede Planung, wie ein Bettler seine Hütte bauen würde, und dabei sah man doch hier und da einen überwölbten Torweg, ein Gesims, eine Säule oder eine zerfallene Arkade, die vielleicht einen Palast geschmückt hatte, und tatsächlich mochten viele dieser Häuser einst Paläste gewesen sein und besaßen immer noch eine schäbige Noblesse. Überall gab es Schmutz, der die engen Straßen bedeckte und die Häuser von oben bis unten wie eine Kruste einhüllte. Er lag auf den Hausschwellen und und sah aus den Fenstern heraus und schien in Gestalt der Kinder menschliches Leben angenommen zu haben, die wirkten, als ob sie aus ihm gemacht wären. Ihr Vater war die Sonne und ihre Mutter ein Haufen römischer Dreck.

Es ist eine Frage spekulativer Natur, ob die alten Römer ein so unsauberes Volk waren, wie es alle sind, die ihnen nachfolgten. Allen Orten, die von diesen Weltbeherrschern bewohnt waren oder durch sie berühmt geworden sind, haftet irgendein unheilbringender Zauber an, ein vererbter und unausweichlicher

Fluch, der ihre Nachfolger zwingt, Dreck und Schändung über alle Tempel, Säulen, verfallenen Paläste oder Triumphbögen zu bringen und über jegliches Monument, das die alten Römer erbaut haben. Höchstwahrscheinlich ist es ein klassischer Charakterzug, unveränderlich weitervererbt und vielleicht ein wenig gemildert durch die höhere Zivilisation der Christenheit, so daß Cäsar womöglich auf seinem Weg zum Kapitol noch engere und verschmutztere Straßen entlangging, als es selbst die des heutigen Rom sind.

Für Beatrice Cencis Vaterhaus, den düsteren alten Palazzo, hatte Hilda zwar Interesse gehabt, bisher war es aber nie so stark gewesen, um die entmutigende Wirkung seines Äußeren zu besiegen und sie über die Schwelle zu ziehen. Die davorliegende Piazza von schäbigem Aussehen war leer bis auf eine alte Frau, die geröstete Kastanien und Kürbiskerne verkaufte. Sie sah Hilda aufmerksam an und fragte sie, ob sie sich verirrt habe.

»Nein,« sagte Hilda, »ich suche den Palazzo Cenci.«

»Da drüben ist er, kleine Signorina«, erwiderte die römische Matrone. »Wenn Sie das Paket, das ich in Ihrer Hand sehe, abgeliefert haben möchten, so kann mein Enkel Pietro für einen Baiocco damit hinüberlaufen. Der Palazzo Cenci ist für ein junges Mädchen ein böses Omen.«

Hilda dankte der alten Frau, versicherte ihr aber, daß sie ihren Auftrag unbedingt selber erledigen müsse. Sie ging auf die Front des Palazzos zu, der in all seiner Mächtigkeit armselig aussah und eine Behausung zu sein schien, die aufzusuchen der liebliche Schatten Beatrices sicher keine Lust hatte, es sei denn, daß seine Bestimmung ihn dazu zwang. Ein paar Soldaten standen beim Eingang und starrten auf das hellhaarige, rotwangige, angelsächsische Mädchen mit beifälligen, aber keineswegs unanständigen Blicken. Hilda begann das Treppenhaus hinaufzusteigen, von dem sie drei Stockwerke zu bewältigen hatte, bevor sie die betreffende Tür erreichte.

Zwischen Hilda und dem Bildhauer hatte eine nur halb aus-
gesprochene Verabredung bestanden, daß sie beide an dem Tag,
der Hildas Besuch in seinem Atelier folgte, das Vatikanische
Museum besuchen wollten. So versäumte Kenyon denn auch
nicht, pünktlich dort zu sein, und wanderte durch die endlosen
Räume, konnte die Freundin aber nirgends entdecken. Die zahllosen Marmorgesichter, die an den Wänden aufgereiht sind und
sich durch all die wechselnden Schicksale zweier Jahrtausende
so ruhig gehalten haben, zeigten keinerlei Mitgefühl für seine
Enttäuschung, und er seinerseits schlenderte an diesen Wundern
antiker Kunst gleichgültig vorüber.

Kenyon hatte so sehr damit gerechnet, daß Hildas feinfühliges
Wahrnehmungsvermögen ihm zur richtigen Betrachtung einiger Statuen hier verhelfen könnte, daß sein Besuch durch ihre
Abwesenheit allen Sinn verloren hatte. Es ist eine schöne Art
gegenseitiger Hilfe, wenn die vereinten Kräfte zweier sympa-
thisierender, dennoch einander unähnlicher Intelligenzen sich
auf eine Dichtung richten, um sie laut zu lesen, oder auf ein Bild
oder eine Plastik, um sie gemeinsam zu betrachten. Selbst wenn
kein Wort der Kritik ausgesprochen wird, ist die Einsicht beider
wunderbar vertieft und ihr Begriffsvermögen erweitert, so daß
das innerste Geheimnis eines genialen Werkes, dem einzelnen
verborgen, sich beiden oft enthüllt. Da er solche Hilfe vermißte,
entdeckte Kenyon im Vatikan nichts, was er nicht schon tausendmal, und zwar gründlicher als heute, angesehen hatte.

In der entmutigenden Stimmung seines Enttäuschtseins hatte er
ein Gefühl, als ob es eine sehr kalte Kunst sei, der er sich
verschrieben habe, und in diesem Moment zweifelte er sogar,
ob die Bildhauerei wirklich jemals das von ihr bearbeitete Material bezähme und durchwärme und ob gemeißelter Marmor je
etwas anderes sein könne als bloßer Kalkstein und ob der
Apollo vom Belvedere irgend etwas besitze, was mehr ist als
seine körperliche Schönheit, ja, ob er selbst in dieser Hinsicht
wirklich über alle Kritik erhaben sei. In seiner Erinnerung hatte

es ihm bisher so geschienen, als hätte er diese Statue für etwas
Ewiges und Göttliches angesehen, jetzt aber schien ihm das
nicht mehr so.

Nichts machte ihm Freude, mit Ausnahme der herrlichen
Gruppe des Laokoon, die in ihrer unsterblichen Agonie als das
Symbol des langen, leidenschaftlichen Kampfes erschien, den
der Mensch in der engen Umklammerung von Irrtum und
Sünde kämpft, dieser beiden Schlangen, die, wenn nicht die
Gottheit eingreift, unfehlbar ihn und seine Kinder am Ende
erwürgen. Was Kenyon am meisten bewunderte, war die sonderbare Ruhe, die über diesem erbitterten Ringen lag, so daß es
an das Meer erinnerte, dessen Aufruhr durch seine ungeheure
Weite beruhigt wird, oder an den Tumult der Niagarafälle, der
eigentlich kein Tumult mehr ist, weil er in Ewigkeit herrscht. So
wuchs bei der Laokoongruppe das Grauen eines Augenblicks an
zum Schicksal endloser Zeitalter. Kenyon erachtete die Gruppe
als den höchsten Triumph der Bildhauerei, indem sie die Ruhe-
stellung, die ja grundlegend für diese Kunst ist, auf dem äußersten Höhepunkt des Aufruhrs gestaltete. In Wirklichkeit aber
war es seine ungewöhnliche Verzagtheit, die ihn der schrecklichen Erhabenheit wie auch der bedrückenden Aussage dieses
Werkes so zugänglich machte. Hilda hätte ihm nicht dazu verhelfen können, es auch nur annähernd mit so einfühlendem
Verständnis zu betrachten.

Sehr viel deprimierter, als der Grund seiner Enttäuschung es
erklärlich machte, ging Kenyon in sein Atelier zurück und nahm
einen großen Klumpen Ton zur Hand. Bald fand er jedoch, daß
seine bildhauerische Geschicklichkeit ihn für den Augenblick
verlassen hatte. So betrat er wiederum die unruhigen Straßen
von Rom und ging den Corso hinauf und hinunter, wo um
diese Tageszeit das Gedränge der Vorübergehenden und Her-
umlungernden den schmalen Bürgersteig verstopfte. Auf diese
Weise kam Kenyon mit einem Büßenden in Berührung.

Es war eine Gestalt in weißem Gewand, mit einer ausdrucks-
losen Maske vor dem Gesicht, durch deren Schlitze die Augen
undeutlich glänzten. Derartig fragwürdige, seltsame Gestalten

sieht man oft durch die Straßen italienischer Städte gleiten, und
es wird angenommen, daß es meistens Personen von Rang sind,
die ihre Paläste, ihre Lustbarkeiten, ihren Pomp und allen Stolz
zurücklassen, um für eine gewisse Zeit das Kleid des Büßers
anzulegen, in der Absicht, irgendein Vergehen zu sühnen oder
auch die Anhäufung fahrlässiger Sünden, aus denen das weltliche Leben ja besteht. Es ist ihre Gewohnheit, um Almosen zu
bitten, und möglicherweise ermessen sie die Dauer ihrer Buße
an der Zeit, die es in Anspruch nimmt, eine bestimmte Geld-
summe aus mildtätigen Gaben zusammenzubetteln. Die Erträge
sind zu irgendeinem frommen Zweck bestimmt, so daß der
Gewinn, der ihrer eigenen Seele daraus zufließt, in gewisser
Weise in Verbindung mit ihren Mitmenschen steht. Diese Gestalten haben eine gespenstische und erschreckende Wirkung,
weniger wegen irgendeiner besonders eindrucksvollen Einzelheit ihres Gewandes als wegen des Geheimnisvollen, das sie
umgibt, und durch die Empfindung, daß hier eine Sünde zum
Ausdruck gebracht wird.
In diesem Augenblick erbat aber der Büßer von Kenyon kein
Almosen, obgleich sie für die Dauer einiger Sekunden dicht
voreinander standen und die Augen in den Schlitzen der Maske
dem Blick des Bildhauers begegneten. Aber gerade als die
Menge im Begriff war, sie wieder zu trennen, sprach der andere
mit einer Kenyon nicht unbekannten Stimme, wenn sie auch
durch die Verhüllung, die sie durchdringen mußte, fern und
seltsam klang.
»Steht alles gut bei Ihnen, Signore?« fragte der Büßende aus
seiner Vermummung heraus.
»Alles steht gut,« erwiderte Kenyon, »und bei Ihnen?«
Aber der Maskierte gab keine Antwort und wurde von der
Menschenmenge fortgedrängt.
Der Bildhauer stand und sah der Gestalt nach, und er hätte fast
Lust gehabt, ihr nachzueilen, um das begonnene Gespräch fortzusetzen. Aber es fiel ihm ein, daß es eine Unverletzlichkeit
oder, wie wir es lieber nennen möchten, ein Gebot des Taktes
gibt, das es verbietet, Menschen zu erkennen, die sich ent-

schlossen haben, in der Unkenntlichkeit des Büßergewandes einherzugehen.

›Wie sonderbar!‹ dachte Kenyon, ›es war bestimmt Donatello! Was mag ihn wohl nach Rom geführt haben, wo er so schmerzliche Erinnerungen haben muß und wo sein Aufenthalt nicht ohne Gefahr für ihn ist? Und Miriam? Ob sie ihn wohl begleitet hat?‹

Er ging weiter, während er über die große Veränderung nachdachte, die seit jenen Tagen der Freude und Unschuld mit Donatello vor sich gegangen war – seit damals, als der junge Italiener noch fremd war in Rom und gerade anfing, für ein komplizierteres Glück, als er es bisher gekannt hatte, in der Wärme von Miriams Lächeln empfänglich zu werden. Das Wachstum der Seele, das der Bildhauer bei seinem Freund beobachtet zu haben meinte, schien kaum den schweren Preis wert, den es durch das Opfer jener simplen Freuden gekostet hatte, die nun für allezeit dahin waren. Ein Geschöpf von antikischer Gesundheit war für immer von der Erde verschwunden, und an seiner Stelle gab es nun einen weiteren morbiden, reuegepeinigten Menschen unter all den Millionen, die in den gleichen Schmelztiegel geworfen sind.

Diese Begegnung mit Donatello, dem glücklichen Faun seiner Phantasie und seiner Erinnerungen, der sich nun in einen düsteren Büßer verwandelt hatte, verstärkte noch die Düsternis in Kenyons Gemüt. Sie ließ ihn glauben, daß die ganze Welt um ihn her sich verdunkelt habe, wie wir das ja meistens bei den kleinen Kümmernissen meinen, die nicht im mindesten über unsere alltägliche Sphäre hinausreichen. Die Begegnung nahm den sinistren Aspekt eines bösen Omens an, obgleich er nicht herauszufinden vermochte, welches Unheil sich ankündigte.

Wäre es nicht wegen dieser eigentümlichen Art von Groll gewesen, in dem Liebende viel Übung haben, einer widersinnigen Art von Empfindlichkeit, die bestrebt ist, sich an dem geliebten Gegenstand auszulassen und auch am eigenen Herzen, zur Vergeltung von Mißgeschicken, für die keiner von beiden etwas kann, so hätte Kenyon sich augenblicklich zu Hildas Atelier aufgemacht, um sie zu fragen, warum sie die Verabredung nicht eingehalten habe. Aber die heutige Begegnung mit ihr hätte so voll von gegenwärtigem Glück und ihr Ergebnis so wichtig für seine ganze Zukunft sein sollen, daß ihr Ausbleiben zuviel gewesen war für sein inneres Gleichgewicht. Kenyon war auf die arme Hilda böse und verurteilte sie, ohne sie vorher angehört zu haben. Böse auch mit sich selbst, verhängte er die schlimmste Strafe über sich, die in seiner Macht stand. Böse auf den Tag, der über ihn hinwegging, mochte er dessen späten Stunden nicht gestatten, die Enttäuschung des Morgens wiedergutzumachen.

Um die Wahrheit zu sagen: der Bildhauer hatte alle seine Hoffnungen auf diese Begegnung im Vatikan gesetzt. Nachdem er mit Hilda zwischen den langen Reihen idealer Schönheit dahingeschritten wäre, hatte er die Absicht gehabt, sich zum Schluß über jenes Thema auszusprechen, das Liebende geneigt sind, auf ländlichen Pfaden, Waldwegen, am Meeresstrand und in überfüllten Straßen zu erörtern. Es kommt gar nicht darauf an, da doch die Gewißheit besteht, daß den ganzen Weg entlang Rosen blühen und Veilchen unter den Füßen aufsprießen werden, falls das gesprochene Wort gnädig aufgenommen wird. Er war entschlossen gewesen herauszufinden, ob die ihm bekundete Freundlichkeit das Pfand für etwas Besonderes war oder nur ihrem Wesen entsprach und anderen Freunden ebenso zuteil wurde wie ihm.

Man muß zugeben, daß es hart war, die Schatten eines winterlichen Sonnenuntergangs über einen Tag fallen zu sehen, der doch so licht hatte werden sollen, und sich selber genau dort zu finden, wo das Gestern einen gelassen hatte, aber mit dem Gefühl, auf traurige Art aufgehalten und besiegt worden zu sein, ohne eine Gelegenheit, sich zu wehren. Von diesen jetzt entschwundenen Stunden hatte er sich so viel versprochen, daß es schien, als könnte kein neuer Tag je die goldenen Hoffnungen wieder zurückbringen.

In einem solchen Fall ist es zweifelhaft, ob Kenyon etwas viel Besseres hätte tun können, als ins Caffè Nuovo zu gehen, wo er ein Fläschchen Montefiascone trank, während er sich dabei nach Donatellos Sonnenwein sehnte. Das wäre gerade der richtige Wein gewesen, eines Liebenden Melancholie zu heilen, indem er sein Herz mit Licht erfüllt hätte und mit unbestimmten Hoffnungen, die viel zu ätherisch gewesen wären, um von seiner morbiden Laune kritisch verworfen zu werden. Ohne daß sich diese schlechte Laune durch den Montefiascone entscheidend gebessert hätte, ging er zum Teatro Argentino und ließ sich verdrießlich nieder, um eine italienische Komödie anzusehen, die ihn ein wenig hätte erheitern müssen und auf jedermanns Lachlust wirkte, nur auf die seine nicht. Jedenfalls verließ er das Theater, bevor das Stück zu Ende war, noch genauso unglücklich, wie er es betreten hatte.

Als er durch die engen Straßen dieses Stadtteils ging, überholte ihn eine Kutsche. Sie fuhr sehr rasch, aber nicht zu rasch, so daß das Licht einer Straßenlaterne ein Gesicht im Innern beleuchten konnte, besonders, da das Gesicht sich vorneigte und eine winkende Hand sich aus dem Fenster streckte. Kenyon erkannte das Gesicht sofort und eilte zu dem Wagen hin, der jetzt angehalten hatte.

»Miriam! Sie in Rom?« rief er. »Und Ihre Freunde wissen nichts davon?«

»Steht alles gut bei Ihnen?« fragte sie.

Diese Frage, in denselben Worten, wie Donatello sie vor kurzem unter der Maske an ihn gerichtet hatte, erschreckte den Bildhauer. Entweder die vorangegangene Unruhe seines Gemüts oder irgend etwas in Miriams Stimme oder auch das Unerwartete ihrer Begegnung gab der Frage etwas Unheilvolles.

»Ich glaube schon, daß alles in Ordnung ist – ich wüßte von keinerlei Mißgeschick. Haben Sie von irgendeinem zu berichten?«

Er blickte noch ernster auf Miriam und spürte eine träumerische Unsicherheit, ob wirklich sie selber es war, mit der er sprach. Da waren diese schönen Gesichtszüge, die er zu oft mit der Genauigkeit eines Bildhauers studiert hatte, als daß es irgendeinen

Zweifel darüber geben konnte, daß dies tatsächlich Miriam war, aber er nahm eine Veränderung wahr, deren Natur er nicht recht definieren konnte. Es konnte lediglich an ihrer Kleidung liegen, von der er bei der schwachen Beleuchtung meinte, daß sie prächtiger sei als die einfachen Kleider, die sie sonst getragen hatte. Er meinte auch, daß die Wirkung zum Teil von einem Edelstein herrühre, den sie auf der Brust trug. Es war kein Diamant, sondern ein Stein, der in klarem, rotem Glanz schimmerte wie die Sterne am südlichen Himmel. Irgendwie schien dies farbige Licht wie eine Ausstrahlung ihrer selbst, als ob all das, was in ihrer Natur leidenschaftlich und glühend war, sich über ihrer Brust kristallisiert hätte und gerade jetzt lebhafter strahlte denn je, in Übereinstimmung mit irgendeiner Bewegtheit ihres Herzens.

Selbstverständlich konnte es keinen Zweifel geben, daß es Miriam war, die Freundin, mit der er und Hilda so viele schöne, vertraute Stunden verbracht hatte und die er zum letzten Mal in Perugia gesehen hatte, als sie mit Donatello den Segen des Bronzepapstes empfing. Es war diese gleiche Miriam, aber der feinfühlige Bildhauer empfand einen Unterschied in ihrer Haltung, der ihn tiefer beeindruckte, als er es von einer solchen Äußerlichkeit für möglich gehalten hätte. Er entsann sich des Klatsches, der bei Miriams erstem Erscheinen in Rom so verbreitet war – zum Beispiel, daß sie eigentlich keine Malerin sei, vielmehr die Tochter eines erlauchten und reichen Geschlechtes, der es nicht ganz ernst war mit dem vermeintlichen ›Beruf‹ und die sich nur zum Zeitvertreib darauf einließ und aus ihrer eigentlichen Sphäre nur für eine kurze Unterbrechung hervortrat, wie etwa eine Prinzessin aus ihrer goldenen Equipage aussteigen mochte, um einen ländlichen Pfad zu Fuß zu gehen – und jetzt, nach einer Maskerade, in der Liebe und Tod ihre verschiedenen Rollen gespielt hatten, hatte sie ihre eigentliche Lebensweise wiederaufgenommen.

»Haben Sie mir irgend etwas zu sagen?« rief er ungeduldig, denn nichts bringt die Nerven unangenehmer zum Vibrieren als die Zweideutigkeit bei vertrauten Personen oder Angelegenheiten. »Sprechen Sie, denn meine gute Laune und meine Geduld sind heute schon arg auf die Probe gestellt worden!«

Miriam legte den Finger auf die Lippen und schien Kenyon auf die Anwesenheit einer dritten Person aufmerksam machen zu wollen. Jetzt bemerkte er tatsächlich, daß jemand neben ihr im Wagen saß, den sie bisher durch ihre Gestalt verdeckt hatte. Es schien ein Mann mit einem blassen italienischen Gesicht zu sein, den der Bildhauer nur undeutlich sehen konnte.

»Ich habe Ihnen nichts zu sagen«, erwiderte sie, setzte aber, indem sie sich zu ihm beugte, flüsternd hinzu: »Nur — falls die Lampe erlischt, so verzagen Sie nicht!«

Der Wagen fuhr davon und ließ Kenyon grübelnd über diese Begegnung zurück, die zu nichts Besserem gedient zu haben schien, als sein Inneres mit noch mehr bedrohlichen Ahnungen zu erfüllen, als er sie schon zuvor gehabt hatte. Weshalb waren Donatello und Miriam in Rom, wo es für beide doch aller Wahrscheinlichkeit nach viel zu befürchten gab? Und weshalb hatte der eine wie der andere eine Frage an ihn gerichtet, die aus der Kenntnis irgendeines Ungemachs herzustammen schien, das entweder über seinem Haupt schwebte oder bereits hereingebrochen war?

»Ich bin stupide,« murmelte Kenyon vor sich hin, »ein schwächlicher Idiot ohne Fixigkeit, sonst hätten weder Donatello noch Miriam mir so entwischen können. Sie wissen von irgendeinem Unheil, das mich betrifft. Wie lange wird es dauern, bis auch ich es weiß?«

Innerhalb des kleinen Zirkels, mit dem der Bildhauer verbunden war, schien nur eine einzige Kalamität möglich, und selbst unter dieser einen Möglichkeit konnte er sich nichts Bestimmtes vorstellen, sondern fühlte lediglich, daß es etwas mit Hilda zu tun haben mußte.

Er schüttelte das krankhafte Zögern und das Liebäugeln mit seinen eigenen Wünschen ab, wodurch er sich den ganzen Tag lang seinen Willen hatte lähmen lassen, und hastete jetzt zur Via Portoghese. Bald stand er vor dem alten Palazzo mit dem massiven Turm, der in die bewölkte Nacht hinaufragte und in der Mitte kaum zu erkennen war, weiter oben aber wieder deutlicher sichtbar wurde durch die Lampe der Madonna, die auf seiner Höhe schimmerte. Schwach, wie sie in der umgebenden Düsternis war, entzündete ihr kleiner Lichtstrahl doch eine nicht geringe Helligkeit in Kenyons trüben Gedanken, denn in der Erinnerung an Miriams letzte Worte hatte ihn die Vorstellung erfaßt, daß er die geweihte Lampe erloschen finden würde. Aber noch während er dastand und hinaufschaute wie ein Seemann zu dem Stern, auf den er sein ganzes Vertrauen gesetzt hat, flackerte das Licht, fiel zusammen, glomm von neuem auf, ging schließlich aus und ließ die Zinnen von Hildas Turm in tiefster Dunkelheit zurück. Zum ersten Mal seit Jahrhunderten hatte die geweihte legendäre Flamme vor Roms höchstem Schrein zu brennen aufgehört.

Der verlassene Schrein

Kenyon wußte, welche Heiligkeit Hilda, gläubige Protestantin und Tochter von Puritanern, diesem Schrein zuschrieb. Ihm war das tiefe Verantwortungsgefühl bekannt, das ihr Gewissen im religiösen wie auch im irdischen Sinn von dem Moment an erfüllt hatte, da sie zur Bewohnerin dieser luftigen Höhe wurde, und wie ernst sie die Aufgabe nahm, für die geweihte Lampe zu sorgen. Bei allen Angelegenheiten, die tief genug reichten, um in Recht oder Unrecht zu wurzeln, war Hildas Tun so genau und zuverlässig, daß man sich auf die rechtzeitige und sorgfältige Pflege dieser Lampe, solange Hilda am Leben und die Treppen auch nur hinaufzukriechen noch imstande war, so zuversichtlich verlassen konnte wie auf den Aufgang der Sonne.

Daher konnte der Bildhauer seinen Augen kaum glauben, als er die Flamme flackern und erlöschen sah. Sein Blick mußte sich getäuscht haben. Und nun, da das Licht nicht wieder erschien, mußte wohl irgendeine Rauchwolke oder undurchdringlicher Nebel das graue Haupt des Turmes bedecken und ihn der unteren Welt unsichtbar machen. Aber nein — unmittelbar über den undeutlich sichtbaren Zinnen jagte soeben der Wind eine Wolkenmasse fort, und er sah einen Stern, und außerdem war er bald sogar imstande, wenn er seinen Blick ernstlich anstrengte, die verdunkelte Madonnennische selbst zu erkennen. Der Turm war nicht verdeckt, und sein Sehvermögen war nicht geschwächt. Die Flamme hatte ihren Vorrat an Öl verbraucht und war erloschen. Wo aber war Hilda?

Ein Mann in einem Umhang kam zufällig vorbei, und Kenyon, bemüht, seinen eigenen Sinnen zu mißtrauen, sprach ihn an.

»Tun Sie mir den Gefallen, Signore,« sagte er, »schaun Sie zu diesem Turm hinauf und sagen Sie mir, ob Sie die Lampe vor der Madonna brennen sehen.«

»Die Lampe, Signore?« antwortete der Mann, ohne sich zunächst die Mühe zu machen hinaufzusehen, »die Lampe, die seit vierhundert Jahren brennt! Wie wäre es denn möglich, Signore, daß sie nicht auch jetzt brennen sollte?«

»So schaun Sie doch!« sagte der Bildhauer ungeduldig.

In gutmütiger Nachsicht mit etwas, was er für die Narrheit eines exzentrischen Forestiere zu halten schien, richtete der Italiener nachlässig seine Augen aufwärts, sowie er aber wahrnahm, daß dort wirklich kein Licht war, hob er die Hände mit lebhafter Gebärde von Verwunderung und Schrecken.

»Die Lampe ist erloschen,« rief er, »die Lampe, die vierhundert Jahre gebrannt hat! Das bedeutet bestimmt irgendein großes Unglück! Ich rate Ihnen, Signore, laufen Sie rasch hier weg, damit uns der Turm nicht auf den Kopf stürzt. Ein Priester hat mir einmal gesagt, daß, wenn die Jungfrau ihren Segen verweigern und das Licht ausgehen würde, der Palazzo del Torre in die Erde sinkt mit allem, was in ihm haust. Es wird einen schrecklichen Einsturz geben, noch vor dem Morgengrauen!«

Der Italiener machte sich, so rasch er konnte, aus dem Bereich des Verderbens davon, während Kenyon, der um den Preis von Hildas Sicherheit gerne den Turm vor seinen Augen hätte einstürzen sehen, beschloß, trotz der späten Stunde festzustellen, ob Hilda in ihrem Taubenschlag wäre.

Er ging durch den überwölbten Eingang, der, wie das oft bei römischen Hintertüren ist, um Mitternacht genauso zugänglich war wie am Mittag, und ertastete sich den Weg zu dem großen Treppenhaus, wo er sein Wachslicht anzündete und im glimmenden Licht die Unzahl von Stufen hinaufstieg, die zu Hildas

Tür führten. Da die Stunde so unschicklich war, beabsichtigte er nur anzuklopfen und wieder fortzugehen, sobald ihre Stimme von drinnen erklang, und seine Erklärungen und Entschuldigungen für eine passendere Zeit aufzuheben. So klopfte er also, nachdem er die luftige Höhe erreicht hatte, wo das Mädchen, wie er hoffte, schlafen mochte, während Engel es bewachten, wenn auch die Madonna ihre Fürsorge unterbrochen hatte, leicht an den Türrahmen, dann stärker, und schließlich donnerte er einen ungeduldigen Alarm. Es kam keine Antwort. Hilda war offensichtlich nicht da.

Nachdem er sich klargemacht hatte, daß es sich wirklich so verhielt, ging Kenyon die Treppe wieder hinunter, machte aber an jedem Absatz halt und pochte an die Tür der betreffenden Wohnung, gleichgültig dagegen, wessen Schlummer er stören mochte, und in ängstlicher Spannung, herauszufinden, wo das Mädchen zum letzten Mal gesehen worden war. Aber an jeder dieser verschlossenen Wohnungstüren kam jenes hohle Echo, das keine Wohnstatt, ob groß oder klein, jemals aussendet, solange darin Leben herrscht und sie vor Verödung bewahrt.

Im untersten Stockwerk aber meinte der Bildhauer endlich ein Geräusch hinter der Tür zu hören, als ob jemand an der Schwelle lausche. Er hoffte, daß wenigstens die kleine vergitterte Öffnung sich auftun werde, durch die römische Hausbewohner vorsichtig zur Kenntnis nehmen, wer Einlaß begehrt, vielleicht aus altgewohnter Furcht, einem Räuber oder Mörder die Tür zu öffnen. Aber das Fensterchen blieb geschlossen, das Geräusch wiederholte sich nicht, und Kenyon nahm an, daß seine erregten Nerven ihn getäuscht hätten, wie sie zu tun geneigt sind, wenn wir das klare Funktionieren der Sinne am nötigsten brauchen.

Es blieb ihm nichts übrig, als schweren Herzens wegzugehen und abzuwarten, was sich an Gutem oder Bösem morgen ereignen würde.

So ging Kenyon frühzeitig am nächsten Tag zur Via Portoghese zurück, noch bevor die schrägen Strahlen der Sonne auch nur bis zur Hälfte der altersgrauen Front von Hildas Turm hinunter-

gedrungen waren. Als er näher kam, sah er die Tauben nebeneinander auf den sonnigen Zinnen sitzen, und ein Pärchen –
vielleicht die besonderen Lieblinge ihrer Herrin und die Vertrauten ihrer Herzensgeheimnisse, falls Hilda solche besaß – kam
heruntergeflogen, und die beiden taten, als wollten sie sich auf
seiner Schulter niederlassen. Aber obwohl sie ihn offenbar wie-
dererkannten, erlaubte ihnen ihre Scheu noch keine so familiäre
Freundschaftsbezeugung. Kenyon folgte ihnen mit den Augen,
als sie wieder hinaufflogen, und hoffte, sie seien als frohe Boten
von Hildas Wohlergehen gekommen und er werde ihre schmale
Gestalt gleich wahrnehmen, wie sie die erloschene Lampe an
der Nische der Madonna füllte, genauso wie andere junge
Mädchen, die morgens mit ihren kleinen häuslichen Pflichten
beginnen. Vielleicht würde er auch ihr liebes Gesicht auf ihn
herunterlächeln sehen, halbwegs zwischen ihm und dem Himmel, als ob sie für ein oder zwei Tage dorthin geflogen wäre,
um rasch ihren Verwandten einen kleinen Besuch abzustatten,
von wo es sie aber wieder erdwärts gezogen hätte durch die
Zauberkraft heimlicher Liebe.
Aber seine Augen gewahrten keine derart schöne Wirklichkeit,
und der beflissene, unruhige Flug der Tauben hatte auch auf
keine frohe Kunde hingewiesen, die sie etwa mit Hildas Freund
teilen wollten, vielmehr war es nur ein ängstliches Forschen
gewesen, das sie anders nicht auszudrücken wußten. So wenig
wie er wußten sie, wohin ihre Gefährtin gegangen war, und sie
waren ebenso ratlos verzagt wie er.
In der frischen Morgenluft fand Kenyon es leichter, sein Suchen
fortzusetzen als in der Nacht, in der irgendein Schläfer, den er
mit seinem Lärmen aufgestört haben mochte, sich wohl mit
halbwachen Verwünschungen auf die andere Seite gedreht
hatte, um weiterzuschlafen, denn es muß schon eine sehr liebe
Wirklichkeit sein, um derentwillen Menschen bereitwillig einen
Traum aufgeben. Stand aber die Sonne hoch genug, so lag die
Sache anders. Die sehr verschiedenartigen Bewohner, die das
untere Stockwerk des alten Turms und die übrigen ausgedehnten Regionen des Palazzos bewohnten, waren jetzt bereit, alles

zu erzählen, was sie wußten, und noch sehr viel mehr als das auszumalen. Die Liebenswürdigkeit dieser Italiener mit ihrer scharfen und flinken Gewitztheit ließ sie von einleuchtenden Vermutungen überfließen und ihre Anteilnahme für die verschollene Hilda sehr verschwenderisch beteuern. Bei einem weniger gebärdenreichen Volk hätten solche Beteuerungen die eifrigste Bereitschaft bezeugt, Land und Meer zu durchforschen und nicht zu rasten, bis sie gefunden wäre. Von diesen Lippen aber waren mit alledem lediglich gute Wünsche gemeint, und freilich war das besser als bloße Gleichgültigkeit. Es war kein Zweifel, daß die meisten eine echte Sympathie für das hellhaarige, zarte fremdländische junge Mädchen empfanden, das aus einem fernen Lande kam, um sich auf diesem Turm hier niederzulassen, wo sie sich nur mit den Tauben anfreundete. Aber die Energie der Leute beschränkte sich auf Ausrufe, und sie waren zufrieden, die aktiveren Maßnahmen Kenyon überlassen zu können und auch der Madonna, deren Angelegenheit es war, darauf zu achten, daß der gläubigen Hüterin ihrer Lampe kein Leid geschehe.

In einem großen Pariser Wohnhaus, in dem es die verschiedenartigsten Bewohner geben mag, wüßte der Concierge am Tor um all ihre Ein- und Ausgänge. Aber von seltenen Ausnahmen abgesehen, ist das Tor eines römischen Hauses so zugänglich wie die Straße, und daher konnte der Bildhauer nur darauf hoffen, von irgendeinem zufälligen Beobachter Auskunft über Hilda zu bekommen.

Bei gründlicher Erforschung von dem, was die Leute wußten, ergaben sich die verschiedenartigsten Zeitpunkte, an denen das Mädchen zum letzten Mal gesehen worden war. Einige behaupteten, es sei vier Tage her, seitdem sich eine Spur von ihr gezeigt habe, aber eine englische Dame aus dem zweiten Stock war eher der Meinung, sie habe sie am gestrigen Vormittag noch gesehen, und zwar mit einem Zeichenblock in der Hand. Da sie die junge Person aber nicht kannte, hatte sie nicht so genau hingeschaut und mochte sich auch geirrt haben. Ein Graf aus dem Stockwerk darüber war ganz sicher, daß er am vorgestrigen Nachmittag seinen Hut vor Hilda gezogen habe. Eine alte Frau, die früher die Madonnennische beaufsichtigt hatte, brachte einiges Licht in die Angelegenheit, indem sie erklärte, daß die Lampe nicht öfter als alle drei Tage nachgefüllt werden müßte, da der Ölbehälter sehr groß sei.

Alles in allem, und obgleich es genügend Aussagen gab, um einige Verwirrung zu stiften, war Kenyon doch nicht davon überzeugt, daß sie seit jenem Nachmittag vor zwei Tagen nochmals gesehen worden war, an dem ein Obsthändler sie, wie er sich erinnerte, aus dem Torweg hatte kommen sehen, ein versiegeltes Paket in der Hand. Soviel Kenyon feststellen konnte, war das etwa eine Stunde, nachdem sie sich in seinem Atelier verabschiedet hatte mit der Verabredung, sich am nächsten Tag mit ihm im Vatikan zu treffen. So waren also sechsunddreißig Stunden verstrichen, seitdem es keine Spur von der Verschollenen mehr gab.

Die Tür zu Hildas Wohnung war noch ebenso verschlossen wie am gestrigen Abend, aber Kenyon suchte nach der Frau des Vermieters dieser Räume und bewog sie, ihn mit Hilfe des Nachschlüssels, den sie besaß, dort einzulassen. Bei seinem Eintritt führte ihm die mädchenhafte Ordnung und einfache Anmut, die in allen Arrangements zu erkennen war, deutlich vor Augen, daß dies die Behausung einer reinen Seele war, für die Religion und Liebe zum Schönen zusammengehörten. Sodann öffnete die kräftige Matrone die Türe zu einer kleinen Kammer, auf deren Schwelle er ehrfürchtig zögerte. Es stand ein Bett mit weißem Überwurf darin, zeltartig umschlossen von schneeweißen Vorhängen und gerade eben breit genug, daß ein schlanker Mensch darauf ruhen konnte. Der Anblick dieser kühlen, hochgelegenen Kemenate berührte das Herz des Liebenden, als ob hier noch genug von Hildas sanften Träumen weilten, um ihn für eine kurze Sekunde zu beglücken. Dann aber kehrte das Bewußtsein, daß sie verschwunden war, mit einem scharfen Schmerz zurück.

»Dort, Signore,« sagte die Matrone, »ist die kleine Treppe, auf der die Signorina immer hinaufging, um die Lampe der Heiligen

Jungfrau nachzufüllen. Sie war es wirklich wert, eine Katholikin zu sein, bei all den Mühen, die sie auf sich nahm. Und ganz bestimmt wird die Jungfrau Maria auch für sie vorstellig werden im Gedenken an ihre Frömmigkeit – wenn sie auch eine Ketzerin war. Was aus dem Palazzo werden wird, jetzt, wo die Lampe ausgegangen ist, das wissen nur die Heiligen! Wollen Sie zur Plattform hinaufsteigen, Signore, und nachsehen, ob sie dort irgendeine Spur hinterlassen hat?«

Der Bildhauer durchquerte die Kammer und stieg das Treppchen hinauf, das ihn auf die windige Plattform brachte. Es bewegte ihn unsagbar, als er einen wunderschönen Blumenstrauß vor der Nische gewahrte, den er selber Hilda geschenkt und den sie in eine Vase getan und der Madonna geweiht hatte, in einem Geist, der vielleicht phantastisch war, aber doch auch etwas mit dem religiösen Gefühl zu tun hatte, das ihr Wesen so grundlegend bestimmte. Aber eine Rosenknospe hatte sie aus der Blumenfülle für sich selbst behalten, denn Kenyon entsann sich genau, sie an ihrem Kleid gesehen zu haben, als sie ihn im Atelier besuchte.

›Diesen kleinen Teil‹, dachte er, ›hat sie von meiner großen Liebe angenommen, das übrige schenkte sie lieber dem Himmel, aber sie hat es in Sonne und Wind verdorren lassen. Ach Hilda, Hilda, hättest du mir doch das Recht gegeben, dich zu behüten, dann wäre dieses Unglück nicht passiert!‹

»Seien Sie nicht so traurig, Signorino mio«, sagte die Frau als Antwort auf einen tiefen Seufzer, der aus Kenyons Brust gedrungen war. »Das liebe kleine Fräulein hat die heilige Nische ebenso fromm geschmückt wie ich oder jede andere gute Katholikin. Das ist eine fromme Handlung und ist noch viel wirksamer als ein Gebet. Die Signorina wird so gewiß zurückkommen, wie morgen die Sonne aufgeht. Ihre Tauben sind schon oft für ein, zwei Tage verschwunden gewesen, aber man wußte doch genau, daß sie ihr gerade dann, wenn sie sie am wenigsten erwartete, wieder um den Kopf fliegen würden. Ganz ähnlich wird es mit ihr sein!«

›So wäre es vielleicht,‹ dachte Kenyon, ›wenn ein reines Mädchen in dieser bösen Welt ebenso sicher wäre wie eine Taube.‹

Als sie durch das Atelier mit den Möbeln und Gegenständen, die Kenyon vertraut waren, wieder zurückgingen, vermißte er ein kleines Schreibpult aus Ebenholz, von dem er sich entsann, daß es stets auf dem Tisch dort gestanden hatte. Er wußte, daß Hilda die Gewohnheit hatte, ihre Briefe und andere kleine Gegenstände, mit denen sie besonders sorgsam umging, in diesem Pult zu verwahren.

»Was ist damit geschehen?« fragte er, indem er die Hand auf den Tisch legte.

»Womit geschehen, bitte?« rief die Frau, ein wenig irritiert. »Befürchtet der Signore womöglich einen Einbruch?«

»Das Schreibpult der Signorina ist verschwunden,« entgegnete Kenyon, »es hat immer auf diesem Tisch gestanden, und ich selber habe es noch vor ein paar Tagen hier gesehen.«

»Ach so«, sagte die Frau und fand ihre Fassung wieder, die sie anscheinend halbwegs verloren hatte. »Die Signorina hat es sicher mitgenommen. Das ist ein gutes Zeichen, denn es beweist ja, daß sie nicht unbeabsichtigt fortgeblieben ist und wahrscheinlich wiederkommen wird, sobald es ihr gefällt.«

»Das ist aber doch sehr eigenartig«, meinte Kenyon. »Sind die Räume von Ihnen oder irgend jemand anders seit dem Verschwinden der Signorina betreten worden?«

»Von mir nicht, Signore, so wahr mir Gott helfe und alle Heiligen!« sagte die Matrone. »Und ich bezweifle, daß es mehr als die zwei Schlüssel in ganz Rom gibt, die in dieses ausgefallene alte Schloß passen. Hier ist der eine, und den anderen hat die Signorina immer in ihrer Tasche.«

Der Bildhauer hatte keinen Grund, an dem Wort der ehrenwerten Frau zu zweifeln. Sie schien wohlmeinend und weichherzig, wie römische Matronen es im allgemeinen sind, außer wenn gerade ein heftiges Verlangen sie zwickt, die schauerlichsten Flüche über irgendeine verabscheute Person niederprasseln zu lassen oder mit dem stählernen Dolch nach ihr zu stechen, der ihnen als Haarnadel dient. Aber italienische Beteuerungen über fragwürdige Tatsachen, mögen sie auch noch so wahr sein, haben in den Gesichtern derer, die sie äußern, keine glaubwürdigen Zeugen. Die Worte werden mit unerhörtem Ernst ausgesprochen und sind doch nicht ganz überzeugend, nicht so, als kämen sie aus irgendeiner wirklichen Tiefe, wie Wurzeln, die aus der Seele stammen und an denen noch etwas von diesem Erdreich haftet. Anstelle von Aufrichtigkeit ist in ihren Augen immer etwas Unerforschbares. Kurzum, sie lügen mit solcher Wahrscheinlichkeit und sagen die Wahrheit mit einem solchen Anschein von Lüge, daß der Zuhörer stets meint sich zu irren, ob er ihnen nun glaubt oder nicht; das eine nur ist sicher: Unwahrheit ist selbst für das empfindlichste italienische Gewissen nur sehr selten eine untragbare Bürde.

»Das ist doch sehr merkwürdig mit dem Pult«, wiederholte Kenyon und sah die Frau an.

»Wirklich sehr merkwürdig, Signore«, wiederholte sie demütig, ohne seinem Blick im mindesten auszuweichen, doch ohne daß dieser wirklich in sie einzudringen vermochte. »Ich meine, die Signorina muß es mitgenommen haben.«

Es schien zwecklos, sich hier noch länger aufzuhalten. So ging Kenyon also fort, nachdem er mit der Frau ein Übereinkommen getroffen hatte, wonach sie alles hier so lassen konnte, wie es war, da er die Bezahlung der Miete übernahm.

Er brachte den Tag damit zu, jede Suche und Nachforschung zu betreiben, die ihm nur möglich schien, und wenn er auch zuerst Hemmungen hatte, weil er nicht gewillt war, die öffentliche Aufmerksamkeit auf Hildas Angelegenheiten zu lenken, so zwang ihn doch die Dringlichkeit der Umstände dazu, ernsthafte Maßnahmen zu ergreifen. Im Verlauf einer Woche wandte er sämtliche Methoden an, das Mysterium zu ergründen, und zwar nicht nur durch eigene Anstrengungen und die seiner Berufskollegen und Freunde, sondern auch durch die Polizei, die die Aufgabe bereitwillig übernahm und starkes Vertrauen in ihren Erfolg zum Ausdruck brachte. Aber die römische Polizei ist nicht sehr leistungsfähig, es sei denn für den Despotismus, dessen Werkzeug sie ist. Mit ihren hahnenfedergeschmückten

Hüten, ihren Schulterriemen und Säbeln bieten sie einen imponierenden Anblick und halten auch gewiß die Augen weit genug offen, um ein politisches Vergehen aufzuspüren, sind aber allzuoft blind gegen private Gewalttätigkeit, sei es Mord oder ein geringeres Verbrechen. Kenyon zählte auf ihre Hilfe wenig und profitierte denn auch nichts von ihr.

Da er sich der rätselhaften Worte erinnerte, die Miriam an ihn gerichtet hatte, bemühte er sich angstvoll, Miriam zu finden, wußte aber nicht, wie er es anstellen sollte, ihr oder Donatello zu begegnen. Die Tage verstrichen, und die Vermißte kam nicht wieder, keine Lampe brannte vor der Nische der Madonna, kein Licht schien ins Herz des Liebenden, und selbst am Himmel, zu dem er fast vorwurfsvoll aufblickte, zeigte sich, wie er zu behaupten bereit war, kein Stern der Hoffnung.

Die Flucht der Tauben

Der Bildhauer empfand jetzt, daß mit der Lampe auf Hildas Turm ein Licht erloschen oder zumindest unheilvoll verdunkelt war, dem er alles verdankte, was bisher an Freude sein einsames Künstlerdasein erhellt hatte. Der Gedanke an dieses Mädchen war wie eine Kerze gewesen, die mit reiner und steter Flamme brannte und die bösen Geister aus dem magischen Zirkel ihres Lichtscheins verbannte. Sie hatte ihre Strahlen weit ausgesendet und die ganze Sphäre von Kenyons Dasein umgewandelt. Jetzt, da er sie nicht mehr sah, fand er sich auf einmal wie im Dunkel verloren.

Dies war die Zeit, da Kenyon vielleicht zum ersten Mal begriff, was für eine trostlose Stadt Rom ist und ein wie schreckliches Gewicht auf dem Leben hier lastet, sobald irgend etwas im Herzen zu entstehen beginnt, was mit der Vernichtungsmagie übereinstimmt, die hier herrscht. Kenyon ging umher und stolperte sozusagen über gefallene Säulen und strauchelte zwischen Gräbern umher und ertastete sich seinen Weg zu den Grüften der Katakomben und fand nicht mehr ins Freie. Der Glückliche mag unter Roms strahlendem Himmel wohl glücklich bleiben, wenn aber dein eigenes Herz dem Untergang ausgesetzt ist oder in ihm die Stelle leersteht, wo vorher der leichte Bau seines Glückes stand, so türmt sich all die schwere Düsternis römischer Vergangenheit über diesen Fleck und begräbt dich unter ihrem Gewicht wie unter Bergen aus Marmor und Granit, Erdwällen und Ziegeln, den sichtbaren Zeichen von Roms Untergang.

Man darf annehmen, daß ein melancholischer Mensch hier Bekanntschaft mit einer harten Philosophie machen könnte. Er sollte lernen, seinen persönlichen Schmerz geduldig zu ertragen, der ja nur so lange währt wie die kurze Dauer eines Lebens, während er hier die Zeichen unendlichen Mißgeschicks an der Skala eines ganzen Kaiserreichs ablesen kann, und die Marksteine der Zeit rings um ihn her die Entfernung von tausend Jahren zu einer Angelegenheit von gestern machen. Aber vergeblich suchst du den bittersüßen Strauch unter den Pflanzen, die sich in den Mauern eingewurzelt haben, von den Kapitälen der Säulen herabranken oder aus dem Grasboden im Palast der Cäsaren sprießen, denn er gedeiht nicht in Rom, nicht einmal unter dem tausendfältigen Unkraut, das die grasbewachsenen Bögen des Kolosseums bedeckt. Du betrachtest eine Aussicht, wo sich Jahrhundert vor Jahrhundert schiebt – mit viel Schatten und ein klein wenig Sonnenschein –, du siehst Barbarentum und Zivilisation, die einander ablösen wie Schauspieler, die sich ihre Stichworte geben, siehst eine breite Wegstrecke fortschrittlicher Generationen, gesäumt von Palästen und Tempeln, geschmückt mit Triumphpforten, bis du in weiter Ferne die Obelisken mit ihren unentzifferbaren Inschriften gewahrst, die auf eine Vergangenheit hinweisen, weiter entfernt, als Geschichtsforschung sie ergründen kann. Mit diesen unermeßlichen Zeiträumen verglichen, ist dein eigenes Leben ein Nichts, und doch forderst du allen Ernstes einen Strahl Sonnenlicht anstelle von Schatten für diese zwei oder drei Schritte, die dich zu deiner stillen Ruhe führen.

Wie absurd! Seit den Zeiten der ersten Obelisken und noch

früher haben die Menschen auf der ganzen Welt solche Forderungen gestellt, und wie selten sind sie erfüllt worden! Und hätten sie bekommen, wonach sie verlangten – welchen Unterschied würde das heute ausmachen? Aber während du dich mit dieser trüben Lektion selber verspottest, ruft bereits dein Herz eigensinnig nach seinem kleinen Anteil am Erdenglück und läßt sich nicht etwa durch die Unmengen toter Hoffnungen zum Verstummen bringen, die zermalmt in der Erde von Rom liegen. Wie wunderbar, daß der winzige Fleck, auf dem wir in der Gegenwart Fuß gefaßt haben, so standhaft beharrt und bei all dem beständigen Wechsel doch so fest ist wie ein Fels, umspült von den Gezeiten der endlosen Vergangenheit und der unendlichen Zukunft!

Als Mann des harten Gesteins härmte sich der Bildhauer um das Unwiederbringliche. Indem er rückblickend Hildas Lebensweise überdachte, staunte er über seine eigene törichte Blindheit, die ihn zurückgehalten hatte, aus Freundschaft, wenn schon nicht aus einer größeren Berechtigung, gegen die Gefahren zu demonstrieren, denen sie sich fortwährend ausgesetzt hatte. Für diese Gefahren besaß sie in ihrer Unschuld keinen Maßstab, nicht einmal die Möglichkeit, auch nur deren Existenz zu argwöhnen. Er hingegen, der seit Jahren in Rom lebte und den so viel weiteren Gesichtskreis eines Mannes hatte, wußte von Dingen, die ihn jetzt erbeben machten. Da er durch das düstere Medium seiner Befürchtungen blickte, kam es Kenyon so vor, als ob alle Verbrechen der Welt in den engen Straßen von Rom zusammengepfercht wären und es keinerlei hemmendes Element gebe wie in anderen liederlichen und verderbten Städten.

Denn hier gab es eine Priesterschaft, verweichlicht, wollüstig, mit roten, aufgedunsenen Gesichtern und sinnlichen Augen. Bei einer ganz offenbar stärkeren Entwicklung animalischer Triebe als bei den meisten anderen Männern waren sie in eine naturwidrige Beziehung zur Frau gesetzt, wobei sie das gesunde Gewissen eingebüßt hatten, das anderen Menschen eigen ist, die die lieben häuslichen Bande kennen, die sie mit Frau und

Tochter verbinden. Und dann gab es hier eine indolente Aristokratie, ohne höhere Ziele oder Aussichten, die vielmehr einen verwerflichen Lebenswandel kultivierten, als wäre das eine Art Kunst und die einzige, die zu erlernen sie Lust hatten. Hier gab es eine Bevölkerung, hoch und niedrig, die keinen echten Glauben an Tugend hatte, und erkannte man irgendeine Tat als kriminell, so schob man jeden Gedanken daran, Reue wie Erinnerung, beiseite, indem man sich ein Weilchen in den Beichtstuhl kniete, um dann von aller Last befreit wieder aufzustehen, elastisch und aufgemuntert für die nächste Sünde. Hier gab es ein Militär, das Rom als die von ihm eroberte Stadt betrachtete und sich für die legalen Erben der niederträchtigen Privilegien hielt, die Gallier, Goten und Vandalen in alten Tagen hier exerziert haben.

Und wie viele Stellen für neue Untaten gab es an dieser Stätte des Lasters, wo die Untaten versunkener Zeiten beheimatet waren und ihre ererbten Jagdgründe besaßen! Welche Straße von Rom, welche Ruine, welcher Fußbreit Boden waren denn vorhanden, die etwa nicht mit einer Untat besudelt waren? Im Wandel von Hochmut und Elend dieser Stadt hatte mitunter die Hochflut des Bösen sie überschwemmt, weit höher, als der Tiber je an den Böschungen ihrer sieben Hügel stieg. Wie Kenyon es in seiner überreizten Stimmung ansah, gab es ein Element, das wie Nebel aus der uralten Verderbtheit von Rom aufstieg und über der toten, halbzerstörten Stadt brütete wie nirgends sonst auf Erden. Es verstärkte die Neigung zum Verbrechen und entwickelte ihr schnelles Wachstum, wo immer sich eine Gelegenheit dazu bot, und wo bot sie sich bereitwilliger als hier! In diesen riesigen Palästen gab es Hunderte von entlegenen Winkeln, wo die Unschuld vergebliche Schreie ausstoßen würde, unter den ärmlichen Häusern lagen Verliese, von denen man nichts ahnte, die einstmals fürstliche, dem Tageslicht zugängliche Räume gewesen waren, aber wegen irgendeiner Niedertracht, die dort begangen wurde, hatte jede Epoche ihre Handvoll Staub über diese Orte geworfen und sie immer unauffindbarer gemacht. Nur die Unterwelt wußte von ihrer Existenz und behielt sie sich für Mord und schlimmere Verbrechen vor.

Und dies war die Stadt, die Hilda drei Jahre lang ohne Schutz durchstreift hatte! Leichten Fußes war sie über den Schutt alter Verbrechen geglitten, war mitten durch den Schmutz der Verderbnis geschritten, die das Heidentum zurückgelassen und ein pervertiertes Christentum noch widerwärtiger gemacht hatte.

Dann wieder versuchte der Liebende sich mit dem Gedanken zu trösten, daß Hildas Reinheit ein hinreichender Schutz sei. Ja, gewiß, die Engel, ihre Geschwister, würden verhindern, daß ihr ein Leid geschah, ein Wunder würde sich ihretwegen ereignen, so selbstverständlich, wie ein Vater seine Hand ausstreckt, um sein Lieblingskind zu retten. Die Vorsehung würde einen kleinen Zauberkreis um sie herumziehen, so daß die Fluten gefahrvoller Schändlichkeiten sie ruhig umfließen mochten. Aber diese Betrachtungen halfen Kenyon nicht viel. Gewiß enthielten sie religiöse Wahrheit, doch die Wege der Vorsehung sind unerforschlich, und viele Morde sind verübt worden, und so manche Unschuld hat ihre Arme ausgestreckt und äußerster Not um Hilfe gefleht, und doch war es vergebens. So daß es also, obgleich die Vorsehung gut und weise ist — und vielleicht gerade deshalb —, eine halbe Ewigkeit dauern kann, bevor der riesige Zirkel ihres Planes sich schließt und uns überreichliche Entschädigung für all diese Leiden bringt. Was aber der Liebende wollte, das war die rasche Tröstung innerhalb der kurzen Zeitspanne des irdischen Daseins, die Gewißheit über Hildas gegenwärtige Sicherheit und ihr Wiedererscheinen zur jetzigen Lebensstunde.

Als phantasiebegabter Mensch erlitt Kenyon die Strafe für diese Begabung in den hundertfältigen Abwandlungen von düster ausgemalten Szenen, in denen Hilda stets der Mittelpunkt war. Der Bildhauer vergaß seine Arbeit, Rom war für ihn nichts anderes mehr als ein Labyrinth elender Straßen, in deren einer oder anderer das Mädchen verschollen war. Er wurde von der Vorstellung verfolgt, daß irgendein Umstand, den zu kennen unendlich wichtig und den zu entdecken vielleicht sehr einfach war, bisher übersehen wurde und daß er ihn geradezu auf Hildas Fußstapfen hinleiten würde, wenn er seiner nur habhaft werden könnte. Mit diesem einen Gedanken ging er jeden Morgen zur Via Portoghese und machte sie zum Ausgangspunkt neuer Nachforschungen. Auch nach Dunkelwerden kehrte er beständig hierher zurück, immer mit der leisen Hoffnung im Herzen, daß die Lampe wieder hoch oben am Turm leuchten und dieses häßliche Mysterium aus dem Umkreis, den ihre Strahlen heiligten, vertreiben würde. Da er keinerlei Anhaltspunkte hatte, war seine Seele voll unbestimmter Hoffnungen und Befürchtungen. Einst schien Kenyon das Dasein wie in Marmor gemeißelt, jetzt griff er vage danach und fand nichts als Dunst.

In seiner erschöpften und niedergedrückten Stimmung berührte ein geringfügiger Umstand ihn mit unverhältnismäßiger Heftigkeit. Die Tauben waren zunächst ihrer verschollenen Herrin treu geblieben, sie saßen in einer Reihe nebeneinander auf dem Fensterbrett, flogen zur Nische oder zu den Kirchenengeln, auf die Dächer und Portale der Nachbarhäuser, offensichtlich in Erwartung ihrer Wiederkehr. Nach der zweiten Woche aber begannen sie sich davonzumachen und andere Taubenschläge aufzusuchen. Nur eine einzige Taube kauerte noch trübselig unter der Nische. Der Schwarm, der fortgeflogen war, glich den vielen aus Kenyons Herzen entschwundenen Hoffnungen, und die eine, noch zurückgebliebene – war das Hoffnung oder schon Verzweiflung?

Eines Tages begegnete der Bildhauer auf der Straße einem Priester von mildem und ehrwürdigem Aussehen, und da Kenyon sich in seinen Gedanken fortwährend mit Hilda beschäftigte und mit allen Vorgängen, die je in Verbindung mit ihr gestanden hatten, erkannte er augenblicklich den Pater, in dessen Beichtstuhl er sie damals gesehen hatte. Hilda hatte solches Vertrauen zu ihm gezeigt, daß Kenyon niemals nach dem Grund fragte, der sie mit dem alten Priester zusammengeführt hatte. Es war kein Anlaß für ihn gewesen, zu glauben, daß der

Priester irgend etwas mit ihrem so viel späteren Verschwinden zu tun habe. Aber jetzt, da Kenyon plötzlich dem Mann gegenüberstand, der eine so geheimnisvolle Verbindung zu Hilda hatte, wurde er von einem Impuls getroffen, der ihn dazu brachte, den Priester anzusprechen.

Mag sein, daß des alten Mannes Ausdruck von ehrwürdiger Güte Kenyon überraschte, auf alle Fälle sprach er so, als handelte es sich zwischen ihnen um eine alte Bekanntschaft und um einen Gegenstand von beiderseitigem Interesse.

»Sie ist fort, Hochwürden«, sagte er.

»Von wem sprechen Sie, mein Sohn?« fragte der Priester.

»Von dem lieben Mädchen,« antwortete Kenyon, »das in Ihrem Beichtstuhl gekniet hat. Bestimmt erinnern Sie sich ihrer unter allen Menschen, deren Beichten Sie je gehört haben, denn nur sie allein kann keinerlei Sünden zu bekennen gehabt haben!«

»Ja, ich entsinne mich«, sagte der Priester mit einem Aufleuchten der Erinnerung in den Augen. »Sie war bestimmt, Zeugnis abzulegen für die Wirksamkeit der göttlichen Brauchtümer der Kirche, indem sie entschlossen nach einem derselben griff und sofort Erleichterung empfand, obgleich sie eine Ketzerin war. Ich habe die Absicht, eine kurze Schilderung dieses Wunders zur Erbauung der Menschen zu veröffentlichen, in Latein, Italienisch und Englisch, in der Druckerei der Propaganda Fide. Das arme Kind! Von ihrem Irrglauben abgesehen, war sie von makelloser Reinheit, wie Sie sagen. Ist sie denn tot?«

»Gott behüte, Ehrwürden!« rief Kenyon und wich einen Schritt zurück. »Aber sie ist verschwunden, und ich weiß nicht wohin. Es kann sein – ja, dieser Gedanke kommt mir soeben – es kann sein, daß das, was sie Ihnen gesagt hat, irgendeinen Anhaltspunkt für ihr unerklärliches Verschwinden abgeben könnte!«

»Keinen, mein Sohn, keinen«, antwortete der Priester und schüttelte den Kopf. »Aber trotzdem bitte ich Sie, guten Mutes zu sein. Dies junge Mädchen ist nicht dazu verurteilt, als Ketzerin zu sterben. Wer weiß, was die Heilige Jungfrau vielleicht gerade in diesem Augenblick für ihre Seele tut? Vielleicht wird sie, wenn Sie sie das nächste Mal wiedersehen, in das weiße Gewand des wahren Glaubens gekleidet sein?«

Diese Aussicht barg nicht gerade den Trost, den der alte Priester vielleicht damit beabsichtigt hatte, aber er gab ihn dem Bildhauer mit, zusammen mit seinem Segen, als die beiden besten Dinge, die er zu geben hatte, und weiter sagte er nichts, außer daß er ihm einen Abschiedsgruß bot.

Nachdem sie sich getrennt hatten, kam dem Liebenden wieder der Gedanke an Hildas Übertritt zum Katholizismus in den Sinn und brachte ihn auf gewisse Überlegungen, die seinen Mutmaßungen über das Rätsel ihres Verschwindens eine neue Richtung gaben. Obgleich das Übermaß ihres religiösen Gefühls sie wohl vorübergehend in die Irre führen mochte, befürchtete er doch nicht ernstlich, daß das Mädchen aus Neu-England für immer dem vielfältigen Aberglauben der römischen Kirche erliegen könnte, von dem sie in Italien umgeben war. Aber wenn der Vorfall mit dem Beichtstuhl den eifrigen Propagandisten, die auf Seelen lauern wie die Katzen auf Mäuse, bekanntwurde oder es womöglich bereits war, so würde das ganz gewiß die zuversichtlichsten Erwartungen bei ihnen auslösen, Hilda zum rechten Glauben bringen zu können. Und würde bei der Aussicht auf einen gottseligen Ausgang etwa die Moral der Jesuiten vor dem Gedanken zurückschrecken, den sterblichen Leib zu entführen um des Heils der unsterblichen Seele willen, die andernfalls für immer verloren war? Würde nicht sogar der gütige alte Priester dies für den bei weitem liebevollsten Dienst halten, den er dem verirrten Lamm erweisen könnte, das auf so seltsame Art seinen Beistand gesucht hatte?

Wenn diese Vermutungen wirklich begründet waren, so war Hilda höchstwahrscheinlich als Gefangene in irgendeinem der in Rom so zahlreichen kirchlichen Institute. Dieser Gedanke hatte, je nach dem Aspekt, unter dem man ihn betrachtete, entweder etwas bis zu einem gewissen Grade Ermutigendes oder etwas noch zusätzlich Bestürzendes. Einerseits wäre Hilda in Sicherheit, von seelischen Fährnissen abgesehen, andererseits – welche Möglichkeit gab es denn dann, all diese verrammelten

Pforten zu stürmen und Tausende von Klosterzellen zu durchforschen, um sie zu befreien?

Kenyon aber wurde vor dem Versuch, diesem Verdacht nachzugehen, bewahrt, zu dem ihn ja auch lediglich der Zustand hoffnungsloser Ungewißheit, der ihm fast schon den Verstand verwirrte, einen Moment lang hätte bringen können. Von unbekannter Hand erreichte ihn eine Mitteilung, derzufolge er
bereits eine Stunde später Rom durch eines der Stadttore verließ.

In der Campagna

Es war ein schöner Vormittag im Februar, einem Monat, in dem
die kurzfristige Härte des römischen Winters wieder vorüber ist
und schon Veilchen und Gänseblümchen an den von der Sonne
begünstigten Stellen blühen. Der Bildhauer verließ die Stadt
durch das Tor von San Sebastiano und wanderte beschwingt die
Via Appia dahin.

Die ersten ein oder zwei Meilen nach dem Stadttor ist diese
berühmte alte Straße genauso trostlos und unangenehm wie die
meisten anderen römischen Wege. Sie zieht sich mit kleinen
holperigen Pflastersteinen zwischen Ziegel- und Lehmmauern
dahin, die festgefügt und so hoch sind, daß sie den Blick auf das
umliegende Land verwehren. Die Häuser bieten einen höchst
abstoßenden Anblick, sind weder malerisch noch anheimelnd,
haben nie oder nur selten eine Tür an der Straßenfront, sondern
sind meist nur von hinten zugänglich und blicken ungastlich
durch eisenvergitterte Fenster auf den Vorüberziehenden herunter. Hin und wieder zeigt sich ein tristes Wirtshaus oder eine
Schenke, kenntlich durch die verdorrten Zweige neben dem
Eingang, durch den man ein steinernes, muffiges Inneres gewahrt, wo die Gäste sich an saurem Brot und Ziegenkäse laben,
die sie mit einem reichlich herben Wein hinunterspülen.

Die Straße entlang erheben sich in kurzen Abständen die Ruinen antiker Grabstätten. Heutzutage ist ein solcher Bau nur
noch eine riesige Hügelmasse aus zerbrochenen Ziegeln, Stei-

nen, Kieseln und Erde, die von der Zeit zu einem einzigen
Gebilde zusammengeschmolzen sind, so dicht und unzerstörbar, als ob jedes dieser Gräber aus einem einzigen Granitblock
bestünde. Ursprünglich waren sie an den Außenseiten sicherlich
mit polierten Marmorplatten, kunstvollen Reliefs und entsprechenden Verzierungen besetzt. Diese antike Pracht ist aber den
Toten längst entwendet worden, um die Paläste und Kirchen
der Lebenden zu schmücken. Den entweihten Gräbern ist nichts
geblieben als ihre Dauerhaftigkeit.

Selbst die Pyramiden bieten schwerlich einen befremdenderen
Anblick und sind dem menschlichen Gefühl kaum unangemes-
sener als die Gräber der Via Appia mit ihrer gigantischen Größe
und der Ausdauer, mit der sie Zeit und Elementen widerstehen,
und sie sind viel zu wuchtig, als daß ein gewöhnliches Erdbeben
ihnen etwas anhaben könnte. Hier kann man bewohnte Behausungen sehen, Oliven- und Weingärten, die sich in luftiger
Höhe über einer zerstörten Grabstätte eingenistet haben, die
auf allen vier Seiten fünfzig Fuß hoch ist. Auf einem solchen
Totenhügel steht ein Heim, in dem Generationen von Kindern
geboren wurden, in dem eine Lebenszeit nach der anderen
verbracht worden ist, ohne daß der Geist des eigenwilligen
Römers sie aufgestört hätte, dessen Gebeine eine so widersin-
nige Bürde tragen.

Andere Gräber haben Kronen aus Gras, Gebüsch und Bäumen,
die ihre Äste weit ausbreiten und schon zum zweiten Mal ein
Alter von tausend Jahren erreichen konnten. Auf einem steht
ein Turm, der, obgleich er viel jünger ist als das Grab, doch auch
schon von längst vergessenen Händen erbaut wurde und jetzt
von oben bis unten zerklüftet ist. Das Fundament des Grabhü-
gels wird wohl so lange dauern, bis der Posaunenschall des
Jüngsten Tages ihn auseinanderreißen und seinen unbekannten
Toten aufrufen wird.

Jawohl, seinen unbekannten Toten. Denn bis auf ein oder zwei
zweifelhafte Fälle haben diese bergartigen Gräber nicht einmal
dazu getaugt, auch nur den Namen eines einzelnen oder einer
Familie vor der Vergessenheit zu bewahren. Ansprüche auf ein

ewiges Angedenken erhebend, hätten diese Schläfer sich doch genauso gut bescheidener zur Ruhe begeben können, jeder in seinem Kolumbarium oder unter einem kleinen grünen Rasenhügel auf einem Friedhof und ohne jeglichen Grabstein, der die Stelle markiert. Es ist sogar eher beruhigend zu denken, daß all diese Mühen sich als so völlig fruchtlos erwiesen haben.

Ungefähr zwei Meilen hinter dem Stadttor kam Kenyon an einem riesigen runden Hügel vorbei, einer Gruft wie die eben beschriebenen. Sie war aus enormen, behauenen Steinblöcken erbaut und stand auf einem mächtigen Fundament aus zusammengehäufter, zerklüfteter Masse wie all die anderen Ruinengrabstätten. Was aber der Grund auch sein mochte — diese hier war in einem ungleich besser erhaltenen Zustand. Über dem breiten Plateau erhob sich eine mittelalterliche Festung, aus der Bäume, Büsche und dicke Gewinde von Efeu hervorwuchsen — so lange schon hatte die Zeit begonnen, den späteren Bau wieder zu zerstören und ihn mit der fruchtbaren Erde zu bedecken, die sich aus dem Straßenstaub gebildet hatte. Diese Grabstätte einer Frau war zur Zitadelle und zum Verlies eines Kastells geworden, und alle Sorgfalt, die Cecilia Metellas Ehegatte angewandt hatte, um ihren geliebten Überresten ewige Ruhe zu sichern, hatte nur dazu gedient, diese Handvoll kostbarer Asche, lange Zeit nach ihrem Tode, zur Basis von Kämpfen zu machen.

Kurz nach dieser Stelle wandte sich der Bildhauer von der Via Appia fort und nahm seinen Weg über die Campagna, von Zeichen geführt, die offenbar nur ihm allein kenntlich waren. Zur Seite zog sich in einiger Entfernung der Aquädukt des Claudius über Felder und Wasserläufe hin, geradeaus aber, hinter vielen Meilen voll bläulichem Dunst, stiegen die Albanerberge auf, silbrig funkelnd in Schnee und Sonne. Kenyon war nicht ohne Begleitung — ein Büffelkalb, das zugleich scheu und gesellschaftsbedürftig schien, hatte, als er die Straße verließ, Bekanntschaft mit ihm geschlossen. Das vergnügte Tier umhüpfte ihn, indem es einmal voraus war, dann wieder zurückblieb, und hatte es einen Moment stillgestanden, um ihn aus großen, neugierigen Augen anzustarren, so sprang es im nächsten Moment, wenn er zu nahe herangekommen war, zur Seite und schüttelte seinen zottigen Kopf. Wenn es dann zurückgeblieben war und sich ein bißchen herumgetummelt hatte, kam es wieder herbeigaloppiert wie eine Kavallerieattacke, hielt aber, sowie der Bildhauer sich nach ihm umdrehte, jählings inne und stürzte beim geringsten Zeichen seiner Annäherung über die Campagna davon. Das lustige junge Geschöpf diente ihm, wie Kenyon sich vorstellte, als Führer, wie die Färse, die Cadmus zu der ihm bestimmten Stadt leitete. Denn ungeachtet der hundert launenhaften Abweichungen behielt das Tier doch den richtigen Kurs und führte ihn an verschiedenen Objekten vorüber, die der Bildhauer als die Markierungen seines Weges erkannte.

In dieser Begegnung mit einem ungebändigten und gesunden animalischen Wesen lag irgend etwas, was Kenyons Lebensgeister wunderbar erfrischte. Auch die warmen Sonnenstrahlen wirkten heilsam auf Körper und Seele und ebenso eine Brise, die sich wieder und wieder erhob, wie einzig zu dem Zweck, über seine Wangen hinzuhauchen und sich leise wieder davonzumachen, sobald er sie schon fast wie einen deutlichen Kuß empfunden hatte. Diese scheue, aber liebevolle Brise erinnerte ihn seltsam an Hildas Betragen, das sie ihm gegenüber mitunter gezeigt hatte.

Gewiß hatte auch das Wetter viel mit diesen heiteren, erfreulichen Empfindungen zu tun, die den Bildhauer so glücklich machten durch das bloße Lebensgefühl, obgleich ihm doch Herz und Sinn schwer waren von Gedanken, Befürchtungen und Ängsten, die ihn eigentlich hätten bedrücken müssen. Es war eben ein Wetter, das nirgends außer im Paradies und in Italien existiert, ganz gewiß aber nicht in Amerika, wo es unfehlbar entweder vor Hitze oder vor Kälte zu anstrengend ist. Jung, wie die Jahreszeit noch war, und winterlich, wie sie unter einem strengeren Himmelsstrich noch gewesen wäre, erinnerte sie doch eher an den Sommer als an das, was sich jemand aus Neu-England unter Frühling vorstellt. Hier gab es ein unbeschreibbares Etwas, süß, frisch und von zurückhaltender Zärtlichkeit, wie es der vorgeschrittene Sommer verliert und das Kenyons Herz gleichsam anrührte mit einem zwar sinnenhaften Gefühl, das aber doch weit mehr noch einem geistigen Entzücken glich – mit einem Wort, es war, als ob er Hildas zarten Atem an seiner Wange spürte.

Nachdem er ungefähr eine halbe Stunde in munterem Tempo gegangen war, erreichte er einen Platz, an dem anscheinend vor noch nicht langer Zeit Ausgrabungsarbeiten begonnen worden waren. Im Boden war ein großer, leerer Raum bloßgelegt, der wie ein verlassener Keller aussah und von alten unterirdischen Mauern umschlossen war, aus antiken Ziegeln gefügt und zugänglich gemacht durch eine kleine Steintreppe. Hier hatte vermutlich in den Tagen des römischen Kaiserreichs ein Landsitz gestanden, und dies mochten die Überreste eines Baderaums sein oder irgendeines anderen Teiles der Villa, den man unter der Erdoberfläche eingerichtet hatte. In diesen Boden, der voll verschollener Dinge steckt, kann kein Spaten eindringen, ohne auf irgendeine Entdeckung zu stoßen, die in jedem anderen Lande Aufsehen erregen würde. Du brauchst nur ein wenig zu graben, und schon siehst du Stücke kostbaren Marmors, Münzen, Ringe und Gemmen, und wenn du tiefer dringst, so kommst du zu Räumen mit stuckierten und freskenbedeckten Wänden, die wie Festsäle aussehen, aber nur Grüfte waren.

Der Bildhauer stieg in die kellerähnliche Höhle hinunter und setzte sich auf einen Steinblock. Sein Eifer hatte ihn früher als zur angegebenen Stunde hergeführt. Die Sonnenstrahlen fielen schräg in die Bodensenke und verweilten auf etwas, was Kenyon zunächst für einen unbearbeiteten Stein hielt, vielleicht Marmor, zum Teil wieder von Erde, die von oben heruntergefallen war, bedeckt.

Aber sein geübtes Auge gewahrte bald, daß dieser Gegenstand doch bearbeitet war. Um sich die Spannung der Wartezeit zu vertreiben, entfernte er etwas von der Erde, die erst vor ganz kurzem auf den Stein geraten sein mußte, und entdeckte eine

Marmorfigur ohne Kopf. Sie war fleckig und hatte eine leicht beschädigte Oberfläche, machte dem Bildhauer aber doch sofort den Eindruck griechischer Herkunft und war von wundervoller Zartheit und Schönheit. Der Kopf war fort, und beide Arme waren an den Ellbogen abgebrochen, doch Kenyon entdeckte die Finger einer Marmorhand, die aus der lockeren Erde hervorschauten. An ihr war noch der dazugehörige Arm, und er fand auch bald den zweiten. Nachdem diese Gliedmaßen in der Haltung, welche die glatten Bruchstellen deutlich als die ursprünglichen anzeigten, wieder hingelegt waren, offenbarte die arme zerbrochene Frauenfigur, daß sie ihr bescheidenes Wesen bis zuletzt bewahrt hatte. Mit ihm war sie untergegangen, und im Moment ihrer Auferstehung gewann sie es aufs neue zurück. Denn diese lang begraben gewesenen Hände hielten sich stracks wieder in derselben Stellung, die ihre Natur ihnen vorschrieb, wie der antike Künstler es gewußt hatte und die alle Welt von der Mediceischen Venus her gut kennt.

›Welch eine Entdeckung!‹ dachte Kenyon. ›Ich suche nach Hilda und finde eine marmorne Frau! Ist das ein gutes oder ein schlimmes Omen?‹

In einer Ecke lag ein runder Stein, auf dem die eingetrocknete Erde eine feste Kruste bildete. Wenigstens hätte man ihn für einen bloßen Steinbrocken gehalten, bis der Bildhauer ihn aufnahm, hin und her wendete, die Erde abkratzte und ihn schließlich an den schlanken Hals der neuentdeckten Statue plazierte. Die Wirkung war magisch. Augenblicklich verklärte und belebte er die ganze Figur, gab ihr Persönlichkeit, Seele und Intelligenz. Die Idee des Schönen machte sofort ihre Unsterblichkeit geltend und ließ diese Ansammlung einzelner Fragmente zu etwas Ganzem werden, wenn nicht für die Augen, so doch für die innere Schau so vollkommen, als schimmerte ganz neuer Marmor in schneeweißem Glanz. Auch war der Eindruck nicht beeinträchtigt durch die Erde, die den begnadeten Gliedern noch anhaftete und sogar noch in den lieblichen Mundwinkeln lag. Kenyon entfernte diese Spuren und meinte beinahe durch ein lebendiges Lächeln dafür belohnt zu werden.

Es war entweder das Original oder eine bessere Wiederholung der Venus der Tribuna, und diejenigen, die mit dem kleinen Kopf dieser berühmten Statue unzufrieden sind, dem schmalen unbeseelten Gesicht und den flachen Augenlidern und ebenso mit dem Mund, den die Natur niemals so geformt haben kann, sollten die geniale Ausstrahlung dieser so viel nobleren und süßeren Erscheinung sehen. Es ist eines der wenigen antiken Kunstwerke, in dem wir ein weibliches Schönheitsideal und darüber hinaus eine göttliche Erscheinung verkörpert finden.

Hier also hatte der Bildhauer einen Schatz entdecken sollen! Und wie kam es, daß dies hier neben seinem zweitausend Jahre alten Grab gelegen hatte? Weshalb war die Botschaft von diesem Fund noch nicht hinausgedrungen? Die Welt war fortan reicher als zuvor, und um etwas Wertvolleres als Gold. Verschollene Schönheit war wiedergekommen, so schön wie je, eine Göttin hatte sich aus ihrem langen Schlummer erhoben und war immer noch Göttin. Ein neuer Raum im Vatikan war bestimmt, so glanzvoll zu erstrahlen wie der des Apollo vom Belvedere oder, falls der bejahrte Papst keinen Anspruch darauf erheben sollte, so würde eines Tages ein regierender Fürst diesen zärtlichen Marmor begehren und stolz sein, die Figur gewonnen zu haben, als wäre sie eine königliche Braut.

Dies waren die Gedanken, mit denen Kenyon die Wichtigkeit der Entdeckung übertrieb und sich bemühte, wenigstens einen Teil des Interesses zu empfinden, den dies Abenteuer vor kurzem noch in ihm erregt hätte. In Wirklichkeit aber fiel es ihm schwer, seine Gedanken auf diesen Gegenstand zu konzentrieren, und wir fürchten, daß man ihn als Künstler kaum ganz voll wird nehmen können, weil es etwas gab, was ihm wichtiger war als seine Kunst. Und durch die stärkere Macht einer menschlichen Bindung schien die göttliche Statue wieder auseinanderzufallen und zu einem Haufen wertloser Bruchstücke zu werden.

Während der Bildhauer teilnahmslos auf sie hinstarrte, erklang ein Geräusch von kleinen Hufen, die schwerfällig auf der Campagna einhertrabten, und gleich darauf lugte sein vergnügter

Freund, das Büffelkalb, vom Rande oben herunter. Fast im gleichen Augenblick aber vernahm er auch Stimmen, die näher kamen, eine Männerstimme und die einer Frau, die in der musikalischen Sprache Italiens miteinander redeten. Neben dem behaarten Gesicht seines vierbeinigen Freundes erblickte Kenyon nun die Gestalten eines Bauern und einer Bäuerin, die ihm mit begrüßenden Gebärden zuwinkten.

Contadino und Contadina

Sie kamen heruntergestiegen: ein junger Bauer in der kurzen blauen Jacke, der unterm Knie geknöpften kurzen Hose und den Schnallenschuhen – eines der garstigsten Kostüme, die Männer je getragen haben, es sei denn, daß die Gestalt des Trägers eine Grazie besitzt, die die Häßlichkeit jeder Kleidung vergessen läßt. Und Hand in Hand mit ihm erschien ein Bauernmädchen in einer dieser blendenden Trachten, die scharlachrot leuchten und mit Goldstickerei verziert sind, mit denen die Contadinas sich an Festtagen kleiden. Aber Kenyon ließ sich nicht täuschen. Er hatte die Stimmen seiner Freunde sogar schon erkannt, noch bevor ihre vermummten Gestalten sich vor das Sonnenlicht geschoben hatten. Der Contadino war Donatello, und die Contadina mit ihrem leichten, fast fröhlichen Lächeln, wenn es auch aus schwermütigen Augen schimmerte, war Miriam. Beide begrüßten den Bildhauer mit einer vertrauten Freundschaftlichkeit, die ihn an die Tage vor dem mysteriösen Abenteuer in der Katakombe erinnerte, als er mit ihnen und Hilda so glücklich gewesen war. Wie viele unheimliche Ereignisse waren der geisterhaften Erscheinung aus jenem finstern Labyrinth gefolgt!
»Es ist Karneval, wissen Sie«, sagte Miriam, als wollte sie Donatellos und ihre Kostümierung erklären. »Erinnern Sie sich noch, wie fröhlich wir den Karneval im vergangenen Jahr verbracht haben?«
»Mir kommt es vor, als wären es schon viele Jahre,« erwiderte Kenyon, »wir alle haben uns seither so sehr verändert!«

Wenn Menschen sich mit ganz bestimmten Absichten treffen, so kommen sie selten sofort auf das zu sprechen, was ihnen am meisten am Herzen liegt. Sie scheuen davor zurück wie vor einem zu plötzlichen elektrischen Schlag. Ein natürliches Gefühl treibt sie dazu an, nur allmählich darauf zuzusteuern, sich gewissermaßen hinter einem immer näheren und näheren Gesprächsgegenstand zu verstecken, bis sie dem wahren Punkt des beiderseitigen Interesses Auge in Auge gegenüberstehen. Miriam war sich dessen bewußt.

»So haben Ihre bildhauerischen Instinkte Sie also zu unserer neuentdeckten Statue geführt«, meinte sie. »Ist sie nicht schön? Ein viel wahrhaftigeres Abbild göttlicher Weiblichkeit als das arme kleine Fräuleinchen in Florenz, sei sie auch noch so berühmt.«

»Wunderschön«, sagte Kenyon, indem er einen gleichgültigen Blick auf die Venus warf. »Die Zeit ist vorbei, in der der erste Anblick dieser Statue genügt hätte, um einen Gedenktag daraus zu machen.«

»Ist es etwa nicht mehr so?« fragte Miriam. »Ich habe mir das nämlich eingebildet, als wir sie vor zwei Tagen entdeckten. Es ist Donatellos Verdienst. Wir saßen hier beisammen und planten ein Wiedersehen mit Ihnen, als seine scharfen Augen die Göttin entdeckten, die beinahe ganz unter diesem Erdhaufen begraben lag, den die dummen Ausgräber über sie geworfen haben, nehme ich an. Wir gratulierten uns, hauptsächlich um Ihretwillen. Die Augen von uns dreien sind die einzigen, denen sie sich bisher enthüllt hat. Erschreckt sie Sie nicht ein bißchen wie die Erscheinung einer lieblichen Frau, die in vergangener Zeit gelebt und lange im Grab gelegen hat?«

»Ach, Miriam, ich kann Ihnen nichts antworten«, sagte der Bildhauer mit nicht mehr zu unterdrückender Ungeduld. »Phantasie und Liebe zur Kunst sind in mir erstorben.«

»Miriam,« unterbrach Donatello mit freundlichem Ernst, »warum spannen wir unseren Freund auf die Folter? Wir wissen ja, wie ihm zumute ist, und wir wollen ihm alle Auskünfte geben, die uns möglich sind.«

»Du bist so direkt und unmittelbar,« antwortete Miriam mit unruhigem Lächeln, »es gibt verschiedene Gründe, warum ich dieses Thema lieber noch für eine Weile mit Phantasien überspinnen möchte, so wie man Blumen auf ein Grab streut.«

»Ein Grab!« schrie der Bildhauer.

»Kein Grab, in dem Ihr Herz begraben werden müßte«, entgegnete sie. »Sie haben kein derartiges Unglück zu befürchten. Ich zögere nur, weil jedes Wort, das ich spreche, mich einem Wendepunkt näherbringt, vor dem ich zurückschrecke. Ach, Donatello, laß uns doch noch ein wenig länger das Leben der letzten fünf Tage führen! Es ist so licht, so leicht, so kindlich, so ohne Vergangenheit und Zukunft. Hier in der freien Campagna scheinst du für dich und auch für mich das Leben wiedergefunden zu haben, das du in der Jugend hattest. Das süße, verantwortungsfreie Leben, das du von deinen mythischen Vorfahren geerbt hast, den Faunen von Monte Beni. Unsere harte, schwere Wirklichkeit wird uns rasch genug wieder überkommen. Aber erst noch eine kurze Zeit von diesem seltsamen Glück!«

»Ich wage nicht darin zu verweilen«, antwortete Donatello mit einem Ausdruck, der den Bildhauer an die düstersten Tage seiner Buße auf Monte Beni erinnerte. »Ich wagte nur deshalb so glücklich zu sein, wie du mich gesehen hast, weil ich fühlte, wie kurz es dauern wird.«

»Noch einen Tag also,« bat Miriam, »noch einen einzigen Tag in der Freiheit dieser Luft hier!«

»Gut, noch einen Tag«, sagte Donatello lächelnd, und dies Lächeln ergriff Kenyon, da sich Glück und Schmerz in ihm verbanden. »Aber hier ist Hildas und unser Freund, tröste ihn doch wenigstens und beruhige sein Herz, da das zum Teil in deiner Macht steht.«

»Ach, er kann seine Qualen gewiß noch ein bißchen länger aushalten«, rief Miriam und sah Kenyon mit einer verschmitzten, launischen Heiterkeit an, hinter der sich etwas verbarg, zu traurig und ernst, als daß sie es unverhüllt zeigen wollte. »Ich glaube, daß Sie uns beide lieben und darum bereit sein werden, für uns noch einen weiteren Tag zu leiden. Oder verlange ich zuviel?«

»Sagen Sie mir etwas von Hilda,« antwortete der Bildhauer, »sagen Sie mir nur, daß sie in Sicherheit ist, und behalten Sie alles, was Sie sonst wollen, für sich.«

»Hilda ist in Sicherheit«, sagte Miriam. »Ich entsinne mich, Ihnen vor langer Zeit gesagt zu haben, daß es eine Vorsehung gibt, die ganz besonders für Hilda da ist. Aber ein großes Ungemach – eine böse Tat wollen wir es nennen – hat ihre dunklen Zweige so weit ausgebreitet, daß ihr Schatten auf die Unschuld ebenso fällt wie auf die Schuld. Es gab eine ganz vage Verbindung, die Ihre liebe Hilda mit einem Verbrechen in Berührung brachte, das mitanzusehen ihr Mißgeschick war, von dem ich aber nicht erst sagen muß, daß sie so schuldlos daran war wie die Engel, die aus dem Himmel herunterschauten und es gleichfalls mit ansahen. Welches die Folgen auch waren – Sie sollen Ihre verschollene Hilda wiederbekommen und, wer weiß, vielleicht weicher, als sie vorher war.«

»Aber wann wird sie wiederkommen?« beharrte der Bildhauer. »Sagen Sie mir, wann und wo und wie!«

»Geduld! Bedrängen Sie mich nicht so«, sagte Miriam, und wiederum fiel dem Bildhauer das Koboldhafte und Launische auf, eine Art nervöser Fröhlichkeit, die wie ein Irrlicht schien, das aus einer lähmenden Furcht in ihrem Inneren stammte. »Sie haben mehr Zeit als ich. Zunächst hören Sie, was ich zu sagen habe, von Hilda werden wir nach und nach reden.«

Dann sprach Miriam über ihr eigenes Leben und teilte Tatsachen mit, die auf viele Dinge ein Licht warfen, die Kenyons Vorstellungen von ihr bisher verwirrt hatten. Sie war mütterlicherseits von englischer Abkunft, hatte aber auch jüdisches Blut. Verbunden durch ihren Vater mit einer der wenigen fürstlichen Familien Süditaliens, die noch heute großen Reichtum und Einfluß besitzen, nannte sie einen Namen, bei dem Kenyon erschrak und blaß wurde, weil dieser Name vor ein paar Jahren in Verbindung mit einem mysteriösen und furchtbaren Geschehnis weltbekannt geworden war. Der Leser wird sich an diesen Namen entsinnen, falls er meint, daß es der Mühe lohnt.

»Sie schaudern vor mir, bemerke ich«, sagte Miriam, indem sie ihre Erzählung jäh unterbrach.

»Nein. Sie waren unschuldig«, erwiderte der Bildhauer. »Ich schaudere vor dem Schicksal, das Ihre Spuren zu verfolgen und einen Schatten von Verbrechen über Ihren Weg zu werfen scheint, während Sie schuldlos sind.«

»Es gab solch ein Schicksal, allerdings«, sagte Miriam. »Der Schatten fiel auf mich, die ich schuldlos war, aber ich verirrte mich in ihm und geriet, wie Hilda Ihnen sagen könnte, in Schuld.«

Sie fuhr fort zu berichten, daß sie ihre Mutter verlor, als sie noch ein Kind war. Von einer sehr frühen Lebenszeit an hatte es ein kontraktliches Eheversprechen zwischen ihr und einem gewissen Marchese gegeben, dem Familienoberhaupt einer anderen Linie ihres Vaterhauses, eine Familienübereinkunft für zwei Menschen ganz verschiedenen Alters, bei der Gefühle keine Rolle spielten. Die meisten italienischen Mädchen hoher Abkunft hätten sich einer solchen Heirat gefügig unterzogen, als einer selbstverständlichen Angelegenheit. Aber in Miriams Blut, in ihrer gemischten Rasse, in ihren Erinnerungen an ihre Mutter und schließlich auch in ihrer eigenen Natur gab es etwas, was ihr Freiheit des Denkens verliehen hatte und was ihr diese vorausgeplante Verbindung verhaßt machte. Zudem wäre der Charakter des ihr bestimmten Gatten ein ausreichender und unüberwindlicher Einwand gewesen, denn er zeigte so böse Eigenschaften, so tückische, niedrige und doch so seltsam feinsinnige, wie sie nur durch die Geisteskrankheit, die sich oft in alten, hochgezüchteten, sich abgesondert haltenden Geschlechtern entwickelt, wenn sie sich lange Zeit nicht mit frischem Blut mischen. Als Miriam das Alter erreichte, in dem das kontraktliche Versprechen eingelöst werden sollte, wies sie es entschieden zurück.

Einige Zeit darauf war jenes entsetzliche Ereignis eingetreten, das Miriam andeutete, als sie ihren Namen nannte, ein Ereignis, dessen erschreckende Umstände vielen wieder ins Gedächtnis kommen werden, für das aber nur wenige eine befriedigende Erklärung gefunden haben. Unsere Erzählung betrifft es nur insofern, als der Verdacht, zumindest ein Mitwisser des Verbrechens gewesen zu sein, düster und unmittelbar auf Miriam selbst gefallen war.

»Aber Sie wissen, daß ich unschuldig bin?« rief sie, indem sie sich wieder unterbrach und Kenyon ins Gesicht blickte.

»Ich weiß es aus allertiefster Überzeugung«, erwiderte er, »und durch Hildas Vertrauen und Liebe, die Sie niemals gewonnen hätten, wenn Sie der Sünde fähig gewesen wären.«

»Das ist freilich eine sichere Begründung, um mich für unschuldig zu erklären«, sagte Miriam, und die Tränen stiegen ihr in die Augen. »Trotzdem bin ich inzwischen für Ihre heilige Hilda zum Schrecken geworden durch ein Verbrechen, das sie selber mit ansah und bei dem ich Hilfe leistete.«

Sie fuhr in ihrer Geschichte fort. Der große Einfluß ihrer Familie hatte sie vor einigen der Folgen des ihr zur Last gelegten Vergehens geschützt, aber in ihrer Verzweiflung war sie von daheim entflohen und hatte das unter Umständen bewerkstelligt, aus denen man schließen mußte, daß sie Selbstmord begangen habe. Miriam aber gehörte nicht zu den schwachen Naturen, die diese armselige Zuflucht aus irdischen Schwierigkeiten wählen. Sie wandte sich vielmehr der Welt zu und schuf sich rasch eine neue Lebenssphäre, in der Hildas sanfte Reinheit, des Bildhauers Feinfühligkeit, klares Denken und Genialität und Donatellos erheiternde Einfalt Miriam ihre beinahe erste Glückserfahrung schenkten. Dann kam das verhängnisvolle Abenteuer in der Katakombe. Die geisterhafte Erscheinung, der sie dort begegnete, war das böse Geschick, das sie durch das ganze Leben verfolgte.

Wenn sie auf das, was geschehen war, zurückblickte, so hielt Miriam jenen Menschen, wie sie sagte, für geistesgestört. Irrsinn mußte wohl schon in seiner ursprünglichen Veranlagung gesteckt haben. Er hatte sich durch die verderbtesten Handlungen, die schon in diesem Irrsinn begangen worden waren, immer mehr entwickelt und sich durch die Reue, die ihnen schließlich folgte, nur noch verstärkt. Nichts war merkwürdiger in seinem düsteren Lebenslauf als die Buße, die oft mit dem Verbrechen Hand in Hand zu gehen schien. Seit seinem Tode hatte sie in Erfahrung gebracht, daß ihn die Reue schließlich in ein Kloster geführt hatte, wo seine harte, selbstauferlegte Buße ihm sogar den Ruf ungewöhnlicher Frömmigkeit eingetragen hatte, und die Folge davon war, daß er sich größerer Freiheit erfreute, als sie Mönchen im allgemeinen gewährt wird.

»Muß ich Ihnen noch mehr sagen?« fragte Miriam, nachdem sie bis hierhin berichtet hatte. »Es ist immer noch ein unklares und trübes Zwielicht, in das ich Sie führe. Aber vielleicht gewinnen Sie Einblick in manches, was ich selbst nur mutmaßen kann. Auf alle Fälle aber können Sie sich jetzt wohl vorstellen, wie meine Situation nach jener fatalen Begegnung in der Katakombe sein mußte. Mein Verfolger war zur Buße dorthin gekommen, aber nun ging er mir mit neuen Gelüsten auf Verbrechen nach. Er hatte mich in seiner Gewalt, und irrsinnig und verderbt, wie er war, konnte er mich mit einem einzigen Wort in den Augen der ganzen Welt vernichten. Auch in den Ihren und in Hildas. Sogar Donatello hätte sich mit Entsetzen von mir zurückgezogen.«

»Niemals!« sagte Donatello. »Mein Instinkt hätte deine Unschuld erkannt.«

»Hilda, Donatello und ich hätten Sie freigesprochen«, sagte Kenyon. »Die Welt mag denken, was sie will. Ach, Miriam, Sie hätten uns diese traurige Geschichte früher erzählen sollen!«

»Ich habe oft daran gedacht, es Ihnen zu sagen,« antwortete Miriam, »ganz besonders bei einer bestimmten Gelegenheit. Nachdem Sie mir Ihre Kleopatra gezeigt hatten, drängte es sich mir aus dem Herzen und fast auf die Lippen. Da ich Sie aber bei dem Gedanken an mein Vertrauen kühl fand, unterdrückte ich es. Hätte ich meinem ersten Impuls gehorcht, so wäre alles anders gekommen.«

»Und Hilda?« begann der Bildhauer wieder. »Was kann denn Hilda mit diesen dunklen Vorgängen zu tun gehabt haben?«

»Das wird sie Ihnen gewiß selbst sagen«, antwortete Miriam.
»Ich besitze Informationsquellen in Rom, nach denen ich Ihnen
versichern kann, daß es ihr gut geht. Noch zwei Tage, und sie
wird mit Hilfe der besonderen Vorsehung, die, wie ich Ihnen so
gerne sage, über Hilda wacht, wieder bei Ihnen sein.«
»Noch zwei Tage!« murmelte der Bildhauer.
»Ach, jetzt sind Sie grausam! Grausamer, als Sie wissen,« rief
Miriam mit einem neuen Aufblitzen jener seltsamen grillenhaf-
ten Ausgelassenheit, die für ihr Betragen während dieses Zu-
sammenseins schon mehr als einmal bezeichnend gewesen war,
»schonen Sie doch Ihre armen Freunde!«
»Ich verstehe nicht, was Sie meinen, Miriam«, sagte Kenyon.
»Macht nichts«, erwiderte sie, »Sie werden es später schon verstehen. Aber können Sie sich's nicht denken? Hier ist Donatello,
verfolgt von Gewissensbissen und unnachgiebig entschlossen,
das zu finden, was er für Gerechtigkeit gegen sich selbst hält. Er
glaubt in einer Art Einfalt, die ich vergeblich zu bekämpfen
versucht habe, daß der Täter, wenn ein Unrecht begangen
wurde, dazu verpflichtet ist, sich dem Tribunal auszuliefern, das
über solche Dinge richtet, und sich seinem Urteil zu unterwer-
fen. Ich habe ihm versichert, daß es so etwas wie irdische
Gerechtigkeit überhaupt nicht gibt, und ganz besonders nicht
hier, unter dem Haupt der Christenheit.«
»Über diesen Punkt wollen wir nicht mehr diskutieren«, sagte
Donatello lächelnd. »Für Auseinandersetzungen habe ich nicht
genug Verstand, aber ich habe einen Instinkt, glaube ich, der
mich manchmal richtig leitet. Doch warum müssen wir denn
jetzt von Dingen reden, die uns vielleicht traurig stimmen? Wir
haben noch zwei Tage, also laß uns lieber glücklich sein!«
Es schien Kenyon, als habe Donatello, seit er ihn zum letzten
Mal gesehen hatte, etwas von den liebenswürdigen Eigenschaften des antiken Fauns wiedergewonnen. Da war die leichte,
gleichmütige Grazie, die vergnüglichen einfältigen Sonderlich-
keiten, die von dem schweren Gram ganz ausgelöscht gewesen
waren, den er auf Monte Beni durchgemacht und noch kaum
überwunden hatte, als der Bildhauer sich von ihm und Miriam

unter der ausgestreckten Hand des bronzenen Papstes getrennt hatte. Diese glücklichen Blüten waren jetzt wieder da, seinem Herzen entströmte Verspieltheit und blitzte wie ein Blinklicht in seinen Bewegungen, abwechselnd, ja sogar Hand in Hand mit Mitgefühl und Ernsthaftigkeit.

»Ist er nicht schön?« fragte Miriam, die den Blick des Bildhauers bewundernd auf Donatello ruhen sah. »So verändert und doch in einem tieferen Sinn so ganz derselbe. Er hat sich in einem Kreis bewegt wie alle Dinge, himmlische und irdische, und jetzt kommt er zu seinem ursprünglichen Selbst zurück mit einem unabsehbaren Gewinn von Belehrung durch die Erfahrung von Leid. Wie wunderbar das doch ist – ich zittere vor meinen eigenen Gedanken, und doch bin ich gezwungen, sie auf ihre Tiefe hin zu prüfen. War das Verbrechen, das uns aneinandergebunden hat – war es ein Segen in einer sonderbaren Verkleidung? War es dazu bestimmt, erzieherisch zu sein, indem es eine einfältige und unvollkommene Natur zu einer Höhe des Gefühls und der Einsicht brachte, die sie unter keiner anderen Zucht hätte erreichen können?«

»Sie rühren an verborgene und gefährliche Fragen, Miriam«, erwiderte Kenyon. »Ich wage es nicht, Ihnen in die unermeßlichen Abgründe zu folgen, zu denen Sie hinstreben.«

»Und doch liegt etwas Reizvolles darin. Ich grüble so gern am Rand dieses großen Mysteriums«, gab sie zurück. »Die Geschichte vom Sündenfall – wiederholt sie sich nicht in unserer Romanze von Monte Beni? Und dürfen wir die Analogie nicht weiterverfolgen? War die Sünde, in welche Adam sich und sein ganzes Geschlecht stürzte – war sie die vorausbestimmte Fügung, durch die wir nach unendlichen Wegen voll Mühsal und Leid dazu bestimmt sind, ein höheres, lichteres und tieferes Glück zu erlangen, als unser angeborenes und wieder eingebüßtes Recht uns geben konnte? Wäre diese Anschauung nicht die Erklärung für die zugelassene Existenz der Sünde und eine bessere Erklärung als jede andere Theorie?«

»Es ist zu gefährlich, Miriam, ich kann Ihnen nicht folgen«, wiederholte der Bildhauer. »Der sterbliche Mensch hat kein

Recht, den Boden zu beschreiten, auf den Sie da Ihren Fuß setzen!«

»Fragen Sie Hilda, wie sie darüber denkt«, sagte Miriam mit nachdenklichem Lächeln. »Zumindest wird sie folgern, daß Sünde, die der Mensch anstelle des Guten gewählt hat, von der Allmacht so gnadenvoll gehandhabt worden ist, daß sie dort, wo unser finsterer Feind uns durch sie zu vernichten gedachte, zu einem Instrument der Bildung von Geist und Seele wurde.«

Miriam hielt inne bei diesen Betrachtungen, die dem Bildhauer mit Recht so gefahrvoll erschienen. Dann drückte sie ihm die Hand als Zeichen des Lebewohls.

»Gehen Sie übermorgen eine Stunde vor Sonnenuntergang«, sagte sie, »auf den Corso und stellen Sie sich vor das fünfte Haus zur Linken nach der Antoninus-Säule. Dort werden Sie Nachrichten von einer Freundin erhalten.«

Kenyon wollte sie um klarere Auskünfte anflehen, aber sie schüttelte den Kopf, legte den Finger auf die Lippen und wandte sich mit einem erzwungenen Lächeln ab. Er hatte den Eindruck, daß Miriam, ebenso wie Donatello, am Wegrand ein Paradies gefunden hatte, wo sie beide auf ihrer mysteriösen Lebensreise die Bürde der Vergangenheit und der Zukunft abwarfen und wo sie – außer während dieser Begegnung mit ihm – im vorübergleitenden Augenblick glücklich waren. Heute war Donatello noch der dem Wald entstammende Faun und Miriam seine ebenbürtige Gefährtin, eine Nymphe der Haine und der Quellen. Morgen würden sie, ein reumütiges Paar, durch ein Vergehen im Ehebund vereint, ihren Weg einem unvermeidbaren Ziele zu fortsetzen.

Auf dem Corso

Am verabredeten Nachmittag erschien Kenyon zu einer viel früheren Stunde, als Miriam angegeben hatte, auf dem Corso.

Es war Karneval. Die Ausgelassenheit dieses berühmten Festes war in vollem Gang und die stattliche Straße, der Corso, von Hunderten phantastischer Gestalten bevölkert, von denen einige wohl den Übermut uralter Zeiten repräsentierten, wie er seit den Tagen des römischen Imperiums alles Mißgeschick überdauert hat. Im ersten Frühling schwärmt diese antiquierte Heiterkeit ins Sonnenlicht hinaus, während sie das übrige Jahr in den Katakomben oder irgendeiner Gruft der Vergangenheit eingekerkert zu sein scheint. Neben den ererbten Erscheinungsformen, über die schon Hunderte von Generationen gelacht haben, gab es auch solche modernen Datums, das humoristische Fazit des Tages — eines Tages jedoch und eines Zeitalters, die bemerkenswert unfruchtbar zu sein scheinen, verglichen mit der profilierten Originalität früherer Zeiten mit ihrem Sinn für Geformtheit, ob feierlich oder fröhlich. In Wahrheit ist der Karneval nur deswegen noch am Leben, weil er schon seit Jahrhunderten existiert. Er ist traditionell, nicht aktuell. Wenn das altersschwache Rom im Karneval lächelt oder laut lacht, so geschieht das nicht in der alten Einfalt wirklichen Frohsinns, sondern mit halb bewußter Anstrengung, ganz wie unsere selbstbetrügerische Erheiterung über einen abgedroschenen Witz. Was immer der Karneval einst auch gewesen sein mag — heutzutage ist er weiter nichts als ein dünnes, absichtsvoll lärmendes Rinnsal von Vergnügtheit, das in der Mitte des Corso, dem Herzen der verrotteten Stadt, dahinplätschert, ohne in seiner sterilen Leere rechts oder links anzustecken. Nicht einmal innerhalb seiner eigenen Grenzen vermag er die große Masse der Zuschauer zu berühren, außer ein paar Gestalten auf Straße und Balkon, die den Kampf mit Blumensträußen und Attrappen von Zuckerwerk mitkämpfen. Die Leute schauen mit nüchternen Mienen zu, Adel und Klerus nehmen wenig oder gar keinen Anteil, und abgesehen von den Horden der Angelsachsen, die alljährlich dies schlaffe Vergnügen aufgreifen, könnte der Karneval längst schon weggefegt sein mitsamt den Schneeverwehungen von Konfetti, die das ganze Straßenpflaster bedecken.
Dennoch ist das längst erschöpfte Fest immer noch etwas

Neues für die Jungen und Leichtherzigen, die ja sogar die erschöpfte Welt so neu machen, wie Adam sie am ersten Morgen im Paradies gefunden hat. Vielleicht sind es nur Alter und Sorge, die durch die Impertinenz ihrer eiskalten Kritik die Welt aus ihrer wunderlichen und übermütigen Ausgelassenheit herausschrecken.

Kenyon aber, so jung er war, hatte Sorgen genug in seiner Brust, um im Karneval das leerste aller Possenspiele zu sehen. Indem er die ernste Gespanntheit seiner gegenwärtigen Gemütsverfassung mit der fröhlichen Laune des vergangenen Jahres verglich, fand er, daß der viele Kummer auf jeden Fall Weisheit in seinem Gefolge gehabt hatte. Aber es gibt eine Weisheit, die feierlich aussieht und der Freude spottet, und dann gibt es auch wiederum eine tiefere Weisheit, die sich dazu herbeiläßt, fröhlich zu sein, sooft die Gelegenheit dazu sich bietet, und sich am häufigsten unbedeutender Anlässe zur Freude bedient – denn wenn wir auf begründete Anlässe warten wollen, können wir überhaupt nur recht selten vergnügt sein. Daher hätte Kenyon gut daran getan, sich mit irgendeiner wilden behaarten Visage zu maskieren und sich, wie beim letzten Karneval, in das Treiben der anderen Masken zu stürzen. Damals war Donatello den Corso entlanggetanzt, ganz und gar als Faun verkleidet, und hatte seine Rolle mit wunderbarer Treue gespielt und sogar bepelzte Ohren sehen lassen, die absolut echt wirkten. Und Miriam hatte abwechselnd eine Dame aus der Zeit des Ancien régime dargestellt, in Puder und Brokat, und das hübscheste Bauernmädchen der Campagna, in bunter Tracht, während Hilda, die spröde auf einem Balkon saß, den Bildhauer mit einer Rosenknospe beworfen hatte – einer so süßen und frischen Knospe, daß er sofort erriet, aus wessen Hand sie kam.

Sie alle waren fort, all diese lieben Freunde, deren Vergnügtsein auch ihn so froh gemacht hatte – es kam Kenyon so vor, als läge das viele Jahre zurück. Er war alt geworden, der Übermut war zahm und die Maskierten waren langweilig und schwerfällig, der Corso war weiter nichts als eine enge, schäbige Straße voll verkommener Paläste und der Streifen italienischen Himmels darüber nicht halb so licht wie damals.

Doch hätte er das Ganze mit seinem wirklichen, klaren Blick betrachtet, so hätte er sowohl Frohsinn wie auch Pracht darin entdeckt. Allenthalben und den ganzen Tag über hatte es Anzeichen für das Fest gegeben in Gestalt der Körbe, die von den Blumen überquollen, die an den Straßenecken zum Verkauf angeboten wurden oder die die Händler auf dem Kopf balancierten, während Scheffel um Scheffel voll gefärbtem Konfetti bereitstanden, das genau wie Zuckererbsen aussah, so daß ein Fremder hätte meinen können, aller Handel und Wandel des ernsten, alten Rom bestünde aus Blumen und Süßigkeiten. Und jetzt, am sonnigen Nachmittag, konnte es kaum ein malerischeres Schauspiel geben als den Anblick dieser vornehmen Straße, die sich in ihrer unendlichen Länge zwischen zwei Reihen nobler Gebäude hinzog, an denen aus jeglichem Fenster und von so manchem Balkon die buntesten und prächtigsten Teppiche prangten, lichte Seidenfahnen, scharlachrote Stoffe mit goldenen Fransen und antike Gobelins, die immer noch farbig leuchteten, obgleich sie das Werk uralter Webstühle waren. Jeder einzelne Palazzo hatte sein Galagewand angelegt und sah festlich aus, welch düsteres Geheimnis er in seinem Inneren auch bergen mochte. Obendrein war jedes Fenster von Frauen, rosigen Mädchen und Kindern belebt, alle mit munteren und freudigen Gesichtern. Auf den Balkonen, die an den Palastfronten vortraten, standen Gruppen von Damen, alle prächtig gekleidet und manche von ihnen wunderschön, und sie alle ließen ihr Lachen ertönen, schrill und trotzdem süß, und das musikalische Schwätzen ihrer Stimmen, das sich über den Köpfen der gewöhnlichen Sterblichen zu sorglosem Lärm verdichtete.

Alle diese vielen Augen sahen auf die Straße hinunter, die überfüllt war vom Gedränge der festlichen Gestalten in so phantastischer Vielfalt, daß es Jahrhunderte gebraucht hatte, sie alle auszudenken. Und mitten in diesem übermütigen Strom rollte langsam eine nicht endende Prozession sämtlicher Fahrzeuge von Rom dahin, angefangen von der fürstlichen Equipage mit dem gepuderten Kutscher hoch auf dem Bock und den drei goldenen Lakaien hinten, bis zum bäuerlichen, von einem Eselchen gezogenen Karren. Überall in dieser Menge, in Fenstern und auf Balkonen, in Wagen, Karren, Landauern, glänzenden Equipagen oder bei denen, die sich allenthalben zu Fuß herumtummelten, herrschte die Sympathie des gemeinsamen Possenspiels, eine aufrichtige und herzliche Verbrüderung, die auf der ehrlichen Absicht beruhte, die übrigens auch eine weisheitsvolle Absicht war, närrisch zu sein, alle mitsammen. Die Kurzweil der Menschheit, wie auch ihr tiefster Ernst, ist ein Kampf, und daher bekämpften sich diese festlichen Leute mit einer Munition von Zuckerzeug und Blumen. Es waren nicht etwa echte Süßigkeiten, aber es war doch etwas, was immerhin so ähnlich aussah, genau wie die Äpfel von Sodom besseren Früchten ähneln. Sie waren aus Gips und Hafer zusammengeleimt, und außer dem Konfettiregen warfen die Kämpfenden auch ganze Hände voll Blumen oder Kalkstaub in die Luft, wo all das wie Rauch über einem Schlachtfeld hing und beim Herabfallen einen schwarzen Umhang oder ein Priestergewand und die Locken der Jugend, ohne daß sie ehrwürdig waren, weiß machte. Zugleich mit dem scharfen Kampf mit Kalk, unter dem die Augen litten, bis sie tränten, gab es auch jene Fehde, die mit Blumen geführt wurde, insbesondere zwischen Damen und Kavalieren. Ursprünglich, als dieser hübsche Brauch entstand, mag er eine treuherzige Sache gewesen sein. Jeder junge Mann und jedes Mädchen pflückten Blumen vom Feld oder aus ihren eigenen Gärten, lauter frische Blüten, und warfen sie in wirklicher Absicht auf jemanden, den sie mit scheuer Vorliebe auszeichneten, wenn nicht gar mit Liebe. Auf diese Art mochte der Liebende am Corso oft von seiner Erkorenen vom fürstlichen Balkon ihres Vaters herunter die erste süße Andeutung empfangen haben, daß seine leidenschaftlichen Blicke nicht an einem Herzen aus Marmor abgeprallt waren. Welch passendere Art, ihr zartes Geheimnis zu verraten, konnte ein Mädchen finden als die sanfte Berührung der Wange eines jungen Mannes mit einer Rosenknospe?

Dies war Zeitvertreib und Ernst eines unschuldigeren und gemütvolleren Zeitalters. Heutzutage werden die Blumensträuße von habgierigen Händen gepflückt und gebunden und den ganzen Corso entlang zu billigen Preisen feilgeboten, wenn auch immer noch teurer, als das Zeug wert ist. Kauft man einen ganzen Korb voll, so findet man sie elend verwelkt, als wären sie bereits zwei Karnevalstage lang in die Lüfte geworfen worden, und auch verschmutzt, weil sie anscheinend vom Pflaster aufgelesen wurden, wo hundert Füße über sie hingetrampelt sind. Man kann Männer und Knaben sehen, die sich zwischen die Pferdehufe werfen, um Sträuße aufzuklauben, die ihr Ziel in die Kutschen verfehlt haben. Diese Sträuße verkaufen sie immer von neuem, zehnmal hintereinander, gleichviel, wie geschändet sie vom verderbten römischen Schmutz auch sind.

So sehen also die blumigen Gunstzeichen aus, die zwischen Kavalier und Dame hin und wieder zurück fliegen. Vielleicht symbolisieren sie viel klarer, als es beabsichtigt war, die armen verwelkten Herzen derer, die sie werfen, Herzen, welche niedergetreten sind von ihren früheren Besitzern, für die sie schlugen, und befleckt von allen möglichen Mißgeschicken, von Hand zu Hand gegangen, die schmutzigen Straßen des Lebens entlang, statt daß sie sorgfältig in einer gläubigen Brust bewahrt wurden.

Diese käuflichen Blumen und jenes täuschende Zuckerwerk sind typisch für die geringe Realität, die der Karneval noch besitzt. Doch die Regierung scheint zu meinen, daß es immer noch genug Trubel gäbe, einen wilden Übermut vielleicht, der den Mummenschanz über die Grenzen des Erlaubten treiben könnte, und hält es daher für zweckdienlich, den Corso von einer imponierenden Militärmacht bewachen zu lassen. Neben der üblichen Anzahl von Gendarmen war eine starke Truppe päpstlicher Dragoner in Helmen und weißen Mänteln an allen Straßenecken postiert. Abteilungen französischer Infanterie standen neben ihren zusammengestellten Musketen am einen Ende des Corso auf der Piazza del Popolo, am anderen vor dem Palais der Österreichischen Botschaft und mittwegs unter der

Antoninussäule. Hätte die unterdrückte Tigerkatze, die Bevölkerung von Rom, auch nur die Spitze einer ihrer Krallen gezeigt, so hätten sogleich die Säbel geblitzt und die Kugeln gepfiffen, mitten in die Kämpfenden hinein, die sich jetzt gegenseitig mit unechtem Zuckerwerk und verwelkten Blumen beschossen.

Aber, um dem römischen Volk Gerechtigkeit widerfahren zu lassen – es wurde durch eine bessere Bewachung im Zaum gehalten als durch Säbel und Bajonett: durch die eigene freundliche Höflichkeit, die eine Art Tabu in das traditionelle Fest brachte. Ein kühler Beobachter hätte beim ersten Anblick eines so phantastischen und extravaganten Schauspiels meinen können, daß die ganze Stadt wahnsinnig geworden sei, schließlich aber doch bemerken, daß die scheinbar hemmungslose Entfesselung strikt innerhalb ihrer freiwilligen Grenzen blieb. Er würde ein Volk bewundern, das frei seine übermütigen Neigungen lockern kann, während es die gefährlicheren, die zu Unheil führen, unterdrückt. Jedermann schien entfesselt, niemand war grob. Wenn irgendeiner der Tollenden die Grenzen überschritt, so war es ganz bestimmt kein Römer, sondern ein Engländer oder Amerikaner, und selbst die Grobschlächtigen dieser barbarischen Rasse wurden besänftigt durch den leisen Einfluß einer moralischen Atmosphäre, die in vieler Hinsicht delikater war als die unsrige daheim. Nicht, daß wir etwa den verfeinerten italienischen Geist mehr liebten als unseren eigenen – volkstümliche Grobheit ist mitunter das Zeichen für eine robuste moralische Gesundheit. Wenn es sich aber um einen Karneval handelt, so vollzieht er sich in Rom gewiß schicklicher, aber auch munterer und vergnüglicher als in jeder angelsächsischen Stadt.

Als Kenyon aus einer Seitenstraße auf den Corso kam, war die Ausgelassenheit schon auf ihrem Höhepunkt. Aus der abgeschlossenen Sphäre seiner eigenen Gefühle schaute er auf die mit Wandteppichen geschmückten Palazzi, die sich langsam bewegende Doppelreihe der Fahrzeuge und auf die buntscheckigen Masken, die sich dazwischen zu Fuß herumtrieben, als schaute er durch das eisenvergitterte Fenster einer Gefängniszelle. Seine Empfindungen waren dermaßen anders, daß alles ihm vorkam wie ein ferner Traum, durch dessen phantastische Nebelschleier er substantiellere Dinge zwar wahrnehmen konnte, während er jedoch zu sehr dem Traum unterworfen war, um zur Wirklichkeit erwachen zu können. Gerade in diesem Augenblick bahnte sich ein neues Schauspiel seinen Weg durch das Maskengedränge. Zunächst erschien eine vollzählige Militärkapelle, deren Musik in dieser engen, wenn auch stattlichen Straße zwischen den Mauern der hohen Palazzi mit so machtvollen Tönen zum Himmel dröhnte, daß sie fast zu Mißtönen wurden. Dann kam eine Abteilung Kavallerie und berittener Gendarmen, die einen enormen militärischen Pomp zur Schau stellten. Sie bildeten die Eskorte eines langen Zuges von Equipagen, von denen jede einzelne so prunkvoll war wie Aschenbrödels Märchenkutsche, bemalt und vergoldet, und wie diese hatten sie auch Kutscher von mächtiger Größe und riesige Lakaien in hohen gepuderten Perücken, mit goldbetreßten Dreispitzen und gestickten Seidenfräcken und Kniehosen. In ihrem altmodischen, erhabenen Prunk wäre diese Prozession Seiner Heiligkeit in Person, in Begleitung diensttuender Kardinäle, würdig gewesen, wenn diese geweihten Würdenträger freundlicherweise ihre Unterstützung geliehen hätten, den Übermut des Karnevals zu erhöhen. Aber all die Zurschaustellung martialischer Eskorten und prächtiger Kostüme war weiter nichts als ein Zug der städtischen Obrigkeiten von Rom – illusionäre Schatten, und mitten unter ihnen ein Phantom, genannt der Senator von Rom –, die sich zum Kapitol begaben.

Der wilde Austausch von Blumen und Konfetti wurde teilweise unterbrochen, als der Zug vorbeikam. Ein gut gezielter Wurf jedoch – es war eine reichliche Handvoll Kalkstaub, geworfen von einem ruchlosen Neu-Engländer – traf den Kutscher des Senators von Rom voll ins Gesicht und verletzte recht verblüffend seine Würde. Er schien zu meinen, daß die Republik aufs neue in Schutt und Asche sinke und ihr Staub ihm in die Nase dringe, obgleich dieser kaum von all dem Puder zu unterscheiden sein mußte, mit dem er ohnedies schon reichlich bedeckt war.

Während der Bildhauer mit traumbefangenen Augen beiläufig
von diesem unwichtigen Vorfall Notiz nahm, kamen Hand in
Hand zwei Gestalten an ihm vorüber. Sie trugen dichte
schwarze Masken, aber die eine war jedenfalls ein Contadino
aus der Campagna, die andere eine Contadina in ihrer malerischen Sonntagstracht.

Ein Karnevalsscherz

Die Menschenmasse und das Durcheinander hinderten den
Bildhauer daran, den beiden zu folgen, die ja tatsächlich nur
zwei aus der zahllosen Zunft waren, die in ähnlichen Gewän-
dern den Corso füllten. Sowie er sich Durchlaß erzwingen
konnte, versuchte Kenyon ihren Schritten zu folgen, sie gerieten
ihm aber sofort wieder aus den Augen, und er verlor ihre Spur,
weil er stehenblieb, um verschiedene Maskengruppen zu durchforschen, von denen er meinte, daß die Gesuchten sich zwischen ihnen befinden könnten. Er entdeckte so manchen Bauern
oder Schäfer aus der Campagna im gleichen Gewand wie Donatello, auch so manche Contadina, braun, breit und kräftig in
scharlachrotem Staat, bedeckt mit goldenen oder korallenen
Perlen, mit schweren Ohrringen, zierlich gearbeiteter Kamee
oder Mosaikbrosche und mit einem silbernen Kamm oder
einem langen Pfeil im glänzenden Haar. Aber jene beiden Gestalten voll Anmut und Schönheit, nach denen er suchte, waren
verschwunden.
Sowie der Zug des Senators vorüber war, wurde der Mummenschanz mit erneuter Fröhlichkeit wiederaufgenommen, und das
für kurze Zeit unterbrochene Bombardement mit Buketts und
Zuckerbohnen begann von neuem. Der Bildhauer, der wahrscheinlich der gespannteste aller Zuschauer hier war, bildete
ganz besonders die Zielscheibe für Geschosse aus allen Richtungen und für jeden groben Unfug, den die Freiheit des Karnevals
gestattete. Tatsächlich paßten seine düstere Miene und die finster zusammengezogenen Brauen so schlecht in diese Umge-

bung, daß man die Übermütigen entschuldigen mußte, wenn sie ihn auf diese Weise zum Gegenstand ihres Vergnügens machten, da er offenbar auf keine andere dazu beizutragen verstand.

Phantastische Figuren mit zwiebelartigen Köpfen vom Ausmaß eines Fasses grinsten ihm ins Gesicht, Harlekine schlugen ihn mit ihren Holzschwertern und schienen zu erwarten, daß er sich stracks in eine lustigere Gestalt verwandle, ein kleiner langgeschwänzter, gehörnter Unhold schlich sich an ihn heran, blies ihm durch eine Röhre ins Gesicht und hüllte unseren bedauernswerten Freund in einen ganzen Ernteertrag von fliegenden Samen. Ein zweifüßiges Tier mit Eselskopf schmetterte dicht an seinem Ohr sein mißtöniges I-a, das in einem schallenden menschlichen Gelächter endete. Fünf dralle Fräuleins – wenigstens taten ihre Unterröcke kund, daß sie das waren – faßten sich an den Händen und umtanzten ihn im Kreise, während ihn mit Gesten dazu einluden, in der Mitte einen Solotanz aufzuführen. Kaum war er von diesen übermütigen Verfolgern befreit, schlug ein buntgescheckter Clown ihn mit einem aufgeblasenen Schlauch, in dem getrocknete Erbsen fürchterlich ratterten, über den Rücken.

Ganz ohne Zweifel hat ein von Sorgen befallener Sterblicher eben draußen nichts zu suchen, wenn die übrige Menschheit sich auf dem Gipfel ihrer Ausgelassenheit befindet. Entweder müssen sie ihm das Fell gerben und ihn mit ihren Späßen martern und endlich darunter begraben, oder aber die Übermacht seiner finsteren Laune wird ihre Feiertagsstimmung dämpfen wie bei einem Festmahl der Anblick eines Totenkopfs, denn das empfindliche Gewebe des menschlichen Lebens nimmt eine düstere Färbung bereitwilliger an als eine helle. Wüßten wir nicht, weshalb Kenyon hierhergekommen war, könnten wir ihm schwerlich verzeihen, daß er mit diesem kummervollen Gesicht den Corso betreten hatte.

Aber noch war sein komisches Martyrium nicht einmal zur Hälfte überstanden, da kam eine gigantische weibliche Figur daher, mindestens sieben Fuß hoch, die mit ihren schwellenden

Krinolinen ein Drittel der Straßenbreite einnahm und sich den Bildhauer aussuchte, um einen heftigen Angriff auf sein Herz zu unternehmen, indem sie ihm aus ihren Glotzaugen verführerische Blicke zuwarf, ihm ein riesiges Bukett aus Sonnenblumen und Brennesseln anbot und mit pathetischen und leidenschaftlichen Gebärden um sein Mitleid flehte. Als sie keine Gegenliebe fand, machte die Riesin eine Geste der Verzweiflung und des Zorns und brachte darauf plötzlich eine enorme Pistole zum Vorschein, richtete sie auf die Brust des verstockten Bildhauers und zog den Hahn. Der Schuß ging los, und das garstige Spielzeug hüllte Kenyon von oben bis unten in eine Wolke aus Kalkstaub, in deren Schutz sich die Dame davonmachte.

Hierauf umringte ihn eine Unzahl absurder Gestalten, die so taten, als nähmen sie an seinem Unglück Anteil: Clowns und bunte Harlekine, Menschenaffen, kahlköpfige, stierköpfige und hundsköpfige Individuen, Gesichter, die ohne ihre enormen Nasen menschliche gewesen wären, eine schreckenerregende Kreatur, die ihr Gesicht mitten auf der Brust trug, und alle nur vorstellbaren Arten von Ungeheuern und Riesen. Diese Erscheinungen taten, als ob sie wie ein Gerichtshof den Fall untersuchten, indem sie ihre Visagen aus Pappe dicht an Kenyons Gesicht brachten, deren Grinsen die gespielte Besorgtheit ihrer Gebärden noch drolliger machte. Gerade in diesem Moment kam eine Gestalt in grauer Perücke und schäbigem Gewand, im Knopfloch ein Tintenfaß und hinter dem Ohr eine Schreibfeder. Sie stellte sich als Notar vor und erbot sich, das Testament des ermordeten Mannes zu machen. Diese feierliche Prozedur wurde jedoch von einem Wundarzt unterbrochen, der eine Lanzette zückte und ihm einen Aderlaß vorschlug.

Das Ganze glich so sehr einem Fiebertraum, daß Kenyon sich darein ergab, ihm freien Lauf zu lassen. Zum Glück wechseln die Vergnügungen des Karnevals von einer Absurdität zur nächsten, ohne bei einer lange genug zu verweilen, um sie auszuschöpfen. Kenyons Passivität bot zu wenig Angriffsfläche für das übertriebene Vergnügen, nach dem es die Maskierten verlangte. Bald ließen sie von ihm ab, so daß er seine Nachforschungen, nur vom Gedränge behindert, wiederaufnehmen konnte.

Er war noch nicht weit gegangen, als er den beiden wieder begegnete. Sie waren immer noch Hand in Hand und schienen, während sie in dem grotesken Treiben dahinzogen, ebensowenig Anteil daran zu nehmen wie er selbst. Vielleicht meinte der Bildhauer, weil er sie erkannte und von ihrem feierlichen Geheimnis wußte, in den bloßen Bewegungen dieser beiden Gestalten etwas Schwermütiges zu entdecken. Ja, sogar das feste Umfassen ihrer Hände, das sie so eng miteinander verband, schien sie von der Umgebung schwermütig abzusondern.

»Ich freue mich, euch zu begegnen«, sagte Kenyon.

Aber sie sahen ihn aus den Schlitzen ihrer schwarzen Masken an, ohne ein Wort zu erwidern.

»Bitte, gebt mir einen kleinen Hinweis, ihr wißt doch, wieviel mir daran liegt«, sagte er. »Wenn ihr irgend etwas über Hilda wißt, so redet um Himmels willen!«

Immer noch schwiegen sie, und der Bildhauer fing an zu glauben, daß er sich in der Identität der beiden geirrt habe – es gab ja so viele solcher Kostüme! Und doch gab es keinen zweiten Donatello und keine zweite Miriam.

»Ihr seid unfreundlich,« fuhr er fort, »wenn ihr die Angst, die mich bedrückt und die ihr genau kennt, nicht erleichtert, falls das in eurer Macht liegt.« Offenbar wirkte dieser Vorwurf, denn jetzt sprach die Contadina, und es war Miriams Stimme.

»Wir haben Ihnen alle Hinweise gegeben, die wir geben konnten«, sagte sie. »Sie selbst sind unfreundlich, wenn Sie sich freilich auch nicht ganz vorstellen können, wie sehr Sie es sind, wenn Sie in dieser Stunde zwischen uns treten. Sogar im Karneval könnte es ja eine geheiligte Stunde geben.«

In einer anderen Gemütsverfassung wäre Kenyon wohl durch das Impulsive und die Lebhaftigkeit, die er so oft bei Miriam beobachtet hatte, erheitert gewesen. Aber jetzt bemerkte er eine tiefe Schwermut in ihrem Ton, die dessen momentane Gereiztheit übertraf und ihn ahnen ließ, daß sich hinter ihrer Maske ein blasses, tränenüberströmtes Gesicht verbarg.

»Verzeihen Sie mir!« bat er.

Jetzt streckte Donatello seine Hand aus — nicht die, die in Miriams Hand lag —, und sie legte ihre freie Hand in die linke des Bildhauers, so daß die drei eng miteinander verbunden waren, während Erinnerungen und Vorgefühle ihre Herzen bewegten. Kenyon wußte intuitiv, daß diese einst vertrauten Freunde ihn nun verließen.

»Leb wohl!« sagten sie alle drei im gleichen Atemzug.

Kaum war das Wort gesprochen, lösten sich ihre Hände, und der Aufruhr des Karnevals fegte wie eine sturmgepeitschte See über den Fleck, den sie mit dem kleinen Zirkel ihrer isolierten Gefühle eingenommen hatten.

Bei dieser Begegnung hatte der Bildhauer über Hilda nichts erfahren, aber er verstand es so, daß er die schon erhaltenen Instruktionen befolgen und die Lösung des Rätsels, die er sich noch nicht vorstellen konnte, abwarten sollte. Er strich sich über die Augen und blickte umher, denn das soeben Geschehene hatte alles noch traumhafter gemacht als zuvor, und er entdeckte, daß er nahe dem großen Platz am Corso war, in dessen Zentrum die Antoninussäule steht. Nicht weit von hier sollte er laut Miriams Gebot warten. So rasch der Strom der Maskierten, der ihn wegzudrücken drohte, es gestattete, kämpfte er sich vorwärts; er war nun über den Palazzo Colonna hinaus und begann die Häuser abzuzählen. Das fünfte war ein Palazzo mit langer Front am Corso und von stattlicher Höhe, doch ein wenig düster und altersgrau. Über seinem säulengetragenen Torbogen war ein reich mit Wandteppichen und Seidendamast geschmückter Balkon, auf dem sich ein Herr von ehrwürdigem Aussehen, mit weißem Haar und Bart und einer Gruppe blonder Damen befanden, offensichtlich Engländer. Sie schienen den Frohsinn des Karnevals mit der Frische von Zuschauern zu genießen, denen das Schauspiel neu ist. Die ganze Gesellschaft, der alte Herr mit würdigem Ernst, als hätte er eine Schutzwehr zu verteidigen, und seine jungen Gefährtinnen in größter Vergnüglichkeit, ließen unermüdlich Konfetti auf die Vorüberkommenden regnen.

Im Hintergrund des Balkons war ein mächtiger priesterlicher Vollbart zu sehen. Ein Abbate, vermutlich ein Bekannter und der Cicerone der englischen Familie, saß dort und freute sich an dem Schauspiel, wenn auch ein wenig im Hintergrund, wie es das Dekorum seines Ordens ihm vorschrieb.

Es schien weder eine bessere noch überhaupt eine andere Möglichkeit für Kenyon zu geben, als an diesem verabredeten Platz Ausschau zu halten und abzuwarten, was sich ereignen würde. Er legte den Arm um einen Laternenpfahl, um zu verhindern, daß der turbulente Menschenstrom ihn fortriß, und kontrollierte jedes Gesicht in der Hoffnung, daß eines darunter seinen Augen mit einem Blick des Erkennens begegnen möge. Er sah jede Maske an und wußte nur, daß der Bote sogar in phantastischer Verkleidung erscheinen könnte, vielleicht gar als eine jener wunderlichen Figuren in stattlicher Halskrause, Umhang, Tunika und einer Kniehose von vor dreihundert Jahren, um ihm eine Nachricht über Hilda zu bringen. Mitunter kam ihm in seiner Unruhe auch die Hoffnung, daß Hilda in eigener süßer Person kommen könnte, schüchtern verkleidet, oder vielleicht würde sie auf einem Triumphwagen vorübergezogen wie dem, der sich soeben näherte, dessen langsam sich drehende Räder mit Laub geschmückt und dessen Pferde mit Blumengirlanden gezäumt und bekränzt waren. Nachdem er schon so weit über die Grenzen vernünftiger Mutmaßungen hinausgeraten war, konnte er genauso gut die kühnsten Erwartungen hegen oder aber seine Hoffnungen und auch seine Befürchtungen enttäuscht sehen durch das, was eigentlich am wahrscheinlichsten schien.

Der alte Engländer und seine Töchter auf dem gegenüberliegenden Balkon mußten wohl im Betragen des Bildhauers irgend etwas über die Maßen Auffälliges entdeckt haben, da er sich so ernsthaft in diesen Strudel von Unsinn vertieft hatte bei der Suche nach dem, was sein Dasein entweder dunkel oder licht machen mußte. Ernsthafte Leute, die aus der menschlichen Existenz etwas Wirkliches zu schöpfen versuchen, müssen in den Augen von Maskierten und Teilnehmern an einer Lustbarkeit notwendigerweise absurd erscheinen. Jedenfalls bedachten die sympathischen Inhaber des Balkons, nachdem sie sich über seine melancholische Miene lange genug amüsiert hatten, Kenyon mit einer Ladung von Konfetti, die wie ein Wolkenbruch über ihn herabfielen. Als er instinktiv aufschaute, sah er zu seiner Überraschung, wie der Abbate sich vorneigte und ein höfliches Zeichen des Erkennens gab.

Es war derselbe alte Priester, den er mit Hilda vor dem Beichtstuhl gesehen, derselbe, den er auf der Straße getroffen und mit dem er über ihr Verschwinden gesprochen hatte.

Doch aus welchem Grunde auch immer, Kenyon verband jedenfalls in diesem Augenblick diese klerikale Persönlichkeit keineswegs mit dem Gedanken an Hilda. Nur zufällig fielen seine Blicke auf den alten Mann und kehrten dann zu dem wirbelnden Gedränge des Corso zurück und zu seiner scharfen Beobachtung, in der, soviel er wußte, seine einzige Chance lag, jemals wieder eine Spur von ihr zu entdecken. In diesem Moment war auf der anderen Straßenseite irgendein Tumult entstanden, dessen Ursache Kenyon nicht erkennen konnte, und er bemühte sich auch nicht darum. Eine kleine Gruppe von Soldaten oder Gendarmen schien damit zu tun zu haben, vielleicht arretierten sie irgendeinen Unbotmäßigen, der unter der Wirkung einer Extraflasche Wein die mysteriösen Grenzen des im Karneval Gestatteten überschritten haben mochte.

Kenyon hörte ein paar Leute in seiner Nähe darüber reden.

»Diese Contadina in der schwarzen Maske war eine feine Frauensperson.«

»Übel war sie nicht,« entgegnete eine weibliche Stimme, »aber ihr Begleiter war entschieden noch ansprechender. Glaubst du, sie waren wirklich ein Contadino und eine Contadina?«

»Nein, nein,« sagte die andere Stimme, »es ist nur irgendein Karnevalsscherz, der ein bißchen zu weit getrieben wurde.«

Dies Gespräch hätte Kenyons Interesse erregen können, nur daß ihn soeben, gerade während der letzten Worte gesprochen wurden, zwei Geschosse trafen, beide von der Art, wie sie so reichlich auf diesem fröhlichen Schlachtfeld hier herumsausten. Eines davon war – wir schämen uns, das sagen zu müssen – ein

Blumenkohl, der aus einem vorüberfahrenden Wagen von einem jungen Mann geworfen wurde und Kenyons Schulter mit erstaunlicher Heftigkeit traf. Das andere war eine einzelne Rosenknospe, so frisch, als wäre sie soeben erst gepflückt worden. Sie flog vom gegenüberliegenden Balkon, streifte sanft seine Lippen und fiel ihm in die Hand. Er schaute auf und erblickte seine lang gesuchte Hilda!

Sie war in einen weißen Domino gekleidet und sah blaß und verwirrt aus, aber doch voll schüchterner Freude. Zudem aber glomm auch etwas wie leise Schelmerei in ihren Augen, wie der Bildhauer sie nur ganz selten im Lauf ihrer Bekanntschaft bisher bei ihr gesehen und die er immer für ihren allerbezauberndsten Ausdruck gehalten hatte. Dies zarte Lächeln verband sie gleichsam dem übermütigen Mummenschanz des Karnevals, so daß ihre unerwartete Erscheinung in dieser Umgebung nicht gar zu fremd und widersprüchlich wirkte.

Mittlerweile hatten der alte englische Herr und seine Töchter Hilda in einer Weise angestarrt, die verriet, daß sie höchst erstaunt und auch sehr schockiert waren über Hildas plötzliches Erscheinen auf ihrem Privatbalkon. Sie schauten so, wie feine Engländer es tun würden, wenn ein Engel mitten in ihren Kreis herabgeschwebt käme, ohne ihnen vorher pflichtgemäß durch jemand aus ihrer Bekanntschaft vom Hofstaat droben vorgestellt worden zu sein. Sie schauten, als hätte man sich eine durchaus unentschuldbare Freiheit erlaubt und als müßte eine entsprechende Entschuldigung vorgebracht werden, nach welcher der Eindringling sich dann zurückzuziehen habe.

Aber der Abbate zog den alten Herrn beiseite und flüsterte ihm einige Worte zu, die ihn offenbar beruhigten. Er erwies Hilda hinlänglich milde, wenn auch immer noch etwas verblüfft, seine höfliche Beachtung und lud sie mit stummer Geste ein, es sich bequem zu machen. Aber, wessen Schuld es nun auch gewesen sein mochte – unsere schüchterne, sanfte Hilda hatte niemals daran gedacht, aufdringlich zu sein. Von wo sie aufgetaucht, wo sie in der mysteriösen Zwischenzeit versteckt gewesen war, können wir lediglich mutmaßen und sind im Moment nicht gesonnen, den Leser gebührend darüber aufzuklären. Es ist wohl besser, sich einfach vorzustellen, daß sie ins Land der Bilder entführt worden war, daß sie mit Claude Lorrain im goldenen Licht, das er über seine Landschaften ausgoß, herumstreunte. Wir wollen uns einbilden, daß sie um der getreulichen Einfalt willen, mit der sie sie liebte, eine Zeitlang mit den großen entschwundenen Meistern hatte verkehren und ihre göttlichen Werke erschauen dürfen, die sie mit Himmelsfarben gemalt haben. Guido Reni hatte ihr ein anderes Bild von Beatrice Cenci gezeigt, das aus ihrem Leben in der Seligkeit stammte, in der jene mysteriöse Vereinsamung des irdischen Gesichts sich in strahlende Freude verwandelt hatte. Perugino hatte ihr einen Blick auf seine Staffelei erlaubt, auf der sie etwas wie ein weibliches, durch die wahrhaftige Tiefe und Sanftmut seines Frauentums aber so göttliches Gesicht erkannte, daß Freudentränen Hildas Blick blendeten, noch bevor sie Zeit hatte, richtig hinzuschauen. Raffael hatte sie bei der Hand genommen – dieser feinen, kraftvollen Hand, die Kenyon modelliert hatte – und hatte den goldbefransten Wolkenvorhang zur Seite gezogen, der sein letztes Meisterwerk verhüllte. Auf Erden malte Raffael die Transfiguration – welchen noch höheren Gegenstand mag er seitdem erwählt haben, nicht mehr aus der Phantasie, sondern so, wie er sich seinem jetzigen Blick zeigte? Auch wollen wir die Schritte nicht verfolgen, mit denen Hilda in die wirkliche Welt zurückkehrte. Für den Augenblick mag es genügen zu sagen, daß sie von einem geheimen Aufenthalt fortgerufen und über wer weiß wie geheime Pfade zu einem Ort geleitet worden war, an dem ihr der Tumult des Lebens jählings in die Ohren brauste. Sie hörte den Lärm der Füße, das Poltern der Räder, das Summen unzähliger Stimmen, alles übertönt von Musik und lautem Gelächter. Als sie in eine weite dunkle Halle trat, wurde ein Vorhang beiseite gezogen, und sie fand sich sanft auf einen Balkon gedrängt; von dort überblickte sie die festliche Straße, wo bunte Teppiche die Fronten der Paläste schmückten, die Fenster voll vergnügter Gesichter waren und unten auf dem Pflaster eine Unmenge von Maskierten tobte.

Sogleich schien sie ein Bestandteil des Schauspiels zu werden. Ihre blasse, großäugige, zerbrechliche Schönheit, ihre verwunderte Haltung und ihre verwirrte Grazie zogen viele Blicke an, und ein Schauer von Blumen und Süßigkeiten kam über sie geregnet, die frischesten Blüten und das süßeste Zuckerwerk, wie die Karnevalschwelgenden sie als Tribut für ganz besonderen Liebreiz reserviert halten. Hilda preßte die Hand an die Stirn und schloß die Augen, und als sie sie wieder aufschlug, suchte sie in diesem Chaos irrsinniger Ausgelassenheit nach irgendeinem Anblick, durch den sie sich vergewissern könnte, daß das Ganze kein bloßer Traum sei.

Unter dem Balkon erkannte sie ein vertrautes, innig erinnertes Gesicht. Der Geist der Stunde und Umgebung übte auf ihre rasch empfängliche Natur seinen Einfluß, sie nahm eine der Rosenknospen, die man auf sie geworfen hatte, und zielte damit nach dem Bildhauer. Sie traf genau, er wandte die Augen hinauf, und da war Hilda, in deren lieber Gegenwart seine Ängste und zugleich auch der zudringliche Aufruhr des Karnevals aus seinem Bewußtsein schwand.

In dieser Nacht brannte die Lampe vor der Nische der Madonna so hell, als wäre sie niemals erloschen gewesen; und obgleich die eine treu gebliebene Taube schon in ihrem Schlafwinkel saß, begrüßte sie Hilda doch am nächsten Morgen in höchster Verzückung und rief ihre weniger ausdauernden Gefährten herbei, ihre Treuehuldigung zu erneuern.

Miriam, Hilda, Kenyon und Donatello

Der geneigte Leser würde uns, glauben wir, gar nicht dankbar sein für minuziöse Erläuterungen, die doch so ermüdend sind und schließlich auch so ernüchternd mit ihrer Aufklärung aller romantischen Geheimnisse einer Erzählung. Er ist zu weise, um auf einer genauen Untersuchung der Rückseite einer Tapisserie zu bestehen, nachdem die Vorderseite ihm so ausgiebig gezeigt wurde, die vom Teppichmacher nach bestem Können gewebt wurde und deren Farben geschickt und harmonisch zusammengestellt sind. Wenn überhaupt eine gute oder auch nur annehmbare Wirkung erzielt worden ist, so wird eben diese Art von freundlichen Lesern den Teppich gelten lassen, wie er ist, ohne das Gewebe auseinanderzureißen in der müßigen Absicht, herauszufinden, wie die Fäden miteinander verknüpft wurden. Denn der Scharfsinn, der diesen Leser auszeichnet, hat ihn ja schon längst gelehrt, daß jede Erzählung von menschlichem Tun und Treiben, ob wir sie nun Historie oder Roman nennen, unter allen Umständen eine fragile Handarbeit ist, die sich leichter zerreißen als wieder reparieren läßt. Selbst das allergewöhnlichste Dasein ist voller Begebenheiten, die sich niemals aus sich selbst erklären lassen – weder im Hinblick auf ihre Ursachen noch auf ihren Verlauf.

Es wäre leicht, aus den Unterhaltungen, die wir mit dem Bildhauer geführt haben, einen Anhaltspunkt für Hildas Verschwinden zu geben, obgleich sie, solange sie noch in Italien weilte, bei Gesprächen über diese Angelegenheit eine auffallende Zurückhaltung bewahrte, sogar ihren intimsten Freunden gegenüber. Entweder war ihr ein Versprechen strenger Geheimhaltung abverlangt worden, oder aber die Klugheit warnte sie davor, die Kriegslisten einer kirchlichen Institution oder die geheimen Machenschaften einer despotischen Regierung bloßzustellen, zumindest so lange, wie sie sich noch in Reichweite von deren Jurisdiktion befand. Möglich, daß sie sich nicht voll bewußt war, welche Macht da Hand an ihre Person gelegt hatte. Was uns an Hildas Abenteuer jedenfalls am meisten verblüffte, war die Art ihrer Freilassung, bei der die eine oder die andere unergründliche Tyrannei doch am Mummenschanz des Karneval teilzuhaben schien. Wir können es nur durch die Annahme erklären, daß der launische und phantasievolle Einfall einer Frau – scherzhaft, weil sie sonst hätte verzweifeln müssen – diese Sache zustande gebracht und sie zur Bedingung für einen Schritt gemacht hatte, den ihr Gewissen oder das Gewissen eines andern verlangte.

Ein paar Tage nach Hildas Rückkehr spazierten sie und der Bildhauer durch die Straßen von Rom. Tief ins Gespräch versunken, standen sie unversehens vor dem majestätischen säulengetragenen Portikus des Pantheons. Es liegt im Mittelpunkt der labyrinthischen Verzweigungen der modernen Stadt und zeigt sich dem verwirrten Fremden oft gerade dann, wenn er auf der Suche nach ganz anderen Dingen ist. Hilda schaute auf und schlug vor einzutreten. »Ich komme nie daran vorbei, ohne hineinzugehen«, sagte sie, »und dem Grab Raffaels meine Huldigung zu erweisen.« »Ich auch nicht,« erwiderte Kenyon, »ohne den nobelsten Bau zu bewundern, den die Barbarei der Frühzeit und die noch barbarischeren Päpste und Fürsten späterer Zeiten uns übriggelassen haben.«

Also traten sie ein und standen inmitten des großen Runds, um das sich rings die gewölbten Nischen reihen, die stolzen Altäre, ursprünglich heidnischen Göttern geweiht, aber durch zwölf Jahrhunderte christianisiert. Die Welt besitzt nichts dem Pantheon Vergleichbares. Es ist so grandios, daß die Pappfiguren über dem hohen Gesims dem Eindruck nichts anhaben können, sowenig wie die Kronen und Herzen aus Blech, die verstaubten künstlichen Blumen und alle Arten von kitschigem Firlefanz, die neben den Altar- und Grabnischen hängen. Der Rost und das schmutzige Braun, die den kostbaren Marmor der Wände verdunkelt haben, der Boden mit seinen riesigen Quadraten und Kreisen aus Porphyr und Granit, der kreuz und quer in allen Richtungen gesprungen ist und demonstriert, wie roh die schweren Jahrhunderte auf ihm herumgetrampelt haben, und die graue Kuppen droben mit ihrer Öffnung, durch die der Himmel herabschaut ins Innere dieses Raumes der Anbetung und durch welche diese Gebete um so unbehinderter emporsteigen – all dies gibt einen Eindruck von feierlichem Ernst, den Sankt Peter nicht hervorzurufen vermag.

»Ich glaube,« sagte der Bildhauer, »die Öffnung in der Kuppel, dieses große Auge, das himmelwärts späht, macht das Pantheon so einmalig. Dadurch ist es so heidnisch, so unähnlich dem ganzen Wohlbehagen unserer modernen Zivilisation. Und sehn Sie doch nur auf den Boden, direkt unter der Öffnung. In den vergangenen zweitausend Jahren ist so viel Regen hier hereingefallen, daß er grün ist von zartem Moos, wie es auf den Grabsteinen eines nebligen englischen Kirchhofs wächst.«

»Ich schaue lieber in den hellen blauen Himmel, wo die Erbauer das Pantheon offengelassen haben«, entgegnete Hilda. »An einem windigen Tag ist es besonders schön, die Massen von weißen Wolken darüber hinfluten zu sehen und dann wieder, wie der Sonnenschein launisch hereinfällt, wie gerade jetzt. Es wäre gar nicht verwunderlich, wenn man da oben Engel sähe mit lieben himmlischen Gesichtern und ohne daß sie das herein- fallende Licht verdunkeln, sondern es nur in schöne Farben verwandeln würden. Sehn Sie doch den breiten goldenen Licht- balken, ein schräger Katarakt aus Sonnenlicht, der aus der Öff- nung herabkommt und auf die Nische rechts am Eingang fällt!«

»Über diesem Altar ist ein nachgedunkeltes Bild,« bemerkte Kenyon, »lassen Sie uns hingehn und schauen, ob die starke Beleuchtung irgend etwas Schönes zum Vorschein bringt.«

Als sie an den Altar kamen, fanden sie das Bild ziemlich wertlos, mußten aber lächeln beim Anblick einer dicken, gemütlichen Katze, wie man sie oft das Pantheon durchstreifen sieht, die es sich auf dem Altar bequem gemacht hatte und zwischen den geweihten Kerzen fest schlief. Beim Klang der Schritte wachte sie auf, erhob sich und saß blinzelnd in der Sonne, immer noch mit einer gewissen Würde und mit Selbstbewußtsein, als wäre sie dessen inne, daß sie etwas Heiliges repräsentierte.

»Ich nehme an«, sagte Kenyon, »daß dies die erste Katze ist, die sich im Pantheon oder wo immer zum Gegenstand der Anbe- tung gemacht hat seit den Tagen des alten Ägypten. Sehn Sie, da ist ein Bauer vom Markt nebenan, der tatsächlich vor ihr niederkniet. Sie scheint ja auch ein recht wohlwollender Heiliger zu sein.«

»Bringen Sie mich nicht zum Lachen,« sagte Hilda vorwurfsvoll, »sondern helfen Sie lieber, das Tier wegzujagen. Es bekümmert mich, ein menschliches Geschöpf zu sehen, das seine Gebete in eine so verkehrte Richtung schickt.«

»Also dann, Hilda,« antwortete der Bildhauer ernsthafter, »dann ist für Sie und mich im Pantheon die einzige Stelle, auf der wir knien dürfen, unter der Öffnung. Wenn wir vor dem Altar eines Heiligen beten, so erteilen wir irdischen Wünschen das Wort, aber wenn wir Angesicht zu Angesicht vor der Gottheit beten, empfinden wir, daß es unwürdig ist, um etwas Kleinliches und Egoistisches zu bitten. Es kommt mir so vor, als ob es gerade das wäre, was die Katholiken bei der Anbetung ihrer Heiligen so entzückt: sie können all ihre kleinen weltlichen Bedürfnisse vorbringen, ihre persönlichen und allgemein menschlichen Schwächen, nicht als etwas, was man bereut, sondern als etwas, worauf die kanonisierte Menschlichkeit, zu der sie beten, eingeht. Wahrhaftig, das ist eine große Versuchung!«

Was Hilda hierauf geantwortet haben mag, muß Vermutungen überlassen bleiben, denn als sie sich von dem Altar fortwandte, wurde ihr Blick von der Gestalt einer weiblichen Büßerin gefesselt, die am Boden kniete, genau unter der großen Öffnung und an dem Fleck, den Kenyon als den einzig möglichen für Gebete bezeichnet hatte. Das emporgerichtete Gesicht war durch eine Hülle unsichtbar gemacht, die einen Bestandteil der Kleidung bildete. »Das kann doch nicht sein,« flüsterte Hilda erregt, »nein, das kann nicht sein!«

»Was erschreckt Sie?« fragte Kenyon. »Weshalb zittern Sie so?«

»Wenn es nicht so unmöglich wäre,« antwortete sie, »so würde ich diese kniende Gestalt für Miriam halten.«

»Wie Sie sagen – es ist unmöglich. Wir wissen ja nur zu gut, was mit ihr und Donatello geschehen ist.«

»Ja. Es ist unmöglich«, wiederholte Hilda.

Immerhin zitterte ihre Stimme noch, und sie schien zu zögern, sich von der Knienden abzuwenden. Und plötzlich, als ob die Erinnerung an Miriam die Schleusen aller anderen Erinnerungen geöffnet hätte, stellte Hilda dem Bildhauer die Frage:

»War Donatello wirklich ein Faun?«

»Wenn Sie jemals den weit zurückreichenden Stammbaum des Erben von Monte Beni studiert hätten wie ich,« antwortete Kenyon und konnte dabei ein Lächeln nicht unterdrücken, »so hätten Sie über diesen Punkt nur wenig Zweifel. Ob Faun oder nicht, er hatte eine warmherzige Natur, die die Erde für unseren armen Freund zum Paradies gemacht hätte, wenn nur die übrige Menschheit in Übereinstimmung mit ihm gewesen wäre. Die Moral von der ganzen Sache scheint zu sein, daß menschliche Wesen von der Art Donatellos, die auf bloßes Glücklichsein beschränkt sind, nichts mehr auf Erden noch sonstwo zu suchen haben. Das Leben ist zu etwas so wirklich Schwerem geworden, daß solche Menschen entweder ihre Natur ändern oder aussterben müssen, genau wie die vorsintflutlichen Geschöpfe, deren Existenzbedingungen von einem wärmeren Klima abhingen als unserem jetzigen.«

»Diese Moral lasse ich nicht gelten«, erwiderte die hoffnungsvolle und von Natur zuversichtliche Hilda.

»Dann liefere ich Ihnen eine weitere, Sie können wählen«, sagte der Bildhauer. »Er beging ein schweres Verbrechen, und die Reue hat seine Seele erweckt, und sie hat in dem primitiven und beschränkten Donatello, den wir einst kannten, unzählige höhere Fähigkeiten entwickelt, moralische und intellektuelle, die wir nie von ihm erwartet hätten.«

»Ich weiß nicht, ob das stimmt«, sagte Hilda. »Wie geht es aber dann weiter?«

»Hier kommt, was mich so verblüfft«, fuhr Kenyon fort. »Die Sünde hat Donatello gebildet und veredelt. Ist also Sünde, die wir doch für eine so furchtbare Verderbtheit im Universum halten – ist sie, gleich dem Leid, nur ein Element der menschlichen Erziehung, durch das wir uns zu einem höheren und reineren Zustand durchkämpfen, den wir auf keine andere Weise erreichen könnten? Ist Adam gefallen, damit wir uns zu einem weit höherstehenden Paradies erheben können, als es das seine war?«

»O schweigen Sie still!« rief Hilda und wich mit einem Ausdruck des Schreckens vor ihm zurück, der den armen grübelnden Kenyon in tiefster Seele verwundete. »Das ist schrecklich, und wenn Sie das wirklich glauben, so könnte ich über Sie weinen. Ist Ihnen denn nicht klar, was für ein Hohn solch ein Glaubensbekenntnis darstellt, nicht nur für jedes religiöse Gefühl, sondern auch für das Gesetz der Moral? Und wie es alles auslöscht, was uns an himmlischen Vorschriften tief eingeprägt ist? Ich bin über alle Maßen entsetzt!«

»Verzeihn Sie mir, Hilda!« rief der Bildhauer, erschreckt über ihre Erregung. »Ich habe es ja nie geglaubt! Aber die Gedanken schweifen so weit! Einsam, wie ich lebe und arbeite, habe ich keinen Leitstern droben, noch ein Licht aus den Fenstern einer Hütte hier unten, das mich heimwärts führen könnte. Wären Sie mein Führer, mein Ratgeber, mein innigster Freund, mit dieser reinen Weisheit, die Sie wie mit einem himmlischen Gewand umkleidet, so wäre alles gut. O Hilda, zeigen Sie mir den Weg heimwärts!«

»Wir sind beide einsam, beide weit von daheim«, sagte Hilda, und ihre Augen füllten sich mit Tränen. »Ich bin ein armes, schwaches Ding und besitze keine solche Weisheit, wie Sie glauben.«

Was sich weiterhin zwischen den Liebenden zugetragen haben mag, während sie dann vor dem säulengeschmückten Altar mit der marmornen Madonna standen, die Raffaels Grab bezeichnet, das wissen wir nicht zu sagen. Aber als die kniende Gestalt unter dem offenen Auge des Pantheons sich erhob, blickte sie auf das Paar hin und streckte die Hände mit einer segnenden Gebärde aus. Da wußten sie, daß es Miriam war. Doch ließen sie sie aus dem Portal hinausgleiten ohne Gruß, denn jene ausgestreckten Hände schienen, selbst während sie segneten, sie zurückzuweisen, als stünde Miriam auf der anderen Seite eines unermeßlichen Abgrunds, vor dessen Rand sie sie warnen wollte.

So gewann also Kenyon die Zuneigung der scheuen Hilda und ihre Einwilligung, seine Braut zu werden. Fortan muß eine andere Hand für die Lampe der Madonna sorgen, denn Hilda kam nun von ihrem alten Turm herab, um selber erhöht und angebetet zu werden als eine Hausheilige im Schein des ehelichen Kaminfeuers. Und jetzt, da das Leben so viele menschliche Verheißungen bot, beschlossen sie in ihre Heimat zurückzureisen. Denn schließlich bekommen die Jahre etwas Leeres, wenn wir allzu viele davon an fremden Küsten zubringen. In solchen Fällen verzögern wir die Wirklichkeit des Daseins bis zu jenem künftigen Moment, in dem wir wieder unsere Heimatluft atmen. Nach und nach jedoch gibt es keine zukünftigen Momente mehr oder aber, wenn wir dennoch zurückkehren, merken wir, daß die Heimatluft das Stärkende eingebüßt und das Leben seine Realität an jenen Platz verschoben hat, an dem wir nur vorübergehende Bewohner zu sein gedachten. So haben wir dann, zwischen zwei Ländern, überhaupt keines mehr oder im einen von ihnen nichts als den kleinen Fleck, an dem wir zum Schluß unsere ruhelosen Gebeine niederlegen. Daher ist es weise, beizeiten heimzukehren oder niemals.

Bevor sie Rom verließen, wurde auf Hildas Gabentisch ein Hochzeitsgeschenk niedergelegt. Es war ein Armband, offensichtlich sehr kostbar, gefügt aus sieben etruskischen Gemmen, die aus sieben Gräbern stammten und von denen jede das Siegel irgendeiner fürstlichen Persönlichkeit war, die vor unendlich langer Zeit gelebt hatte. Hilda entsann sich dieses kostbaren Schmuckes. Er hatte Miriam gehört, und einmal hatte sie sich, im Überschwang ihrer Phantasie, über jede der Gemmen eine mythische oder magische Legende ausgedacht, in der die Abenteuer und Mißgeschicke der früheren Besitzer vorkamen. So verkettete das etruskische Armband eine Reihe von sieben wunderbaren Geschichten miteinander, die alle, da sie aus sieben Grüften stammten, durch eine siebenfache Grabesschwermut charakterisiert waren, denn durch die Wirkung unglücklicher Erfahrungen neigte Miriams Phantasie dazu, selbst ihre mutwilligsten Gedankenflüge noch mit düsterem Ernst zu färben.

Und jetzt trieb der Anblick des Armbands, so glücklich Hilda auch war, ihr Tränen in die Augen, da es in seinem Rund das Symbol eines Mysteriums bildete, so traurig wie nur irgendeines von denen, die Miriam mit den einzelnen Steinen in Verbindung gebracht hatte. Denn wie würde Miriams Leben nun sein? Und wo war Donatello? Aber Hilda besaß ein hoffnungsvolles Herz und sah Sonnenlicht über den Berggipfeln.

Und nun bekommt der Autor von vielen Lesern der vorangegangenen Seiten Fragen nach weiteren Aufschlüssen über die
Geheimnisse dieser Geschichte.

Widerstrebend benutzt er die Gelegenheit, die eine neue Auflage des Buches ihm bietet, diejenigen Geschehnisse zu erklären, die vielleicht allzusehr im Dunkel gelassen wurden. Widerstrebend, so wiederholt er, weil die Notwendigkeit dazu ihm
deutlich zu fühlen gibt, daß es ihm bestenfalls nur unvollkommen gelungen ist, diesen Roman in eine Atmosphäre zu hüllen,
die für die Wirkung, auf die es ihm ankam, unentbehrlich ist.

Er entwarf die Geschichte und die Charaktere so, daß sie zwar
eine bestimmte Beziehung zur menschlichen Natur und zum
menschlichen Leben im allgemeinen haben sollten, aber trotzdem so kunstvoll unserer irdischen Sphäre entrückt wären, daß
ihnen gewisse eigene Gesetze und Eigentümlichkeiten zugestanden werden müßten.

Die Idee des modernen Fauns zum Beispiel verliert alle Poesie
und Schönheit, die der Autor in sie hineinphantasierte, und wird
zu etwas Grotesk-Absurdem, sobald man sie ins nüchterne Tageslicht versetzt. Er hatte gehofft, dieses ungewöhnliche Geschöpf zwischen Realität und Phantastik auf eine Art und Weise
in Dunkel zu hüllen, daß die Sympathie des Lesers bis zu einem
bestimmten Grad erregt würde, ohne ihn zu der Frage anzutreiben, wie Cuvier wohl den armen Donatello klassifiziert hätte,
oder darauf zu bestehen, in recht vielen Worten darüber aufgeklärt zu werden, ob Donatello nun eigentlich bepelzte Ohren
hatte oder nicht. Für diejenigen, die solche Fragen stellen, ist
das Buch hinsichtlich dieser Absicht ein Fehlschlag.

Immerhin steht es glücklicherweise in des Autors Macht, verschiedene Fragen zu erhellen, an denen seine Leser interessiert
zu sein scheinen. Und um die Wahrheit zu bekennen: er wurde
selber von einer Neugierde geplagt, ähnlich der, die er soeben
bei seinen Lesern mißbilligt hat, und deshalb hatte er auch
schon die Gelegenheit ergriffen, seine beiden Freunde, den Bild-

hauer und Hilda, ins Kreuzverhör zu nehmen und ein paar dunkle Stellen in der Geschichte zu erforschen, mit denen sie ihn bis dahin ungenügend bekannt gemacht hatten.

Wir drei waren aufs Dach von Sankt Peter gestiegen und schauten über Rom hin, das wir bald verlassen sollten, das ich aber noch weiter zu beschreiben – in diesem Punkt schon genügend mit Sünde beladen – keineswegs die Absicht habe. Es fiel mir ein, daß meine Freunde, da wir auf dieser Höhe hier so sicher waren, die Geheimnisse, die drunten auch nur zu flüstern waghalsig sein mochte, gefahrlos aussprechen könnten.

»Hilda,« begann ich, »können Sie mir den Inhalt jenes geheimnisvollen Paketes verraten, das Miriam Ihnen anvertraute und das an Signore Luca Barboni im Palazzo Cenci adressiert war?«

»Ich habe niemals etwas Näheres darüber erfahren,« antwortete Hilda, »ich hätte es auch nicht recht gefunden, mir in dieser Sache Neugierde zu gestatten.«

»Was den tatsächlichen Inhalt betrifft,« warf Kenyon ein, »so ist es unmöglich, etwas darüber zu sagen. Aber so isoliert Miriam zu sein schien – sie hatte doch Verwandte in Rom, von denen jemand, wie man wohl annehmen darf, ein Amt in der päpstlichen Regierung bekleidete.

›Signore Luca Barboni‹ war entweder ein fingierter Name der betreffenden Persönlichkeit, oder so hieß der Verbindungsmann zwischen ihr und Miriam. Nun ist es ja klar, daß unter einer solchen Regierung wie der römischen Miriams Zurückgezogenheit nur durch das wissentliche Gewährenlassen und die Unterstützung irgendeiner einflußreichen Person, die mit dem Innenministerium zu tun hatte, möglich war. Bei ihrem freien und selbständigen Leben wurde doch gewiß jeder ihrer Schritte von der kirchlichen Regierung viel sorgfältiger überwacht als selbst von ihren intimsten Freunden.

Wenn ich mich nicht sehr täusche, so hatte Miriam die Absicht, sich dieser lästigen Spioniererei zu entziehen und ein wirkliches Unbeobachtetsein im Ausland zu suchen, und das Paket, das lange nach ihrer Abreise abgeliefert werden sollte, enthielt eine

Erklärung dieser Unternehmung und außerdem gewisse Familiendokumente, die ihrem Verwandten übergeben werden sollten, als kämen sie von jemand, der tot und entschwunden war.«

»Hm — das ist so klar wie Londoner Nebel,« bemerkte ich, »in diesem Punkt bleibt wirklich kein weiterer Aufschluß zu wünschen übrig. Als aber Hilda ging, um das Paket abzuliefern, warum verschwand sie da so geheimnisvoll?«

»Sie müssen sich entsinnen,« erwiderte Kenyon mit einem Blick voll nachsichtigem Mitleid mit meiner Begriffsstutzigkeit, »daß Miriam ja vollständig verschwunden war, ohne irgendeine Spur zu hinterlassen, durch die man ihren Aufenthalt hätte herausfinden können. In der Zwischenzeit hatten die Behörden von der Ermordung des Kapuziners erfahren; und aus vielen vorangegangenen Umständen, wie zum Beispiel seiner Verfolgung Miriams, müssen sie auf eine Verbindung zwischen ihr und dem tragischen Vorfall geschlossen haben. Außerdem ist anzunehmen, daß Miriam im Verdacht stand, mit einer politischen Verschwörung in Zusammenhang zu stehen, wofür sich in dem Paket Hinweise gefunden haben mögen. Und als Hilda als Überbringerin dieser Botschaft erschien, war es bei einer despotischen Regierung nur eine Selbstverständlichkeit, daß sie zurückbehalten wurde.«

»Aha, wirklich nur eine Selbstverständlichkeit, natürlich, natürlich, ganz wie Sie sagen,« antwortete ich, »wie unbeschreiblich dumm von mir, daß ich das nicht längst schon begriffen habe! Aber es gibt noch andere Rätsel: in der Nacht, in der die Lampe erlosch, trafen Sie Donatello im Gewand eines Büßers, und nachher sahen Sie Miriam und sprachen mit ihr, sie saß in einer Kutsche, und ein Edelstein funkelte an ihrer Brust. Was hatten diese beiden Sünder in Rom zu suchen, und wer war Miriams Begleiter?«

»Wer?« wiederholte Kenyon, »nun, natürlich ihr Verwandter, der Staatsmann, das ist doch ganz klar. Und was das Hiersein der beiden anlangt, so hatte Donatellos Gewissen, das ihn quälte, ihn trotz Miriams Flehen hierhergeführt und gezwungen, sich immerfort in der Nähe von Rom herumzutreiben, bis zu seinem endgültigen Entschluß, sich freiwillig der Justiz auszuliefern. Hildas Verschwinden, das am Tage vorher erfolgt war, war den beiden durch eine geheime Quelle bekannt, und deshalb waren sie in die Stadt hereingekommen, wo Miriam vermutlich sogar damals noch Arrangements zu treffen begann — für diesen traurigen Karnevalsscherz.«

»Und wo war Hilda in dieser schlimmen Zwischenzeit?« forschte ich.

»Wo warst du, Hilda?« fragte Kenyon lächelnd.

Hilda sah sich erst nach allen Seiten um, und als sie sicher war, daß nicht einmal ein Vogel da war, der mit ihrem Geheimnis durch die Lüfte auf und davon fliegen könnte, verriet sie uns ihren mysteriösen Aufenthaltsort.

»Ich war eine Gefangene im Kloster Sacré Cœur, in Trinità dei Monti,« sagte sie, »aber in so gütiger Obhut von frommen Schwestern und von einem so lieben alten Priester bewacht, daß ich freiwillig hätte dort bleiben mögen, wenn nicht ein paar beunruhigende Erinnerungen gewesen wären, und dann natürlich auch, weil ich von Puritanern abstamme. Meine Verbindung mit Miriams Unglück und die irrigen Hoffnungen des guten Abbate auf einen Konvertiten scheinen mir doch genügende Erklärungen für das ganze Geheimnis.«

»Die Atmosphäre erhellt sich wirklich ganz reizend,« bemerkte ich, »aber zwei oder drei Dinge sind mir immer noch rätselhaft. Können Sie mir sagen — und ich versichere Ihnen, daß es als absolutes Geheimnis bewahrt werden soll —, können Sie mir sagen, welches Miriams wirklicher Name und Rang ist und welche Schwierigkeiten es eigentlich waren, die zu all diesen schrecklichen Folgen führten?«

»Ist es denn möglich, daß Sie auf diese Fragen wirklich noch eine Antwort brauchen?« rief Kenyon mit ungeheurem Erstaunen. »Haben Sie denn Miriams Namen noch nicht einmal vermutet? Denken Sie doch ein bißchen nach, dann wird er Ihnen bestimmt einfallen. Und wenn nicht, dann gratuliere ich Ihnen ganz aufrichtig, denn das wäre ein Beweis, daß Sie nie von einem der gräßlichsten und mysteriösesten Vorfälle unseres ganzen Jahrhunderts gequält worden sind.«

»Schön,« sagte ich nach einer Pause angestrengten Nachdenkens, »ich habe dann nur noch ein paar wenige Dinge zu fragen. Wo ist Donatello in diesem Augenblick?«

»Die Engelsburg ist kein Gefängnis mehr,« sagte Kenyon, indem er traurig sein Gesicht der Mausoleumsfestung zuwandte, »aber es gibt andere, in denen ebenso tiefe Verliese sind, und in einem davon, fürchte ich, steckt unser armer Faun.«

»Und wieso ist dann Miriam auf freiem Fuß?« fragte ich.

»Sie können das Grausamkeit nennen, wenn Sie wollen, und nicht Nachsicht,« antwortete Kenyon, »aber schließlich bestand ihr Verbrechen ja nur in einem Blick — sie hat keinen Mord begangen.«

»Nur eine Frage noch«, sagte ich in tiefstem Ernst. »Waren Donatellos Ohren so wie die des Fauns von Praxiteles?«

»Ich weiß es, will es aber nicht verraten«, antwortete Kenyon geheimnisvoll lächelnd. »Über diesen Punkt wenigstens soll auf keinen Fall auch nur ein einziges Wort verraten werden.«

Leamington, 14. März 1860

Die drei Riesen des amerikanischen Romans im neunzehnten Jahrhundert — Herman Melville, Henry James und Nathaniel Hawthorne — sind erst spät in das Bewußtsein der deutschen Leserschaft getreten, und nur einer von ihnen, der Schöpfer des ›Moby Dick‹, nimmt darin den ihm gebührenden Platz ein. Die Aneignung von Henry James, diesem in all seiner Zurückhaltung und Verschwiegenheit unerschöpflichen Erzähler, macht nur langsame Fortschritte, die von Nathaniel Hawthorne hat im Grunde noch gar nicht begonnen. Zwar sind die meisten seiner Erzählungen und Romane seit der Mitte des vorigen Jahrhunderts wiederholt ins Deutsche übersetzt worden. Insbesondere Franz Blei hat sich damit — in den zwanziger Jahren — ein Verdienst erworben. Trotzdem ist Hawthorne für das breitere Publikum bestenfalls der Autor des ›Scharlachroten Buchstabens‹ geblieben; und selbst hinsichtlich der Wirkung dieser Arbeit, die allgemein als sein Meisterwerk gilt, scheinen Einschränkungen angebracht. Man ist gewohnt, in ihr allzu ausschließlich den historischen Roman zu sehen, das Sittengemälde, das poetische Dokument aus dem eisernen Zeitalter des amerikanischen Puritanismus, weniger jedoch die Kunstleistung oder — in diesem Falle fast noch wichtiger — den autobiographischen Sublimierungsprozeß, der diesem Buch, wie Hawthornes Werk insgesamt, die untergründige Spannung verleiht.

In Wahrheit ist der ›Scharlachrote Buchstabe‹ nicht so sehr ein Bericht aus alten Tagen als vielmehr eine dichterisch verschlüsselte Kritik an ihnen und damit ein sehr subtiler Akt der Selbstbefreiung. Hawthorne stammte aus einem alten Puritanergeschlecht Neu-Englands. Er wurde 1804 in Salem geboren, einem nördlich von Boston gelegenen Hafenstädtchen, das durch seine Hexenverfolgungen zu düsterer Berühmtheit gelangt war. Atmosphäre und Geschichte seines Geburtsorts, aber auch die Geschichte seiner Familie, die um die Wende zum achtzehnten Jahrhundert einen der berüchtigsten Blutrichter gestellt hatte, fesselten Hawthorne an die Vergangenheit. Er trug schwer am puritanischen Erbe, ohne sich je ganz von ihm lösen zu können. Wie er den Puritaner in sich selbst zu überwinden suchte, und zwar wiederum mit den freilich entschärften Waffen des Puritanertums, das macht die geheime Dramatik, ja die Paradoxie seiner Existenz aus. Hawthorne ist und bleibt Puritaner, aber — so hat man mit Recht bemerkt — einer, der »vom Lotos gegessen hat«. So wird das rote Mal der Schande, der ›Scarlet Letter‹, unter seinen Händen nach und nach zu einem Zeichen der Verklärung, und aus der Sünderin und Ehebrecherin wird fast eine Heilige, bei der die bedürftige Welt Trost und Hilfe sucht. Doch diese Metamorphose ist nicht das Resultat trotziger Selbstbehauptung, sondern im Gegenteil des geduldigen Aufsichnehmens eines scheinbar unverdienten Schicksals. Es wird ertragen im Gefühl der Sündhaftigkeit alles Irdischen und in der Gewißtheit, daß keiner der Schuld entgeht, wie unschuldig er auch scheinen mag.

Damit stehen wir bei Hawthornes Grundthema, einem Thema, das wir heute in größerem Rahmen zu sehen vermögen als dem des Puritanismus: der Überzeugung von der Allgegenwart des Bösen, von dem der persönliche Sündenfall nur eine zufällige Variante ist. Menschliche Existenz ist Schuld. Durch unser Menschentum sind wir zur Teilhabe am Bösen in der Welt verurteilt. Auch der Reinste teilt das Menschsein mit denen, die der furchtbarsten Taten fähig sind. Das ist Hawthornes Überzeugung, wie es die von Melville und Henry James war. Nur daß Melville stark genug war, daraus das Pathos und die erweckende Kraft des echten Tragikers zu gewinnen, während Henry James die tragische Grunderfahrung zwar nicht leugnete, sie aber mit den humanen Gebärden des Weltmanns schonsam zu verhüllen suchte. Hawthorne hat weder die Urkraft Melvilles noch die Urbanität von Henry James. Er bleibt der Mann in der Klause, der Grübler, der mit den Schatten kämpft, ohne ihrer — auch künstlerisch — je ganz Herr werden zu können. Die letzte Freiheit des Künstlers, die Enge der eigenen Existenz durch die Wirklichkeit seiner Schöpfungen zu besiegen, bleibt ihm versagt. Was ihm gelingt, ist die vorsichtige Filterung des Lebens-

stoffes, seine Anordnung zu gleichnishaften Situationen und
Gebilden, denen er so viel an spirituellem Leben einzuhauchen
versteht, daß sie mehr sagen als die oftmals weitschweifigen
Kommentare des Erzählers.

Hawthorne ist der Meister der allegorischen Gruppenbildung —
eine Eigentümlichkeit, die ihm schon von Poe angekreidet
wurde (Poe schrieb, wie Henry James und der von Hawthornes
›blackness‹ faszinierte Melville, einen im übrigen enthusiasti-
schen Essay über ihn), die heute aber im Zeichen der Abwer-
tung des psychologischen Romans und des Bestrebens, auch in
der erzählenden Kunst über das Individualpsychologische hinauszugelangen, eher zu einem neuen Interesse an Hawthornes
Werk führen könnte. Es bleibt für den Leser unserer Tage
schwer verständlich, wie man den Autor des ›Scarlet Letter‹, des
›Young Goodman Brown‹ und der ›Birthmark‹ je zu den Be-
gründern des psychologischen Romans zählen konnte. Nur wenige seiner Erzählungen sind psychologisierender Art, die meisten und gerade die besten haben allem Detailrealismus zum
Trotz Legenden- und Märchencharakter, sind Parabeln und
phantasievolle Allegorien mit zuweilen betont lehrhaftem Ein-
schlag.

Selbst ein Meisterstück wie die noch am ehesten nach einer
psychologischen Studie aussehende Erzählung ›Wakefield‹ – die
Geschichte eines Mannes, der nach zehnjähriger Ehe seine Frau
ohne ein Wort der Erklärung verläßt, zwanzig Jahre lang uner-
kannt und einsam wenige Straßen von ihr entfernt weiterlebt
und eines Tages, als sei nichts geschehen, ebenso wortlos zu-
rückkehrt –, selbst diese Erzählung stellt wohl psychologische
Fragen, läßt die Antwort aber in einem wohlbedachten mystischen Halbdunkel. Sie gibt eher den Umriß eines Miniaturmy-
thos des Überdrusses als einen konkret durchgeformten psychologischen Fall. Hawthornes Gestalten sind Bedeutungsträger
und nur in seltenen Ausnahmefällen sich selbst genügende drei-
dimensionale Menschen. Auf den Höhepunkten seiner Romane
und Erzählungen — etwa wenn er den habgierigen, unbarmher-
zigen Richter im ›Haus der sieben Giebel‹ mit der Uhr in der

Hand sterben läßt – spüren wir mehr das Wirken einer zielbewußten allegorischen Inszenierungskunst, als daß wir die ruhevolle, selbstverständliche Sprache des gewachsenen Symbols vernehmen. Wie er im ›Scharlachroten Buchstaben‹ den Pranger wechselweise zum Schauplatz sowohl der Demütigungen als auch der Erleuchtungen macht, das hat beinahe etwas von der hitzigen Expressivität großer Opernszenen.

Die üppige Plastik Hawthornscher Allegorik, die manchmal in einigem Widerspruch zu der kargen, fahlen Kulisse der puritanischen Welt zu stehen scheint, feiert ihre höchsten Triumphe in seinem letzten, in Deutschland bisher am wenigsten bekannten Roman ›Der Marmorfaun‹ (1860). Hier, in dem jede Kontur zum dramatischen Ausdruck schärfenden Licht des Südens und inmitten der steinernen Beredsamkeit Roms, gewinnt sie eine gewisse milieubedingte Natürlichkeit. Die Burg der Unschuld (Hildas taubenumflatterter Turm); die Wiederbegegnung des schuldbeladenen Paares unter der segnenden Bronzehand der Papststatue auf dem Marktplatz von Perugia; vor allem aber die Titelfigur, der selige Faun, der Mensch vor dem Sündenfall – sie alle sind bis zur Grenze des Möglichen mit Bedeutung befrachtet: keine Requisiten, Vorgänge und Schauplätze, die aus sich selber wirken, sondern allein vermöge der ihnen im allegorischen Planquadrat zugewiesenen Position; keine Individuen, sondern genau disponierte, abgezirkelte Figuren in einem bewegten Relief.

Äußerlich gesehen ist dieser Roman die reiche Frucht eines anderthalbjährigen Italienaufenthaltes. Seine Schilderungen des italienischen Alltags und der italienischen Kunst sind so ausführlich, daß sie amerikanischen Italienreisenden lange als eine Art Baedeker gedient haben sollen – als ein Baedeker allerdings, der in einer höchst eigentümlichen Mischung aus Hingerissenheit und Abneigung verfaßt wurde. Der calvinistische Protestant Hawthorne kann sich weder dem antiken noch dem katholischen Rom ohne Widerstand hingeben, und doch zeigt sich der Künstler in ihm für beider Zauber hochempfänglich. So huldigt er der naturhaften Unschuld Donatellos, des idealischen

Fauns, und verspottet sie zugleich als Unerwecktheit; und so entsteht als stärkster Ausdruck des Zwiespalts, der den ›römischen‹ Hawthorne beherrscht, die erstaunliche Szene der Puritanerin im Beichtstuhl. Die spannungsreiche Begegnung zwischen Boston und Rom zeitigt jene subtile Verwandlung, die der Titel der Londoner Ausgabe des Romans — ›Transformation‹ — meint: die Naturkindlichkeit Donatellos wird durch Schuld und Schuldbewußtsein getrübt, aber auch bereichert und veredelt; und die strenge Reinheit Hildas tritt aus dem gleichen Grunde aus ihrer Abstraktheit heraus, um die Farben des Lebens anzunehmen. Die Faszination des puritanischen Geistes durch das unergründliche Phänomen der Sünde bleibt bis zum Schluß Hawthornes Teil. Doch was bis dahin als eine »furchtbare Fehlerhaftigkeit des Universums« lediglich ertragen wurde, ertragen mit allen Konsequenzen eines selbstquälerischen Gewissens und der Verpflichtung zu finsterer, ertötender Tugendhaftigkeit, das wird nun — in einem kühnen Augenblick faßt der Dichter dies, zumindest als Hypothese, sogar in Worte — zu einem Element höherer Erziehung und der Hinführung zu einem volleren, wahreren Menschentum.

Günter Blöcker

INHALT